袁氏藏明清名人尺牘

傅熹年謹題

李志綱　劉凱　主編

文物出版社

圖書在版編目（CIP）數據

袁氏藏明清名人尺牘 / 李志綱，劉凱主編. -- 北京:
文物出版社，2016.1
ISBN 978-7-5010-4485-6

Ⅰ. ①袁… Ⅱ. ①李… ②劉… Ⅲ. ①書信集－中國
－明清时代 Ⅳ. ①I264.8

中國版本圖書館CIP數據核字(2015)第300903號

袁氏藏明清名人尺牘

主　　編：李志綱　劉　凱

策　　劃：北京通盈世代文化投資有限公司
題　　簽：傅熹年
責任編輯：張　瑋　李　穆
特約編輯：許禮平　許樂心
封面設計：問學社
責任印製：張　麗

出版發行：文物出版社
社　　址：北京市東直門内北小街2號樓
郵　　編：100007
網　　址：http://www.wenwu.com
郵　　箱：web@wenwu.com
經　　銷：新華書店
印　　刷：雅昌文化（集團）有限公司
開　　本：889mm × 1194mm　1/16
印　　張：59.75
版　　次：2016年1月第1版
印　　次：2016年1月第1次印刷
書　　號：ISBN 978-7-5010-4485-6
定價（全二冊）：1800.00圓

本書版權獨家所有，非經授權，不得複製翻印

試談尺牘的沿革及款署

劉九庵

今之學者，莫不知史書之不足以盡史，故畢力搜求地下遺物、官署檔案、私人書牘，以資實證。（顧頡剛《中國地方志綜錄·序》）

以上史學家的名言，說明古代書牘蘊藏了極豐富的史料。宋米元章（一〇五一—一一〇七）嘗自言獨好古人筆札，米之所謂「好」可能是從鑑藏書法的藝術去欣賞了。

「尺牘筆札」就是現在通常說的書信。我們知道，在書寫工具的紙未有發明以前的春秋戰國時期，書信是寫在竹木和縑帛上的。這種竹木，因用途大小之不同，名稱也隨之而異。《春秋左傳序》裏說：「諸侯亦各有國史，大事書之於策，小事簡牘而已。」蔡邕（一三二—一九二）在《獨斷》中說：「策者簡也，其制長二尺，短者半之，其次一長一短，兩編下附。」因為時代的不同，策的大小略有出入。較策小者則稱「簡」，亦稱為「畢」，小簡則謂之「牒」。簡上只能寫一行字，而「牘」為一種方版，較寬於簡，可以並寫數行。凡書寫一行可以盡者便用「簡」，數行可盡者便用「方」。至於如何將這竹木做成為簡牘，據王充（二七—約九七）著的《論衡》中《量知篇》記載是，取一根竹竿，截成圓筒，把竹筒劈成一條條的細竹籤。就在這竹籤上面用筆墨寫上字，這樣的一修竹籤就叫「簡」，把許多簡編連起來叫做「策」，也書作「冊」。把樹木鋸成段，再每段鋸成薄片，這樣一片木頭叫做「版」，亦稱「方」，版上寫了字叫做「牘」。木板通常是一尺見方，因此寫上字的方板就叫做「尺牘」。我們現在把書信還叫做尺牘，就是沿用這個古名稱的。

據科學院出版的居延漢簡圖片，結合其釋文內容，可知當時的邊郡制度和經濟生活，以及簡牘的形狀。西北一帶發掘的簡牘多為木質，因為西北地理高亢，氣候乾燥，竹子不能生長，所以也就因地取材用木來做簡牘了。其中曾看到木牘的封檢，其緘封方法是於寫好的木牘上，復加一板以繩縛之，版上寫受信人的姓名，這叫「檢」。在繩結處，加上一塊粘土，粘土上用陰文的圖章一捺，便在粘土顯出凸出的字來，這是「封」，而粘土就叫做「封泥」，這是當時用木版寄信的辦法。而木版上很少題致書人的姓名，因為致書者的官位姓名已經見於封泥上的文字。

在竹木簡盛行的同時，又有一種縑帛出現，也稱為「素」。三國時（公元三世紀）張揖《字詁》說：「古之素帛，依書長短，隨事截絹，枚數重沓，謂之幡紙。」可見古之縑帛也稱為紙。而用帛書寫的長短，要以文字的篇幅長短為轉移，其本身是沒有特定長度的。用縑帛來書寫，較之簡牘方便得多，但代價似乎太高，所以東漢人已有「縑貴不便於用」的話。

因之便有人想出方法，用較為賤的質料來代替縑帛，但仍要保存縑帛書的優點，這樣紙便被發明了。所以說，紙的名稱是從縑帛來的。綜合《說文解字》中「紙」、「笘」、「潎」、「絮」等字的解說來推測，大概紙的發明最早可能是勞動婦女們在水中漂洗絲綿時，發現殘留在席上一些敝棉時常黏成薄片，把這薄片曬乾便是初期的紙。到了東漢蔡倫（約六一—一二一）改良造紙方法，利用樹皮、蔴頭和破布來代替敝棉，於漢和帝元興元年（一〇五），製成一種新紙。這種新紙價廉，使平民能夠得到普遍用紙，大家當然很樂意使用它。可是，士大夫階級表示與一般平民不同，重視典貴，並不能很快地接受。如後漢崔瑗（七七—一四二）給葛元甫的信裏說：「今遣送《許子》十卷，貧不及素，但以紙耳。」崔瑗具有士大夫的社會身分，他在階級意識上是要表示與一般平民不同，但是家貧無力購買貴重的縑帛來書寫，只得採用廉價的紙張。信中語氣帶著抱歉之意，很明顯的道理，如果崔瑗有足夠的財力購買縑帛，他當然不會用一般平民所樂用的紙。這說明了當時的新紙在上層社會裏，還沒有像縑帛那樣的通行。直到東晉後期（公元四世紀），桓帝

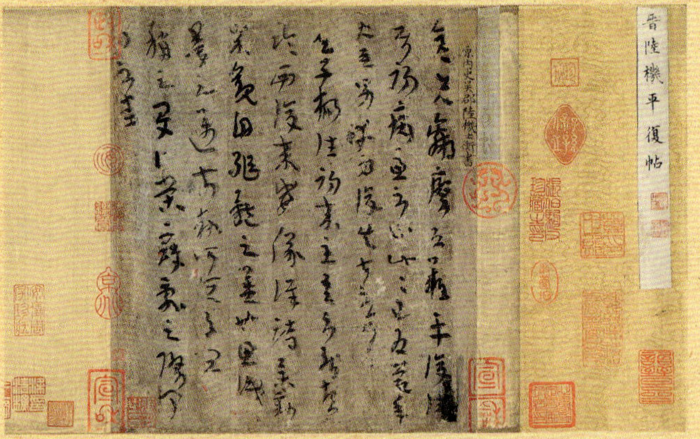

下令說：「古無紙，故用簡，非主於恭。今諸用簡者，宜以黄紙代之。」這時紙才完全取得木簡的地位，成為一般的書寫材料。

書札款署之稱名

從歷代遺存的信札署款來看，在不同的歷史時期裏，書者把自己的名款有時署於信札的前端，有時署於末尾，或署正楷，或署行草。雖然有這些不同之處，但是共同點即是題款署名，而很少署字或者號。往時曾見清代經學家盧文弨（一七一七—一七九六）致書王念孫（一七四四—一八三二），在信中鈐有一方「相約從古，但各稱名」的印章。在顏師古（五八一—六四五）《匡謬正俗》書中談到「名字」解釋：「名以正體，字以表德。《禮》云子生三月，父始孩而名之，男子二十冠而字，故知先名而後字也。……孔子大聖，言必稱名，『丘聞有國有家者』、『丘亦恥之』、『丘未達』、『不如丘之好學也』，此蓋與弟子等言。未有稱仲尼者。」「歷觀古人，通人高士言辭著於篇籍，筆跡存乎紙素，在身自述必皆稱名，他人褒美則相呼字。」證之歷代的信札署款，也正是如此。然而其他的書翰如題詠詩詞，則不盡如此，也就不這樣嚴格。

西晉陸機（二六一—三〇三）寫的那封信——《平復帖》是沒有署款的。

柳公權　蒙詔帖

王珣　伯遠帖

首行所寫「彥先羸瘵，恐難平復。」從語氣上看，是他在給親友的信中首先提到好友賀循（字彥先，二六〇—三一九）的病情，而不是直接寫與彥先的。東晉王珣（三四九—四〇〇）《伯遠帖》、唐柳公權（七七八—八六五）《蒙詔帖》都是在首行先寫上自己的名款，如：「珣頓首頓首」、「公權蒙詔」等。名款的字和下面敘事所書的字，大小是相等的。而書的內容，在晉宋之際多屬於弔喪問疾的文字，據唐李涪《刊誤》曰：「短啟短疏出於晉宋兵革之代，時國禁書疏，非弔喪問疾不得輒行尺牘。」《淳化閣法帖》內所集法書，多為此類。

北宋時期，蘇軾（一〇三七—一一〇一）致與禪友陳季常的《新歲展慶帖》，或蔡襄（一〇一二—一〇六七）致賓客的《持書帖》，署款則為「軾啟」、「襄啟」。其中「軾」、「襄」兩個字，較其他的字稍為小了一些，受信人的上款都寫在札尾，如「軾再拜季常先生文閣下」、「襄上賓客七兄執事」，這是北宋時期書札普遍的署款格式。

南宋紹興期間，與此前署款大致相同的同時，又出現了一種「箚子」，似屬下致上

蘇軾　新歲展慶帖

襄啓：數日前遣使持書
際戟之下，輒邀
行舸光臨鄴境，計已通達
當直未審
尊懷如何，惠然一來，殊為佳事
病軀不常，得安多緣飲食而
致。山羊混而無味，雖食不過三二
兩，魚鼈每食便作腹疼，以此氣
力不強，日久必須習慣，今未調適
耳。蒙書并海物，多感多感
謹奉手啓上聞，不宣 襄上
賓客七兄執事
八月二十四日 謹空

蔡襄 持書帖

級的一種官文書。如程元鳳（一二〇〇—一二六九）、陸游（一一二五—一二一〇）、朱熹（一一三〇—一二〇〇）、文天祥（一二三六—一二八三）、喬行簡（一一五六—一二四一）等，均書有劄子，其格式前端署名款仍與過去相同，但署的名較過去更小了些。劄後的特點是都署具銜款，如程元鳳《呈提舉郎中劄子》中署款「右謹具拜/呈/寅月日金紫光祿大夫右丞相兼樞密使程元鳳劄子」，甚至一行具銜有多至三十幾個字的。當時，陸放翁在他的《老學庵筆記》裏，曾把這種格式的劄子演變過程揭露無遺：

宣和間，雖風俗已尚諂諛，然猶趣簡便，久之乃有以駢儷箋啟與手書俱行者，主於箋啟，故謂手書為小簡，然猶各為一緘。已而或厄於書吏，不能俱達，於是駢緘之，謂之雙書。紹興初，趙相元鎮貴重，時方多故，人恐其不暇盡觀雙書，乃以爵里或更作一單紙，直敘所請而併上之，謂之品字封。後復止用雙書，而小簡多其幅至十幅。秦太師當國，有諂者嘗執政矣，出為建康留守，每發一書，則書百幅，擇十之一用之。於是不勝其煩，人情厭患，忽變而為劄子，眾稍便之。俄而劄子自二幅增至十幅，每幅皆具銜，其煩彌甚，而謝賀之類為雙書自若。紹興末，史魏公為參政，始命書吏鏤版從邸吏告報，不受雙書，後來者皆循為例，政府雙書遂絕。然箋啟不廢，但用一二矮紙密行細書，與劄子同，博封之，至今猶然。然外郡則猶用雙書也。

這段筆記不但使我們瞭解到箚子的演變，而更重要的知道南宋時期整個統治階級從建國到亡國，始終過著淫奢腐朽的生活。北宋趙佶（一〇八二—一一三五）時代的惡習不僅沒有改革，反而發揚起來，官吏的獻媚貪污，對上行賄，對下暴斂，成為定例。陳自強作宰相，官員們上書，信封上必須寫明「並獻某某物」，否則擱置不閱。行賄以外，還得獻媚，程松為謀升官，買一美人取名「松壽」，獻給韓侂胄（一一五二—一二〇七）。侂胄問怎麼與你同名，程松答「為要賤名常達尊聽」，侂胄歡喜，便給了他同知樞密院事、四川宣撫使的官職，這只是舉一二事例證。

這種駢儷箋啟墨蹟還未見到，所謂雙書、駢緘者，其一可能是胥吏所書的正書謝賀之類的信，這是毫無內容的；再即是當事人所謂直敘所請的行書信了。在宋人信札中有開首即署某再啟者，可能就屬於此類書信，而這種箚子的通行時期將及宋末。

元明早期，署名款還是在開首，大體沒有變化。迄明中晚期弘治時（十五世紀後期），已有將自己的名款寫在信箋的開首中部右下角，把受信人的字與官銜寫在信箋最上端的情況。嘉靖時期（十六世紀中期）的信往往在右下角署了寫信人的名後，下面即有一段窄長的空白，再後才是敘事內容。但是，凡屬這類信都無上款，筆者初時並不解其用意，後於收購當中發現王世懋（一五三六—一五八八）寫的信札，在這空白的地方，附有一條窄長的紅柬，上書「大詞伯少秦翁兄長老先生大人門下」，自署「侍生王世懋頓首拜」，頓時解決了困惑已久的問題，原來空白處都是附有這項紅柬的。因這種紅柬不經及時裝裱上去，所以非常容易遺失。幸有此發現，疑滯豁然。

及萬曆至崇禎期間（十六至十七世紀中），又通行一種朱絲欄大副啟。清王士禎（一六三四—一七一一）《香祖筆記》曾載：「予家所藏萬曆中先達名人與諸祖父書箚，皆用朱絲欄大副啟，雖作家書亦然。五十年來乃易為寸楮，日趨簡便，而古意無復存矣。」這種副啟箋通用以後，署名款已漸漸書於札尾，將受信人的上款書於前端。這種格式是和過去形式前後調換了一下，但這時期，札尾多署「名正具」或「名具正幅」，也無印章。這時為了研究正啟為何物，又在何處，又成一謎。最終發現，原來還是那個紅柬帖，由前者附於信內署款下面，如今移出來附在副啟的前面，同時在封緘的時候，把這紅柬與副啟邊緣接連起來，蓋上一方致信人的姓名章，一同發出。所以，這一時期的信在開首往往看到有半個印，而這半個印的印文，有的是一個「事」字，有的是「之印」二字，再就是有二字的名，因此常見的名人書札，雖無款識也還能鑑別出來，即是不經常見的書札通過這半個印，也能聯想解決一半問題。如副啟只有「之印」的半印，那麼寫信人定為是單名的。如有二字半印，就進一步研究作者的姓。如只留一個「事」字，那麼在正啟上必然是一個「啟」字，或「白」字。因為在書信上蓋章，是有一般規律的，和署名款一樣，只蓋名章，以取信也，很少鈐蓋字號章。正啟紅柬的作用，是表示向受信人的致敬，是用端正的楷書寫的，而副啟即行草相雜。在這時期改用這種格式，可能還有一個副作用，即是以顧憲成（一五五〇－一六一二）為首的東林黨和沈一貫（一五三一－一六一七）糾集的浙江系官「浙黨」，以及朱由校（一六〇五－一六二七）的昏庸委魏忠賢（一五六八－一六二七）以政權，正邪兩黨互相攻擊是異常激烈的。與官場相關的一切干煩請託，他們就是利用了這種形式，多不署名。似這類情況，以董其昌（一五五五－一六三六）的手札為最多，例如他這通信就是一通請託辭：

曩辱台教，深荷注存，謝謝。馬雲、馮金蓮皆愚魯之民，此中絕無染指，蒙老父母許審時寬宥，今電斷在即，祈推屋烏之愛，恕其無辜，豁其罪贓，不惟馬雲父子感二天之戴，不佞佩明德無量矣。再瀆，惶悚不一。名具正幅，左沖。

就此信而論，是否可以這樣來主持公道？但細分析，似恐未必，可能以包庇奸種而出此請託官官相衛的書也。

關於札尾往往書「左沖」二字，董札即有此署。這在副啟不具名的信札內，末尾往往還留有空白紙，即署「左沖」二字。「沖」即終，謂書札至此而終，這是恐人於札後再加附他語，以此為識。又言「即沖」，猶言即此而

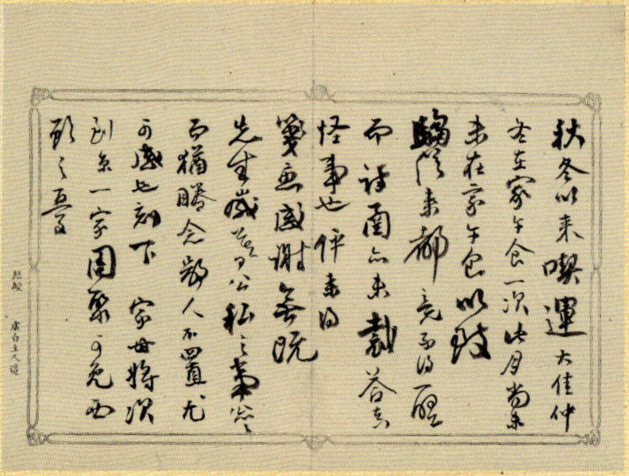

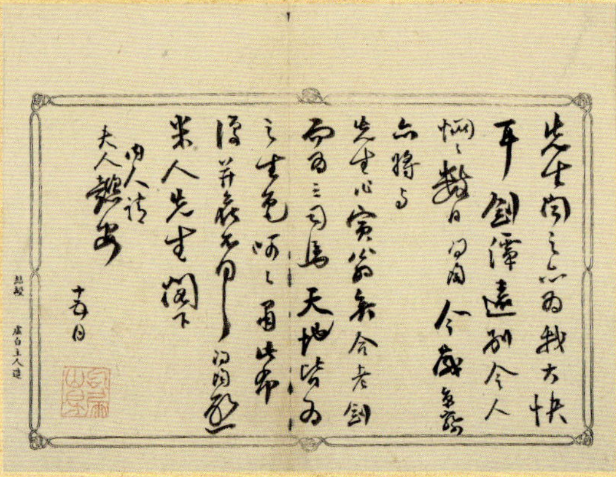

終，或言「又沖」，乃書畢後再加數語，以又別之。嫌字面不吉，同音假「沖」為「終」。如紙長言盡尚有空白，亦恐他人附語於後，或末署「左虛」、「慎餘」、「左玉」、「歨後」等等字樣，而意義則相同也。

複名與侍生

在明初以前的書札署款，本有單名複名之別，但是在明以前複名亦未有單稱者。及明中期以後，竟有複名單稱的出現，同時寫信人的署款經常先寫上「侍生」、「侍教生」等一類的「生」字，下面再署名，或者把單獨一個「生」字寫在名款的上面或下面。如明王世貞（一五二六—一五九〇）致友人的信，在署款時未寫「世」字，只寫「貞」字，下面卻加上一個「生」字，即成為「貞生」二字的款，因此將很具鑑定能力的章紫伯（綬銜，一八〇四—一八七五）瞞了過去。章乃把貞生定為張貞生了，並且作了張貞生的傳略長跋，考證了一番，結果卻是「王冠張戴」了。這時期似此署款的還是不少，李贄（一五二七—一六〇二）也常常署為「贄生」，這種格式亦須知之，否則恐難免襲章氏之誤。

有清一代康熙前後（十七至十八世紀初），仍用小副啟八行相往還，及乾嘉時期（十八至十九世紀初），武林許氏製的一種虛白齋信箋盛行一時。

當時的金石書畫家賞奇析義，藉書札以商榷考訂。據梁啟超（一八七三—一九二九）《清代學術概論》一書中載：

清儒既不喜效宋明人聚徒講學，又非如今之歐美有種種學會學校為聚集講習之所，則其交換知識之機會，自不免缺乏，其賴以補之者，則函札也。後輩之謁先輩，率以問學書為贄，有著述者則媵以著述。先輩視其可教者，必報書釋其疑滯而獎進之。平輩亦然，每得一義，輒馳書其共學之友相商榷，答者未嘗不盡其詞。凡著一書成，必經摯友數輩嚴勘得失，乃以問世，而其勘也皆以函札。此類函札，皆精心結撰，其實即著述也。此種風氣，他時代亦間有之，而清為獨盛。

袁滌庵留學日本時照片

自序

袁紹良

先父袁翼，字滌庵，晚年號剡溪老人。清光緒七年（一八八一）生於浙江省紹興嵊縣，工科舉人（光緒廿八年）。日本大阪工業學堂應用化學科畢業，當時與馬一浮、謝無量、陳叔通、邵力子、章士釗、蔡元培、章太炎、錢均夫（錢學森之父）、魯迅、徐錫麟等同學及好友。

返國後宣統元年部試授工科舉人、殿試授學部七品京官，派往甘肅任鎮蕃縣知事（今民勤縣），巡撫為張廣建（勛伯）。又被委任紹興學堂校監（與魯迅同庚、同鄉、同船赴日留學，返國後又為同事），並被東三省巡撫張錫鑾（金坡）委任為奉天造幣廠工程師，應恩師湯壽潛（蟄庵）（兩江總督）之邀為江南製造局工程師。應黃興（克強）之邀為交通部監考官。先後為直隸高等工業學堂教授（後與清華大學校長劉仙洲為同事）、農工商部技正（與王光美之父王槐青同事），創辦中國當時質量第一之北票煤礦為董事長，並創辦北京電車公司，且修建了第一條北京之柏油馬路，開啟建

袁滌庵舊照

築秦皇島及上海裝卸碼頭。並為北京自來水公司董事、北海公園董事。又與丁文江、翁文灝創辦中國地質調查研究所（更出資培養李四光先生赴英國留學），並為天津啟新洋灰公司、東亞毛紡廠、仁立地毯公司、江南水泥公司（南京棲霞山）、中興海運公司、山東棗莊煤礦等等之董事。並於北京興辦剡溪農場、阜外桃園等。將日本名優品種水菓引進，如大久保、岡山白、五百號、離核、土倉、黃金桃、玫瑰香葡萄、黃金元帥蘋菓、廿世紀梨（今稱水晶梨）等等引進北京開發新品種。

先父一生酷愛收集書籍、文物、文獻資料、地圖等等。一般古董商人「以古為貴」，但 先父則以史為貴，以人之正氣、學識為貴，以有考據、文學、歷史、地質礦產資料（補正史之不足者）、藝術等意義收藏為上。

先父收集之經、史、子、集各類善本、線裝書約近十萬冊，全部以樟木箱存放。每年晾書約兩個月餘，為京城鄧繩武（樹祖）先生專司此事，清晨黎明即至，先授良太極拳，再共同搬書（一個月後又搭竹架，晾吹宮中皮草）。 先父除注重收藏弧本、鈔本及地圖（五仟餘張）之外，尤注重收集地方志，除浙江全省（州府縣）志書之外，各省均有大量收藏，堪稱全國之最。當時除向書肆、書商、清末破落之大戶人家，乃至向街巷賣花生小食之小販以舊書拆頁包食而賣者， 先父即將全日之小食及擬包食而未拆之舊書全部收購。 先父深知外國侵略者侵華之後，最大、最終之目的在於搶掠地下之資源（尤其是國土少、而其本國無資源可採之國家）。據知台灣所生長之檜木，大可合圍，如今一株皆無，全被日佔時砍伐掠去日本。

先父曾諄諄誨示，王羲之書聖，從未寫匾額、應酬之作，如「壽比南山」「開張大吉」等等。如傳世之「三希堂」帖，均是書札。「快雪時晴，佳想安善」「中秋不復」，又如王獻之「鴨頭丸帖」「鴨頭丸故不佳……」也是書札，有感而發，心手雙暢，是以書札能見作書者真性情，落筆如行雲流水，有呼吸感。而應酬之作，雙方常不相識，勉強為之，下筆生硬拘泥而乏味。

先父並藏有乾嘉兩代皇帝御用之大硃錠（以大楠木盒盛放），每盒內有三至五方大硃砂墨，共十餘盒。如墨上金色鐫有「嘉慶元年御製」，頗為沉重。日侵華時，曾以八百元壹兩硃墨之高價求購，先父避而不售。先父知日戰時缺水銀，擬買硃墨打碎後煉汞製炸彈等彈藥，反而傷斃我國人，是以藏而不售。另明清之黑色墨則有兩仟餘方。僅量少於中國之四大黑墨收藏家（張子高、尹潤生、葉恭綽、張絅伯，各藏三仟餘方）。

先父依地方志之記載，與丁文江、翁文灝走訪大西北阿爾泰山、天山、柴達木盆地及東北各地，普查全國地質礦藏。

清末官派其任甘肅鎮蕃縣知事時，他學習左宗棠，沿河種植左公柳兩百餘里，綠化兼修河道。地下挖出很多文物，除重賞民伕，囑細心呵護之外，

袁滌庵與女兒袁紹蘭、兒子袁紹良

並送故宮。民初北京故宮之三代仰韶陶器即為 先父所贈。

先父頗為敬重康熙，捐贈故宮者尚有「玄燁坐式彩瓷像」，六十年代由陳叔通轉奉周總理，數日後總理又囑童小鵬（國務院辦公室主任）轉予故宮。

先父極為重視之「大禹導河圖」，此圖為有記載以來宮中所繪黃河、淮河、長江等江河歷代水災後改道之手繪冊頁（首次依比例而繪），後由陳叔通轉贈中國科學院圖書館，由賀昌群經手。

尚有明李時珍在世時初版之「本艸綱目」於五十年代捐贈中華醫學會，由當時北京人民醫院院長、友誼醫院院長鍾惠瀾名醫轉贈。

本人曾於一九六五年將翁同龢書札卷捐贈故宮，由陳叔通副委員長轉贈（內有寫僧格林沁與太平軍作戰陣亡等重要史料），故宮於一九九九年建國五十週年紀念冊特別列出，並將良之名以金色永久鑄寫於故宮牆壁，以示謝意與紀念。

本人又於一九八五年將宋版「資治通鑑綱目」（康生五方鈐印）、元版「史記」（文徵明收藏印，鐵琴銅劍樓、山東聊城楊以增珍藏）捐贈浙江大學。

先父於清末曾分別被三位皇帝召見，即光緒、宣統、洪憲，於徐世昌為總統時代被選為眾議院議員，解放後周總理託陳叔通商請 先父為人大、政

袁紹良與章士釗合照

協委員，中央文史館館員等。先父因一九五〇年身受兩槍重傷，不能出席開會而婉謝。

據憶　先父所藏書籍、文物主要為傅增湘仁丈（清翰林、教育總長、版本鑑定權威）、張秀民（北京圖書館善本室主任、「中國印刷史」作者）、老友張儆彬（故宮朱家溍之舅、清侍郎張簡庵之子）以及北京琉璃廠裴孝先、老白先生（忘名）、戴月軒諸先生等為推薦，蒐集鑑定。而京城老友邢端、許承堯、張彥生、孫惠卿、吳玉如、劉葉秋多為推介。魏匏公常作旁注及眉批。

綜觀此批書札內含著名之政治家、文學家（狀元）、書畫家、詩人、太醫、高僧、名人、隱士等等。如忠臣周順昌（被太監迫害致殘死）。另有明之文、沈，清之翁、劉（墉）。若論趙翼（甌北）自幼貧苦，卻文武全才，康熙時官至宰相，毛主席詩詞中「江山代有才人出，各領風騷數十年」即出自趙翼之詩。姚鼐則為著名桐城派古文學家，與方苞、劉大魁為「三傑」並為之首。歸奇顧怪（歸莊少見其書，而顧炎武則較多）。莫是龍為著名京劇「一捧雪」之男主角。金農晚年書札亦為鮮見。王鏊為著名收藏家王季遷之遠祖。

盛昱之弟子吉川幸次郎於日本自立書院，其百年左右之內閣、大臣、首相，多出自其門下。日本政界，無不欽仰良深，再者當年戊戌變法，一千舉

袁紹良、董志惠與劉九庵合照

人「公車上書」，初擬請盛公代達光緒，但盛公諳知慈禧專政，光緒變法必無結果，乃婉辭之。而後翁同龢代達。慈禧顧及翁乃三代帝師，勅其回鄉養老。若是他人必殺無赦。

尚有明狀元羅洪先所書，其「得失榮枯總在天……」一詩膾炙人口。明四大高僧憨山大師之書法亦不多見，其名作「紅塵白浪兩茫茫……」，佛學家、哲學家盡知之。此冊頁有宋犖之鈐印。宋犖為康熙朝之宰相，學識、財、勢三雄，為康熙所倚重。由於書中多所詮釋，於此不一一贅述。

附次一

「文革」時（先父五九年病逝），大姊持家，紅衛兵將先父珍藏曹雪芹手寫「紅樓夢」初稿抄去，迄未再見。

附次二

另蔡元培、徐錫麟與先父之重要函件由中央音樂學院廖輔叔先生借閱，迄未退還，以上諸物如其後人發現請捐歷史博物館，不予追究，請給複印件。

在此衷心感謝劉九庵先生的垂注，本擬詮釋、出版，此願未了，竟爾仙逝。痛夫、哀哉！幸劉家有後，嫡孫劉凱先生慨然承允，克竟全功。五內銘感。並感謝拓曉堂及賈蘊博先生鼎力協助。同此感謝新加坡亞洲文明博物館李楚琳、陳家紫兩位女士獨具慧眼，首先安排陳家紫（楊仁愷先生高足，楊老於新加坡初見八封於此書札，即徹夜未寐。）赴溫哥華拍照檢取。由溫市移往新加坡。感謝郭勤遜館長及簡舒怡、袁惠連和Alan張館長、陳麗碧女士的大力支持，先行組織整理拍照。

多年前黃君實先生於溫市以其法眼對此批書札欣賞之餘給予很多啟示、指點，一併致以萬分感謝。

香港翰墨軒許禮平先生、中文大學李志綱博士對此書的全部審閱、定稿、編印付出大量努力，無任感激。

附記

香港著名實業家、南聯集團董事局主席、蘇州大學董事會副董事長、良之敬愛的岳父周文軒先生多年前的大力支持與贊助，和馬亞中、涂小馬、陳國安等教授的數年深入、廣泛的研究致以誠摯的謝意。

一切都是最好的安排

——袁氏藏明清名人尺牘簡述

劉凱

初識袁紹良先生是在耿寶昌先生九十華誕的壽宴上，席間相談甚歡，方得知他與我的祖父劉九庵先生是舊識，彼此都感到十分親切。袁先生出身名門世家，其父袁滌庵（一八八一—一九五九）在晚清民國顯赫一時。袁滌庵早年留學日本，畢業於大阪高等工業學校，回國後參加光復會。辛亥革命後任天津高等工業學堂教授、奉天造幣廠工程師。一九二四年後，他力圖實業報國，先後創辦北京電車公司、熱河北票煤礦，修建秦皇島及上海裝卸碼頭，事業至隆至盛。「九・一八」事變後他拒任偽職，隱居北京西郊，購地數千畝，經營剡溪農場。作為大實業家，袁氏富收藏，尤以其藏書最為著名。

袁先生談起成長於舊式大家族的種種軼事，很多是今人無法想像的。滄海桑田，袁氏收藏多已失散於歷史變遷之中，如今尚有一批明清先賢尺牘，寄存於新加坡亞洲文明博物館。這批尺牘素為袁先生所珍愛，對之進行編集出版更是其多年來的夙願，中間曲折令人感慨。機緣巧合，時值我剛離開拍賣，轉作文化投資公司，時間精力允許，而信札尺牘也正是我的興趣所在，遂以一時之勇承擔了尺牘的整理出版事宜，而今終得全覽先賢墨跡的風采。

歷代名人尺牘的收藏傳統在中國文物收藏史上可謂久矣，袁氏所藏尺牘亦是流傳有緒。從收藏印章與題跋題記來看，這批尺牘曾經的收藏者中不乏赫赫有名的大藏家。明清兩代計有項元汴、朱之赤、宋犖、端方、王懿榮、張廷濟，近代則有吳湖帆、葉恭綽、吳用威、陳德大等人。這批尺牘歷經流傳最終彙集於袁氏。《袁氏藏明清名人尺牘》是從中精選的二百五十一通，涵蓋明清兩代一百八十三人，從明初錢溥、韓雍到清末陳榕、童揆尊，前後跨越六百餘年，全面反映了明清兩朝各時期的歷史風貌。其文物、文獻、文學、書法價值毋庸贅言。信札尺牘穿越時空，給我們帶來「如聞其聲，如見其人」的感動，也愈加為今人所重。現就這批尺牘作以下簡述。

按地區劃分書信人多集中於江浙一帶，近半數為南直隸人。（編者按：南直隸為明朝時的行政地區，相對於北直隸，大致在今上海、江蘇、安徽一帶）。餘則以浙江人為多，還有些人來自湖廣、山東、山西、江西等地；信札上款人也相對集中於此，其中王觀（款鶴）、畢宏述（季明）、許焞（醇夫）、吳騫（槎客）、汪志伊（稼門）、周三燮（南卿）、葉元封（建侯）等人，均有多人乃至十餘人所付信札。部份上款人之間是親友關係，如姚

許勉燉致許焞札

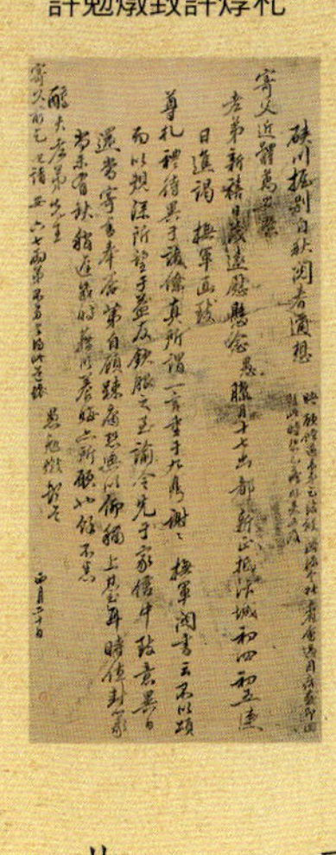

燮、姚景夔父子，翁同龢、翁斌孫從祖孫等。信札中的人物往來形成了一張複雜而明晰的關係網。信中人的社會身分有秀才、進士、舉人、狀元、知府、學政、巡府、御史、大學士至尚書、丞相等等，其中很多人還兼有書畫家、隱士、醫生、篆刻家、藏書家等多重身分，使這批信札中的不同寫信人和受信人又相互聯繫起來。其中最具代表性的是清中葉浙江海寧地區許氏家書。

這批信札包括許氏世家及其戚友往來信札共十多通。此中輩份最高者為許勉燉（思悔），書札致其族弟許焞，字醇夫，號慕迂，雍正元年進士，授翰林院編修，未幾歸里。為硤石鎮中著名藏書大家。許勉燉兒子許道基，字勛宗，號霍齋，雍正八年進士，歷官至戶部山西司郎中。他的書札兩通，都是寫給許焞。以許焞為上款的信札，還包括來自族叔許惟枚一通、族兄許文炳和許烱各一通。還有許焞外戚同里查氏兩通，作者分別為妻舅查恂和從妻舅查岐昌。此外，另有來自查恂祖父查慎行弟子吳嗣廣的三通，內容亦多關於借鈔藏書。

以上十多通書函，不論格式和字體風格皆有近似之處，反映家族文化在一時一地中互相薰習的現象。其中所載即有生活瑣屑，也有重大的族中事務，實可補地方文獻之闕。

由於袁滌庵先生的藏書家身分，因此這批尺牘收藏中的人物多是浸淫於典籍詩文、金石考訂的藏書大家，或主講書院、有詩文集傳世的文壇才子，

周春致吳騫札

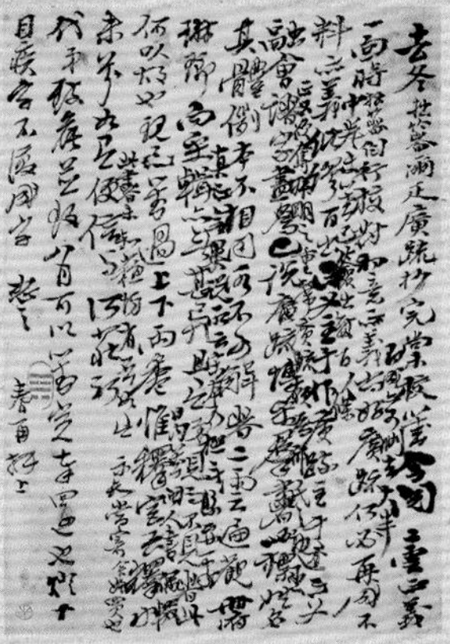

其中以清朝乾嘉時期海寧藏書與校勘名家圈子最具代表性。

海寧地區文化深厚，藏書之風鼎盛。這個文人圈以周春致吳騫信札三通開始。周春，字松靄，號芚兮，乾隆十九年進士。以父憂去官歸里，潛心著述，藏書滿屋，博學好古，精通文史音韻之學。吳騫，字槎客，號兔床，於典籍之癖，與周春為同道。二人經常交流討論，互相鈔校。曾輯刻《拜經樓叢書》三十種。本書中有吳騫致周廣業札一通。周廣業，字勤圃，號耕厓，為周春姪。乾隆四十八年舉人，博學多才，曾參與編校《四庫全書》，並主講於安徽廣德書院。海寧藏書家還有一位陳鱣，字仲魚，號河莊，金德輿致吳騫札中提及他的名字。金德輿，字鶴年，號雲莊。浙江桐鄉人，與著名校勘學者徽州鮑廷博、秀水蔣元龍和方薰等稱文酒之交。這幾位雖不是海寧人，但屬於同一文化圈中文人。此外，以吳騫為上款的信札，也包括海寧以外籍貫的丁杰、魏鉽、朱瑞榕等幾位。其中朱瑞榕一札，是寫給吳騫兩位兒子吳壽照和吳壽暘的。朱瑞榕，字容叔，浙江海鹽人，乾隆六十年舉人，為吳騫女婿，與吳壽照、壽暘既為姻親，又是愛好藏書的同道。

綜上不難看出，最早的收藏者顯然是從相對集中的幾個受信人後人處所得，從這一方面更加印證了這批信札的傳承真實可靠。

梳理本集明清尺牘，內容廣泛細致，涉及朝政、軍事、民情、科舉等，而更多的是請教、請托、約會邀遊、告誡規勸、起居動止、飲食醫治等生活

王士禛致朱彝尊札

瑣事，還有很大比例是詩文酬答、唱和創作、筆墨往還、金石考證、校勘碑帖、點校刻書、書畫古董買賣及至人情風月，可謂內容包容萬物，備狀人情，直可穿越古人的世界，感受他們生活中那一份優雅，也能體會同樣的生活瑣事的紛擾。由於書信是很私密的交流，因此人們多會敞開心扉，直抒胸臆，具體而真實，頗具歷史文獻價值。這批信札還多有明清兩代的詩文之作，有些並未收入文集詩集，當可補厥，包含了較高的文學價值。現撿取數通書札，望能拋磚引玉，引起更深入的研究。

王士禛致朱彝尊札（第五通）

……同衙門錢再老尊翁太先生屬弟書一亭扁，未可艸艸，特求老先生為弟代筆作八分書，其款則弟亦自書之可也。渠三日內有人南行，索之甚促迫，惟于晚涼潑墨，明日即擬送之，容頌謝。

可知王士禛被官府同門索書亭扁，應是大字，不為王士禛所長，無奈請朱彝尊捉刀八分書一副，落款自己題寫，情急迫切，溢於言表。王士禛與朱彝尊同為清初詩壇一代宗匠，並稱「南朱北王」。王士禛在康熙朝繼錢謙益後主盟詩壇，又能鑑別書畫鼎彝之屬，擅金石篆刻，著述甚豐，但其身分主要還是文學家、詩人，真被要求做一個書家的事情只好請朱彝尊代筆了，真所謂「買王得羊，不失所望」。這封書信當中的代筆信息更是為我們提供了

文彭致錢穀札

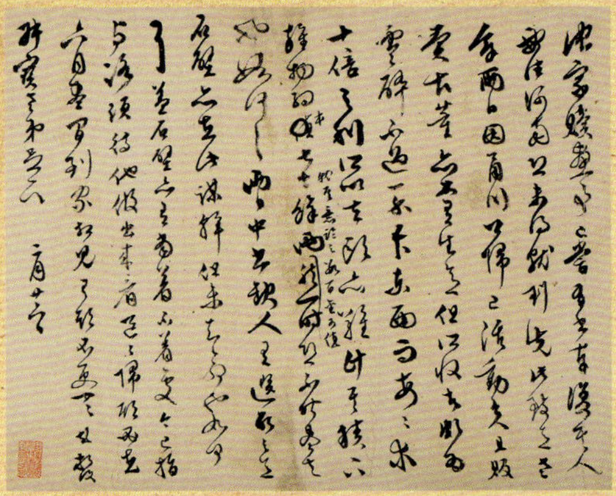

對傳世王士禎書法鑑定的重要文獻依據。

王芑孫書札

……真州書院欲刻課藝，而諸生所送之文，多蕪爛不堪入選。僕精力非復前時，安能更為代作，擬將僕從前未刻之稿，借刻若輩名下，但為數亦甚無多。因思閣下時文最富，或可借刻數篇。他時閣下或自刻藁，仍復收回亦自無害。希將尊稿中自選可存之作鈔寄，或十篇、八篇皆有用也。……

王時在真州書院主講，編製書院課藝。因學生文章蕪爛不堪，故商借好友文章充數，這顯然是王顧及顏面的無奈之舉。古往今來，晚輩弟子為師長代筆者在文章、書畫等領域都頗為常見，但老師幫學生找文章湊數的情況卻甚為少見。

文彭致錢穀札

……且販賣古董亦大有生意，但所收者頗為零碎，不過一分本東西而每每求十倍之利，所以去頭亦難。計其積下雜物約本七十餘兩，就其意論之，數百金可值，然一時恐不能盡去也。如何、如何？

尤珍致野橋札

萬承勳致周兆雲札

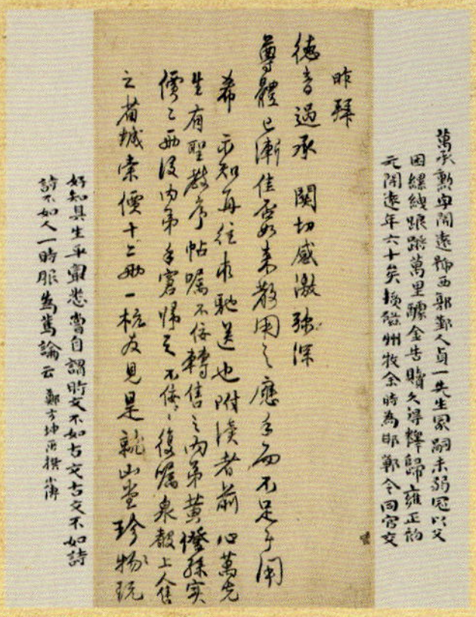

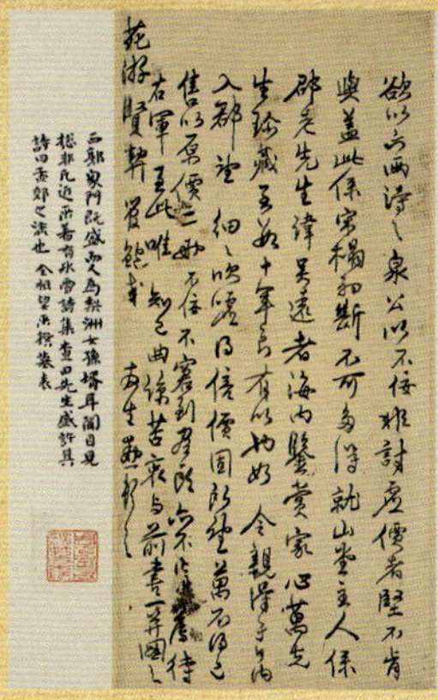

所來珊漁兄扇乙柄，容當轉交。又白描三幅，亦當託人轉售。茲奉上京平紋二兩，煩即交伯荇兄送去，並煩伯荇兄一催，為幸。此復，即頌刻佳，不一。

萬承勳致周兆雲札

……前心萬先生有《聖教序帖》，囑不佞轉售之內弟黃僜孫，實價二兩。後內弟手窘，歸之不佞。不佞復囑泉聲上人售之省城，索價十二兩。一杭友見是就山堂珍玩，欲以六兩得之，泉公以不佞非討虛價者，堅不肯與。蓋此系宋搨初斷，不可多得。就山堂主人系邵老先生諱吳遠者，海內鑒賞家。心萬先生珍藏至數十年，良有以也。如令親得于日內入郡，望細細吹噓，得倍價固所望，萬不得已售以原價二兩。不佞不窘到盡頭，亦不肯薄待右軍至此。惟知己曲諒苦衷，與前書一並圖之。

達受致葉元封札

……所交之扛頭，城中無一愛者，究屬舊料改做，寧地無佛稱尊如此，何況省垣可有售主，故即奉繳，並小圓玉印，祈查收。……琴勒卻有人欲購，還價十二元，未免太少，且與尊易，據意未定，倘得增價銷去……

李應禎致王觀札

以上信札皆為明清文人鬻畫，轉售買賣古董之事。文彭為文徵明子，明代著名書畫家；尤珍為尤侗子，乾隆進士；萬承勳為黃宗羲孫女婿；達受為清代著名的金石僧。身分、地位不同，但都涉及古董買賣，且言語直白，可見當時的古董交易的普遍。清代初期宋搨初斷《聖教序帖》情急之下賣價二兩也可作為當時文物價格體系的一個判斷。

李應禎致王觀札

嘉玉之事何如？料應收拾了當。僕所患，試作一劑，臨睡服之，至叩。應禎奉白。惟顒親家執事。

此件乃李應禎寫給王觀尋方問藥之札，雖寥寥數句，但語氣頗為懇切。王觀，字惟顒，號款鶴，長洲人，成化年間以名醫入太醫院，後返吳門，與吳門文人圈子關係密切。其仲子王穀禎是祝允明的女婿，而李應禎身為祝允明岳父，是故對王氏以親家相稱。王觀季子為吳門著名書畫家王穀祥，本書也有其信札收錄，詳見王穀祥致孫鋌札。王觀醫術高超之外，亦精書畫鑒藏，往來皆一時名士。現藏上海博物館的《款鶴圖》就是唐寅以王觀「款鶴」之號為主題，即所謂別號圖。別號圖是畫家以上款人的字號為主題進行創作，是一種明中期吳門文人圈子中頗為流行的書畫交流方式。

明清帖學盛行，兩朝帝王亦重視書法藝術，莘莘學子無不以一手修養深

鄒元標書札

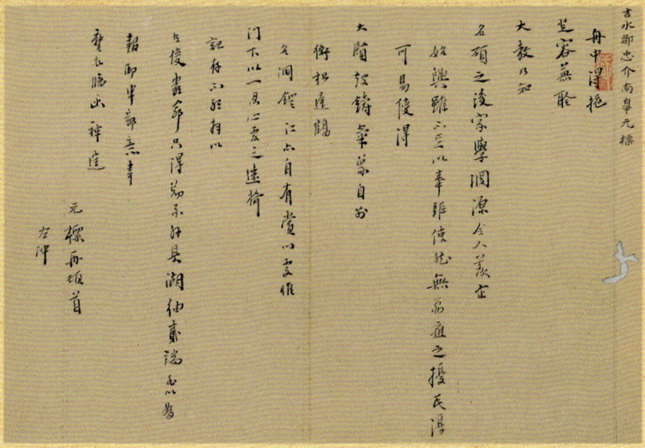

厚的書法作為進身取士的基礎，不獨以專業書畫家，達官顯宦、高人逸士也都顯示了較高的書法水平，且多擅寫行草，尺牘作為私人通訊，不似書家所作碑版、中堂、手卷等需要精心構思、講求技巧的刻意之作，多意動筆隨，真實自然，皆有「不求工而自工」的率意境界而獨具魅力。本集這批尺牘基本涵蓋了明清書壇各個時期的風貌，從明前期（洪武—成化）的張弼、沈周、吳寬、李東陽、金琮等人的書跡中可見此時趙孟頫書法流韻不絕，而又依宋元各家風貌，各有別調，如沈周之於黃山谷，吳寬之於蘇東坡等。及至明中期（弘治—隆慶），吳中書法於書壇大旗獨樹，集中所錄王鏊、文徵明、陳淳、王庭、陸治、文彭、文嘉、王穀祥、彭年、周天球、顧璘、徐禎卿、陸師道、陳鎏等。吳中書畫家反映出這一地區書法藝術的繁榮，各家相互影響，而又有鮮明的個性，確立了重情態意趣的明代書法於書法史中的地位。另如楊循吉、邵寶、羅洪先、黃姬水等文人學者的書法皆功力深厚，自具風度。明代後期（萬曆—崇禎）書風追求個性，自書胸臆，愈加顯著。王鐸、傅山等人的奇姿異態體現了這一特殊歷史時期超越傳統的叛逆。清代康熙時期董其昌書體備受推崇，王弘撰、汪士鋐等可作代表，及至從清中期碑學肇興，到後期的蓬勃興盛，金農、桂馥、黃易、包世臣、達受、楊沂孫等都是重要人物。

集中還有鄒元標、周順昌的尺牘，他們皆非書畫家。鄒元標為東林首領，三度上疏彈劾首輔張居正「奪情」，遭廷杖八十，發配貴州，復起後又因魏忠賢亂政求去。周順昌，東林黨人，亦是抗爭魏黨遭迫害致死的忠烈名士，他們的墨跡已非簡單的書法藝術，更閃爍著歷史先賢的風采。

綜合來看，這批尺牘的利用價值大體可分為三個方面。首先，信札原件本身作為先賢遺墨，數百年來歷經各代藏家之手得以保存至今，具有重要的文物與收藏價值；其二它的文本釋文，有其文獻和史料價值；其三，信札的大部分作者都具有較高的書法水平，圖片影印出版後具有書法藝術價值以及對倣書者其他作品的鑒定參考價值。這其中又以其文獻價值的研究空間最大。尺牘信札是那個時代除了當面對話以外人際交流的唯一手段。因此，它是研究當時人際關係極為重要的資料，有利於建立和還原出當時的關係網絡。對寫信人或者收信人來說，書信內容最為即時生動地體現出當時人們的行為、言論以及觀念，是重要的傳記史料，補充了很多官史所不見的信息。對於研究書信往來者的生平、歷史事件的始末，乃至人情世故、各地習俗等都有著十分重要的意義。通過這次出版，我們希望能使讀者認識到這批尺牘的價值，更希望讀者能夠從中獲得更多新的信息與材料，以利於更深入地研究工作。

本集的出版承蒙收藏者袁紹良先生的信任，傅熹年先生題寫書名。香港中文大學李志綱博士費時數月編排整理、釋文、考訂資料，嚴謹專業，令人欽佩。臺灣大學藝術史博士高明一先生為釋文細心審校，析疑匡謬，功不可沒。公司同事賈蘊博、晏旺盡心協調，香港翰墨軒許禮平先生傾力襄助得以出版。再次萬分感謝。今年伊始我已開始整理祖父劉九庵先生生前遺留下的大量筆記文稿，他在尺牘研究方面傾注了大量心血。其中有一篇未發表的關於尺牘款識的文章作為本書代序。今年又值祖父誕辰百周年之際，是以作為紀念。

一切都是最好的安排。

二〇一五年十月於靜心齋

高風峻節

——袁氏明清名人信札與中國士人之獨特性

陳麗碧

一、袁氏信札的借展緣起

袁紹良先生珍藏的一批明清兩代士人信札極為珍貴，現借藏於新加坡國家文物局（National Heritage Board, Singapore）旗下的亞洲文明博物館（Asian Civilisations Museum）。此組信札藏品，由其父袁滌庵（一八八一—一九五九）在二十世紀初蒐集收藏。袁滌庵的收藏過程，並其作為二十世紀顯赫的士人身分典範——集清官、文人、教育家和商賈於一身，正好與亞洲文明博物館二〇一五年新蓋的中國展館之策展概念，即探討歷代的中國士人身分，與士人多元化的社會功能不謀而合。

新加坡亞洲文明博物館首建於一九九一年，初期位於亞美尼安街(Armenian Street)道南學校原址，即今天土生華人博物館（Peranakan Museum）的位置。當年新加坡政府決定規劃亞洲文明博物館，作階段性發展，藏品幾乎從零開始。第一分館以中華文明為主題，獲得了不少本地及海外著名的收藏家和慈善團體慷慨支持，其中包括邵氏基金、裕廊鎮管理局、袁紹良、葛師科、關善明、邵維錫、胡世昌、九如堂、仇大雄（Franklin Chow）、葉承耀等惠借或捐贈，借展者亦不乏香港的收藏家。❶

當年袁紹良先生得悉亞洲文明博物館缺乏中國展品，立即慷慨借出展品共四百九十八件——清宮製墨、古代書札和陶瓷，期盼能夠藉此補充和豐富館藏展品。袁氏的明人信札尤其矚目，為多位明代和清初重要的書家墨跡，如沈周、文徵明、文彭、文震孟、周天球、吳寬、翁方綱、王士禎、金農及王文治等人。這批珍品既能讓星洲觀眾有緣一睹十五世紀初至二十世紀初中國文人的精湛書法，而從文人書信來往所透露的訊息，更有助觀眾加深了解典型的中國文人之生活面貌，補正史之不足。

直至二〇〇三年，亞洲文明博物館新址設於新加坡河北中央商務區旁的皇后坊大廈（Empress Place）。作為一所泛亞洲綜合性博物館，當中有東南亞、東亞（只集中在中國）、南亞和西亞的展館。東亞展館定名為郭芳楓展館（Kwek Hong Png Gallery），透過藏品展現中國的歷史文明發展。其策展概念是在新加坡作為多元族群的國家城市，華人又佔大多數的背景下，因而深入認識星洲華人先輩們與中國的歷史淵源，別具重要意義。其次，此展館的大部分文物直接繼承自道南學校原址的展品，在此基礎上再作調整和策劃的。再加上博物館的藏品缺乏日本或韓國等東亞文物，自然而然，此東亞展館只集中展出中國文物。❷當時的展廳以帝王制度、父權社會、士人生活和中國宗教四大主題，介紹中國社會與文化藝術的歷史發展。❸袁氏的明清信札典藏，乃是構成該展館的重要部分。

直到二〇一三年，亞洲文明博物館再次獲得本地豐隆集團（Hong Leong Foundation）的鼎力支助，博物館決定將原有的停車場，改建成為樓高三層的中國文物展館。展館同命為郭芳楓展館，並於二〇一五年年底正式開幕。展館的宗旨以展現中國的藝術和文化傳統，尤其是中國南方沿海等地的文物藝術為目標；更重要的，乃是追溯新加坡海外華人如何連結於中國傳統文明和藝術精髓之深厚根源。二樓展館題為「高風峻節：中國士人文化」，以專題的形式，透過文物藝術品，探討士人在中國以至海外華人社會扮演著的豐富角色和功能。因此，袁氏這批不可多得的明清信札珍品，是新策展概念的重要靈感來源。❹

二、袁氏信札新角色——士人交往之體現

袁氏明清信札收藏甚豐，側面剪影了明清江南一帶的文壇發展，透視明清士人圈子的結構和交往情況。明中葉以後，江南一帶包括蘇州、揚州、南京等地商業、手工業日益興盛，交通和運河等基建發展迅速，海陸運輸相應

頻繁。在繁華富饒的社會條件下，江南一帶成就了由明代士人所帶動的高雅的士人藝術。當時士人對書畫鑒定、金石研究、書齋陳設、園林設計等文藝活動都十分講究，且多有心得。這類討論及評述，經常被仔細地記錄下來，如曹昭的《格古要論》、高濂的《遵生八箋》、文震亨的《長物志》和李日華的《六研齋筆記》等。❺再加上當時的出版業相當普及，明人出版物成為古物知識傳播的媒介。而文人間的交流，反映在當時頻繁的書信來往或活躍的雅集活動。交通的便利使通訊和旅遊變得更為方便，促使明人醉心遊歷山川，勤於雅集，廣結朋友。晚明清初的士人結社活動蔚然成風，逐漸形成了龐大的文壇集團。這些集團卻不止「以文會友」為目的，甚至涉足政治範疇。晚明士人對十七世紀初沒落的政權，或對友好結盟、恢復傳統等社會觀念，都有務實的政治關懷。❻因此，袁氏明清信札的特別之處，在於它與其他書法的形式不同，具有通訊的實用功能。信札既能展示書者與收信者雙方的思想交流，又能生動地反映了士人們互動下各種精神和生活層面。

亞洲文明博物館新蓋的中國展館，有別於過往博物館文人書房常設陳列的慣常做法，展廳會以專題作切入點，透過展現明清時期江南、福建及潮州三地的文人書房和傢具，及各式各樣的士人藝術，探討無論是中國境內，抑或是海外的華人社群中，人們究竟是如何周而復始的把「士人」這個理想的人格概念，成為畢生嚮往與實踐的身分認同。此展館從分析青銅時代古器物所構建的古代儒家的理想人格出發，繼而逐步剖析文人學士、士大夫與商賈這三種社會身分的士人的成聖之路。

從十五世紀開始，以十八至二十世紀初為高峰，一波又一波的華人由中國沿海的南方城市，跑到東南亞國家打工謀生，最終在海外落葉歸根，其思念故鄉之情往往保留在習俗禮儀上。海外華人對中國士大夫身分之嚮往，可見一斑。一八八七年，清政府在新加坡設立了領事館，並趁機在當地賣官鬻爵，甚至在報章上把各個品級的價格都刊登出來。經商致富的海外華人為之雀躍，當時有一批社會地位顯赫的商賈買下品級，並在重要的日子，比如殖民地政府相關的儀式活動中，把相應的補子戴在身上，以顯示其身分。也有一些海外華人雖沒有真正獲得官銜，例如土生華人（Peranakan）會把結婚禮服，穿成清官朝服的模樣。這些禮節，恰恰反映海外華人或多或少追隨「士、農、工、商」這種中國傳統的社會階級的價值觀。

三、平行時空：袁滌庵與南洋商家——理想人格的實踐與文藝贊助

亞洲文明博物館中國展館的另一重點，乃是比照中國典型士人的生活品味和交往活動，和南洋華人社會商家投入文藝活動，藉以追尋其為中國士人文化傳統的深厚淵源。

袁氏明清信札首任主人為北京西山八大處別墅主人袁潞庵（一八八一—一九五九），其身世和事蹟，正好是傳統士人文人、士大夫和商家多重身分的寫照。袁潞庵為晚清工科舉人，任過七品官，在海外留學具備西方科學知識，又是善於投資的企業家。一九〇二年，袁潞庵與魯迅、章太炎、馬一浮留學日本，後任紹興府學監督、校長，兼教化學，同時創立中國地質調查研究所。此外，他又投資多間國家實業，其公司於一九二一年開通北京首條有軌電車線路。當時日本侵略，袁潞庵隱居期間不惜重金搜求古籍善本和地方志萬餘冊，一批明清信札正是該時期所收藏的。他對於中國古典文化及古籍的蒐集和保存肩起重任，建立當今被視為舉足輕重的書法和古籍珍藏，有「地方志第一收藏家」的稱號，更將部分文獻珍品捐獻給國家。袁潞庵實業成功至富，無償資助有志者如蔡元培等人辦學，又暗中支助留學生。新中國成立後，亦獲邀為全國政協委員和文史館館員。袁潞庵作為二十世紀初的士人典範，更通過其子袁紹良把其廣博的文人精神，透過惠借和文藝支持，貢獻至海外的華人社群。⑦

尤其在十九世紀至二十世紀初，許多華人冒險從中國前來東南亞淘金，成功的生意人偶爾轉向學術追求，這使得商人與士人之間的傳統社會界限變得模糊。新加坡早期的潮州社群領袖余有進在晚年時從事繪畫和書法創作。儘管林文慶是一名受英國殖民地教育的土生華人，不諳華語，卻成為新馬儒教復與運動的領袖，以及中國廈門大學的校長。❽如上述所言，富有的海外華人經常買官封銜，並穿上綴有相應補子的清朝官服。約二十世紀初期，在成功商人的支持下，新加坡出現了一道前所未有的人文風景。受中國維新派的影響以及歐美民主與平等思想的啟發，新加坡華商承接中國傳統士人的角色，支持創辦華文學校和報章，以廣開民智。在二十至三十年代，這些士人包括了藝術家、編輯、記者，以及從中國應邀前來的名作家如老舍、郁達夫等人。

北京西山八大處袁氏別墅主人袁滌庵與新加坡慈善家陳之初博士（一九一二—一九八三），可謂是二十世紀初中國及海外華人社群中竭力貢獻人文藝術的佼佼者。二十世紀三十年代起，陳之初博士開始搜藏重要的現代中國名家畫作，包括吳昌碩、齊白石、任頤、潘天壽、溥儒等珍藏。❾與此同時，除了新加坡的本地畫家如劉抗外，還結識了當時中國著名的畫家，例如有寫實風格的徐悲鴻、嶺南畫派趙少昂，並與南洋有識之士如黃曼士等人，邀請藝術家前來新加坡相互切磋。徐悲鴻曾應邀到訪新加坡共七次，其間他曾與南洋地區多位的收藏家、商人與藝術家來往頻密，這深深影響著南洋的中國水墨畫的藝術風格之建立。❿陳博士本為成功商人，亦是書法家，熱心公益，而其藝術贊助人身分，對新加坡南洋水墨畫畫派的發展至關重要。二○○三年，其家人把其書齋香雪莊的大部分藏品，捐贈予亞洲文明博物館，為南洋士人的現代演繹。

四、小結

亞洲文明博物館透過袁氏明清信札精品作為策展亮點，見微知著，藉此深入探討中國士人文化的豐富內涵。而袁滌庵多重角色的士人身分，搜尋古籍善本鍥而不捨的收藏經歷，以至他對藝術、國家教育和文藝政策等多方貢獻，也許為二十一世紀的知識分子如何實踐一己的社會角色和公民責任，提供了理想的模楷。

作者為新加坡亞洲文明博物館高級研究員（中國藝術）

註釋

❶ 見郭勤遜：〈序〉，《亞洲文明博物館之中國文物收藏》（新加坡：亞洲文明博物館，一九九七），頁九－一〇。

❷❸ 參李楚琳、陳珊：《亞洲文明博物館東亞展館策展計劃書》（新加坡：亞洲文明博物館策展檔案，二〇〇二），三。

[印章]

同註。

❹ 參陳麗碧、張福成等：《亞洲文明博物館中國展館新翼策展計劃書》(新加坡：亞洲文明博物館策展檔案，二〇一五)。

❺ James C. Y. Watt, "The Literati Environment", *The Chinese Scholar's Studio: Artistic Life in the Late Ming Period* (New York: The Asia Society, 1987), pp. 1-13.

❻ 故宮博物院：《古色：十六至十八世紀藝術的仿古風》(臺北：故宮博物院，二〇〇三)，頁一三二-一三五。

❼ 官慶培：〈別墅主人原是大企業家〉，見副刊B19，《法制晚報》，二〇〇五年十一月八日。

❽ 林文慶的新儒家思想文章，見 Yan Chunbao, *Essays of Lim Boon Keng on Confucianism: with Chinese Translations* (Singapore: World Scientific Publishing Co. Pte. Ltd, 2015).

❾ ❿ 歐陽興義：〈徐悲鴻歷史研究的時代機緣〉；華天雪：〈一段清晰又朦朧的歷史：徐悲鴻在星馬〉，《徐悲鴻在南洋》(新加坡：新加坡美術館，二〇〇八)，頁四七-七七、頁七九-九十。

目錄

袁氏藏明清名人尺牘

傅熹年謹題

上

錢溥 致都堂札

釋文

承

書帛之惠。及袁侍御來，始知

回宅，甚喜。所書墓銘，筆禿紙澁，不能如意，自令善書再錄之為妙。先此附

上，至期執紼，當面晤也，不悉。溥拜。

都堂鄉尊大人苫次。

印章

原溥（朱文方印）

鑑藏印

商丘宋犖審定真跡（朱文長方印）

邊題

華亭錢尚書原溥溥。

編按

錢溥（一四〇八—一四八八），字原溥，號九峰，一號瀛洲遺叟。南直隸華亭人。正統四年（一四三九年）進士第二甲第二名，授檢討，遷左贊善，出使安南，累官至南京吏部尚書。工書法，兼楷、行、草，以小楷著稱。著有《朝鮮雜志》、《使交錄》等。

此札上款人身分未明，從內文看，錢溥因應這位同鄉委託為某人作墓銘，完成後隨函奉寄，並約定殯殮時相晤。由於錢溥曾為多人撰寫墓志，其中包括沈粲（一三七九—一四五三）、任勉，均為華亭人，本函中人屬誰尚難以確定。

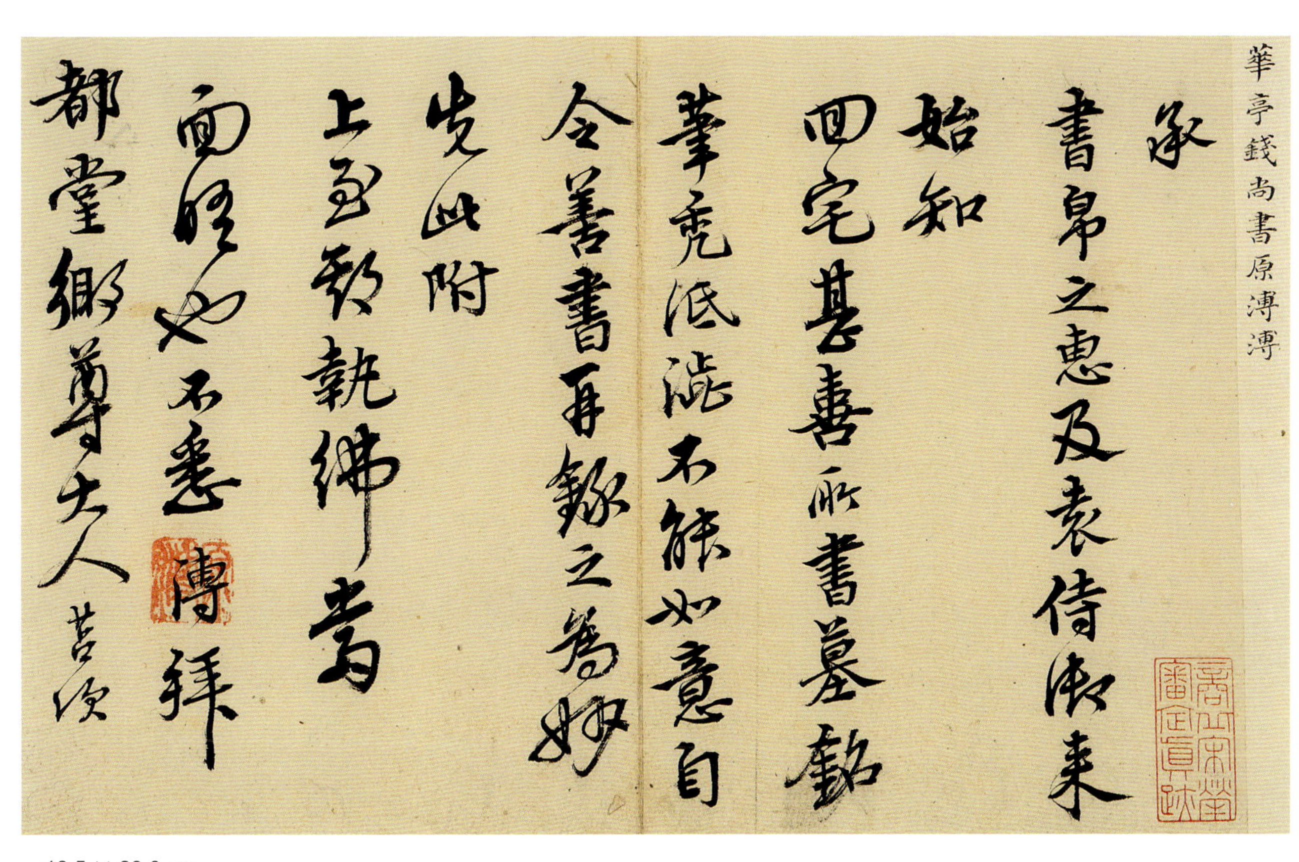

18.5 × 28.6 cm

華亭錢尚書原溥溥

承

書帛之惠及表侍御来

始知

西宅甚善所書墓銘

筆禿氏亦不稱如意自

令善書再錄之答好
使此附
上到執拂書
面謝之不悉傳拜
都堂鄉尊大人
昚俟

韓雍 書札

一四六九年

釋文

昨承擕趙廣洋來舍，見其禮意勤敬，遂與作《怡菊》詩。倉卒間有數字未穩，宜改第八句：「文彩翩翩見鳳毛」，而首句「冠冕」二字卻不動為佳。如其人未行，煩取回舊軸送來，自用紙重寫付去潭府。《釣魚磯》詩，「投竿」仍須改作「長竿」，庶不貽笑大方。魏生詩軸發與領回，不一一。

十八日，雍拜手。

印章

永熙（朱文方印）

邊題

姑蘇韓襄毅永熙雍。

編按

韓雍（一四二二—一四七八），字永熙。南直隸長洲人。正統七年（一四四二年）進士，授御史，擢右僉都御史，歷官至左副都御史、提督兩廣軍務。被劾致仕。

本札關乎兩首詩作的推敲，一為〈怡菊為錫山趙汝明題〉：「冠冕雖榮懶折腰，獨怡黃菊異蓬蒿。花陪陶令歸時樂，香比韓公晚節高。三徑霜華添酒興，一籬風味助詩毫。清修更有傳芳處，文彩翩翩見鳳毛。」收錄於韓雍《襄毅文集》卷七。另一為〈釣魚磯〉：「香餌投清池，得鮮不須買。還擬取巨鰲，長竿向東海。」見《襄毅文集》卷一。據其編輯體例，可知作於成化五年（一四六九年），時韓雍四十八歲。

姑蘇韓襄毅永熙雍

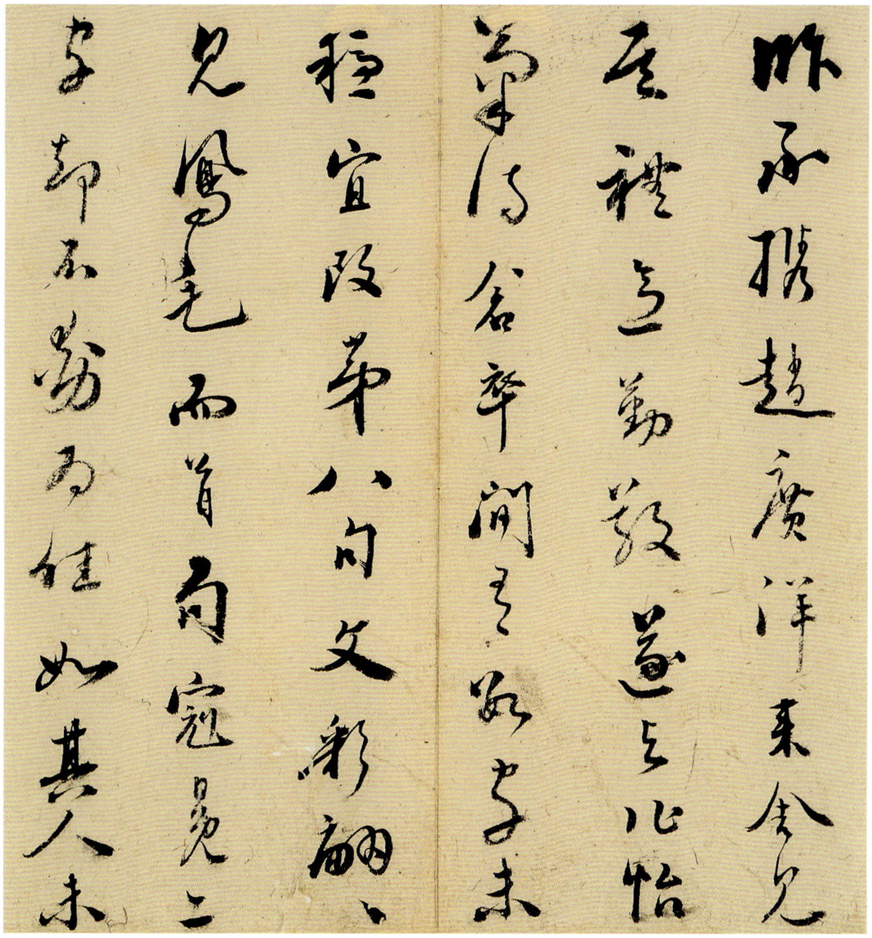

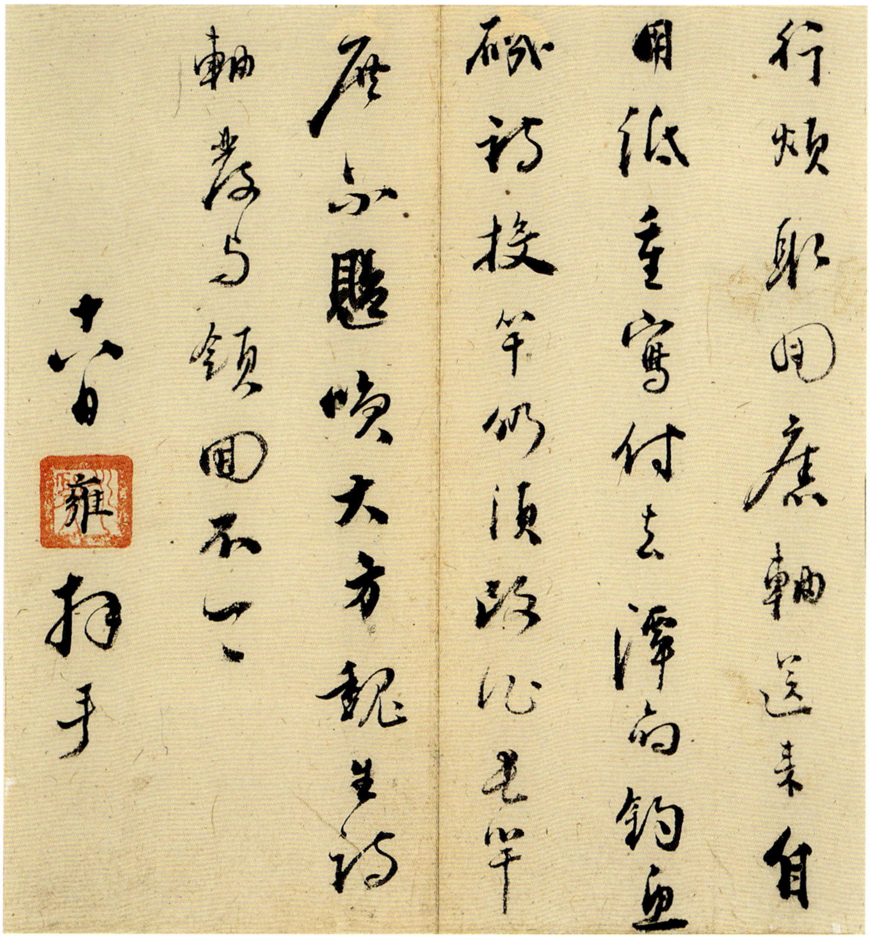

各 20.2 × 18.8 cm

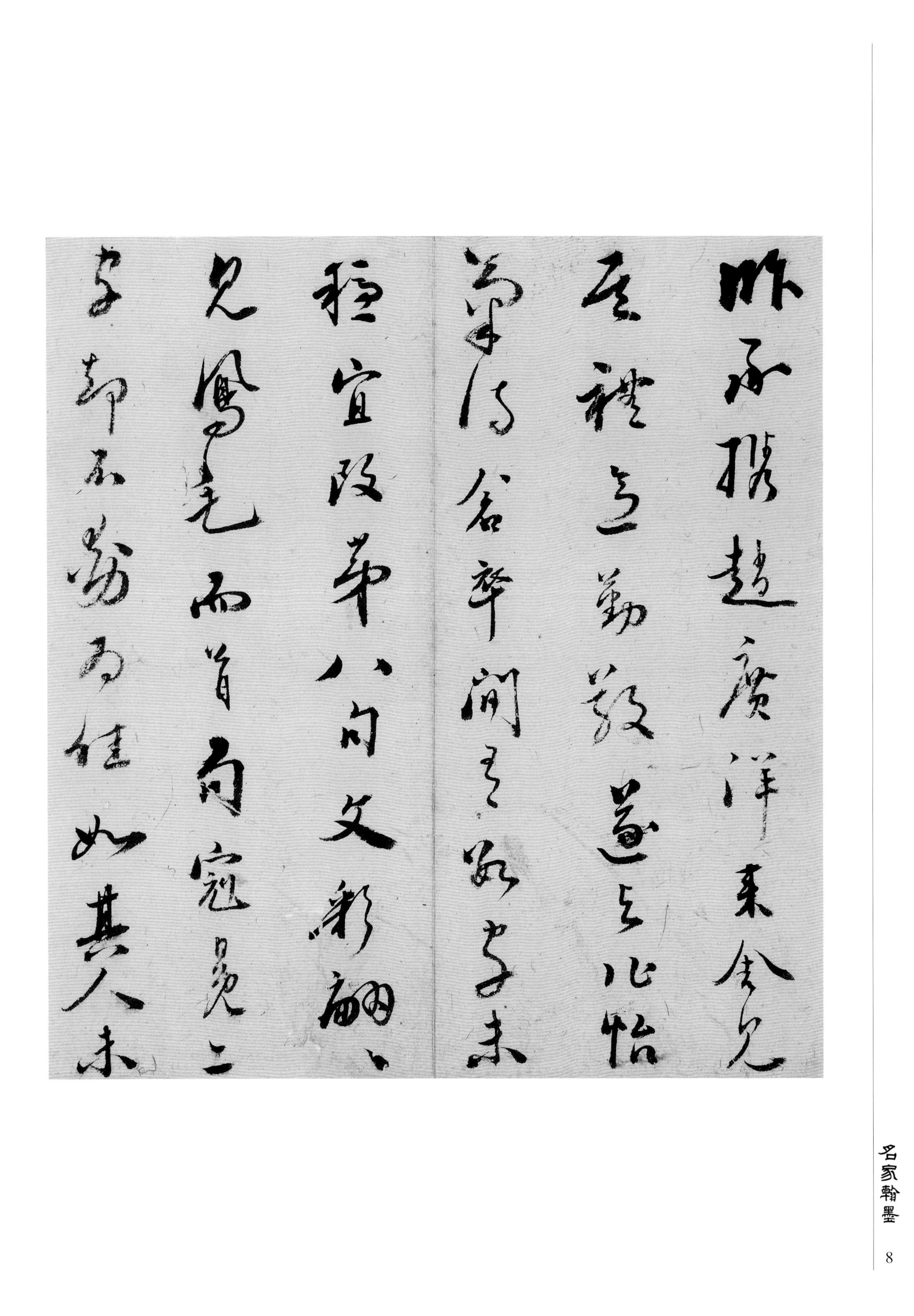

行頻即用麾軸送來自

用紙垂寫付去澤向鈞旦

碌詩接竿仍須路沁也早

歷不聽喚大方觀生詩

軸幾與領回不一

吉甫拜手

張弼 致林瀚札

釋文

多荷

惠顧，深感、深感！所遺毛州刺史，皆頗辦事，但易老而禿，其性不習風土而然也。

劉地官先生倘會，乞道謝意。惡札以汙佳楮，幸弗罪耳。且不知欲橫寫豎寫，今既豎寫，橫者尚可補也。燈窗事業，望挈我二三，豈宜獨善乎？草草，不悉。張弼頓首。

亨大契兄。

鑑藏印

世美堂印（朱文方印）、臥菴（朱文長方印）

邊題

華亭張太守東海弼。

編按

張弼（一四二五—一四八七），字汝弼，號東海。南直隸華亭人。成化二年（一四六六年）進士，歷官至江西南安府知府。工詩文、書法，尤擅草書冠絕一時，世評為「顛張復出」。

林瀚（一四三四—一五一九），字亨大。福建閩縣人。與張弼同年進士，歷官至南京吏部尚書、任南京兵部參贊機務。受宦官劉瑾（一四五〇—一五一〇）迫害至流離失所，至劉伏誅方得復官。卒贈太子太保，謚文安。著有《文安公集》。

張弼本札提及被邀請題字一事，委託人「劉地官」或即劉鈺（一四三八—？），字世美，湖廣沔陽州人，亦為成化二年進士。

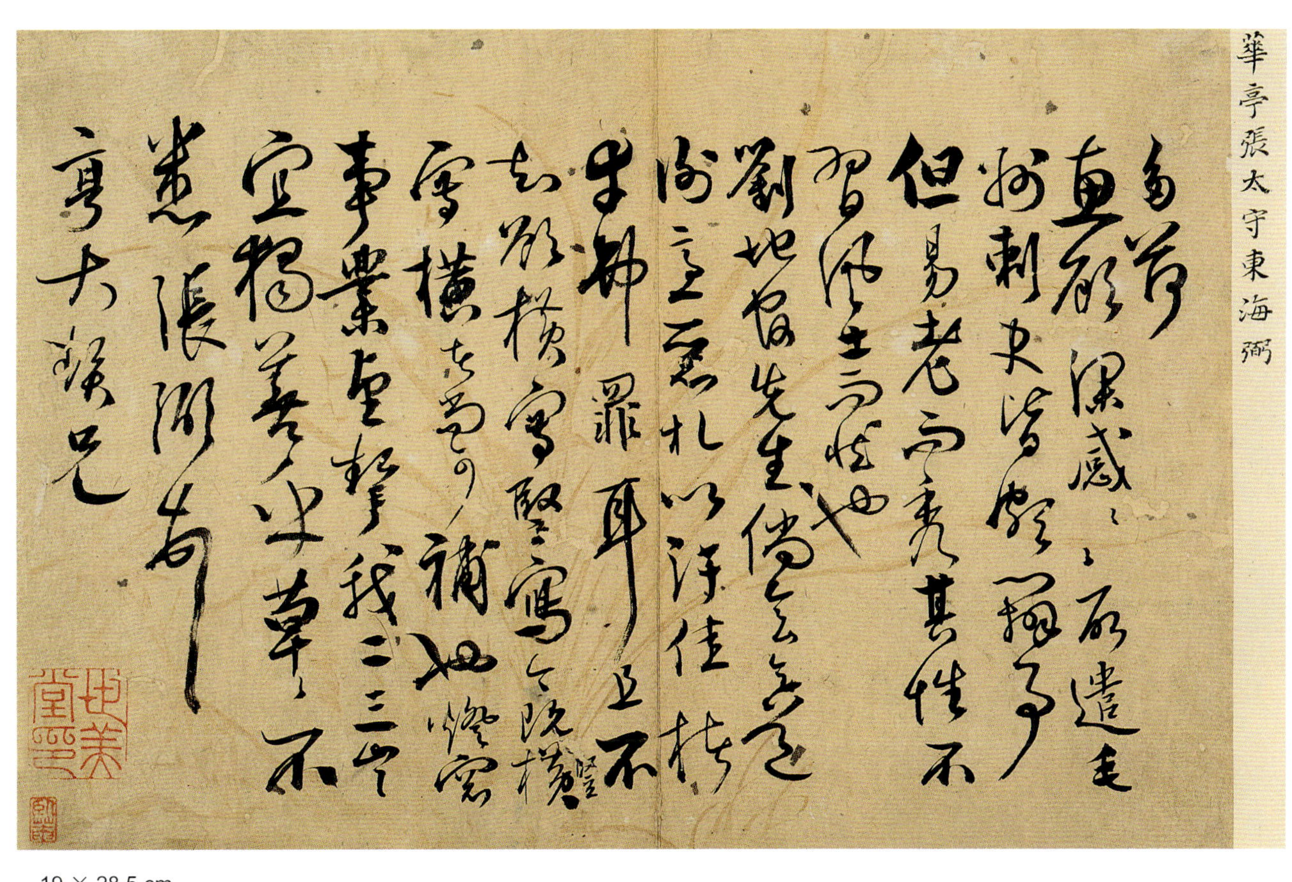

19 × 28.5 cm

華亭張太守東海弼

沈周　致吳寬札

一四九七年

釋文

友生沈周再拜。

匏庵亞卿大人先生閣下：自京口分手，倏耳歲莫。茲行甚得良便，為金山之遊，以補平生欠事。有拙作數首，未易請教，茲因周儒德行，得附起居之敬。儒德有誣事，茲援例陳情，伏望以鄉曲學校之念，少賜存與，則不勝感激，再告。《橋樹秋風》、《萱花春雨》二冊葉，隨意一言，万幸未問。伏惟為國自重，不宣。

十一月三日。敬空。

印章

沈氏啟南（朱文方印）

邊題

長洲沈啟南周。

編按

沈周（一四二七—一五〇九），字啟南，號石田、白石翁。南直隸長洲人。博學而不仕，書法效黃庭堅，畫法師事杜瓊（一三九六—一四七四），為「吳門畫派」宗師，影響深遠，稱「明四家」之首。著有《客座新聞》、《石田集》等。

吳寬（一四三六—一五〇四），字匏庵，亦長洲人。成化八年（一四七二年）狀元，官至禮部尚書。善書法，頗得蘇軾神味。工詩，著有《匏庵集》。

沈、吳兩人交情篤好。弘治十年（一四九七年）三月，吳寬守繼母之喪期滿，服闋還京，沈周相送至京口，以詩畫誌別。本札中云「自京口分手，倏耳歲暮」者，即此年間事。故信末有「為國自重」之贈言。（參考黃約琴《吳寬年譜》）

長洲沈啟南周

友生沈周再拜
匏庵亞卿大人先生閣下 自
京口分手倏耳歲莫甚并行
得良便為金山之遊以補平
生欠事 有拙作數首未易
請教 昔因周儒德行得
附
起居之敬 儒德有證事并
援例陳情伏望以鄉曲學
校之
念少
賜存予則不勝感激 再拜

梧樹秋風 萱花春雨二冊
蒙題
意一言萬幸 求閣伏惟
為國自重不宣
十二月三日
周空

各 22 × 26.7 cm

長洲沈啟南周

友生沈周再拜

匏庵亞卿大人先生閣下自

京口分手倏耳歲莫甚岂行

得良便為虞山之遊以補平

生欠事有拙作數首未曾

請教曾用門書意于尋

所

起居之敬儒德有證事并

援例陳情伏望以鄉曲學

校之

念少

賜存與則不勝感激再造

播樹秋風萱花春雨二冊
菜隨
意一言万幸果間伏惟
為國自重不宣
十一月三日
敦空
沈氏啟南

沈周　致杜老札

釋文

小兒一向自尊製方藥調理，覺得勢去七八，於今日午復作喘發，厥敢屈尊旆少降以脉眕之，再定其何以調治，顒望、顒望。幸勿見卻，万幸。

婣生沈周再拜。

杜老親家先生閣下。

編按

本札上款人「杜老親家」身分未明，沈周（一四二七—一五〇九）因兒子喘疾，故修函向其請求來為脉診、處方，則其當為一位醫師。

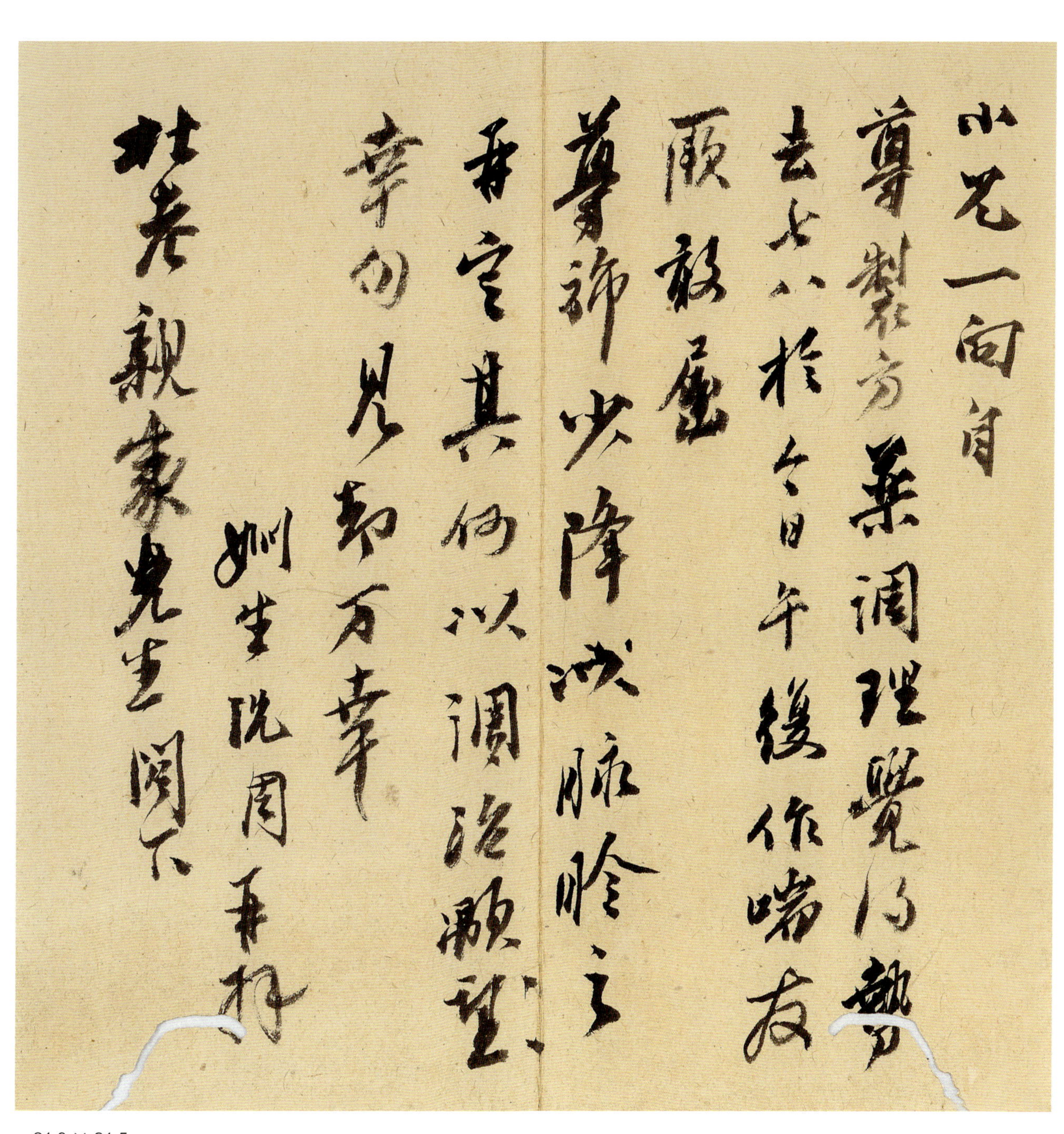

21.9 × 21.5 cm

以兄一向自
尊製方藥調理覺得勢
去七八於今日午後作喘友
願能處
尊節少年或永令言

甚言其何以須論懇望
幸勿見哂万幸
姻生阮周再拜
社老親家先生閣下

李應禎　致王觀札

釋文

嘉玉之事何如？料應收拾了當。僕所患，試作一劑，臨睡服之，至叩。

應禎奉白。

惟顒親家執事。

邊題

長洲李太僕貞伯應禎。

編按

李應禎（一四三二—一四九三），初名甡，字應禎，以字行，更字貞伯。南直隸長洲人。景泰四年（一四五三年）舉鄉試，入太學，成化間以善書選為中書舍人。弘治初歷官太僕少卿。工書法，善楷、行、草、隸諸體。居官三十年，家無餘資，死之日，惟存書數千卷。

王觀（一四四八—一五二二），字惟顒，號款鶴。亦長洲人。成化二十二年（一四八六年）以名醫入太醫院，後返歸吳門。又精於書畫鑒藏。其長子王穀禎乃祝允明（一四六〇—一五二六）女婿，李應禎身為祝允明岳父，故對王氏以親家相稱。

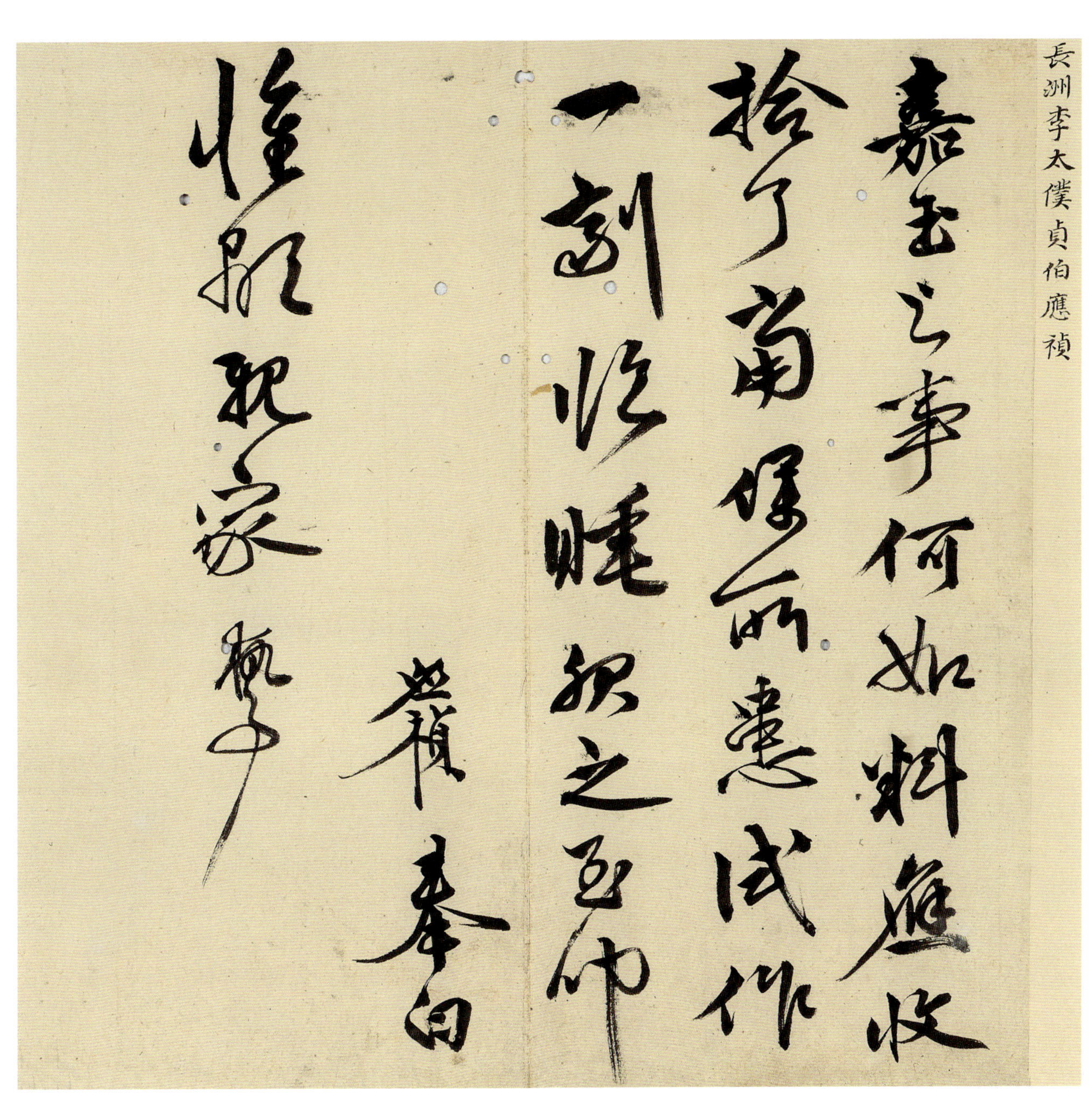

24.3 × 23.7 cm

長洲李太僕貞伯應禎

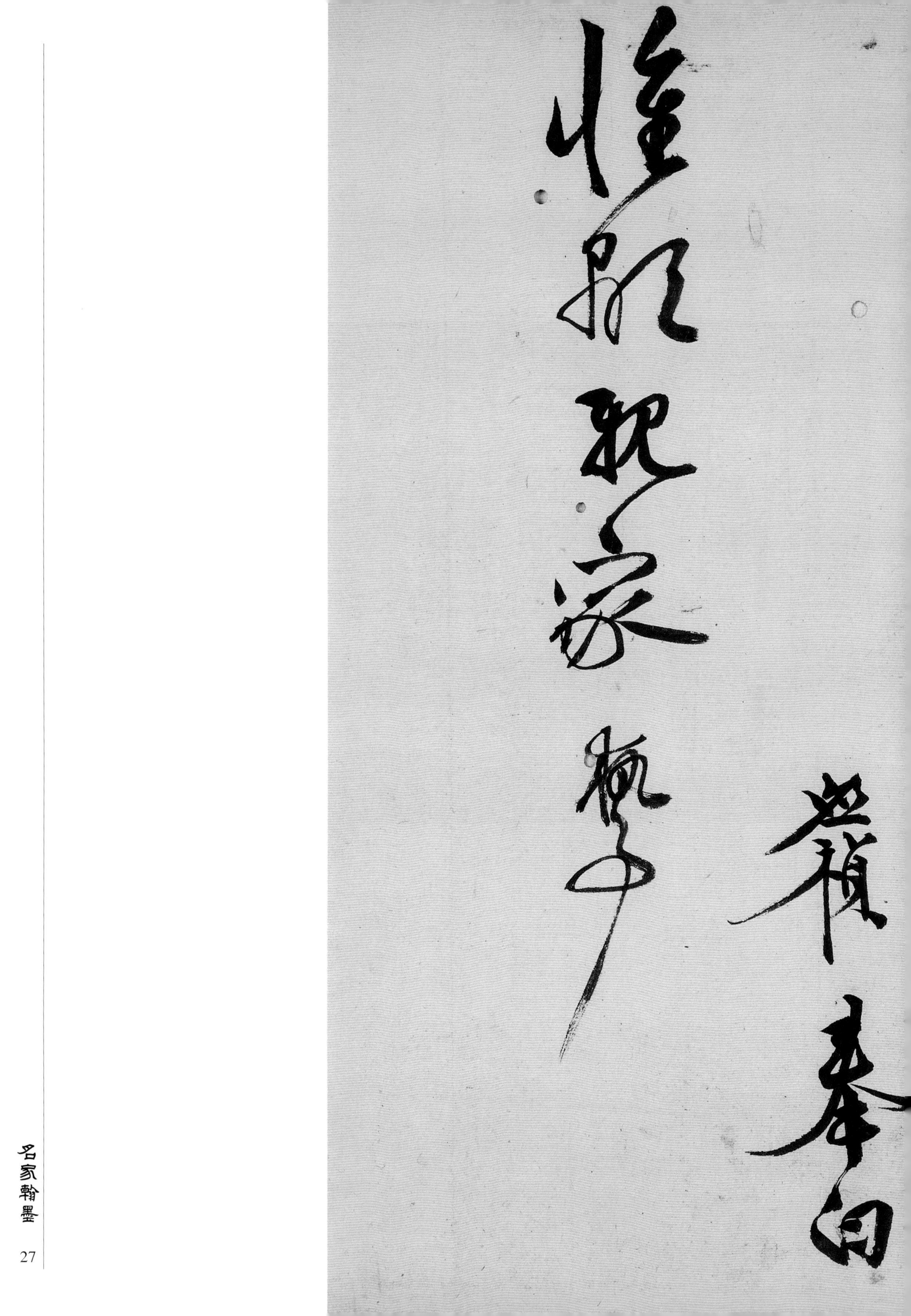

蕭顯 致陸釴札

釋文

儀鳳書來，欲求
先生及李先生書扇，以為朝夕之警。僕亦欲煩
大筆書一扇。并奉三扇，萬希
一書，幸甚。或
高作或古人作，隨
尊意也。草率
奉勞，
不責，感感。
　友生蕭顯頓首。
陸先生病逸尊契。

邊題

蕭黃門顯。

編按

蕭顯（一四三二—一五〇六），字文明，號履庵，一號海釣。直隸永平山海衛人。成化八年（一四七二年）進士，授兵科給事中，累官至福建按察僉事。工詩、擅書，作品遠播海外。

陸釴（一四三九—一四八九），字鼎儀，號靜逸，南直隸崑山人。天順八年（一四六四年）進士，授編修，歷修撰、諭德，侍東宮。孝宗時，官太常少卿兼侍讀。著有《病逸漫記》等。

蕭顯此札，乃既受人所託又為自已向陸釴求取墨跡。史載陸釴年少時早以詩聞名，讀此札乃知其在當時也享有書名。

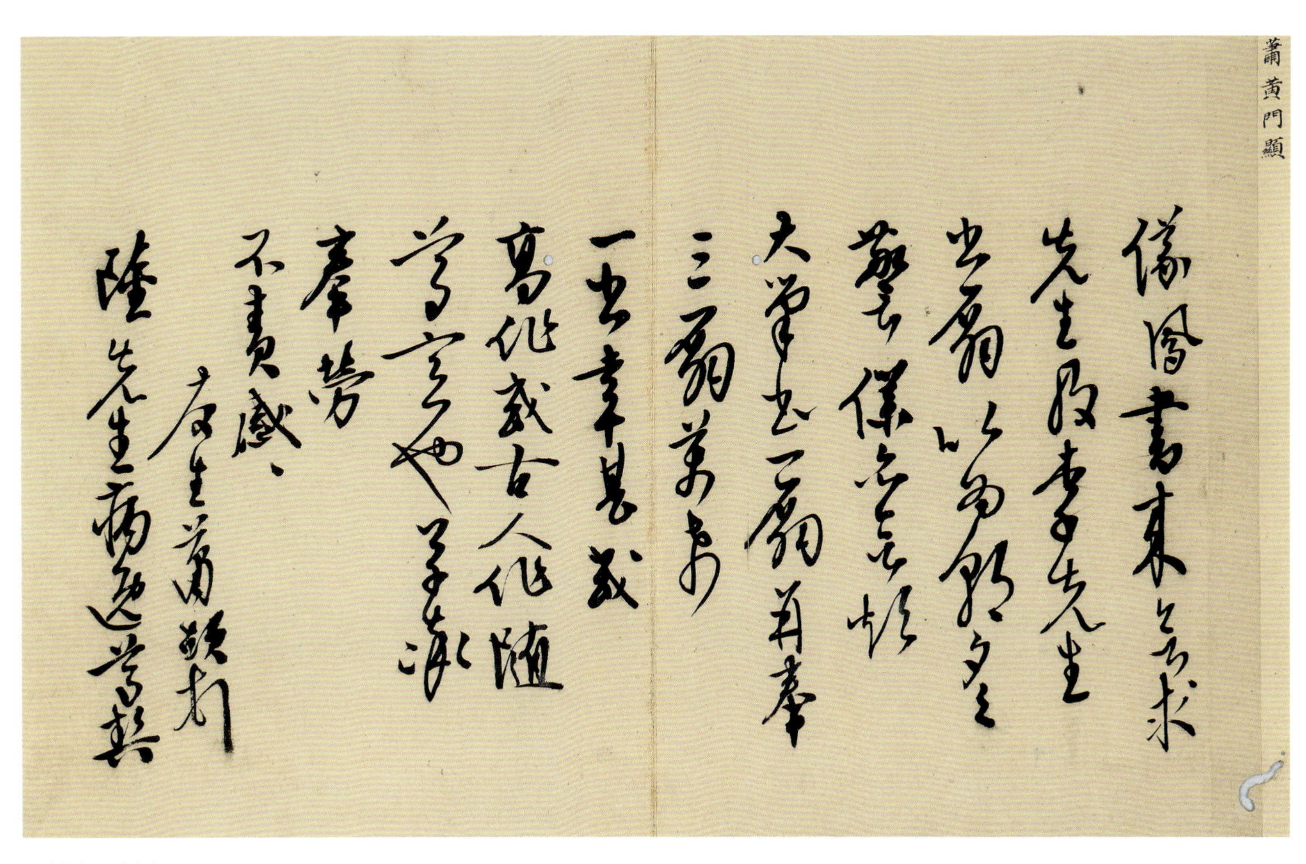

22.1 × 34.3 cm

蕭黃門顯

萬作哉古人作隨
筆宜也筆亂
奉勞
不责感、
庚生蕭頓首
陸先生病起苦其

蕭顯 書札

釋文

前歲承過鑒州，適傑病中不能出拜，乃辱拄節枉顧病所，殊慰病懷。第面少良便，失於問訊，茲同年尚賢憲副去便，敬錄鄙作一首見意，匆匆未及顓書。不罪、不罪。顯再拜。

印章

蕭顯（朱文方印）

編按

本札受信人不明，信中提到一位帶信人「尚賢憲副」，即俞俊（一四四〇—一五一〇），字尚賢，浙江處州人。與蕭顯（一四三二—一五〇六）同年進士（一四七二年），授江陵知縣，擢監察御史。弘治五年（一四九二年）任貴州按察副使，歷官至南京工部尚書。

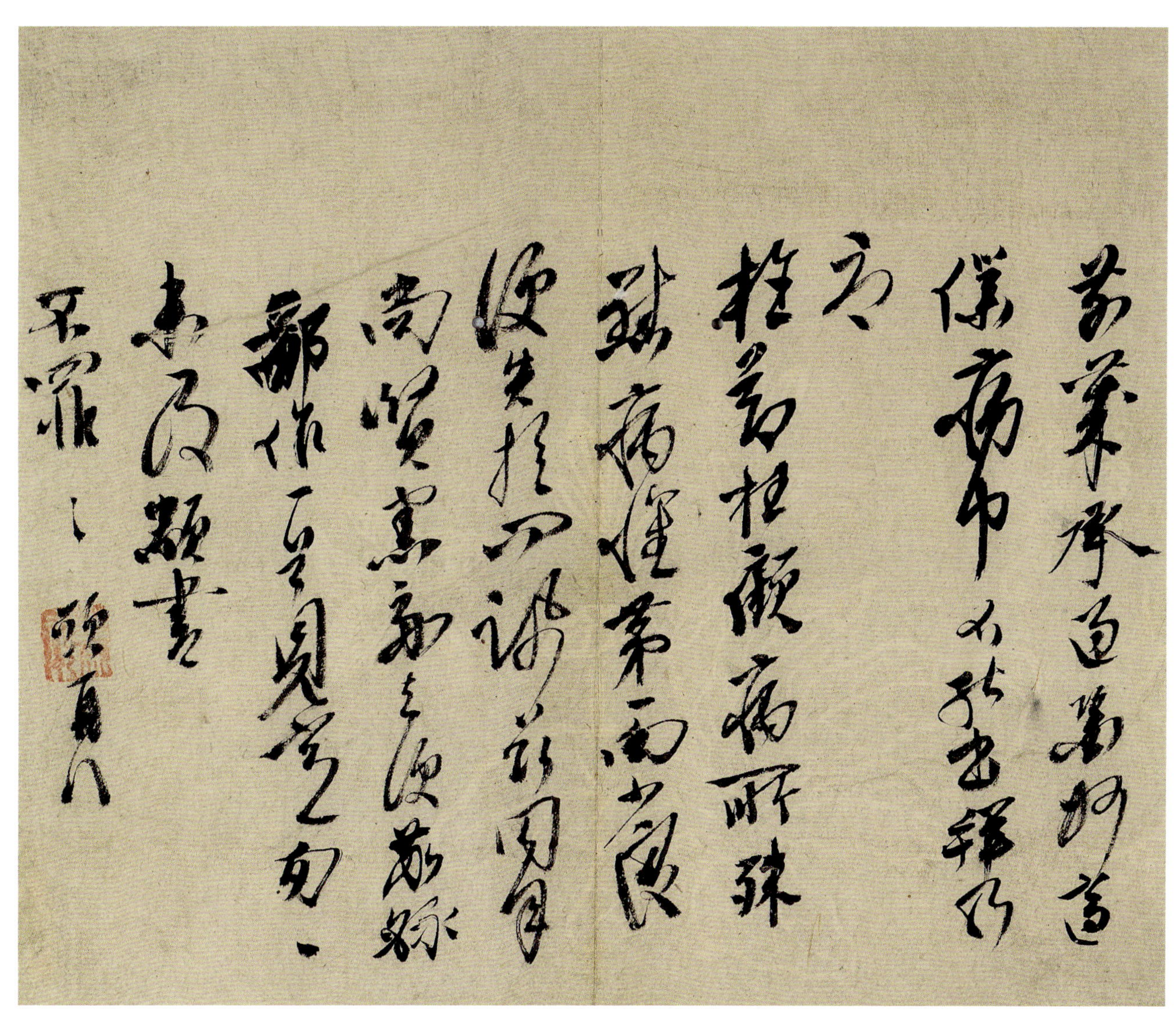

23.1 × 27.6 cm

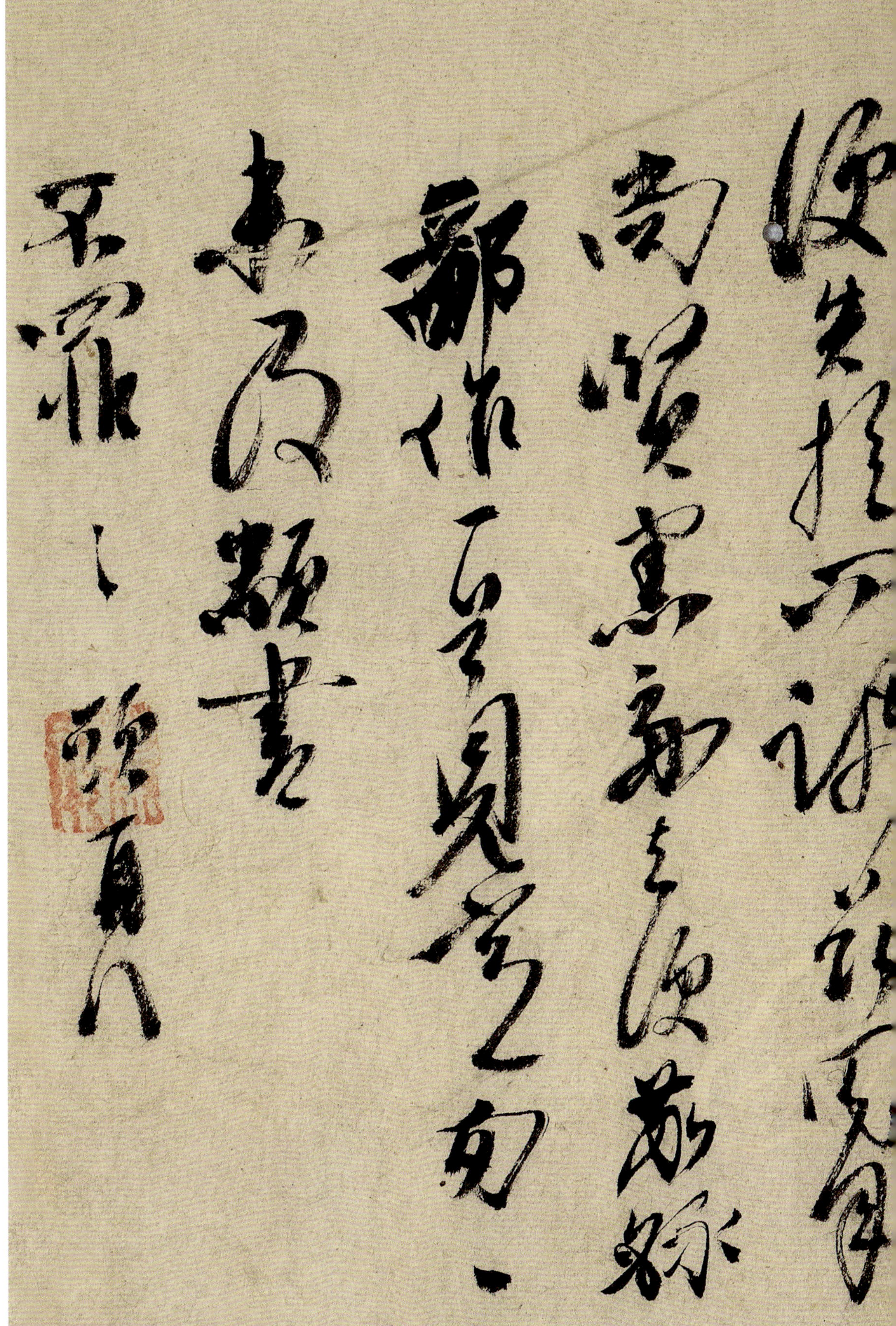

王汶　致吳寬札

釋文

汶入夏兩得

手教并小錄，捧閱之餘，無任感愧。況衰老已及，而林下數年，懶散成習矣，烏可復起？但郡邑與里閈一聞來諭及此，遂數數為之督促。吾心尚猶豫未決，若歲底點檢可行，則春初過閶門之日，必一訪東莊近日風致，來為執事告也。餘不備。

汶再拜。

匏菴老先生契家執事。

七月廿一日。

印章

允達（朱文方印）

鑑藏印

商丘宋犖審定真跡（朱文長方印）

邊題

王允達汶。

編按

王汶（一四三三—一四八九），字允達。浙江義烏人。成化十四年（一四七八年）進士，授中書舍人。以病謝歸，讀書齊山下。弘治初年，經言官交相推薦，與檢討陳獻章（一四二八—一五〇〇）同被朝廷所召，未抵京師而卒。本函當作於卒前不久。

吳寬（一四三六—一五〇四），字匏庵，南直隸長洲人。生平詳見後札。

此札中提及擬過閶門拜訪之「東莊」，即吳寬在蘇州的園林邸宅。二人情誼深厚，王汶卒後，吳寬為撰墓表，收錄於《家藏集》卷七十三。

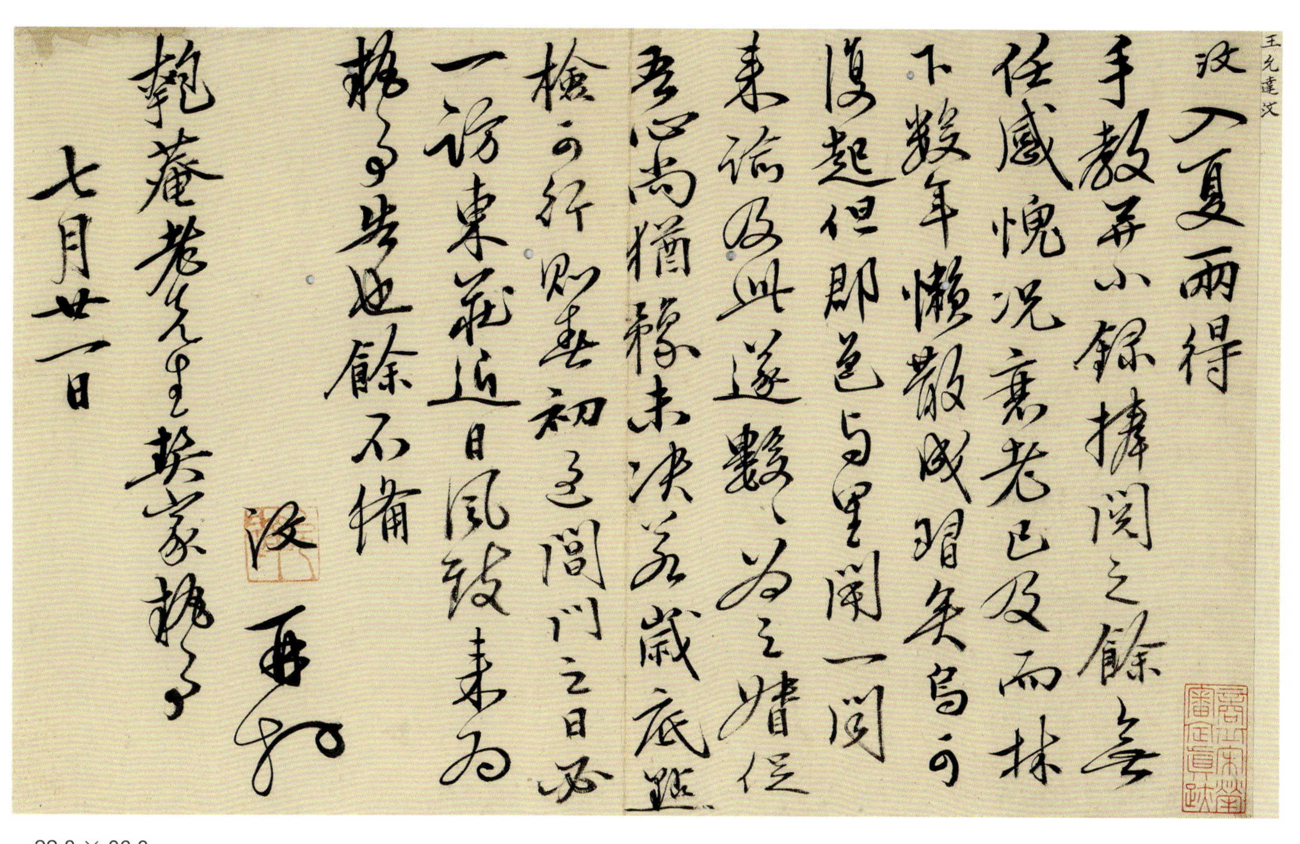

22.8 × 36.3 cm

王允達汶

汶

入夏兩得

手教并示録棒閲之餘無

任感愧況衰老已及而林

下數年懶散成習矣烏可

復起但郎邑與里閈一閲

來諭及此遂數之為之惜但

檢示行期甚初至皆下之日發
一訪東苑近日風波未為
報了出也餘不備
汝再拜
執菴老先生契家執事
七月廿一日

吳寬　致吳文度札

釋文

前月嘗有數字奉上，想達左右矣。煩瀆之事，切望早尋的便人寄用，別無它告也。俗事希恕。草草，不謹。

年生寬頓首。

憲之侍御大人閣下。

四月晦，宣。

邊題

長洲吳文定匏菴寬。

編按

吳寬（一四三六—一五〇四），字原博，號匏庵。南直隸長洲人。成化八年（一四七二年）會試第一，入翰林，授修撰。孝宗時遷左庶子，預修《憲宗實錄》，進少詹事兼侍讀學士、吏部右侍郎、禮部尚書等。善詩文書畫，尤工於行楷。

吳文度（一四四一—一五一〇），字憲之。福建晉江人。與吳寬同年進士，除龍泉縣知縣。成化十六年（一四八〇年）任南京試監察御史、南京山東道監察御史，歷官至右都御史，即本札上款稱「侍御大人」。後遭劉瑾（一四五〇—一五一〇）迫害，罷官。

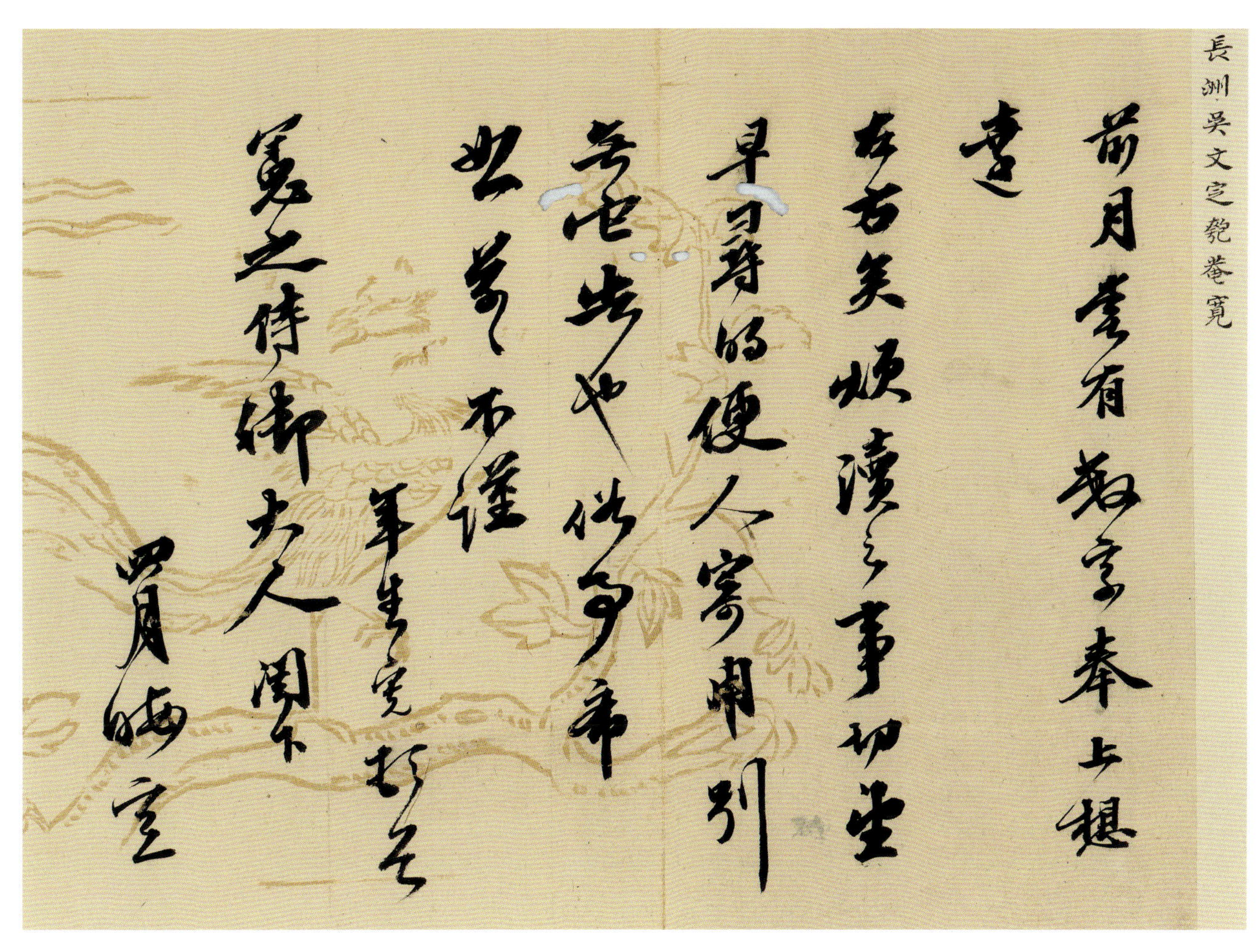

21.9 × 28.9 cm

長洲吴文定匏菴寛

前月嘗有數字奉上想
達
左右矣煩瀆之事切望
早尋的便人寄聞別

寫出也　他年
如我不經
平生覺哉之
寬之侍御大人閣下
四月晦言

吳寬　致蕭奎札

釋文

不見吾兄者三年，昨獲奉陪片時，忽忽不能盡情。今日想使旆未回，万万過我一坐，喫清茶，說閑話而已。來必與景仁俱，如景仁不來，世澤堂中亦從此絕跡矣。企俟、企俟。

寬再拜。

漢文老兄至契執事。

編按

蕭奎（一四二九—一四八二），字漢文。南直隸常熟人。成化八年（一四七二年）進士，歷官至工部員外郎，升雲南按察司僉事，提調雲南貴州學校，未及履任而卒。吳寬（一四三六—一五〇四）為撰墓志，收錄於《匏翁家藏集》卷七十六。

此札乃吳寬向闊別數年舊友寄出的小叙邀請，措辭平易親切。其中提及一位「景仁」者，身分未明。

不見吾
兄者三年昨獲奉隔時
不任盡情今日想
使栖赤面而己過我一坐喫清
茶説閑話而已来必若
景仁俱如昊仁不来亦此澤堂
中有情此陰趺失今俟
寅承祥
漢父老丞丞契執

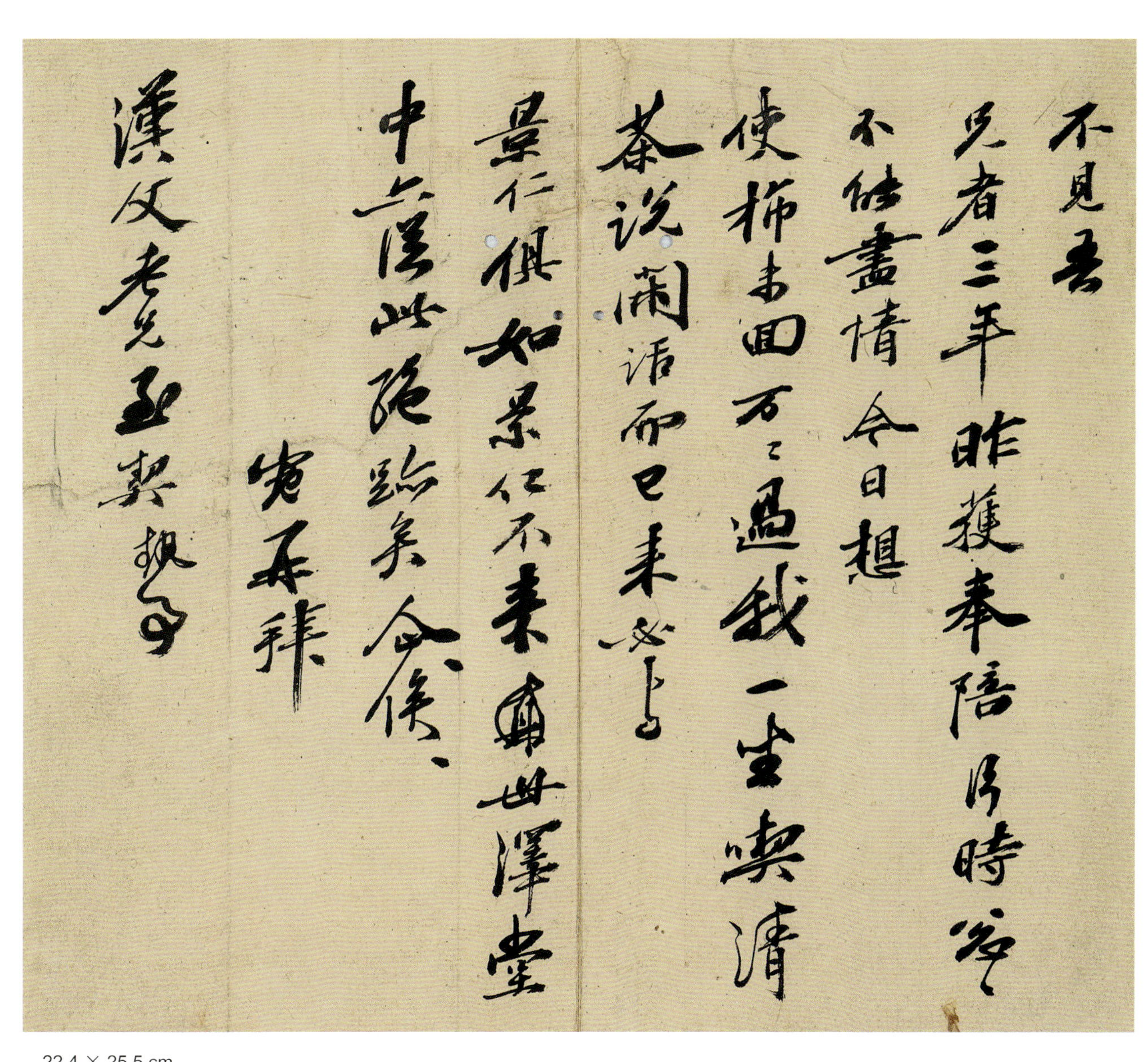

22.4 × 25.5 cm

不見吾
兄者三年昨獲奉陪片時爲
不能盡情今日想
使旆未回萬ゝ過我一坐與清
茶茗閑話而已來 父下

異作倒如景仁不來集也澤翁

中齋從此路臨矣今候

宛在拜

漢父老兄契親手

吳寬　書札

釋文

寬頓首，奉
別又二年矣。
南都便卷既樂，尋聞
出巡閩中，殊得
憲體，足為鄉里之光，欣慰、欣慰。適莆田彭中舍行便，略此以道遠懷。
彭為人清雅，與李士英先生交厚者，乞
知之。薄晚草草，漸寒，惟順時保重，以迓峻擢。不具。
　寬頓首。

編按

本札受信人未明，其中稱「莆田彭中舍」為彭韶（一四三〇—一四九五），字鳳儀，福建莆田人。天順元年（一四五七年）進士，授刑部主事，進員外郎，歷官四川副使、廣東左布政使、應天巡撫、順天巡撫等。另，「李士英」為李仁傑，字士英，生卒年不詳，亦莆田人。天順三年（一四五九年）舉人，成化八年（一四七二年）進士，授翰林院編修。官至國子監祭酒。

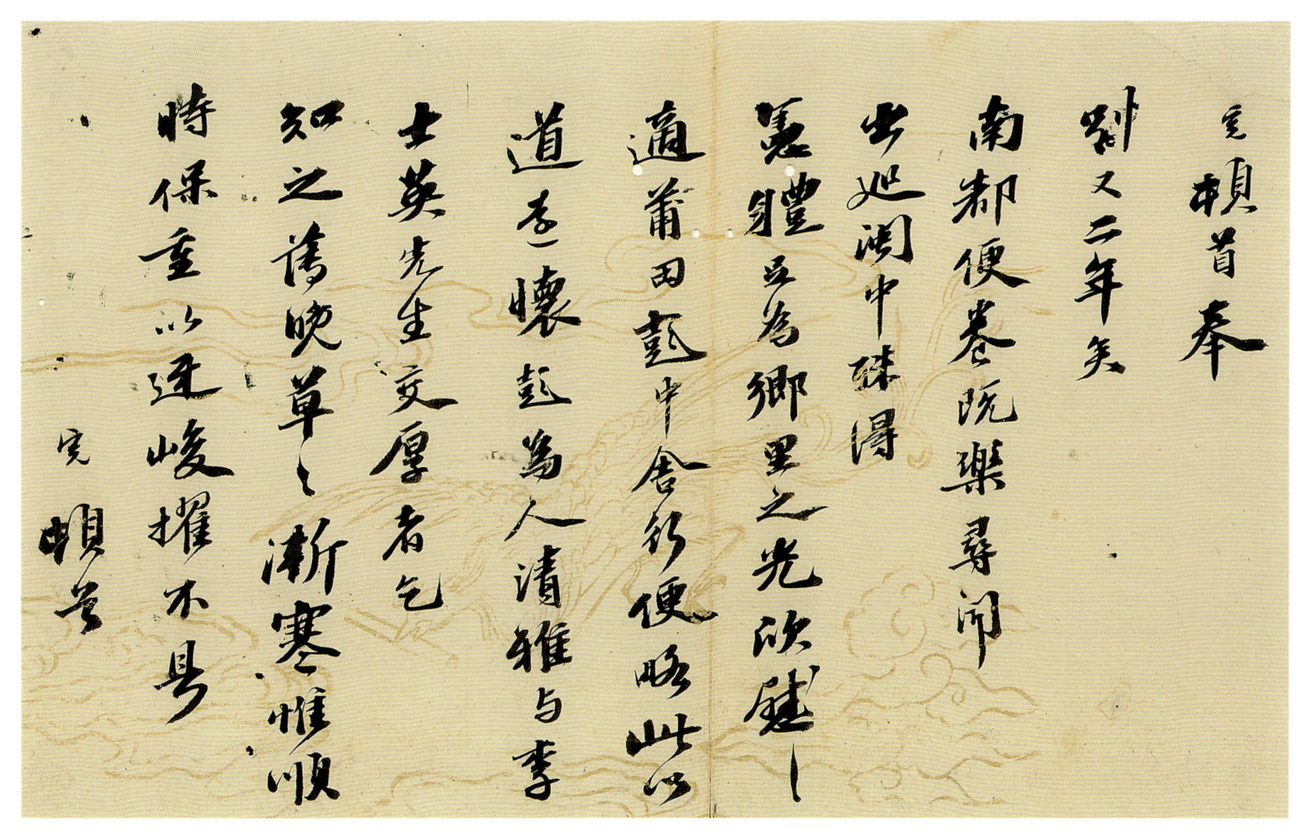
寅頓首奉
别又二年矣
南都便奉既樂尋聞
出処関中殊得
義體且為鄉里之光欣慰欣慰
適蒲田蔀中舍行便略此以
道吾懷蔀為人清雅与李
士英先生交厚者也
知之諸晚草草漸寒惟順
時保重以迓峻擢不具
寅頓首

20.8 × 33.5 cm

定

頓首奉

别又二年矣

南都便差既樂尋聞

出巡閩中繼得

遷體並爲鄉里之光欣慰丨

遣蒲氏藍山舍行復昭山以

道意懷趨為人清雅与李

士英先生交厚者乞

知之請晚草〻漸寒惟順

時保重以迓峻擢不具

寅 頓首

陳璚　致黃暐札

釋文

榮行日正值議事，散時日已高，兩足已倦，不能遠追把盃，欠事、欠事。所借《名賢錄贊》奉去，乞目入。臨行所托，又蒙賜簡，何處事之太周耶！幸不露、幸不露，不使人知主名更妙，視事後宦況如何，無吝見教未問。惟眠食自愛，不宣。

璚再拜。

東樓水部先生執事。

邊題

長洲陳副都玉汝璚。

編按

陳璚（一四四〇—一五〇六），字玉汝，號誠齋。南直隸長洲人。成化十四年（一四七八年）進士，選庶吉士，歷官給事中、南京左副都御史。博學工詩，著有《成齋集》。

黃暐，字日升，號東樓，生卒年不詳。亦長洲人。弘治三年（一四九〇年）進士，官至刑部郎中。著有《使陝錄》、《蓬軒類紀》等。

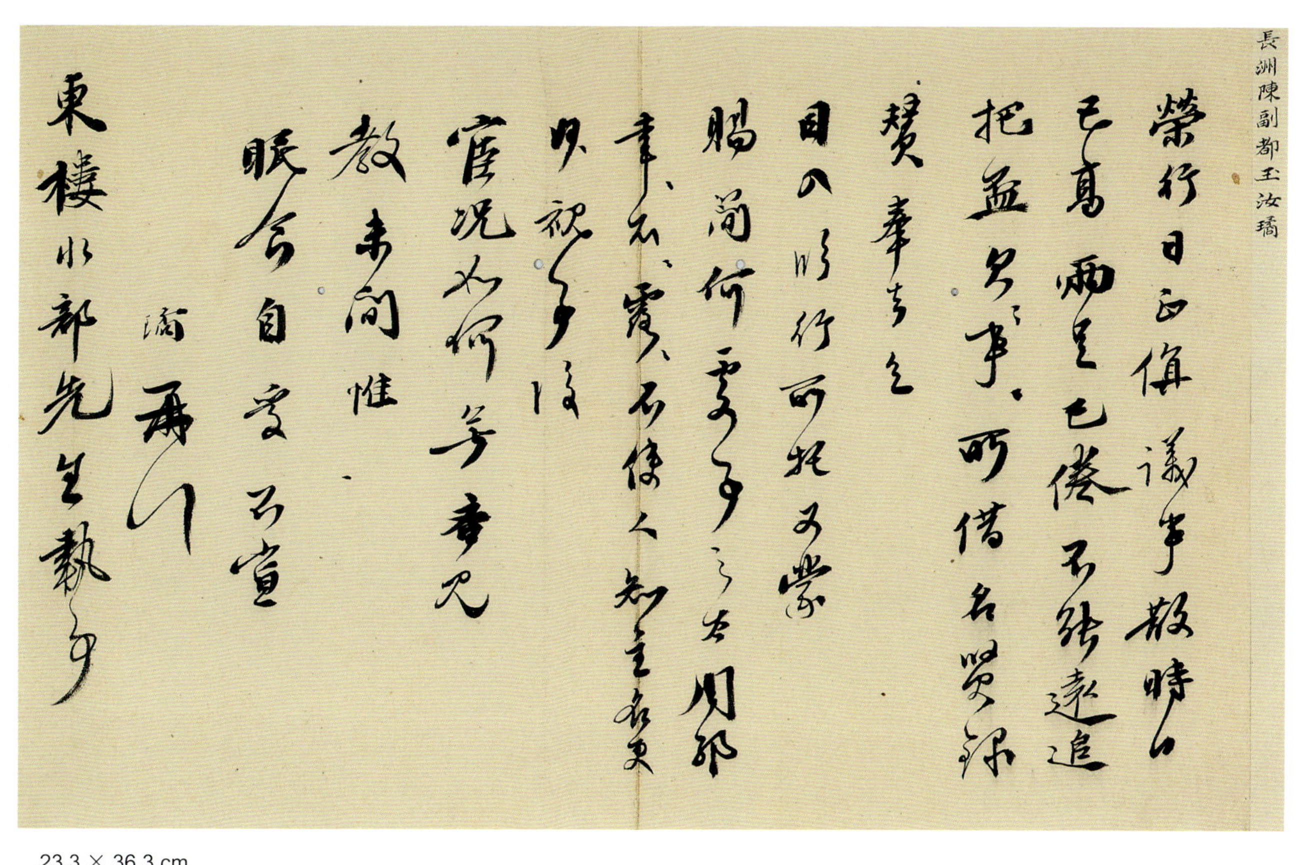

23.3 × 36.3 cm

長洲陳副都玉汝璚

以祝之以俟
寔况如何等幸見
教來問惟
眠食自愛不宣
諭再叩
東樓小郭先生執事

周庚　致文林札

釋文

來教，甚慰、甚慰。梨棗之惠，足仞
遠意矣。而成憲至，又辱
惠棗，意思稠疊，何以克當？但聞
政事之餘，每多清暇，篇什之富可知。曾無片言隻字猥及，是則可怪，將以僕
輩久與塵俗相忘，不足語此清事耶？解料一事，來使能知僕之不足辱
命，故不見及。然而虛負多矣，相見未涯。冬寒，惟
加珍護。庚頓首復。
宗儒明府仁親侍者。

邊題

周太醫原己庚。

編按

周庚（一四四三—一四八九），字原己，初名經，更名京，後又更名庚，號菊田。南直隸吳縣人，吳寬（一四三六—一五〇四）外甥。家世業醫，隱居養親。成化中以名醫徵，歷太醫院院判。工詩，尤善行楷，然不苟作。

文林（一四四五—一四九九），字宗儒。湖廣衡山人，繫籍長洲。成化八年（一四七二年）進士，歷官至南京太僕寺丞。因病告歸，再起為溫州知府。卒於任所，家無餘財，士民厚賻葬儀，其子文徵明（一四七〇—一五五九）堅辭不受，溫州人建「卻金亭」以紀念。著有《文溫州集》、《琅琊漫鈔》等。

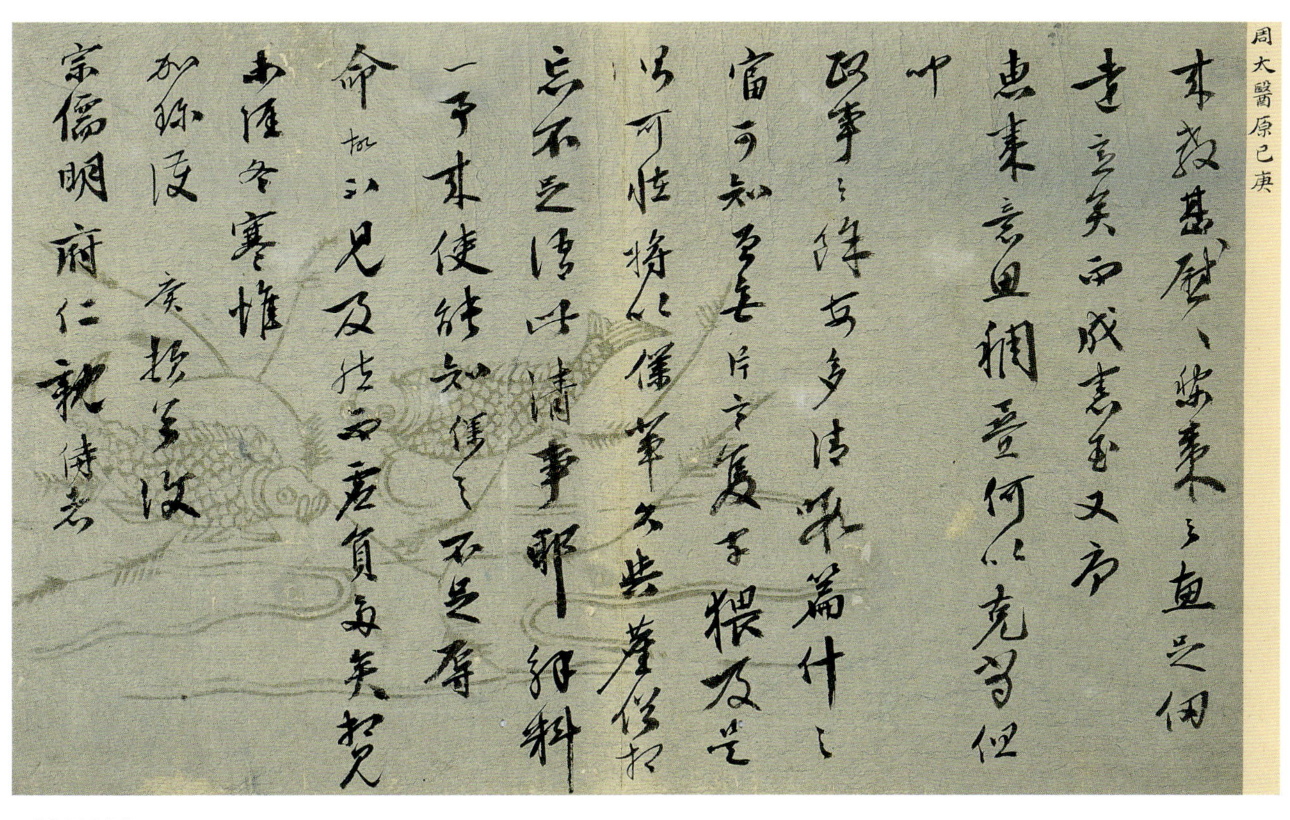

22 × 35.5 cm

周太醫原已庚

忘不足得此清事耶須料
一予未使能知傳之不足辱
命扳汎見及往返屢負每矣相見
未涯冬寒惟
加珍護　庚頓首復
宗儒明府仁親侍右

程敏政　致朱存理札

約一四七三年

釋文

《懷古錄》曾看一過，必須理淆為整，止作四卷乃佳。尚有一二種可入者，留俟面悉。敏政復。

性甫賢契。

邊題

休寧程侍郎克勤敏政。

編按

程敏政（一四四六—一四九九），字克勤，號篁墩。南直隸休寧人。十歲時以神童被薦，就讀於翰林院。成化二年（一四六六年）一甲二名進士，歷官左諭德，直講東宮。孝宗時擢少詹，直經筵，官至禮部右侍郎。後涉科場案下獄，獲釋後憤恚病卒，贈禮部尚書。

朱存理（一四四四—一五一三），字性甫，號野航。南直隸長洲人。隨杜瓊（一三九六—一四七四）游，終身不仕。博學工文，善書法，富收藏，著有《珊瑚木難》、《鐵網珊瑚》等。

《懷古錄》原是謝應芳（一二九五—一三九二）於元末避亂蘇州時，在城東發現西晉顧榮（？—三一二）墓，乃向縣令建議復修其祠，並輯史傳諸賦而成。朱存理在顧榮的墓所村校中獲其文稿，經考訂整理，成書於成化十年（一四七四年）。本札所作年代，當稍早於此頃。

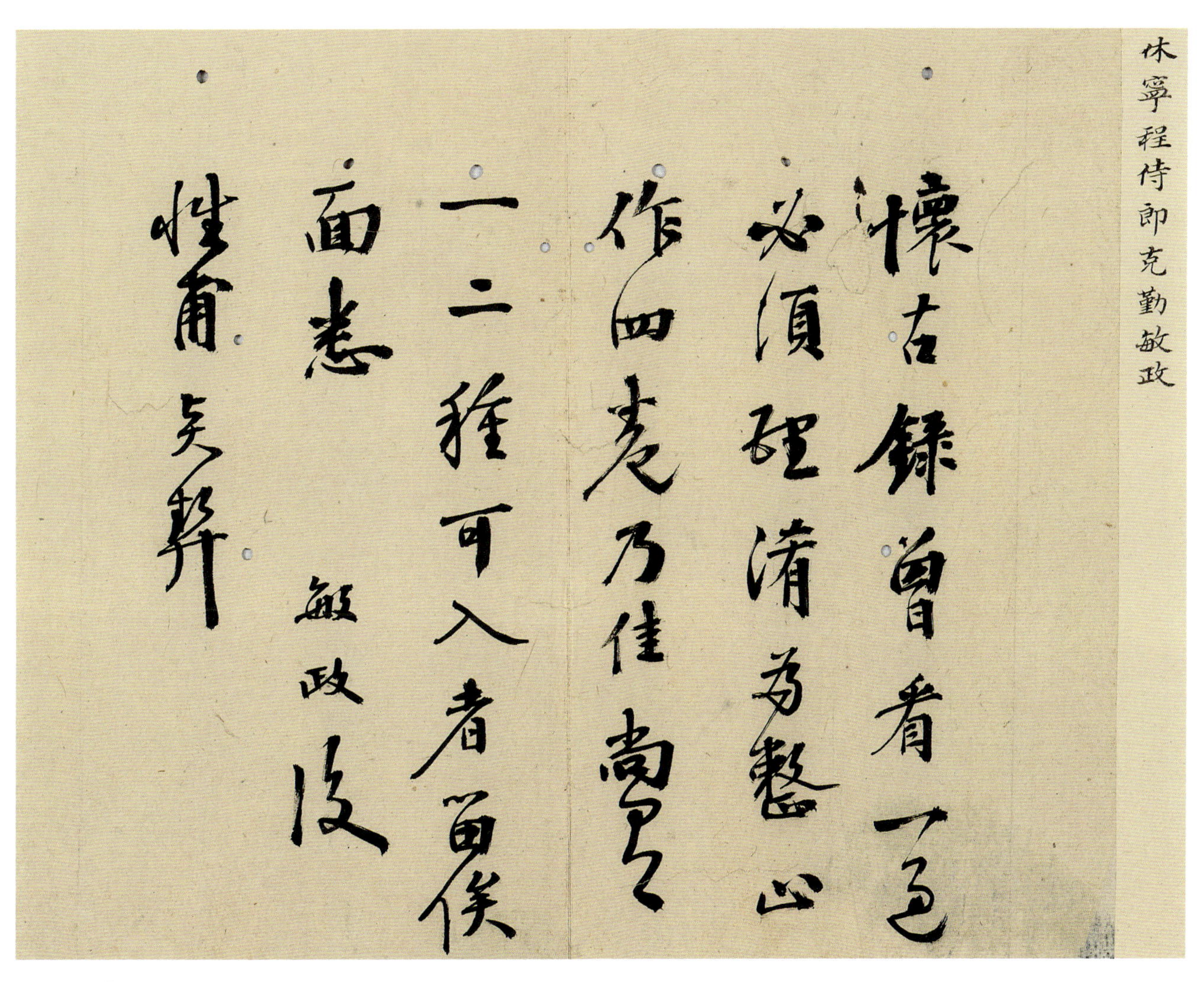

休寧程侍郎克勤敏政

懷古錄曾看一過
必須理清為整必
作四卷乃佳當之
一二種可入者留俟
面悉　敏政復
惟甫先契

20.5 × 24.5 cm

休寧程侍郎克勤敏政

懷古錄曾看了已
必須理清為整心
作細意乃佳尚足

一二種可入者留僕

面悉　敏政　後

性甫先契

李東陽　致都憲札

釋文

承

惠新書，附

來使以謝，凍筆草草。學生仲本辱

獎與，感感！容別布也。

友生李東陽頓首。

都憲□大人閣下。

餘附承差面白，幸一

問之。

印章

賓之（朱文方印）

邊題

茶陵李文正賓之東陽。

編按

李東陽（一四四七—一五一六），字賓之，號西涯。湖廣茶陵人。八歲以神童入府學，天順八年（一四六四年）二甲進士第一，授庶吉士，官編修，累官至光祿大夫、左柱國、少師兼太子太師、吏部尚書、華蓋殿大學士。卒贈太師，謚文正。工詩文，為「茶陵詩派」核心人物。

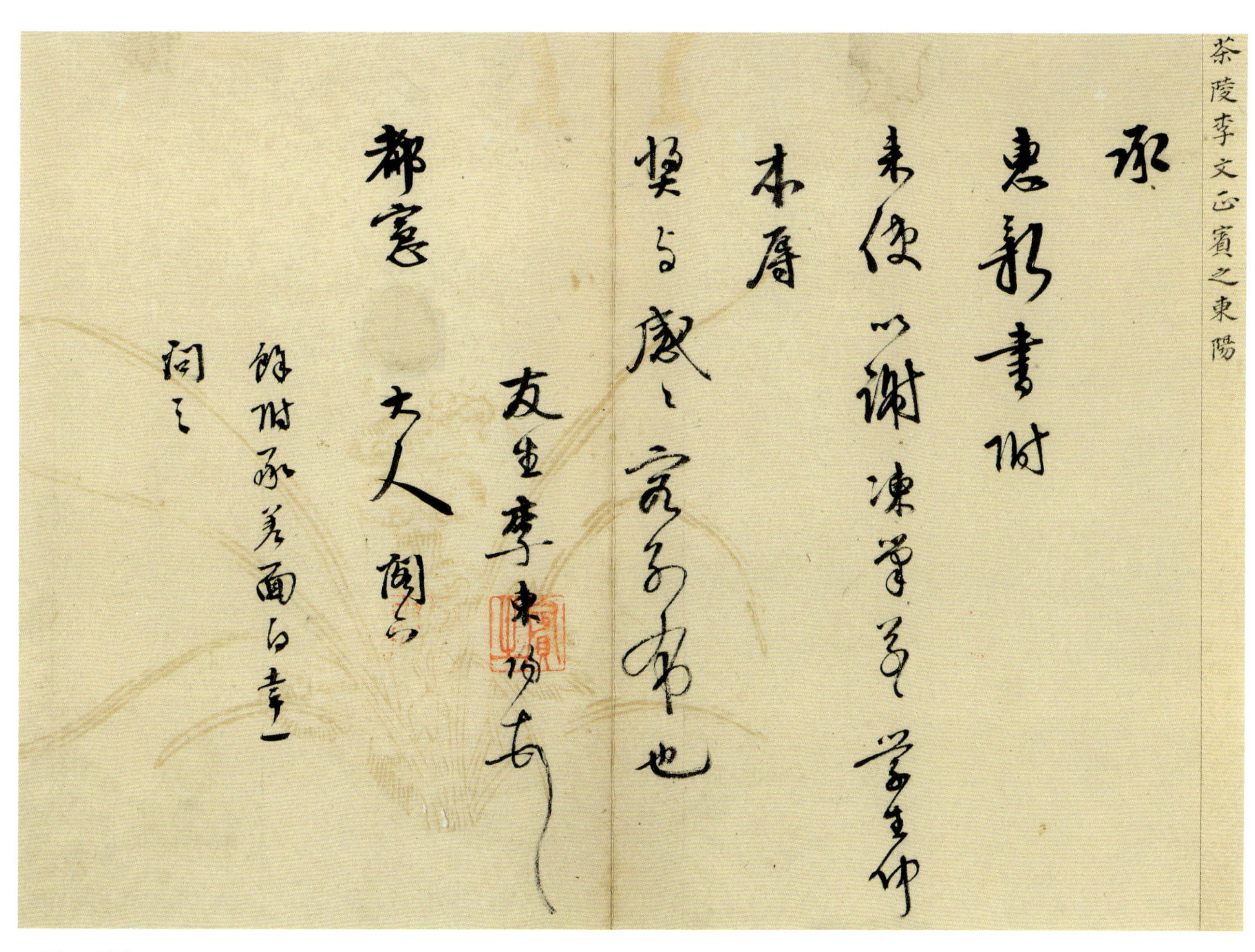

23 × 30.8 cm

茶陵李文正賓之東陽

承

惠新書附

來使以謝諫學宦學生仲

本屬

具与戲之宦[illegible][illegible]也

友生李東陽頓首

都憲

大人閣下

餘附承差面白幸一

詢之

李東陽　致東曹札

釋文

白洲行甚急，此卷須秉燭一揮，明日昧爽即專人奉接，若待給布歸，則悞事[多]矣。刻日辦事，幸無以常[例]為準。已約西曹諸公，是日濡墨以俟。千萬、千萬。

廿六日未刻，東陽頓首。

東曹先生。

編按

李東陽（一四四七—一五一六）此兩通書札，上款俱以官職稱謂，相比其他以字號相稱的書信，或反映彼此關係稍遜於交情親密的好友。

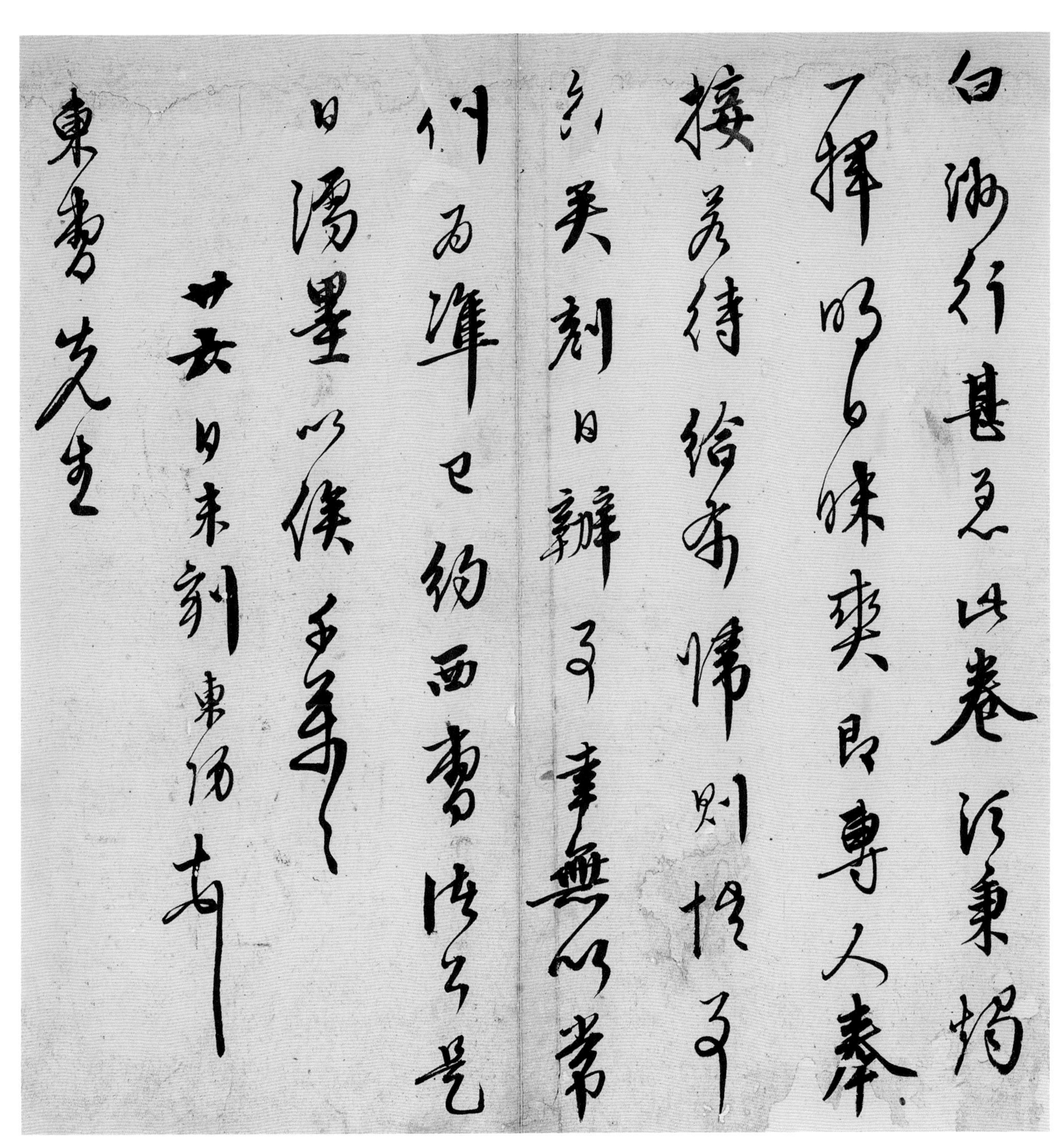

25.7 × 28.2 cm

白沙行甚急此卷須東歸
了擇明日昧爽即專人奉
接着待給事情則恨了
亦美劇日辭了來無以常

付花箋也綾匝書法宜是

日濡墨以俟弄筆

廿五日未刻東陽頓首

東書先生

金琮　壽詩帖

釋文

婺星當空赤如火，飛瓊翠鸞自空墮。東籬菊映北堂萱，南山酒送西池果。慈母壽顏渥丹紅，嚴君皓首如雪松。年年此日慶具慶，彩衣對舞生春風。

錢唐金琮。

印章

金氏元玉（朱文方印）、嘉樹草堂（白文方印）

鑑藏印

德大審定（朱文長方印）、聽彝攷藏金石書畫印章（朱文橢圓印）

編按

金琮（一四四九—一五〇一），字元玉，號赤松山農。南直隸金陵人。少聰穎，好吟詠，善書畫。年十二、三能書大字，初法趙孟頫（一二五四—一三二二），繼學張雨（一二七七—一三四九）。本札行楷頗見趙氏書風之影響。

婺星當空赤如火，飛瓊翠
鸞自空墮。東籬菊映北堂
萱，南山酒送西池果。慈母壽
顏渥丹紅，嚴君皓首如雪

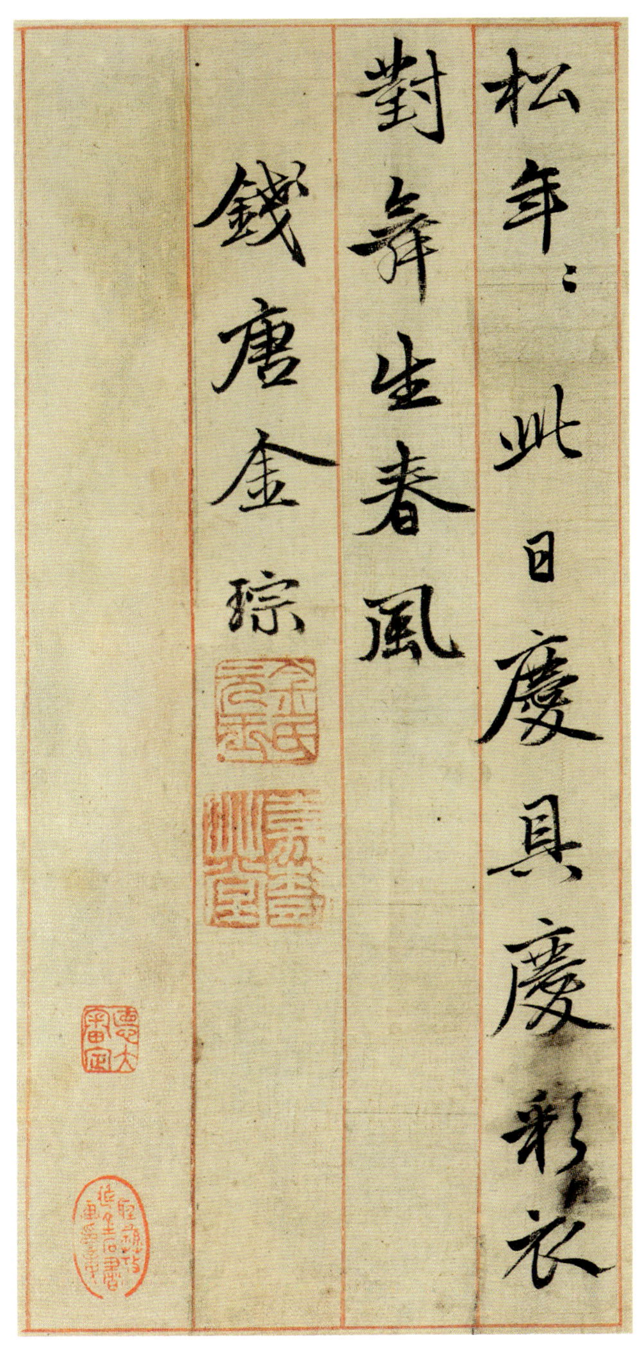
松年年。此日慶具慶，彩衣
對舞生春風。
錢唐金琮

各 25.5 × 12.1 cm

王鏊 致陳霽札

約一五一八年後

釋文

官香二百、龍掛香四炷、帊二方、象笏一支，奉充北來手信，輕浼諒之。鏊再拜。

子雨大史道契至孝。

象笏欲奉之意久矣，蓋寓斯文衣鉢之意也。今雖暫閒，不久當用之。

邊題

吳縣王文恪濟之鏊。

編按

王鏊（一四五〇—一五二四），字濟之，號守溪，人稱震澤先生。南直隸吳縣人。成化十一年（一四七五年）進士。正德元年（一五〇六年）入內閣，任吏部侍郎兼翰林學士，進戶部尚書、武英殿大學士加少傅。卒謚文恪。博學，兼擅行草書，然書名為其地位與文名所掩。陳霽（一四六五—一五三九），字子雨，號葦川。亦吳縣人。弘治九年（一四九六年）進士，授編修，與修《孝宗實錄》。官至南京翰林院講學士、國子監祭酒。正德十三年（一五一八年）被劾罷官。王鏊此札所列送贈禮品數項之中，有象笏一支，乃含祝願其復職之寓意，當作於此年以後。

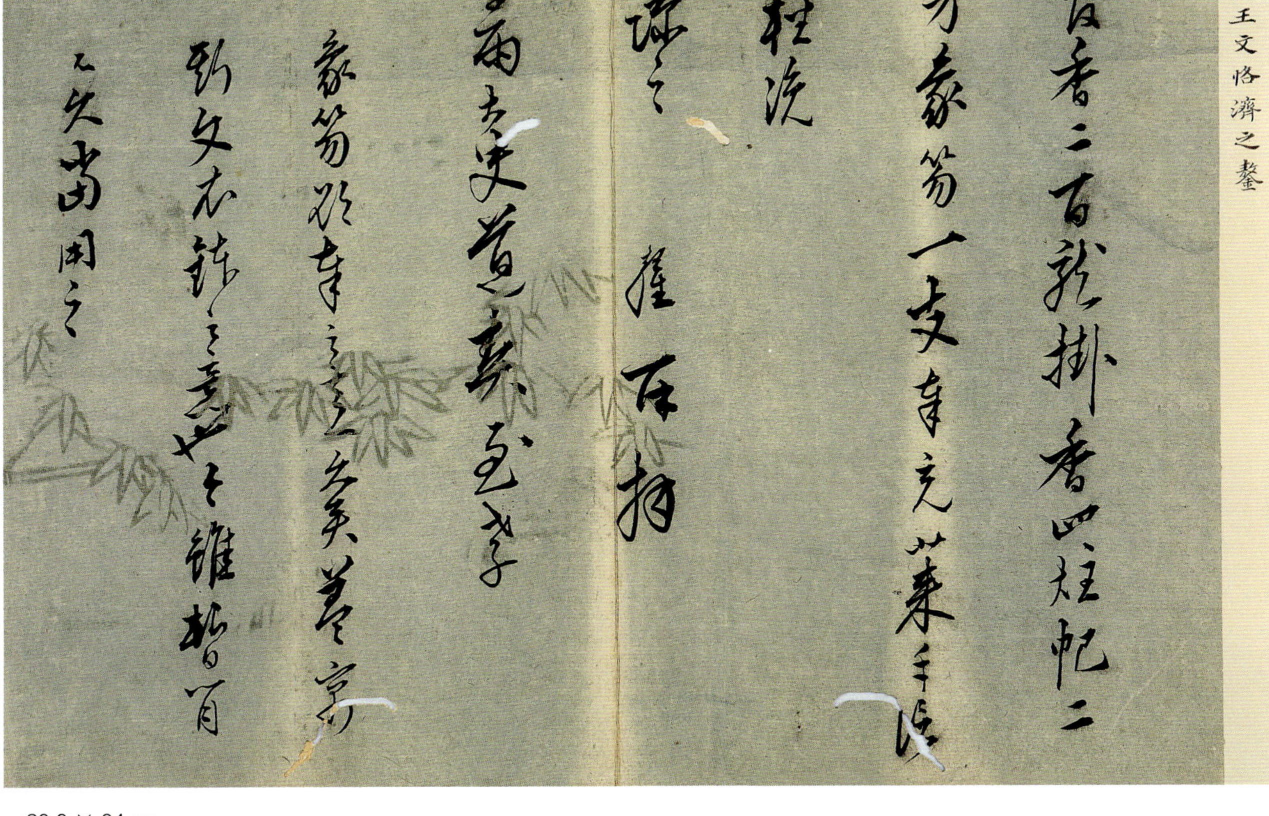

23.3 × 34 cm

吳縣王文恪濟之鏊

古香二百我掛香四柱帆二

方家筍一支年光萊千長

樁泛

子由太史黄蘇先生戒子

家篤於孝孝之矣美其宗行

引文表錄之表之又雖稽首

又失嘗聞之

王鏊 致陳霽札

約一五一八年後

釋文

伏審祥琴初鼓，
恩詔適頒，還
朝有日，趨賀未由，謹陳不腆之儀，尚恕後期之罪。餘留面盡，不
一一。鏊再拜。
子雨內翰道契侍史。
　　羹四色、果四色、羊一羫、酒一罎。

編按

本札內容與前一通相續。正德十三年（一五一八年）陳霽（一四六五—一五三九）被劾罷官之後，由於局勢似有轉機跡象，王鏊（一四五〇—一五二四）乃修此函向其預祝「還朝有日」，並致送酒食賀禮。

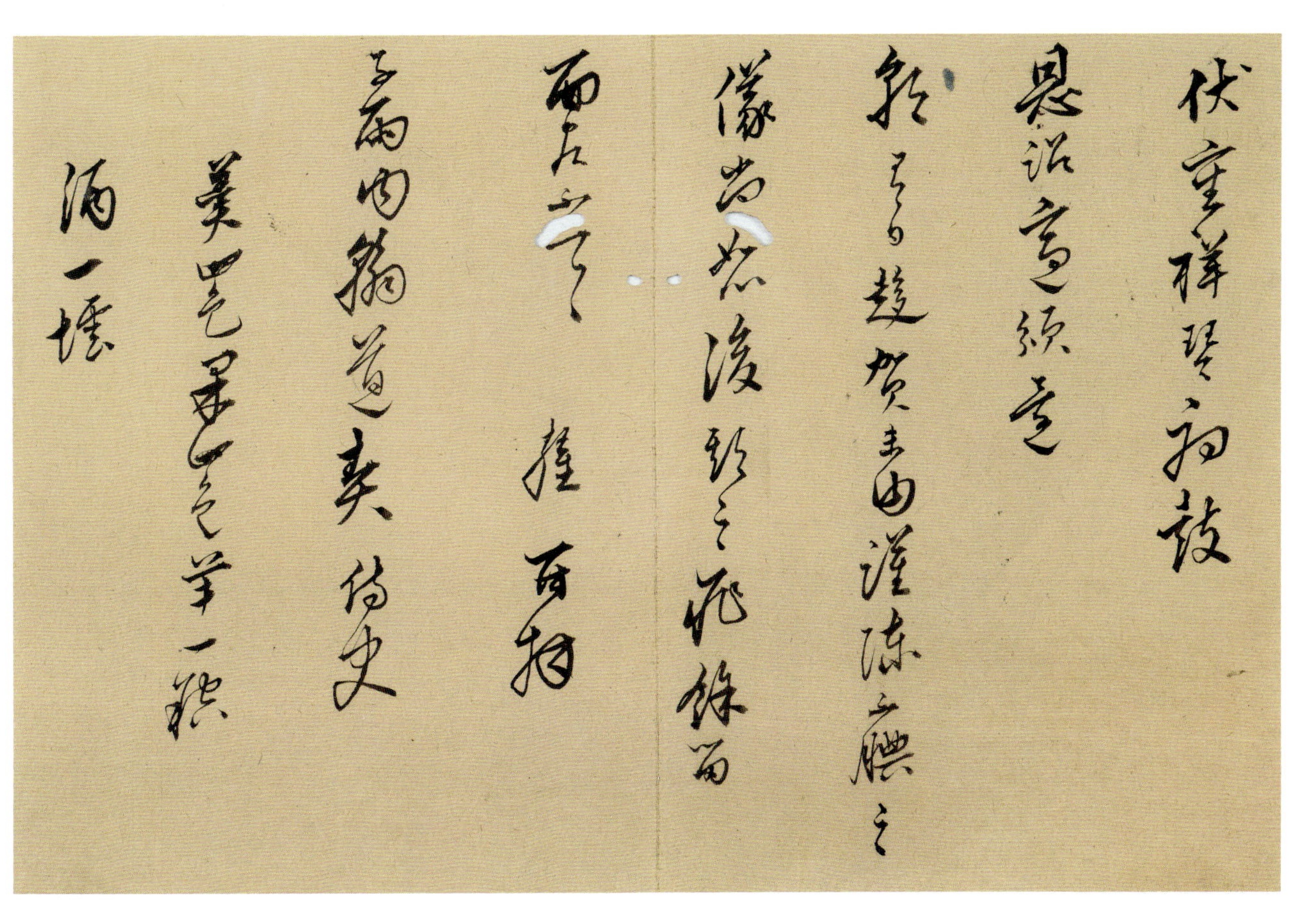

23.2 × 34.8 cm

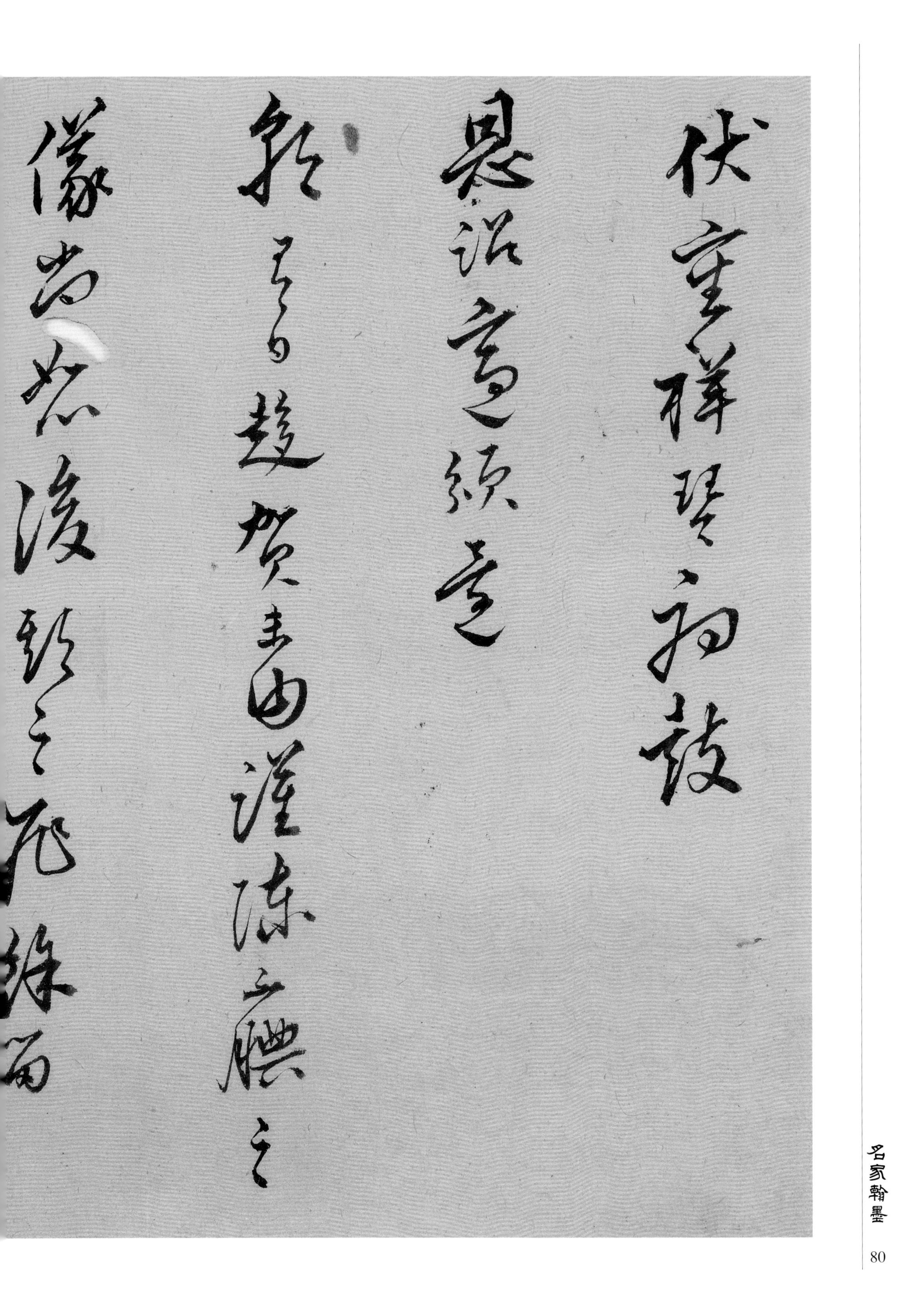

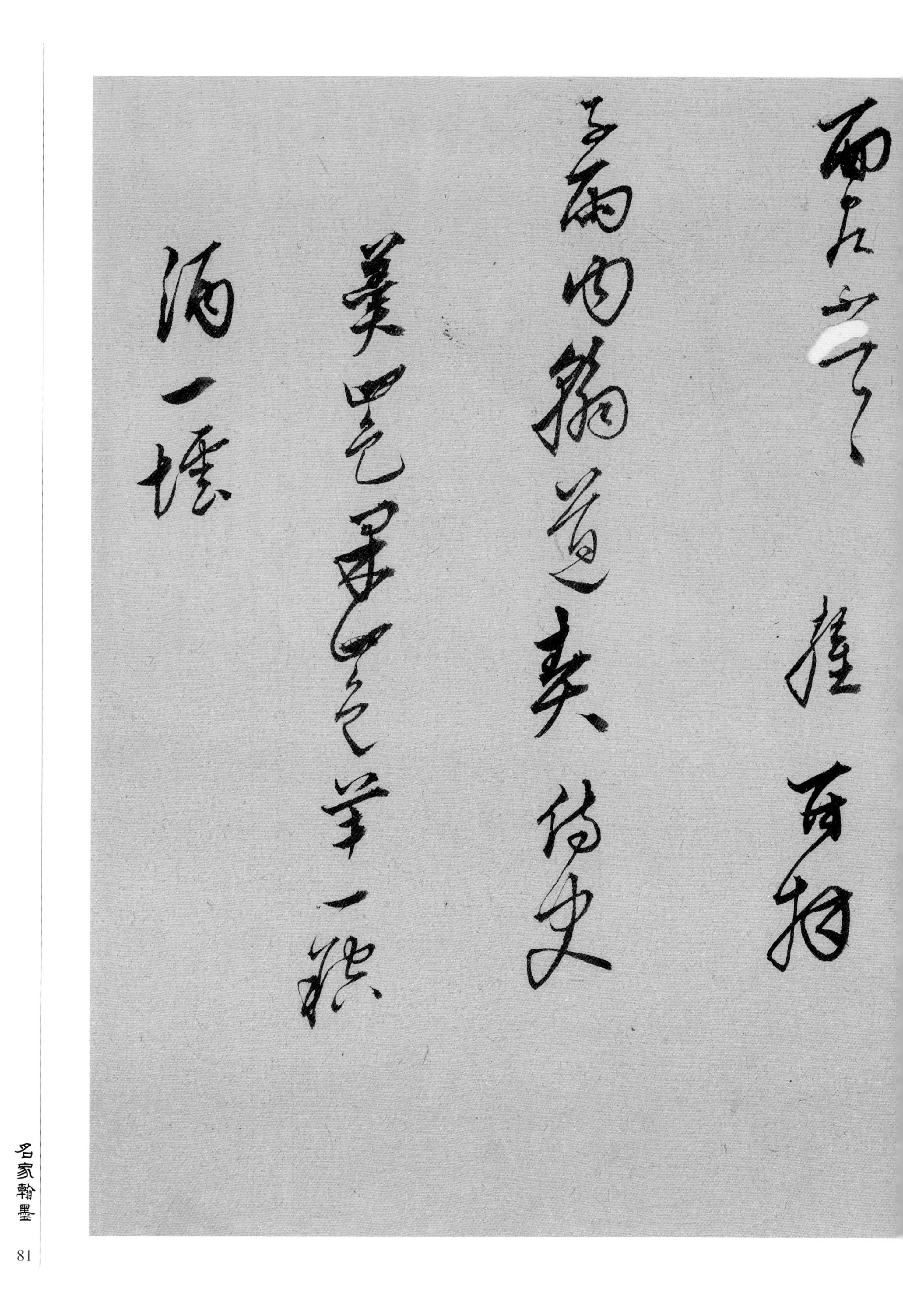

王鏊 致施鳳札

釋文

隔宿

尊體佳勝否？承

志同以禮物見惠，緣僕近頗學作小篆，閒中為作「東岡書屋」四字，不知可

尊意否？如可，再寫奉

納。鏊再拜。

東岡聘君。

編按

施鳳（十五—十六世紀），字鳴陽，生卒年不詳。南直隸吳縣人。博學不仕，家居設帳授徒，開圃鑿池，養魚種樹，自娛於林泉之間，人稱東岡高士。王鏊（一四五〇—一五二四）為撰有《東岡高士傳》紀其事，收錄於《震澤集》卷二十四。札中王鏊自稱喜歡寫小篆，且作字一幅送贈施鳳，足徵兩人交誼深厚。

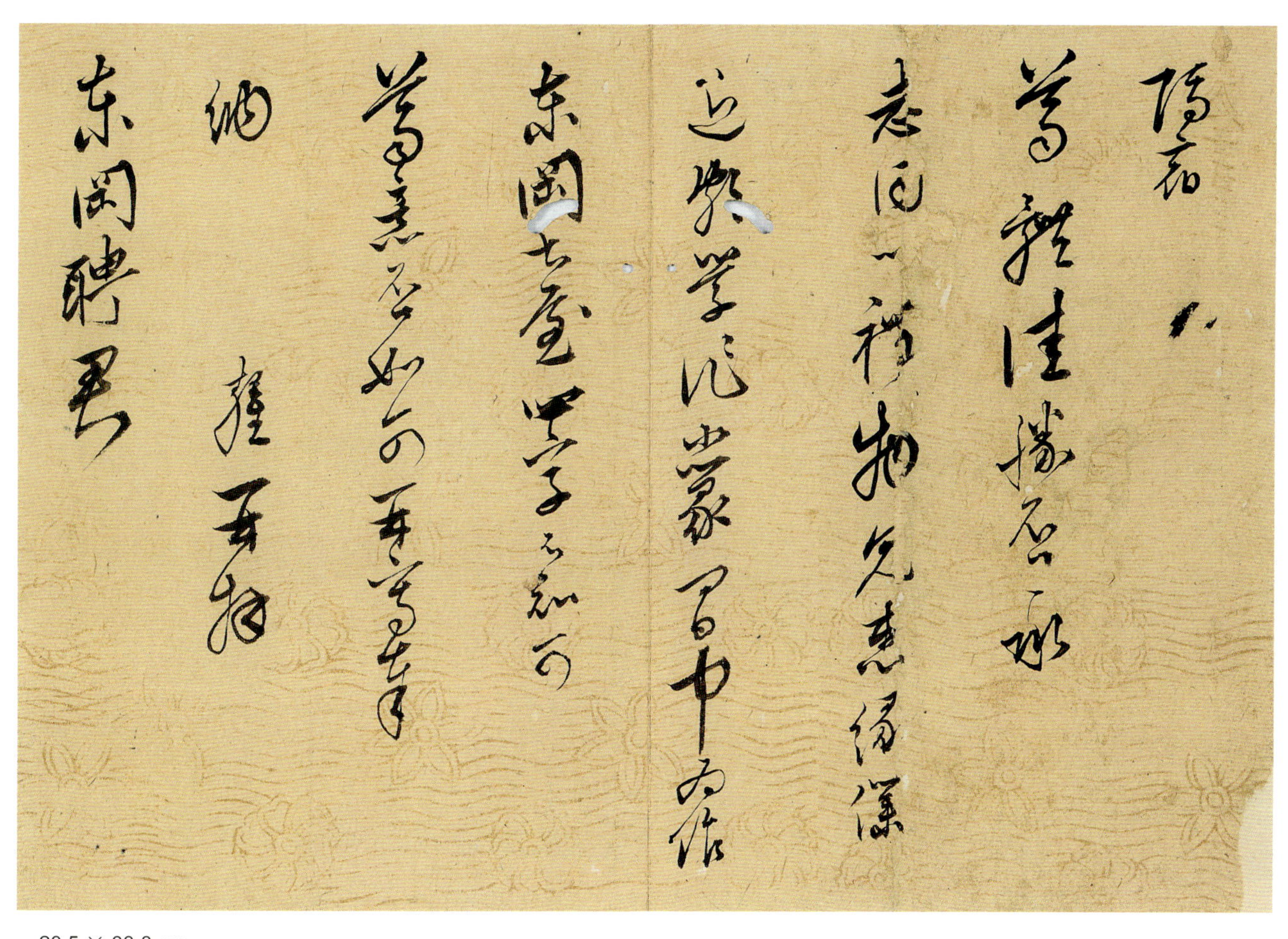

23.5 × 33.8 cm

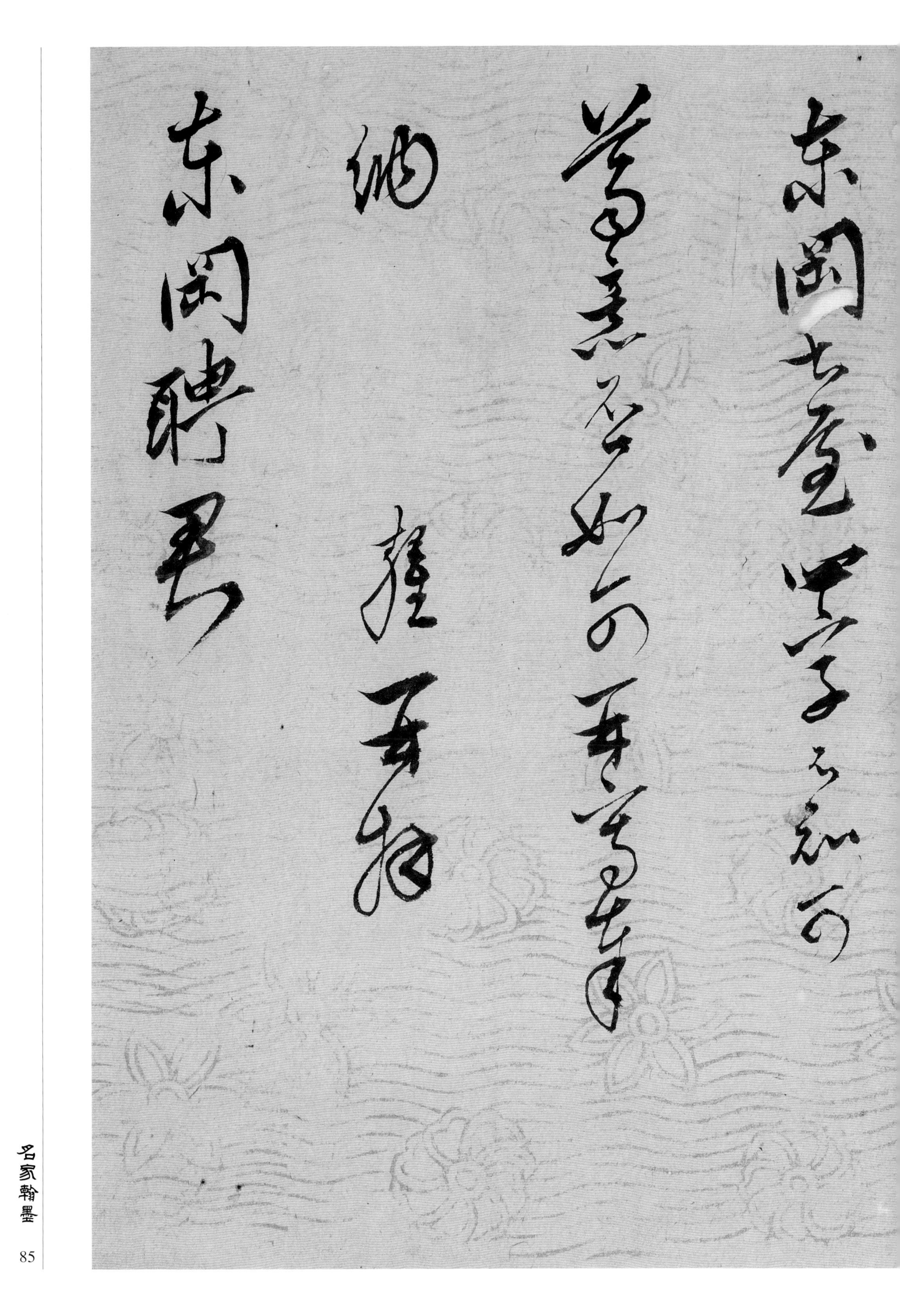

謝遷　致邵珪札

釋文

初三日，奉屈
枉臨清話，幸
惠然，至禱。
　友生遷頓首。
文敬先生侍者。
朝退即希
枉騎，設局以待也。倘復逡巡而來，恐未免馮君之誚，呵呵。
　遷又拜。

鑑藏印

擇木亭印（白文方印）、臥菴所藏（朱文方印）、商丘宋犖審定真跡（朱文長方印）

邊題

餘姚謝文正于喬遷。

編按

謝遷（一四五〇—一五三一），字于喬，號木齋。浙江餘姚人。成化十一年（一四七五年）狀元，授翰林院修撰，遷左庶子，累遷少詹事兼侍講學士。弘治八年（一四九五年）入閣參與機務，加太子少保、兵部尚書兼東閣大學士。卒贈太傅，謚文正。

邵珪（一四四一—一四九〇），字文敬。南直隸宜興人。成化五年（一四六九年）進士，授戶部主事，歷郎中，出為嚴州知府，遷思南府知府。著有《半江集》。

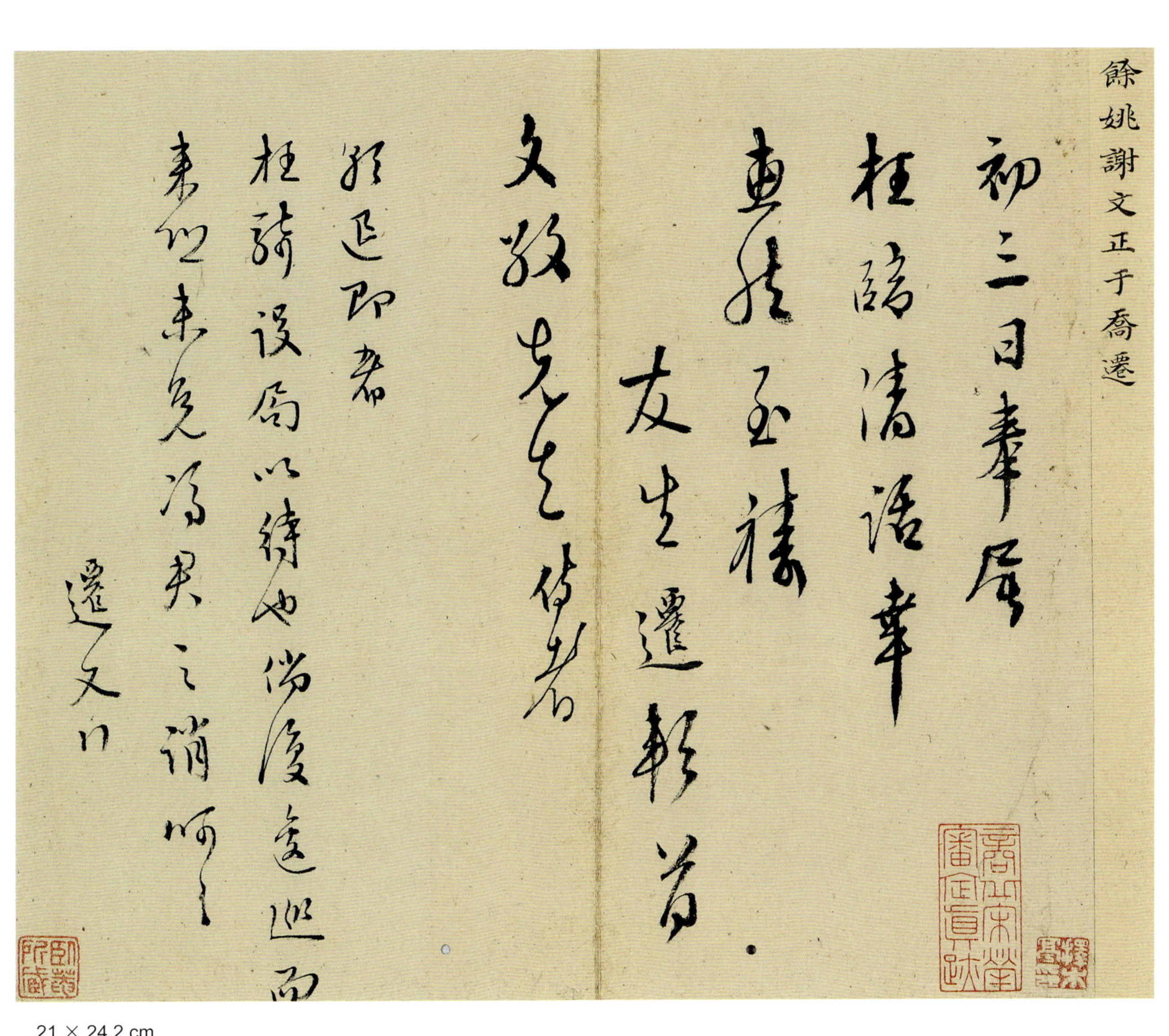

21 × 24.2 cm

餘姚謝文正于喬遷

初二日奉展
枉臨清語竟
惠教至精
友生遷頓首

文敬先生侍者

頃退即當

桂請設局以待也倘復逢迎而

來迎未免爲笑之誚耶

還文叩

張愷　致張刺史札

釋文

井陘黃先生來，承

手教，兼審

起居，且六年榮滿，

高擢在即矣，可喜、可喜！愷守拙如常，不足道念，茲因星士之便，布此通問，

匆匆，不悉所言，冀

鑒察、鑒察。

　仲春望後，眷生張愷頓首。

刺史張大人尊親。

　星士余月明子平遠書常輩□□。

印章

元之（朱文方印）

邊題

張愷，字元之，成化二十年進士，知黎平府。忤劉瑾，落職，再起，遷福建運使。（《明史》、《無錫金匱縣志·名宦》）

編按

張愷（一四五三—一五三八），字元之。南直隸無錫人。明成化二十年（一四八四年）進士，歷任兵部主事、刑部主事、順德府通判、東平知州、福建都轉運使爭。著有《碧山吟社記》等。

本札上款人身分未明，當為張愷親家。

井陘黃先生來承手教並審起居且六年榮滿高擢在即矣可喜

愷官於此常不足為念茲因墨生之便布此通問多不悉所云

張愷字元之成化二年進士知黎平府忤劉瑾落職再起遷福建運使 明史 無錫金匱縣志名宦

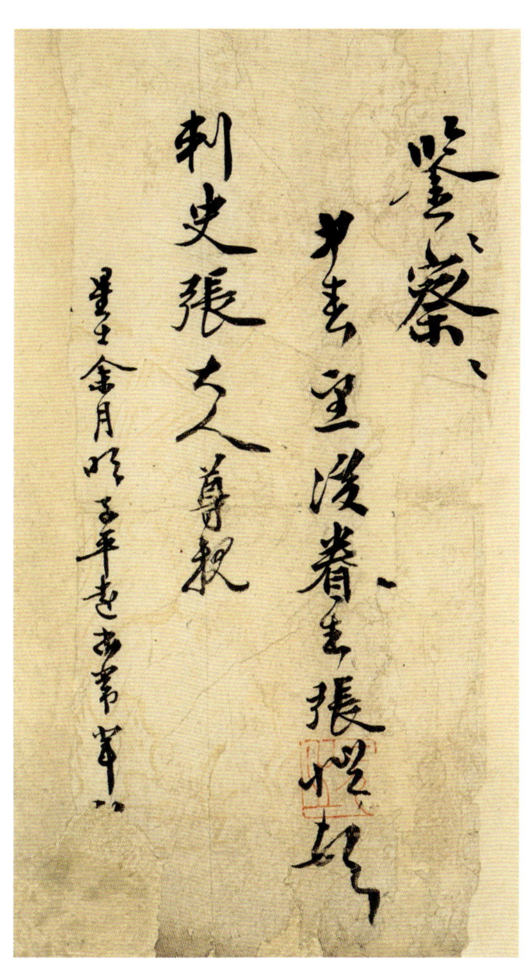

各 23.2 × 12.9 cm

井陘黃先生來學

手教并書

起居且六年，瑩滿

高擢在即矣，可人喜

僕守拙如常，不足道

此通含免不遠所乞

異

鑒、察、

某再望後眷生張惺頓首

刺史張大人尊親

某生余月明于平老弟書第拜

楊循吉　致大學士札

釋文

昨承
寵召，深以從游為幸。會有所避，不[克]趨
命，豈勝愧感。至晚 令姪張君□舟次，始知
枉過南峰，極恨無緣，莫能先至弊居，洒掃以迎。然為林壑之光，
亦已多矣。謹專此上
謝萬一，伏惟
恕察，幸甚。
　三月三日，侍生楊循吉頓首再拜。
大學士大人先生執事。

邊題

姑蘇楊儀部君謙循吉。

編按

楊循吉（一四五六—一五四四），字君卿，又字君謙。南直隸吳縣人。成化二十年（一四八四年）進士，授禮部郎中。後以病辭歸，結廬於支硎山下，專事著述。著有《松籌堂集》、《齋中拙詠》、《南峰樂府》等。

姑蘇楊儀部君謙循吉

昨承
寵召深以從游為幸會有所避不[illegible]趨
命豈勝愧感至晚　令姪張君[illegible]舟次始知
枉過南峰極恨無緣莫能先至弊居灑掃以迎然為
林壑之光亦已多矣謹專此上
謝萬一伏惟
恕察幸甚

三月三日侍生楊循吉頓首再拜

大學士大人先生執事

22.2 × 13.9cm

喬宇 致孫其武札

釋文

數年闊隔之懷，未獲致書者，良以山城路僻，無便人可托故爾，諒能照悉。茲者白通府應衡來惠，又備道高情詢念之惓惓，珍佩何克以當、何克以當？匆匆畧布此申謝，餘不宣。

二月廿二日，舊知宇再拜。

內翰孫其武大人道契。

印章

希大（朱文方印）

邊題

欒平喬尚書白巖宇。

編按

喬宇（一四五七—一五二四），字希大，號白巖山人。山西欒平人。成化二十年（一四八四）進士，歷戶部侍郎，拜南京禮部尚書，後改兵部，參贊機務。從李東陽（一四四七—一五一六）游，詩文雄雋，兼通篆籀。世宗即位，召為吏部尚書，因直諫被迫去職。卒謚莊簡。

本札上款人「孫其武」，生平待考。「白通府應衡」即白鐩，字應衡，定州人，正德十六年（一五二一年）進士，歷僉事。

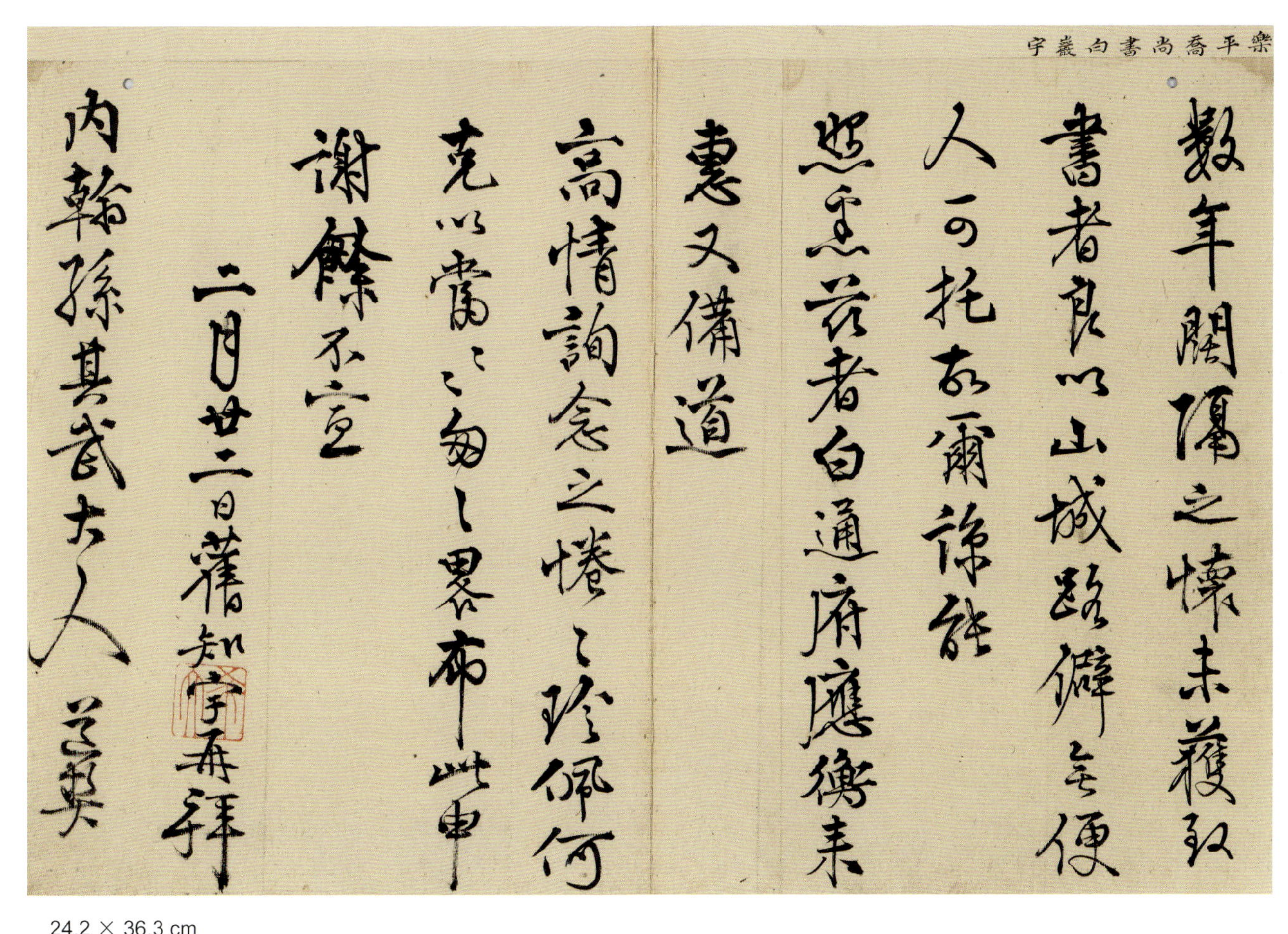
樂平喬尚書白巖字

數年闊隔之懷未獲敘
書者良以山城路僻無便
人可托故爾諱能
遐思云云者白通府應衡來
惠又備道
高情詢念之惓惓珍佩何
克以當之勿勿畧布此申
謝餘不宣
二月廿二日舊知宇再拜
內翰孫其武大人 足下

24.2 × 36.3 cm

數年闊隔之懷未獲致
書者良以山城路僻無便
人可托故爾諒能
想見前者白通府應衡來
惠又蕭道

言情諂念之惓惓珍佩何

克以當之之勿之累布此申

謝餘不宣

二月廿二日舊知宇再拜

内翰孫其武大人 芝英

邵寶 致俞泰札

一五一六年

釋文

寶啓。于少府家人回，承手書已至矣，感念無已。即日得吾師涯翁先生訃，悲慟之餘，有一柬致尚寶崔世興先生，幸為轉達之。數日後，遣寧兒奔赴也。匆匆，情緒不佳，不能悉具。友生邵寶再拜。正齋大司諫先生至契侍史。

印章

國賢（朱文方印）

邊題

無錫邵文莊二泉寶。

編按

邵寶（一四六〇—一五二七），字國賢，號泉齋，人稱二泉先生。南直隸無錫人。成化二十年（一四八四年）進士，歷為江西提學副使，遷右副都御史，總督漕運，因得罪宦官劉瑾而罷官。及劉瑾伏誅，升戶部侍郎。拜南禮部尚書，懇辭不就。俞泰（？—一五三二），字國昌，號正齋。亦無錫人。弘治十五年（一五〇二年）進士，官戶都科給事中、山東參政。

札中所稱「吾師涯翁先生」即李東陽（一四四七—一五一六），生平詳見前文。邵寶因獲悉其逝世而感哀痛，旋修函致另一好友崔世興，並請俞泰代為轉達。查李東陽卒於正德十一年（一五一六年）七月二十日，本札當作於此頃。

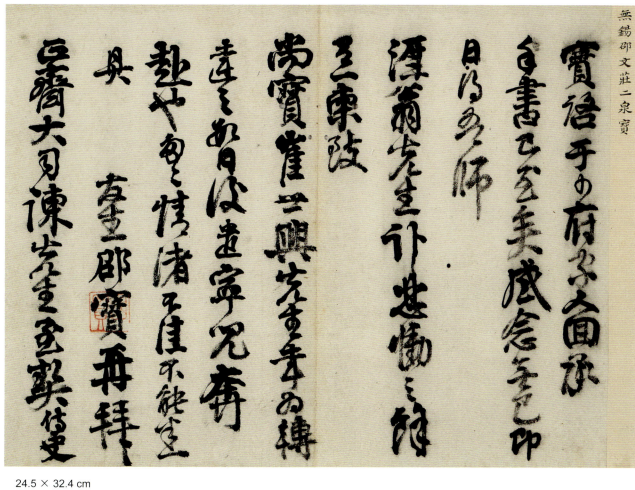

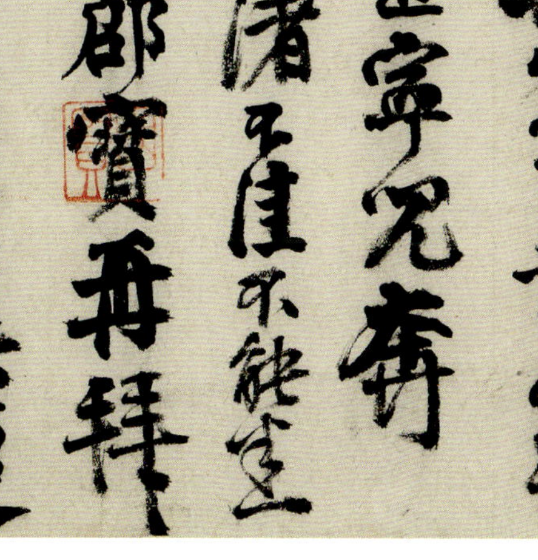

24.5 × 32.4 cm

嘗贊崖上與先生書幸而得達之敢冒從遣寧兄寄趣也而寡之情緒不佳不能盡之具

眷生邵寶再拜

呈

省大司寇陳先生台契 侍史

邵寶 書札

釋文

內有二稿，迂者太迂，俗者太俗，請折衷之，亦熱而濯之以清風也。立伺佳報。友生寶再拜。

鑑藏印

永吉（白文圓印）、休寧朱之赤珍藏圖書（朱文長方印）

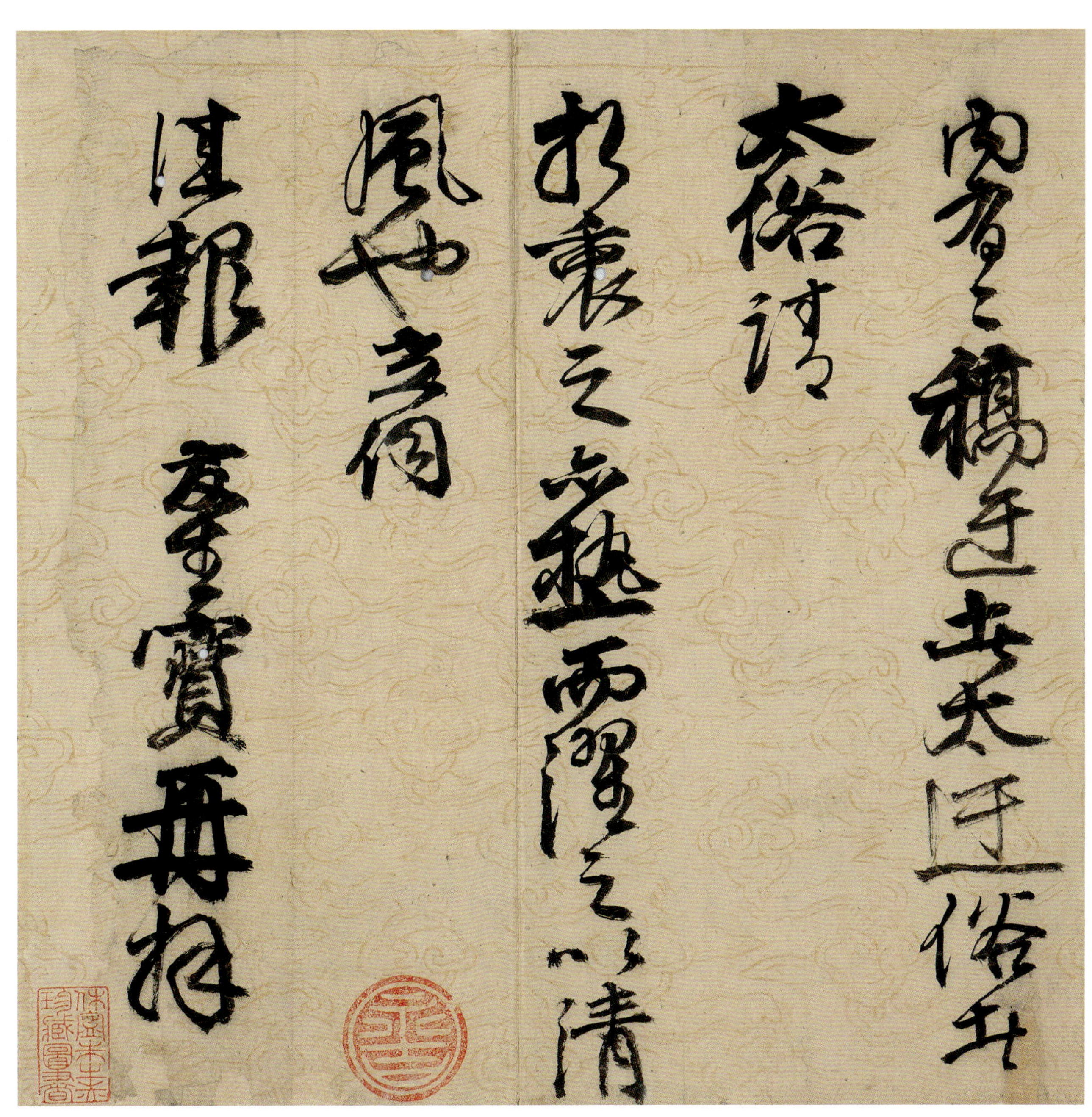

23.9 × 24.5 cm

風也多扇

惟報友生寶再拝

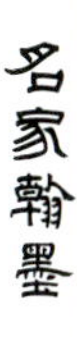

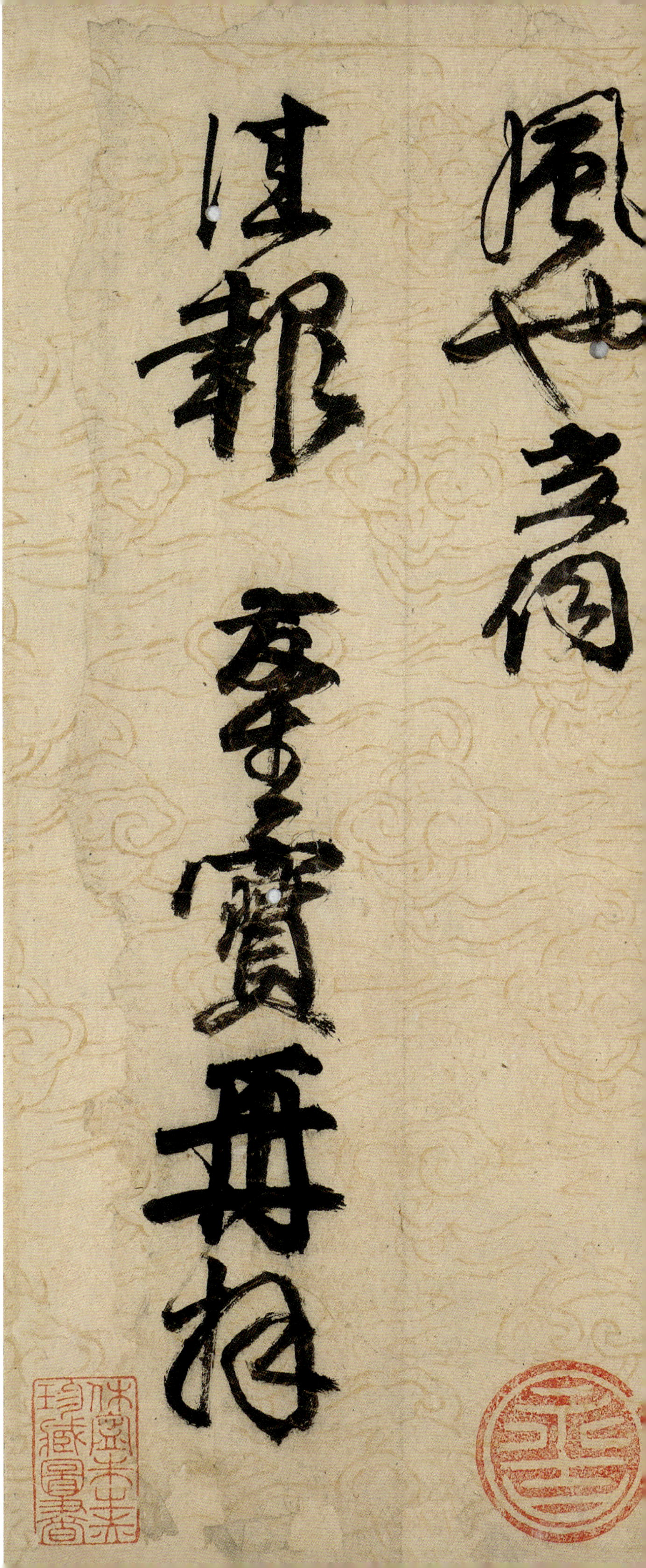

費宏　致王庭札

一五三五年後

釋文

契末費宏頓首啟。

大兵憲陽湖王先生大人執事：

一再拜領

厚意，稽於修謝，甚愧、甚罪，諒荷

誓恕，不深譴也。茲具絹帕一方，付

年家姪程主簿鳴奉

上，將誠惟

鑒納，幸幸。嗚荷

推愛賜照，多感、多感。

五月二十二日，宏頓首。

印章

子充（朱文方印）、湖東（朱文長方印）

邊題

鉛山費文憲子充宏。

編按

費宏（一四六八—一五三五），字子充，號健齋。江西鉛山人。成化二十二年（一四八七年）狀元，授修撰，官至戶部尚書。因拒絕寧王朱宸濠招攬，被迫辭歸。世宗即位後起用，加少保、少師兼太子太師、吏部尚書、謹身殿大學士等。大禮議中遭陷害，二次致仕。嘉靖十四年（一五一九年）再度復官，御賜「舊輔元臣」銀章。卒謚文憲。王庭（一四八八—一五七一），字直夫，世稱陽湖先生，南直隸長洲人。生平詳見下文。

札中稱「家姪程主簿鳴」，考程鳴為江西上饒人，嘉靖十二年（一五三三年）以監生官福建建寧主簿。而王庭出任建寧道按察司僉事，乃嘉靖十三年（一五三四年）事，本函當作於此年以後。

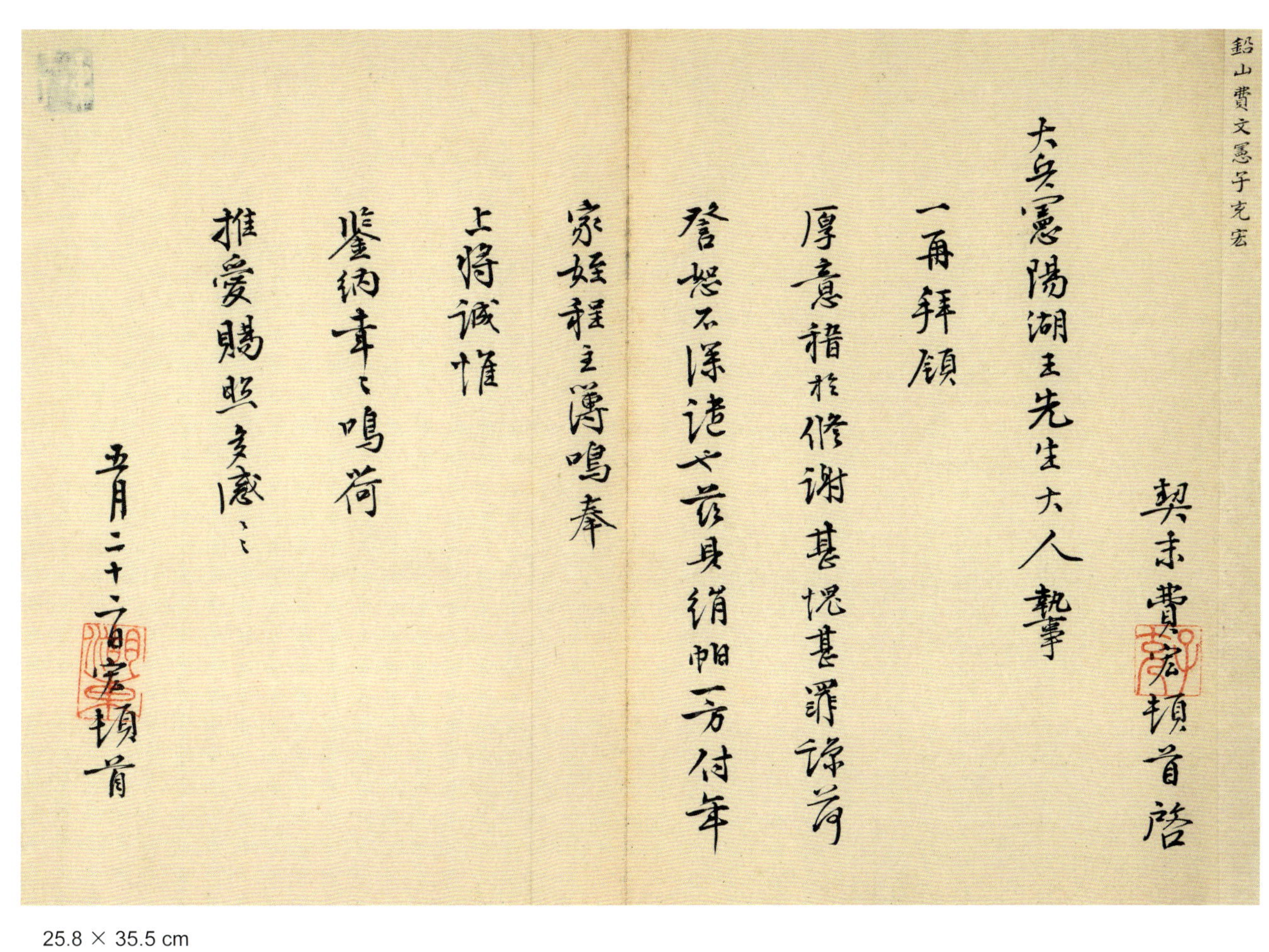

鉛山費文憲子充宏

契末費宏頓首啓
大兵憲陽湖主先生大人執事
一再拜領
厚意稽於修謝甚愧甚罪諒荷
詧恕不深譴也兹具綃帕一方付年
家姪程主簿鳴奉
上將誠惟
鑒納幸幸鳴荷
推愛賜照爲感感
五月二十一日宏頓首

25.8 × 35.5 cm

契末費宏頓首啓

大兵憲陽湖王先生大人執事

一再拜領

厚意稽於修謝甚愧甚罪諒荷

詧恕不深譴也茲具綃帕一方付年

上將誠惟

鑒納章章鳴荷

推愛賜照多感感

五月二十六日宏頓首

費宏 書札

釋文

誌文勉強塞
命，深媿蕪陋。
尊府法當書名則書
執事，不得以字，然尚空白，請
自裁之，仍見教為幸。
厚幣誼不敢受，謹此返錦。不具。
友生費宏拜。

編按

本札受信人未明，內容紀述費宏（一四六八—一五三五）受其委託，撰寫誌文，稿成後，連同前所付酬金奉回。查費宏曾為多人作墓誌銘，故此函所關連人物，難以稽考。

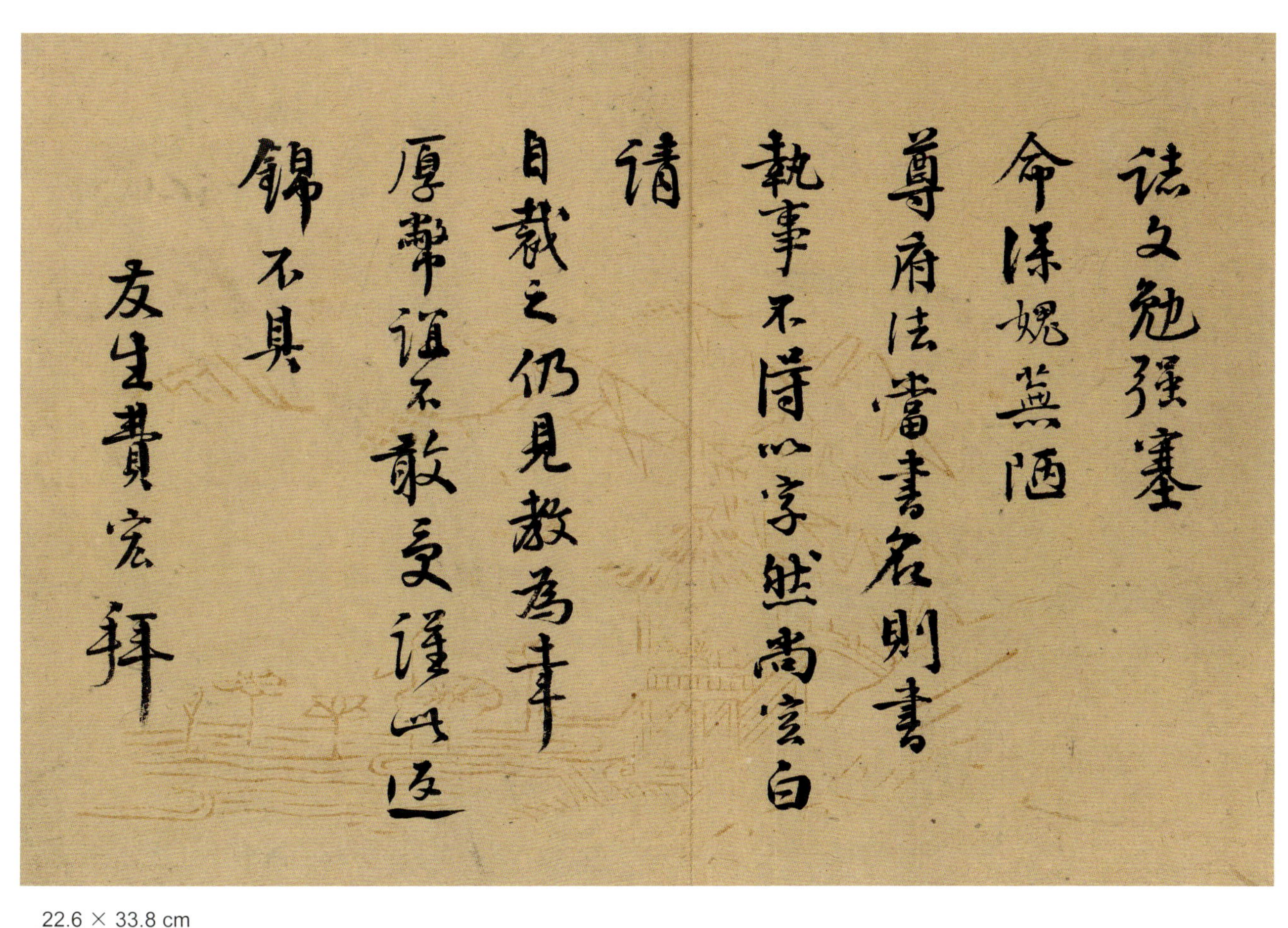
誌文勉强塞
命深媿蕪陋
尊府法當書名則書
執事不得以字然尚空白
請
自裁之仍見教爲幸
厚幣誼不敢受謹此返
錦不具
友生費宏拜

22.6 × 33.8 cm

諸文勉強塞
命孫婿蕪陋
尊府法書當書名則書
執事不得以字然尚言白

[illegible]

自裁之仍見教為幸

厚幣謹不敢受謹此返

歸不具

友生貴宏拜

劉乾　致郭維藩詩帖

一五二三年

釋文

《約遊靈谷喜雪書懷》

欲登牛首阻秋霖，纔約東山又雪深。留鑰傳聞慳遠到，老天故遣布重陰（鳳山方膺參贊之命）。來朝定卜開初霽，此會應憐續舊吟。佳麗藉公聲價□，六朝遺事碧峯岑。

《鳳山即席有倡奉同》

瑞雪飄風任往還，天開圖畫壯東山。勝遊不廢銜寒飲，絕險何堪□足攀。梓里情深渾晤語，騷壇句穩共舒顏。迥遭朕有鍾陵在，萬載皇圖指顧間。

《雪筵話別用韻》

曾許頻登白下岡，勝游端不解官忙。俄聞有詔來丹扆，無復尋芳帶夕陽。小飣且酬今日約，重裘難禦朔風涼。川原入望歌聲沸，細誦紬詩漫舉觴（諸老有詩嵌清涼石壁）。

侍生劉乾頓首，稿呈

杏岡郭老先生改教。

印章

克柔（朱文方印）

鑑藏印

李□（朱文方印）

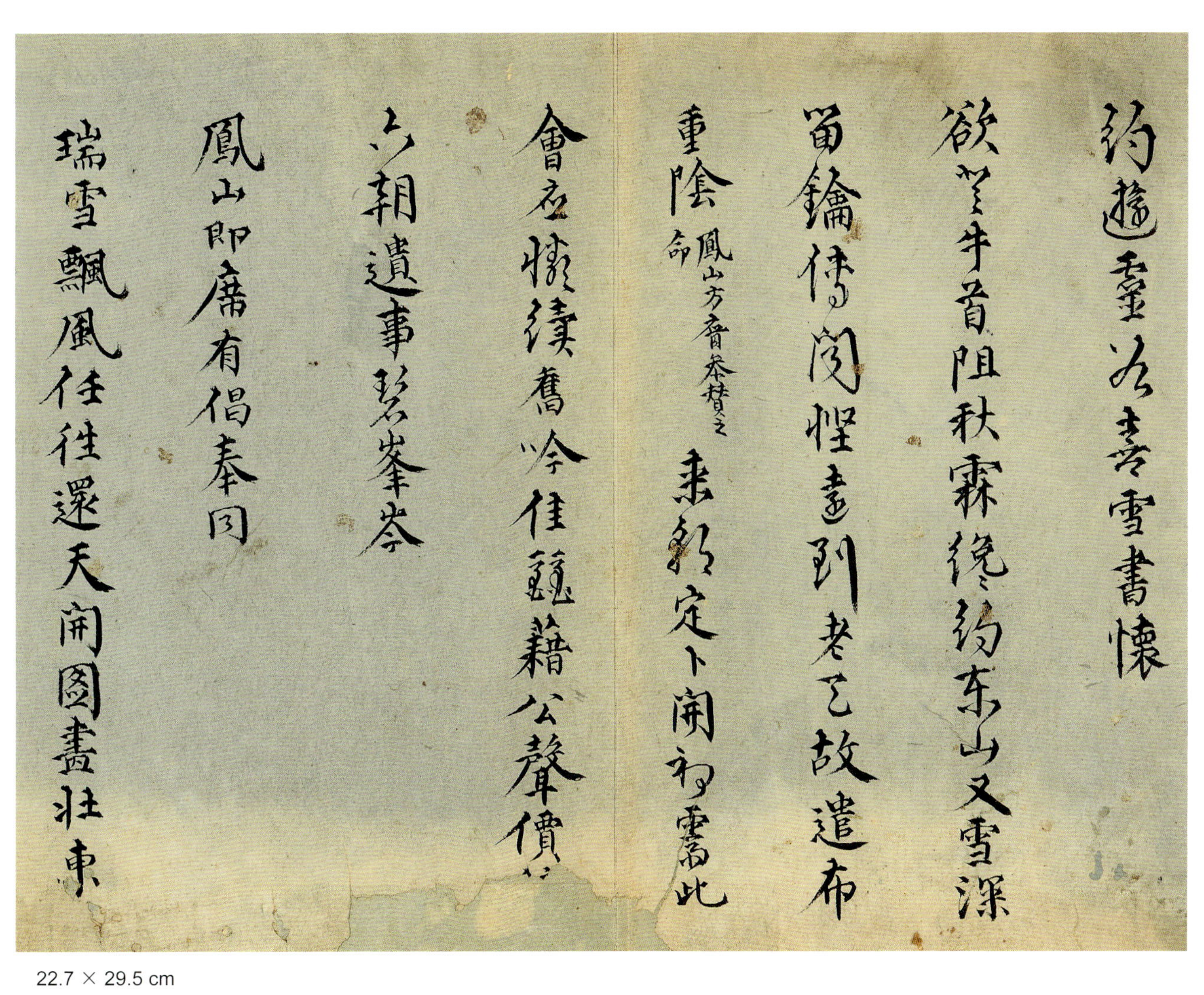

22.7 × 29.5 cm

編按

劉乾（一四六八—一五三六），字克柔，號毅齋。南直隸江陰人。弘治十二年（一四九九年）進士，授戶部主事，嘉靖初歷南京鴻臚寺卿，改光祿寺。郭維藩（一四七五—一五三七），字價夫，號杏岡。河南儀封人。正德六年（一五一一年）進士，選庶吉士，歷官南京國子監司業、太常少卿兼翰林院侍讀學士、掌院事等。

此札七律三首，寫南京冬日雪景。中提到「鳳山方膺參贊之命」，乃指秦金（一四六七—一五三四），字國聲，號鳳山，南直隸無錫人，弘治六年（一四九三年）進士，嘉靖二年（一五二三年）擢南京禮部尚書，參贊機務。本札當作於是年。

22.3 × 28.9 cm

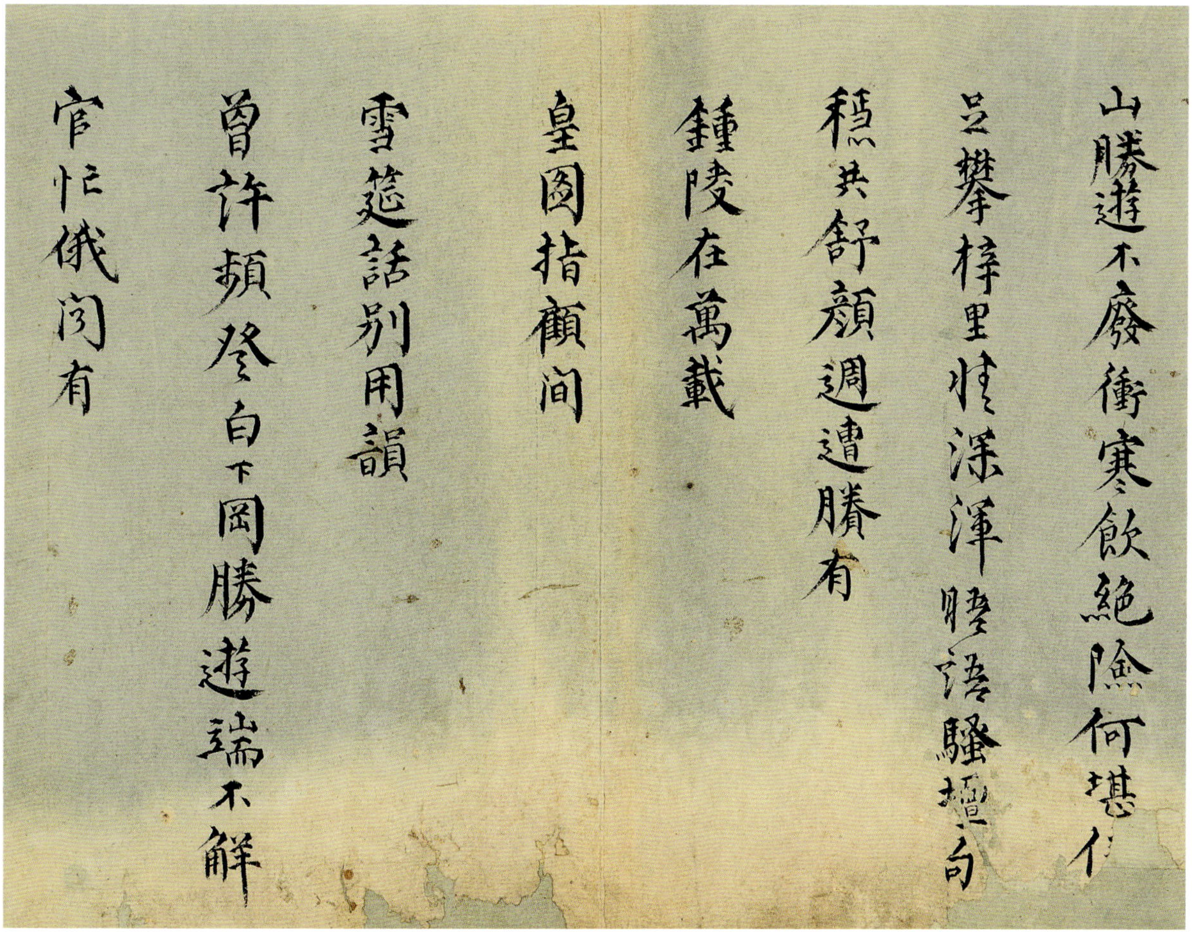

山勝遊不廢衡寒飲絕險何堪作
呈攀梓里情深渾勝語騷壇句
穩共舒顏週遭勝有
鍾陵在萬載
皇圖指顧間
雪篋話別用韻
曾許頻參白下圖勝遊端不解
官忙俄閒有

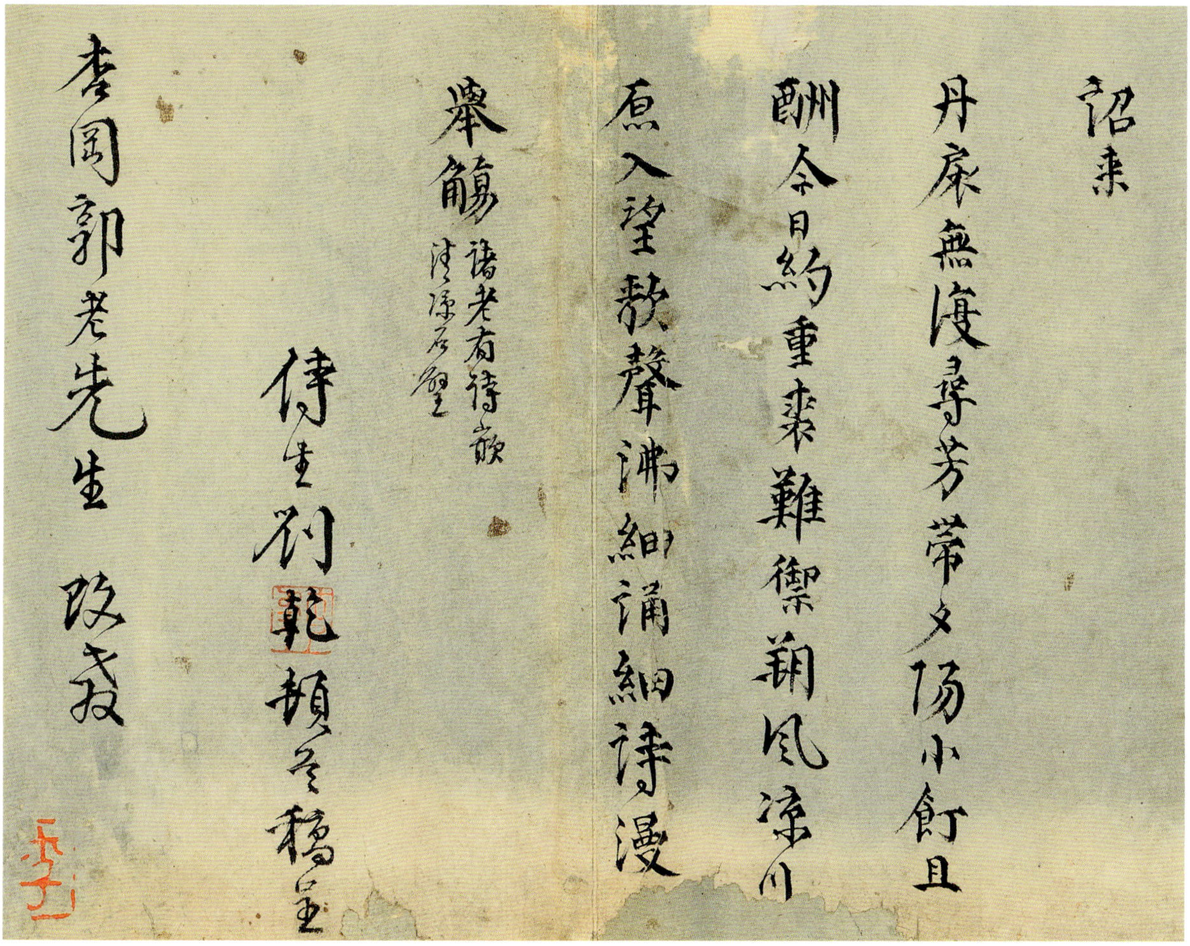

詔來
丹扆無復尋芳帶夕陽小飣且
酬今日約重來難禦朔風涼川
原入望數聲沸細誦細詩漫
舉觴
語老有詩嵌清源存璧

侍生劉乾頓首稽呈

李冏郭老先生 改政

22.2 × 28.8 cm

約遊臺公寺雪書懷

欲望牛首阻秋霖，幾約東山又雪深。留鑰傳閒惺懂到老乞故遺布重陰（鳳山方晉參贊之命）來歙定卜閒初雪此

會合懷續舊吟佳韻藉公聲價

六朝遺事碧峯岑

鳳山即席有倡奉同

瑞雪飄風任往還天開圖畫壯東

山勝遊不廢衡寒飲絕險何堪作
足攀梓里情深渾睦語騷壇句
穩共舒顏週遭勝有
鍾陵在萬載

雪篷話別用韻

曾許頻登白下岡勝遊端不解

官忙俄閒有

詔來
丹扆無復尋芳帶夕陽小飣且
酬令日約重來難禦朔風涼月
直入望鼓聲沸細誦細詩漫

舉觴諸老有詩歌
洪濬石壁

侍生劉乾頓首稽首

李同郭老先生
政教

陳沂　致文徵明札

釋文

聖駕南旋，遽有大疢，正旦猶出受
賀，不兩月，乃至上賓，所幸
祗宮正寢，一惟顧命之典，傳奉
遺旨，悉復舊章。大惡既擒，無益，皆毀。輪臺之意，九土同聞。况所議
大禮，奉迎
嗣聖，天日皎如，又知
仁明之姿，不殊孝文，不圖太平即可復見。雖云秉政者得人，而
宗社之福，培積深厚，宜有爾也。

　三月廿三日，沂頓首。

衡山先生執事。

孔周、道復、子重、履約、履仁，望一一道意。

邊題

鄞縣陳太僕魯南沂。

編按

陳沂（一四六九—一五三八），字魯南，號小坡。浙江鄞縣人。少有文名，善書畫。正德十二年（一五一七年）進士，選庶吉士，歷編修、侍講，出為江西參議，移山東參政，改太僕寺卿。致仕歸里後，在南京築遂初齋，閉門著述。文徵明（一四七〇—一五五九），原名璧，以字行，更字徵仲，號衡山。生平詳見後札。此信末附致候數人之中，「孔周」即錢同愛（一四七五—一五四九），「道復」即陳淳（一四八四—一五四四）、「子重」為湯珍、「履約」乃王守（一四九二—一五五〇）、「履仁」即王寵（一四九四—一五三三），皆屬於文徵明交游圈中蘇州文士。

鄞縣陳大僕魯南沂

23.6 × 36.3 cm

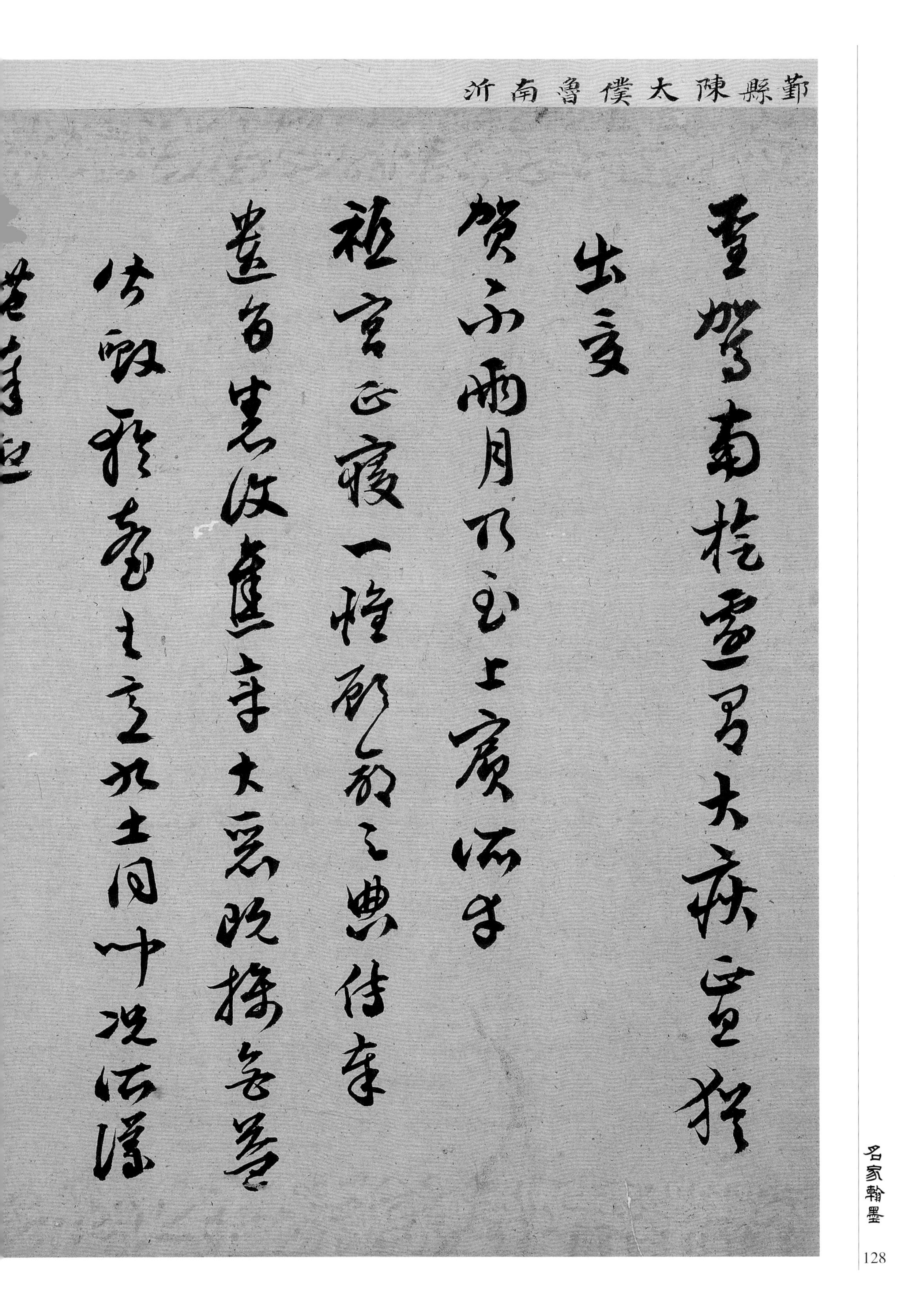

仁明之姿亦將孛文亦圖太平耶

而浮先經云秉政者得人亦

宗社之福培植深厚其為樂也

三月廿二日頓首

海山先生執事

承聞近況子言殷殷仁世丈道意

文徵明　致王穀祥札

釋文

今日

永之許過山房，輒邀

西室同坐，何如？永之袁姓，曾任武選郎，與文選對職，

君亦嘗識之乎？

　　徵明肅拜。

西室先生祿之選部。

　　端午前一日。

邊題

長洲文待詔衡山徵明。

編按

文徵明（一四七〇—一五五九），原名壁，字徵明，以字行，更字徵仲，號衡山。南直隸長洲人，文林（一四四五—一四九九）子。少享才名，然應舉十次皆落第，年五十四被薦以貢生進京考核，授待詔。五十七歲辭歸，潛心詩文書畫，名滿天下。一門子姪俱於翰墨大有成就，影響至鉅，為「吳門畫派」領袖。

王穀祥（一五〇一—一五六八），字祿之，號西室，生平詳見下文。王氏與文徵明累代世交，又屬遠房姻親，二人關係介乎師友之間。

本札所稱「袁永之」，即袁袠（一五〇二—一五四七），字永之，生平見下文。其以年歲論屬於文徵明後輩，但卒時僅四十六歲，文徵明為撰墓誌，收錄於《甫田集》卷三十三。

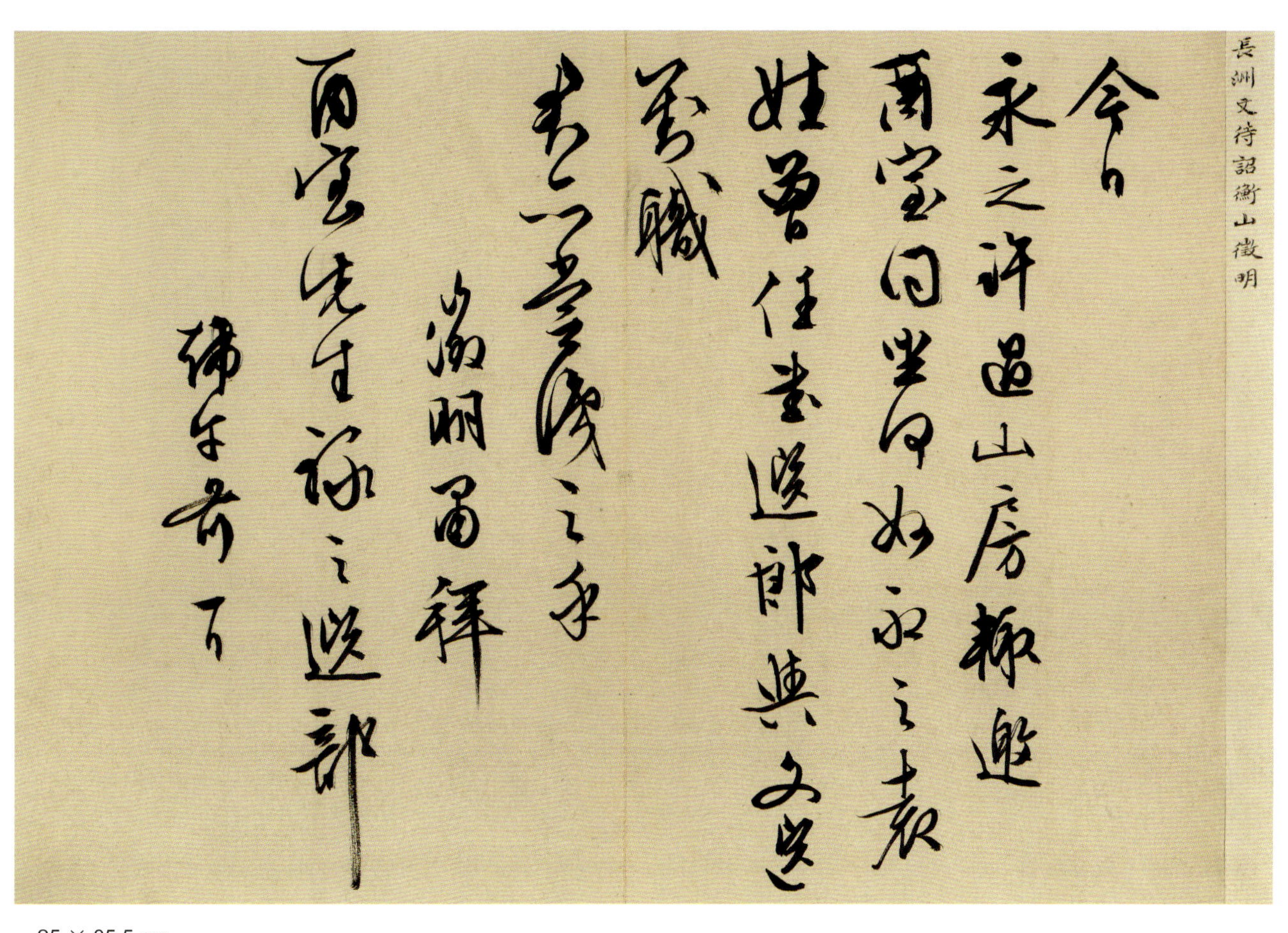

25 × 35.5 cm

長洲文待詔衡山徵明

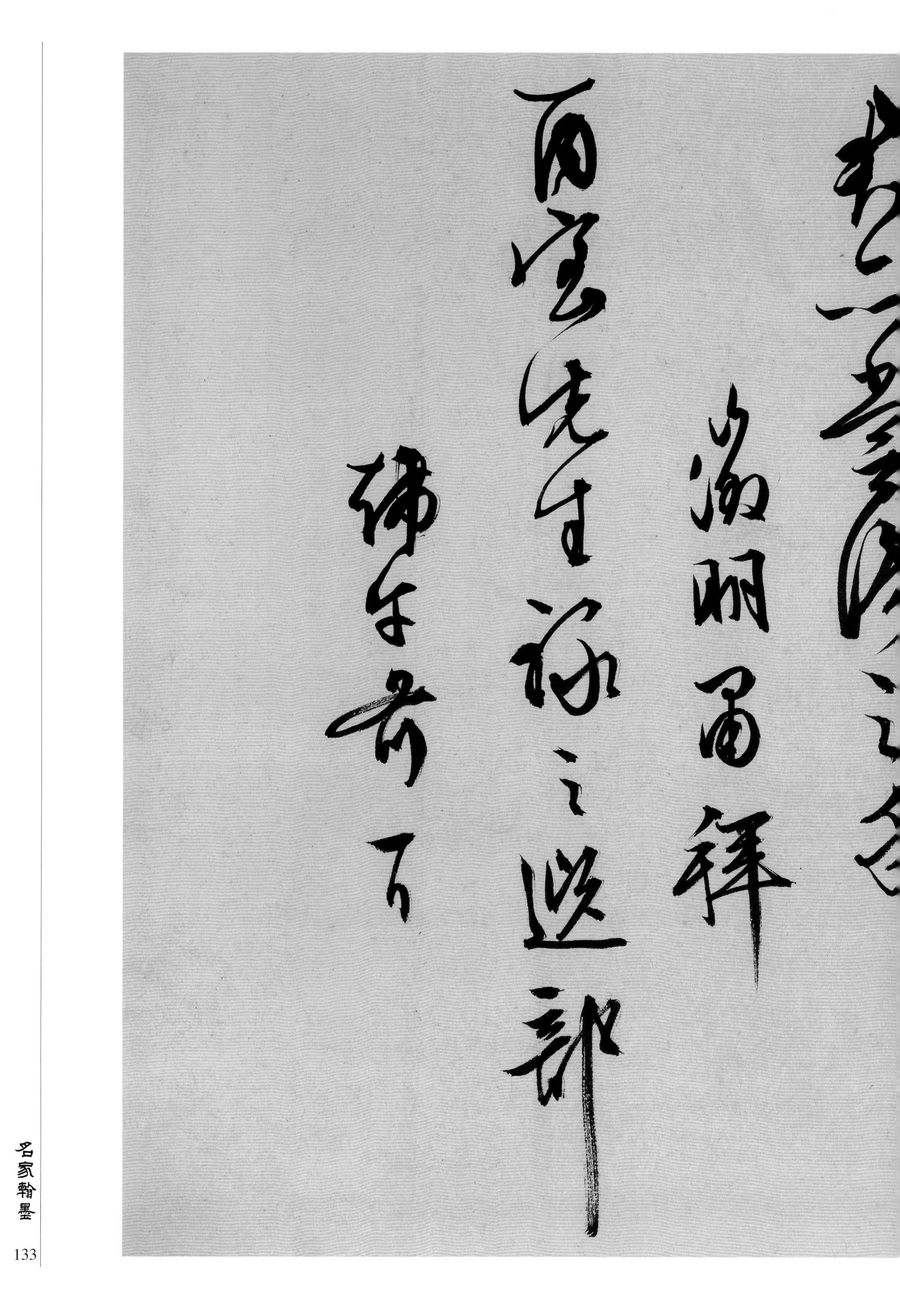

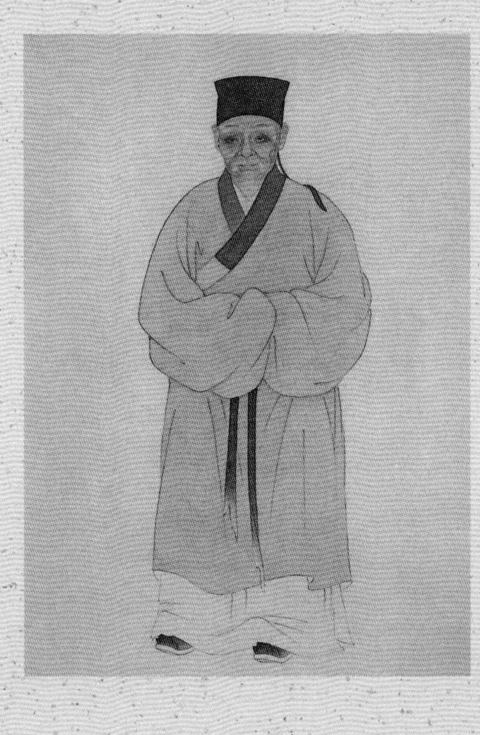

文徵明　書札

釋文

今日請

過我解糭。寇警解嚴，佳節甫臨，幸

無負此良會也。午刻拱伺。

徵明拜速。

編按

文徵明（一四七〇—一五五九）此札乃致好友共度端午的邀約，受信人未明。其中「寇警解嚴」一句，當指明代嘉靖年間多次侵擾沿海之倭寇禍患。嘉靖三十三年（一五五四年）五月，倭寇自崇明掩至蘇州，大掠至崑山，札中所述或此年間事，待考。

今日請

過我綉樓觀盆，細菊佳者甫

臨幸

無負此良會也，午刻拱俟

徵明拜速

26.8 × 16.5 cm

文徵明　致紿之札

釋文

欲煩
界一烏絲，就望
過我，專伺、專伺。
　　徵明奉白。
紿之賢弟。

編按

本札上款人「紿之」，身分未詳，當為一位擅長於紙絹上界畫絲欄，以供特定書寫用途之能手。

欲煩
界一烏絲欄
還我專伺伺
徵明奉白
給之矣和

22 × 14.7 cm

劉麟　書札

釋文

筍大如此，吾釀以半豕之肉，真所謂大嚼也。無物可酬大巡，以雙魚遺官枉問分奉。其一未剖時尚潑剌跳梁，其鮮不在筍味之下，又出伯夷之手一烹，便擲骰子，雖雙盃亦莫辭也。一笑、一笑。陸公果有此，聞之驚甚，一二日當走往視，柰何、柰何。

眷生麟頓首。

項元汴題

廿三帖終。

鑑藏印

墨林山人（白文方印）、子京（朱文葫蘆印）、神游心賞（朱文方印）

邊題

金陵劉清惠元瑞麟。

編按

劉麟（一四七四—一五六一），字元瑞，號南坦。江西饒州人，居金陵。弘治九年（一四九六年）進士，除刑部主事，晉員外郎，累官至工部尚書。卒贈太子少保，謚清惠。此札談論美食，用辭妙趣生動，惜受信人未明，其當屬姻親關係。本幅曾為明代項元汴（一五二五—一五九〇）「天籟閣」收藏，紙上仍見其標準格式小隸題字，以及殘存藏印三方。

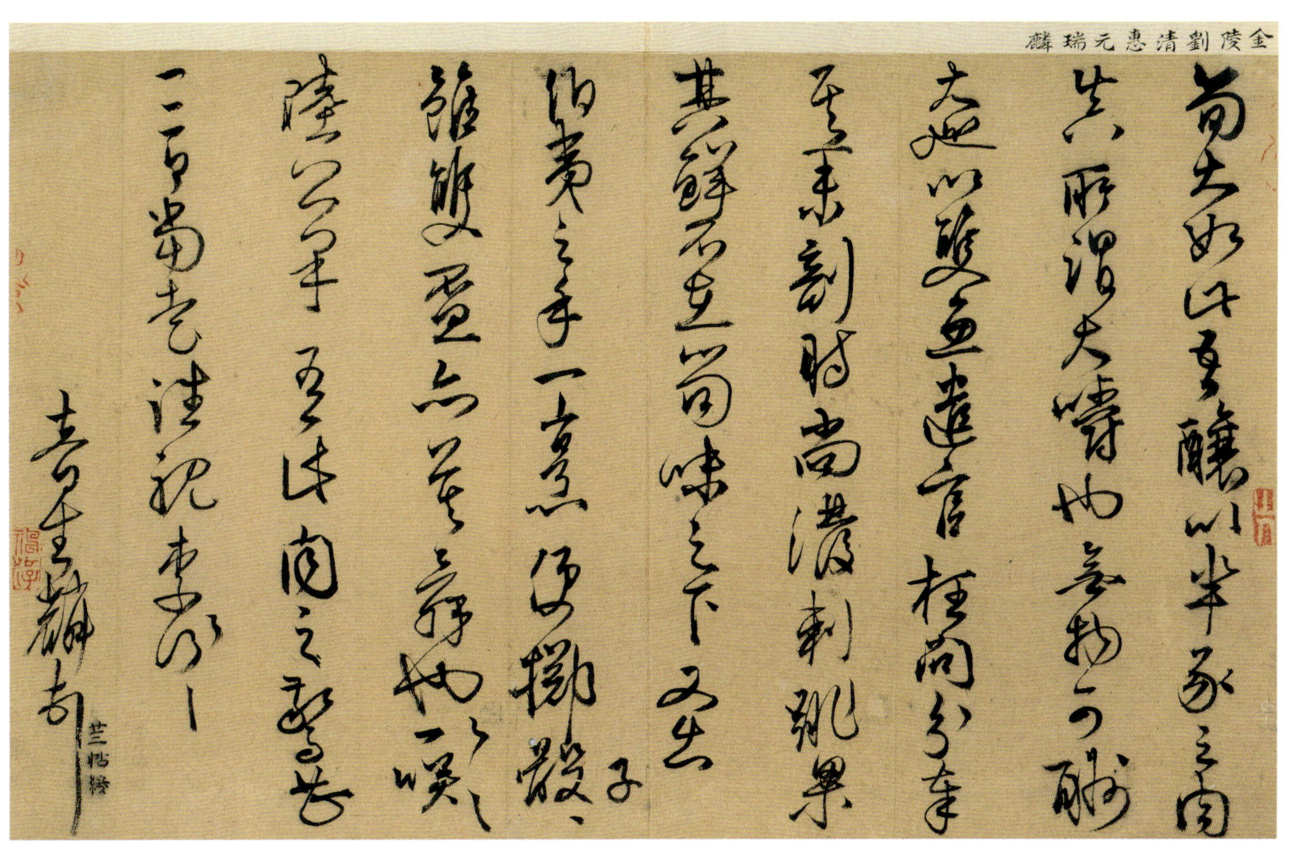

23 × 37.5 cm

金陵劉清惠元瑞麟

吳奕　致象圓札

釋文

佳章已領，忙邊未曾讀和得請教也。復之高興乃爾，田事想不攢眉矣。麗文近云，嘗以詩伯目之，復之頗口樂，近詩既妙，當以詩公爾之可也。一笑、一笑。奕拜手。象圓堂頭。

邊題

長洲吳茶香奕。

編按

吳奕，字嗣業，號茶香居士，生卒年不詳。南直隸長洲人，吳寬（一四三六—一五〇四）姪。善書法，風格亦近似吳寬。

本札上款人「象圓堂頭」身份未詳，當為佛門中人。

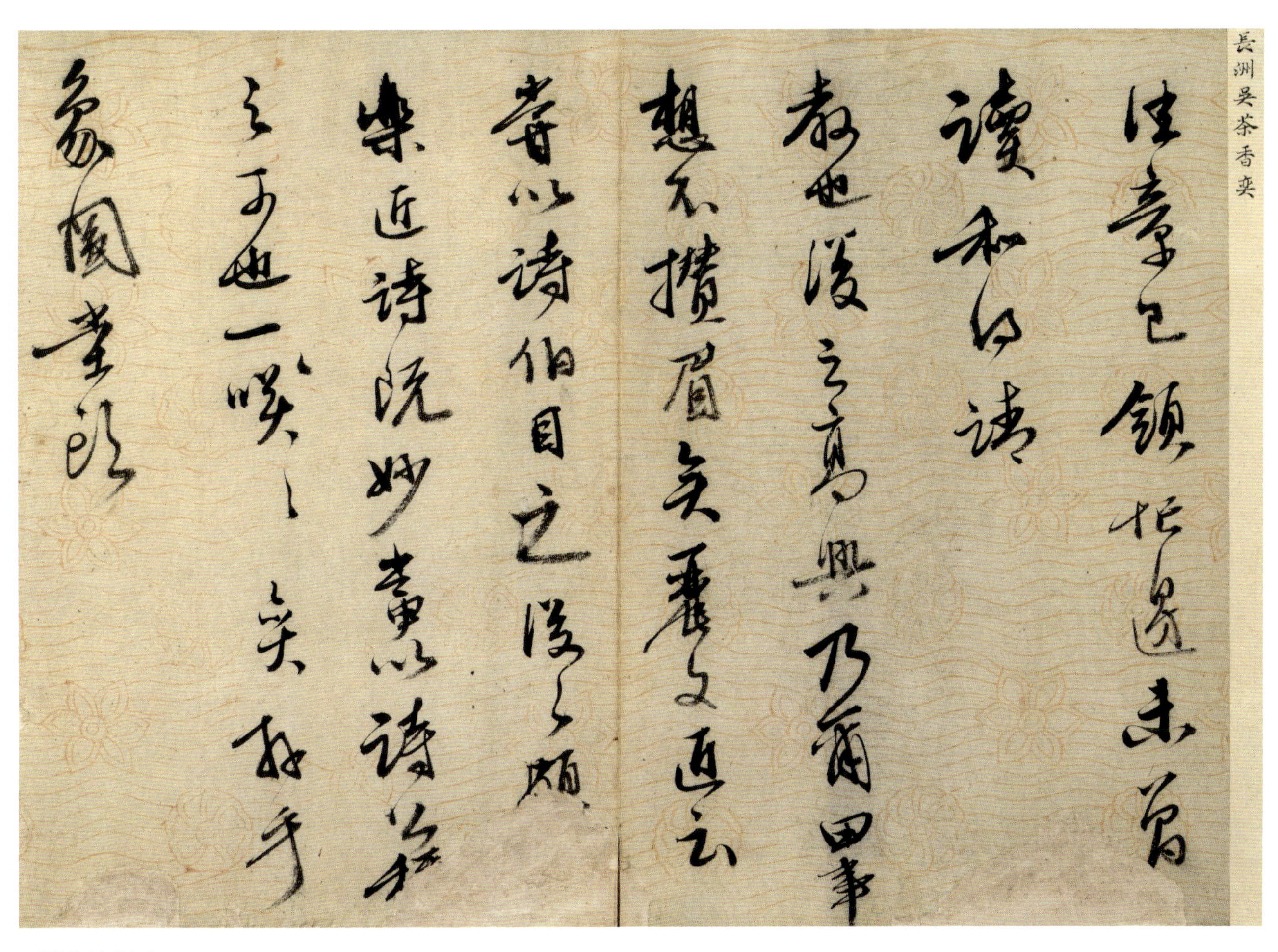

25.3 × 34.5 cm

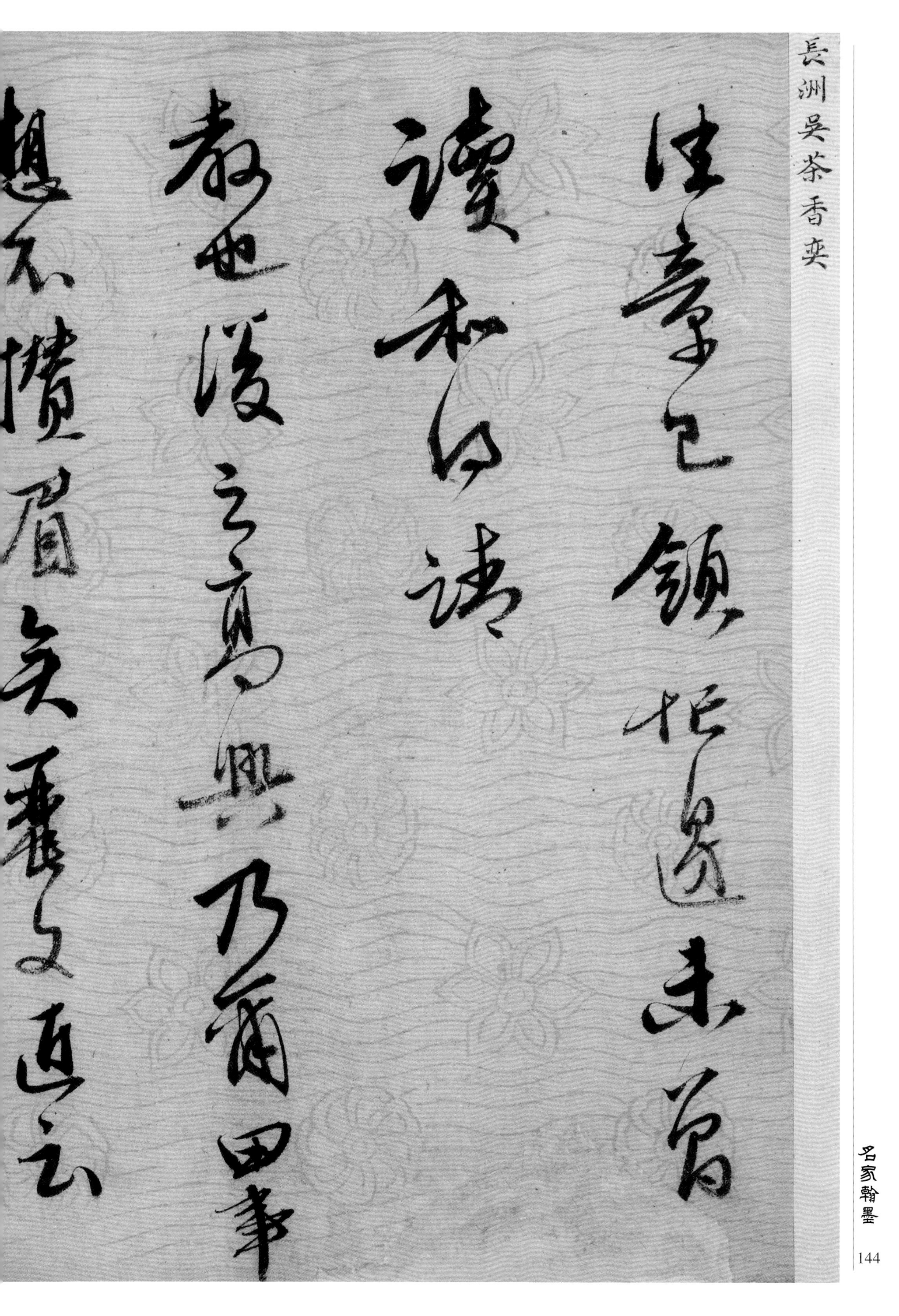

長洲吴茶香奕

蓋以詩作目之後之媚

來近詩既妙書以詩㧒

之于此一嘆之矣我乎

多風塵耳

顧璘　致蔡羽札

釋文

凌谿書便當附去，《蔡生濬永阡》古詩乞一章，蓋欲刻石傳之不朽，故敢奉瀆也。不盡。璘再拜。林屋先生。

邊題

吳縣顧尚書東橋璘。

編按

顧璘（一四七六—一五四五），字華玉，號東橋。南直隸上元縣人。弘治九年（一四九六年）進士，授廣平知縣，歷官開封知府、吏部右侍郎、南京刑部尚書。著有《顧華玉集》、《浮湘集》等。

蔡羽（約一四七七—一五四一），字九逵，號林屋山人。南直隸吳縣人。鄉試十四度落第，六十四歲獲貢生，授南京翰林院孔目。三年後退居洞庭西山。精於詩文，世稱「吳門十才子」之一。又工書法。

本札中稱「凌谿」，即朱應登（一四七七—一五二六），字升之，號凌溪，南直隸寶應人。弘治十二年（一四九九年）進士，以詩學聞名，所著《凌溪集》卷五，收錄有〈濬永阡〉五古一首。

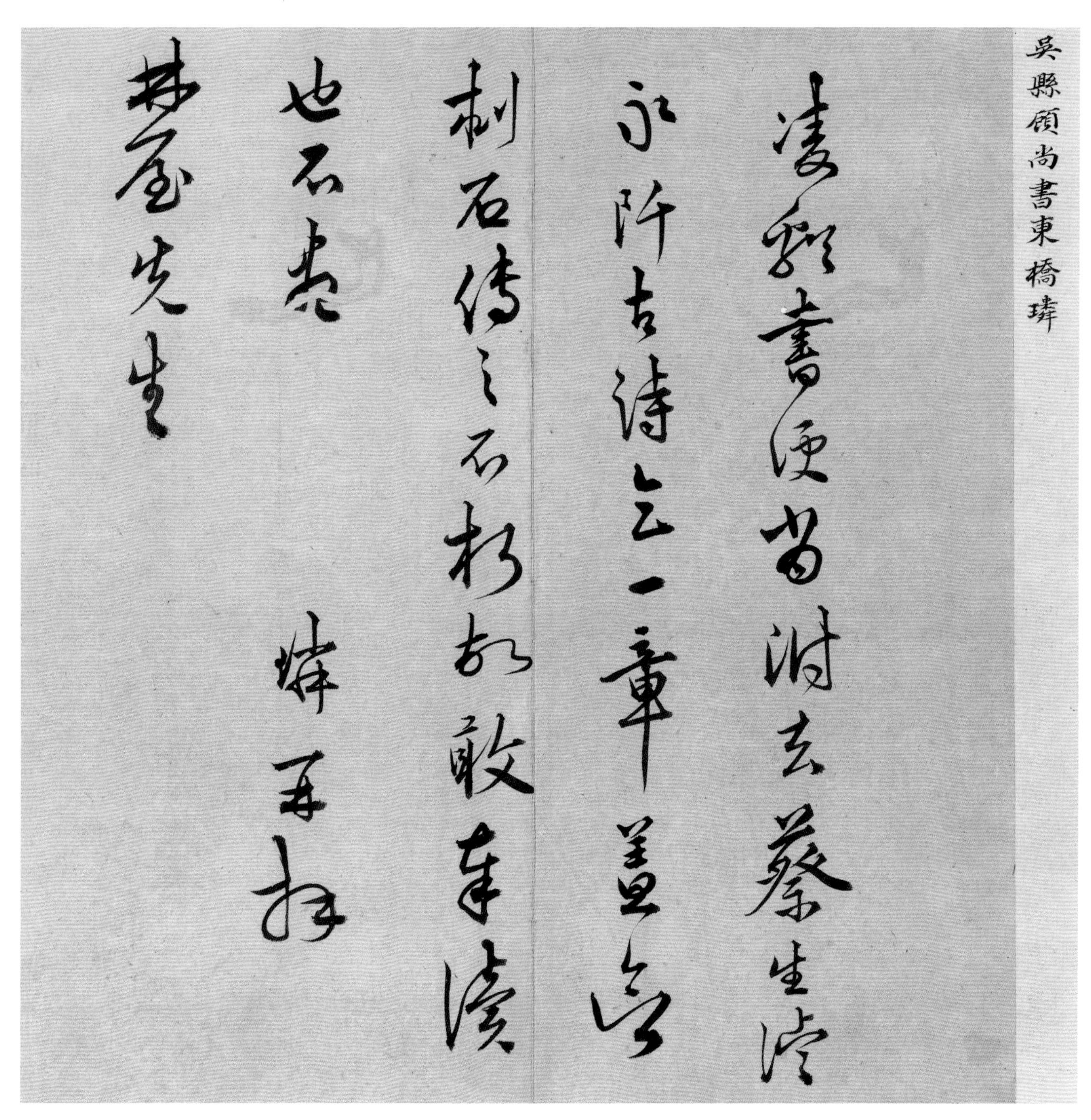

24.5 × 23 cm

吴縣顧尚書東橋璘

凌谿書便當附去蔡生涬

承所古詩云一章墨亦

杜石伏之石极古敢年读

也石来

炜再拜

梅屋先生

徐禎卿　致王觀札

釋文

家君衰病相仍，多賴藥力扶持，遠荷厚德，不能為言，徒有啣環之私而已。草次不備。禎卿頓首。維顒國醫先生。

七月二日。

邊題

常熟徐博士昌穀禎卿。

編按

徐禎卿（一四七九—一五一一），字昌穀，又字昌國。南直隸常熟人，遷居吳縣。年少有文名，世稱「吳中四才子」之一。早年屢試不第，弘治十八年（一五〇五年）進士，授大理寺左寺副，正德五年（一五一〇年）貶為國子監博士。

王觀（一四四八—一五二二），字惟顒，號款鶴。南直隸長洲人。業醫，生平詳見前文李應禎札。

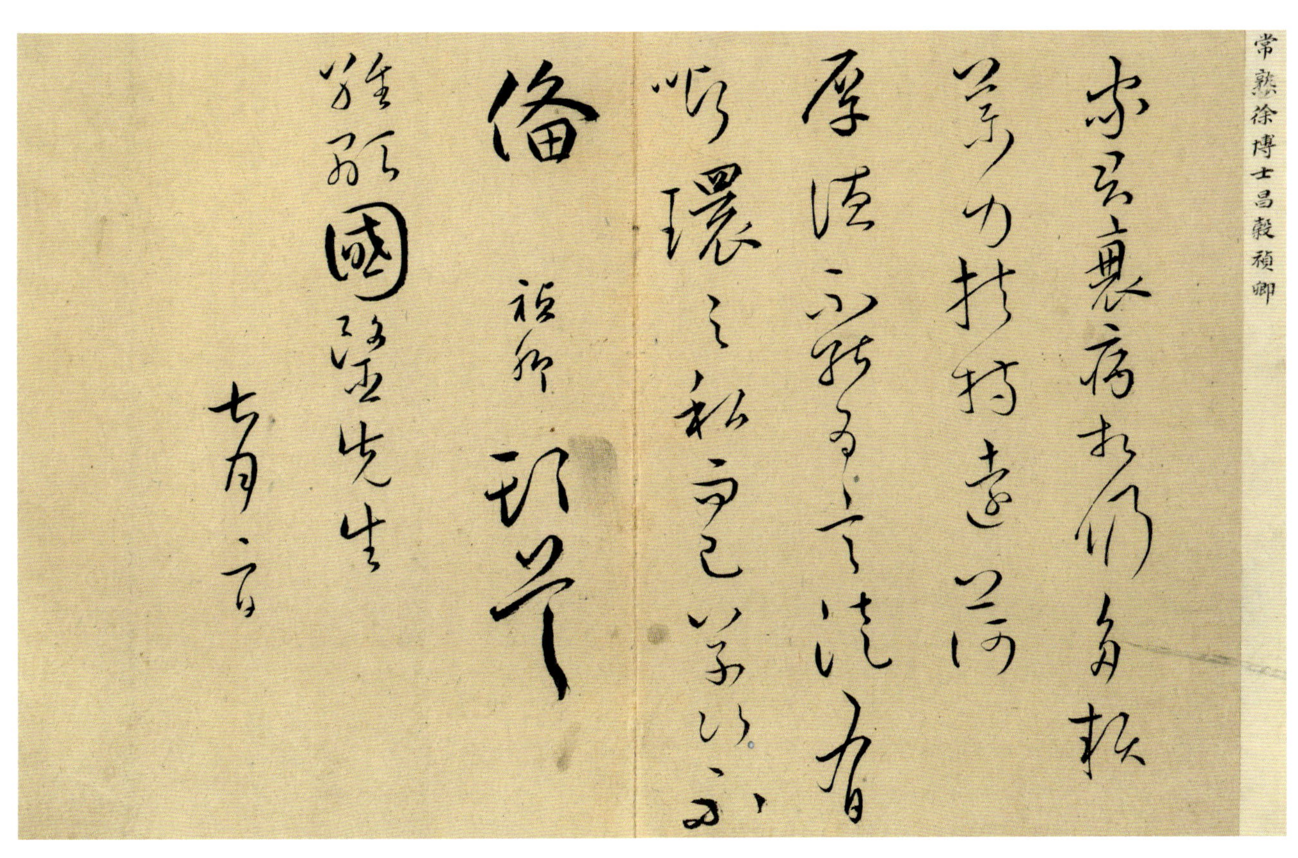

23.4 × 35.8 cm

常熟徐博士昌穀禎卿

倫 裕卿頓首

雅頌國璫先生

七月二日

陳淳　致顏頤壽札

釋文

昨至山中，顧視雲物，忽忽如夢中。獨坐窗下，思與故人一晤言而不可得，適次明來過，殊慰。專人屈過同坐，倘不遐棄，乃所願也。

　　廿五日，淳頓首。

天和先生文侍。

印章

道復（朱文長方印）、白陽山人（朱文方印）

邊題

吳縣陳道復淳。

編按

陳淳（一四八四—一五四四），字道復，以字行，更字復甫，號白陽。南直隸長洲人。曾以諸生貢入太學，卒業後回鄉。於經學、古文、詞章，俱有造詣。從文徵明（一四七〇—一五五九）學書畫，中年以後筆墨放縱，擅長寫意花卉，與徐渭（一五二一—一五九三）並稱。

顏頤壽（一四六二—一五三八），字天和，號梅田。四川巴陵人。弘治三年（一四九〇年）進士，授寶豐知縣，歷官監察御史、巡按四川兩廣、光祿大理少卿、僉副都御史、刑部侍郎、南京禮部、戶部、吏部、刑部尚書，因忤旨革職下獄。卒後又復其官爵，加太子太保，賜祭葬。

昨至山中顧視靈物自以如

夢中稻生寒心思與故人

一晤言而不可得適次聞

真過沫緣專人居

已見生偶不遇棄乃心願也

草草　復　　

天和芝墨文伯

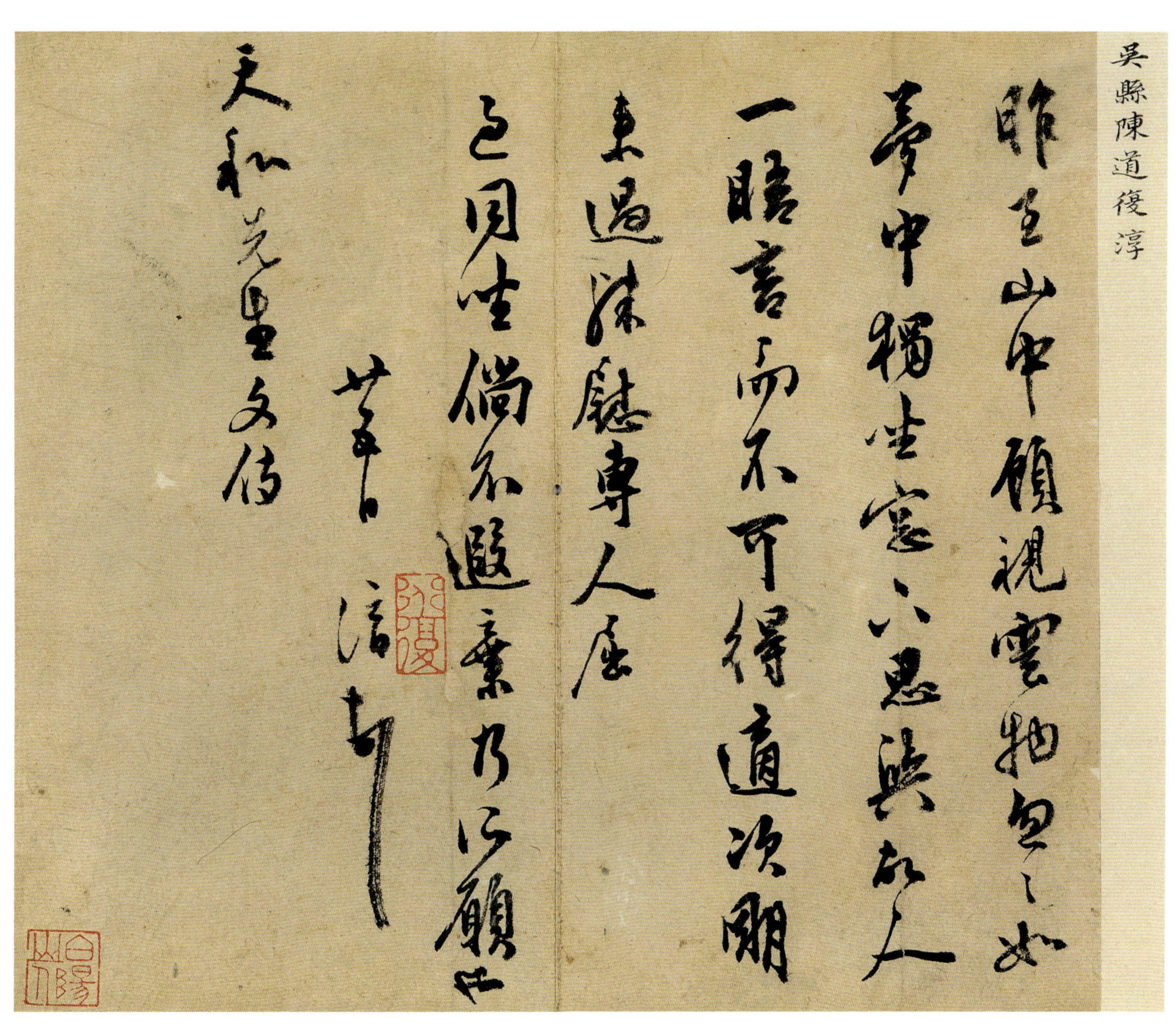

22.5 × 25 cm

吳縣陳道復淳

昨至山中頗覩雲物每〻必
夢中獨坐空山思與故人
一晤言而不可得適須爾
東過來患專人至

已見坐備名遐棄乃可顧也
草草請知
天和先生文侍

王逢元　詩帖二通

釋文一

繡幕深深秋滿烟，金猊不動錦屏間。醉憑紫袖簪黃菊，笑啓雕籠弄白鷴。

逢元。

印章

王子新印（白文方印）

釋文二

安榴何日薦京華，珍重親隨漢使車。正欲苦吟無那渴，願分餘粒到山家。

逢元。

印章

王子新印（白文方印）

邊題

王逢元，字子新，上元人，太僕少卿韋子。（《明詩紀事·己籤》十七）《金陵瑣事》：「逢元書初學王右軍、永禪師，晚出入山谷老人。畫法趙松雪，得其神駿。」

編按

王逢元，字子新，號吉山，生卒年不詳。南直隸上元人。其父王韋，弘治十八年（一五〇五年）進士，與顧璘（一四七六—一五四五）、陳沂（一四六九—一五三八）並稱金陵三俊。

逢元出身文學世家，又以書法馳名海內。

各 27.6 × 9.4 cm

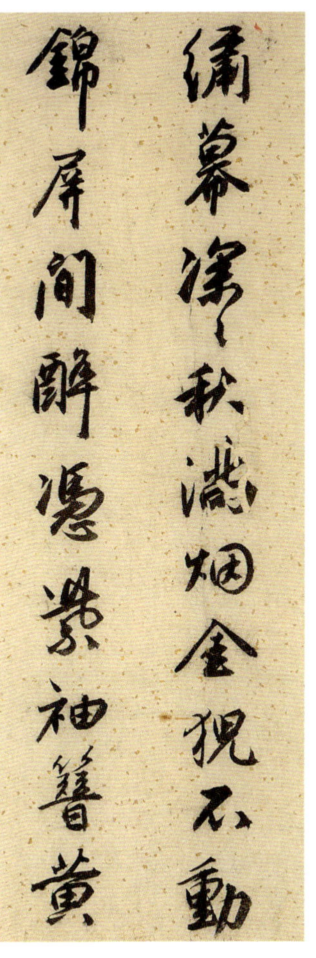

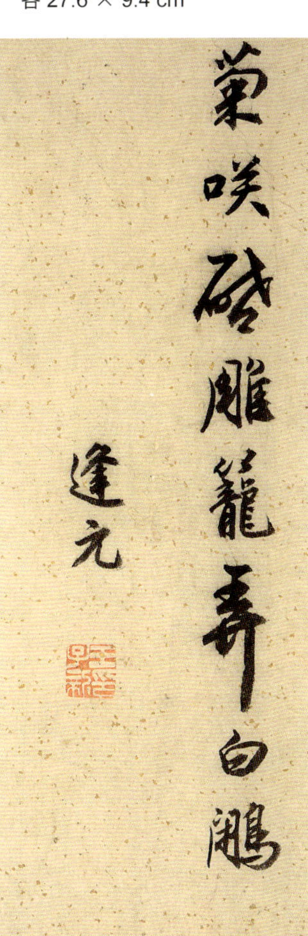

王逢元字子新上元人太僕少卿韋子 明詩紀事乙籤十七

金陵瑣事逢元書初學王右軍永禪師晚出入

山谷老人書法趙松雪得其神駿

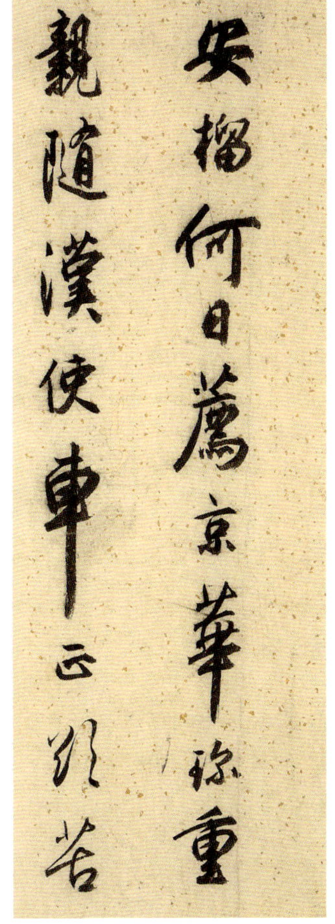

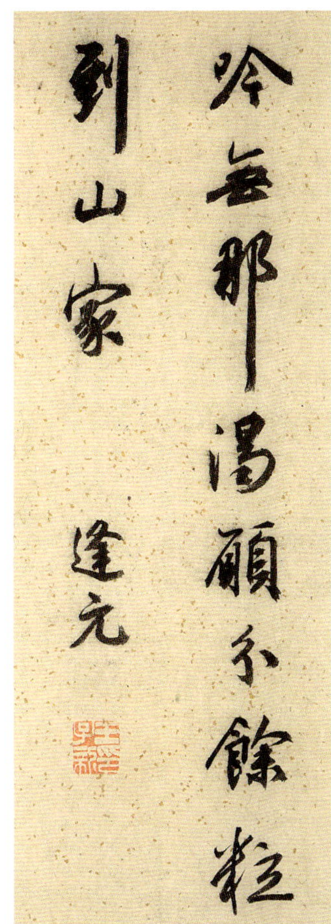

各 27.6 × 10 cm

繡幕深秋濃烟金猊不動
錦屏間醉憑染袖簪黃

菊咲碧雕籠弄白鷴

逢元

安榴何日薦京華琛重
親隨漢使車正以苦

吟無那渴顧餘粒
到山家

逢元

王庭　致張獻翼札

釋文

賤體未平，日惟靜臥，目想高勝，殊切耿耿。佳卷久稽，欲以一詩塞責，尚媿未能。來諭似別有所委者，如何、如何？諸公有作，乞借觀一二。魚子嘉品承惠，附謝。庭再拜。

仲舉尊兄文學。

鑑藏印

商丘宋犖審定真跡（朱文長方印）

邊題

長洲王觀察直夫庭。

編按

王庭（一四八八—一五七一），字直夫，世稱陽湖先生。南直隸長洲人。嘉靖二年（一五二三年）進士，授許州知州，改國子監博士，歷任福建按察僉事、江西參議等。

張獻翼（一五三四—一六〇一），字幼于，初名鵬翼，字仲舉，更名敉。亦長洲人。國子監生，著有《文起堂集》、《紈綺集》、《讀易紀聞》、《讀易韻考》等。

長洲王觀察直夫庭

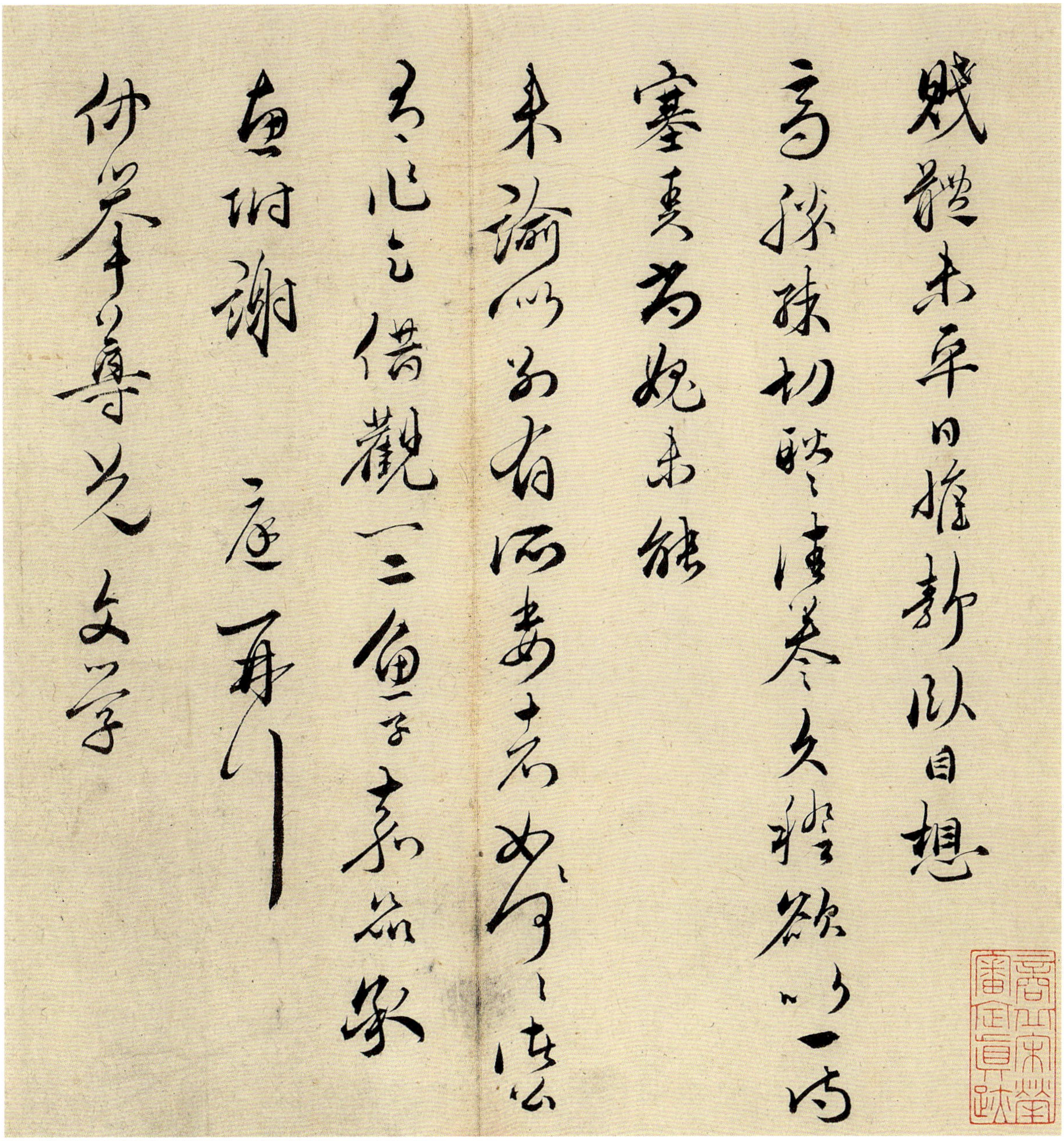

24 × 23.9 cm

長洲王觀察直夫庭

[illegible]兒近借觀二[illegible][illegible][illegible]家

面謝[illegible][illegible]再行

仲[illegible]年[illegible]尊兄文學

王守　致王庭札

釋文

昨勞

檢尋書册，媿感、媿感。菫用納還《宋史》十五册、《建志》十二册。面謝。

望日，守頓首拜。

大方伯陽湖老先生執事。

餘。

邊題

長洲王中丞涵峯守。

編按

王守（一四九二—一五五〇），字履約，號涵峰。南直隸長洲人，王寵（一四九四—一五三三）兄。嘉靖五年（一五二六年）進士，授南昌府推官，累官至右副都御史。

王庭（一四八八—一五七一），字直夫，世稱陽湖先生。生平詳見前札。

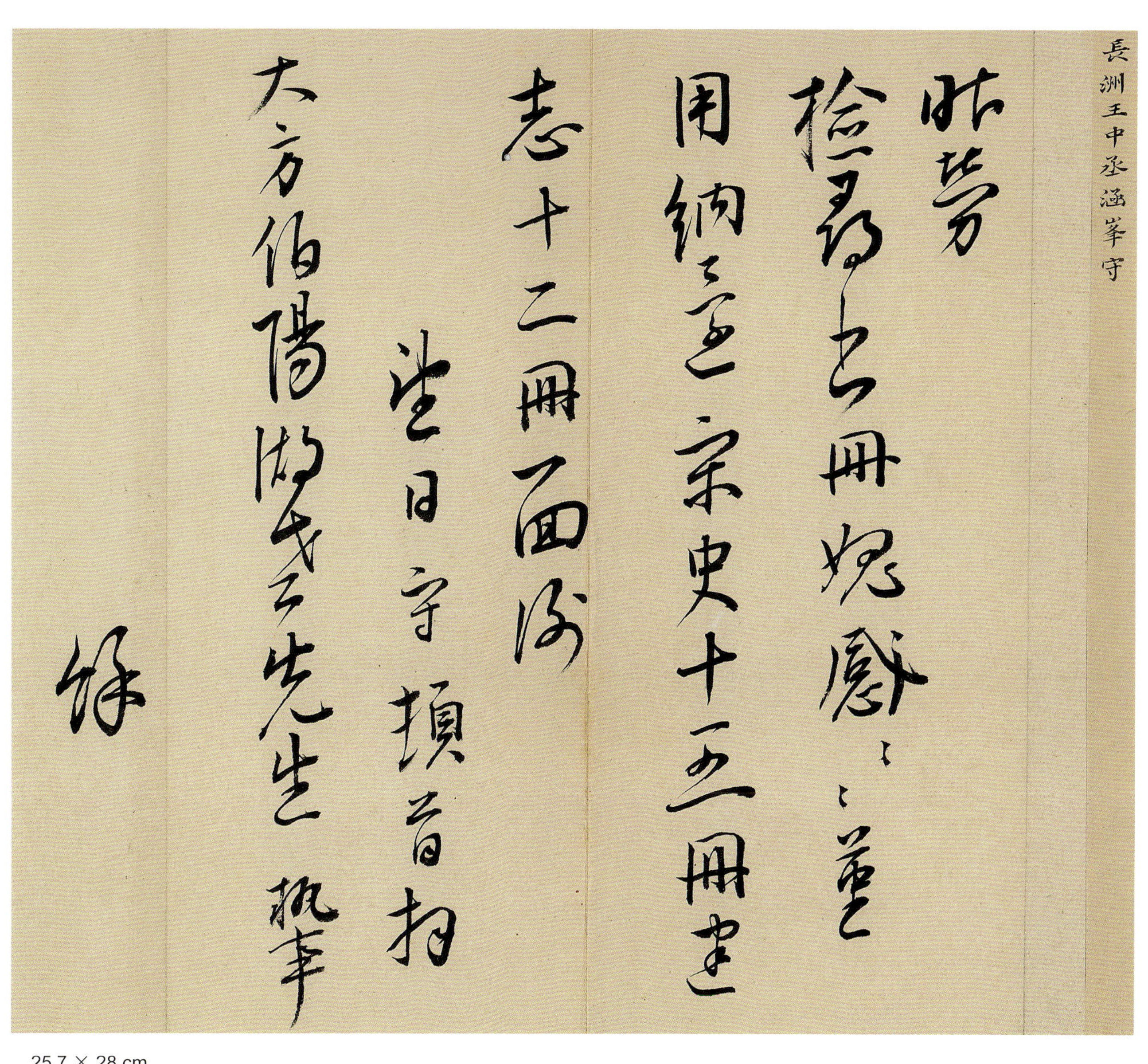

25.7 × 28 cm

長洲王中丞涵峯守

非勞

檢討七冊婉覽々々墨

閑納之至宋史十一冊也

者十二兩面洽

生日守頓首拜

大方伯陽湖戈云先生執事

緣

陸治　致錢穀札

釋文

前日欲走見，足疾不能行，殊耿耿。小扇得供重，謝謝。又勞使見擲，感復何如。席中無妄抑至於此，吾兄雅度，但可發一笑耳，相見當為大捧腹也。不盡。

即日，治再拜復。

馨室尊契長先生文侍下。

邊題

長洲陸包山治。

編按

陸治（一四九六—一五七六），字叔平，號包山子。南直隸吳縣人。游祝允明（一四六〇—一五二六）、文徵明（一四七〇—一五五九）門下，精通繪事，尤工寫生。人品為時人稱誦。

錢穀（一五〇九—一五七八後），字叔寶，號馨室。亦吳縣人。少時孤貧失學，壯年後始讀書，隨文徵明學詩文書畫，日取架上書讀，以餘力點染山水。亦工人物、蘭竹，筆法穩健。

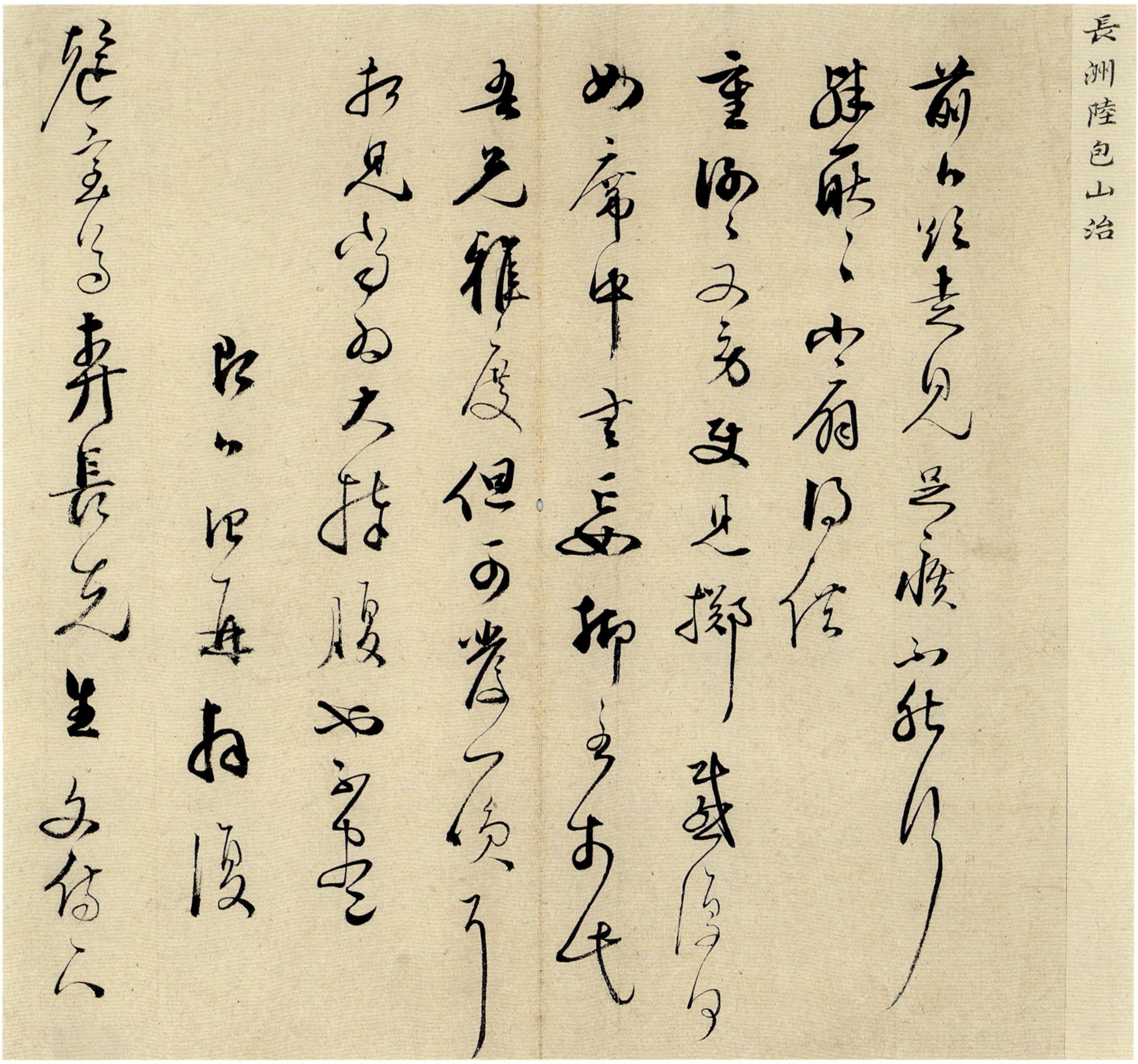

長洲陸包山治

23.5 × 23.9 cm

長洲陸包山治

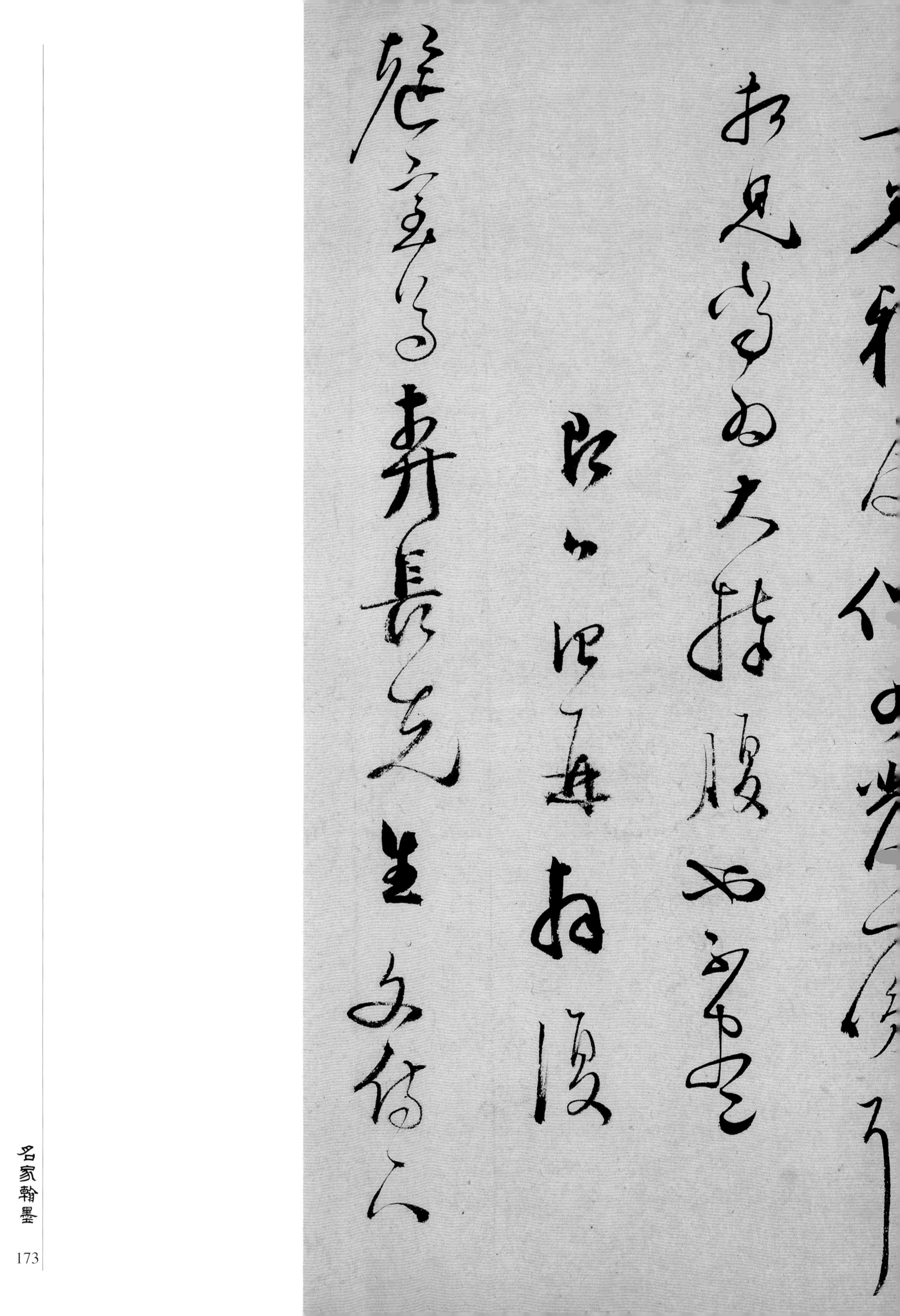

文彭　致張之象札

釋文

曩辱

慰弔，無任感感。別後匆匆，為賓客往來，情緒殊不能堪。尊委竟不能完，罪不可言。且永之孔加久稽，大費催迫，豈恃愛乃反遲遲耶？前月人京中來，得奉

教札，今復往，又不能全此宿諾，如何、如何？亦恃故人知我，乃不罪之。拾拈草草，不盡所欲言。彭頓首。

月鹿先生尊兄。

邊題

長洲文國博壽丞彭。

編按

文彭（一四九八—一五七三），字壽承，號三橋。南直隸長洲人，文徵明（一四七〇—一五五九）長子。以明經廷試第一，授秀水訓導，官國子監博士，人稱文國博。詩文書畫，均有深厚修養，尤精於篆刻，為印壇「吳派」鼻祖，與「徽派」何震（一五三五—一六〇四）分庭抗禮。

張之象（一四九六—一五七七），字月鹿，松江華亭人。「永之」為袁袠（一五〇二—一五四七），字永之，生平詳見下文。

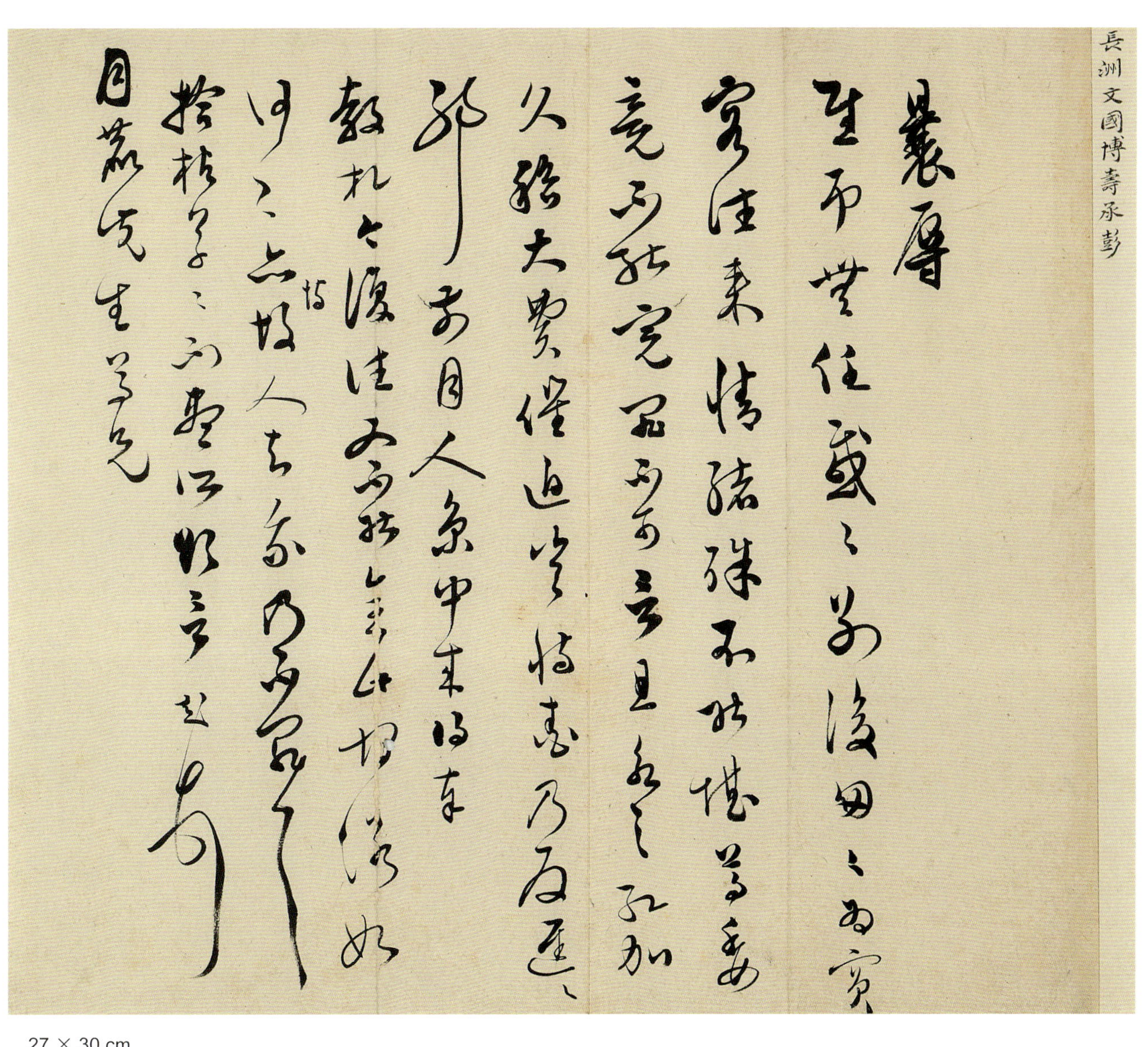

27 × 30 cm

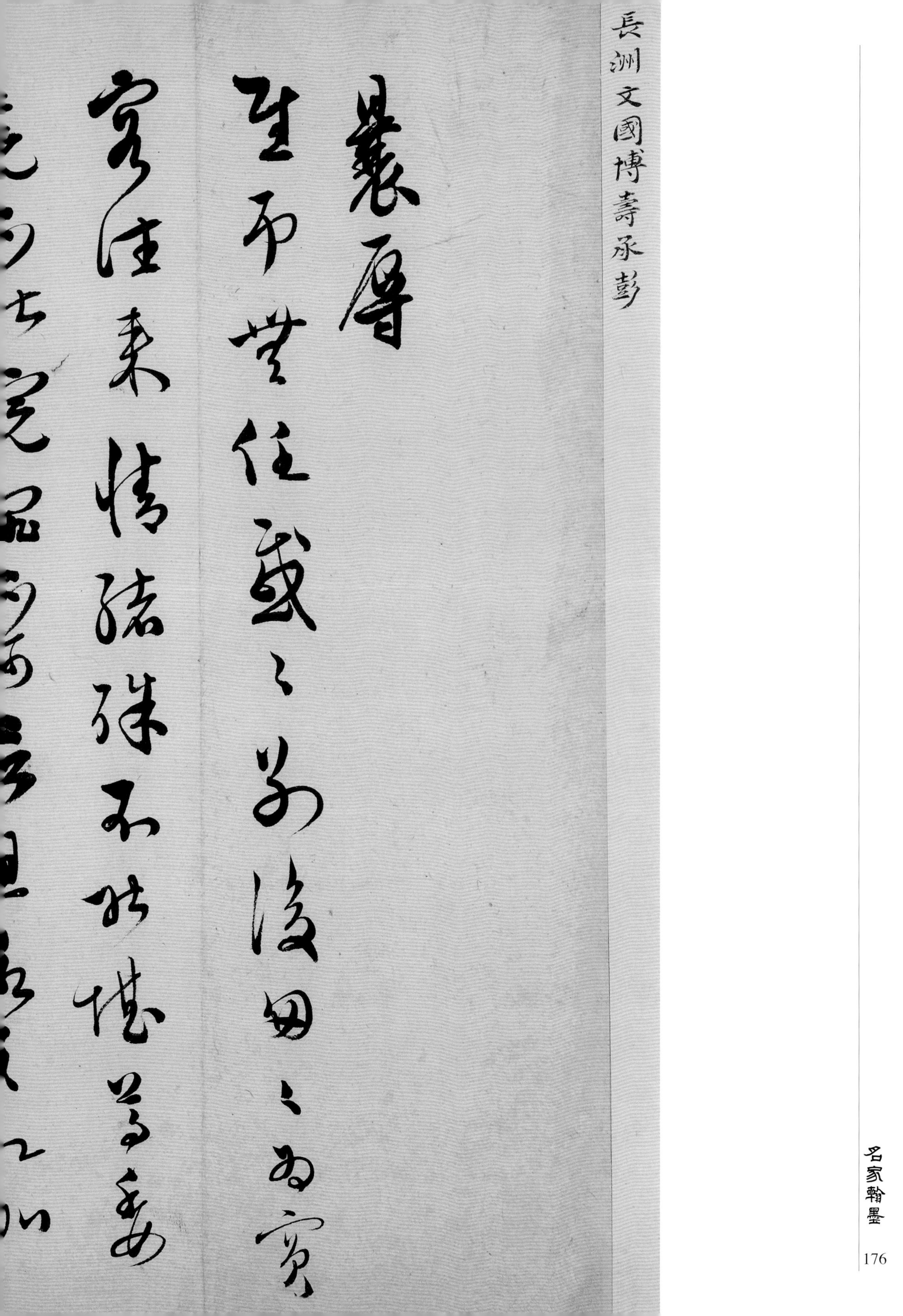

長洲文國博壽承彭

文彭　致張之象札

釋文

累辱

手教，不及裁答，罪罪。印章緣子卿踈嬾，而區區督責者亦坐此病，遂致因循，有負

尊委，奈何、奈何。

使還，先此奉復，即當猛力以完是逋也，勿怪、勿怪。彭頓首。

月鹿尊兄先生。

編按

文彭（一四九八—一五七三）此兩札中均見「尊委」一語，所指當為委託刻印。信中提及人物另有「子卿」者，未知何許人。

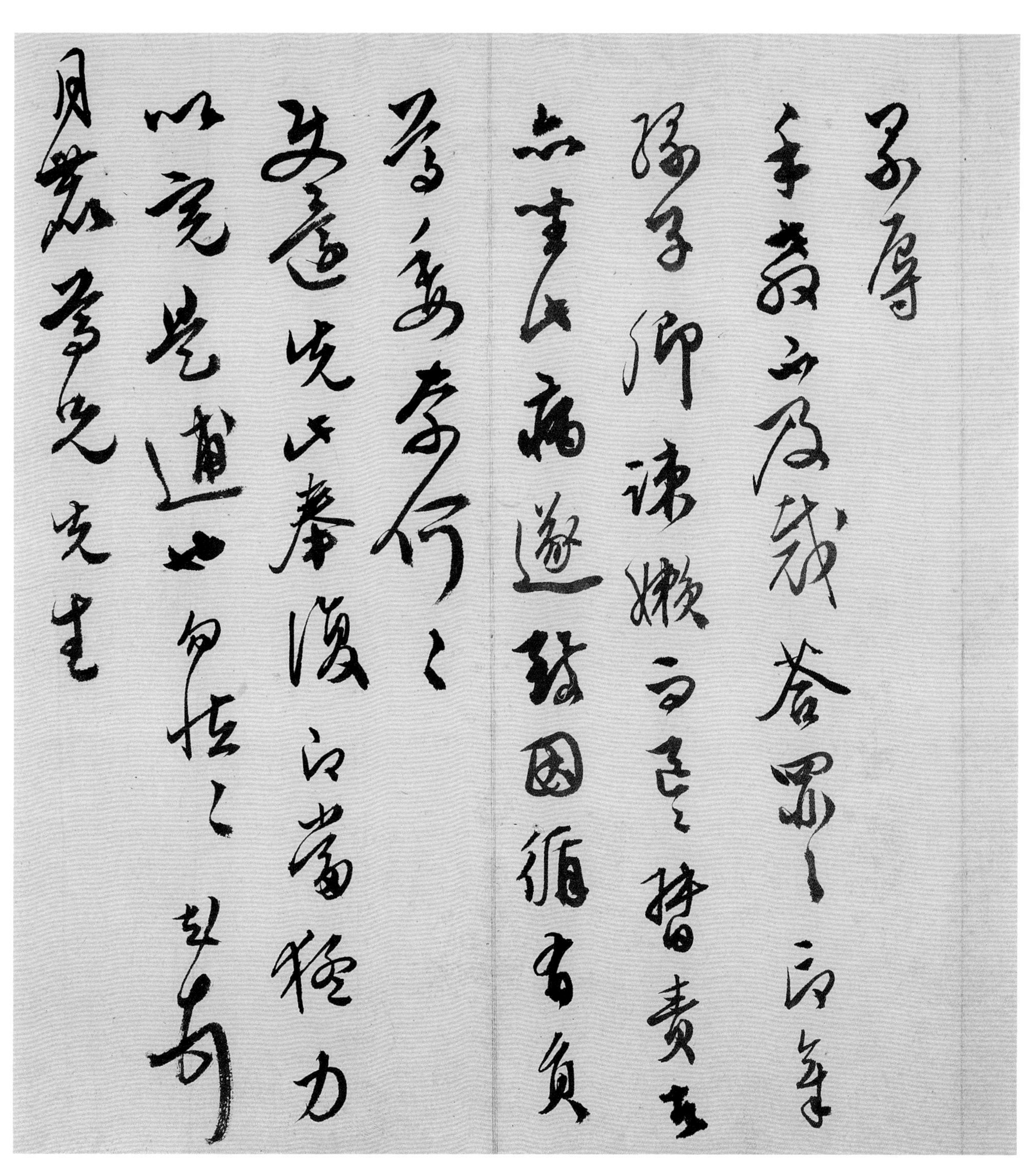

24.8 × 23.4 cm

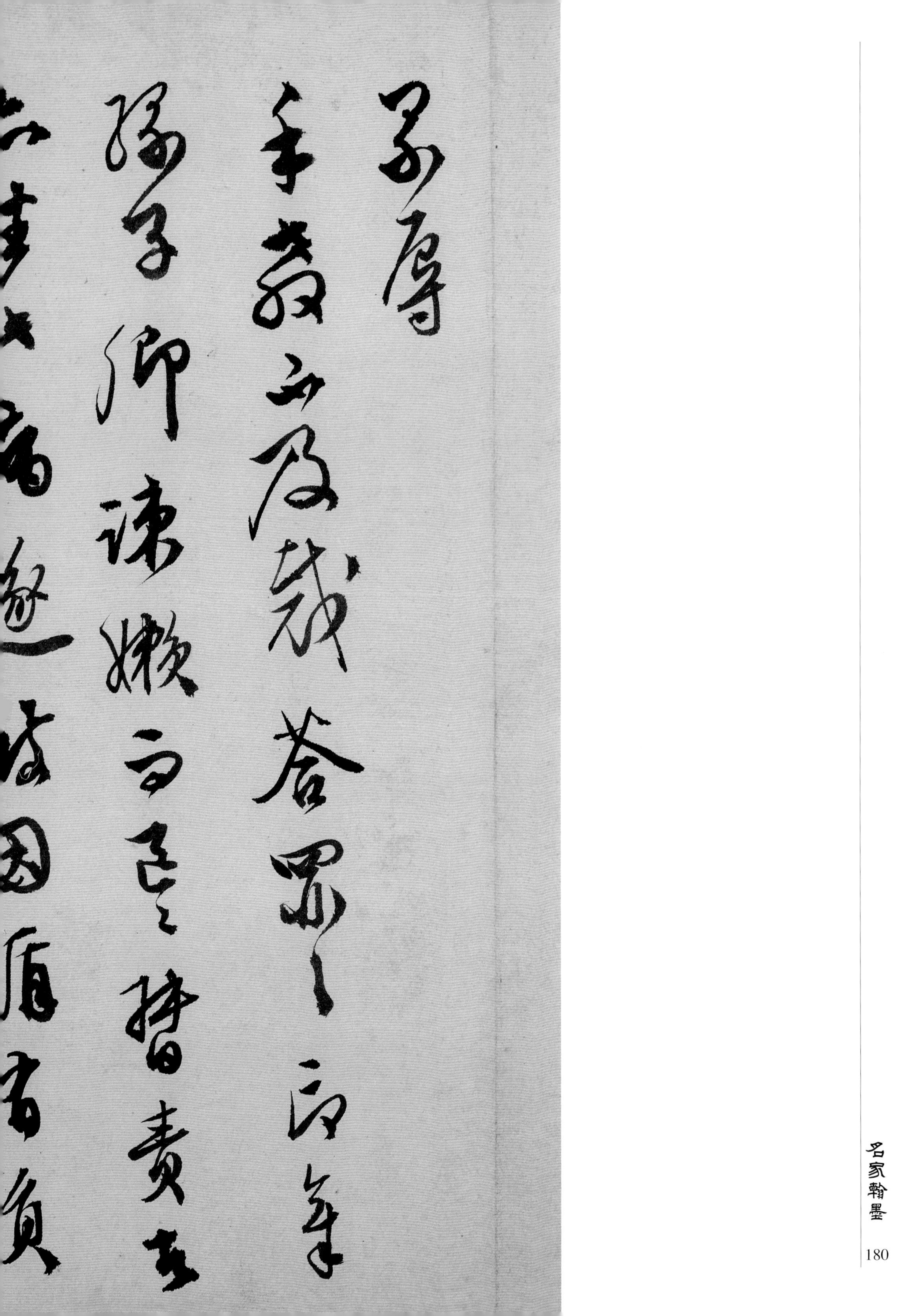

文彭　致杜華池札

釋文

別來已是一年，承

念及，多謝。璚玉膏已領訖。所須拙字，兩日偶有小冗，未得完上。但匹帋字，亦不能倉卒就寫之。蘭室事，想亦只在今冬矣。偶有人在此賣一物，若成得，可完此事也。人歸便，草草附此，容再悉，不備。九月廿八日，彭肅拜。

華池老弟世契醫國。

印章

江左人文（朱文長方印）

編按

本札上款人「華池老弟世契醫國」者，身分未詳，其當為吳中一名醫師。本書下文陳鎏致夏邦謨札中，提到「杜華池得智川復聰湯方，治耳疾頗效」，似為同一人。

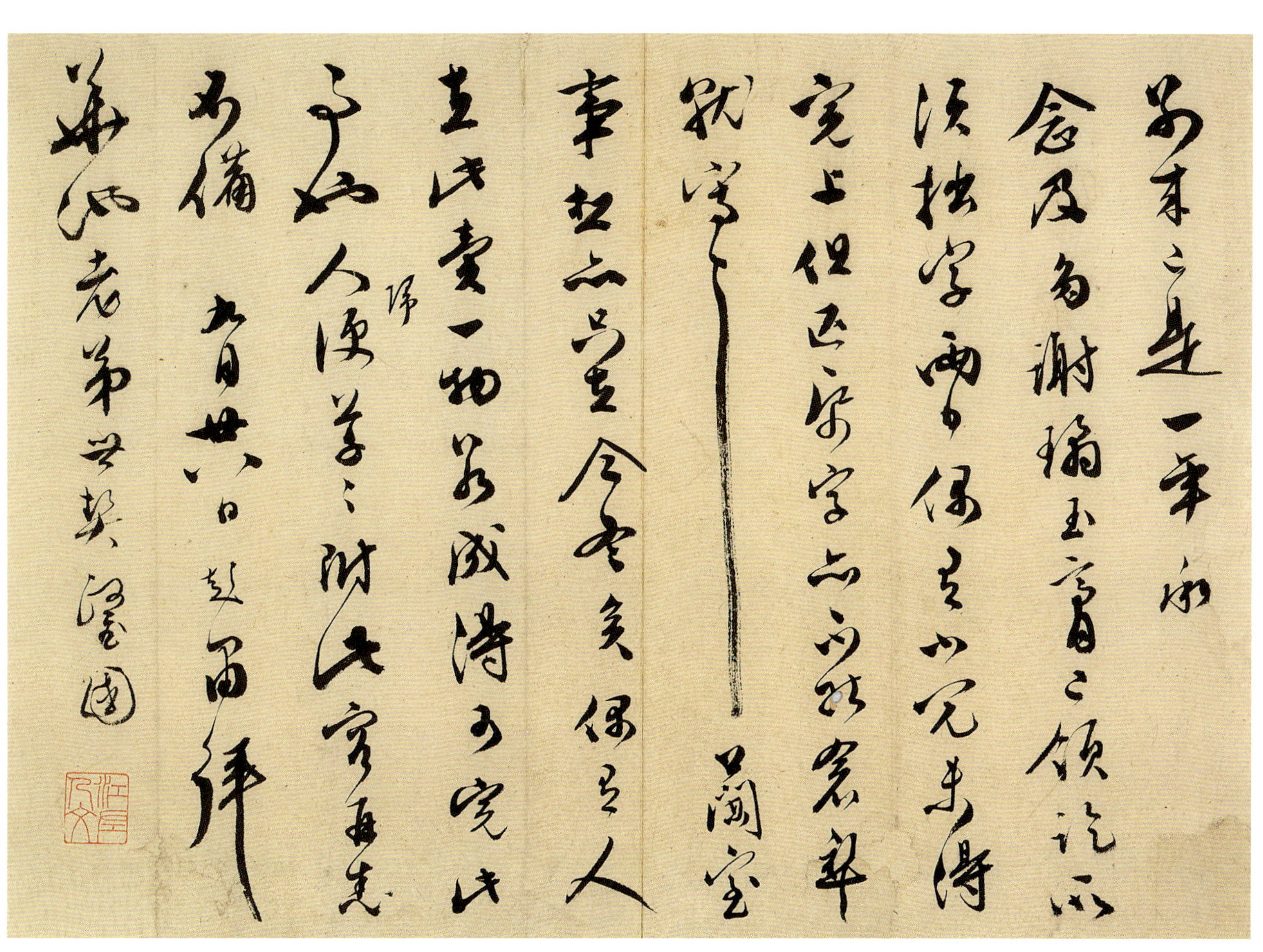

25 × 34.7 cm

文彭　致錢穀札

釋文

沈家贖畫事，已嘗有書奉復。其人要往河南，恐未得就到，先此致意。老章兩口因甬川公歸，已活動矣。且販賣古董亦大有生意，但所收者頗為零碎，不過一分本東西而每每求十倍之利，所以去頭亦難。計其積下雜物約本七十餘兩，就其意論之，數百金可值，然一時恐不能盡去也。如何、如何。兩日中書缺人，有選取之意，石壁亦在此謀幹，但未知命也如何耳。蓋石壁亦有當着不着處，今已指與路，須待他做出來看區區。歸期必在六月盡間到家，相見有期，不更一一。彭敬復。

叔寶老弟足下。二月廿六日。

鑑藏印

聽彝所藏名賢手札（朱文長方印）

編按

錢穀（一五〇九—一五七八後），字叔寶，號罄室，南直隸吳縣人。生平詳見前文陸治札。

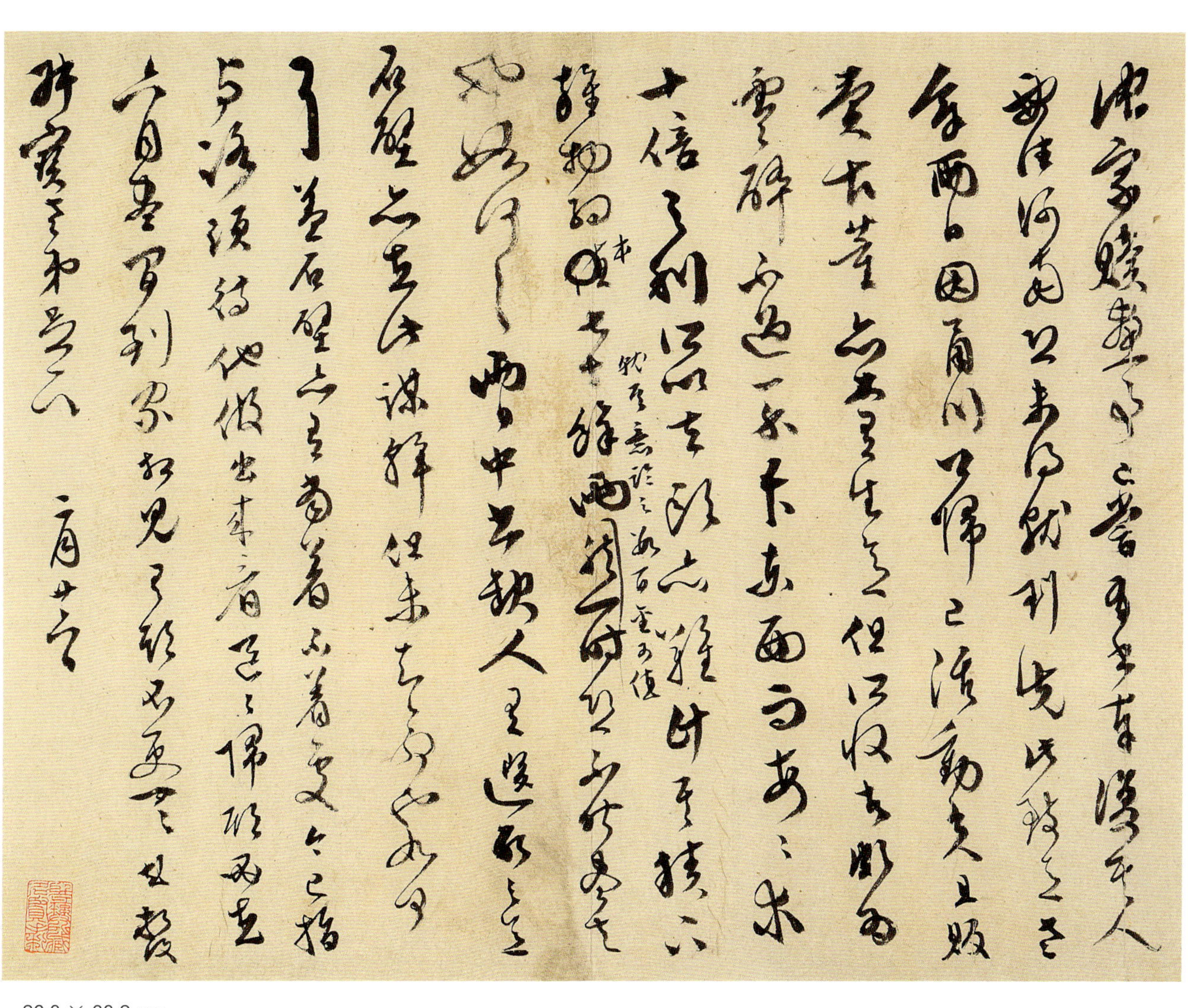

26.3 × 33.2 cm

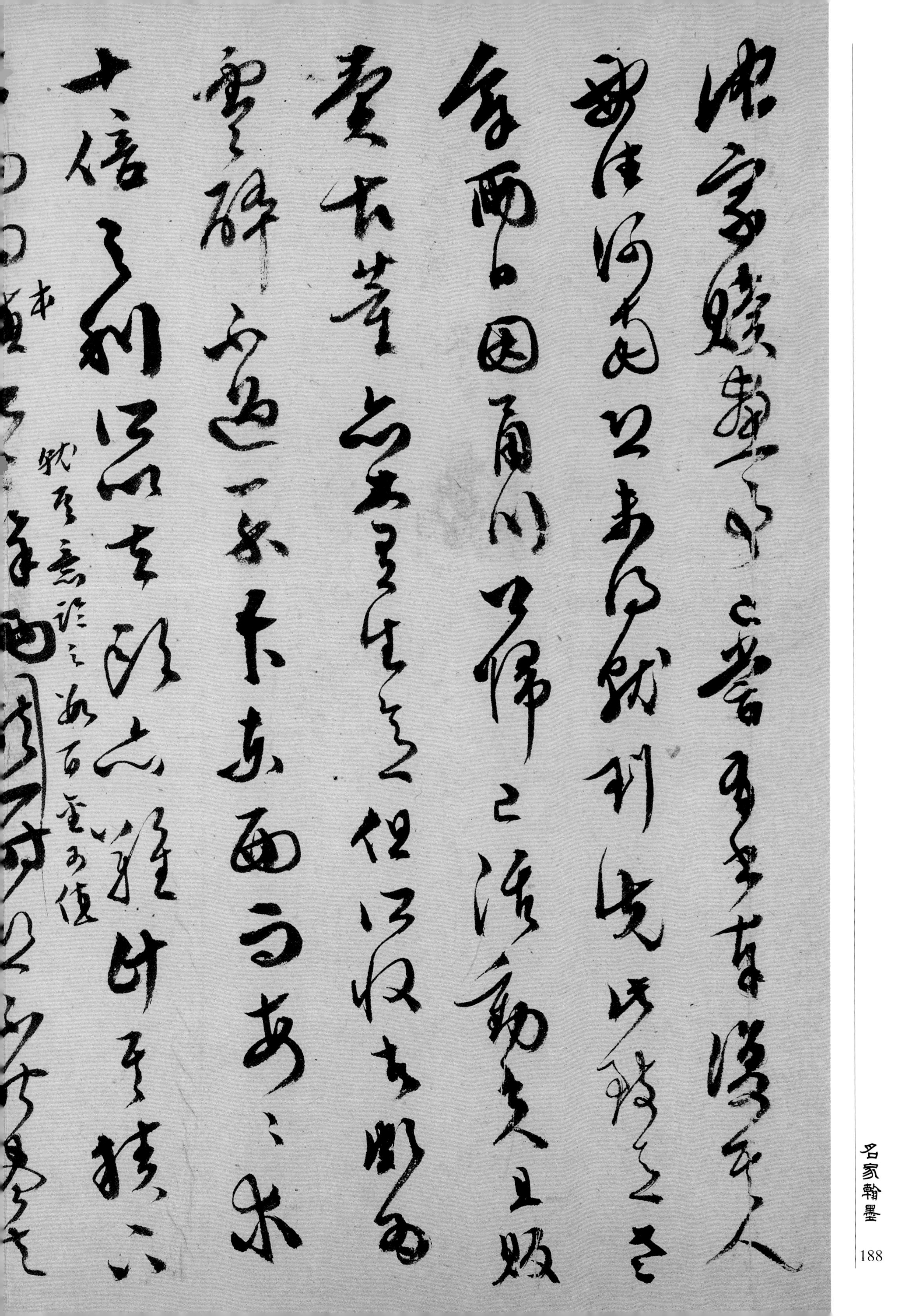

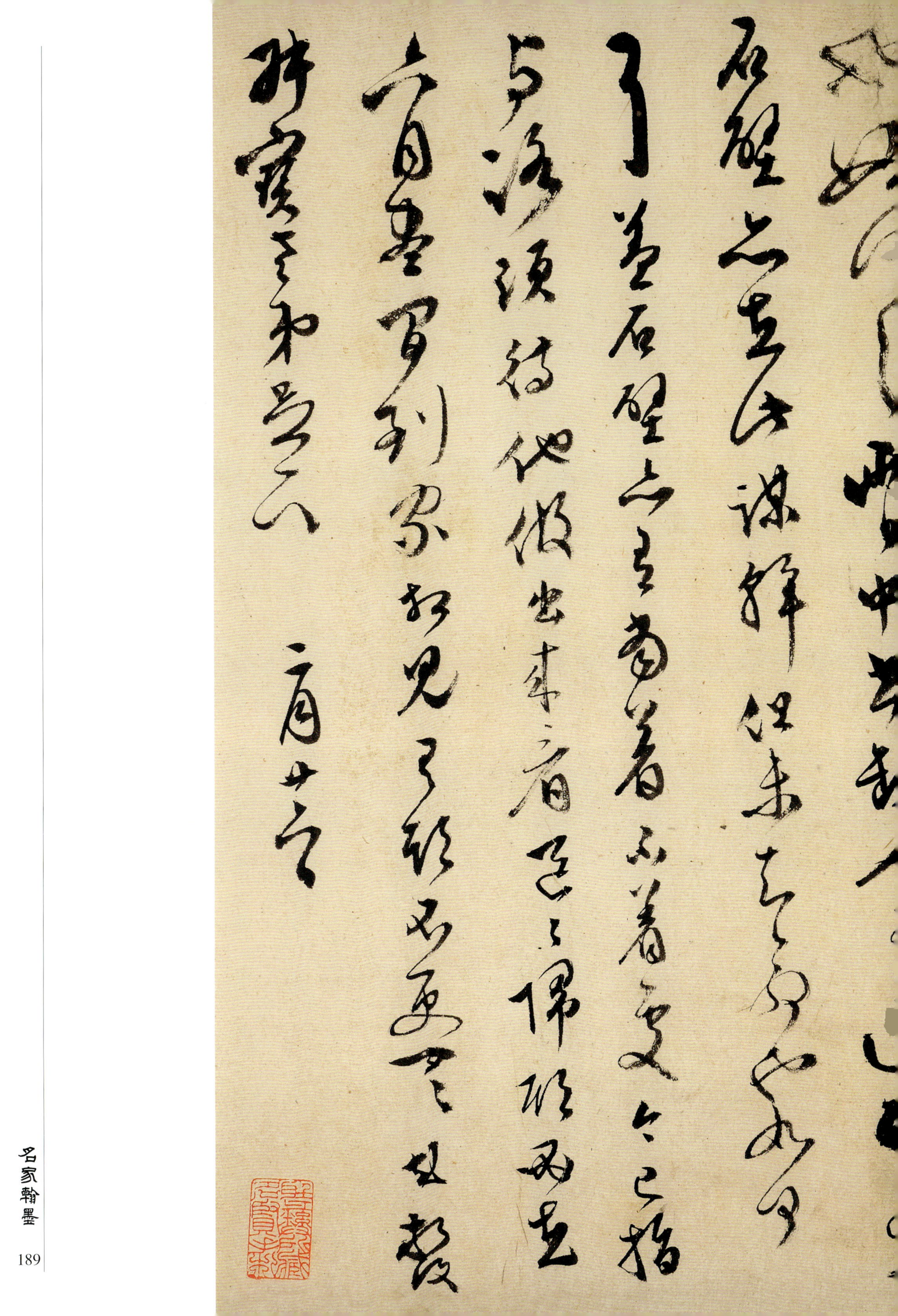

王穀祥　致孫鋌札

釋文

砂壺甚精妙，病中領

惠，欣感、欣感。它日再當効勞，或更有望也，呵呵。穀祥頓首謝復。

文和尊契高尚。

六月廿四日。

邊題

長洲王吏部西室穀祥。

編按

王穀祥（一五〇一—一五六八），字祿之，號西室。南直隸長洲人，王觀（一四四八—一五二二）子。嘉靖八年（一五二九年）進士，官吏部員外郎。後棄官歸里，學畫於文徵明（一四七〇—一五五九），尤擅長花鳥。

孫鋌（一五二八—一五七〇），字文和，號正峰。浙江餘姚人。嘉靖三十二年（一五五三年）進士，選庶吉士，授編修，分校《永樂大典》。歷左春坊主中允、侍讀學士、國子祭酒。擢南京禮部侍郎，未赴任而卒。

長洲王吏部酉室穀祥

25.6 × 14.9 cm

文嘉　致支塘老舅札

釋文

向日寺中垂顧，有慢，多罪、多罪。所委大畫題詩，久因事冗遲滯，今令人送上，可謂遲中無失也，一笑、一笑。王西室詩亦已許矣，伺詩成日，令人持軸書之。餘留面盡，不悉。

眷生文嘉拜。

支塘太學老舅先生執團。

邊題

長洲文廣文休承嘉。

編按

文嘉（一五〇一—一五八三），字休丞，號文水。南直隸長洲人，文徵明（一四七〇—一五五九）次子，文彭（一四九八—一五七三）弟。官和州學正。繼承家學，擅長小楷，亦工山水、花卉。

本札上款人「支塘太學老舅」身分未明，當屬文氏姻親，或為常熟支塘人。信中提及「王西室」，即王穀祥（一五〇一—一五六八），號西室，生平詳見前札。

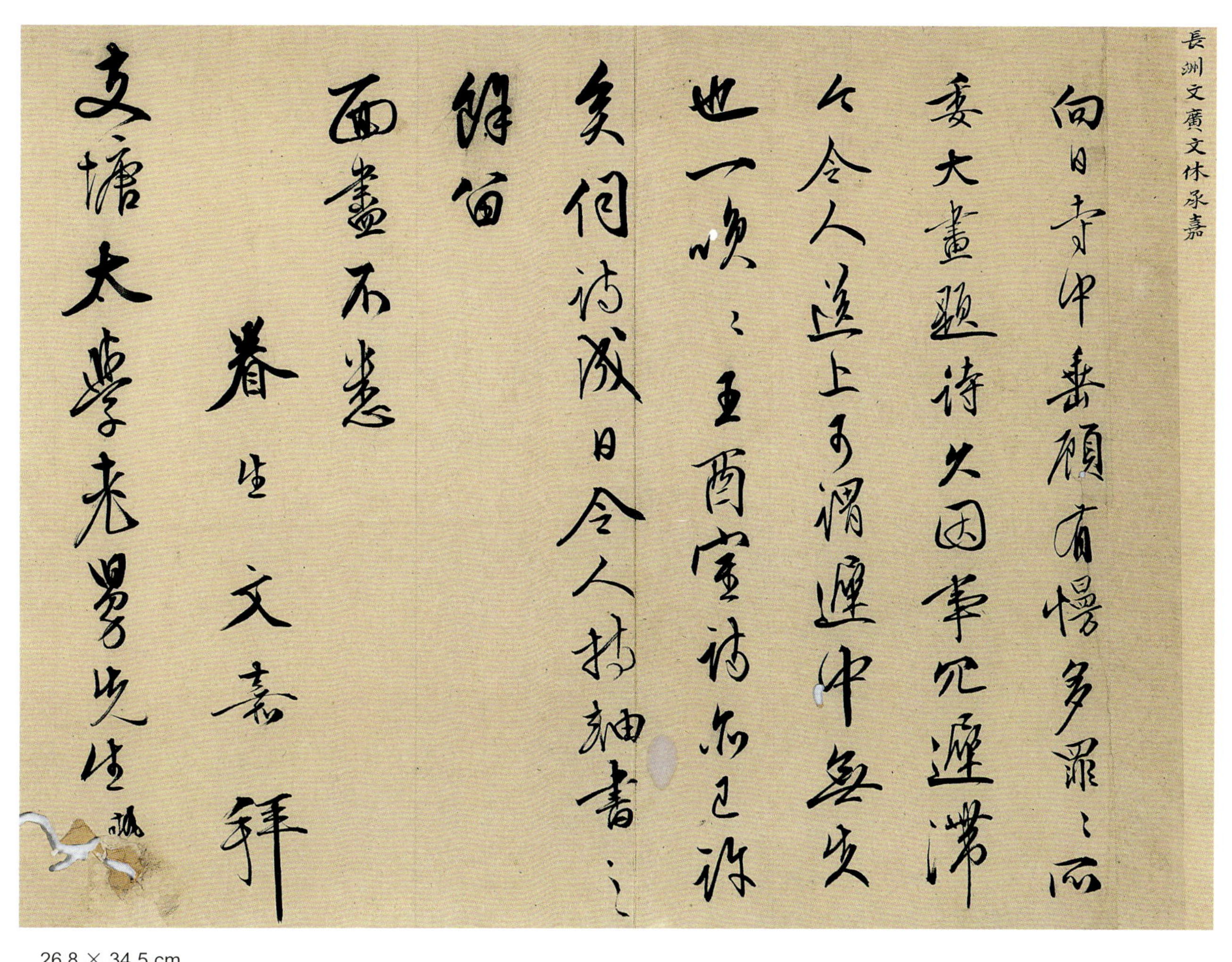

26.8 × 34.5 cm

長洲文廣文休承嘉

向日寺中垂顧有慢多罪〻向

委大畫題詩久因事冗遲滯

今令人送上可謂遲中無文

並一負〻王蜀如畫情何已及

矣。何詩成日令人抄錄書之

雅留

面盡不悉

眷生文嘉拜

文塘太學老舅先生執

文嘉　致陸師道札

一五四三年

釋文

《顏碑》是吳人去搨，取其墨輕，不失筆意耳。元非舊本也，價亦略加之，不必多與。卷尚未見送至，梳洗畢再當去促。嘉頓首復。五湖老兄足下。

壬寅除夕。

編按

陸師道（一五一〇—一五七三），字子傳，號五湖，南直隸長洲人。生平詳見下文。

本札署款「壬寅除夕」，為嘉靖二十二年，是年除夕，相當於公元一五四三年二月三日。

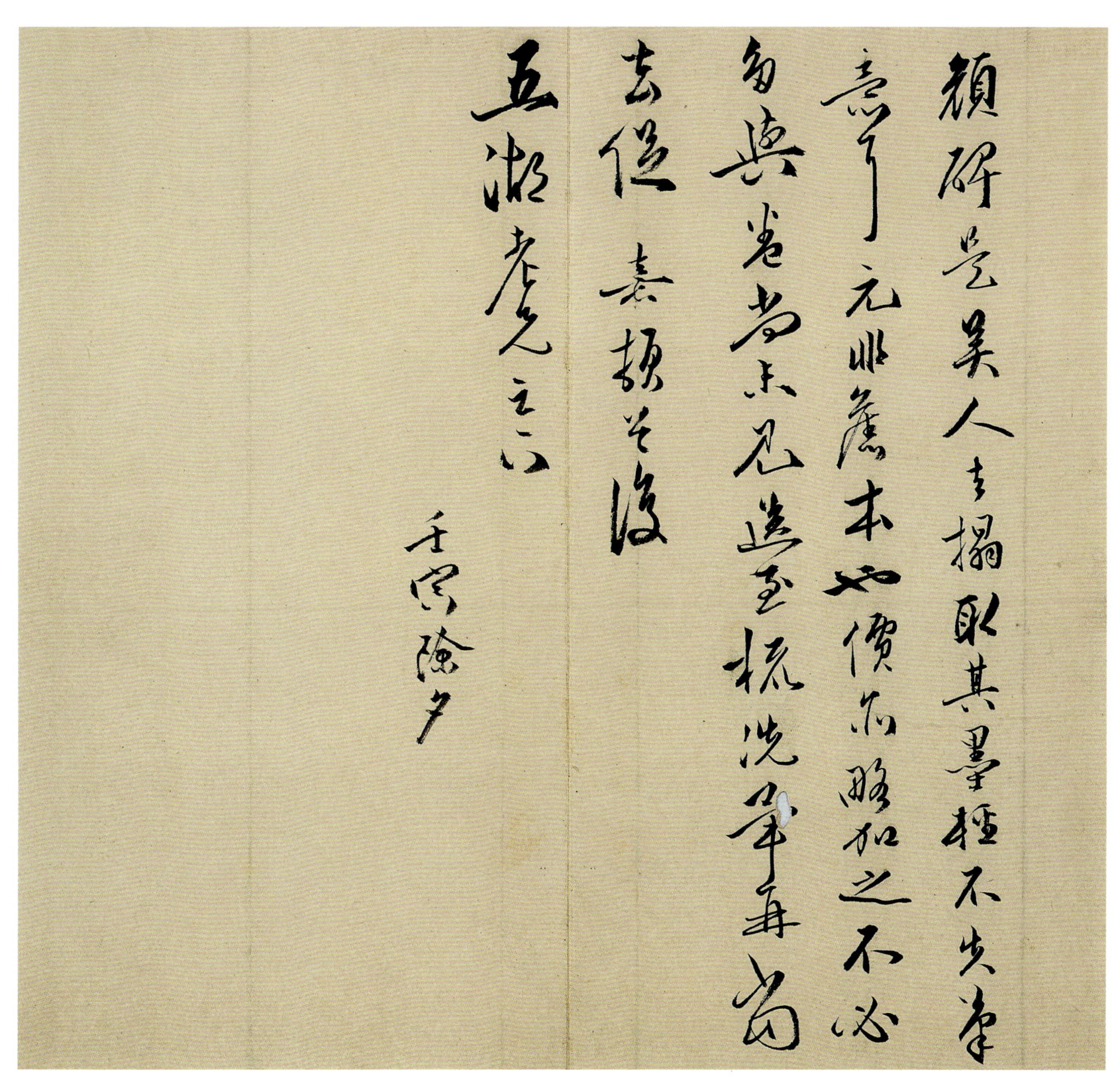

25.6 × 27.2 cm

顏碑是吳人去搨取其墨極不失筆
意元非舊本也價亦難加之不必
多與卷尚未見遣至檢洗筆再為
去道 某頓首復

文嘉　致方九功詩帖

一五七三年

釋文

《送高玉田入
覲一首》
清秋風色動金閶，驄馬鳴珂入
帝鄉。三載政成吳邑里，
九重人仰漢循良。輕帆漠漠征途遠，落木蕭蕭驛路長。白首林間無
別祝，好陳民隱達吾王。近作呈
允治一覽。

文嘉具草，癸酉十月六日。

印章

文休承氏（白文方印）、文水道人（朱文長方印）

編按

方九功，字允治，生卒年不詳。河南南陽人。嘉靖四十四年（一五六五年）進士，知江都縣，擢吏部主事，累遷至南京吏部右侍郎。博學能文，貞白自守。致仕歸，築息機園談道自樂。

本札署款「癸酉」，即萬曆元年（一五七三年）所作。文嘉（一五〇一—一五八三）《和州詩集》未收錄此詩，但另有〈送張立菴邑侯應召之京〉一首，字句頗多相同，詩云：「清秋風動起新凉，驄馬鳴珂入帝鄉。三載政聲傳邑里，九重徵召起循良。臨民譽在還霄漢，濟世才能佐廟廊。簪筆朝朝侍丹陛，好將民隱達吾王。」見《文氏五家集》卷九。

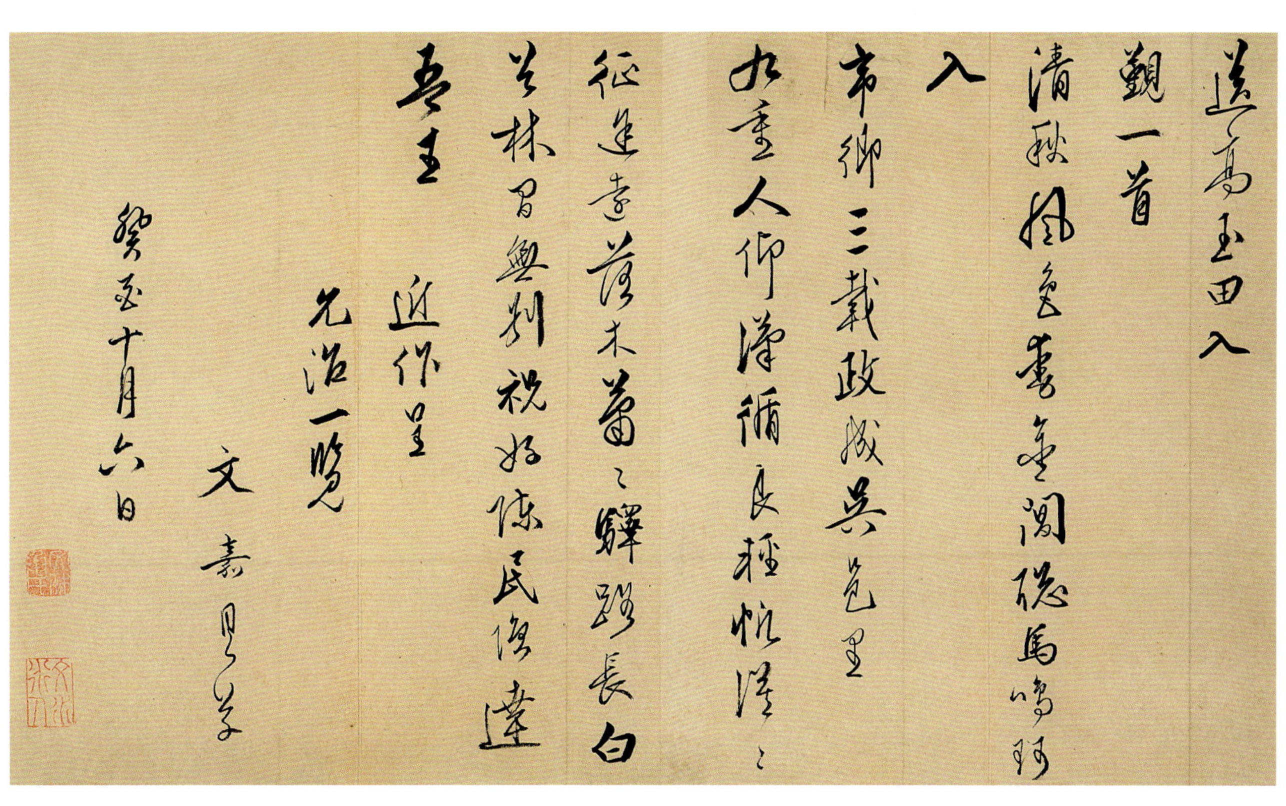

27.6 × 25.7 cm

27.5 × 21.4 cm

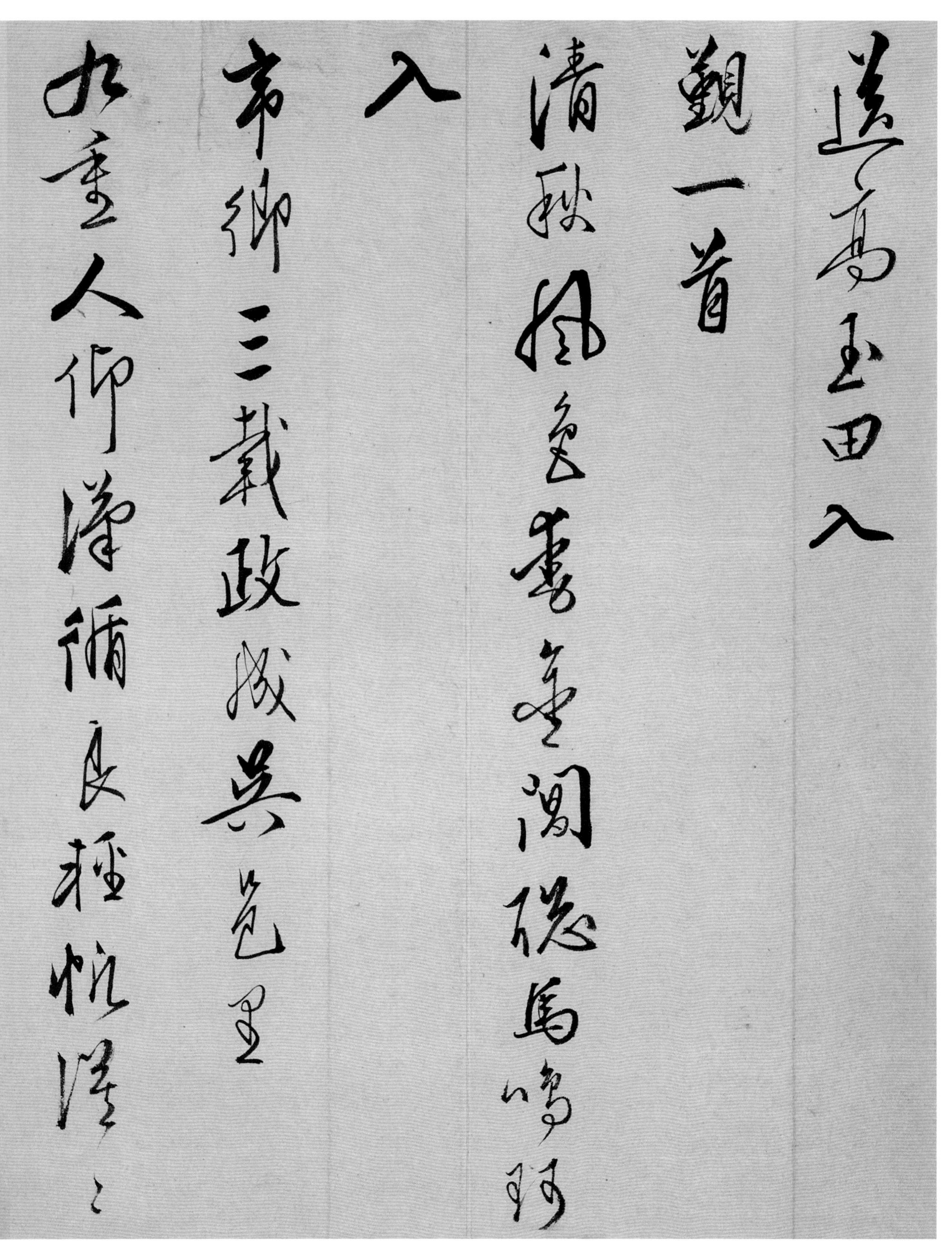

吾主
　　林君與荆祝好陳民倫達
　　　近作呈
　　先治一覧
　　　　　文嘉呈
癸丑十月六日

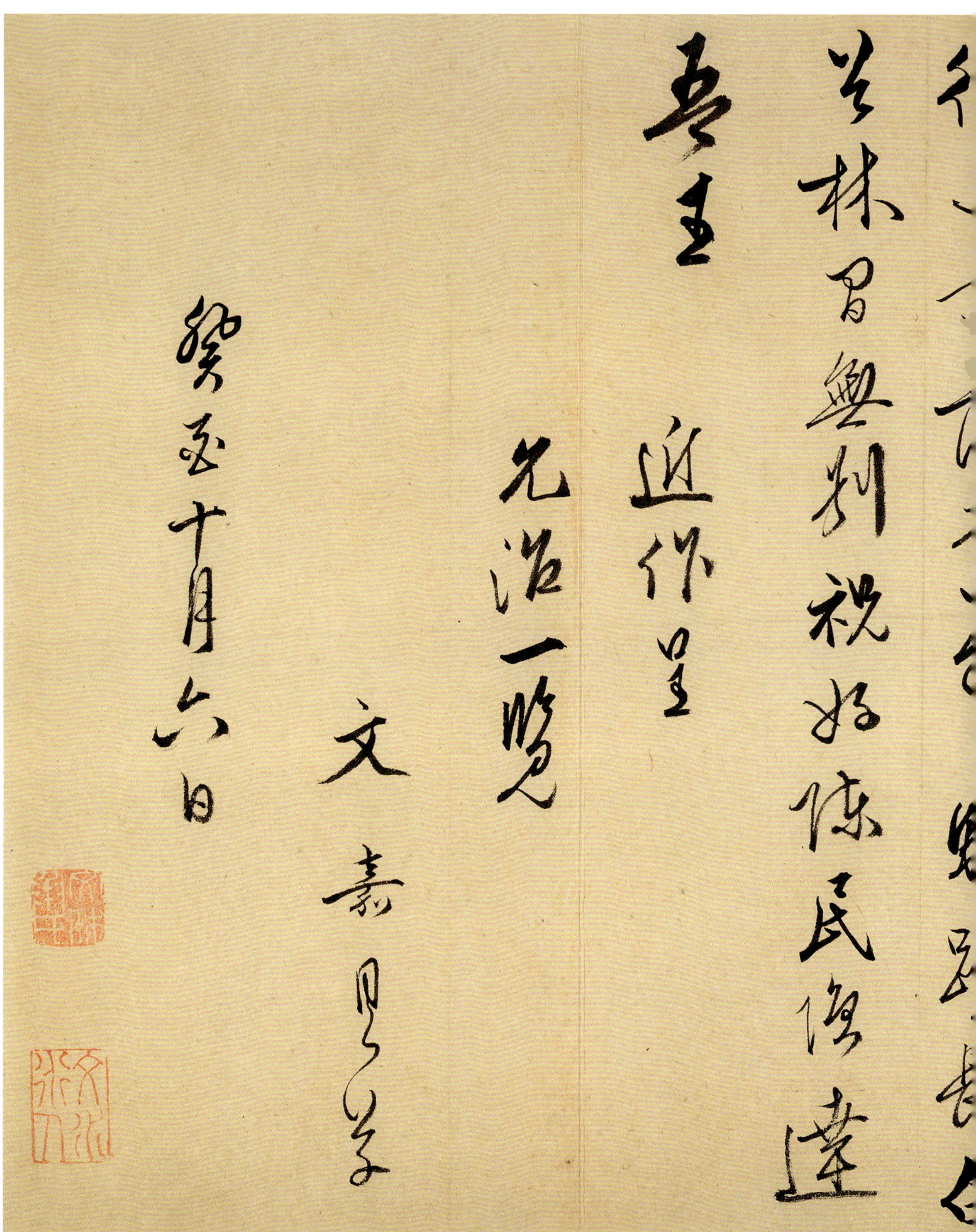

袁袠 致孫趍札

釋文

累辱

厚貺，慚悚曷勝。向者光臨失迓，進謁更不得一回，怏怏。山中笋大發，楊梅想更已熟，吾儕苦羈俗狀，不得追陪勝遊，殊為乏緣。勉賦短章，臨緘益增欣豔。不宣。二十三日，袠頓首再拜，附復。琴山尊兄先生吟伯。

印章

袁袠（白文方印）、玉笥山人（白文方印）

邊題

吳縣袁學使胥臺袠。

編按

袁袠（一五〇二—一五四七），字永之，號胥臺。南直隸吳縣人。嘉靖五年（一五二六年）進士，選庶吉士，轉刑部主事，歷官至提學僉事，告病歸。著有《皇明獻實》、《世緯》、《胥臺集》等。孫趍，字志文，號琴山，生卒年不詳。先世出自江西，徙湖北京山，為官宦世家。王世貞（一五二六—一五九〇）為撰墓表。

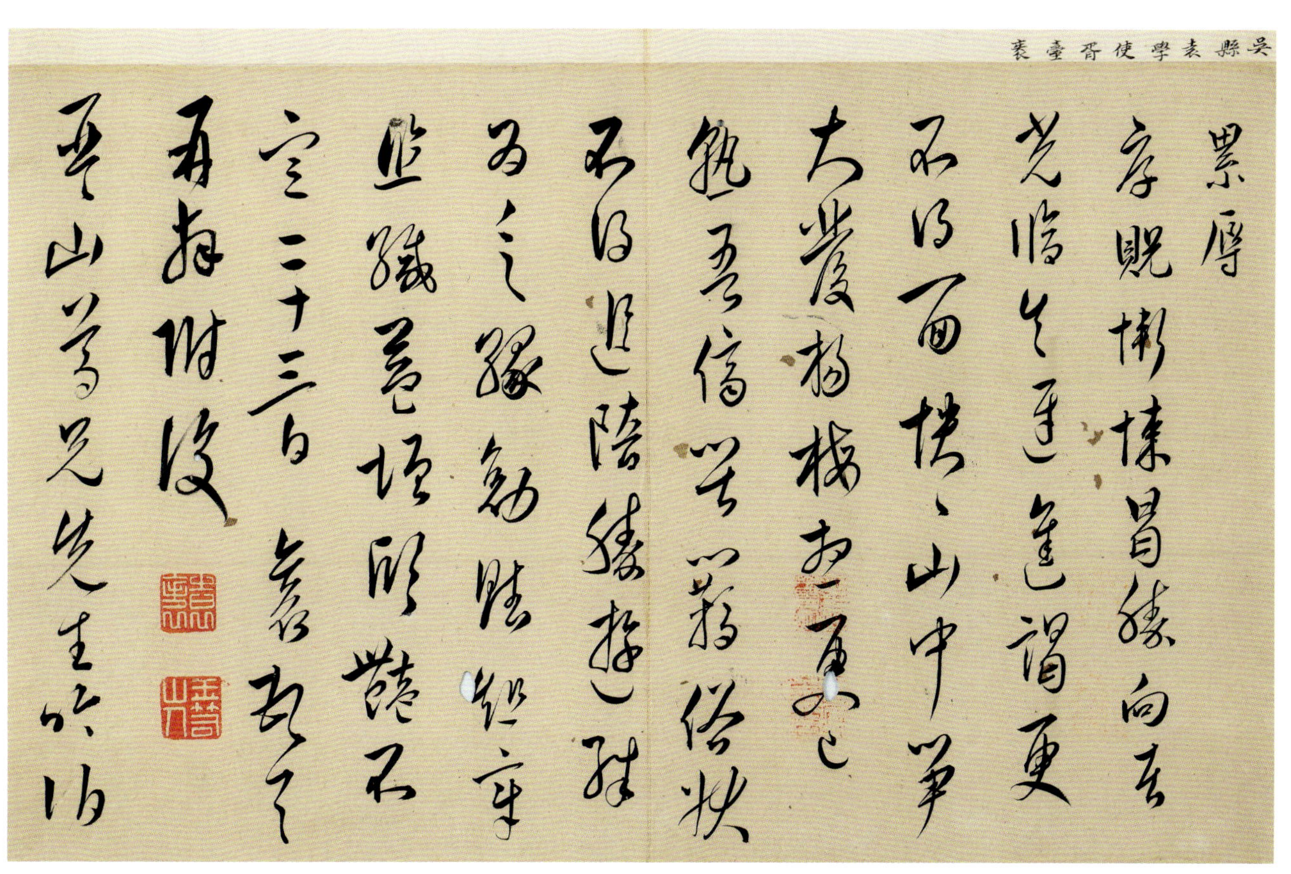

23.3 × 37.5 cm

吳縣袁學使胥臺袠

胡松　致鎮邦札

釋文

拙畫奉上塞責，榮選不知在列否？專此一問。陳大先生畫曾許九月初，今又十月中矣，想
吾兄不留意也，乞
為我促之。連日不會，此心怏然，不識　吾兄以為何如耳？
　　松頓首。
鎮邦先生前。

鑑藏印

臥庵所藏（朱文方印）

邊題

滁州胡莊肅栢泉松。

編按

胡松（一五〇三—一五六六），字汝茂，號柏泉。南直隸滁州人。嘉靖八年（一五二九年）進士，知山東東平州，再遷南京禮部郎中，歷官至南京兵部尚書，參贊機務。卒贈太子少保，謚莊肅。

本札上款人「鎮邦先生」身分未詳，待考。

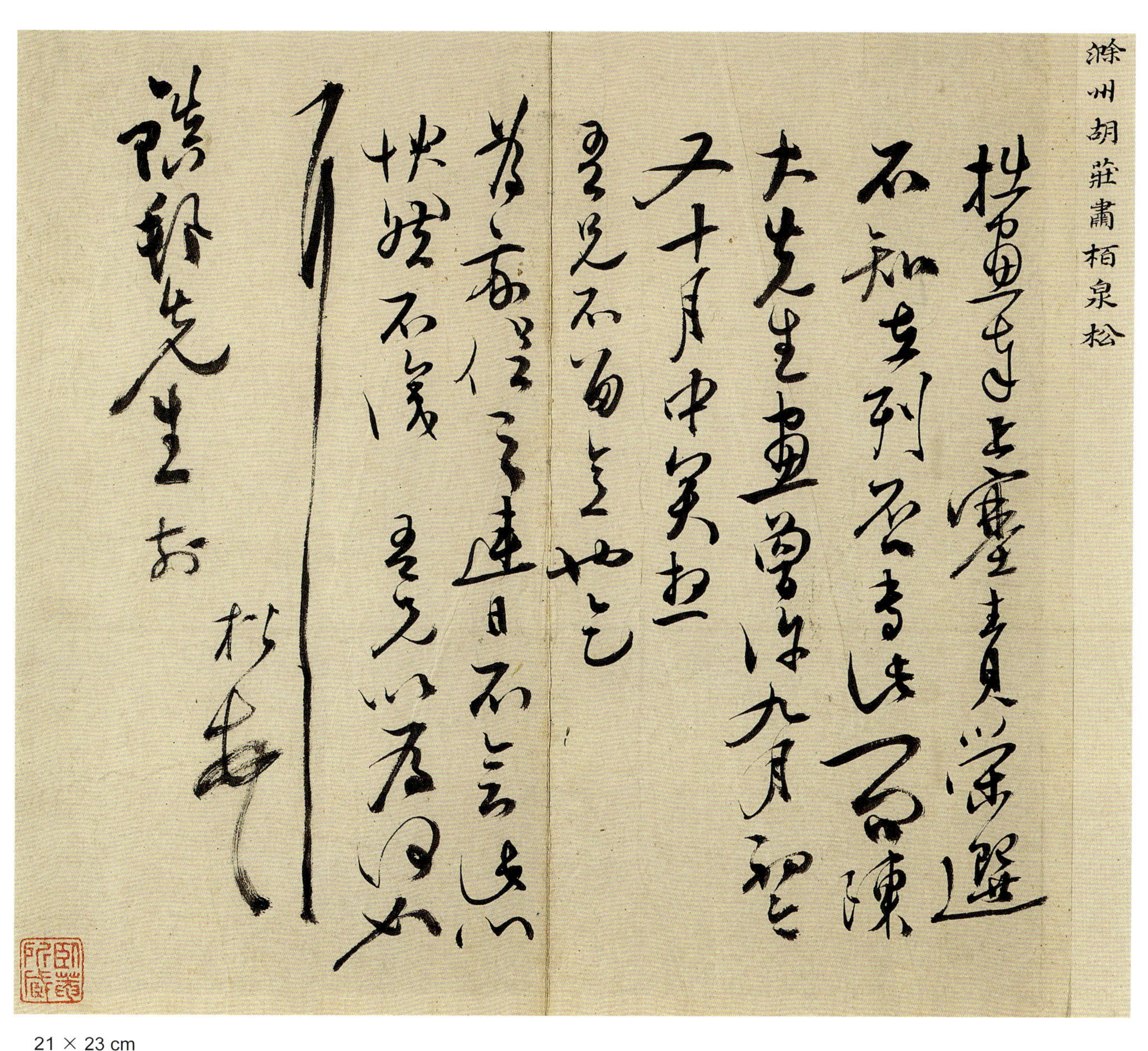

21 × 23 cm

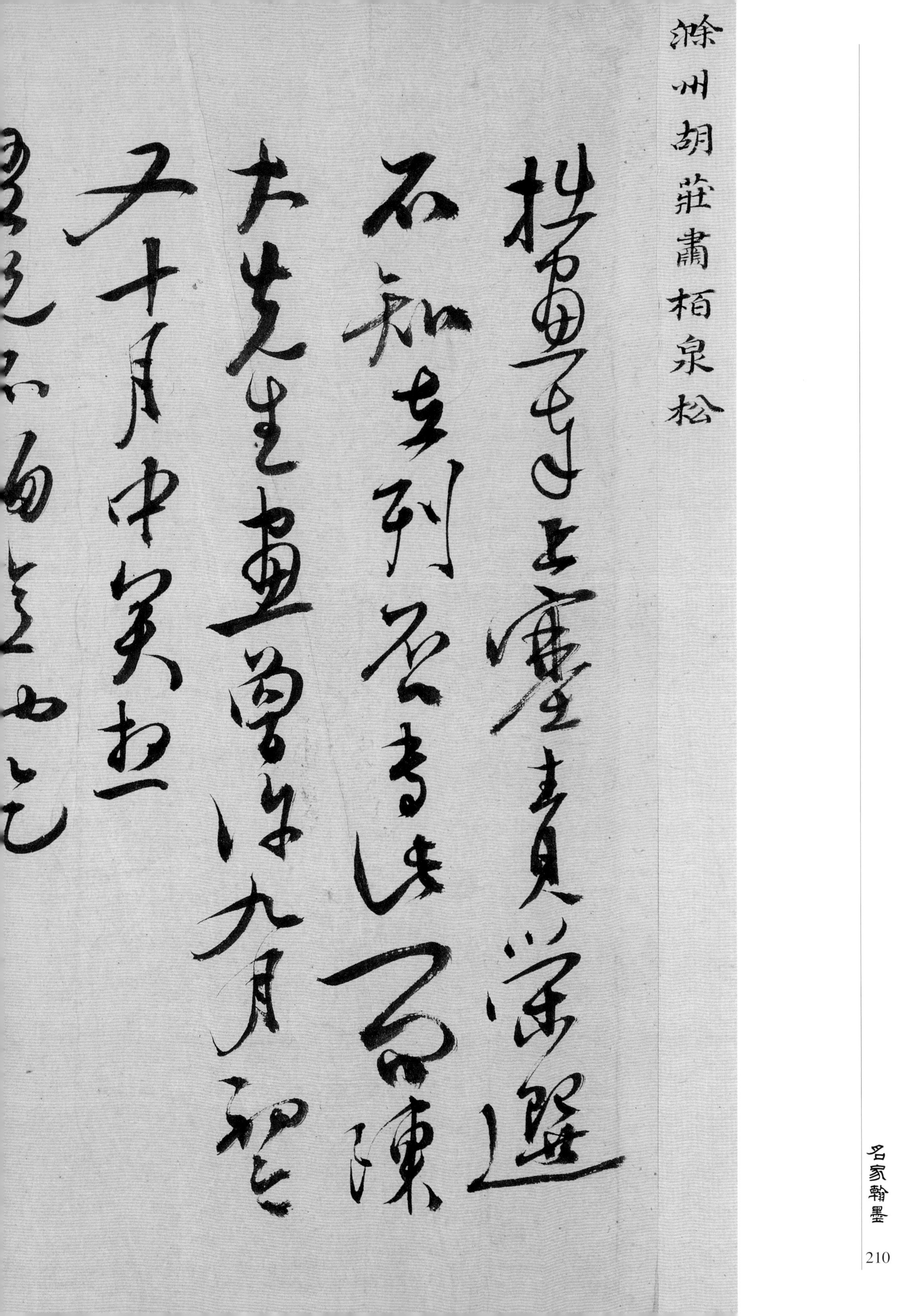

滁州胡莊肅栢泉松

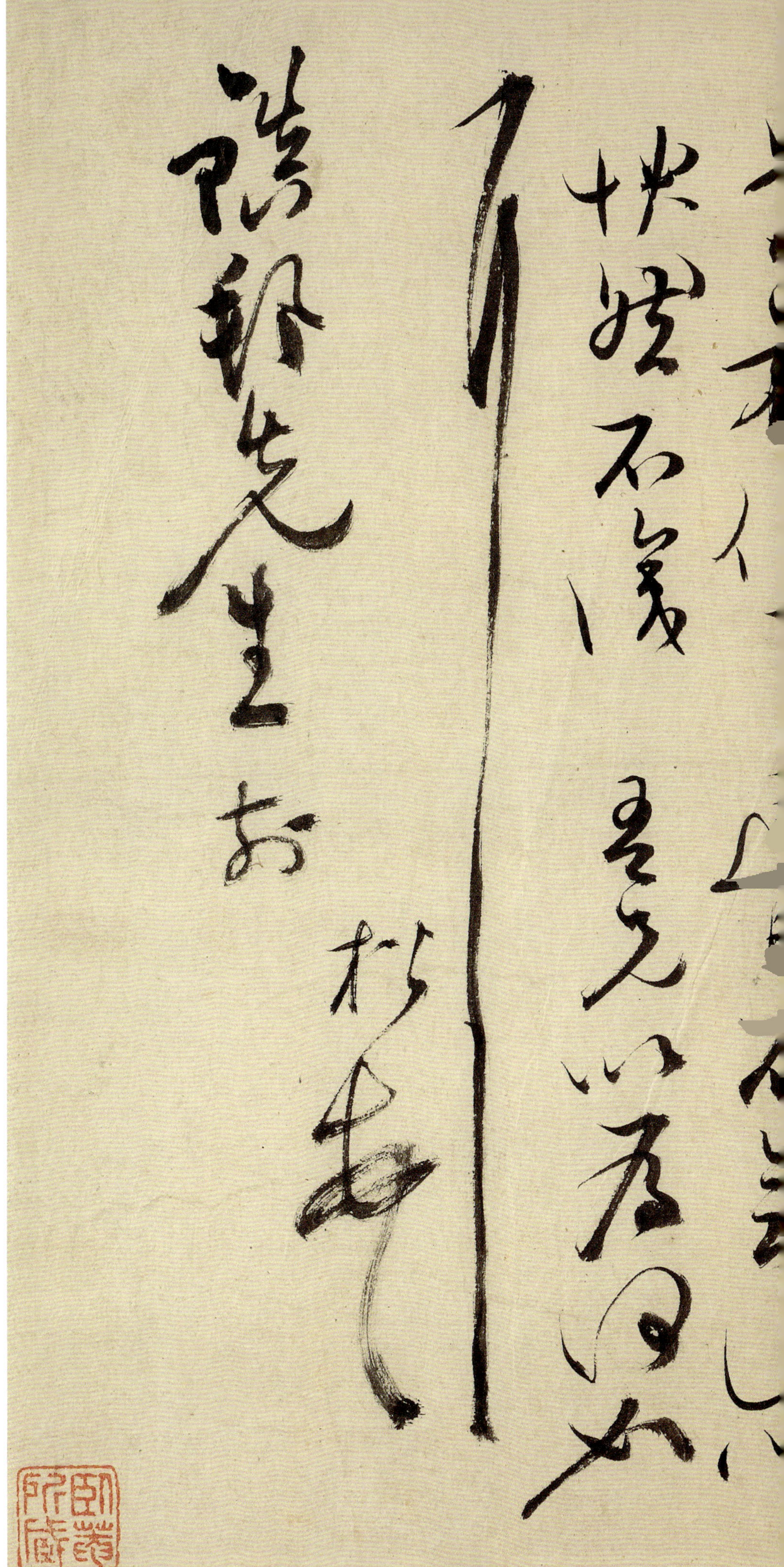

羅洪先　致余祐札

釋文

春來，

盛使持

手書至，旋復數語，且感相益，未幾賤體感咳，起於濕痰而誤以為火，伏枕五旬，始得脱身。病雖少間，心病未瘳，即今猶蓬跣也。聞

貴體向愈，慰甚。第服寒凉過多，得無為脾胃憂耶？新梨清熱，少助食啖。不次。姻生羅洪先頓首拜。

訒齋老兄先生道侍。

（梨少不復枚舉。左空。）

編按

羅洪先（一五〇四—一五六四），字達夫，號念菴。江西吉水人。嘉靖八年（一五三九年）狀元，授修撰，官至春坊左贊善，上《東宫朝賀疏》被撤職。卒贈光祿少卿，謚文恭。著有《念庵集》、《冬遊記》等。

余祐（一四六五—一五二八），字子積，號訒齋。江西鄱陽人。弘治十二年（一四九九年）進士，歷官南京刑部主事、山東副使、河南按察使、雲南左布政，卒於任內。

各 22.6 × 8.1 cm

彭年　致沈恒川札

釋文

勞顧，感感。小女服妙劑後，夜睡𡫳靜，但不曾出汗。第二服不審可再用生姜、葱白否？乞示下，幸幸。區區所求藥，望更付十劑。恃愛累瀆，無任愧，統容圖謝。不盡、不盡。

新正六日，彭年頓首再拜。

醫國恒川先生契尊兄侍史。

編按

彭年（一五〇五—一五六七），字孔嘉，號隆池山樵。南直隸長洲人。少從文徵明（一四七〇—一五五九）遊，其女婿文子悱，為文徵明孫。以詞翰名世，著有《隆池山樵集》。工於書，取法晉唐，行草則效宋人，亦兼治印。

沈恒川，未悉其名，生卒年不詳。南直隸吳江人。十六世紀間吳中名醫，生平待考。

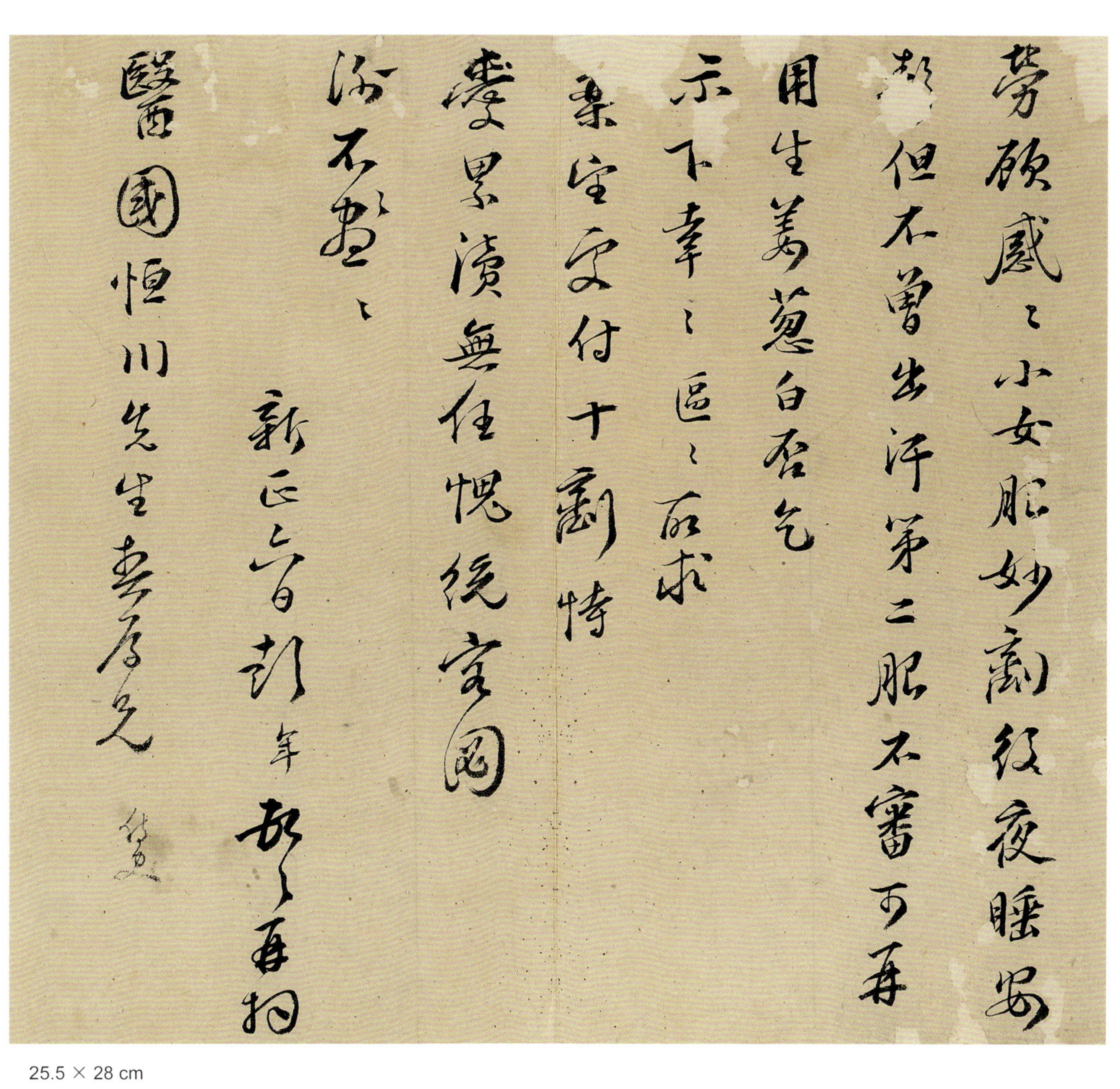
勞頓感感小女服妙劑後夜睡安
穩但不曾出汗第二服不審可再
用生薑葱白否乞
示下幸幸區區所求
藥實定付十劑恃
愛累瀆無任愧悚容面
謝不盡盡
新正六日訂年教再拜
醫國恆川先生老親丈

25.5 × 28 cm

勞頓感々小女服妙劑終夜睡安
穩但不曾出汗第二服不審可再
用生薑蔥白否乞
示下幸々區々所求
棐室叟付十二月寺

舊學淺無任愧悚寔甚
何不盡々
新正六日 年教弟 再拜
醫國恒川先生惠存之
[illegible]

周怡　致集老札

釋文

臨行時，耑望吾
兄過晤一來，不值，遂杳然不至，殊為怏怏。留一字於兒子處，并令致一字於
留仙索顧，札想具見矣。
兄婁東之行何日？弟一畫已裱成，在劉仲光處，今想已取歸。食糖四種，恐不可多日，萬乞速往，為荷。弟所欲索序言，并批完拙稿，此兄所悉，知不必言，倘得其手書更妙。謹以一格附上，歸時付弟家郵客，望之、望之。弟周怡頓首。
集老道兄。

鑑藏印

碩果（朱文方印）、永祺監古（白文方印）、天香樓王氏家藏印（朱文長方印）

邊題

周怡，字順之，太平人。嘉靖戊戌進士，官太常少卿。天啟初追謚恭節。（《江南通志》卷一四八、《明詩紀事・戊籤》二十）

編按

周怡（一五〇五—一五六九），字順之，號訥溪。南直隸太平人。嘉靖十七年（一五三八年）進士，授吏科給事中，曾彈劾尚書李如圭、張瓚、劉天和、大學士翟鑾、嚴嵩，被貶入獄。隆慶元年（一五六七年）起用，升任太常寺少卿，翌年改南京國子監司業。召太常少卿，未赴任而卒。著有《訥溪集》。

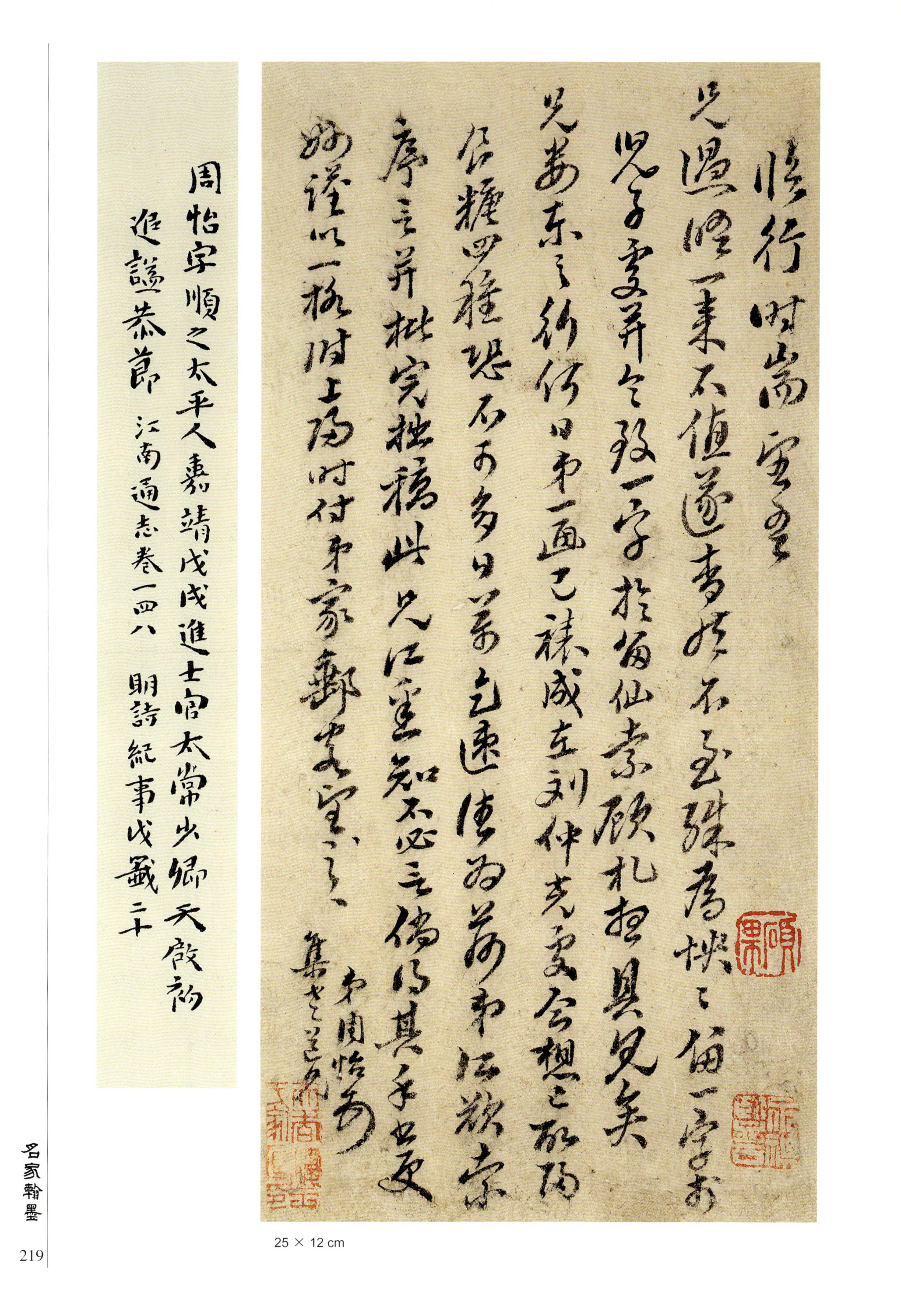

周怡字順之太平人嘉靖戊戌進士官太常少卿天啟初追謚恭節　江南通志卷一四八　明詩紀事戊籤二十

25 × 12 cm

陳鎏　致夏邦謨札

釋文

杜華池得智川復聰湯方，治耳疾頗效，然遇氣復發。聞兄有丸藥方，必兼治乃得全功。望勿吝。他日以石湖東道相謝，僕當催完作陪客也。暑中久不能奉面，懸懸如有所失，諒當圖之。

鎏生頓首。

松泉老舅先生門下。

印章

雨泉（朱文方印）

邊題

長洲陳方伯雨泉鎏。

編按

陳鎏（一五〇六—一五七五），字子兼，號雨泉。南直隸吳縣人。嘉靖十七年（一五三八年）進士，授官工部主事，歷官雲南副使、四川布政使。工詩文，善書法，著有《已寬堂集》。

夏邦謨（一四八五—一五六六），字舜俞，號松泉。四川涪州人。正德三年（一五〇八年）進士，授戶部主事，兼戶部考功稽勛，歷官至禮部尚書等。遭權貴忌恨，罷歸。

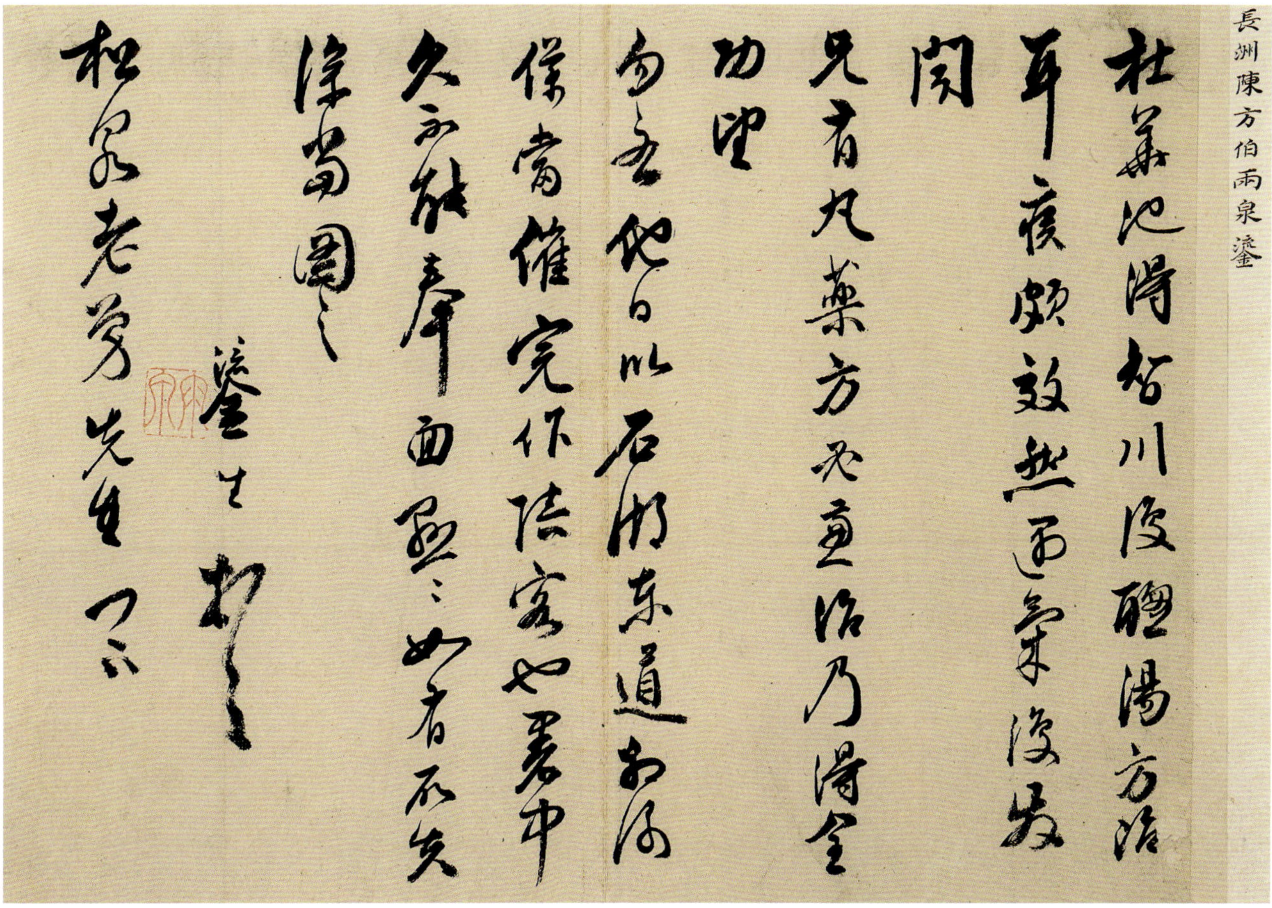

長洲陳方伯雨泉鎣

23 × 32 cm

長洲陳方伯雨泉鑒

杜茅也得名川後聽湯方治
耳疾頗效無何還年復發
聞
兄有凡藥方不妨治乃得全
功望
南惠也曷以石竹東道耶子

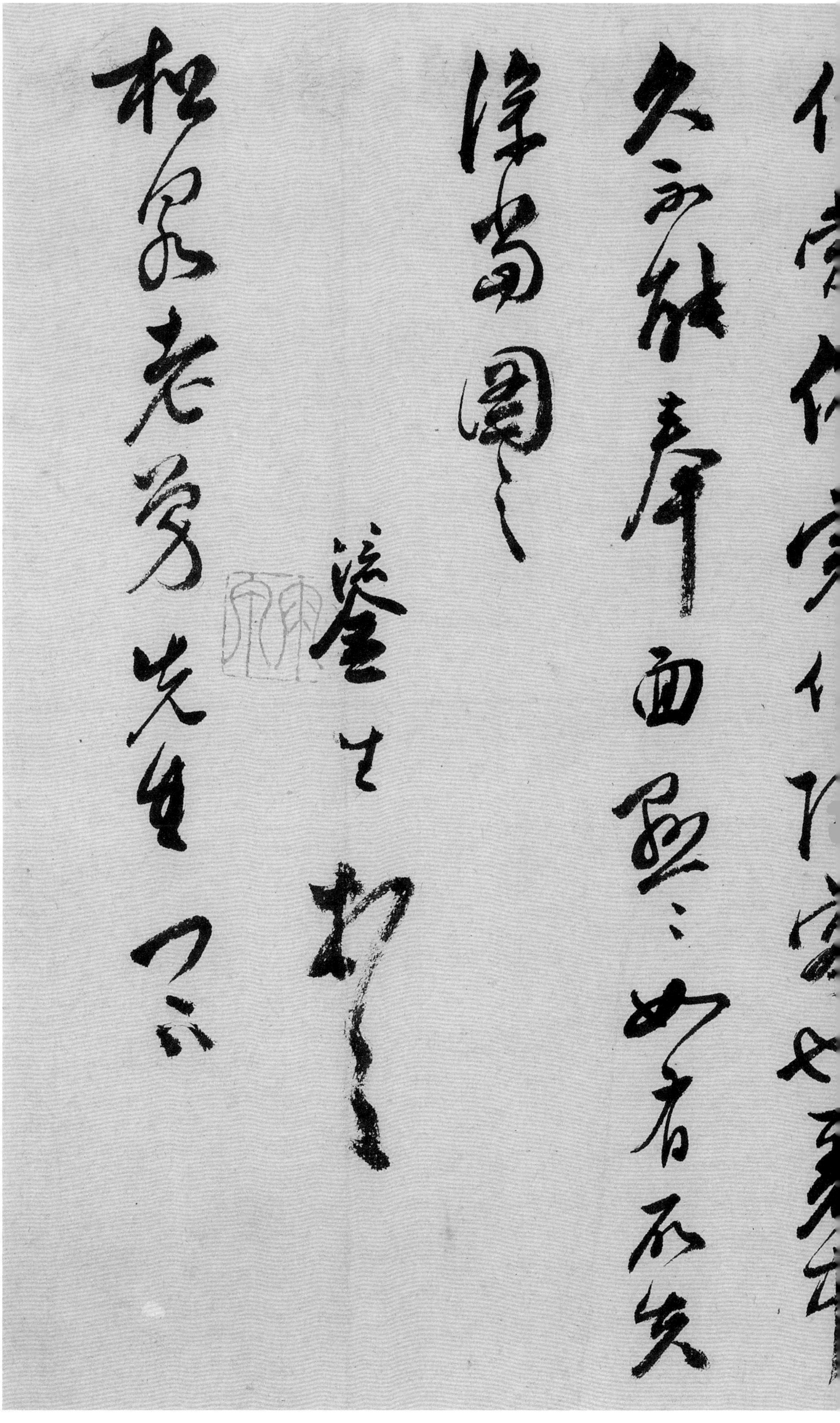

久雨能奔西晉々如君欲矣
得當圓々
謹上 柳之
相家老學先生 門下

王慎中　致王庭札

釋文

治生王慎中頓首拜。即刻發舟，不及奉造門墻，心殊不安，當圖他日專謁，求贖此愧也。薄饌奉勞從者，幸恕微褻。不宣。慎中再拜頓首。陽湖王老先生大人有道門下。

鑑藏印

臥菴所藏（朱文方印）

邊題

晉江王參政遵巖慎中。

編按

王慎中（一五〇九—一五五九），字道思，號南江，又號遵巖居士。福建晉江人。嘉靖五年（一五二六年）進士，授吏部員外郎。歷任吏部員外郎、山東提學僉事、江西參議、河南參政。為學推崇唐、宋，反對前、後七子復古文風，稱「嘉靖八才子」之首。

王庭（一四八八—一五七一），字直夫，世稱陽湖先生。生平詳見前文。

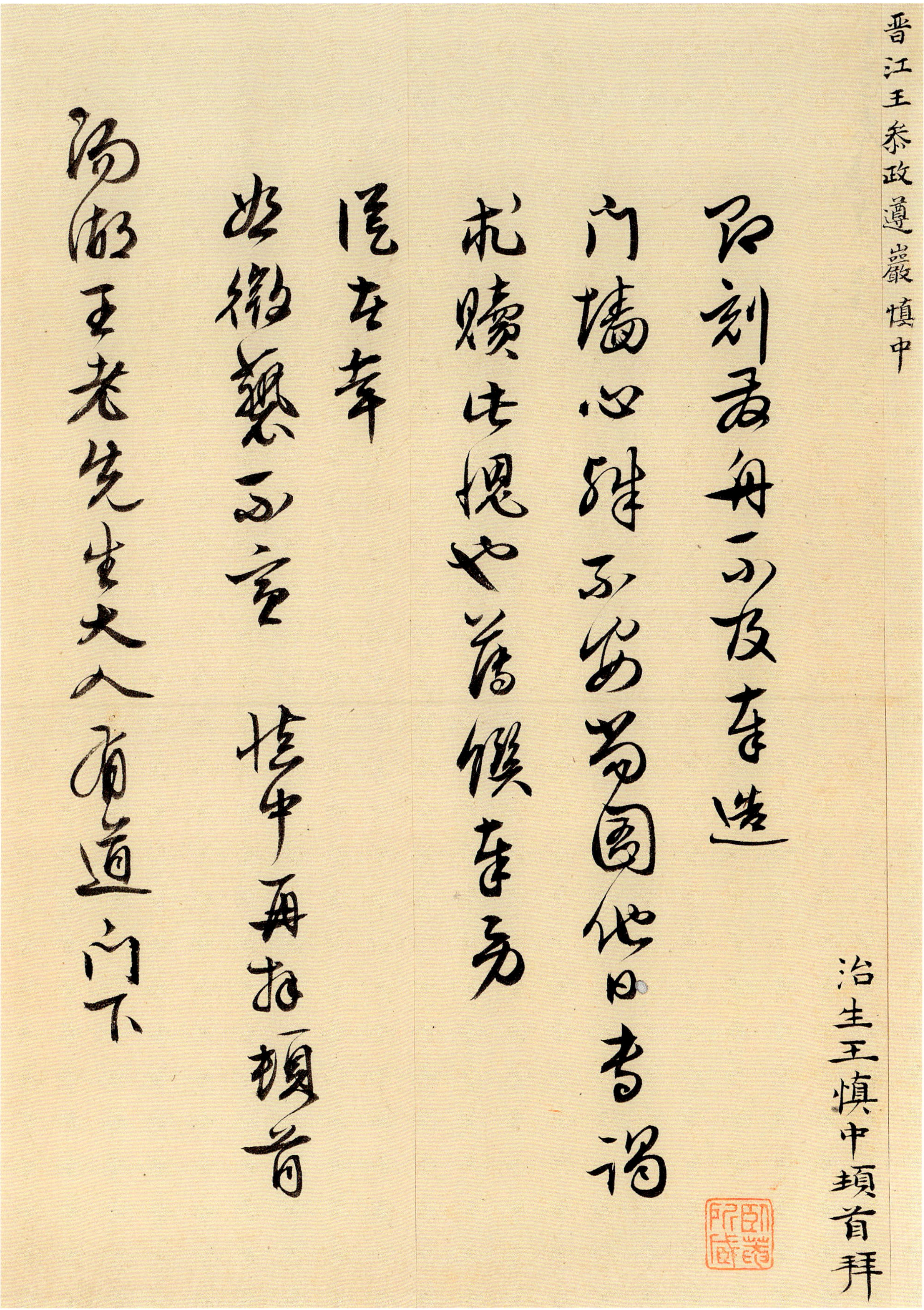

晋江王叅政遵巖慎中

治生王慎中頓首拜

26.9 × 17.5 cm

黄姬水　致孫枝札

釋文

檀扇二柄、素扇二柄，明日欲送一行客者，午前拜領也。檀扇求青綠山水，容面謝。不具。姬水頓首。

邊題

華林老兄高士。

長洲黄淳甫姬水。

編按

黄姬水（一五〇九—一五七四），初名道中，字致甫，又字淳父。南直隸吳縣人。幼聰慧，早年侍奉文徵明（一四七〇—一五五九），書法效祝允明（一四六〇—一五二六）、王寵（一四九四—一五三三）。著有《貧士傳》、《白下集》、《高素齋集》等。

孫枝，字叔達，號華林，生卒年未詳。亦吳縣人。工畫，師法文徵明。姜紹書《無聲詩史》稱其：「石樹蔥秀，毫素間有灑然出塵之致，亦吳中佳手也。」山水、花卉、人物俱佳。

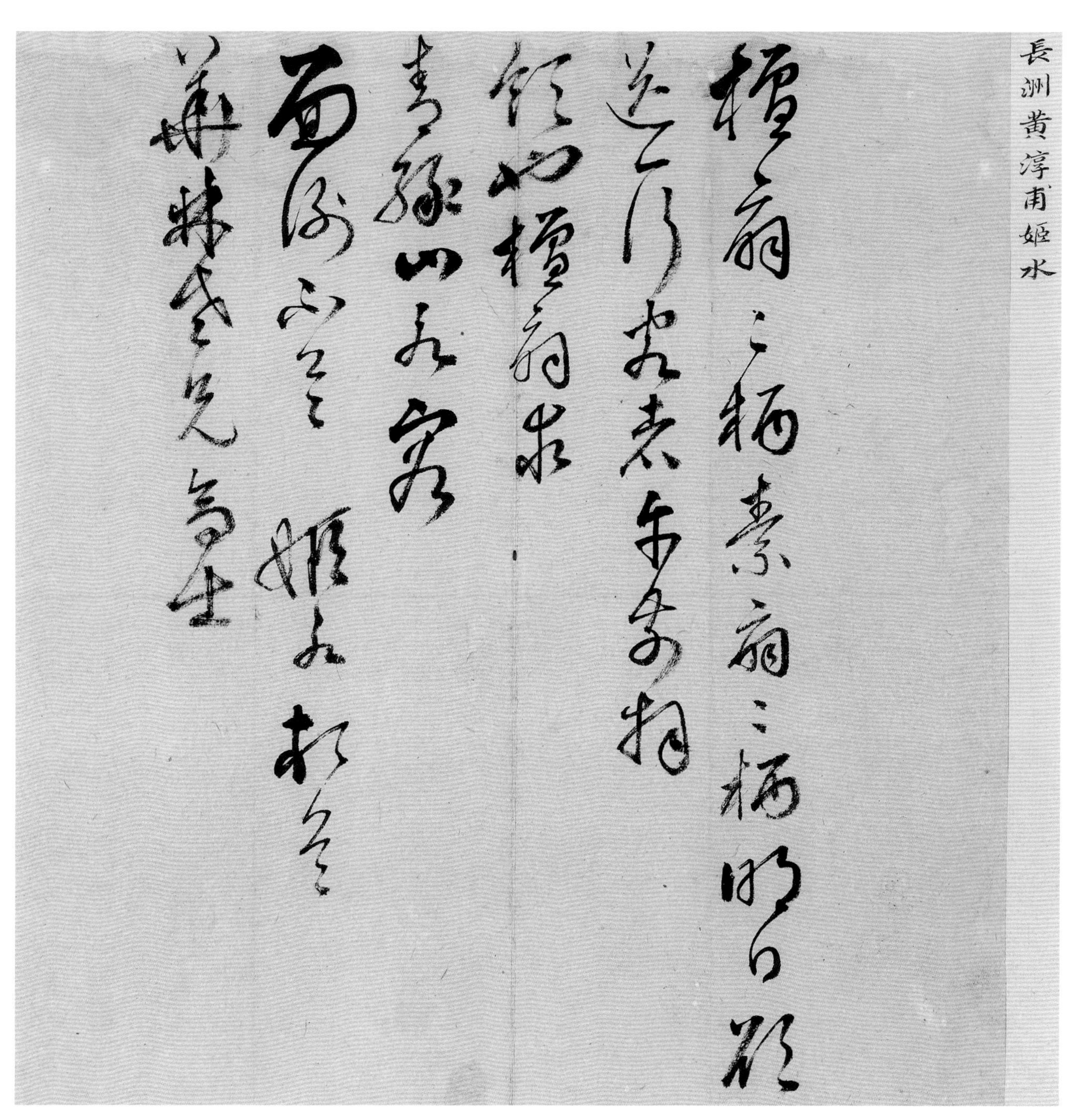

長洲黃淳甫姬水

25 × 23 cm

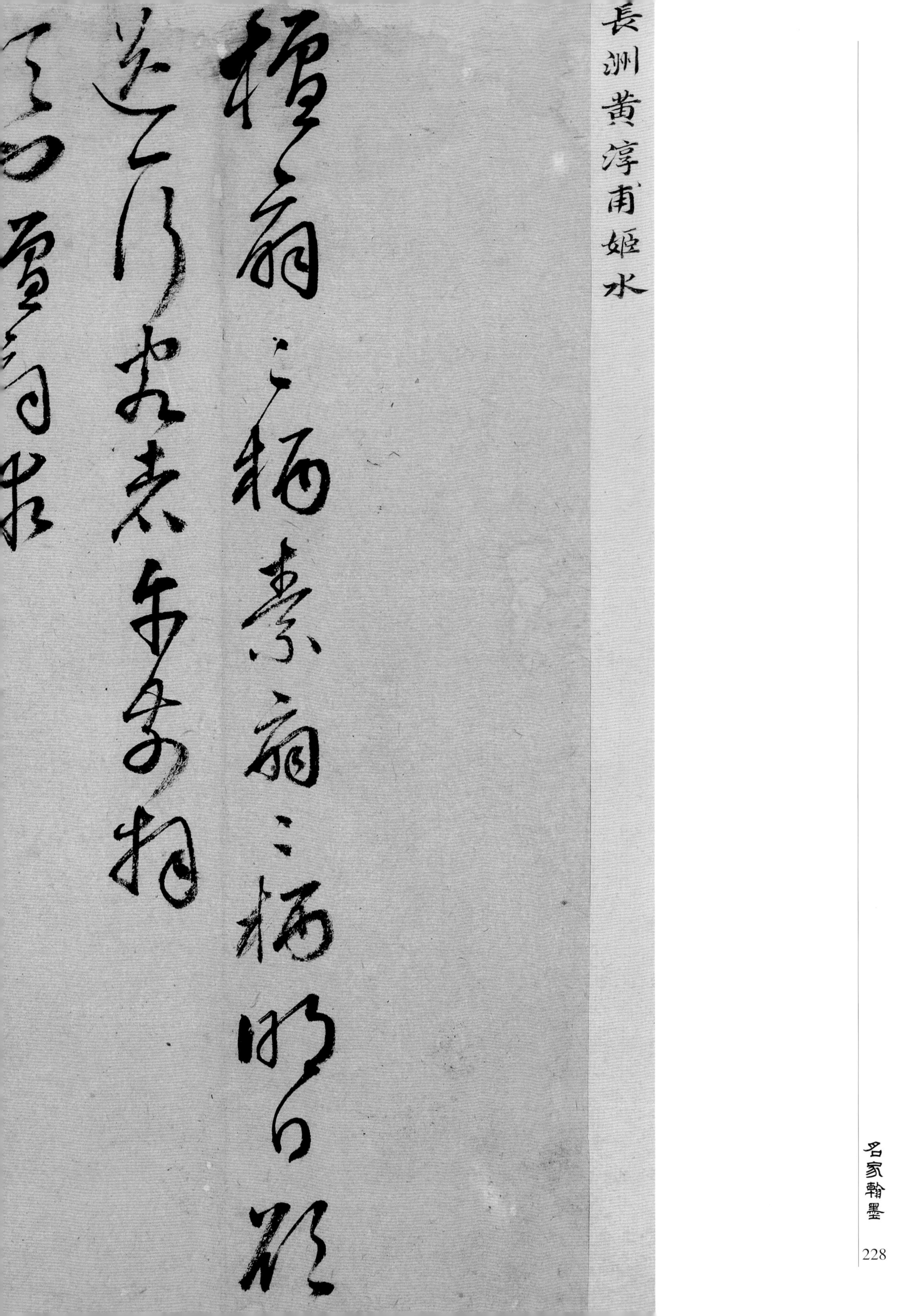

長洲黃淳甫姬水

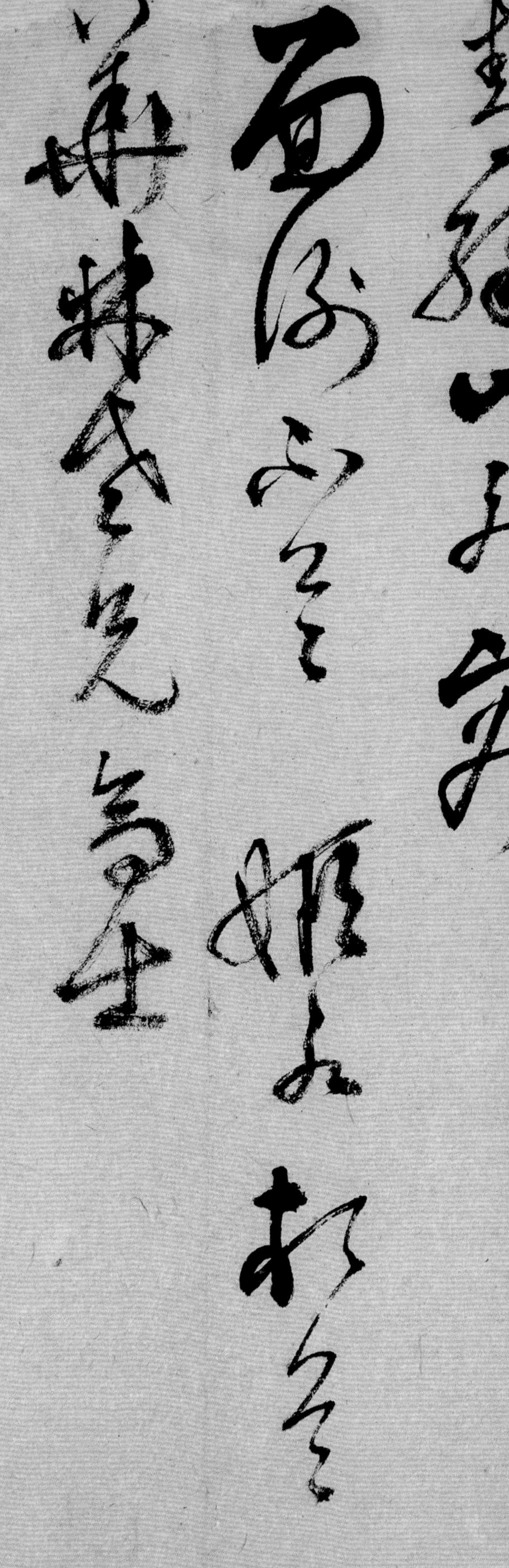

陸師道　致孫鋌札

釋文

二扇勞神，多謝。李畫暫留觀，甚荷垂貺之德。使還，草草奉覆，不一一。

師道頓首。

文和契兄先生。

邊題

長洲陸璽卿五湖師道。

編按

陸師道（一五一〇—一五七三），字子傳，號元洲，更號五湖。南直隸長洲人。嘉靖十七年（一五三八年）進士，授工部主事，累官尚寶少卿。晚年師事文徵明（一四七〇—一五五九），詩文、書畫，悉得所傳。孫鋌（一五二八—一五七〇），字文和，號正峰。浙江餘姚人。生平見前文王穀祥札。

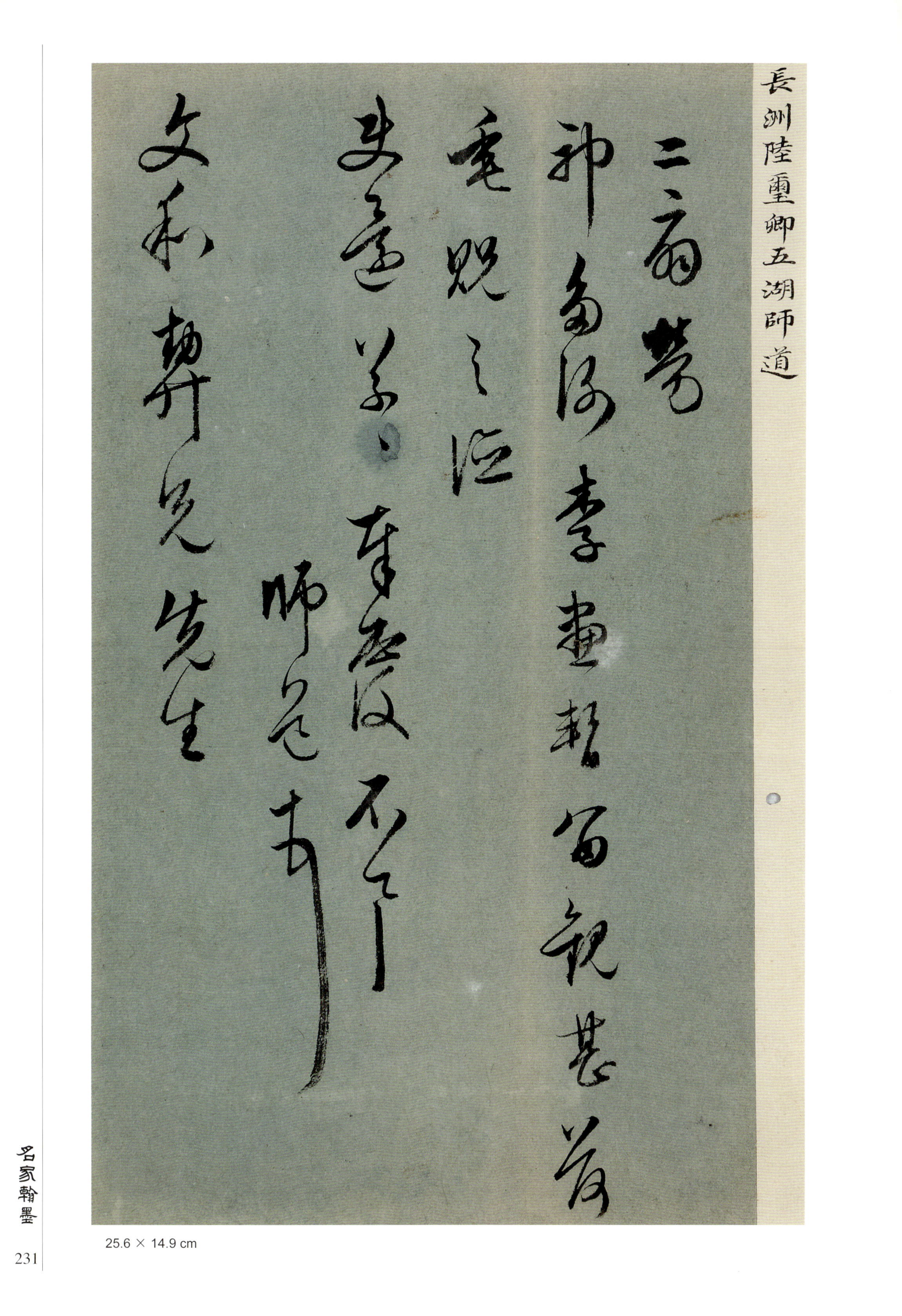

長洲陸璽卿五湖師道

25.6 × 14.9 cm

王敬臣　致守之札

釋文

夙聞

鄴架多古瀍帖，病中思欲一觀，專人奉借，幸付其最嘉者。

　十九日，敬臣再拜。

守之賢姪解元。

（不必多付，俟覽竟送還，再借別冊。）

邊題

長洲王參議以道敬臣。

編按

王敬臣（一五一三—一五九五），字以道，號少卿。南直隸長洲人。受業於魏校（一四三八—一五四三），嘉靖四十三年（一五六四年）貢生。萬曆中，薦國子監博士，辭不就。

上款人「守之」身分未詳，待考。

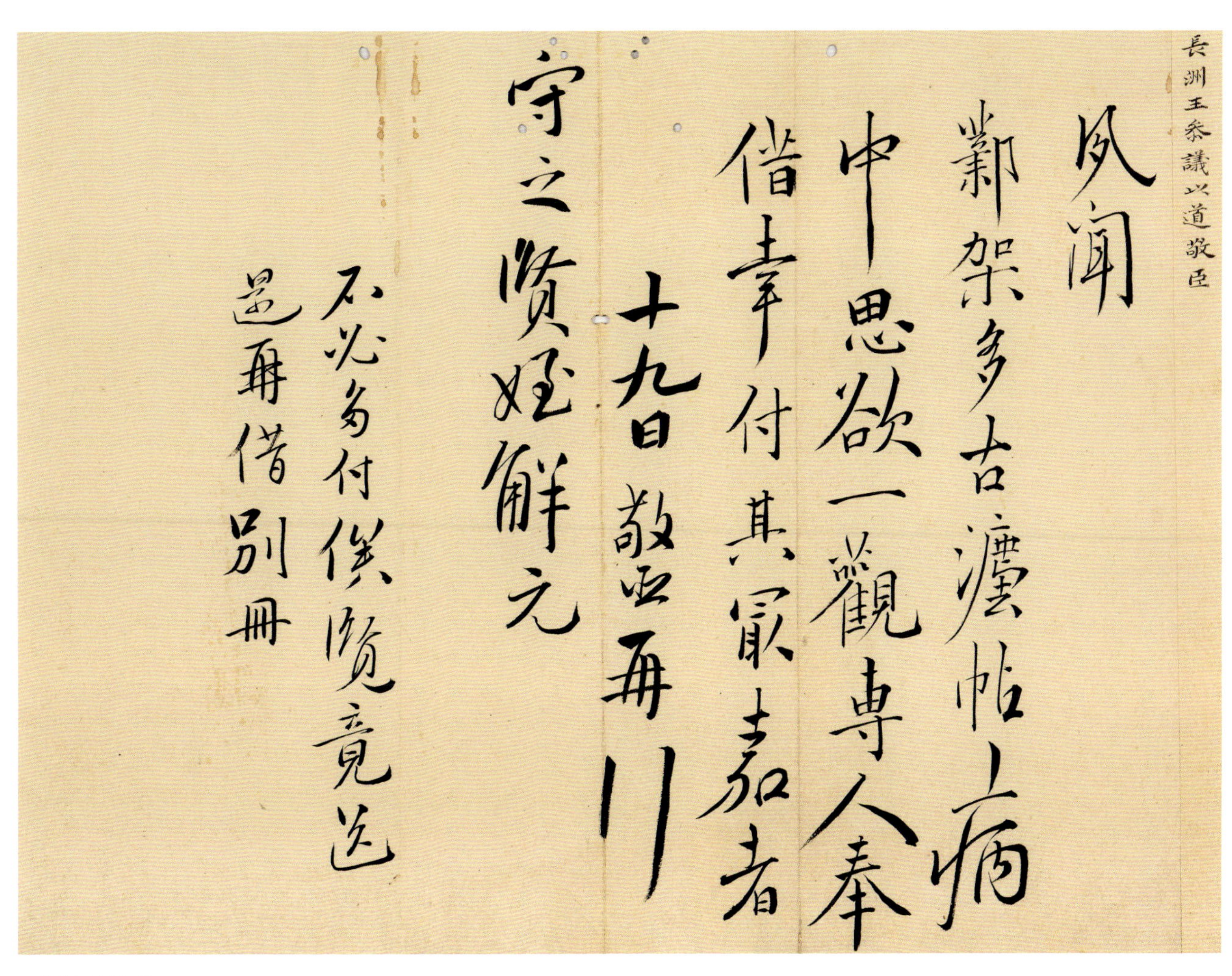

長洲王參議以道敬臣

夙聞
鄴架多古灋帖，病
中思欲一觀，專人奉
借。幸付其最嘉者。
十九日敬臣再拜
守之賢姪解元
不必多付，俟覽竟送
還，再借別冊。

25.7 × 32.2 cm

長洲王參議以道敬臣

夙聞
鄴架多古灋帖上病
中思欲一觀專人奉
借幸付其最嘉者
十九日徵明再拜

[illegible]之賢姪解之

不必多付俟覽竟送

還再借別冊

周天球　書札

釋文

□窑戴公託僕書三扇，併求□□一畫，欲煩吾兄特紓思，精細清簡，淡淡青綠方妙。初五日拜領送去，千万即却忙一揮。多次相瀆，無以申謝。此心耿耿，為訟事未了耳，幸照之。閒中何不過舍少會，豈見遺也耶？

天球頓首。

邊題

長洲周公瑕天球。

編按

周天球（一五一四—一五九五），字公瑕，號幼海。南直隸長洲人。諸生，少游文徵明（一四七〇—一五五九）門下，兼習書法，善大小篆、古隸、行、楷。偶以草法寫蘭，兼作花卉，亦佳妙有緻。

本札受信人不明，亦當為一名畫家。

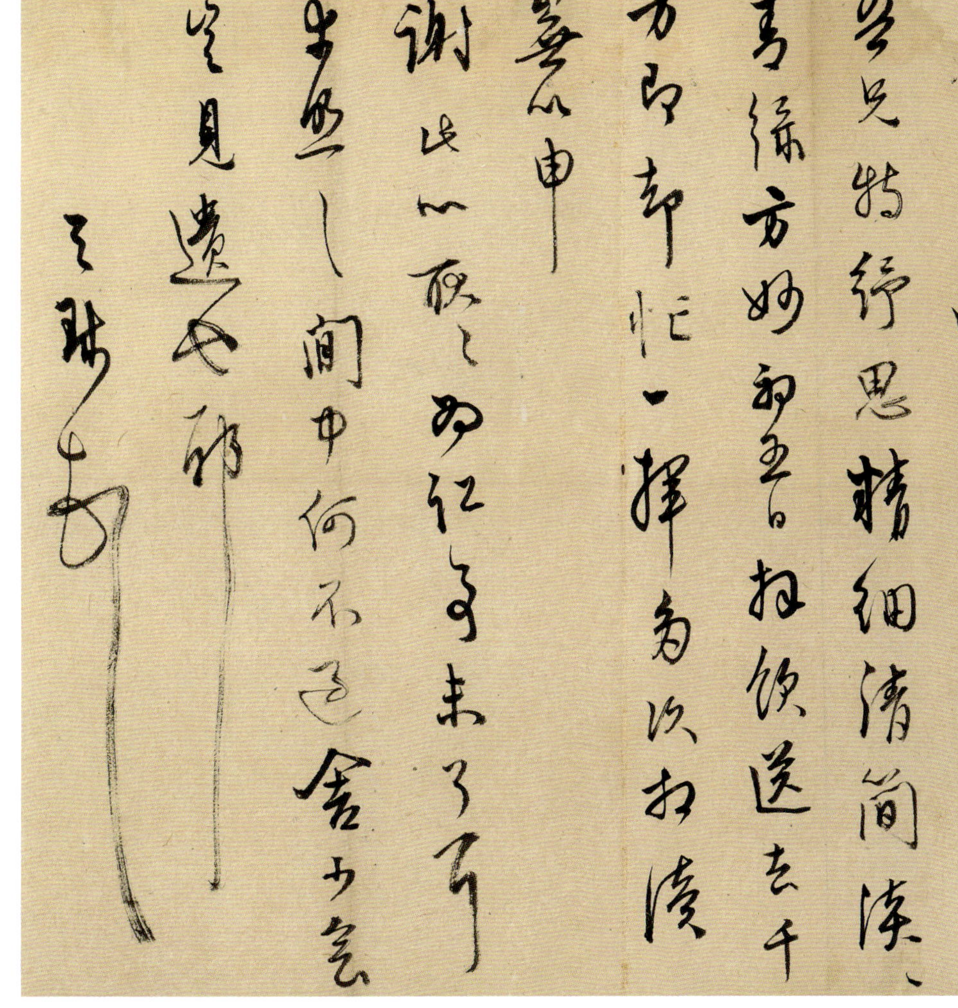

24.6 × 28.8 cm

長洲周公瑕天球

周天球　書札

釋文

前此有數字奉聞，不審達否？別後酷暑猶勢豪憑淩，使人不能一日當之，想都門亦同之也。吾

兄清閒之居，知無所苦。球多病多事，暑中幾不欲生，致舉家疾病，迄今未痊。天時人事，交惡如此，如球單微，何以堪之？其猶俛首不死者，尚冀其後耳。悵恨在中，其如之何、其如之何？今郎餘甫兄句容之試，必得高捷。今秋戰勝，庶幾為吾

兄盛德之報，顒望、顒望。《碧潭花園》聊為作一卷奉上。弊城近歲作者凋落，有一二佳者作勢不可當，故不曾求得詩篇在上，非弟不留心也。外，梳合、犀盃寄奉

雉山翁，乞為致之，并求多多一謝。又扇書一封，求寄與

秋宇公。又一封，求問戶部主事何□號杏村者，令使送與此公。球不曾拜面，屢次蒙其書問，必是標致人。去年在揚州鈔關者，便是□公，有便□得回書，附與科舉相知人帶來，甚慰、甚慰。吾

兄情德萬千，言不能謝。文湘南起身急，草草附上，餘在冬初再脩

候也。不能一一。乞

垂亮千萬。外，扇一封寄還俞幼亭者，并乞即付之。

七月廿日，制弟天球稽顙、稽顙上。

編按

本札中稱「雉山翁」，即邢一鳳（一五〇八—？），字伯羽，號雉山，河南祥符人。嘉靖二十年（一五四一年）進士，累官至太常少卿。另，「秋宇公」為胡汝嘉，字懋禮，生卒年不詳。南直隸江寧人，嘉靖三十二年（一五五三年）進士，官編修，出為山西參議，歷官至副使。其餘人物身分未明。

26.7 × 32.6 cm

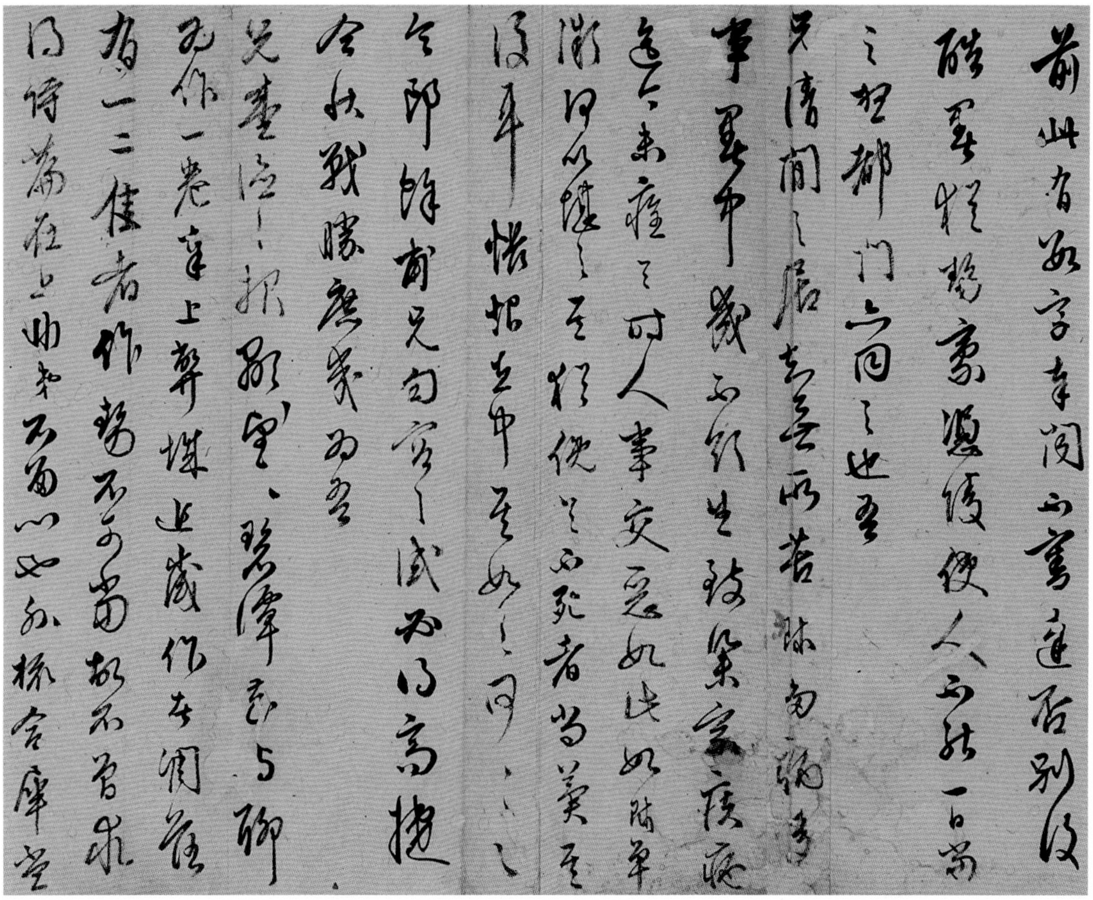

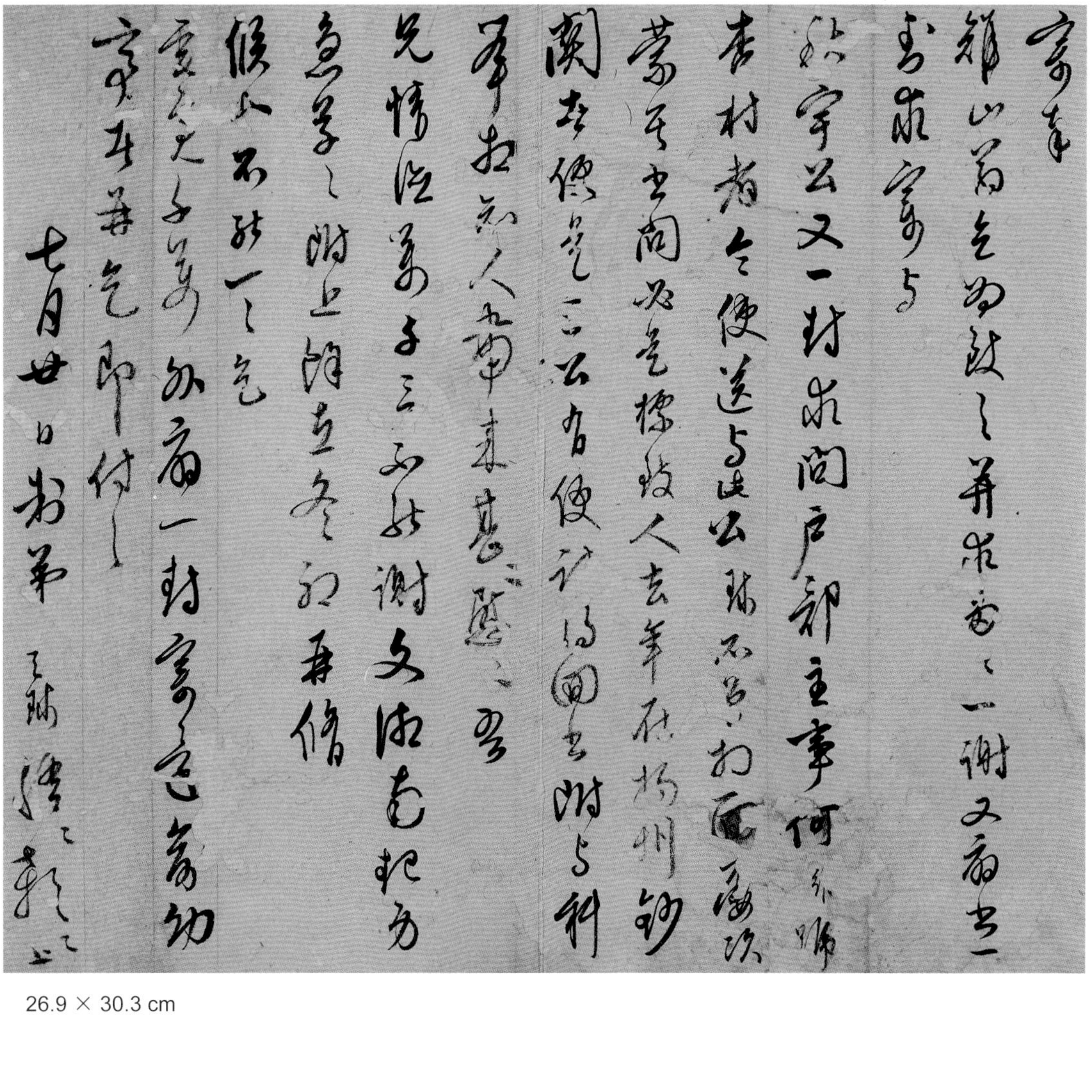

26.9 × 30.3 cm

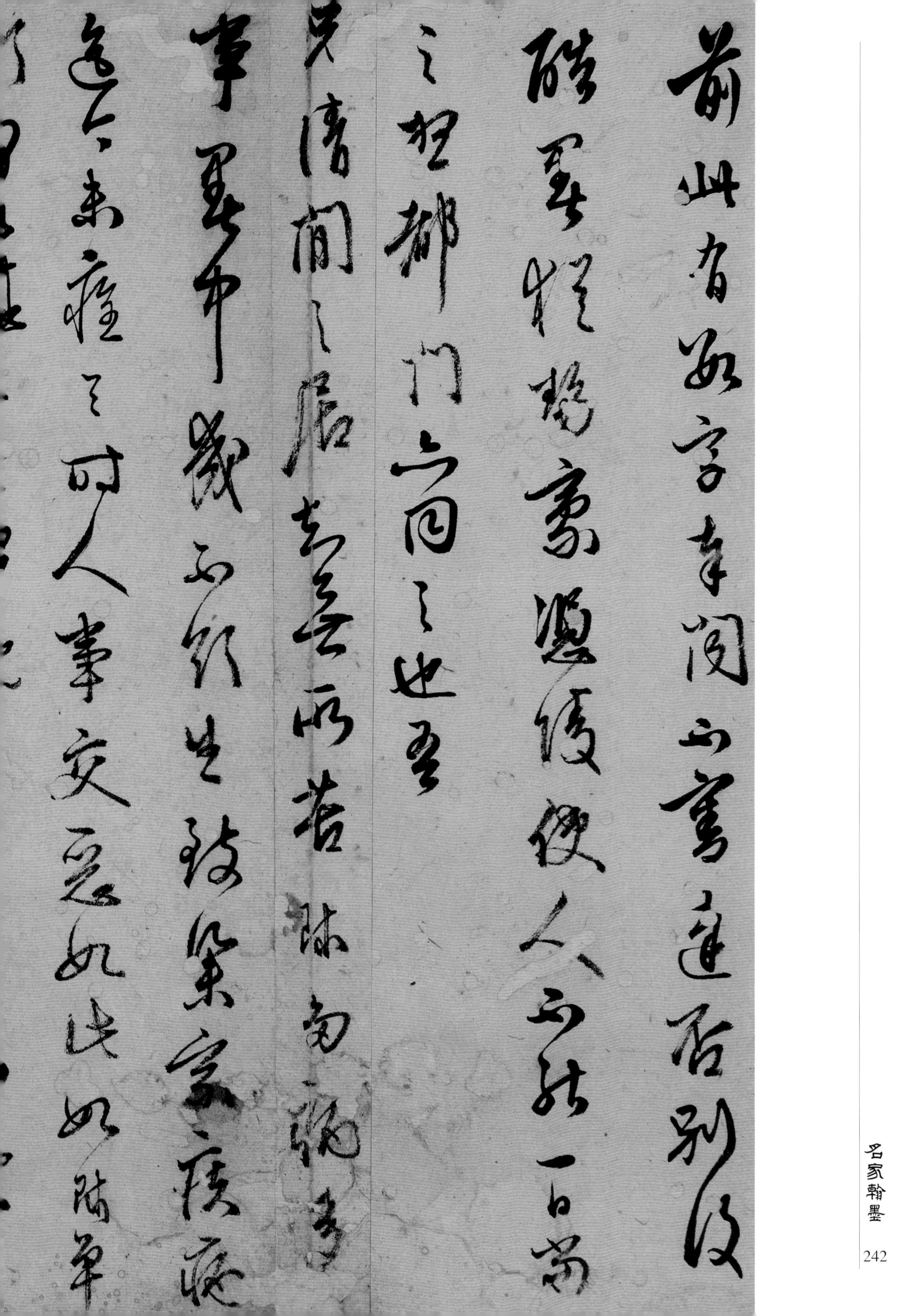

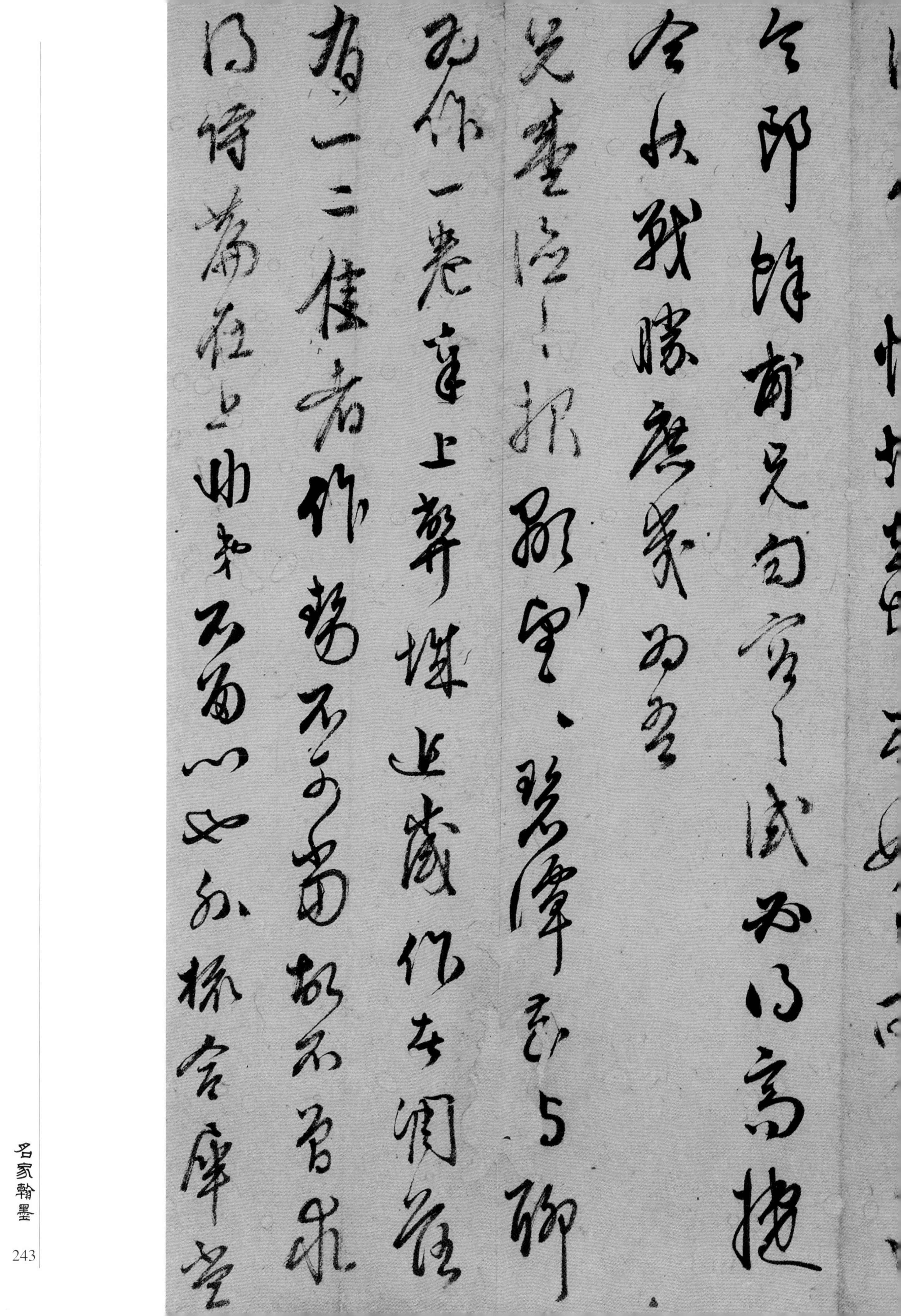

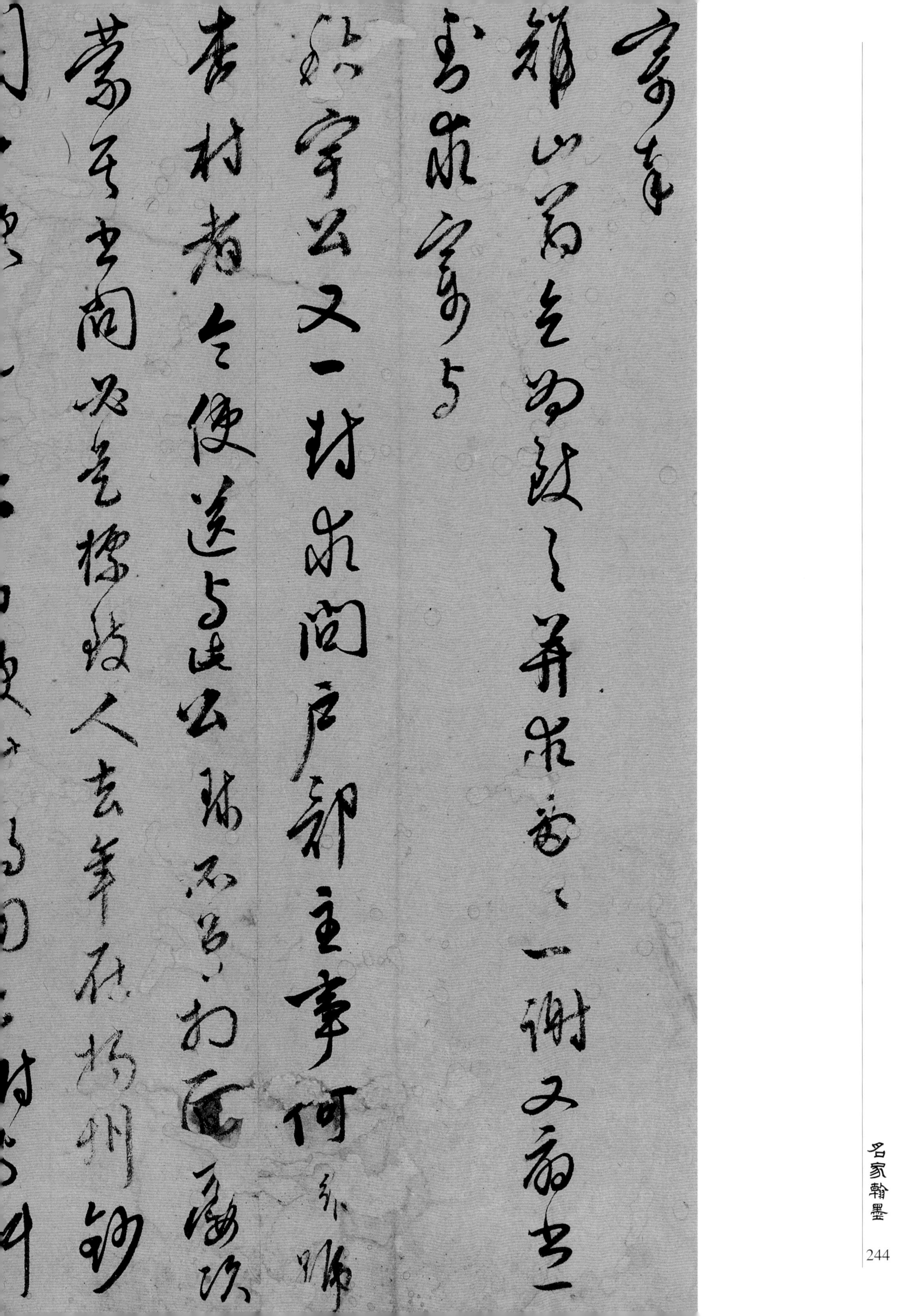

莫是龍　書札

釋文

馮子潛來，得

足下所貽新詩，燦然盈几。《怨歌行》、《長相思》二篇尤為婉麗情至，如「君行若見花飛處，是妾紅顏憔悴時」，輒却坐大呼「長輿卿可殺矣！」勝兒于不肖無半面緣，廼欲于身後得名士一語耶？雖然，得

足下詩，不朽可也。吳中一二社友，約以秋中並命雲間，

足下于此興復不淺，能以扁舟竟造，是所欣望。茲以蔣子東游，冗次拾筆，奉

訊諸懷，莫悉蔣子業中書君甚。中書欲求通

足下，并

賜推引，彼此均感。七月廿六日，是龍頓首。

印章

雲卿（白文方印）、莫是龍印（白文方印）

邊題

華亭莫雲卿是龍。

編按

莫是龍（一五三七—一五八七），字雲卿，以字行，更字廷韓，號秋水。南直隸華亭人，莫如忠（一五〇八—一五八八）長子。幼早慧，有神童之稱，貢生。不務舉業，專攻古文辭，兼精書法、繪事。

札中提到「馮子潛」，即馮邃，字子潛，號萬峰，生卒年不詳，亦華亭人。

華亭莫雲卿是龍

馮子潛来得

足下所貽新詩燦然盈几怨歌行長相思二篇尤為婉麗情至如君行若見花飛處是妾紅顏憔悴時輒却坐大呼長興卿可殺矣賤兒于不肖無半面緣乃欲于身後得名士一語耶雖然得

足下詩不朽可也吴中一二社友約以秋中益命

雲閒

足下于此興復不淺能以扁舟竟造是所欣望

茲以蔣子東游冗次拾筆奉

訊諸懷莫悉蔣子業中書君甚中書欲求通

足下并

賜推引彼此均感

七月廿六日是龍頓首

24.8 × 29.8 cm

華亭莫雲卿是龍

馮子潛来淂
足下所貽新詩燦然盈几怨歌行長相思二篇
尤為婉麗情至如君行若見花飛處是妾紅顏
憔悴時輙却坐大呼長輿卿可殺矣勝兒于
不肖無半面緣迺欲于身後淂名士一語耶
雖然淂

雲間

足下于此興復不淺能以扁舟竟造是所欣望

茲以蔣子東游冗次拾筆奉

訊諸懷莫悉蔣子業中書君甚中書欲求通

足下并

賜推引彼此均感

七月廿六日是龍頓首

莫是龍　書札

釋文

歲杪游虞山，暫奉片言于仁季齋頭耳。而招携慰藉，薦僕良厚，此豈須一晌為殷懃耶？瀕行辱兩公之貺，益慚感矣。

仰虞君來，接手札，更聞起居，甚慰馳向。頃文宗當至鹿城，弟亦欲乘春理檝，不審兄能命駕為合并否？衛君承雅託，亦頗為之地。奈適後新安何長卿至，遂不能復令快意而返，亦會其逢而已。奈何、奈何！弟拙劣無可俯仰世人皆在天上，足下過而許之，悞矣。筆札小道，壯夫目之雕蟲，寧足挂齒頰，聊寄新作，以當一笑。雲卿弟頓首拜。

編按

本札中稱「文宗」者，即趙應之（一五三一—一五八四），字文宗，號仁齋。陝西涇陽人。嘉靖四十四年（一五六五年）進士，授四川華陽令，擢御史，以忤權貴褫職。復起南京大理承，卒於官。另外，「新安何長卿」即何震（一五三五—一六〇四），字長卿，一字主臣，號雪漁。徽州府休寧人。工篆刻，為徽派篆刻始祖，與吳派篆刻鼻祖文彭（一四九八—一五七三）並稱「文何」。

17.7 × 22 cm

歲杪遊虞山，暫奉亦三千
仁弟並頭耳，兩招攜慰
藉，幸僕良厚，此豈須一
向為殷蒐耶。瀕行辱
兩公之貺，益慚感矣。
仰虞吳來接
手札，更聞起居甚慰馳
向。頃文宗當至鹿城，弟
亦欲一游，春理職否？
兄能命駕為合并否？衛

來筆雅託亦領多多，地亦適
後新安何長很至，遂不能
復令快意，兩返亦會其逢
雨亡者。乙弟拙劣無可信
於世人，皆在天上。
只不過而許之，誤矣。華札小
道，壯支目之雕蟲，寧足挂
齒。煩頻聊案新作，以當
一哂。
雲□弟頓首拜

17.7 × 17.5 cm

歲杪遊虞山乾奉已三于
仁季登頭耳兩招携懸
藉手僕良厚此豈須一
向爲殷以蕙耶溯行序
知公之況益嶄盛矣

御虞某來接
手札更闌起居甚慰馳
向須文宗當是唐城第
亦欲莫春理識否畫
先能命駕爲合并否衛

采筆雅託亦頗多之地方適
後新要何長很至遂不能
復今快意而返亦會其逢
而已古有之以第拙劣之無可言

何乞人[illegible]不天上

足下過而許之悮矣華札小

道壯夫目之雕蟲寧足挂

齒頰聊寫新作以當

一笑　雲卿弟頓首緘

德清 書札

釋文

殘年

龍馮居士同 脩公回，此中委悉
公已知之，想安隱矣。其事亦將結果，過此以往，當為無事人也。
王相公為法門護法檀越，今到省，公即請在安中洒掃丈室居之，待
老人不久當來做伴也。此意可即以此字致
脩公。相倍伴時，到社中與
諸居士坐
菩提樹下，一大快事也，念之、念之。
正月五日，憨山老人手字。

印章

憨山道人（白文方印）

鑑藏印

世美堂印（朱文方印）

邊題

憨山老人澄印德清。

編按

德清（一五四六—一六二三），俗姓蔡，南真隸全椒人。法名德清，字澄印，號憨山。自幼懷出家志，在報恩寺西林永寧法師（一四八三—一五六五）門下習佛，兼通儒老。十九歲謁見棲霞山雲谷法會禪師，讀《中峰廣錄》後，返回報恩寺剃髮，為臨濟宗傳人。萬曆二十三年（一五九五年）因涉朝政紛爭，以私修廟宇罪入獄，流放廣東雷州。卒謚弘覺禪師。

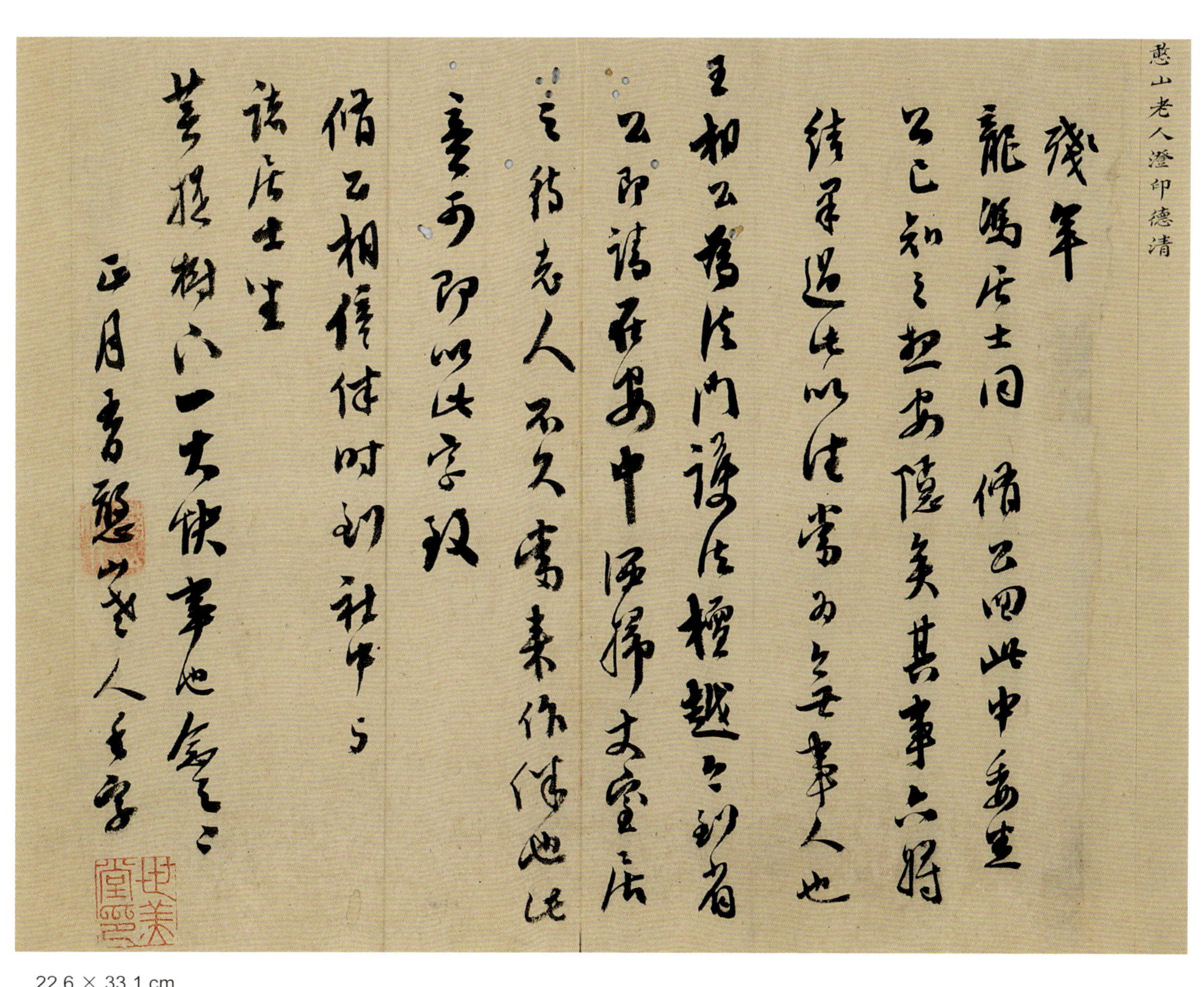

22.6 × 33.1 cm

憨山老人澄印德清

殘年

龍湖居士同借已回此中無生

公已知之想安隱矣其事亦將

結果過生以法當為之出世人也

王相公獨住門護法檀越之領袖

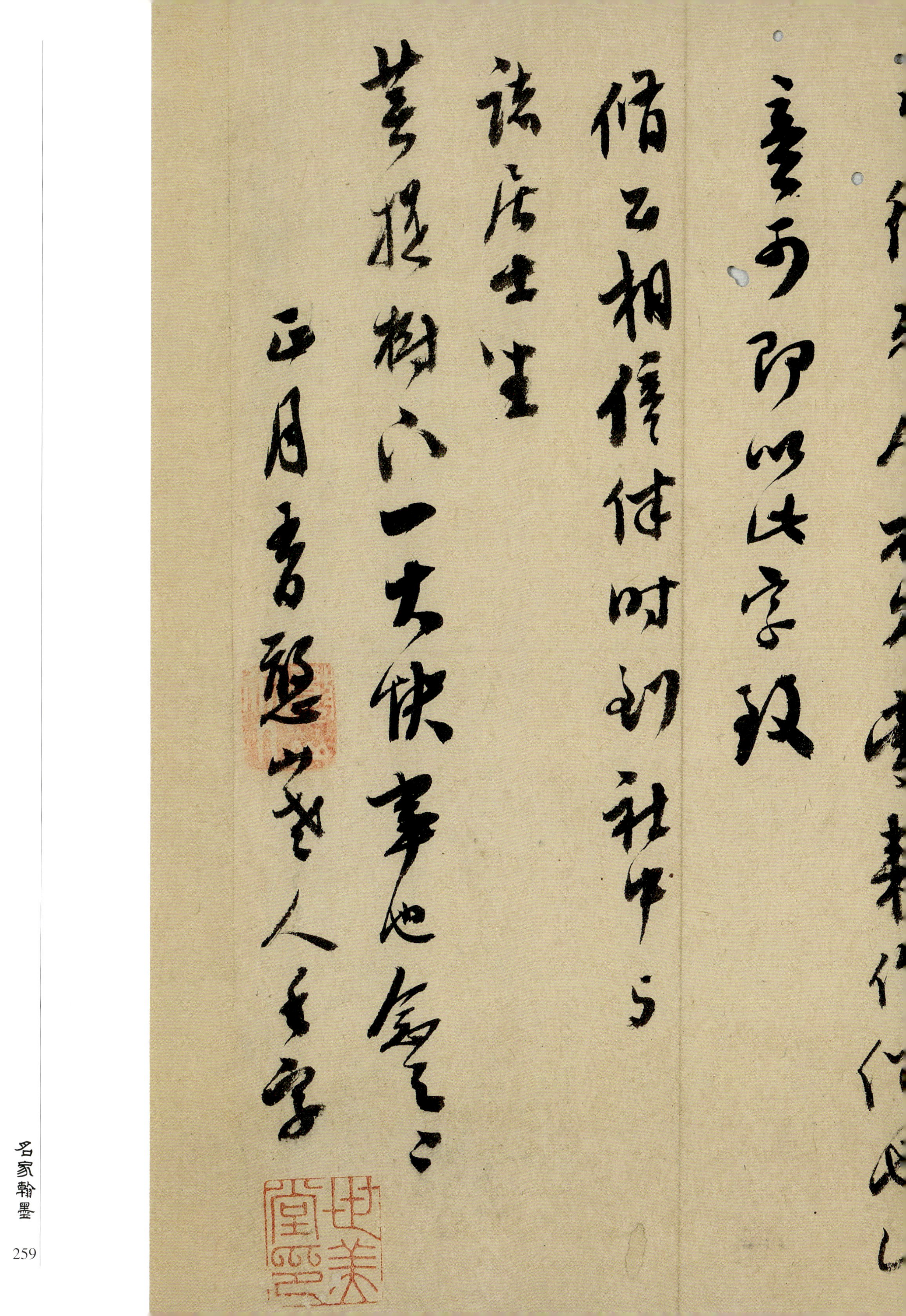

意而即以此字致

僧正相傳律時到社中与

請居士生

菩提樹下一大快事也念之

正月書 憨山老人手字

鄒元標　書札

釋文

舟中得挹
芝容，兼聆
大教，乃知
名碩之後，家學淵源，令人羨企。
始興雖不足以奉驅使，然無酬應之擾，
民淳可易使，得
大賢皷鑄，氣象自別。
衙松庭鶴，
名洞鑑江，亦自有賞心處。惟
門下以一忍心處之，遠荷
記存，不敢拜以
台使嚴命，只得剟承。外具湖紬貳端，
非以為報，聊申鄙意，幸
麾頓，臨函神往。
元標再頓首。左沖。

印章

□緘（白文方印）

邊題

吉水鄒忠介南臯元標。

編按

鄒元標（一五五一—一六二四），字爾瞻，號南皋。江西吉水人。萬曆五年（一五七七年）進士，入刑部觀察政務，為東林黨首領人物。三度上疏劾張居正奪情，遭廷杖八十，發配貴州。萬曆十一年（一五八二年）復官吏部給事中，以多次上疏致被貶南京吏部員外郎，稱疾歸。天啟元年（一六二一年）任吏部左侍郎，因魏忠賢亂政求去。著有《願學集》、《禮記正義》等。

吉水鄒忠介南皐元標

舟中得抱
芝容燕聆
大教乃知
名碩之後家學淵源令人義企
始興雖不足以奉驅使然無為通之援民得
可易使得
大贈被鑄筆蕁自別
衛松庭鶴
名洞鑑江山自有賞心處惟
門下以一息心處之遠擯
記存不朽自以
令使貴郡只得荔不到具湖細東端然為
報郎半部意耳
聲右臨函秤達
元標再頓首
左沖

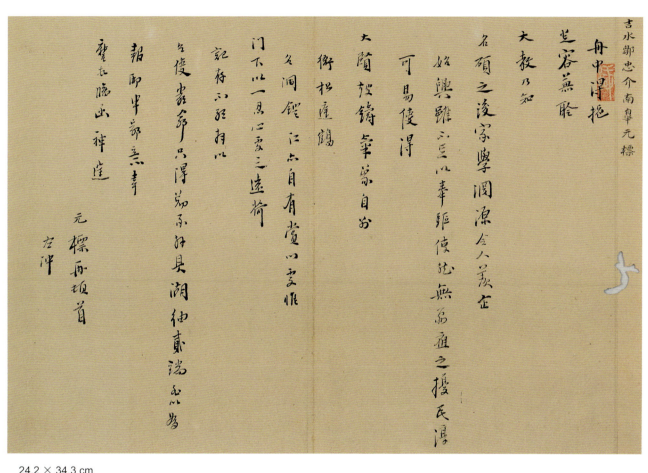

24.2 × 34.3 cm

吉水鄒忠介南皋元標

舟中得挹芝容兼聆大教乃知名碩之後家學淵源令人羨企始興雖亦足以奉距使從無爲庭之擾民淳可易使得大隨被鑄筆家自分

門下以一念心靈之遠荷

記存不能相似

台使嶲鄉只得簡不能具湖紬數端聊以為

賀郎中節之壽

餘在臨函神達

元標再頓首

左沖

文震孟　祝壽詩帖

釋文

怡養天真得壽源，慶流從此大于門。創猷報國勳名著，紹業過庭禮教存。聲出九皋雲路遠，翅堪千仞露華繇。逢辰並進霞觴紫，齒德應稱兩達尊。

《養恬先生七十洎　元粲長公四十以詩預壽》。竺塢山史文震孟。

印章

文起氏（朱文方印）、兩月平章（朱文方印）、竺隖（朱文橢圓印）

鑑藏印

聽彝攷藏金石書畫印章（朱文橢圓印）

編按

文震孟（一五七四—一六三六），字文起，號湛持。南直隸長洲人，文徵明（一四七〇—一五五九）曾孫。早年科場失利，天啓二年（一六二二年）始成進士，授修撰。剛正不阿，忤魏忠賢，遭廷杖鐫級被逐。崇禎年間任日講官、少詹事，秉直言政，特擢禮部左侍郎兼東閣大學士。與首輔溫體仁不和，奪官。弘光時追謚文肅。

本札為祝壽詩，所賀「養恬」、「元粲」二人，身分未詳。

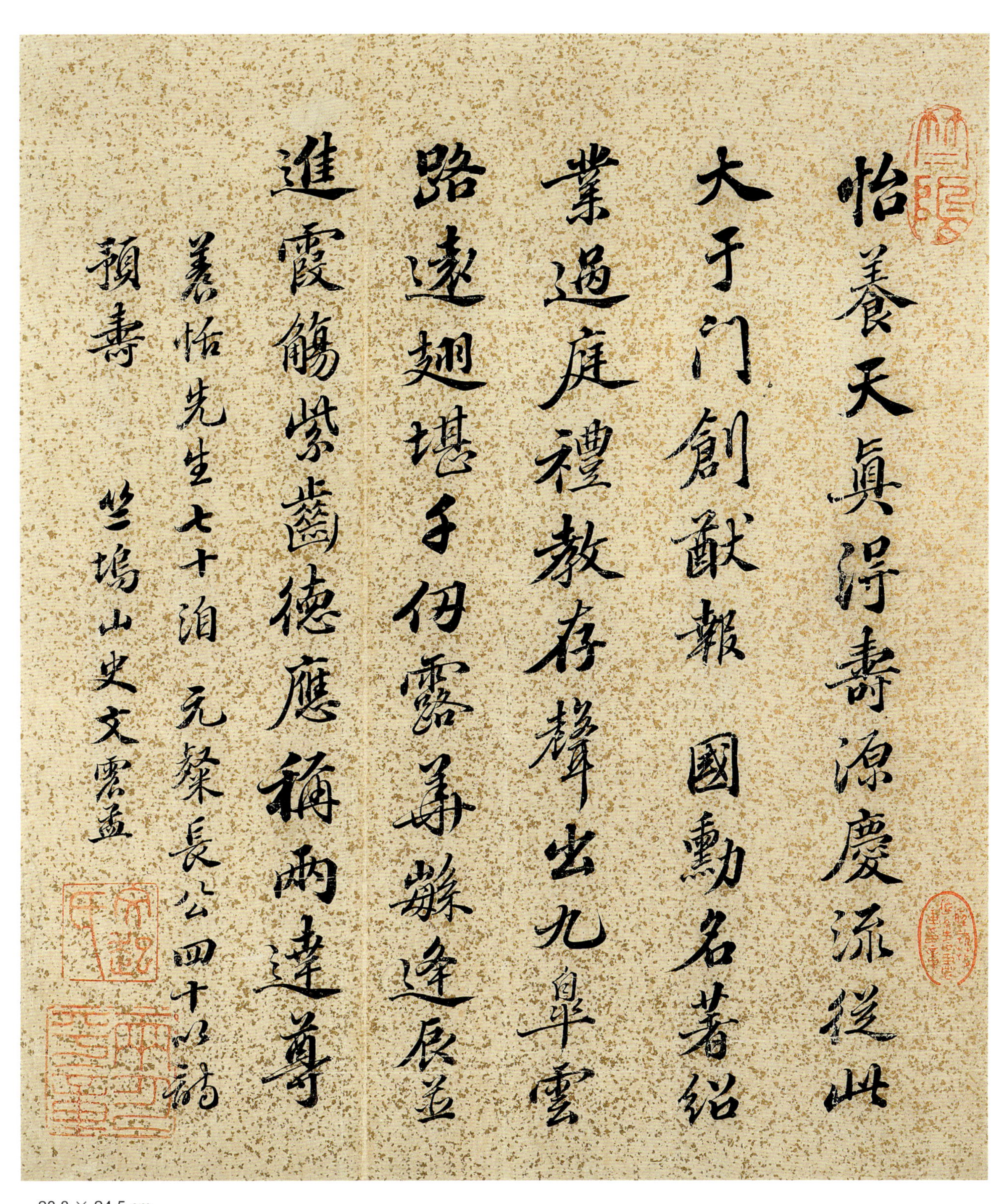
怡養天眞得壽源慶流從此
大于門創猷報　國勳名著紹
業過庭禮教存聲出九皋雲
路遠翅堪千仞露華鱗逢辰並
進霞觴紫藹德應稱兩達尊
養怡先生七十洎　元粲長公四十以詩
預壽　竺塢山史文震孟

28.8 × 24.5 cm

怡養天眞得壽源慶流從此

大于门創猷報　國勳名著绍

業過庭禮教存聲出九皐雲

路遠翅堪子伊露蕣縣逢良益

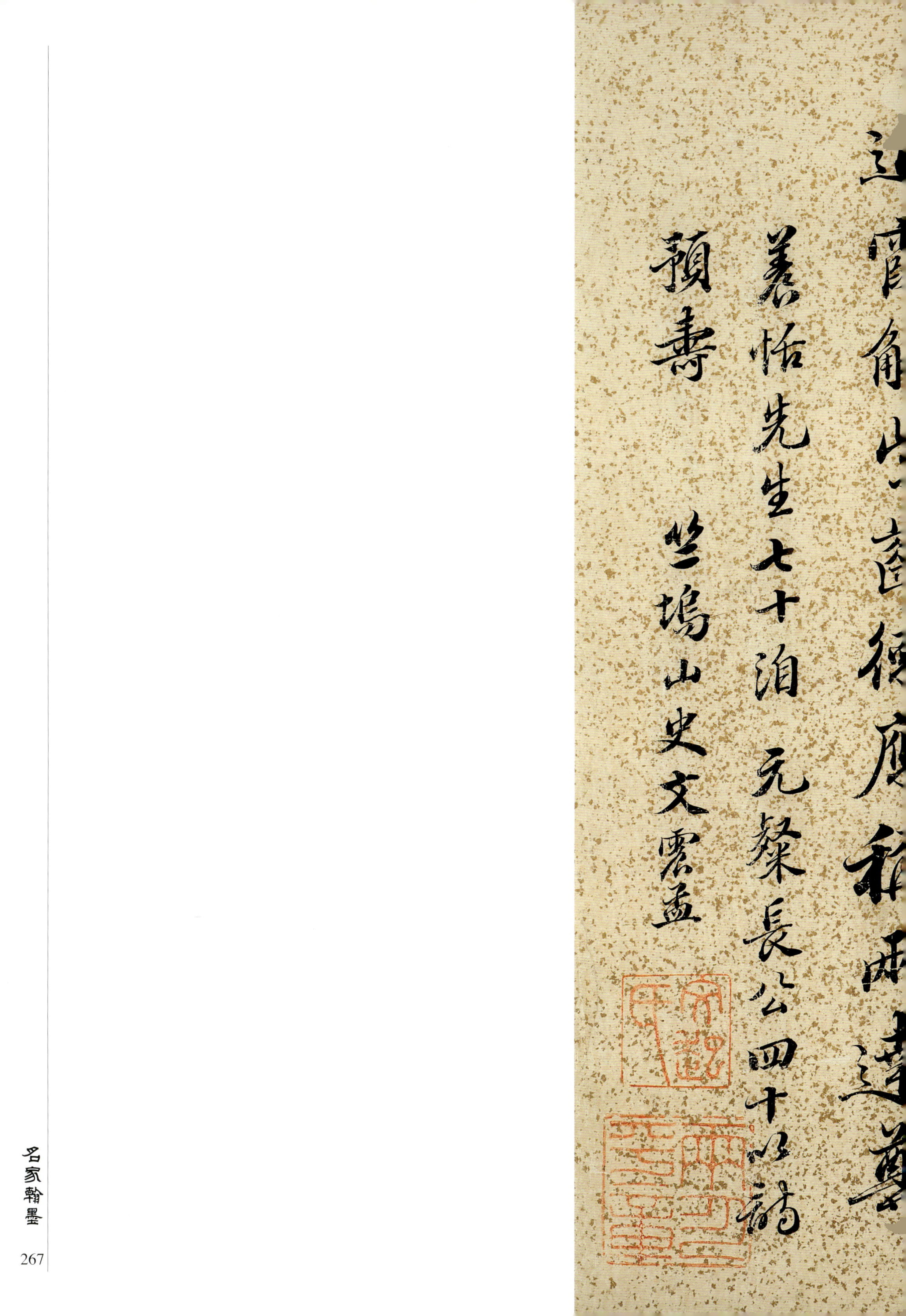

[illegible]

善怡先生七十洎元粲長公四十以請

頌壽

竺塢山史文震孟

周順昌 書札二通

釋文一

兩札奉
到，亦頗詳切矣，但須付的當人去，為囑。冗迫，
顧太翁不及另柬，
兄乞致聲。
　看過須好好釘封，毋托仙公也。弟名不具。

釋文二

兄十八日辭監，明晚出部准差役，邀
兄一敘。在吾
兄亦似不可不坐小寓中，快談半刻耳。先此
訂。
　小弟順昌頓首。

邊題

吳縣周忠介景文順昌。

編按

周順昌（一五八四—一六二六），字景文，號蓼洲。南直隸吳縣人。萬曆四十一年（一六一三年）進士，授福州推官、吏部文選司員外郎。東林黨人，正直清廉，疾惡如仇，被宦官魏忠賢（一五六八—一六二七）所害，受刑死於獄中。卒謚忠介。

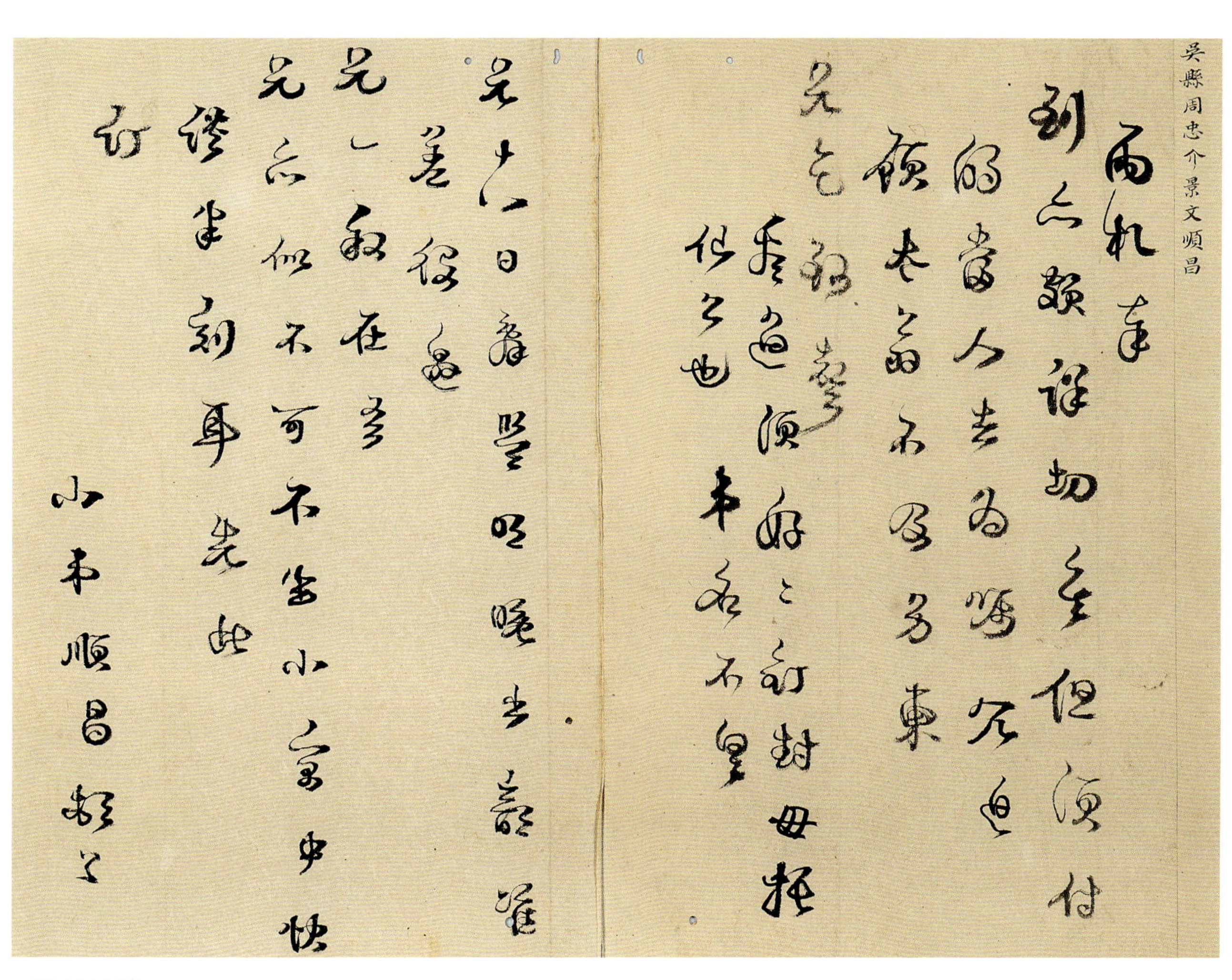

26.6 × 34.2 cm

吳縣周忠介景文順昌

兄大人日前暨昭晚去謁雅

若從邑

兄、叔在否

兄亦似不可不告小家中快

讀半刻事先此

小弟順昌頓首

行

王鐸　致老公祖札

釋文

寵愛如

老公祖，金蘭譜中第一知己也，恨弟未出籍一登拜稱觴。折柳長亭，復辱腆錫，其何以勝，葛覃服之無斁，終身荷情，筆舌何能道也。墨精堅，清靈絕倫，無可比肩，不忍磨速，時時摩娑，劇於十五女，為是美之貽耳。方歡朝夕，遠別雲山，此懷如刺，珍攝崇明，時愛景光，惓惓鄙情，獨繫於茲。至於練兵禦寇，老公祖自優為之，弟不必滴露增滄海矣。

治小弟王鐸頓首，手啟道謝。餘地。

（檢無可獻，歸而謀諸婦，婦曰有黃紬棗，敢以之獻。冲。）

編按

王鐸（一五九二—一六五二），字覺斯，一字覺之，號嵩樵、蘭台外史、雲巖漫士等。河南孟津人，世稱王孟津。天啓二年（一六二二年）進士，累官至禮部尚書。南明弘光年間，任東閣大學士、次輔。南京陷，降清，授禮部左侍郎，官至禮部尚書。卒謚文安。工書善畫，尤長於丈餘巨幅大草。

本札受信人身分未詳，其當有官職在身者。

各 23.5 × 15.7 cm

寵愛如
吾祖蘭亭譜中第一
知龍跳猶未出羅襲猶綠綺
於柳長亭渡辱
勝錫一段以緣萬覃飛之
無數題子等

情筆香河流花地墨精堅
清雲飛偏無事清肩永思
塵迹時之摩姿函劉於十年
如為之
美之賠耳方歡鄉文壺家
雲山崢嶸如刺

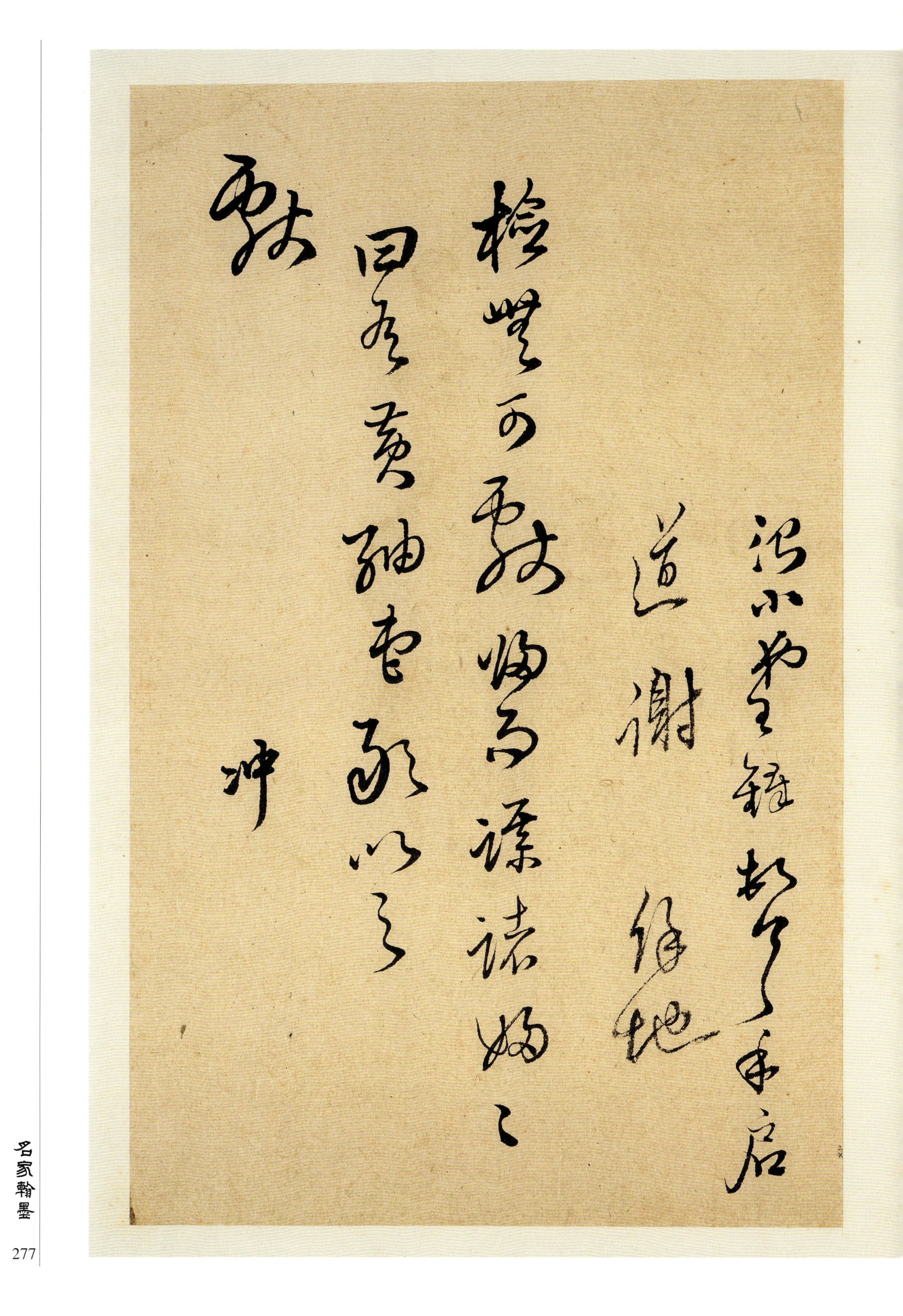

孫承澤　書札

釋文

書架二，暫存《響山小録》，使人守催到時即奉覽。園聯昨始領其大槩，當先擬一二，取其切者用之耳。

弟澤頓首。

印章

黄冠故鄉（朱文方印）

編按

孫承澤（一五九二—一六七六），字耳伯，號北海，又號退谷。祖籍河北上林苑，遷山東益都。崇禎四年（一六三一年）進士，官刑科都給事中。入清後，官至吏部左侍郎，加太子太保、都察院左都御史。精書畫鑑别，富收藏。著有《庚子消夏記》、《己亥存稿》、《春明夢餘録》等。

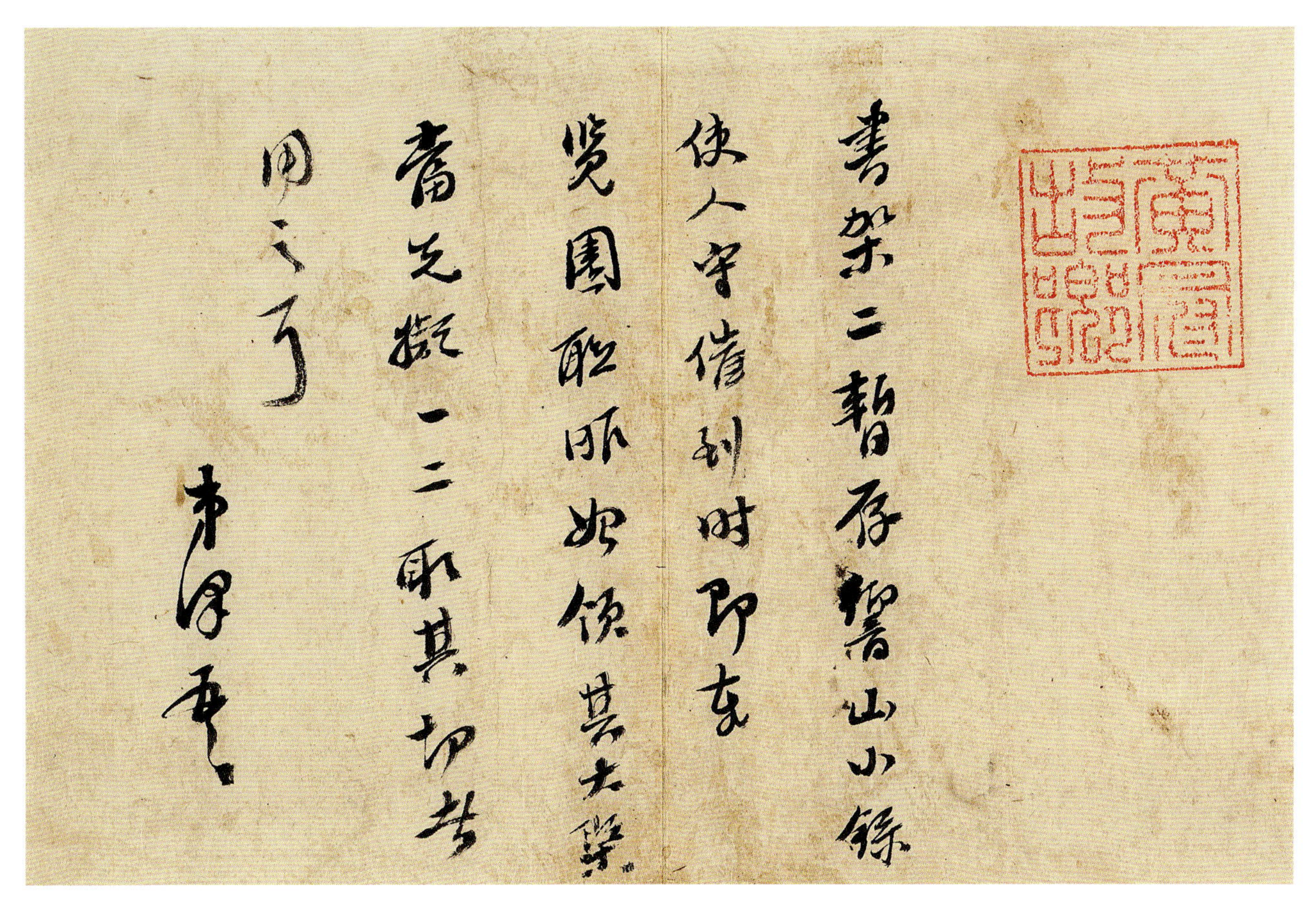

13.2 × 19.9 cm

書架二皙存瑩山小錄

夾人宇崔川時即去

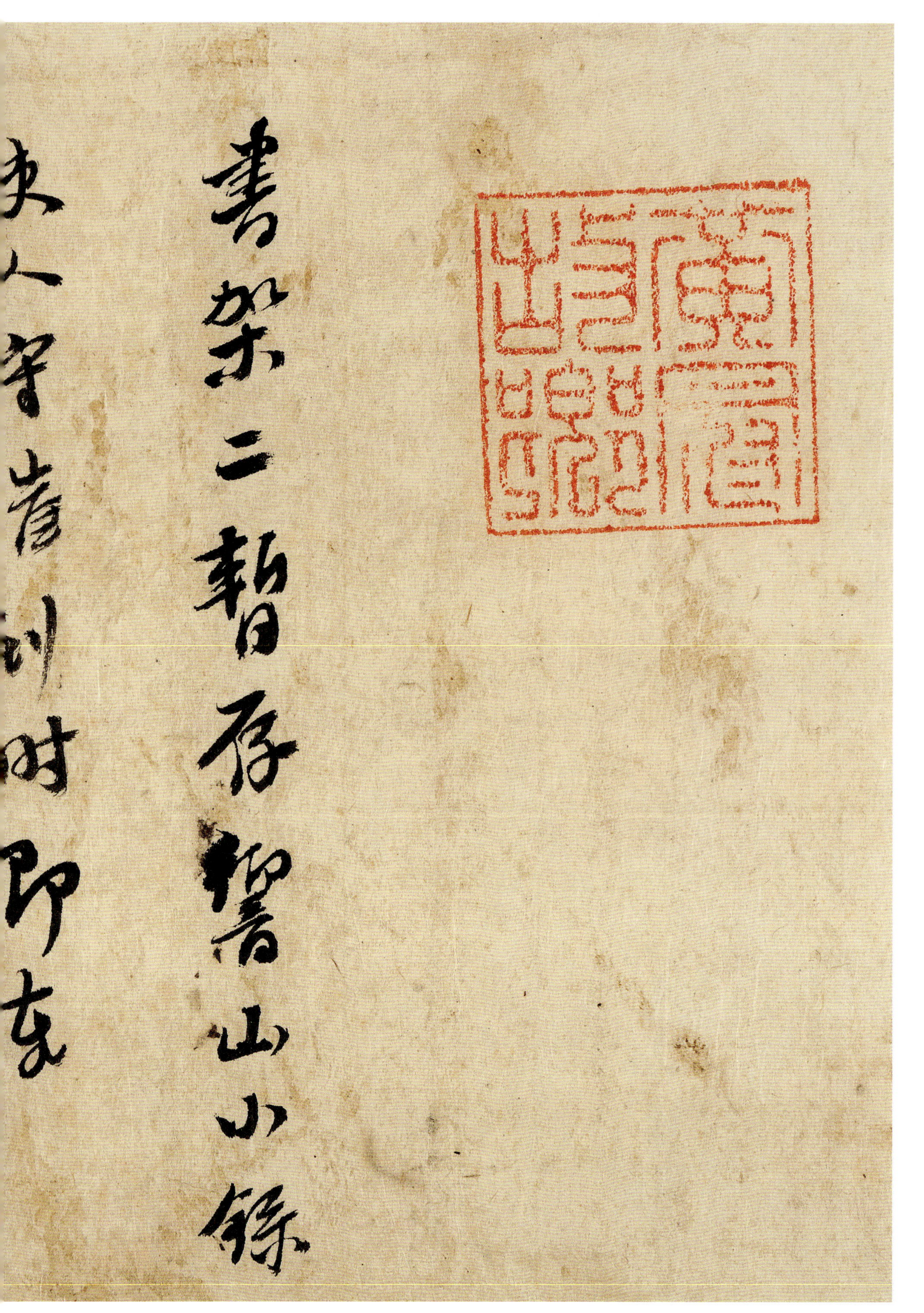

覽圓融照如鏡其大略

書之擬一二取其切者

用之可

[illegible]

熊文登　致朱容重札

釋文

前相煩所買石，尚餘一片，坐雨，為老道兄作二面章，以供扁額、大幅之用。老病相催，不能久存，恐此是絕筆也。聞令舅意欲索拙篆，不佞無石，并無資可購，若有佳石發下，又安惜目力腕力哉？子莊老道兄千古。社末文登頓首。

邊題

熊文登，字于岸，侍郎文舉兄，自號松風主人。遠近稱侍郎者，率字之於文登，必稱曰「于岸先生」。（《新建縣志》）《石渠寶笈》卷二十八，《豫章名蹟一冊》弟十二幅，後署「社末文登頓首」云云，即此葉也。

編按

熊文登，字于岸，生卒年不詳。江西新建人。明季官學博，擅長書法，亦工篆刻。著有《字辨》七卷傳世。

朱容重（一六二〇—一六九七），字子莊，號冰壺。明宗室寧獻王十世孫，江西南昌人，封奉國中尉。國變後混跡市廛。能詩，工書畫，並善畫蘭竹小景。

熊文登字于岸侍郎文舉兄自號松風主人遠近稱侍郎者
率字之於文登必稱曰于岸先生 新建縣志

前相煩所買石尚餘一片望為
老道兄作二面章以供扁額大幅之用老病相催
不能久存恐此是絕筆也聞
令舅意欲索拙篆不佞無石并無資可購若有
佳石發下又要惜目力腕力哉
子莊老道兄千古
社末文登頓首

石渠寶笈卷二十八豫章名蹟一冊第十二幅後署社末文登頓首
云云即此葉也

26 × 11.5 cm

熊文舉　困學紀聞摘鈔帖

釋文

康節邵子《西晉吟》：「有刀難剖公閭腹，無木可梟元海頭。禍在夕陽亭一句，上東門嘯浪悠悠。」[攷]之晉史，賈充納女以壬辰，劉曜陷長安以丙子，相去纔四十五年，而姦臣孽女之敗國家，可畏哉！

邊題

熊文舉，字公遠，崇禎辛未進士，入國朝，官吏部侍郎。（《新建縣志》、《感舊集》）

《石渠寶笈》卷二十八，《豫章名蹟一冊》下云弟十四幅「雜書」，又云弟十四幅「書史評一則」，旁注云：「按，係熊文舉筆」，即此葉也。

編按

熊文舉（一五九九—一六六九），字公遠，號雪堂。江西新建人，熊文登弟。崇禎四年（一六三一年）進士，官至吏部郎中。明末降李自成，順治元年降清，仍原官，累擢至兵部左侍郎。工詩，著有《熊雪堂遺集》。

本札節錄自南宋王應麟（一二二三—一二九六）《困學紀聞》卷十三。

熊文舉字公遠崇禎辛未進士入國朝官吏部侍郎
新建縣志　感舊集

康節邵子西晉吟有刀難剖公閭腹無木可梟元海頭禍在夕陽亭一句上東門嘯恨悠悠嘆之晉史賈充納女以壬辰劉曜陷長安以丙子相去纔四十五年而姦臣孽女之敗國家可畏哉

石渠寶笈卷二十八豫章名蹟一冊下云第十四幅雜書又云第十四幅書史評一則旁注云按係熊文舉筆即此葉也

26 × 11.5 cm

陳名夏　致台翁札

釋文

弟書于小行草頗有經營，竢他日求得舊側理，執筆請正也。兩綾書持上，其書紙著筆便多墨，不可作字，亦俟更為之。相懷甚深，不多及。此復台翁老門兄至契。

弟夏頓首。冲。

編按

陳名夏（一六〇一—一六五四），字百史。江南溧陽人。崇禎十六年（一六四三年）探花，官修撰，兼戶、兵二科都給事中。李自成破京師，授職弘文院編修。繼而降清，官至祕書院大學士。順治中捲入南北黨爭，得罪寧完我，以反對薙髮令罪名處絞。

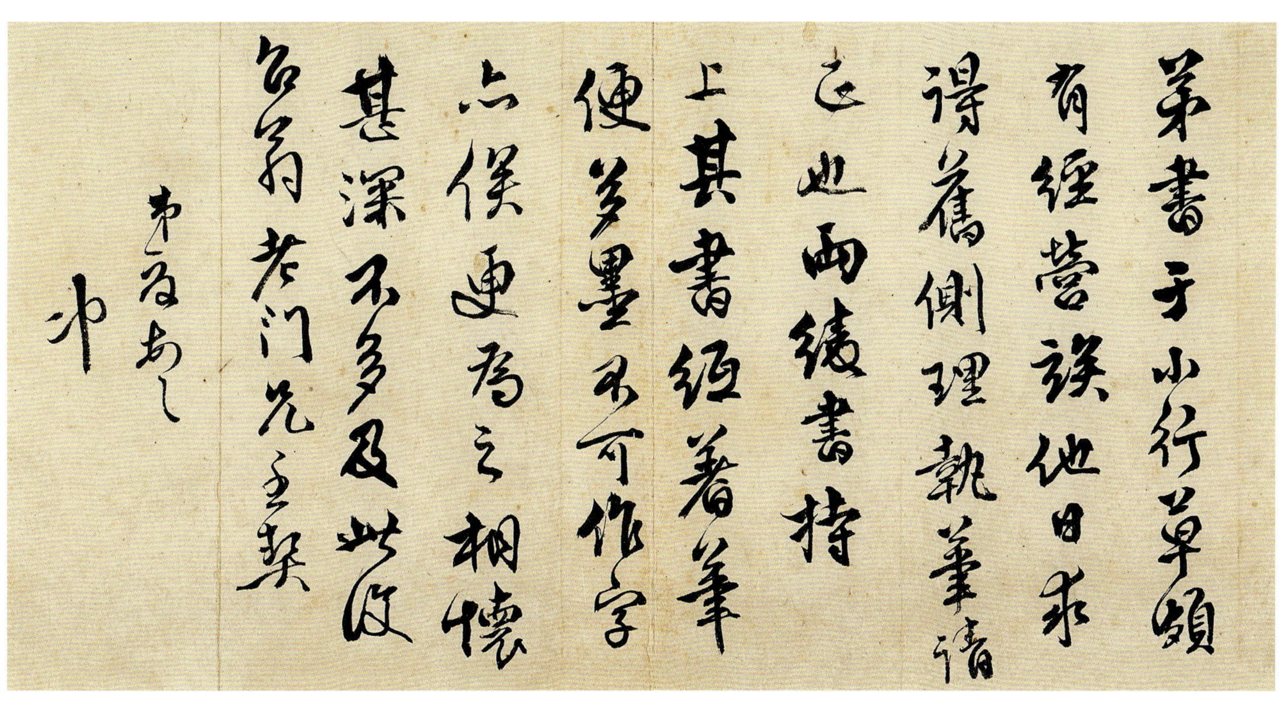

13.3 × 25.5 cm

弟書于小行草頌
稍經營誤他日求
得舊側理執筆請
之也兩繕書持
上其書返着筆

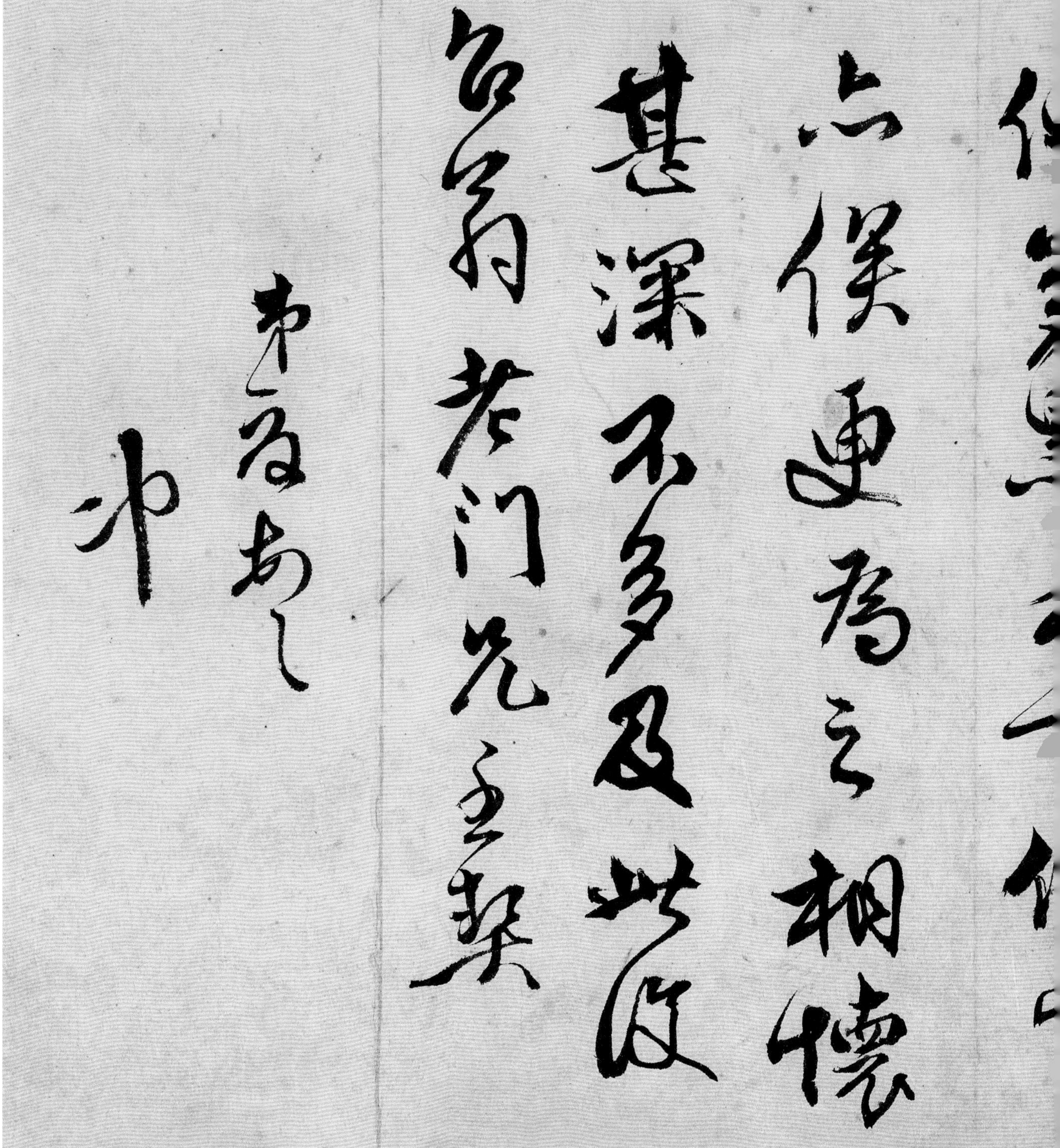
亦復便為之相懷
甚深不多及此候
負荷 老門先生契
弟[illegible]頓首
沖

陳名夏　致台翁札

釋文

弟病甚，欲與老門翁一細談，尚未得期也。承示，幸為致之，自矢虛口不敢有負知己耳。此復台翁老門翁。

弟夏稽顙。

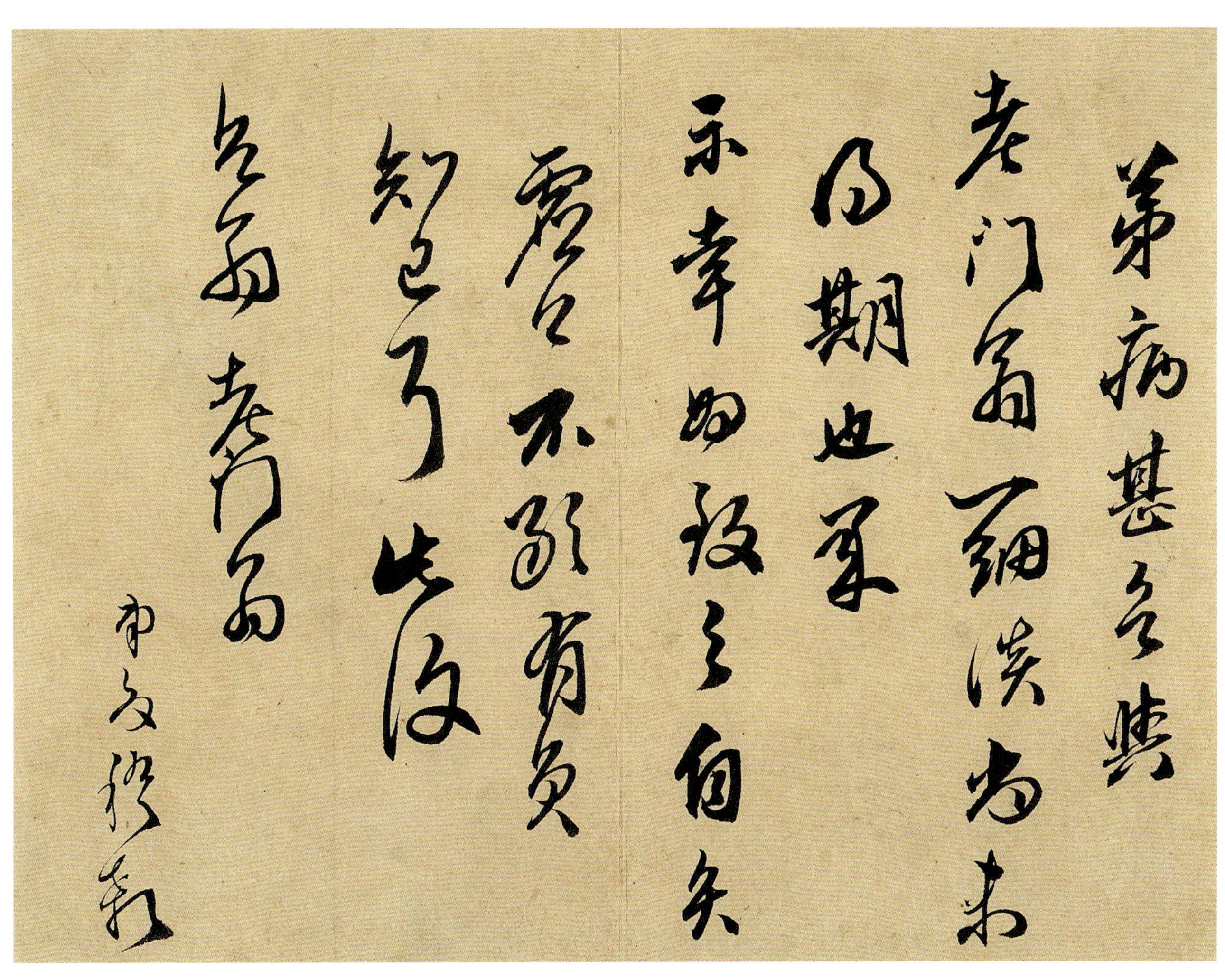

15.9 × 20.8 cm

弟病甚之懊
老门前了細漢为来
乃期也星
承幸物役之何矣

傅山　時賢詩帖

一六六四年

釋文一

結廬面清谿，水色何瑩瑩。日出蕩昏霧，萬象含虛明。杖策有時出，飛鳥繞舍鳴。藥畦既云理，野田亦春耕。平生愧薄劣，山水怡我情。積痾協幽討，棄智寡所營。高揖謝時輩，永言遺世榮。《感遇詩》。

釋文二

朝來風日佳，出門一矯首。偶然會所適，杖屨過鄰叟。自從入春來，新句一時有。如何杯酒間，早已在人口。三月三日時，柳花落樽酒。幾人醉夕陽，好事猶能否。何當具扁舟，江湖入吾手。《正月十三日作》。山。

印章

傅山印（白文方印）

編按

傅山（一六〇七—一六八四），初名鼎臣，字青竹，改字青主，又字真山，別號有：公之它、石道人、僑松等。山西陽曲人。諸生，明亡為道士。康熙中舉鴻博，屢辭不果，被送至京，稱老病，不試而歸。博通經史、醫學、書畫。作書尤好古文奇字，主張「寧拙毋巧，寧醜毋媚」。著有《霜紅龕集》等。此冊共十七頁，所錄皆傅山同時代青壯年學者詩作。末頁款署「甲辰」，即康熙元年（一六六四年）。首頁〈感遇詩〉作者嚴泓曾，字人宏，一字青梧，生卒年不詳。江南無錫人，嚴繩孫（一六二三—一七〇二）子。工平遠山水，尤精人物。著有《青梧集》。第二首〈正月十三日作〉詩作者潘高（約一六二五—約一六七八），字孟升，江南金壇人。工詩，著有《南村集》。

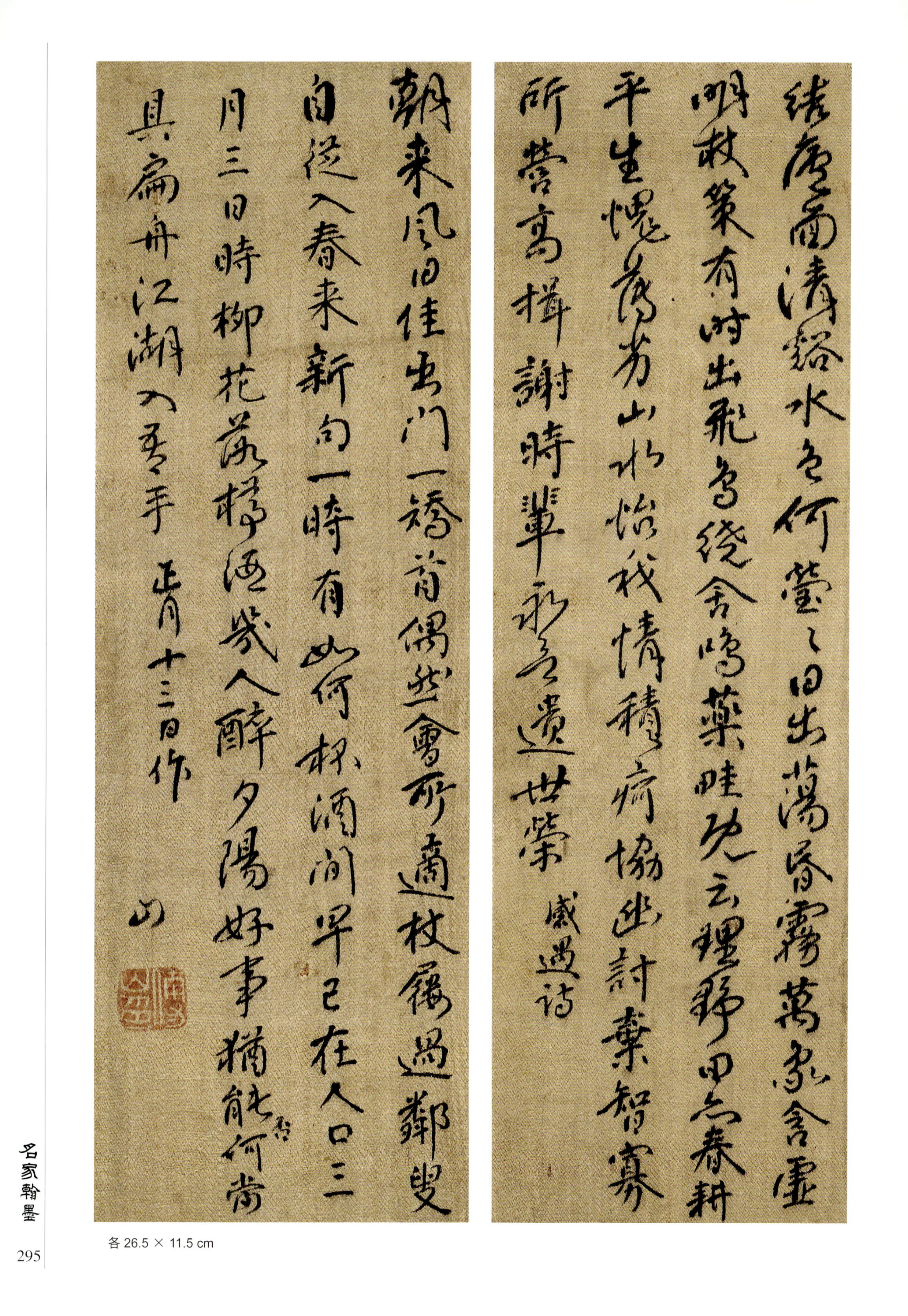

各 26.5 × 11.5 cm

釋文三

日落川原靜，憑高見海門。寒舂搖暮靄，樵唱入烟村。月麗軒轅迴，波衝島嶼翻。徘徊瞻太白，芒角爾何煩。暘谷極東至，扶桑曙色先。雲連三島近，天入九夷偏。小市魚鰕裏，荒城麋鹿前。七真遺跡滿，何處祕元詮。《成山雜詩》。

編按

此詩作者趙瀚，字海客，生卒年不詳。山東掖縣人，著有《速庵草》。

釋文四

屈曲一枝筇，嘔啞數聲鱅。此計良已得，世事何足數。我思鴟夷皮，既與鰕菜侶。復作陶朱公，徒然自辛苦。跨馬塞北地，百戰封一侯。釣魚江南天，一竿占十洲。此事孰不知，大白為我浮。醉起唱銅斗，此樂君知不？《古意》。

編按

此詩作者潘高（約一六二五—約一六七八），生平見前。

釋文五

連綿底事向空題，野鹿新蕉一段奇。閉戶不嫻今世態，開纖徒見故人詩。茶鐺蟹眼松聲急，畫幅龍孫雨脚遲。烏石雲深花信早，山房應發出墻枝。《答高鼓峯宿尋暢樓》。

編按

此詩作者吳之振（一六四〇—一七一七），字孟舉，號黃葉村農，浙江石門人，著有《黃葉村莊集》。

釋文六

艸獸官盤様亦奇，殘書十冊換應宜。君方棐几研朱處，我正爐煙嫋篆時。紙槅透風聲細碎，松棚漏日影迷離。南前往返成佳話，爭似松陵隱士詩。一鼎入泗水，不作秦嬴瑞。小鬲亦奇光，中有龍紋字。

編按

本頁詩兩首，分別為〈以元人集易鼓峰宮盤〉及〈象鬲〉，作者吳之振（一六四〇—一七一七），生平見前。

釋文七

片帆來去浙西東，路隔寒江烟水通。紅樹已殘秋色裏，蹇驢應踏亂山中。頭顱可贈非豪俠，筋骨猶堅耐老窮。日落孤城鼙鼓急，星移杓斗建奇功。《送友人歸越中》。傅山。

印章

傅山印（白文方印）

編按

此詩作者吳之振（一六四〇—一七一七），生平見前。

釋文八

乖闊安可弭，經時徒此心。況聞久臥病，徘徊遂至今。階徑無客到，始為苔竹侵。清陰花正落，庭戶何幽深。既飯鐘已寂，稍憩景將沈。啼鳥一聲來，微雨在空林。前山應不遠，果此數招尋。試聽烟蘿外，時來樵采音。

編按

此詩題為〈從山閣過雲菴精舍〉，作者潘高（約一六二五—約一六七八），生平見前。

釋文九

楓柏江南各著霜，依然秋色亂斜陽。

屈曲一枝節喔啞數聲艣此計良已得無事何足數我思
鴟夷皮既與蝦菜侶復作陶朱公徒然自辛苦躊躇
塞北地百戰封一侯釣魚江南天一竿占十洲此事孰不
知大白為我浮醉起唱銅斗此樂君知不 太素

日落川原靜憑高見海空春搖暮靄樵唱入烟村月靄
軒轅迴波倒島嶼翻徘徊瞻太白芒角爾何煩暘谷
極東蓬扶桑曙色先雲連三島近天入九夷偏小市魚
蝦裏荒城麋鹿前七真遺蹤滿何處秘元詮 成山雜詩

各 26.5 × 11.5 cm

白門柳落餘殘壘，朱雀潮生失舊航。
牛女星遙兼楚越，川原勢盡感陳梁。
板橋路接新林浦，只有澄江遶建康。
《憶白門》。僑黃山。

印章

傅山印（白文方印）

編按

此詩作者楊通俶，字聖美，生卒年不詳。山東濟寧人，諸生。

釋文十

雨花烟艸際孤清，人澹宵凉記舊京。
三楚江濤環建業，六朝風物弔臺城。
金盤夜月蘭宫別，石馬晨霜棘路横。
再賦吴都詢杜霸，鐘山秋晚咽泉鳴。
《憶白門》。松僑傅山。

印章

傅山印（白文方印）

編按

此詩作者楊通俊，字聖企，生卒年不詳。山東濟寧人，楊通俶兄。官蓬萊教諭。

釋文十一

閒挐小艇傍漁磯，磊落襟懷與世違。
激激冷泉魚子瘦，蕭蕭蘆徑度人稀。
鷺鷥戲水當朝立，蛺蝶驚風撲面飛。
不是忘情疎釣餌，久看風浪漸知機。
溶金當截竹，中諧鸞鳳聲。堅臥石房裏，天鼓如雷鳴。

編按

本頁詩兩首，分別為〈答西鄰次韻〉、〈鐵簫〉，作者吴之振（一六四〇—一七一七），生平見前。

釋文十二

舞陽變色後，無人信童子。何況來俊臣，羅織疑人使。童子沒宫中，宫中誰坐起？前後左右閒，無不承后旨。諸王縱有心，何敢與接耳。天心欲祚唐，大誘于其裏。昂昂十歲兒，從天降丹陛。

《讀史》。

編按

此詩原作者張霍，字一衡，生卒年不詳。福建侯官人。

釋文十三

兩孤去百里，宛在中流半。匪獨形勝殊，氣亦變昏旦。天梯鬼斧開，廟火神鴉散。昭昭雲月輝，歴歴明星爛。空水既澄鮮，浮光亦陵亂。飄颻御冷風。恍惚度銀漢。未有歸與情，空深逝者歎。《大孤山》。

編按

此詩作者朱彝尊（一六二九—一七〇九），字錫鬯，號竹垞，浙江嘉興人。博通經史、金石考證。擅長詩詞，與王士禛齊名，又為浙西詞派的創始者。著有《曝書亭集》等。

釋文十四

倚胸交戟事誰憐，埋骨猶臨大道邊。
結束新春兒女隊，蒼凉古巷姓名傳。
浮圖舊俗還仍漢，匕首遺謀竟誤燕。
細飽炙魚三月味，只應身寄太湖船。
《專諸塔》。山書。

印章

傅山印（白文方印）

編按

此詩作者顧貞觀（一六三七—一七一四），字華峰，號梁汾。江蘇無錫人。康熙五年（一六六六年）舉人，官內閣中書。著有《纑塘集》、《積書巖集》。

各 26.5 × 11.5 cm

釋文十五

軒轅鼎成毛龍來，白日飛舉淩高臺。[臺]迥徒攀烏號墮，龍行直向紫微開。浮雲富貴聊復爾，敝屣衮冕何雄哉。歎息天門不相待，騎鯨逐鹿幾人回。《巴陵懷古》。傅山。

印章

傅山印（白文方印）

編按

此詩作者朱爾邁（一六三二—一六九三），字人遠，號日觀，浙江海寧人。諸生，著有《平山堂稿》。

釋文十六

今晨值春暮，晚樹葉葱蘢。落花引歸思，昨夢華陽東。粼粼滿池月，翏翏清夜松。水南隔邨火，煙際疎林鐘。月落瓦屋山，湖上光濛濛。起來坐清旦，百舌啼春風。題詩寄我友，樽酒何時同。《陽羨山莊作寄象明》。

編按

此詩作者潘高（約一六二五—約一六七八），生平見前。

釋文十七

積雪望中明，長空類削成。寒峯開霽色，萬里照孤征。風捲蠻江濶，雲移瘴海平。古今懷設險，南服信崢嶸。《望西陽積雪》。

時在甲辰仲冬，偶錄於晉溪書屋，松僑傅山。

印章

傅山印（白文方印）

編按

此詩作者朱爾邁（一六三二—一六九三），生平見前。

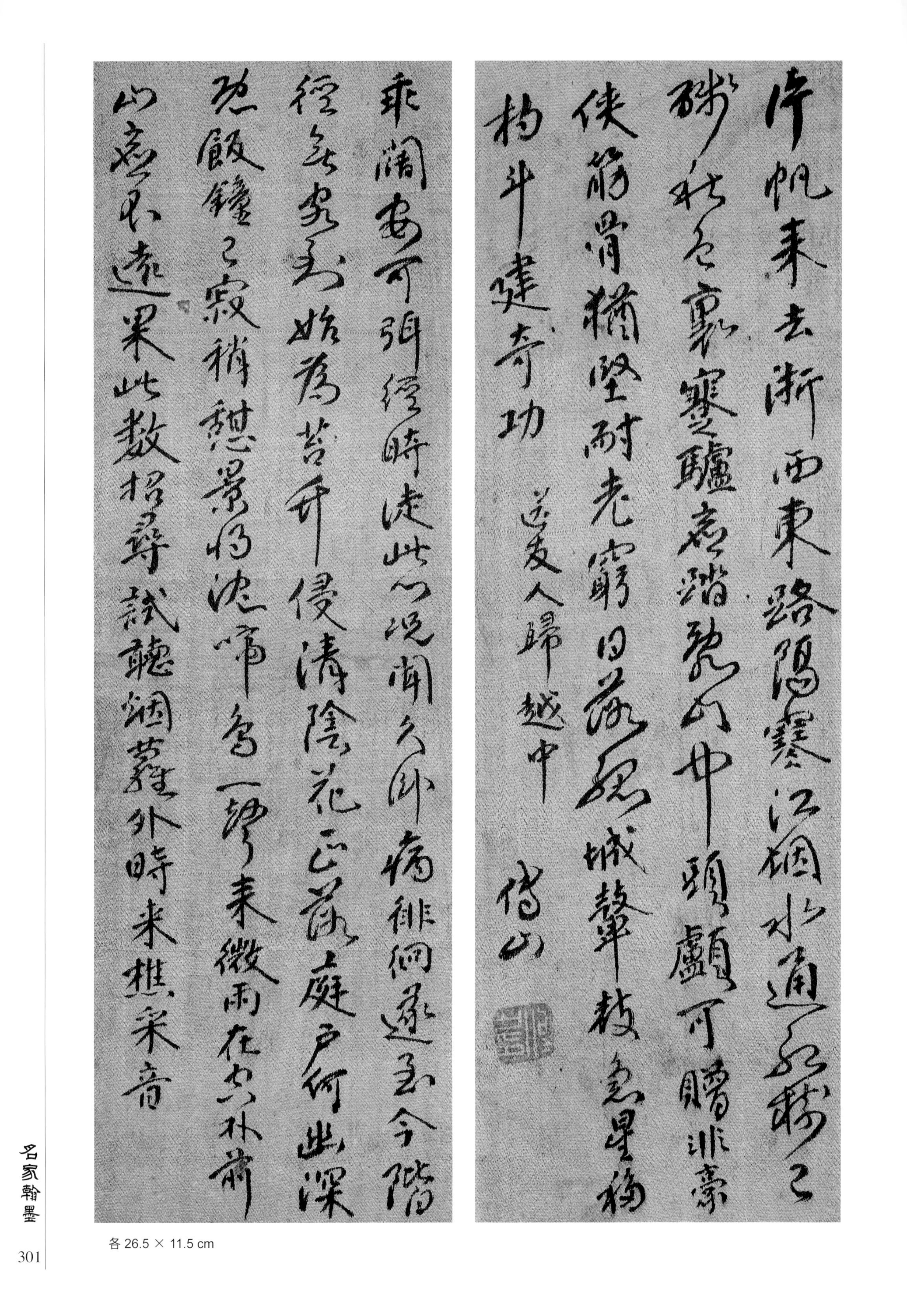

各 26.5 × 11.5 cm

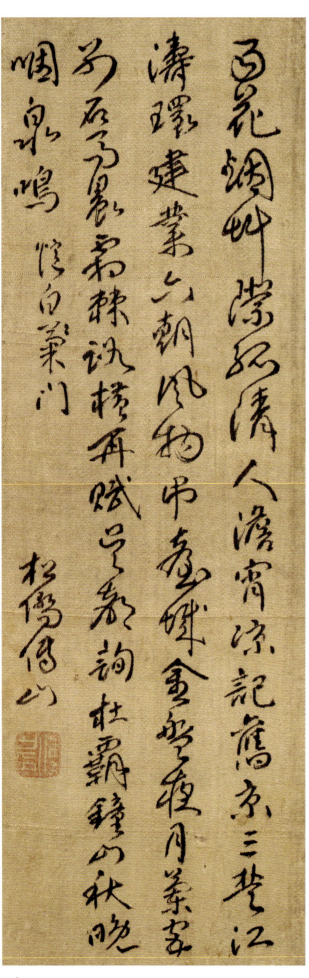

各 26.5 × 11.5 cm

閒擎小艇傍漁磯蘿薜襟懷與世違漱々冷泉魚子

瘦蕭々蘆荻渡人稀鸂鶒獻水當朝立蛺蝶驚風

撲面飛不是忘情踈釣餌久看風浪漸知機

溶金當截竹中諧鸞鳳野堅臥石旁裏弄鼓山雷鳴

舜陽變色沒無人信童子何比來侯臣羅織疑人

使童子沒宮中宮中誰生起前沒左右間無不

承后旨諸王嗚呼以何敢與梅丁天心默祚唐大誥

于其裏昂々十歲兒從天降丹陛　讀史

各 26.5 × 11.5 cm

兩孤去百里宛在中流半匪獨形勝殊氣亦變昏旦
丹梯鬼斧開廟火神鴉散昭昭雲月輝歷歷明星
爛空水既澄鮮浮光亦淩亂飄颻御冷風恍惚
度銀漢未有歸與情空深逝者歎

大孤山

倚胸交戟事違儺埋骨猶蹤大道邊結束
新番兒女隊蒼涼古廢姓名傳浮圖篇仍還
似薄匕首貴遊謀竟說燕細說吳魚三月味只為予
寄太湖舟

專諸塔

山堂

軒轅鼎成已龍去留取孔穴淩高臺迴旋

各 26.5 × 11.5 cm

騎鯨遊處幾人同

巴陵懷古　傅山

今影值春暮晚樹葉蔥蘢藤花引鬛思昨夢華陽
東麓〻滿池月琴〻清夜松水南陽郵火煙際疎林鐘
月藤瓦屋山湖上光濛〻起来坐清旦百舌啼春風
題詩寄我友樽酒何時同

陽羨山莊作寄象明

積雪望中明長空類削成寒峯開霽色萬里
照孤征風捲巒江闊雲移嶂海平古今懷設險
南服信崢嶸

望西陽積雪

時在甲辰仲冬偶錄于壽陽之庵　松僑傅山

周鼎　致畊道詩帖

一六五七年

釋文

勝事龍山許再探，參軍此日興方酣。百年道誼星初聚，千古風流菊更簪。檻外泉聲斜石臥，窗中山色亂雲含。文章光怪騰牛斗，極目還看紫氣涵。

《重九後一日遙和吟社讌集詩》，呈

畊道盟翁政，婁上弟周鼎。

印章

周鼎之印（白文方印）

鑑藏印

吳興沈翔雲印（白文方印）

編按

周鼎，生平未詳，署款自稱「婁上弟」，當為太倉人。

上款人「畊道」，身分待考。本札與後頁歸莊詩帖，同出自一部《會心不遠書畫冊》之第九開。該冊紙本，凡十二開，另引首兩開。其他作者包括：金俊明、顧樵、王撰、金侃、丘嶧、陳瑚、高世泰、釋上燈、華長發、朱用純、高簡、張琛等，其中第二至四開款署「丁酉」，即順治十四年（一六五七年），周鼎、歸莊二幅當亦同年間作。詳見陸心源《穰梨館過眼錄》卷三十四。其餘各開現藏處不明。

勝事龍山許再探參軍此日興
方酬百年道誼星初聚千古風
流菊更簪檻外泉聲斜石卧窗
中山色亂雲舍文章光怪騰牛
斗極目還看紫氣涵
重九後一日蓬和吟社讌集詩呈
畊道盟翁政　晏上弟周凱

18.8 × 10 cm

歸莊　致畊道詩帖

一六五七年

釋文

《泰伯廟詩》。前代除淫祀，巋然此廟存。無稱先聖褒，有國後王恩。文物遺風遠，衣冠古制尊。史臣猶有識，取冠世家言。

　　崑山歸莊似

畊道社兄一笑。

印章

歸莊印（白文方印）、字玄恭（白文方印）

編按

歸莊（一六一三—一六七三），字爾禮，又字玄恭，號恒軒、鏖鏊鉅山人等。南直隸崑山人，歸昌世（一五七三—一六四四）子。諸生，順治二年（一六四五年）在家鄉起兵抗清，事敗逃亡。善草書、畫竹，文章胎息深厚，詩多奇氣。

泰伯廟詩

前代除淫祀巋然此廟存無稱先聖袞有國後王恩文物遺風遠衣冠古制尊史臣猶且識取列世家言

崑山歸莊似

畊道社兄一笑

18.8 × 10 cm

魏裔介　致猶翁詩帖

釋文

塵勞誰解惜春華，蕭寺尋芳日已斜。翠葉競扶香國錦，濃英密簇赤城霞。十年潦倒同嘗酒，三月踈狂對異花。向晚莫疑妃子睡，風流曾許是仙葩。

《鄧元昭邀看西府海棠於報國寺歸而賦贈》，書呈猶翁老年臺斧正。弟裔介具草。

編按

魏裔介（一六一六—一六八六），字石生，號貞庵，又號崑林。直隸柏鄉人。順治三年（一六四六年）進士，選庶吉士，歷官至太子太保、保和殿大學士。雍正間，祀賢良祠。乾隆元年，追謚文毅。

本札上款人「猶翁」身分不詳。此詩又見於魏裔介《兼濟堂文集》卷二十，題作〈鄧元昭邀看海棠於慈仁寺〉，文字略有出入。「鄧元昭」即鄧旭（一六〇九—一六八三），安徽壽州人，順治四年（一六四七年）進士，官至江西主考官。「報國寺」位於北京西城區，明代成化二年（一四六六年）重修後改稱「慈仁寺」，然新舊兩種名稱一直通用。

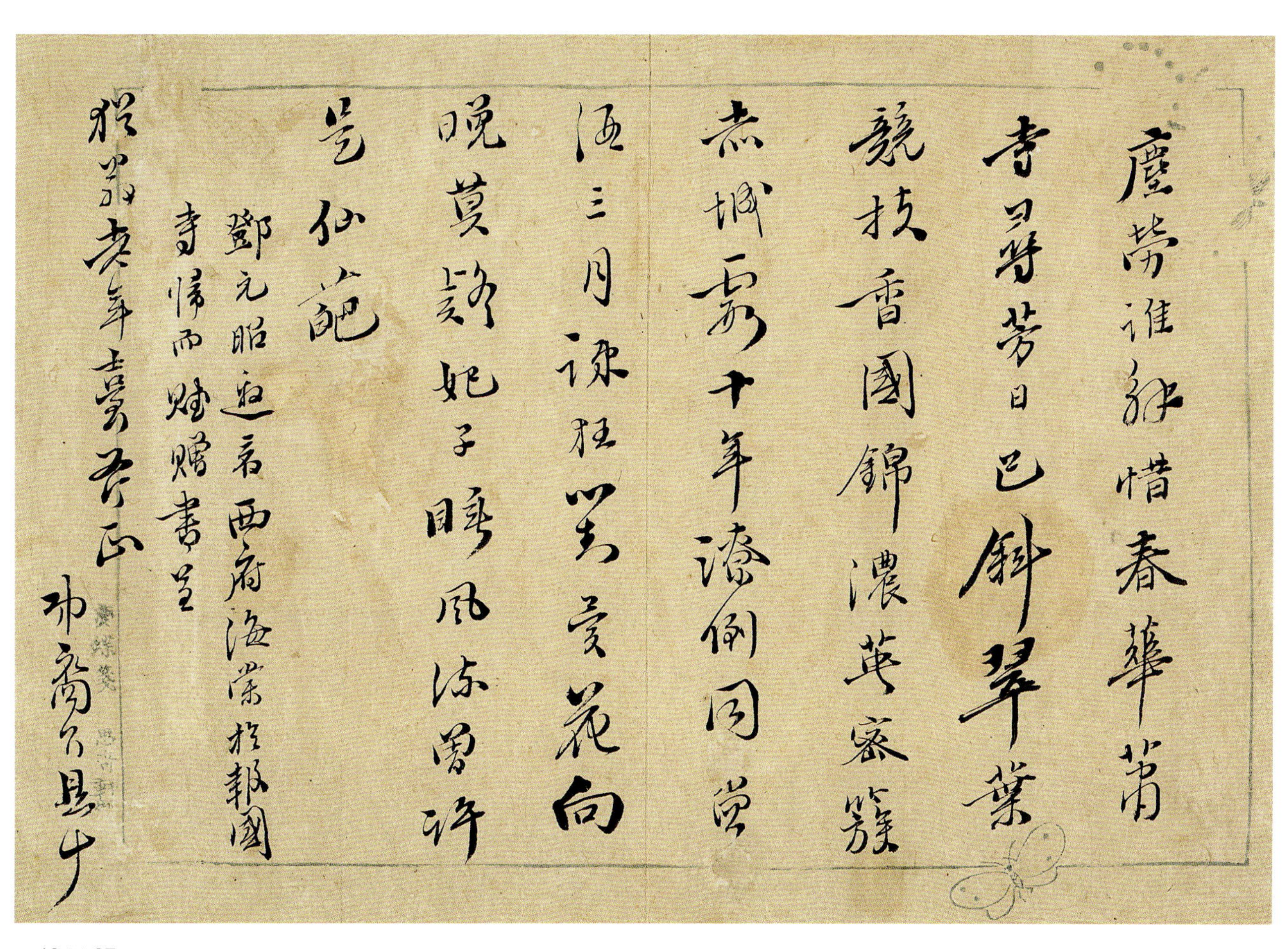

19 × 27 cm

塵勞誰能惜春華
蕭寺尋芳日已斜
翠葉競枝香國錦
濃英蒙簇赤城雲
氣十年誇倒同嘗

海三尺說狂笑黄花向

晚莫嫌妃子睡風流留許

是仙葩

鄧元昭過我西府海棠於報國

寺歸而賦贈書呈

相翁老年臺吾正

邵齋周是中

魏象樞　詩帖

釋文

《贈張行源》（有引）

張行源尊人以出宰遇寇，盡節新喻。時行源隻身扶櫬，艱阻備嘗，萬里死生，一門忠孝。余敬而賦此。

先世幽光迴不回，蓼莪聲斷也哀哀。半生血到雙孤盡，九死身將一櫬來。人說忠門多令子，天教寒署老中材。只今珍重酬　恩地，清白須從節烈開。

《重陽後一日訪李退庵談詩閽者以病辭作此訊之》

釣石瀨江不可溫，又經風雨動高原。自封丹葉秋臨帖，獨擁黃華晚閉門。柱下有人新日月，座邊無闕古乾坤。那能詩句邀皇甫，共倚書床擊大罇。

象樞具艸。

編按

魏象樞（一六一七—一六八七），字環極，一作環溪。直隸蔚州人。崇禎十五年（一六四二年）舉人，順治三年（一六四六年）進士，歷官至刑部尚書。以清廉直諫聞名，後因陳名夏（一六〇一—一六五四）案牽連，辭官講學於願學堂。康熙十一年（一六七二年），再任言官。治學主張經世致用，與魏裔介（一六一六—一六八六）稱道義之交。

此二詩載於魏象樞《寒松堂全集》卷之五，第二首題為〈重陽後一日訪李退菴侍御閽者以病辭作此訊之〉，兩詩字句皆略有小異。「李退菴」即李敬，江寧人，順治四年（一六四七年）進士，授行人，歷官至刑部左侍郎等。

贈張行源 有引

張行源尊人以出宰遇寇盡節新喻特行源隻身扶櫬艱阻備嘗萬里死生一門忠孝余敬而賦此

先世幽光逈不回蓼莪聲斷也哀哀半生血到雙孤盡九死身將一櫬來人說忠門多令子天教寒暑老中材只今珍重酬 恩地清白須從節烈開

重陽後一日訪李退庵談詩闇者以病辭作此訊之

釣石瀨江不可溫又經風雨動高原自封丹葉秋臨帖獨擁黃華晚閉門柱下有人新日月 座邊無闕古乾坤郵能詩句邀皇甫共倚書床擊大罇

象樞具艸

18.4 × 37.9 cm

贈張行源 有引

張行源尊人以岀宰遇寇盡節新喻特行源隻身扶襯艱阻偹嘗萬里死生一門忠孝余敬而賦此

先世幽光迴不回蓼莪聲斷也哀哀半生血到雙孤盡九死身將一襯來人說忠門多令子天教寒署老

[illegible]
重陽後一日訪李退菴
談詩閣者以病辭作
此訊之
釣石瀨江不可溫又經風
雨動高原自封丹葉秋臨
帖獨擁黃華晚閉門柱下
有人新日月　座邊無闕
古乾坤那能詩句邀皇甫
共倚書床擘大罇
象樞具艸

白夢鼎　謝公墩送春詩帖

一六八一年

釋文

《十山些山過謝公墩送春譚往事分韻和正》

三月十七鍾陵東，春歸先作送春風。忽來北海故人杖，恰與東山野老逢。杯酒坐看紅芍藥，快譚笑倚青梧桐。謝公彈碁昨日事，五十四相今誰雄？（十山譚崇禎宰相事甚悉。）五十四相殊紛紛，諸公何以答明君。閣部出師真孟浪，詞林折檻動星雯。門戶到今成戰壘，殿廷當日空風雲。汲泉剝笋且竟日，東山細雨吹斜曛。（是日予典衣貰酒，酒不暢而談大暢。十山言崇禎某年，某相某相良，某相否，某相平平，列如指掌。嗟乎！毅宗勵精圖治，皇上宵旰，可謂明主，而十七年間用宰相五十四人。此五十四人中，豈無定治勘亂才，而卒無一效，何哉？或曰宰相須用讀書人，五十四人豈盡不讀書者哉？嗚呼！上好察而下好名，雖賢者亦無能為也矣，悲夫！）

辛酉三月十七日，東山夢鼎艸。

印章

醒菴白夢鼎字孟新別號雷掌（白文長方印）、老夫三川弌酒脈（朱文長方印）、鷄籠山口人（白文方印）、文狂酒狷（朱文方印）

編按

白夢鼎，字孟新，號醒菴人。南直隸江寧人。其弟名夢鼐，字仲調。兄弟二人生卒年不詳，皆明末復社成員，時稱「金陵二白」。

「十山」即范國祿（一六二四—一六九六），字汝受，號十山。南直隸通州人，諸生。入清後拒仕，其所述南明故事，孔尚任據以寫成《桃花扇》傳奇。「些山」即杜岕（一六一七—一六九三），一名紹凱，字蒼略，號些山。湖廣黄岡人。諸生，明亡後以遺民終。與其兄杜濬（一六一一—一六八七）俱以高名聞於南京，人稱為「金陵二杜」。本札署款「辛酉」，為康熙二十年（一六八一年）。

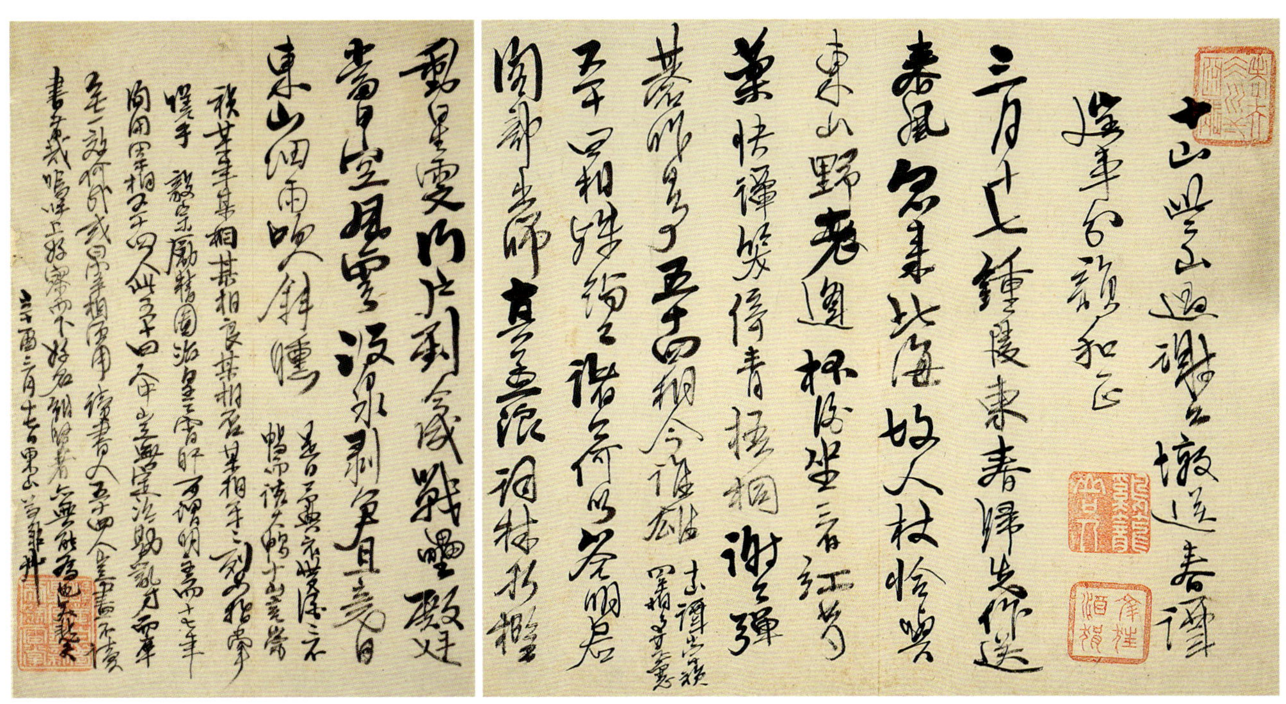

25.8 × 17.7 cm　　25.8 × 30.4 cm

十山堂過謝雪墩送春詩
遂事分韻和正
三月廿七鍾陵來春歸先作送
春風無來北海故人杖屨嘗
東山野老過採幽坐三月紅芳
葉情釋笑倚青梧桐謝之彈

張道岸　致梓材札

釋文

梓材仁弟啟：不晤者一月餘矣。聞邇日重整舊業，所謂久卧思起，亶其然乎？府考在即，未識赴郡否也。茲啟者，聘園約於下月初北上，渠在僕處再四諄託，懇

足下為涸轍之援。冉子五秉、子敬一囷，古人之盛德，亦吾儒之雅懷也，矧仗義如

足下者乎？度無俟僕之煩言矣。惟望早為決西江之水，幸甚。特此佈　達，即候

文祺，統惟

青照，不戩。岸頓首，廿七日。

邊題

張道岸，字懸渡，號閒鶴，烏程人。汪淮曰：「張閒鶴為苕溪四隱之一。」

編按

張道岸，生平記載極罕，其事跡最早見於王晫（一六三六—一六九九後）《今世說》：「張閒鶴，性簡傲。嗜飲，少進輒醉，醉輒喜畫蘭，勃勃有生氣。陸子黃嘗得所畫蘭，懸之素壁，忽發香滿室中，陸異之，因額其處曰『蘭堂』。」據此知為十七世紀時人。

上款人「梓材」身分未明。此札因受一位聘園所託向其求取經濟資助，札中引用了古人冉子、魯肅兩則典故，指出此乃「吾儒之雅懷」。其應為饒有家財的富紳。

張道岸

字懸渡，號南鵝，烏程人

汪淮曰張南鵝爲苕溪四隱之一

22.5 × 12 cm

王弘撰　臨十七帖

一六九一年

釋文

吾服食久，猶為劣劣。大都比之年時，為復可可。足下保愛為上，臨書但有惆悵。

得足下栴罽、胡桃藥二種，知足下至。戎鹽乃要也，是服食所須。知足下謂須服食，方回近之，未許吾此志。知我者希，此有成言。無緣見卿，以當一笑。

彼所須此藥草，可示，當致。

青李、來禽、櫻桃、日給滕子，皆囊盛為佳，函封多不生。足下所疏云，此菓佳，可為致子，當種之。此種彼胡桃皆生也。吾篤喜種菓，今在田里，唯以此為事，故遠及。足下致此子者大惠也。

瞻近無緣省苦，但有悲歎。足下小大悉平安也。云卿當來居此，喜遲不可言。想必果言，苦有期耳。亦度卿當不居京，此既避，又節氣佳，是以欣卿來也。此信旨還具示問。

省足下別疏，具彼土山川諸奇，揚雄《蜀都》、左太沖《三都》，殊為不備悉。彼故為多奇，益令其游目意足也。可得果，當告卿求迎，少人足耳。至時示意。遲此期，真以日為歲。想足下鎮彼土，未有動理耳。要欲及卿在彼，登汶領峨眉而旋，實不朽之盛事，但言此，心以馳於彼矣。

諸從並數有問，粗平安。唯脩載在遠，音問不數，懸情。司州疾篤，不果西。公私可恨，足下所云皆盡事勢，吾無間然。諸問想足下別具，不復一一。

云譙周有孫高尚不出，今為所在，其人有以副此志不？令人依依，

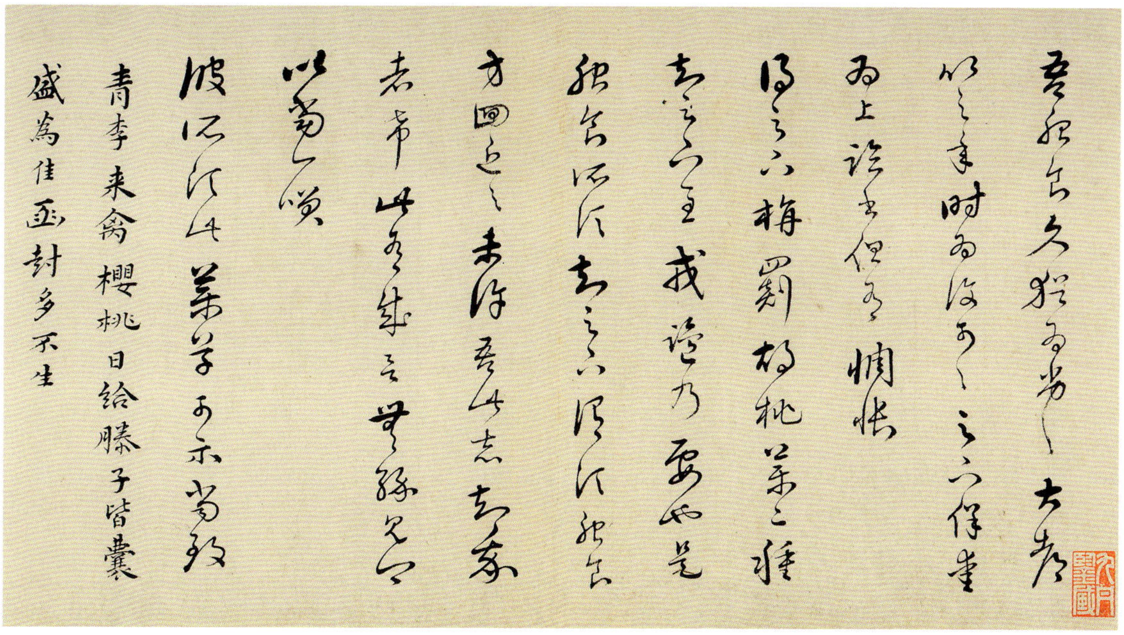

吾服食久猶為劣劣大都
比之年時為復可可足下保愛
為上臨書但有惆悵
得足下栴罽胡桃藥二種
知足下至戎鹽乃要也是
服食所須知足下謂須服食
方回近之未許吾此志知我
者希此有成言無緣見卿
以當一笑
彼所須此藥草可示當致
青李來禽櫻桃日給滕子皆囊
盛為佳函封多不生

19.3 × 35 cm

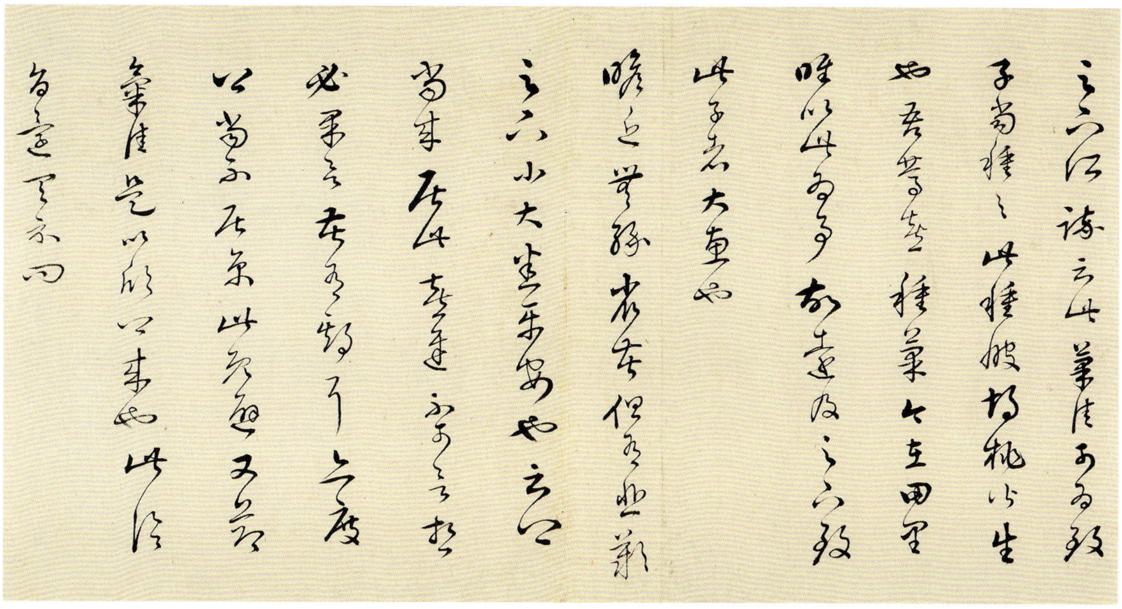

足下所疏云此菓佳可為致
子當種之此種彼胡桃皆生
也吾篤喜種菓今在田里
唯以此為事故遠及足下致
此子者大惠也
瞻近無緣省告但有悲歎
足下小大悉平安也云卿
當來居此喜遲不可言想
必果言告有期耳亦度
卿當不居京此既避又節
氣佳是以欣卿來也此信
旨還具示問

19.4 × 36.5 cm

省足下別疏具彼土山川諸
奇揚雄蜀都左太沖三都
殊為不備悉彼故為多奇益
令其遊目意足也可得果當
告卿求迎少人足耳至時示
意遲此期真以日為歲
想足下鎮彼土未有動理耳要
欲及卿在彼登汶領峨眉
而旋實不朽之盛事但言此
心以馳於彼矣
諸從並數有問粗平安唯修
載在遠音問不數懸情司州

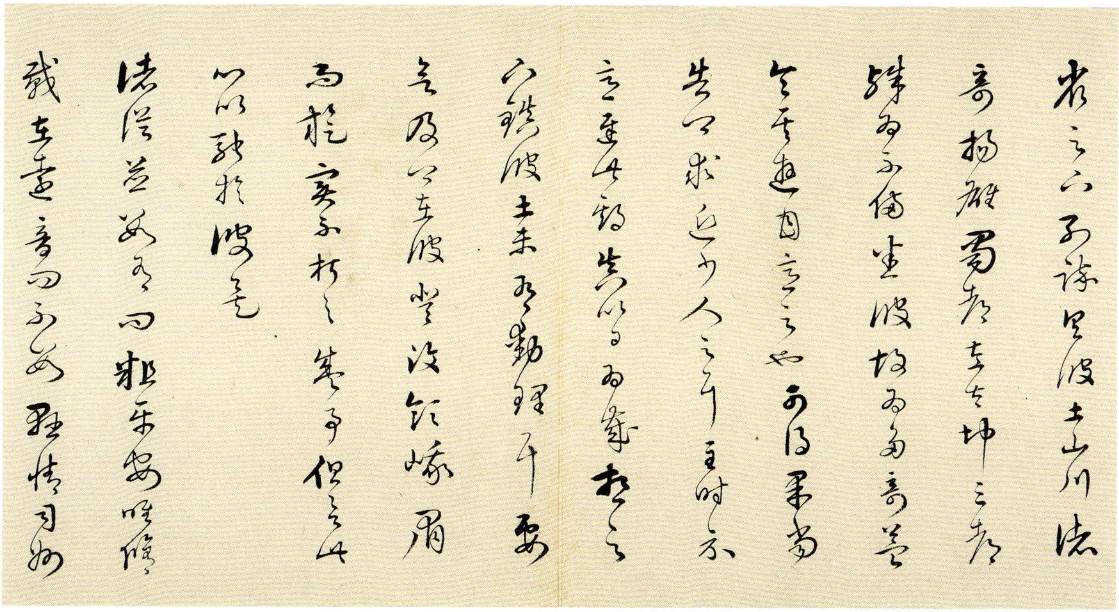

19.4 × 35.8 cm

足下具示。

嚴君平、司馬相如、揚子雲皆有後不？

天鼠膏治耳聾，有驗不？有驗者乃是要藥。

朱處仁今所在，往得其書信，遂不取答，今因足下答其書，可令必達。

省別具，足下小大問為慰。多分張，念足下懸情。武昌諸子亦多遠宦，足下兼懷，並數問否？老婦頃疾篤，救命恒憂慮。餘粗平安。知足下情至。

旦夕都邑動靜清和，想足下使還，具時州將。桓公告慰，情企足下數使命也。謝無奕外任，數書問，無他。仁祖日往言尋，悲酸如何可言？

知有漢時講堂在，是漢何帝時立此？知畫三皇五帝以來備有，畫又精妙，甚可觀也。彼有能畫者不？欲因摹取，當可得不？信具告。

往在都見諸葛顒，曾具問蜀中事，云成都城池門屋樓觀，皆是秦時司馬錯所脩，令人遠想慨然。為爾不？信具示。為欲廣異聞。

吾有七兒一女皆同生，婚娶以畢，唯一小者尚未婚耳。過此一婚，便得至彼。今內外孫有十六人，足慰目前。足下情至委曲，故具示。

虞安吉者，昔與共事，常念之，今為殿中將軍。前過云，與足下中表，不以年老，甚欲足下為下寮。意其資可得小郡，足下可思致之耶？所念，故遠及。

去夏，得足下致邛竹杖，皆至。此士人多有尊老者，皆即分布，令知足下遠惠之至。

今往絲布單衣財一端，示致意！

足下今年政七十耶，知體氣常佳，此大慶也，想復懃加頤養。吾年垂耳順，推之人事，得爾以為厚幸，但恐前路轉欲逼耳。以爾要欲一遊目汶領，非復常言。足下但當保護以俟此期，勿謂虛言。得果此緣，一段奇事也。

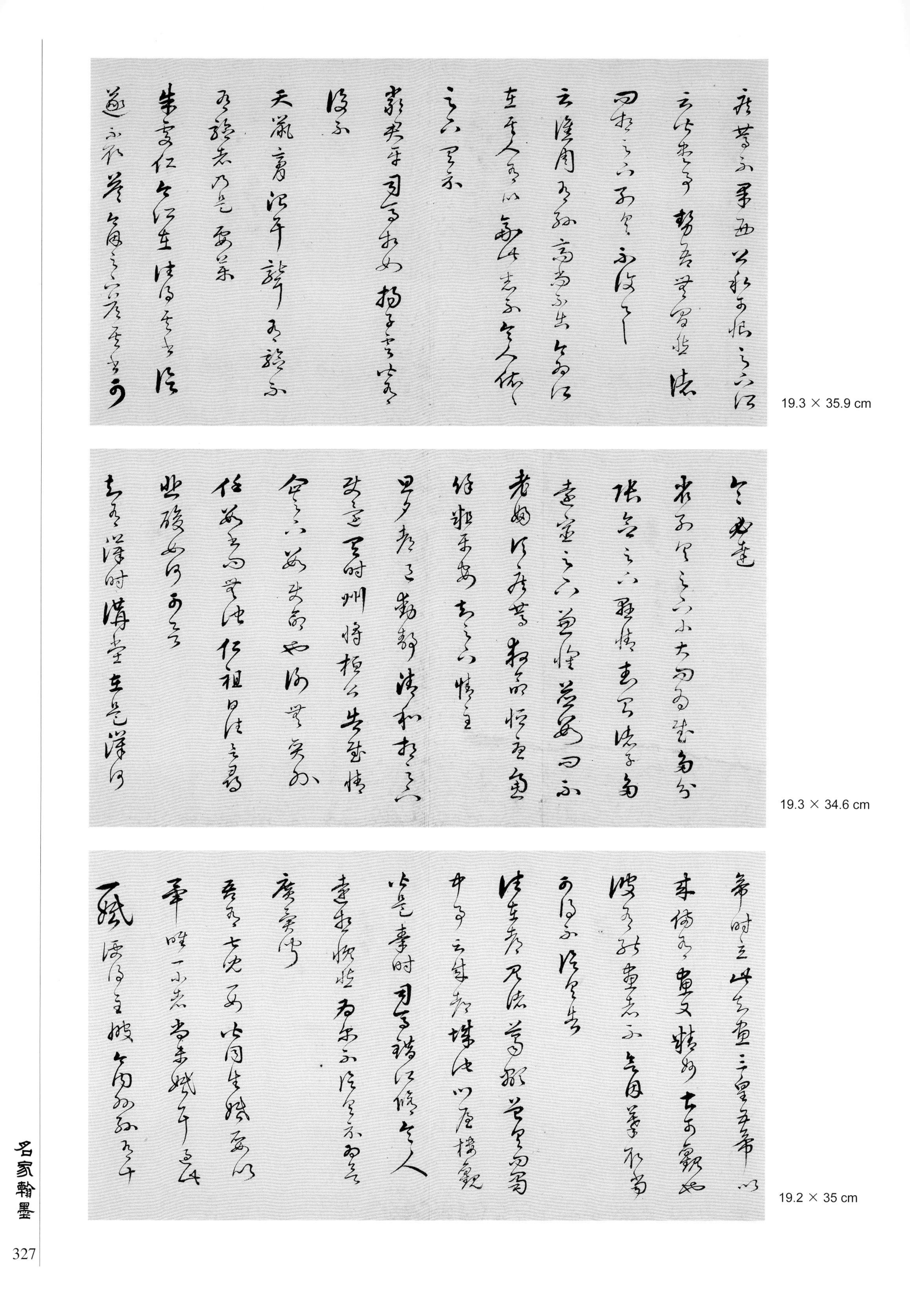

19.3 × 35.9 cm

19.3 × 34.6 cm

19.2 × 35 cm

知彼清晏歲豐，又所出有無，鄉故是名處，且山川形勢乃爾，何可以不遊目？

彼鹽井、火井皆有不？足下目見不？為欲廣異聞，具示。

胡母氏從妹平安，故在永興居，去此七十也。吾在官，諸理極差，頃比匆匆。來示云與其婢，問來信，不得也。

辛未元宵，偶臨於秦淮水閣，奉別書巢上人。華山王弘撰，時年七十也。

印章

臣弘撰、無異（朱白文連珠方印）

鑑藏印

九丹鑒藏（白文長方印）

編按

王弘撰（一六二二—一七〇二），字無異，號太華山史。陝西華陰人。監生，博學工書，精於鑑別書畫金石。康熙時有薦博學鴻詞，堅辭不就。世居華山，築有讀易廬，著《易象圖述》、《山志》、《砥齋集》等。此札臨摹王羲之《十七帖》，作為送別紀念。上款「書巢上人」，身分待考。末署「辛未」，且自謂「時年七十歲」，即康熙三十年（一六九一年）之作。

19.3 × 34.2 cm

19.3 × 33.9 cm

19.2 × 35.2 cm

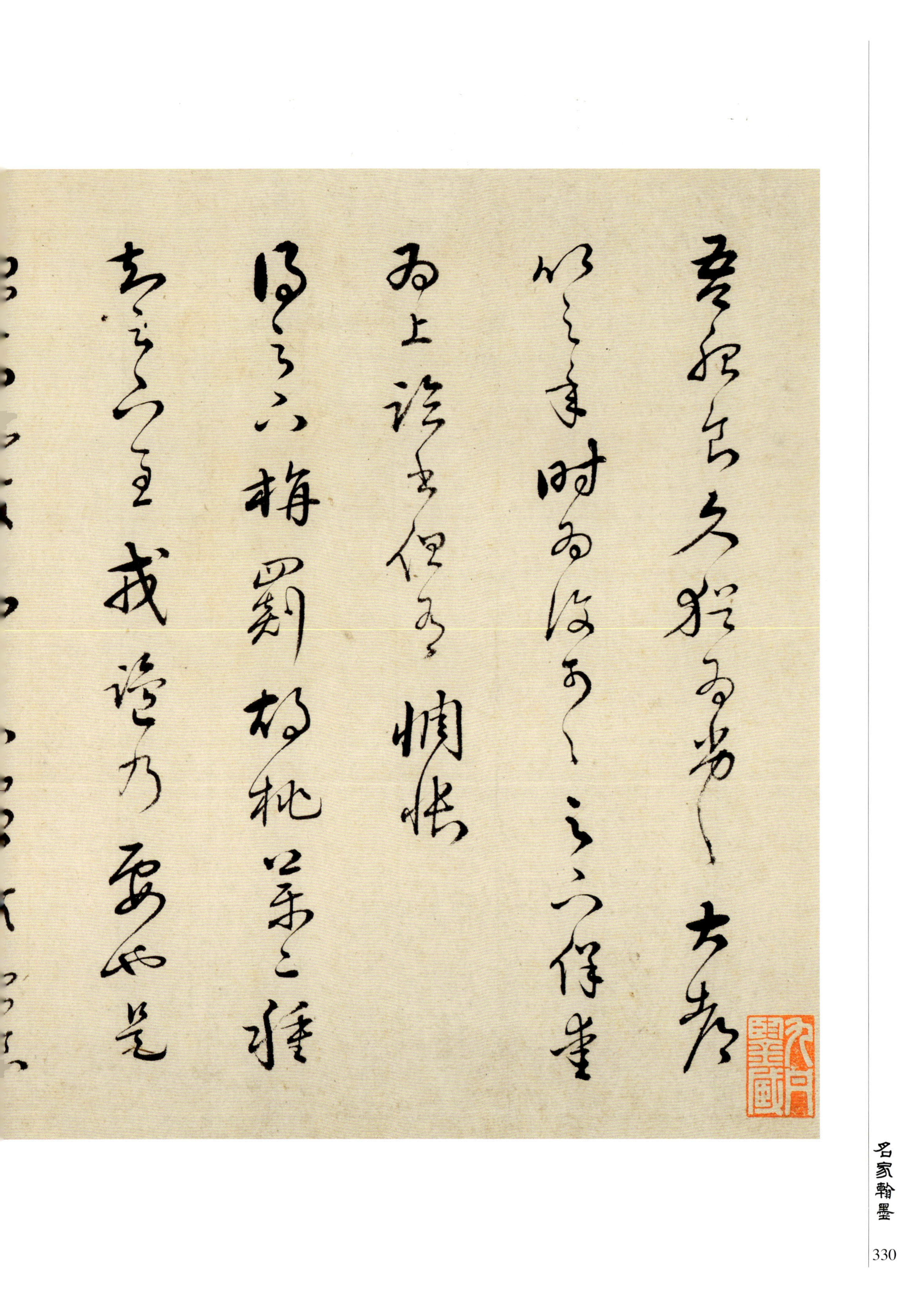

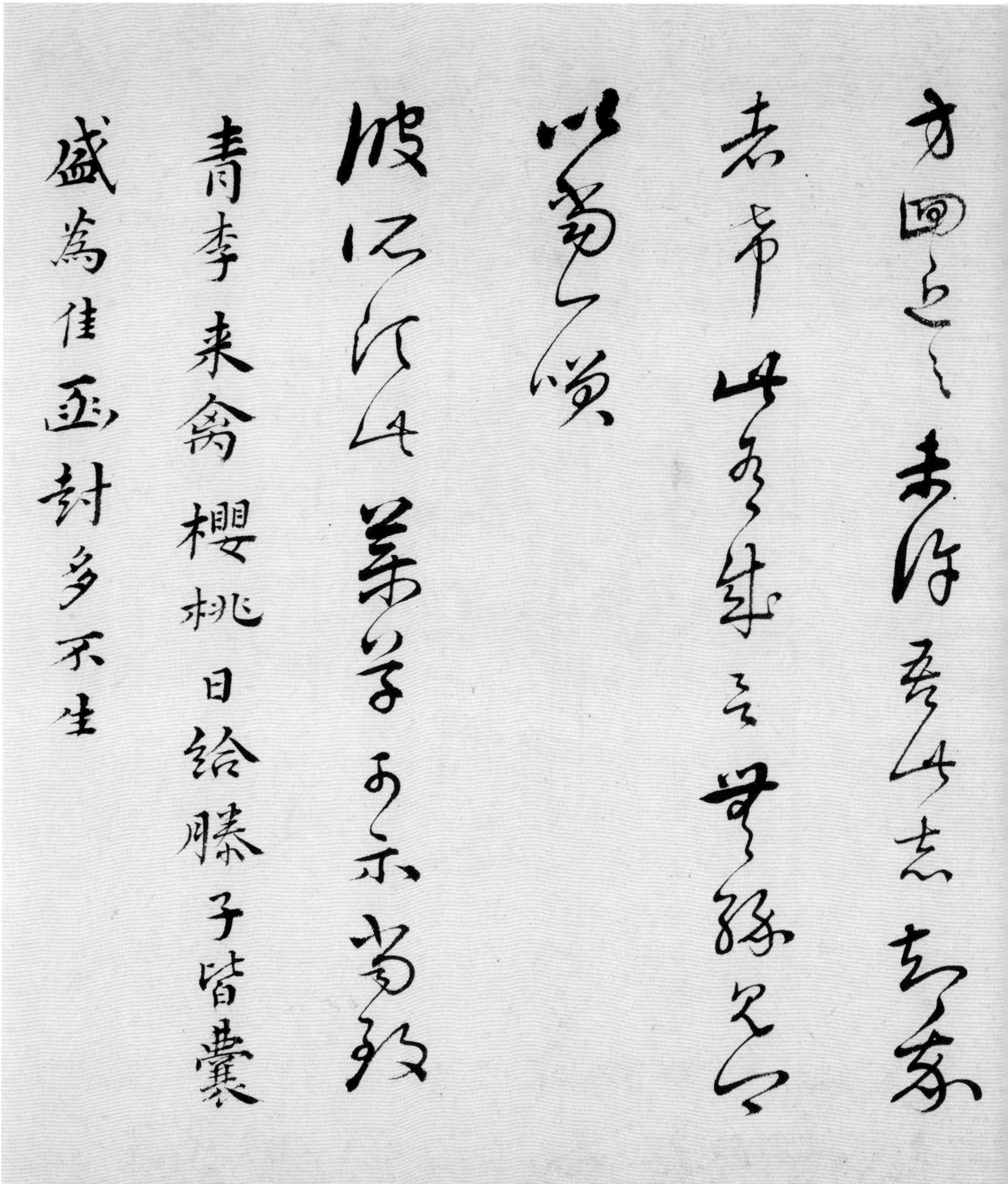
方回近之未許吾此志知我
者希此有成言無緣見卿
以當一笑
彼所須此藥草可示當致
青李來禽櫻桃日給滕子皆囊
盛為佳函封多不生

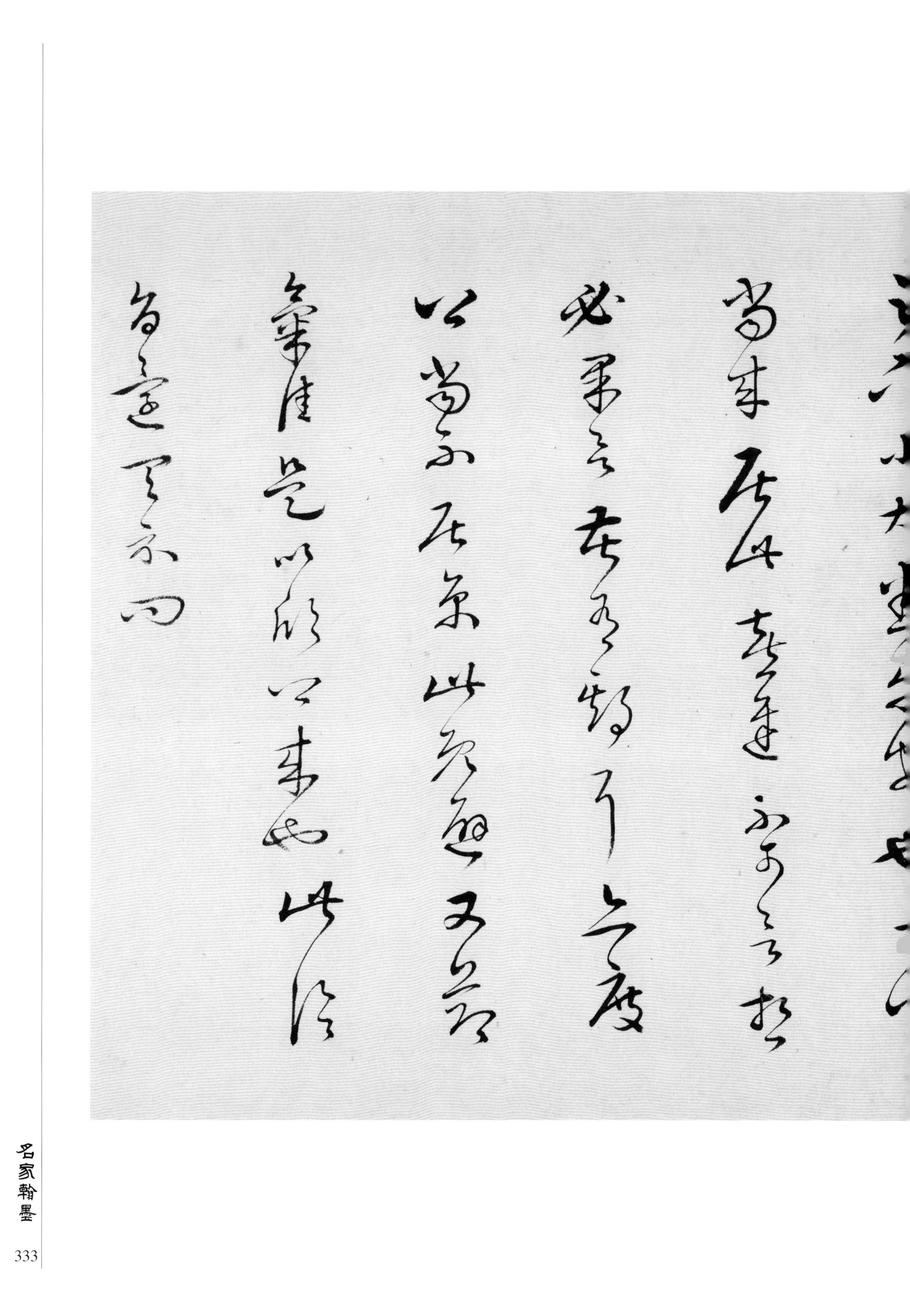

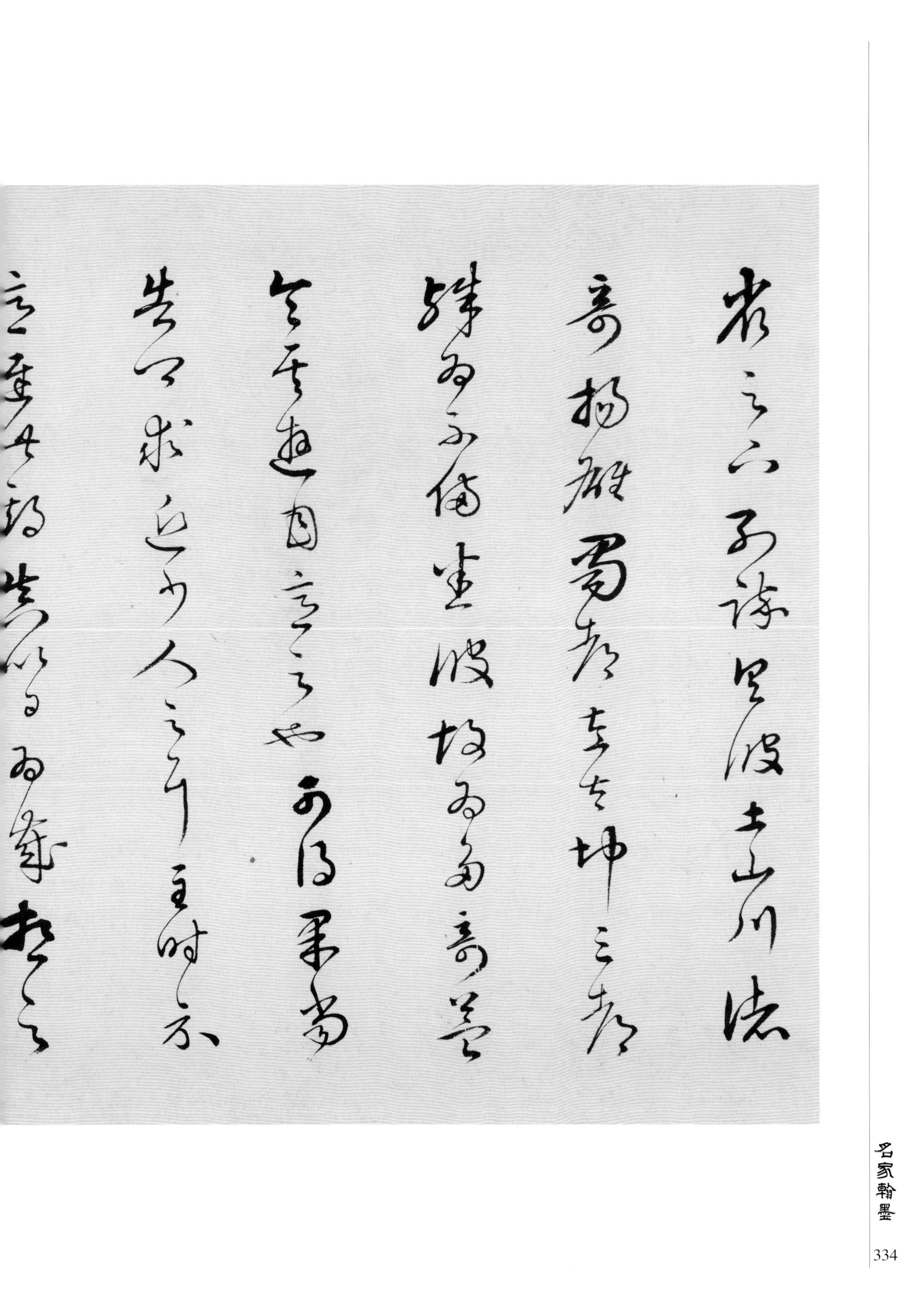

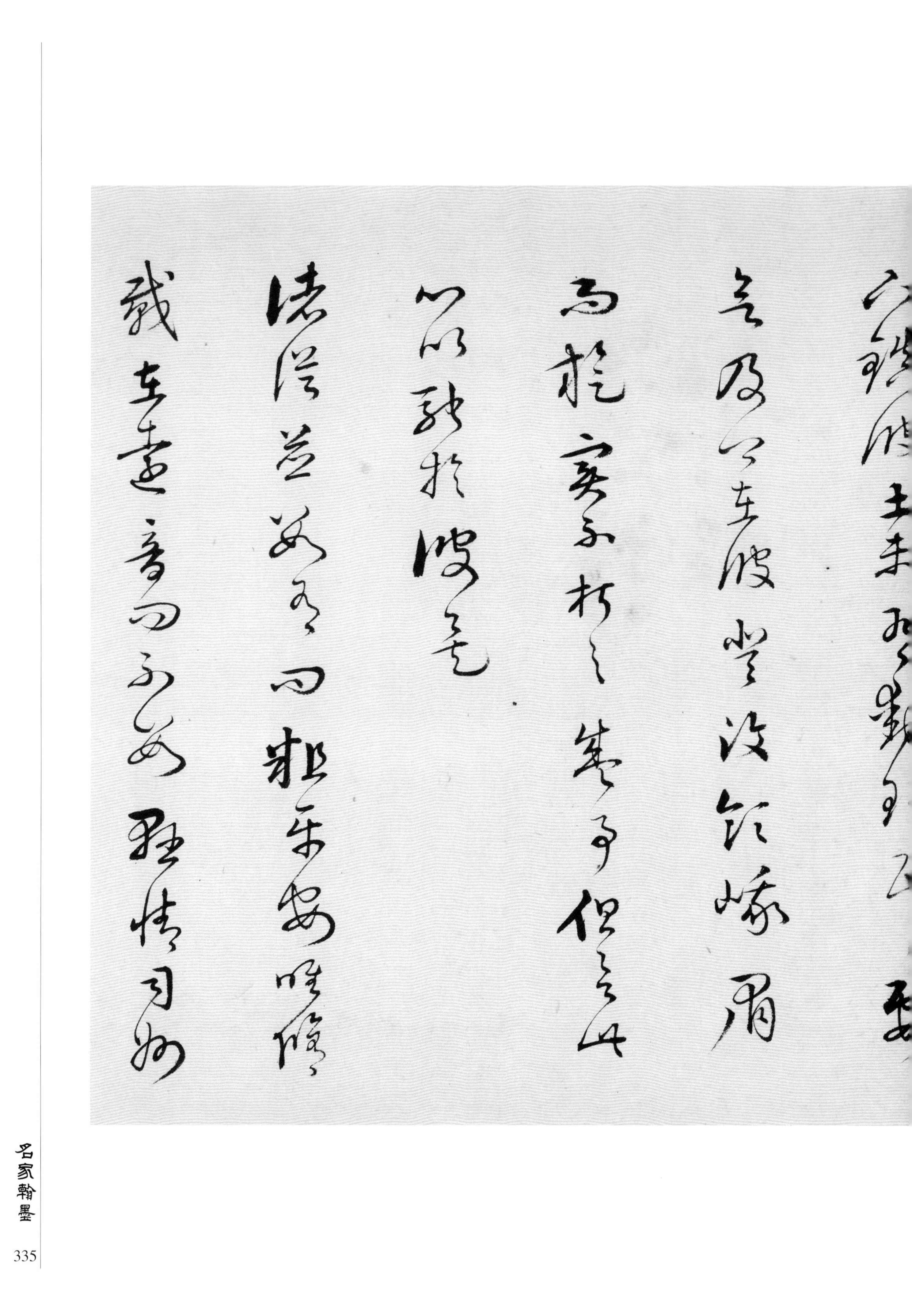

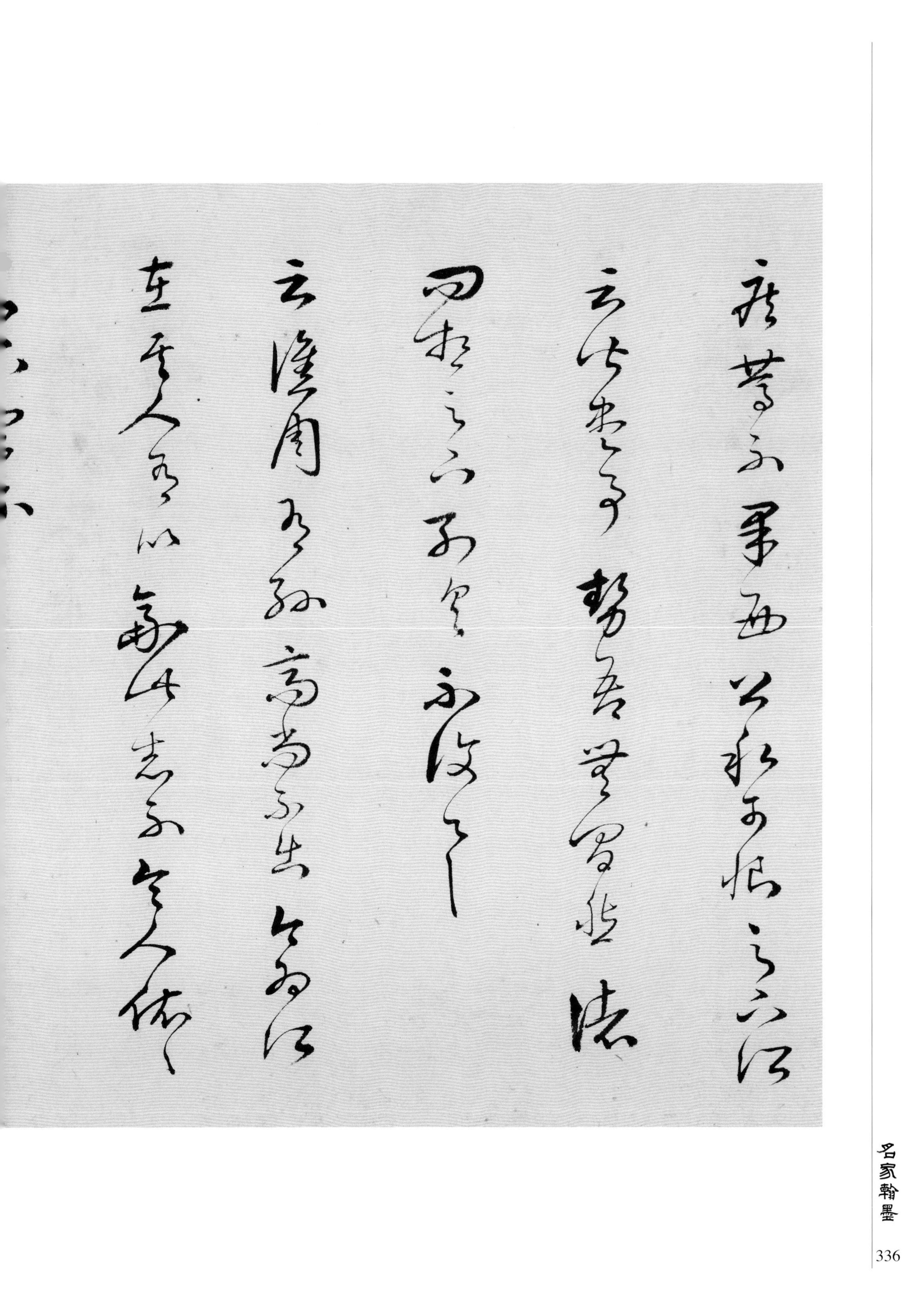

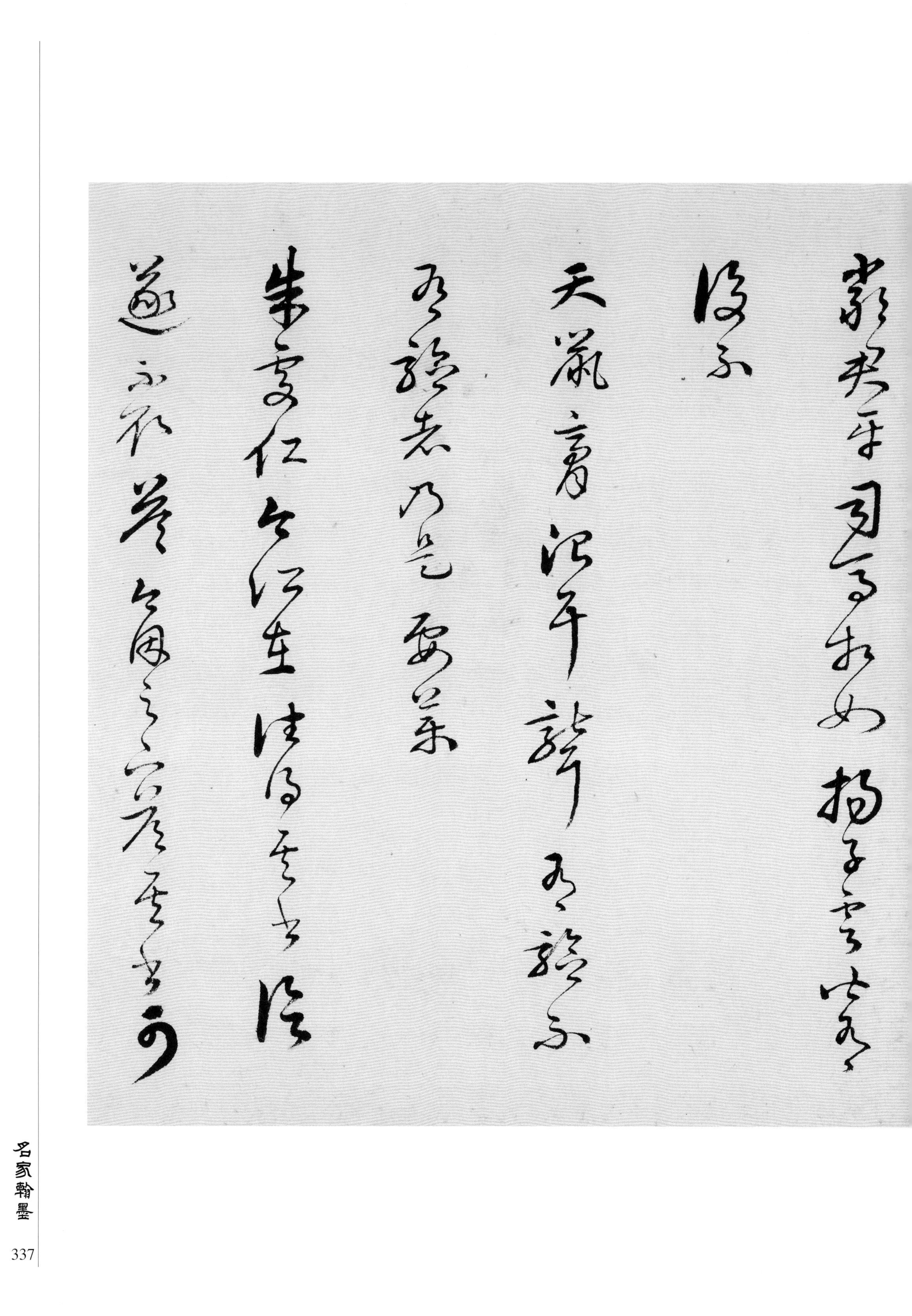

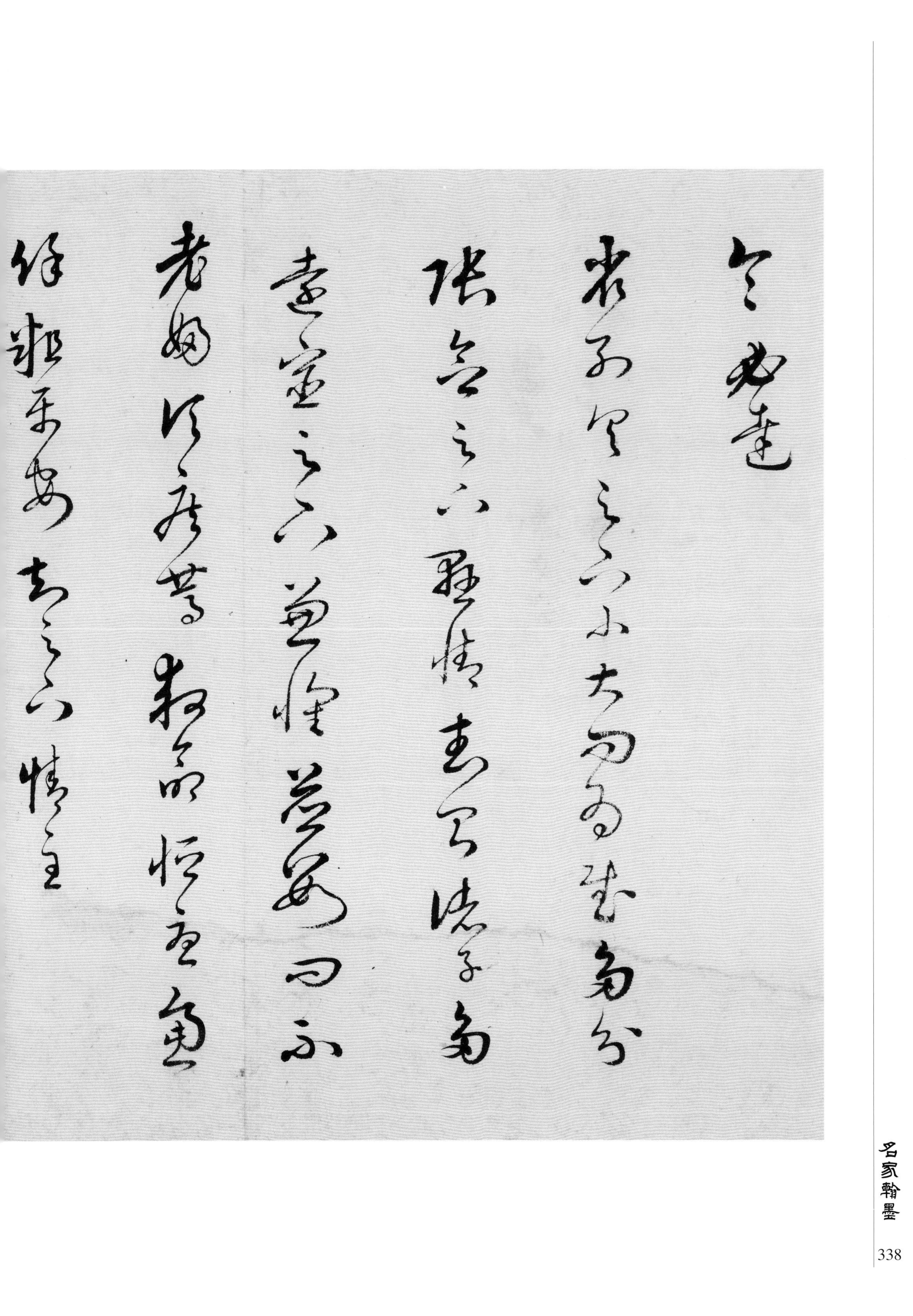

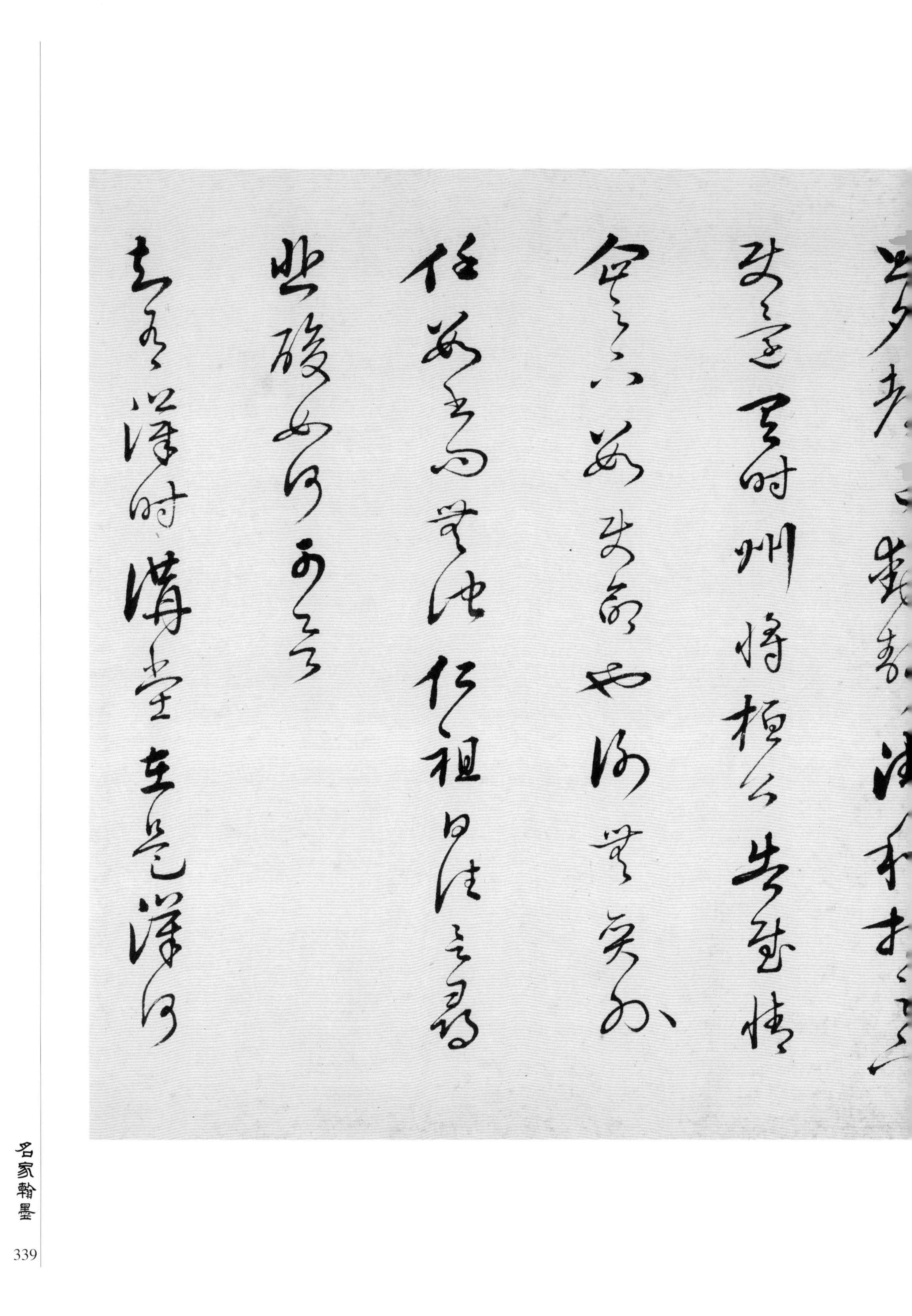

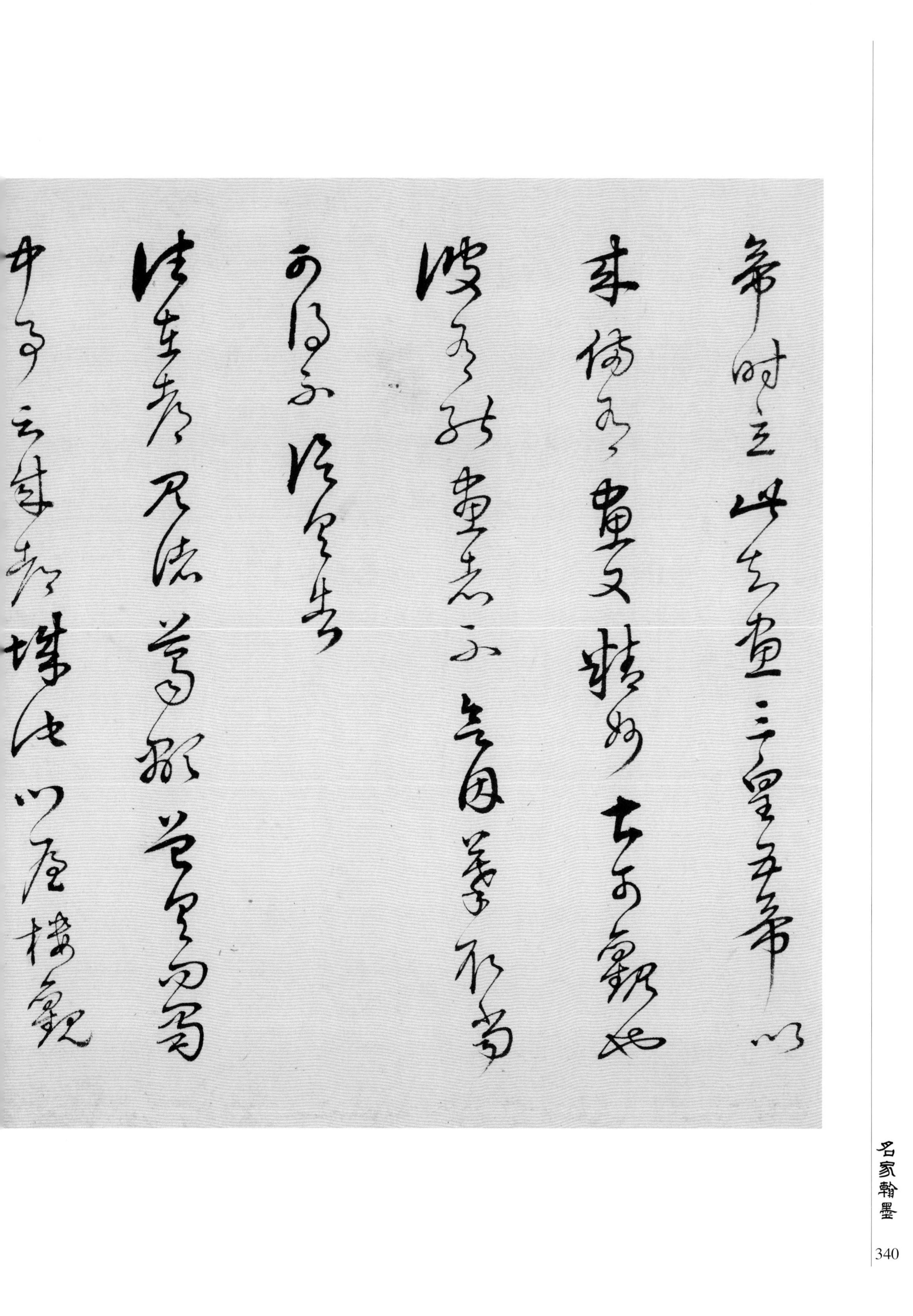

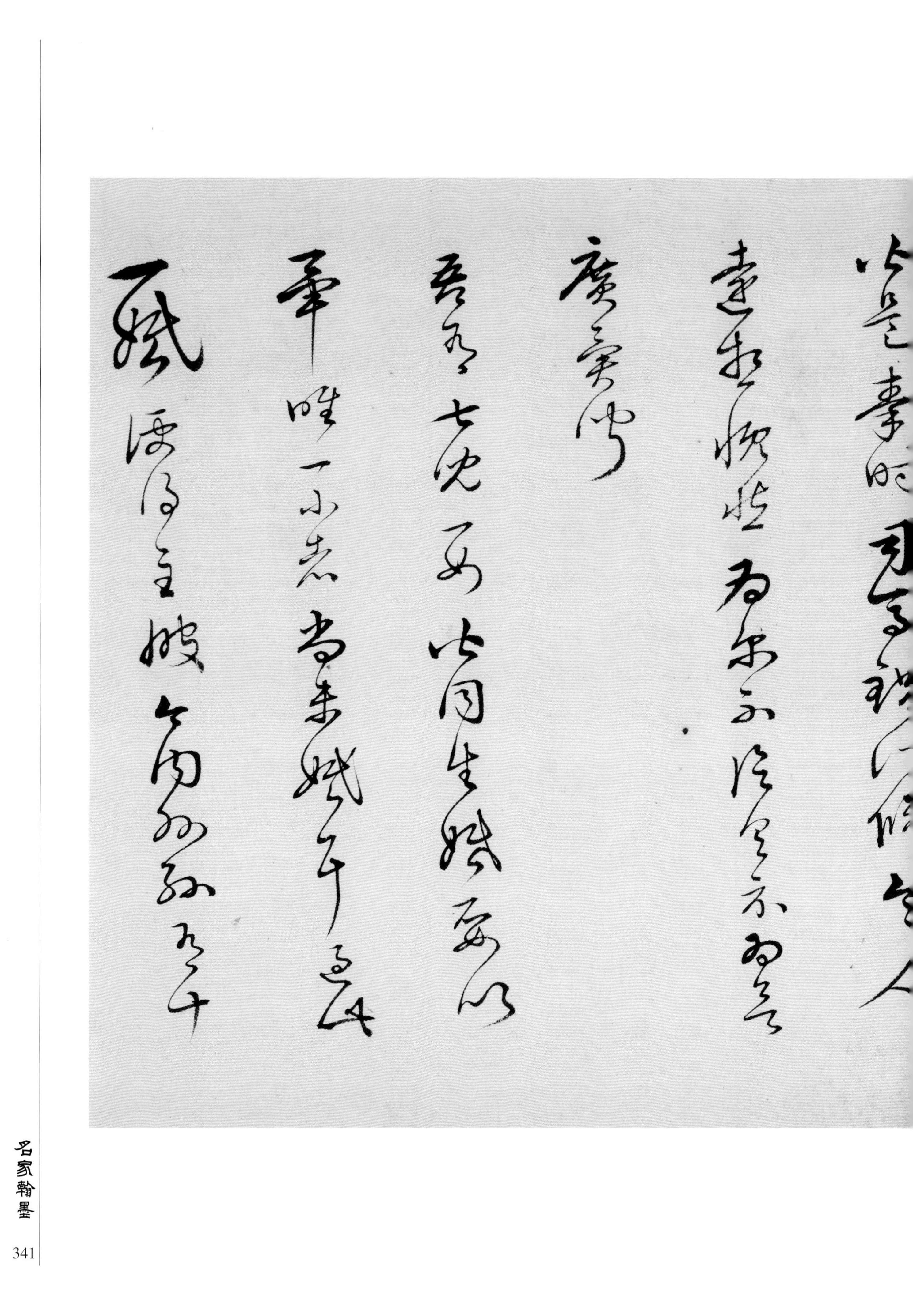

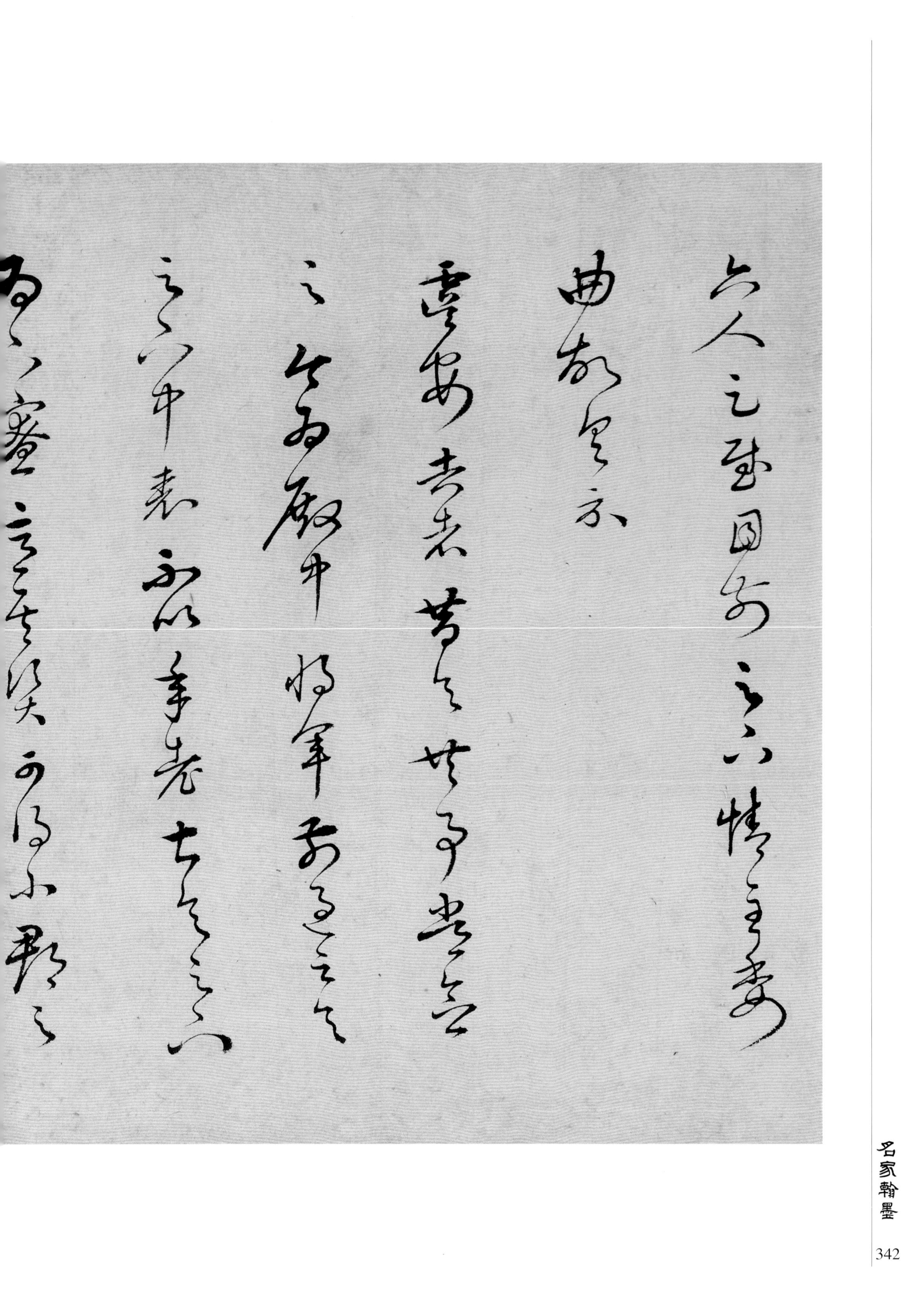

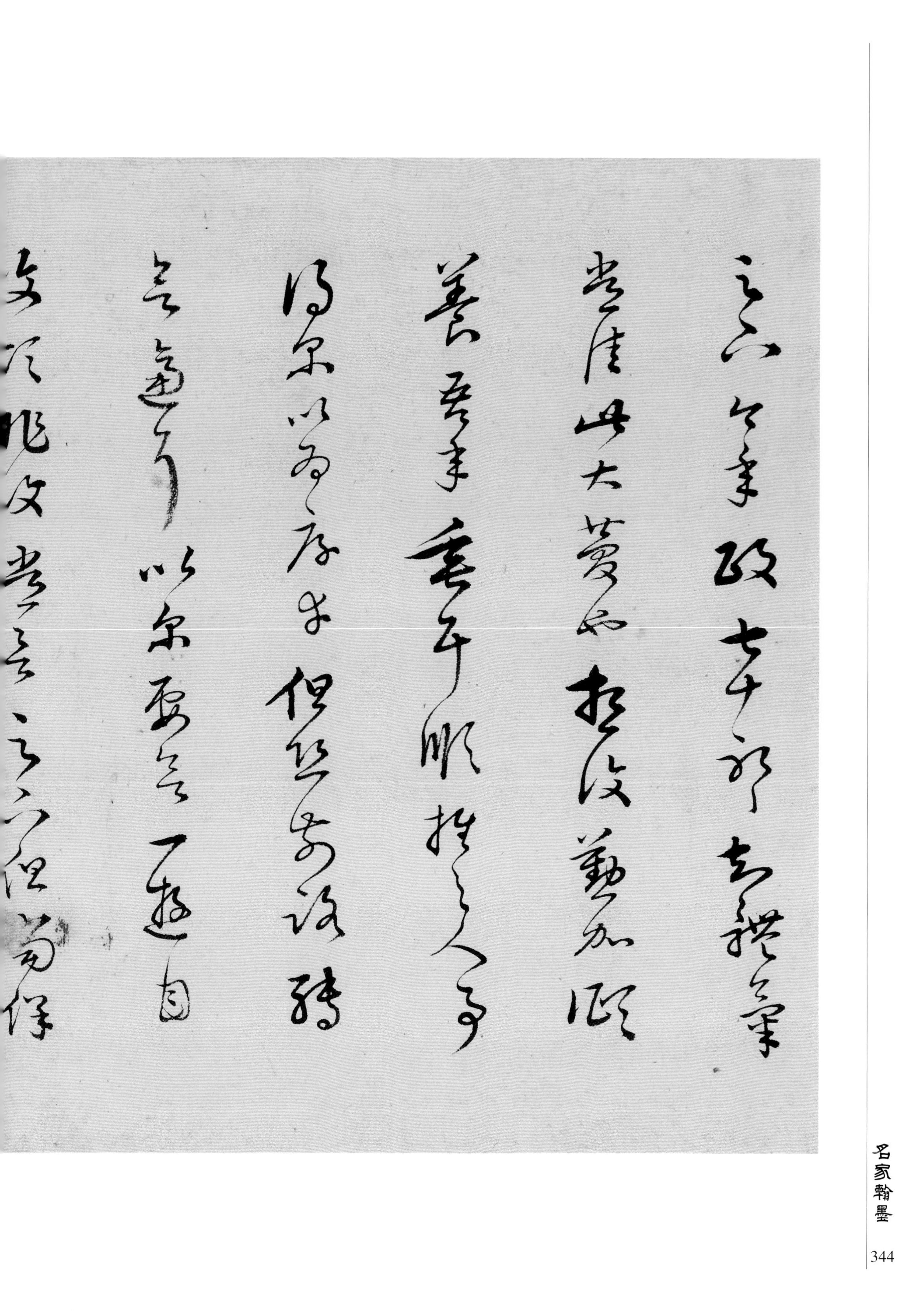

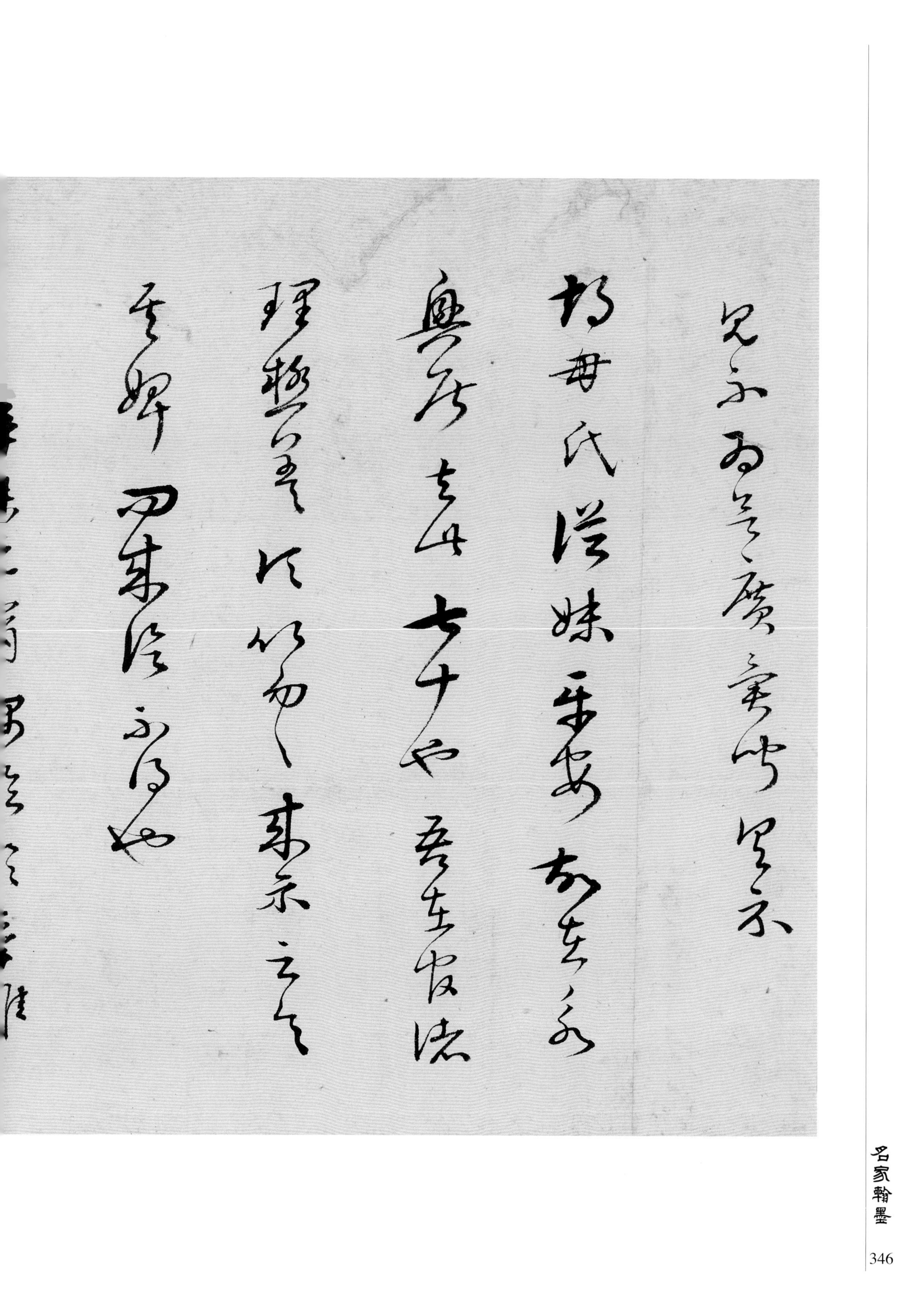

水闊年別

書巢上人　華山王永揆時年七十

也

王士禛　致朱彝尊札七通

〔第一札〕

一七〇〇年

釋文

與吾

竹垞先生別，忽忽已十年矣。客歲始得良書，知所著《經籍考》已成三百餘卷，藏之名山，傳之其人，真不朽盛事。第稍聞文盎嬰疾消息，深切縈慮，不卜先生近況比復何如？弟去年夏六月有悼亡之戚，秋九月又有弱女之痛，中懷作惡，日思歸田而未敢輒請，摠無足為故人道者。聊因禹平公車失意南旋之便，附訊興居。近刻數種用資軒渠，從容當更詳之。臨啟馳結，不盡、不盡。

庚辰三月晦日，弟期士禛再頓首。

印章

蠶尾山房（朱文圓印）

鑑藏印

葉恭綽（白文方印）、遐庵銘心之品（朱文方印）

編按

王士禛（一六三四—一七一一），字貽上，號阮亭，別號漁洋山人。山東新城人。順治七年（一六五〇年）應童子試，連得縣、府、道第一。順治十五年（一六五八年）進士，任揚州推官。康熙十七年（一六七八年）轉侍讀，入值南書房，升禮部主事，官至刑部尚書。受王五案牽連，革職回鄉。康熙四十九年（一七一〇年）特詔復原職。著述極多，主要有《漁洋山人精華錄》、《古夫於亭雜錄》、《池北偶談》、《香祖筆記》、

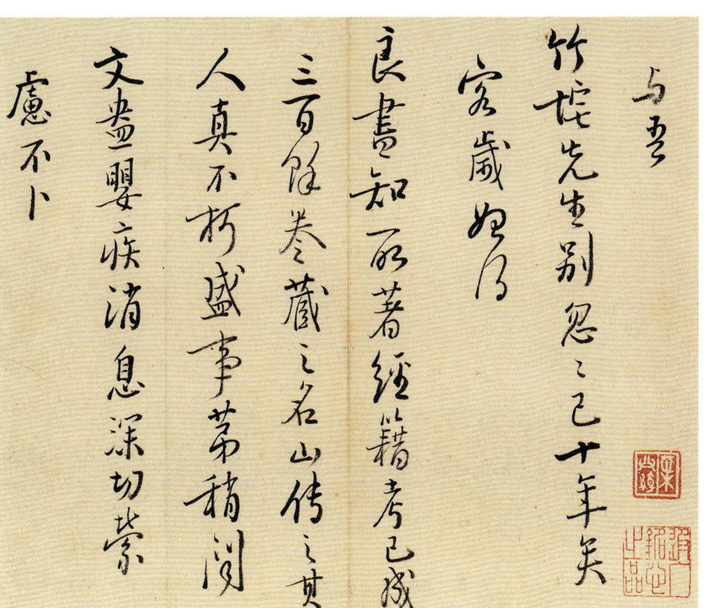

18.3 × 21.2 cm

18.2 × 22 cm

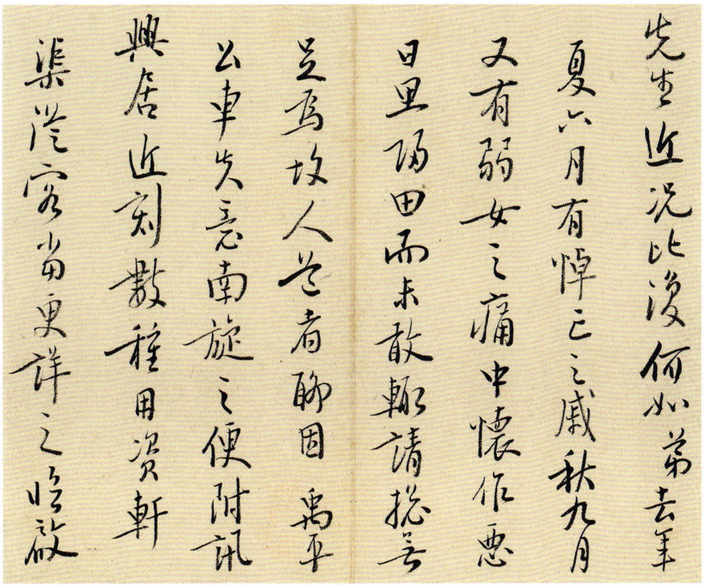

右：18.3 × 7 cm
左：19 × 10.6 cm

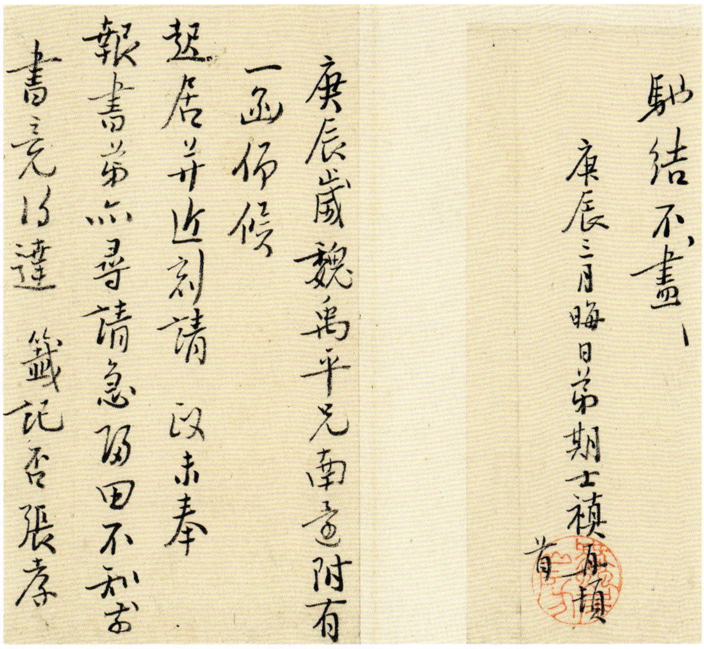

《分甘餘話》、《蠶尾集》、《感舊集》等。

朱彝尊（一六二九—一七〇九），字錫鬯，號竹垞。浙江嘉興人。博通經史，精於金石考證之學，兼長於隸書。又擅長詩詞，為浙西詞派的創始者，與王士禛齊名。康熙年間舉博學鴻詞，授翰林院檢討，入直南書房，與修《明史》。著有《經義考》、《日下舊聞》、《明詩綜》、《詞綜》、《曝書亭集》等。

本札署款「庚辰」，即康熙三十九年（一七〇〇年），時王士禛六十七歲，官刑部尚書；朱彝尊年七十二，已致仕居家。「禹平」即魏坤（一六四六—一七〇五），號水村，浙江嘉善人，康熙三十八年（一六九九年）舉人。善古文詩詞，工音律。著有《倚晴閣詩鈔》、《秦淮雜詠》、《水村琴趣》等。

〔第二札〕

一七〇三年

釋文

庚辰歲魏禹平兄南還，附有一函仰候
起居，并近刻請　政，未奉
報書，弟亦尋請急歸田，不知前書竟得達　籤
記否？張孝廉公車入都，始拜
手示，曠如復面，喜可知也。承聞刪定有明一
代之詩，甚盛、甚盛。明詩選者不一家，前輩
無踰升菴太史、夢山太宰二楊公，然皆至弘、
正止矣。後此惟顧氏《國雅》不失古意；牧翁
意在庀史，故取舍未精，無關風雅；大樽裁鑒
可謂精矣，然知其一說而不知其又有一說也，
故取境甚狹，不足以窮正變之極致。
先生于此道伐毛洗髓，深且久矣。今茲之選，
必能通兩家之郵，盡波瀾之致，為三百年中必
不可少之書。弟猶有一言進者，明詩自青丘之
後，極盛于弘治，空同、大復為大宗，「昌穀
上翼，庭實下毗」，此論定之公言也。繼盛于
嘉、隆，滄溟、弇州皆萬人敵也，惟蹊徑稍多，
古調寖失，是以不逮弘、正作者耳。若謂李、
何已後，謬種流傳，則是非傎錯，黑白倒置，
誦詩論世，使承學者何所適從？此明詩升降一
大關鍵，非　先生法眼巨手，誰使正之？故亟
以斯語進。又選家通病，往往嚴于古人而寬于
近世，詳于東南而略于西北，統惟
先生力矯之。敝郡楊夢山先生詩蕭踈簡遠，得
淵明、摩詰之真，弟舊有選本，今往一冊。先
世父《隴首集》新刻亦寄上，當以
大作表墓重耳。先從祖季木考功、劉相國青岳
（鴻訓）仲子孔和，詩皆橫空盤奡，確有可傳，
弟皆有定本，嗣當節錄奉寄。俠君□□，久定
交矣。匆遽未一。
　　癸未上元日，弟士禛頓首、頓首。
竹垞先生閣下。

印章

槃公車入郡如舟
手示曉如後面言可知也承問
刪定有明一代之詩甚盛，明詩選
者不一家前輩言論弇庵太
史夢山太宰二楊公然皆正弘
正止矣後此惟顧氏國雅不失
古意牧翁意在存史故所含
未精言開風雅大指哉鑒可
謂精矣然知其一說而不知其
已有一說也故取境甚狹不足

19 × 21.4 cm

以窮正變之極致
先生于此道伐毛洗髓深且久
矣今茲之選必能通兩家之
郵盡波瀾之致為三百年中
必不可少之書第猶有一言進
者明詩自青丘之後極盛于弘
治空同大復為大宗昌穀上翼
庭實下毗此論定之公言也繼獻
一派滄溟弇州皆其人敵
也惟蹊徑稍多古調寖失是

19 × 21.2 cm

以不逮弘正作者耳若謂李何
已後語種流傳則是之非值錯
黑白倒置誦詩論世使承學
者何所適從此明詩弇隆大
關鍵非先生法眼巨手其誰使
正之故鄙見斯語進又選家通
病蓄德之嚴于古人而寬于近世
詳于東南而略于西北統惟
先生於茲之數郡楊夢山先生
詩蕭疏簡遠得淵明摩詰之

19 × 20.8 cm

詩亭逸老（朱文方印）

編按

本札收載於《朱竹垞先生年譜》康熙四十二年條，年款漶漫處當為「癸未」（一七〇三年）。是年王士禛六十七歲，仍官刑部尚書。「升菴太史」即楊慎（一四八八—一五五九），字用修，號升庵，四川新都人。正德六年（一五一一年）狀元，官至翰林院修撰。「蓼山太宰」為楊巍（一五一六—一六〇八），字伯謙，號二山，又號蓼山，山東海豐人。嘉靖二十六年（一五四七年）進士，授武進知縣。歷官兵科給事中、右僉都御史、南京戶部、工部、吏部尚書等。

〔第三札〕

一七〇三年

釋文

昨一函付 俠君，并以小刻五種請正。俠君春闈失意，尚留京師。不知前書郵寄否？所寄楊太宰《蓼山詩》五言古今體，清真簡遠，詩品當在蘇門之次，西原之上。邊司徒《華泉詩》五言律，沉鬱華貴，往往神到，不在李、何之下。二集皆弟手定，蓋天下萬世之公言，非鄉曲之私言也。濟寧靳少宰兩城（學顏）、于中丞念東（若瀛），詩皆確乎可傳，皆有專集。蒙陰公宗伯孝與（鼒），暨其弟敬與（鼐）《問次齋》、《小東園》二集，皆卓然成家。至先宗伯絕句尤工妙，牧翁所錄殊非其至者。至先叔祖季木考功《問山亭詩》千餘篇，牧翁謂其滔滔莽莽，時有齊氣似也。至訶之為西域婆羅門，則太過矣。今擇其雅馴者，錄數十首就正，聊以解虞山之嘲。又先叔祖思止仕為姚安府同知，詩名不逮考功而雅馴過之，有《迂園集》十二卷，亦附錄數十首以備采擇。長山劉節之孔和，故相國青岳先生之子，奇士也，詩最豪健奇恣，人尤磊砢任俠，死劉澤清之手。益都王湘客若之，故大司徒基之孫，精于鑒別，博雅嗜古，吐納如晉人，乙酉殉節金陵。二君，人皆可傳，今各錄一卷奉寄。近刻《古懽錄》《池北偶談》二種，再往請正。情長楮盡，不既所言。令孫止得杯酒奉候一次，甚慰、甚慰。弟名專肅。

印章

宸翰信古齋（朱文長方印）

編按

此札並見於《朱竹垞先生年譜》康熙四十二年（一七〇三年）條，內容所談事件與前一通承接。

〔第四札〕

一六九〇年

釋文

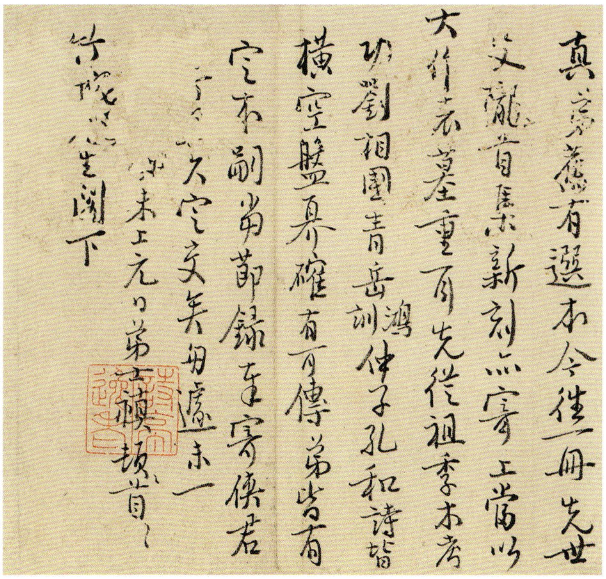

18.9 × 19 cm

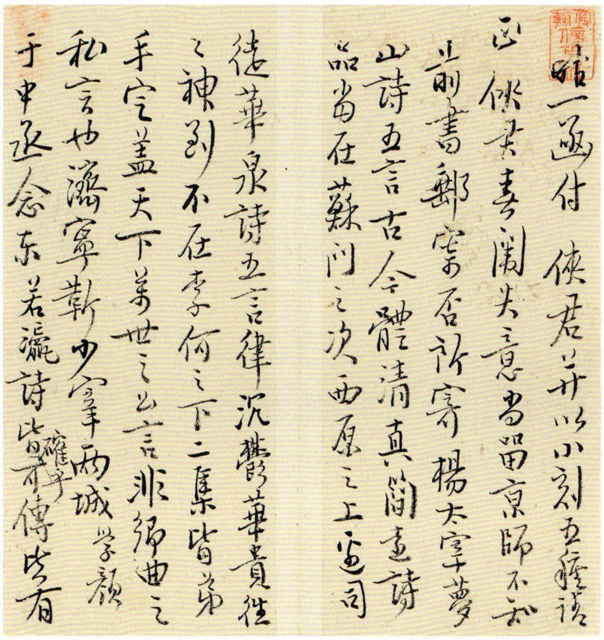

各 20 × 8.9 cm

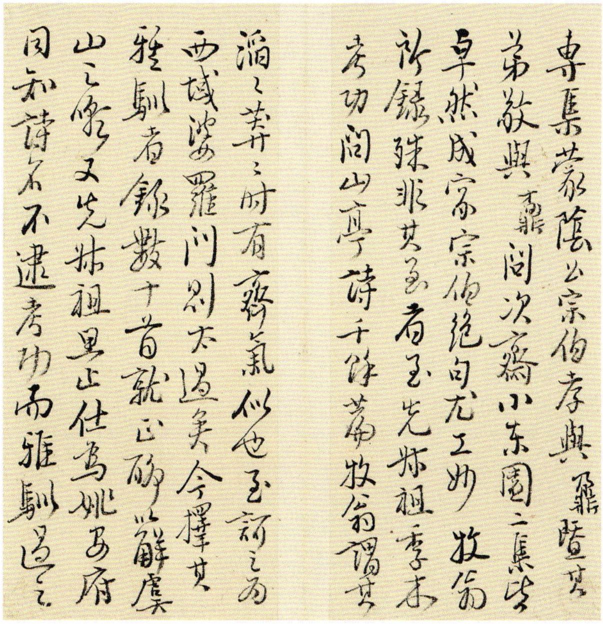

各 20 × 8.9 cm

《石林建康集》返璧照入之。專懇者：《西城別墅倡和集》未刻竣而梓工必欲回南度歲，欲求

老先生八分書一封面，先令目下刻出。希即

命筆，刻樣一紙附去，照此式可也，容謝、容謝。《摭言》足本如得，即付來，感甚、感甚。俞邰之信似非無稽，奈何？唐濟老云尚欲得一回字，祈旦莫發下，并及。封面祈書「西城別墅倡和集（八分），竹垞書」。

竹垞老先生。功弟士禛頓首。

編按

此信著錄於葛嗣浵《愛日吟盧書畫別錄》卷二。考《西城別墅倡和集》一書由王士禛（一六三四—一七一一）所輯，刊於康熙二十九年（一六九〇），本札當作於此頃。

〔第五札〕

釋文

俗務轇葛，天氣炎蒸，同居一城，邈若秦越，如何、如何！憶

老先生近況，定自清勝。同衙門錢再老尊翁太

先生屬弟書一亭扁，未可艸艸，特求

老先生為弟代筆作八分書，其款則弟亦自書之可也。渠三日內有人南行，索之甚促迫，唯于晚涼潑墨，明日即擬送之，容頌謝。《謝幼槃集》錄一通，元本返上。小集或說部有可錄者，附假一二，不盡。

功弟士禛頓首。

竹垞老先生。

印章

古懽居（朱文方印）

〔第六札〕

釋文

顧咸三年兄昨枉□□倒屣，祈

老先生為致意。大小石四方，欲煩篆刻，希早送去。白文知仿漢印最工妙，朱文得似貴鄉徐士白一種更妙。并唯 致之。文盎想已霍然，附候。《英華辨証》一本，附返上小照。

竹垞先生。（布景并煩早留意為謝。）弟士禛頓首。

編按

「顧咸三」即顧仲清，一字閑山，號松壑、中村。浙江嘉興梅里人，監生，朱彝尊（一六二九—一七〇九）入室弟子。工繪事，尤長於畫蝶，時稱顧蝴蝶。並善篆刻，師法徐士白。又善仿製詩箋，亦很精美，人稱「梅里箋」。著有《讀左》、《讀莊》、《孔林漢碑考》、《扶青閣稿》、《唱月齋詞》等。

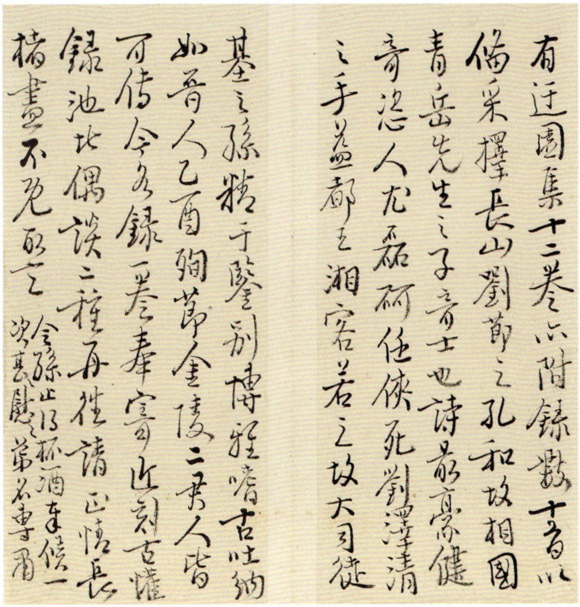

各 20 × 8.7 cm

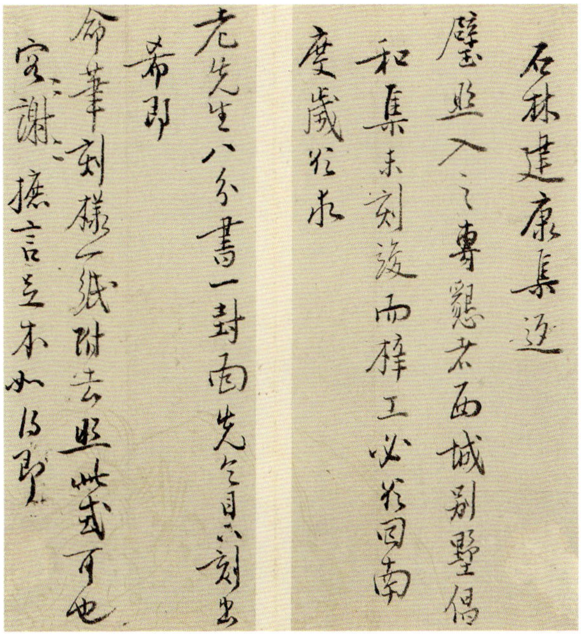

右：21.4 × 9.8 cm
左：21.4 ×8.7 cm

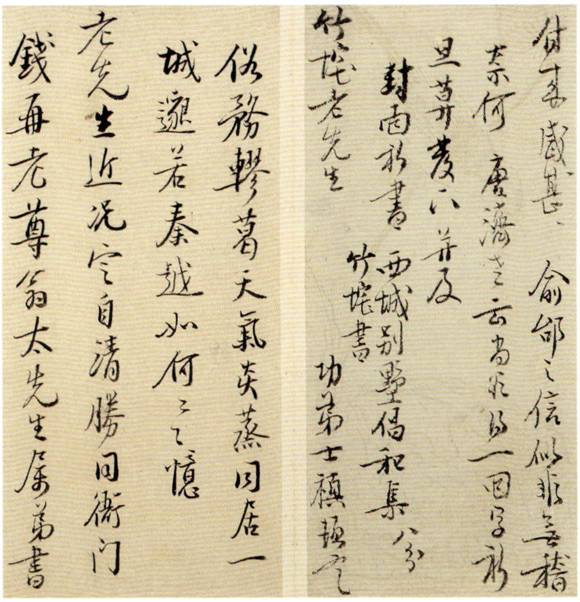

各 21.7 × 10 cm

〔第七札〕

釋文

昨承
枉過，得奉
揮麈，稍慰積懷。《經禮補逸》一本、《郭功甫集》二本，
敬返
鄴架，幸 查入之。尚欲借抄唐宋元人文集及說部書，
祈
付三、五種來。陳元孝昨又有札至，囑致候并奉寄《鐵
塔銘》數紙專
上，似仍非所需題名也。《始豐集》如
閱完，希 付去手，不一。
天自致意。功弟士禛頓首。
竹垞老先生。

吳用威觀款

壬申重九，新建夏敬觀、長樂梁鴻志、吳縣吳湖帆、閩縣黃孝紓、新城陳灨一同觀，仁和吳用威題記。

葉恭綽跋尾一

愛好貪多任世評，主盟南北未相輕。填詞老去風懷減，獨遺消魂為阮亭。（此冊乃薈集歷年函札，其籤題猶竹垞寫刊。又竹垞嘗手錄漁洋詩句為《摘句圖》，足徵二人交誼。）

腕底空誇八法豪，小亭銀榜怯題糕。虞戈省識朱家筆，豈獨賡歌有捉刀。（札中懇朱代書亭額。漁洋召試，

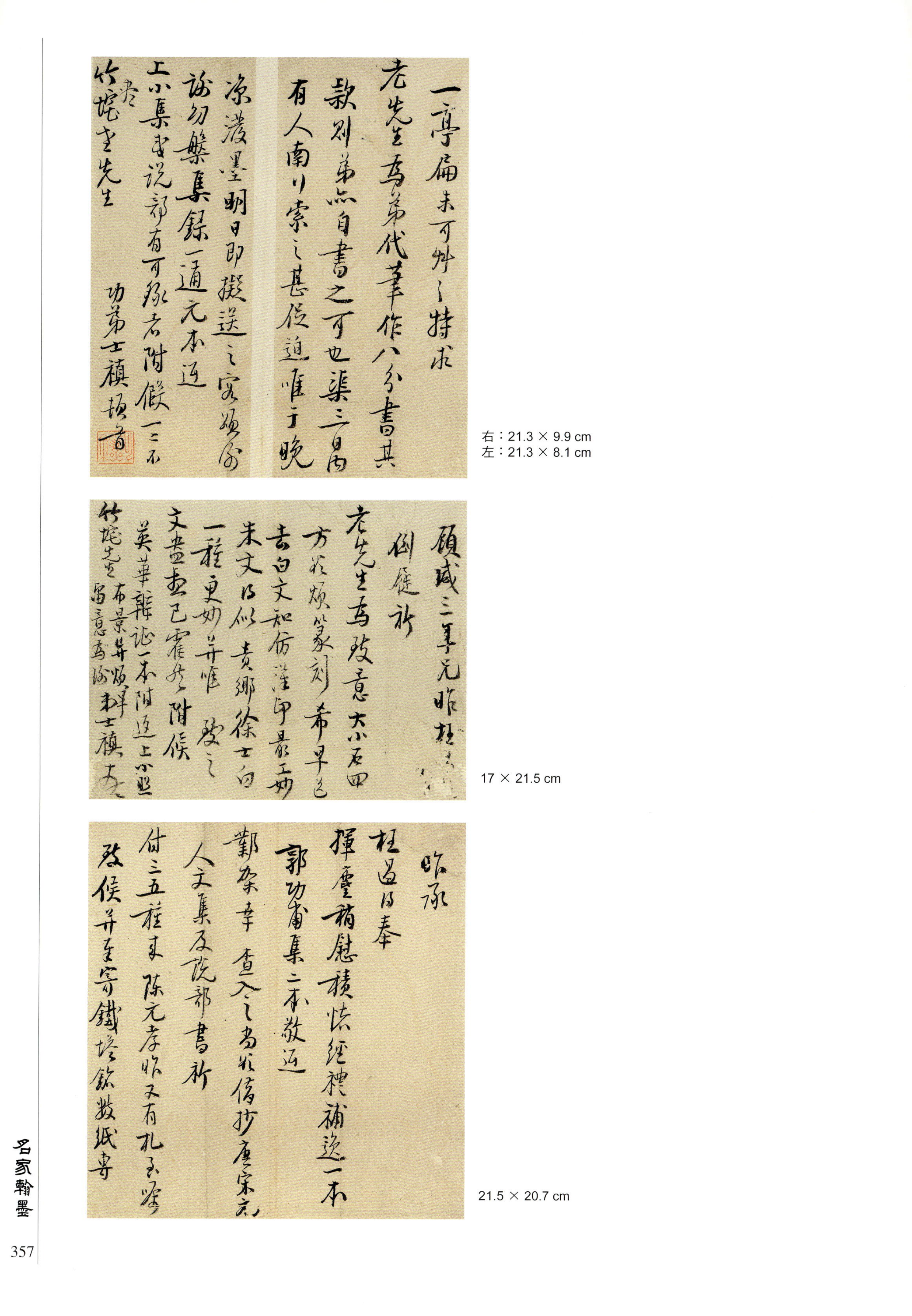

右：21.3 × 9.9 cm
左：21.3 × 8.1 cm

17 × 21.5 cm

21.5 × 20.7 cm

不能完卷，賴張英為之代作。）

民國三十二年四月，葉恭綽記。

印章

遐庵（朱文方印）、酸（朱文方印）

葉恭綽跋尾二

此所云《建康集》不知何本，歸安陸氏、長沙葉氏所刊本，互有詳畧，所據者不同也。獨漉中年後與諸名士酬唱往還，頗有議之者，蓋亦有所不得已也。竹垞早歲亦參與恢復，後遂應特科入詞館，反為江村所排。誦其《贈江村》五古，使人慨歎。竹垞《過留侯祠・水龍吟》詞不能碻定何年作，殆亦所以自況，但其成就不及子房遠矣。三十六年十一月，遐翁再題。

印章

恭綽（朱文長方印）

大似仍非所需題名也 如重集小
閣完希 付去千不一
天自致意
竹垞老先生 功弟士禎頓首

壬申重九新建夏敬觀長樂梁鴻志吳縣吳湖帆
閩縣黃孝紓新城陳灨一同觀仁和吳用威題記

21.5 × 7.8 cm

賞好貪多任世評主盟南北未相輕
詞老去風懷減獨遣消魂為阮亭 此冊乃當集曝書亭
札其識題稱竹垞兩刊又竹垞當手錄漁洋詩句為摘句圖是
擬之人之證
腕底空誇八法豪小亭銀榜怯題糕虞戈
省識朱家筆豈獨賡歌有援刀 札中頗朱代書
亭翁 漁洋自試不能完善猶張典為之代作
民國三十二年四月葉恭綽記
此所云建康集不知何本歸安陸氏長沙葉氏所刊本
互有詳略所據者不同也 獨漉中年後與諸名士
酬唱往還頗有議之者蓋亦有所不得已也 竹垞早
歲亦曾與恢復海道應特科入詞館反為江村所排謫
其贈江村五古使人慨歎 竹垞過留侯祠水龍吟詞不

24 × 24.6 cm

斜碣定何年作殆亦所以自況但其成就不能及子
房遠矣 三十二年十一月 遐翁再題

24 × 24.6 cm

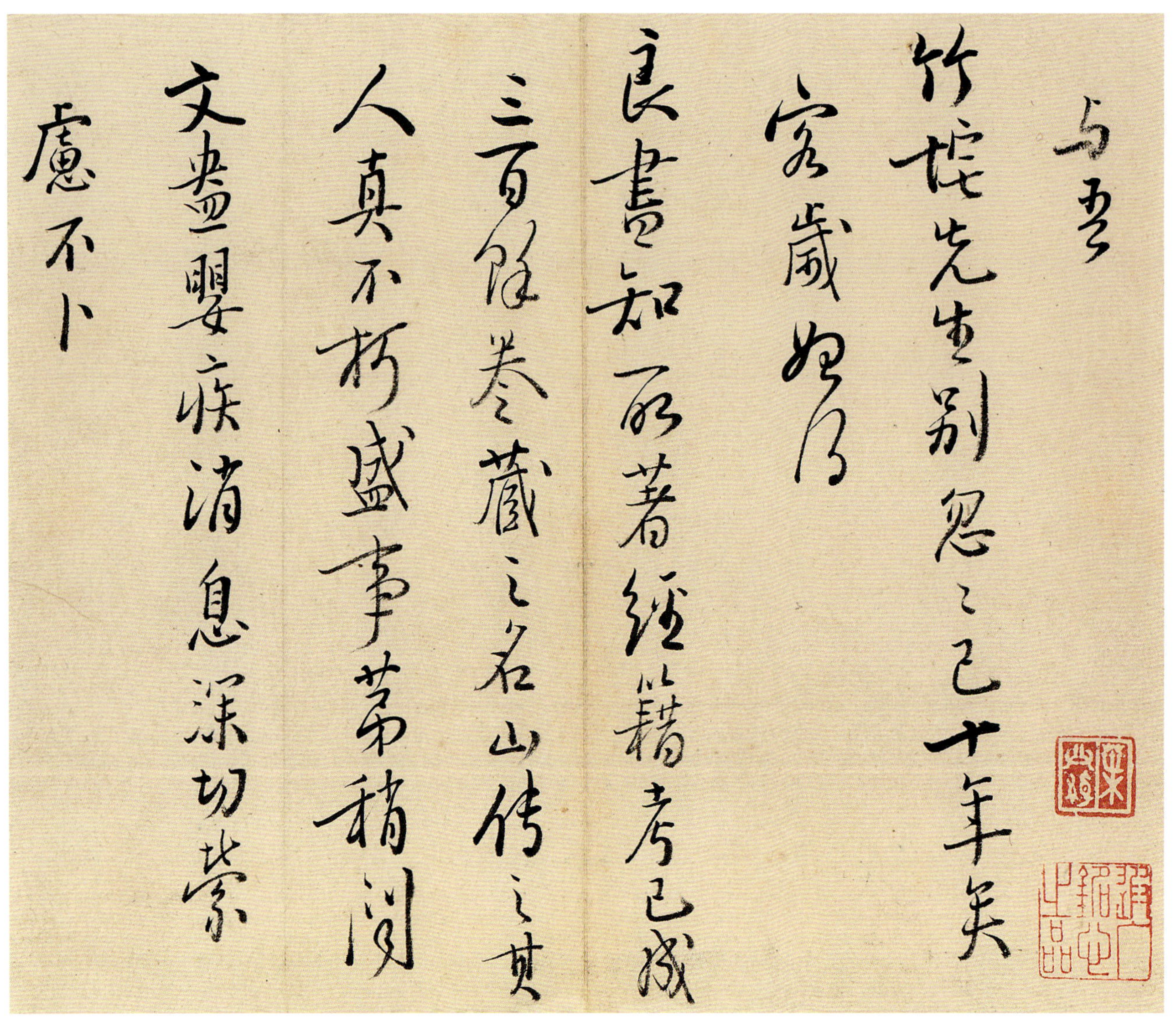

先生近況比復何如弟去年
夏六月有悼亡之戚秋九月
又有弱女之痛中懷作惡
日思歸田而未敢輒請搃吾
並為故人道者聊因 禹平
公車先生南旋之便附訊
興居近刻數種用資軒
渠從容當更詳之臨啟

馳結不盡。

庚辰三月晦日弟期士禎頓首

庚辰歲魏禹平兄南還附有

一函仰候

起居并近刻請　政未奉

報書弟亦尋請急歸田不知前

書竟得達　箋記否　張孝

袁公車入都如每
手示瞭如，後面書可知也。承詢
刪定有明一代之詩，甚盛。明詩選
者不一家，前輩無論升菴太
史、夢山太宰二楊公，然皆至弘
正止矣。後此惟顧氏國雅不失
古意，牧翁意在庀史，故所舍
朱[illegible]無關風雅大指，裁鑒可
謂精矣。然知其一說而不知其
二，有一說也，故取境甚狹，不足

以窮正變之極致
若盡于北道伐毛洗髓深且久
矣今茲之選必能通兩家之
郵盡波瀾之致焉三百年中
必不可少之書第猶有一言進
者明詩自青丘之後極盛于弘
治空同大復爲大宗昌穀上翼
庭實下毗北論定之公言也繼盛
于嘉隆滄溟弇州皆萬人敵
也惟謖徵猶多古調寖失是

以不遠弘正作者耳若謂李何
已後諸種流傳則是之非真錯
黑白倒置誦詩論世使承學
者何所適從世明詩非降一大
關鍵非　先生法眼巨手實誰使
正之故既斯選又選宋通
籥病從之嚴于古人而寬于近世
詳于東南而略于西北總惟
生也播之歙郡楊夢山先生
詩蕭疎簡遠以淵明摩詰之

真意齋有選本今往一冊先世文毅曾集新刻亦寄上當以大行表墓重可光從祖季木考功劉相國青岳訓鴻仲子孔和詩皆橫空盤硬有可傳弟皆有定本副弟節録奉寄僕君大定文矣毋遽示一

未上元日弟士禎頓首

竹垞先生閣下

昨一函付　使君并以小刻五經語
正，僕某素闲其意，留京師不去
前書鄭宰否？所寄楊太宰夢
山詩五言古今體清真簡遠，詩
品當在蘇門之次，西原之上。邊司
徒華泉詩五言律沉鬱華貴，往
々神到，不在李何之下。二集皆弟
手定，蓋天下萬世之公言，非阿曲之
私言也。滄溟寧歉，少宰兩城學顏
手中退念東，若滄溟詩皆雅字可傳，皆有

專集蒙陰公宗伯孝與鼐暨其

弟敬與鼒問次齋小東園二集吟

卓然成家宗伯絕句尤工妙牧翁

許錄殊非其至者至先祖季木

考功問山亭詩千餘首牧翁謂其

滔滔莽莽之時有齊氣似也至謂之為

西域婆羅門則太過矣今擇其

雅馴者錄數十首就正於蘚虞

山之廬又先叔祖里居仕為姚安府

同知詩亦不逮考功而雅馴過之

有迂園集十二卷亦附錄數十首以備采擇長山劉節之孔和故相國青岳先生之子高士也詩最有豪健奇恣人尤磊砢任俠死劉澤清之手蓋鄒平湘客若之故大司徒基之孫精于鑒別博雅嗜古吐納如晉人乙酉殉節金陵二君人皆可傳今各錄一卷奉寄近刻古懽錄池北偶談二種再往請正悵長楷書不免取之

令孫止得杯酒未能一次長晤之第名專肅

石林建康集送
壁照入之專懇若西城别墅倡
和集未刻後而梓工必於同南
度歲從求
老先生八分書一封面先之目之刻出
希取
命筆刻樣一紙附去照此式可也
容謝謝 據言並示水後即上

付集感甚感甚。俞邵之信似非無稽
奈何。盧潞云云尚未得一回字耶
且葬後六月并及
封面祈書西城別墅倡和集八分
竹垞書
功弟士禎頓首
竹垞老先生

俗務轇轕，天氣炎蒸，同居一
城，邈若秦越，如何如何。憶
老先生近況定自清勝，同衙門
錢每老尊翁太先生居第書

一亭偏未可少特求
老先生爲弟代筆作八分書其
款則弟亦自書之可也渠三日
有人南行索之甚促迫唯于晚
涼潑墨明日即擬送之家姪處
詠物餘集錄一通元本送
上小集求說部有可録者附假一二不
功弟士禎頓首
竹垞老先生

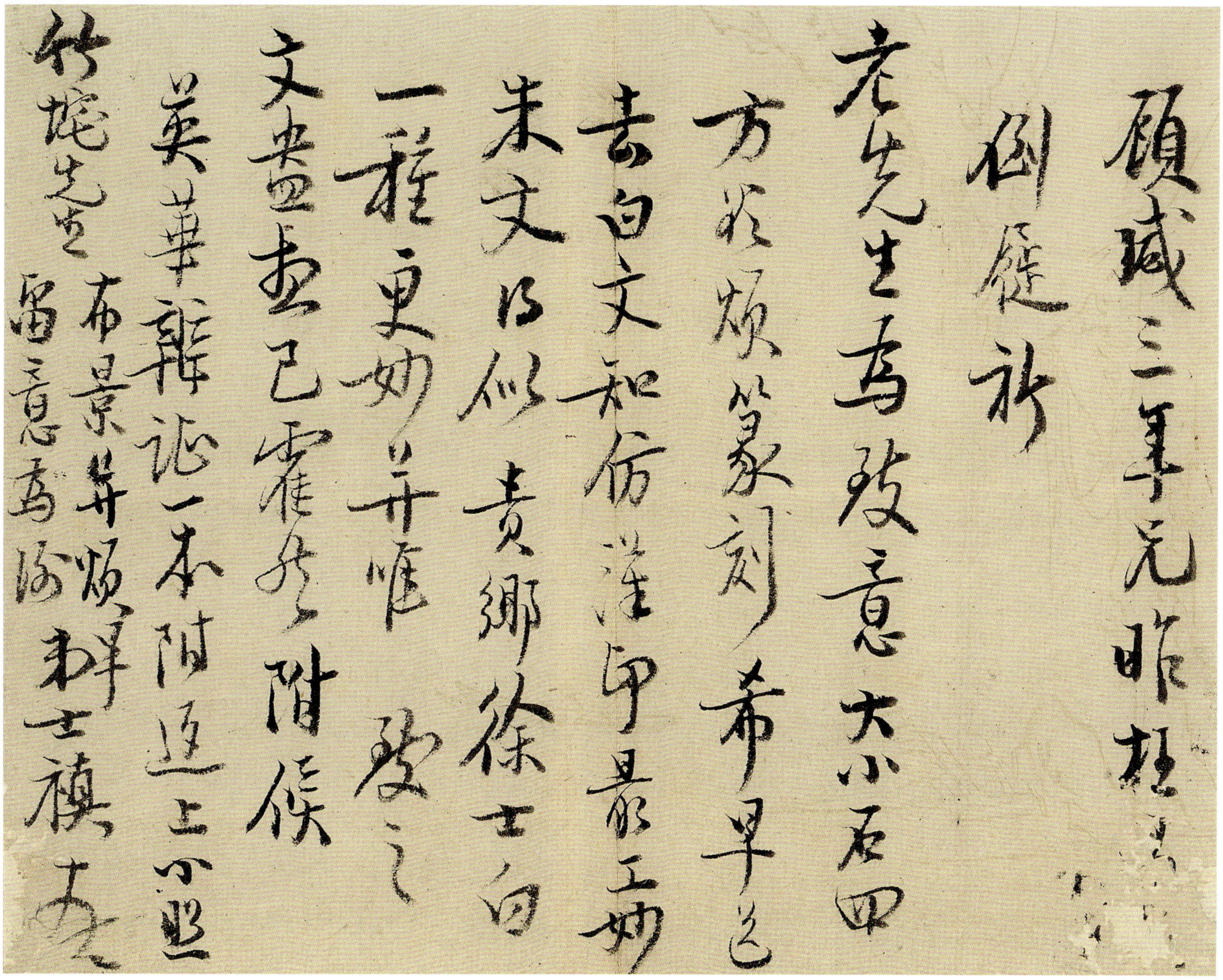

昨承
枉過，日奉
揮麈，稍慰積悰。經稗補逸一本，
郭功甫集二本敬返。
鄞縣志查入，乞為我借抄唐宋元
人文集及說部書，祈
付三五種來。陳元孝昨又有札至，屬
致侯，并來寄鐵塔銘數紙專

亦似仍非所需題名也 如畫集以
閱完希 付去手不一
天自發意
竹垞老先生
功弟士禎頓首

壬申重九新建夏敬觀長樂梁鴻志吳縣吳湖帆
閩縣黃孝紓新城陳灨一同觀仁和吳用威題記

愛好貪多任世評，主盟南北未相輕。填詞老去風懷減，獨遣消魂為阮亭。此冊乃舊集歷下手函札，其籤題係竹垞寫刊，又竹垞嘗手錄漁洋詩句為摘句圖，足徵二人之誼

腕底空誇八法豪，小亭銀榜怯題糕。戈亭額

省識朱家筆，豈獨賡歌有捉刀。札中並朱代書 漁洋台試不能完卷，賴張英為之代作

民國三十六年四月葉恭綽記

此所云達康集不知何本，歸安陸氏、長洲葉氏所刊本互有詳略，所據亦不同也。獨漉中年後與諸名士酬唱往還，頗有議之者，蓋亦有所不得已也。竹垞早歲亦曾與恢復，後遂應特科入詞館，反為江村所排誣，其贈江村五古使人慨歎。竹垞過留侯祠水龍吟詞不

能碻定何手作殆亦所以自況但其成就不能及子房遠矣

壬午年十一月 遐菴再題

朱奇齡　致拱辰札

釋文

前過匆匆別去，不盡所懷，為悵。茲因牛橋風水地，准與吳姓者略有加貼之議，尚未定局，乞致

尊大人或　令親　盛族中有欲得此者，頗可商。特托族叔□聲走商，惟

斟酌以覆。專此，不一。奇齡頓首。

拱辰賢甥。

鑑藏印

朱（朱文圓印）

邊題

朱奇齡，字與三，浙江海寧人，查學圃先生之外甥。著《與三文集》。

編按

朱奇齡（一六三七—一六九二後），字與三，號拙齋。浙江海寧人，查慎行（一六五〇—一七二七）表兄。康熙三十年（一六九一）恩貢。

本札上款人「拱辰」身分未詳，待考。

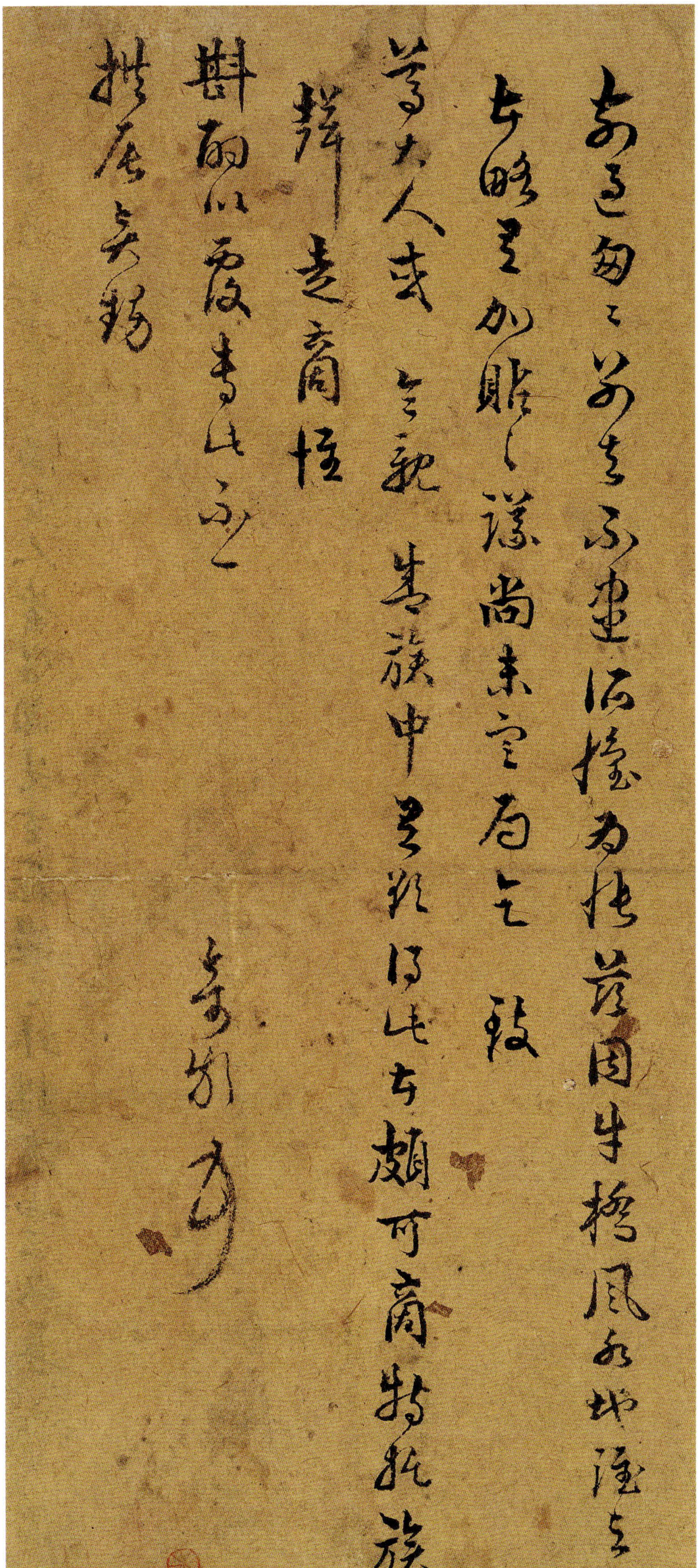

朱奇齡 字與三 浙江海甯人 查學園先生之外甥 著與三文集

26.5 × 10.8 cm

高士奇　示姪札

釋文

去年鹿鹿，小簡久疎。椒花催臘，又是酣春時節矣，想
賢姪倩孝履平寧，
潭祺納福，定符私忱。舊冬本擬偕梅閣姪來倉，一圖良覿，詎意目疾纏身，遷延匝月，迄今尚未復原，頗為受累耳。姪女亡後，彈指兩年，回憶曩時，凄然悲至，撤幃之期，務望先行。此頌　日安。
弟士奇再拜。

鑑藏印

朱（朱文圓印）

邊題

高士奇，字澹人，號瓶廬，又號江邨。錢塘人。由諸生入太學，以能書稱旨，授詹事府錄事，賜同博學鴻儒科。賜號竹窓，加禮部侍郎。謚文恪。精鑑賞，富收藏，所輯《江邨消夏錄》盛行于世。著有《江邨全集》。

編按

高士奇（一六四四—一七〇三），字澹人，號江村。浙江錢塘人。清初著名收藏大家，曾藏有黃公望（一二六九—一三五四）名蹟《富春山居圖》。生平詳本札邊題。

去年鹿〻山間之疎樹花催臘又是甜春晴節矣想
賢從倩孝履平寧
潭祺納福定符私忱舊冬本擬借梅閣拄杖倉一圖良
覿詎意同疾纏身遷延匝月迄今尚未復原頗為受
累耳拄女比後彈指兩年回憶曩時悽然愁玉撤
幃之期務佳先行此候日安 弟士奇再拜

23.1 × 9.5 cm

高士奇 字澹人號瓶廬又號江邨錢塘人由諸生入太學以能書稱
旨授詹事府錄事
賜同博學鴻儒科
賜號竹窗加禮部侍郎謚文恪精鑑賞富收藏所輯江邨消夏錄
盛行于世著有江邨全集

尤珍　致野橋札

釋文

所來珊漁兄扇乙柄，容當轉交。又白描三幅，亦當託人轉售。茲奉上京平紋二兩，煩即交　伯荇兄送去，并煩　伯荇兄一催，為幸。此復，即頌刻佳，不一。

野橋大兄大人閣下。弟珍頓首，初三日。

邊題

尤珍，字謹庸，號滄湄，長洲人，侗子。乾隆壬戌進士，著有《滄湄類稿》。

編按

尤珍（一六四七—一七二二），字謹庸，江蘇長洲人。康熙二十一年（一六八二年）進士，歷充《大清會典》、《明史》纂修官，遷贊善。著有《滄湄類稿》、《晬示錄》。邊題作「乾隆壬戌進士」，殆誤。

本札內容所談當為鬻畫事，其中人物待考。

昨承珊洲兄翁以扇面囑寫白描三幅之意託人轉達茲東
上京寄作尊頃回示　伯荷兄送去並煩　仍荷兄一催為幸此
復即頌
刻佳不一
野樵大兄大人閣下　弟珍頓首
初三日

22.4 × 8 cm

尤珍

字謹庸　號滄湄　長洲人　侗子
乾隆壬戌進士
著有滄湄類稿

楊賓 銅盤銘碑記

一七〇九年

釋文

《銅盤銘碑》在汲縣北十五里比干墓上，考薛尚功《鐘鼎款識》云：「唐開元四年，游子武之奇於偃師耕穫，獲一銅片，盤形四尺六寸，上鏤文云：『左林右泉，後岡前道，萬世之藏，茲焉是寶。』」是銅槃在唐時出於偃師也。張邦基《墨莊漫錄》曰：「政和間，朝廷求三代彝器，程唐為陝西提點茶馬，李朝儒為陝西轉運，遣人于鳳翔府破商比干墓，得銅盤，中有款識十六字。獻之於朝，道君皇帝曰：『前代忠賢之墓，安得發掘？』乃罷朝儒，退出其盤。」則盤出於鳳翔而在宋政和間矣。按，林同人《來齋金石考略》云：「《府誌》載周思宸稱，至元延祐戊午，學正王悅臨摹《汝帖》勒石。」夫王寀《汝帖》刊於大觀三年八月，使是盤果出於政和間，則《汝帖》刻時盤尚未出，寀又何從而摹刻之耶？其為唐獲無疑。至臨摹《汝帖》入石，據張淑《後記》則又確係延祐間王悅事，其主萬曆十五年周思宸臨摹入石者，皆不可信。

己丑二月，大瓢山人識。

印章

楊賓（白文方印）、大瓢山人（白文方印）

邊題

楊賓，字可師，號大瓢，浙江山陰人。作《柳邊紀畧》，塞外人稱「楊夫子」。書法不染宋元習氣。

印章

湘舲手錄（白文方印）

編按

楊賓（一六五〇—一七二〇），字可師，號大瓢。浙江山陰人。年十三，父坐累戍寧古塔。父歿後，按例不許歸葬，楊賓乃走京師日哀訴於當道，因得迎母奉父柩歸。又將赴戍見聞，與文獻印證，於康熙四十六年（一七〇七年）完成《柳邊紀略》。另著有《金石源流》、《大瓢偶筆》、《晞髮堂詩文集》等。本札款署「己丑」，為康熙四十八年（一七〇九年），時楊賓六十歲。鈐印用墨色印泥，或適逢其家族有喪事。

楊賓字可師號大瓢浙江山陰人作柳邊紀畧塞外人称楊夫子書法不染宋元習氣

銅盤銘碑在汲縣北十五里比干墓上考薛尚功鐘鼎款識云唐開元四年游子武之奇於偃師耕穫獲一銅片盤形四尺六寸上鏤文云左林右泉後岡前道萬世之藏兹焉是寶是銅槃在唐時出於偃師也張邦基墨莊漫録曰政和間朝廷求三代彝器程唐爲陝西提點茶馬李朝儒爲陝西轉運遣人于鳳翔府破商比干墓得銅盤中有款識十六字獻之於朝道君皇帝曰前代忠賢之墓安得發掘乃罷朝儒退出其盤則盤出于鳳翔而在宋政和間矣按林同人來齋金石考略云府誌載周思宸稱至元延祐戊午學正王悅臨摹汝帖勒石夫王宷汝帖刊於大觀三年八月使是盤果出於政和間則汝帖刻時盤尚未出宋又何從而摹刻之耶其爲唐獲無疑至臨摹汝帖入石據張淵後記則又確係延祐間王悅事其云萬曆十五年周思宸臨摹入石者皆不可信

己丑二月大瓢山人識

23.8 × 30.7 cm

楊賓字可師號大瓢浙江山陰人作柳邊紀畧塞外人称楊夫子書法不染宋元習氣

銅盤銘碑在汲縣北十五里比干墓上孝薛尚功鐘鼎款識云唐開元四年游子武之奇於偃師耕穫一銅片盤形四尺六寸上鏤文云左林右泉後岡前道萬世之藏兹焉是寶是銅槃在唐時出於偃師也張邦基墨莊漫録曰政和間朝廷求三代彝器程唐為陝西提點茶馬李朝儒為陝西轉運遣人于鳳翔府破商比干墓得銅盤中有款識十六字獻之於朝道君皇帝曰前代忠賢

周思宸以稱至元延祐戊午學臣王悅臨摹汝帖勒石夫
王寀汝帖刊於大觀三年八月使是盤果出於政和
間則汝帖刻時盤尚未出寀又何從而摹刻之耶
其爲唐獲無疑至臨摹汝帖入石據張淵後記則
又確係延祐間王悅事其王萬曆十五年周思宸
臨摹入石者皆不可信

己丑二月大瓢山人識

陳元龍　致汪由敦詩帖

一七三二年

釋文

垂柳陰濃雨滿渠，玉䆫染翰待應璩。衣冠霑濕毫端潤，揮灑烟雲到直廬。九衢人識校書車，瀟洒風規畫不如。緩步無須乘欵叚，駕轅舊是賈生驢。胸中自載汗牛書，出入何妨下澤車。雲裏觚稜瞻咫尺，侍臣長在上清居。

辛亥六月，為

謹堂館丈題并正。陳元龍。

印章

乾齋陳元龍印（朱文方印）、八十老人（朱文方印）、西園（白文長方印）

編按

陳元龍（一六五二—一七三六），字廣陵。浙江海寧人。康熙二十四年（一六八五年）榜眼，官大學士，入直南書房。工楷書，聖祖命就御前作大書，頗受嘉獎。卒謚文簡。著有《愛日堂詩》、《格致鏡原》。

汪由敦（一六九二—一七五八），字師苕，號謹堂。安徽休寧人。出身鹽商之家，十九歲遊學浙江。雍正二年（一七二四年）進士，授編修，與修《明史》。官至吏部尚書、協辦大學士等，參與纂修《大清一統志》和《盛京通志》。卒謚文端。著有《松泉詩文集》。

本札署款「辛亥」，即雍正九年（一七三一年），時陳元龍八十歲，與所鈐印「八十老人」相符。此年間，汪由敦年四十，任《明史》纂修。

垂柳陰濃雨滿渠玉窓深翰待
應璪衣冠雲濕毫端潤揮灑烟
雲到直廬 九衢人識按書車瀟
洒風規畫不如緩步無須乘欵段駕
轅舊是賈生驢 留中自載汗牛書
出入何妨下澤車雲裏觚稜瞻咫尺
侍臣長在上清居 辛亥六月為
謹堂館文題并正 陳元龍

30.3 × 25.3 cm

吳瞻泰　致畢宏述札

釋文

暮春返家鄉，酷暑方回廣陵。渴企雲亭，惄焉神往。吳牛喘月，每一涉筆，即揮汗成雨，蓋欲馳候而閣筆者數矣。前承鐵筆，逼近秦漢之章，匪特耳目近玩也。擬製一詩奉酬，亦請俟秋風颯颯時完清宿債耳。先此道惓惓，容嗣布。不宣。季老學長兄。同學弟吳瞻泰頓首。

鑑藏印

朱（朱文圓印）

邊題

吳瞻泰，字東岩，歙縣人。著有《陶詩彙注》。

編按

吳瞻泰（一六五七—一七三五），字東岩。安徽歙縣人，吳苑（一六三八—一七〇〇）長子。自少修舉業，然多次赴考不遇。

畢宏述，字季明、既明，生卒年不詳。祖籍安徽歙縣，先世遷浙江海鹽。能詩文，工書法、篆刻，嘗增訂清初閔齊伋（一五七九—一六六一後）所編《六書通》手稿，於康熙五十九年（一七二〇年）刊刻傳世，影響深遠。著有《念園草》。

本札記述吳瞻泰得到畢宏述為刻印章一方，擬賦詩酬答，從中可見兩位文人交往痕跡。

吳曉泰 字東岩 歙縣人 著有陶詩彙注

暮春返家鄉酷暑方回廣陵渴企
雲亭愁爲神往吳牛喘月每一涉筆即揮汗
成雨蓋欲馳賡而閣筆者數矣前承
鐵筆遍近秦淮之章匯特耳目近玩也拙製
一詩奉酬亦請俟秋風颯颯時完清宿債耳先
此道懷懷餘嗣布不宣
季翁學長兄
同學弟吳曉泰頓首

25.5 × 11.2 cm

汪越　致畢宏述札

釋文

昨求

手鐫私印，因見

五兄制作穆然如三代法物，歎□之久矣。極知能事不受相迫，適數日內將往白門，恐此後相左，徒深渴想也。詩酒之暇，破晷立成，感切之至。又請識尊名其上，庶海內識者共寶之。餘不悉。

既老五兄先生。同學弟汪越頓首。冲。

鑑藏印

朱（朱文圓印）

邊題

汪越，字季超，一字師退，南陵人。康熙舉人，精史學。著有《讀史記》十卷，考訂詳確。詩古文亦冲［淡］典雅。又有《二樓小志》、《綠影草堂集》。

編按

汪越（？—一七二四），字季超，號大農山人。本姓王，曾祖渭嗣母家改姓汪，安徽蕪湖人。康熙四十四年（一七〇二年）舉人，受鄉里所敬重。

畢宏述，字季明，又字既明，浙江海鹽人。生平詳見前札。

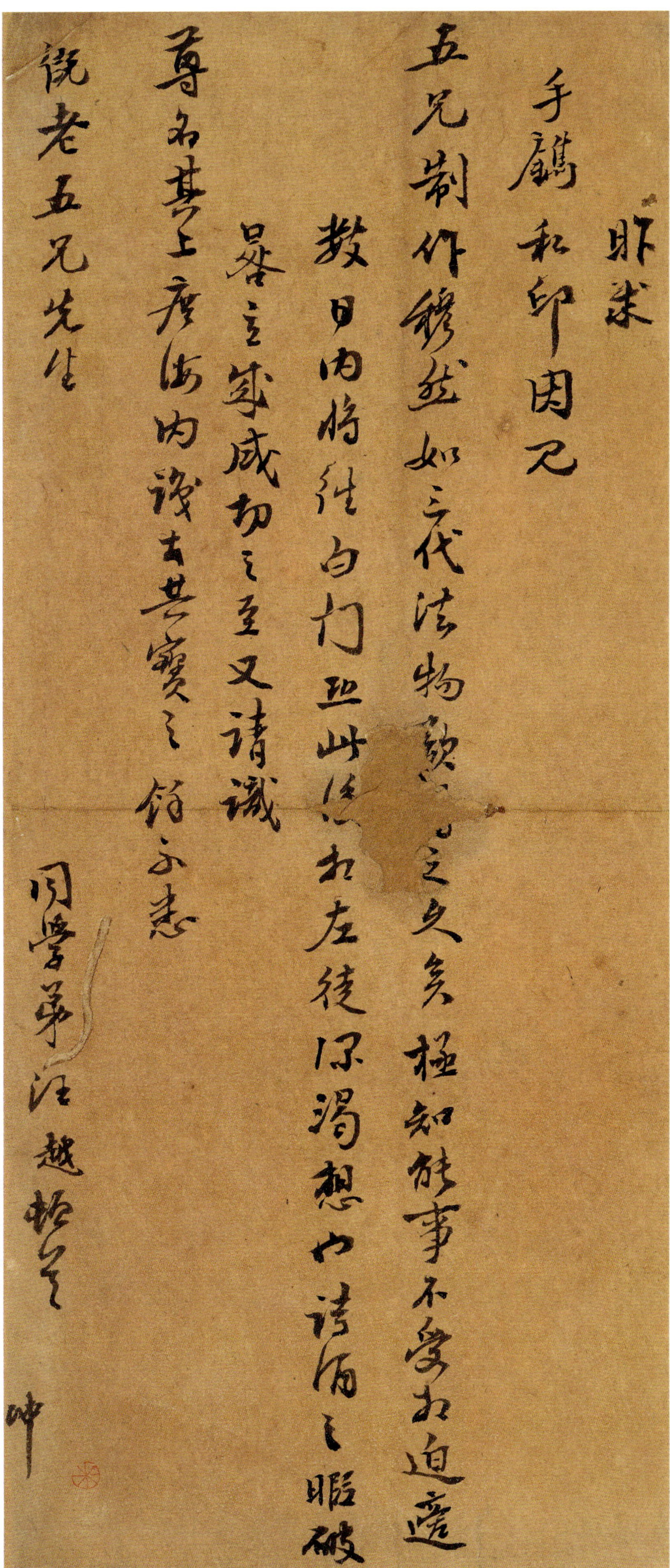
昨承
手翰 和印因乙
五兄制作穆然如三代法物 歆之久矣 极知能事不必迫遽
数日内将往白门 到此信札左右 徒深渴想 也请俯々暇破
晷立写 成功々至 又请识
尊名其上 庶此内识古共宝之 顺承志
说老五兄先生
同学弟汪越 顿首
冲

27.3 × 11.8 cm

汪越 字季超一字师退南陵人康熙举人精史学著有读史记十表考订详确诗古文亦冲典雅又有二楼小志缘影草堂集

程元愈　致畢宏述札

釋文

新禧萬福，可勝遙賀。前承
手教，如奉
麈譚，欣慰何已。緣俗塵碌碌，久遲作報，罪仄殊深。蒙
台諸法書見頒，便中蚤望
惠示。尚有粗石，欲求
大篆，但不敢頻瀆，用是躊躇耳。因汪次老之便，率此代叩，諸容續佈，不宣。
季翁先生同學長兄。硯小弟朞程元愈頓首。

鑑藏印

朱（朱文圓印）

邊題

程元愈，字偕柳，自歙徙宣。為邑廩生，性孝友。為文悉本《六經》，朱彝尊、王士禛皆極稱之。著有《儷體文抄》、《照明詩選》。

編按

程元愈，字偕柳，生卒年不詳。安徽宣城人，生平記載極罕，具見本札邊題。著有《二樓小志》，未成書而歿，汪越（？—一七二四）、沈廷璐為補葺刊行。

本札內容與前二札相類，皆書者向畢宏述請求刻印的記錄。

新祺萬福可勝遙賀前承
手教如奉
麈譚欣慰何已緣倍麈碌碌以至作報罪戾殊深蒙
台諾法書見須俟中秋出
惠示為有韻不欲求
大家但不敢頻瀆用長牘耳因　汪次老乚俟來此代
叩諸容續佈不宣
季翁先生同學長兄
硯世弟著程元愈頓首

程元愈　字惜柳自號符宣為邑廩生性孝友為文悉本六經朱彝尊王士禛皆極稱之著有儷體文抄選明詩選

25.8 × 11.5 cm

吳朝銓 致畢宏述札

釋文

兄兩過吳門，弟未能一晤為悵。三月杪歸自山陰，便道返舍，知宅上安吉。四月十二日仍客寓山塘，將來一無所事，以有一種心事未便遠出，只得閒住在此。渴欲來淮作數月之盤桓，時聆教益，又恐一席三餐、日用之需無措，不知長兄於淮揚之間，能為我暫覓一坐地否？耑此商懇，并候近安。令姪受兄未能札候，便中幸致鄙忱。程先生乞致候。弟寓在虎丘山下，金查橋東首永和號蔗店間壁。竚望德音，不既。

學弟朝銓頓首。

季翁硯長兄先生。冲。四月十六日字。

鑑藏印

朱（朱文圓印）

邊題

吳朝銓，字山啟。梁太史作傳。

編按

吳朝銓，據邊題所記字山啟者，生平未詳。本札乃為畢宏述作，其當活躍於十七至十八世紀間。存之待考。

吳朝銓 字山啟梁太史作傳

兄兩過吳門弟未能一晤為悵三月杪歸自山陰便道返舍知
兄上安吉四月十二日仍客寓山塘將來一無所事以有一種心事未便遽出只得閒住在此
渴欲來淮作數月之盤桓時聆
教益又恐一席三餐日用之需無措不知
長兄於淮揚之間能為我暫覓一坐地否前此商懇并候
近安 令姪受兄未能札候便中幸致鄙忱 程先生乞致候弟寓在虎丘山下金查橋東
首永和號蓆店間壁訪望
德音不既
學弟朝銓頓首
季翁硯長兄先生 冲
四月十六日字

24.7 × 14.7 cm

吴荃　致畢宏述札

釋文

九農星正，三素雲飛，惟

先生福履洊加，

今望與春暉并懋也，曷勝翹賀。

法書殊深渴想，暇時祈摹董文敏《孝經》一部見　示，感不淺矣。歲內匆次一晤，

至今猶縈寤寐。

季明先生。同學弟吴荃頓首。

鑑藏印

朱（朱文圓印）

編按

本札作者吴荃，身分不明。其與畢宏述同時代人，當為十七至十八世紀間，存之待考。此函向畢宏述求取書法作品，並指定要求董其昌《孝經》的摹本，可見畢氏除篆刻以外，書跡在當時也廣受歡迎。

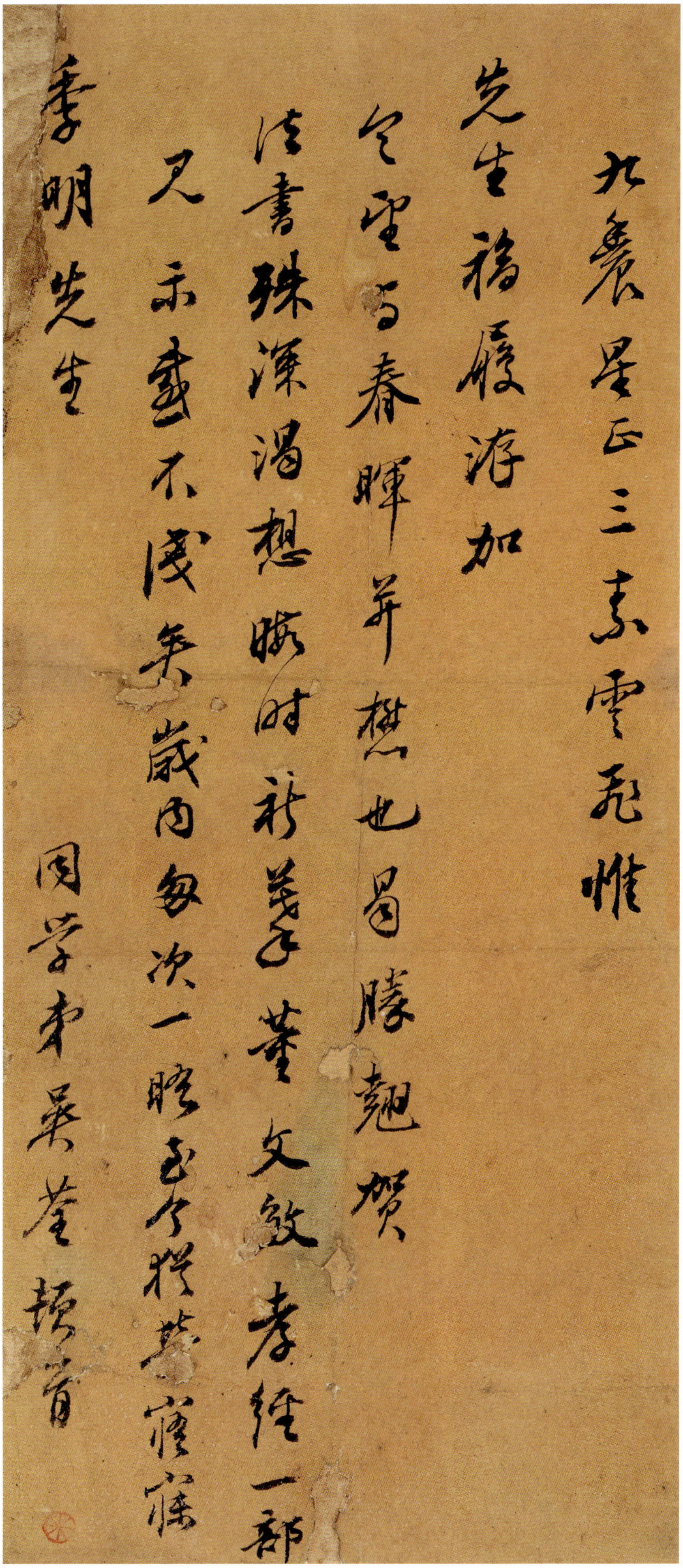

25.8 × 11 cm

汪士鋐　致高﨑札

釋文

《侍初堂記》寫本送到，石本秖搨得數帋，謹以一紙奉覽。聖跂兄何日成行？亦曾搨幾紙否？尚當走送，便中幸致。鋐拜上。

高﨑尊兄。

九月朔日。

印章

松齋（朱文長方印）

編按

汪士鋐（一六五八—一七二三），字文升，號退谷，又號秋泉。江蘇長洲人。康熙三十六年（一六九七年）會元，官中允。書法卓有成就，為清初大家。著有《秋泉居士集》、《全秦藝文志》。

本札上款人「高﨑」，身分待考。〈侍初堂記〉乃王士禛（一六三四—一七一一）為安徽歙縣程浚（一六三八—一七〇四）而作，見《帶經堂集》卷七十八《蠶尾續文·六》。「聖跂」即程浚長子程哲（一六六八—一七三九），為王士禛門下弟子。

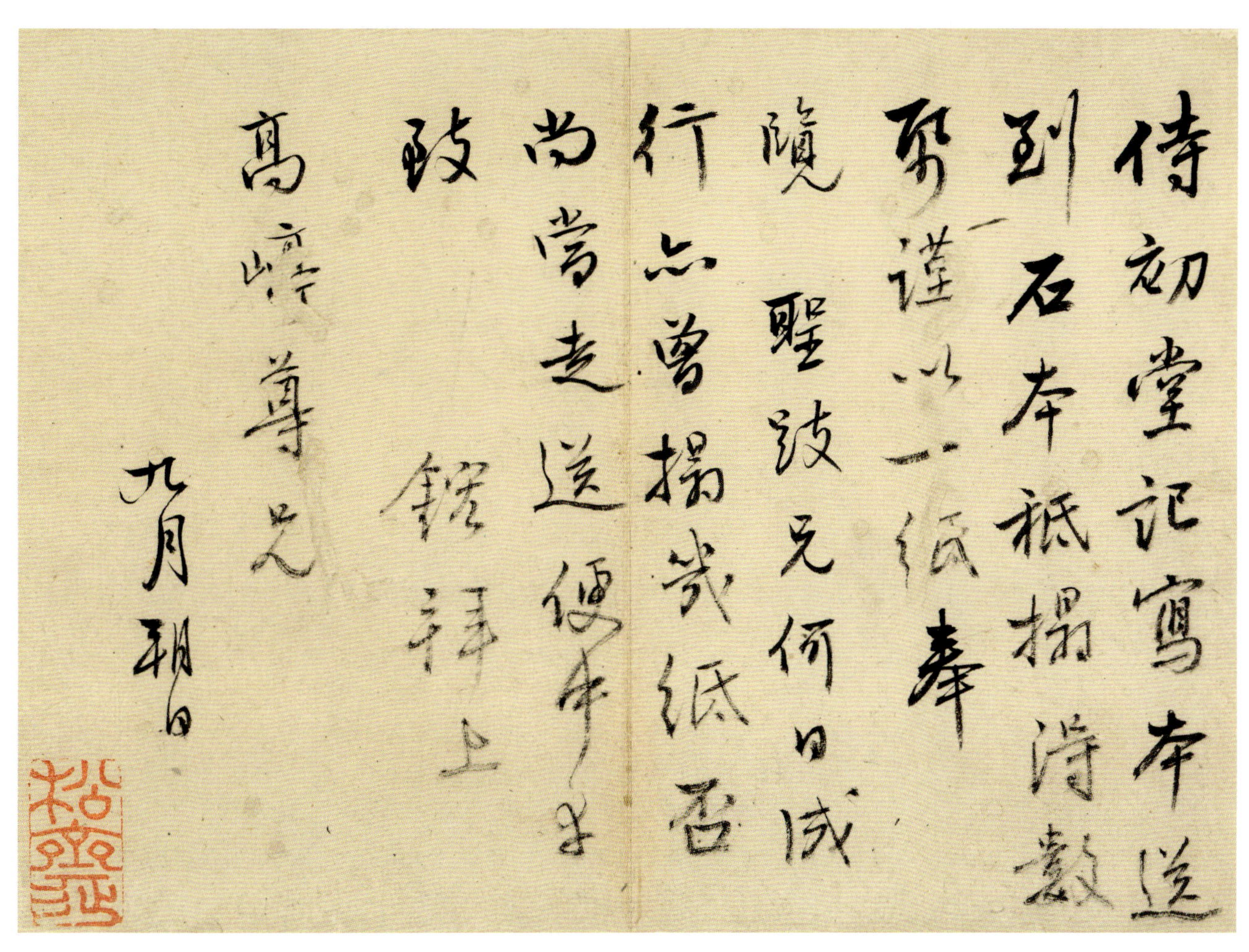
侍初堂記寫本送
到石本祇搨得數
幅謹以一紙奉
覽 聖跋兄何日成
行亦曾搨成紙否
尚當走送便中乎
致 銘拜上
高嶠尊兄
九月朔日

16.8 × 22.8 cm

侍初堂記寫本從
到石本祇搨得數
聯謹以一紙奉
覽
聖跋見何日識
其亦曾搨幾紙否

尚嘗遣僮來

致　錢拜上

高嶠尊兄

九月朔日

金介復　致立翁札

釋文

日前匆遽□□□□動訊□□也。使來，知體中稍勝，頗慰鄙懷。承太老先生寵招，自當趨領，所訂不可專設，諒知我如長兄，定能免客氣也。餘託使者面稟。

同學弟功介復頓首。

立翁長兄先生大人。

鑑藏印

朱（朱文圓印）

張廷濟邊題

梅里金介復。

印章

張叔未（白文方印）

編按

金介復，字俊民，號心齋，生卒年不詳。浙江嘉興人。康熙四十七年（一七〇八年）副貢生，湛深經術，弟子滿門。著有《四書提講》等。

梅里金介陵

日前匆遽，〻〻動訊，也使來，知體中猶

勝，頗覺鄙懷承

太老先生寵招，自當趨領，所訂不可專設，諒

知我也。

長兄定能免客氣也。餘託使者面禀，不

同學弟功介陵頓

立翁老先生大人

24.5 × 10.3 cm

何焯 書札

釋文

尊札及日記，如不由府學，則交的便，帶至杭城清河坊大街南，呈宣正昌號紬緞店收，明轉寄湖州西門外下塘永豐巷陳然圃查收，較為徑捷。弟焯又拜。

鑑藏印

朱（朱文圓印）

邊題

何焯，字屺瞻，號義門，長洲人。康熙壬午以李光地薦，特賜舉人。癸未特賜進士，授編修。出常熟翁尚書之門。尚書受要人指劾，睢州湯公因上書請削門生之籍，時論快之。卒後特賜侍講學。博覽群籍，長於考訂，凡經傳、子史、詩文集、襍説、小學，每參稽互證，以得指歸。其真偽是非、工拙源流，皆有題識，如別黑白。及刊本之偽闕同異，字體之正俗，亦分辨而補正之。其校定《兩漢書》、《三國志》最有名。校勘古碑版最精，有《何學士題跋》。喜臨摹晉唐法帖，所作真行書，並入能品。吳人與汪退谷並稱「汪何」。

編按

何焯（一六六一—一七二二），字屺瞻，號茶仙。江蘇長洲人，寄籍崇明。生平詳見本札邊題。

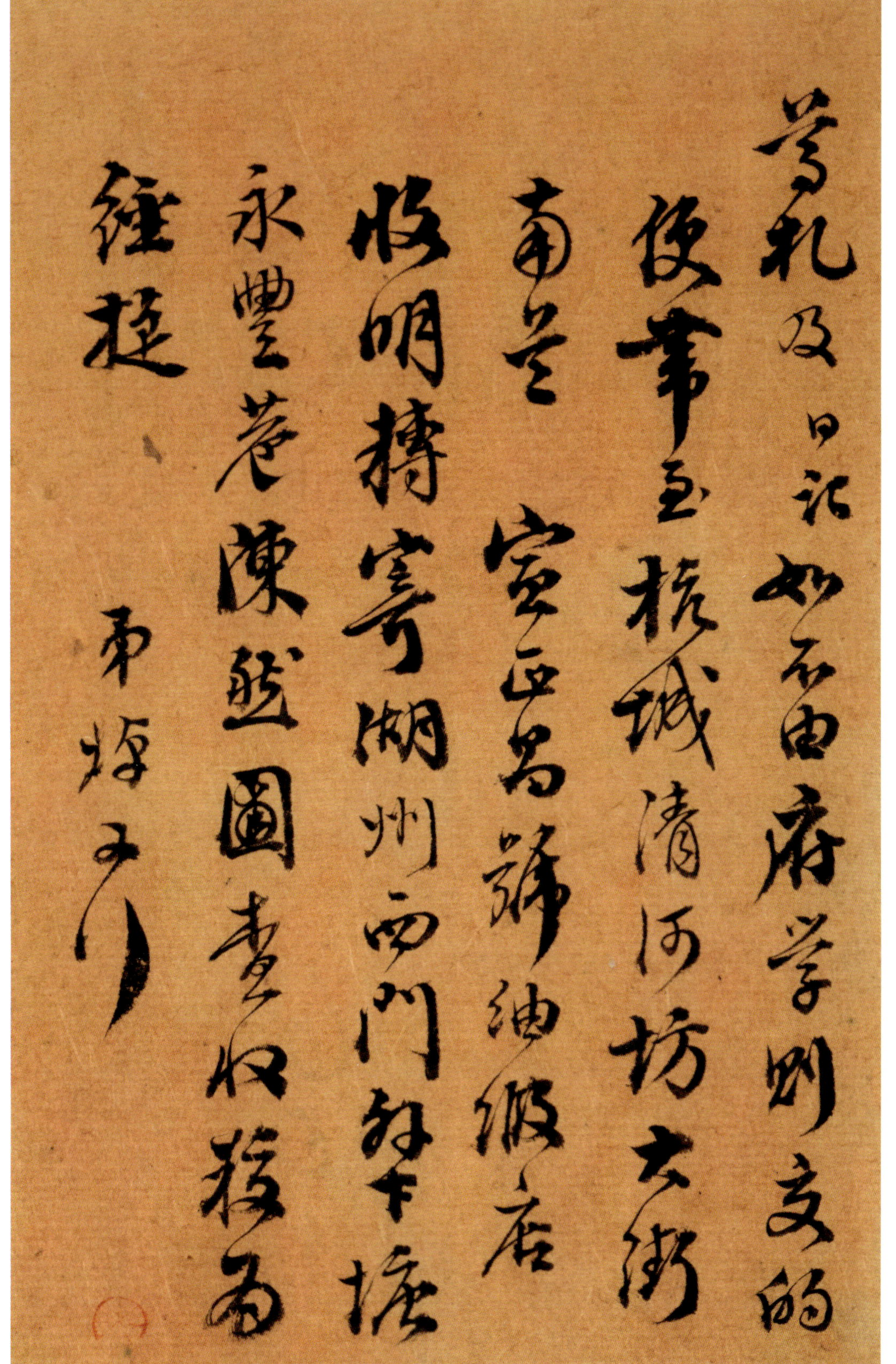

12.9 × 8.4 cm

何焯　字屺瞻，號義門，長洲人。康熙壬午以李光地薦，特賜舉人；癸未特賜進士，授編修。嘗出常熟翁尚書之門，尚書受要人指，劾睢州湯公，因上書請削門生之籍，時論快之。辛卯特贈侍讀學。博覽群籍，長於考訂，凡經傳子史詩文集雜說小學，多參稽互證，以得指歸，其真偽是非正訛源流，皆有題識，朱別黑白，及刊本之偽闕同異，字體之正俗，亦分辨而補正之。其校定兩漢書、三國志最有名，校勘古碑版最精，有何學士題跋。喜臨摹晉唐法帖，所作真行書並入能品，吳人與汪退谷並稱汪何。

勵廷儀　致汪由敦詩帖

釋文

芳堤矚麗景，朝雨漾空絲。蓬山羅萬象，窈窕逞春姿。寓目不知遠，已接鳳皇池。巾車緩執轡，蹇驢行遲遲。豈未嫻控御，泥滑不敢騎。撲眼花雨亂，褰帷賦新詩。五雲路近宜春苑，何似灞橋風雪時。題為謹堂館丈。勵廷儀。

印章

勵廷儀（白文方印）、南湖（朱文方印）、人書俱老（白文長方印）

編按

勵廷儀（一六六九—一七三二），字令式，號南湖。直隸靜海人。康熙三十九年（一七〇〇年）進士，選庶吉士，特命南書房行走。曾任《佩文韵府》纂修、《淵鑒類函》校勘，歷官至刑部尚書，因事革職。雍正七年（一七二九年）加太子少傅，雍正九年（一七三一年）遷吏部尚書。卒謚文恭。

汪由敦（一六九二—一七五八），字師茗，號謹堂。生平詳見前文陳元龍札。

30.5 × 28.2 cm

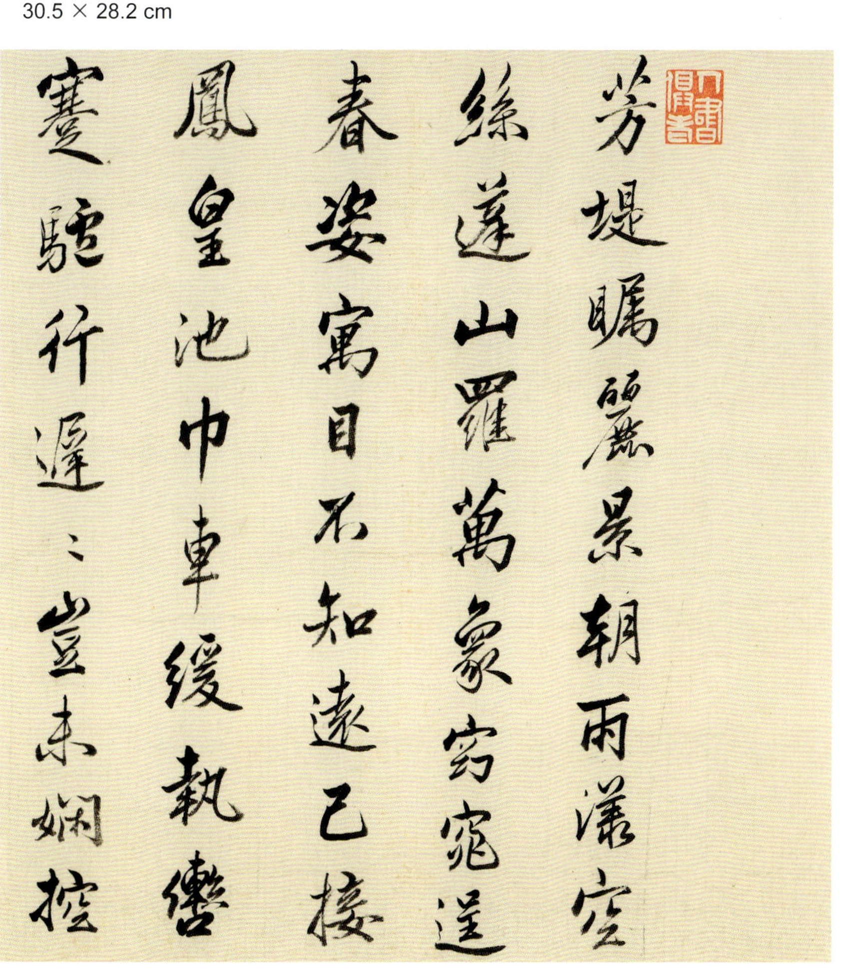

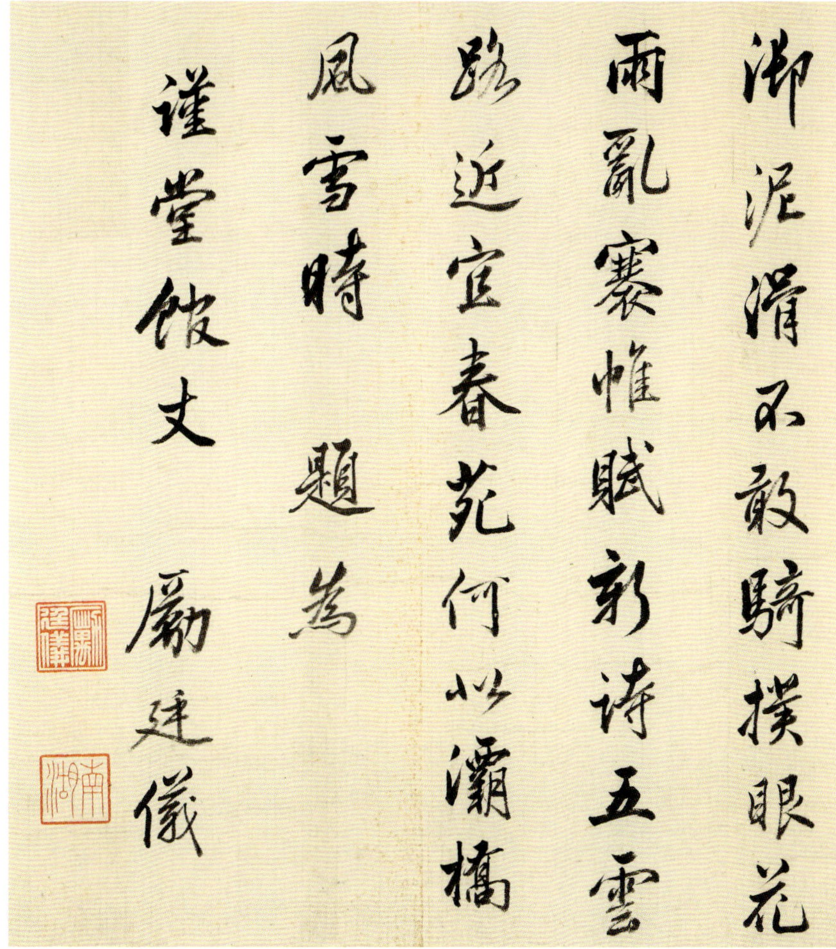

30.5 × 27.2 cm

芳堤矚麗景朝雨灑空
絲蓬山羅萬象窈窕遥
春姿寓目不知遠已接
鳳皇池中車緩執轡
蹇驢行遲遲豈未嫻控

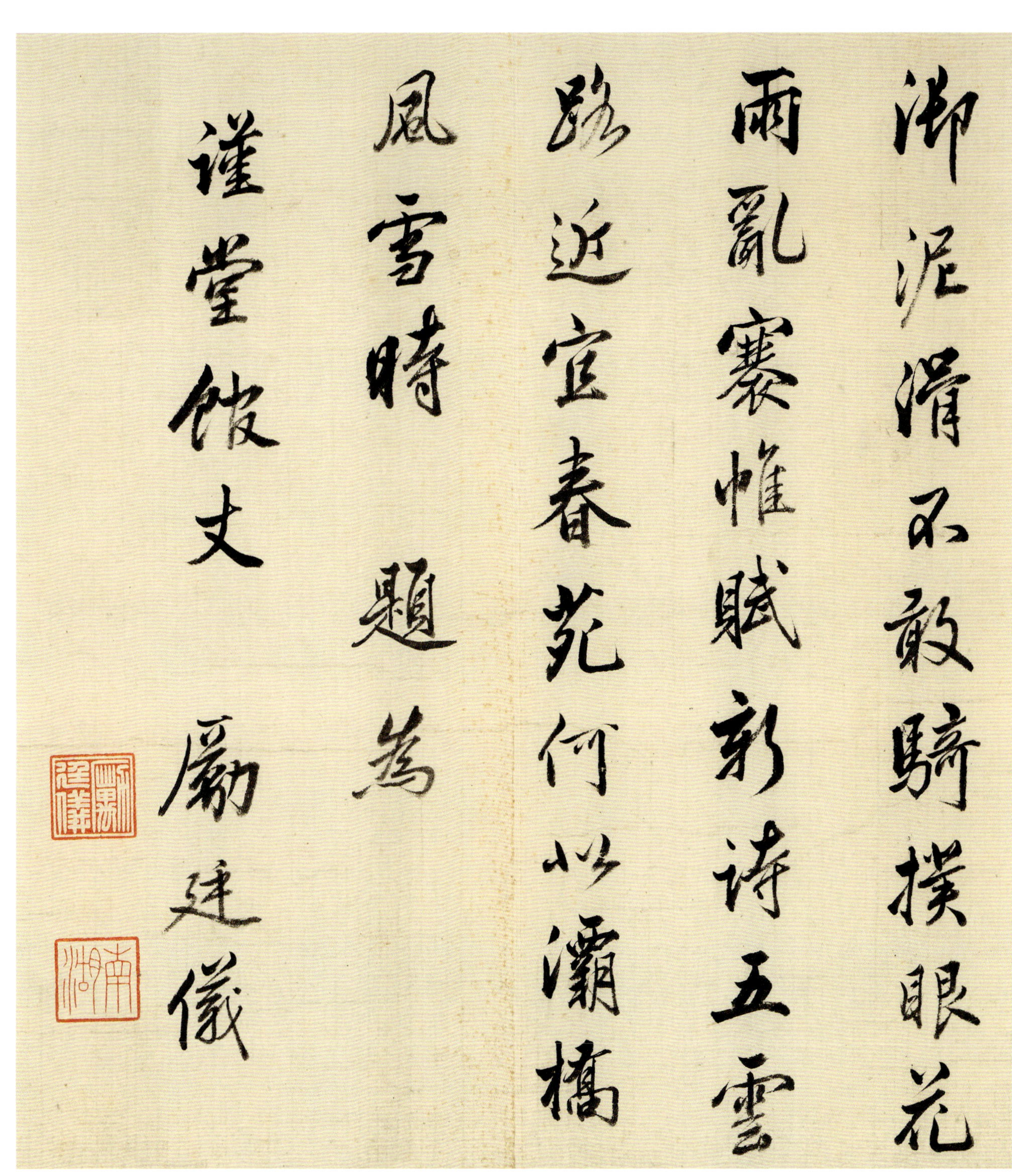
御泥滑不敢騎撲眼花
雨亂褰帷賦新詩五雲
路近宜春苑何以灞橋
風雪時　題為
勵廷儀

萬承勳 致周兆雲札

釋文

昨拜

德音，過承 關切，感激彌深。

尊體已漸佳否？如來散用之應手而不足于用，希 示知，再往求馳送也。附瀆者，前 心萬先生有《聖教序帖》，囑不佞轉售之內弟黃僜孫，實價二兩。後內弟手窘，歸之不佞。不佞復囑泉聲上人售之省城，索價十二兩。一杭友見是就山堂珍玩，欲以六兩得之，泉公以不佞非討虛價者，堅不肯與。蓋此係宋搨初斷，不可多得。就山堂主人係邵老先生諱吳遠者，海內鑒賞家。心萬先生珍藏至數十年，良有以也。如 令親得于日內入郡，望 細細吹噓，得倍價固所望，萬不得已售以原價二兩。不佞不窘到盡頭，亦不肯薄待右軍至此。惟 知己曲諒苦衷，與前書一并圖之。

苑游賢契管鮑交。友生勳頓首。

邊題

萬承勳，字開遠，號西郭，鄞人。貞一先生冢嗣。未弱冠，以父困縲絏，踉蹌萬里，醵金告贖，久得釋歸。雍正初元，開遠年六十矣，授磁州牧。余時為邯鄲令，同官交好，知其生平最悉。嘗自謂：「時文不如古文，古文不如詩，詩不如人。」一時服為篤論云。（鄭方坤所撰《小傳》）

西郭家門既盛，而又為梨洲女孫壻，耳聞目見，摠非凡近。所著有《氷雪詩集》，查田先生盛許其詩曰：「孟郊之流也。」（全祖望所撰《墓表》）

鑑藏印

周克延父祕笈之印（朱文方印）

編按

萬承勳（一六七〇—約一七三五），字開遠。浙江鄞縣人，黃宗羲（一六一〇—一六九五）孫女婿。生平詳本札邊題。

周兆雲（一六九二—一七五八），字苑遊，一字鶴山。亦鄞縣人。康熙五十六年（一七一七年）舉人，官江南太倉衛守備。著有《問心齋詩略》。

本札以《聖教序帖》拓本一部求售，其中提及之「就山堂」主人邵吳遠，字呂璜，浙江仁和人，康熙三年（一六六四年）進士，由翰林累遷光祿少卿，官至詹事府少詹事。

各 22.5 × 12 cm

萬承勳字開遠號西郭鄞人貞一先生冢嗣未弱冠以文
困縲絏跟蹤萬里釀金告贖久得釋歸雍正初
元開遠年六十矣援磁州牧余時為邯鄲令同官交

昨拜
德音過承　関切感激殊深
尊體已漸佳否來教用之應手而不足乎用
希示知每往來馳送也附讀者前　心萬先
生有聖教序帖囑不佞轉售之內弟黃燮孫實
價之兩復內弟手寫歸之不佞復囑泉穀上人售
之甬城索價十二兩一柄友見是就山堂珍物玩

好知其生平最悉嘗自謂時文不如古文古文不如詩
詩不如人一時服為篤論云　鄭方坤所撰小傳

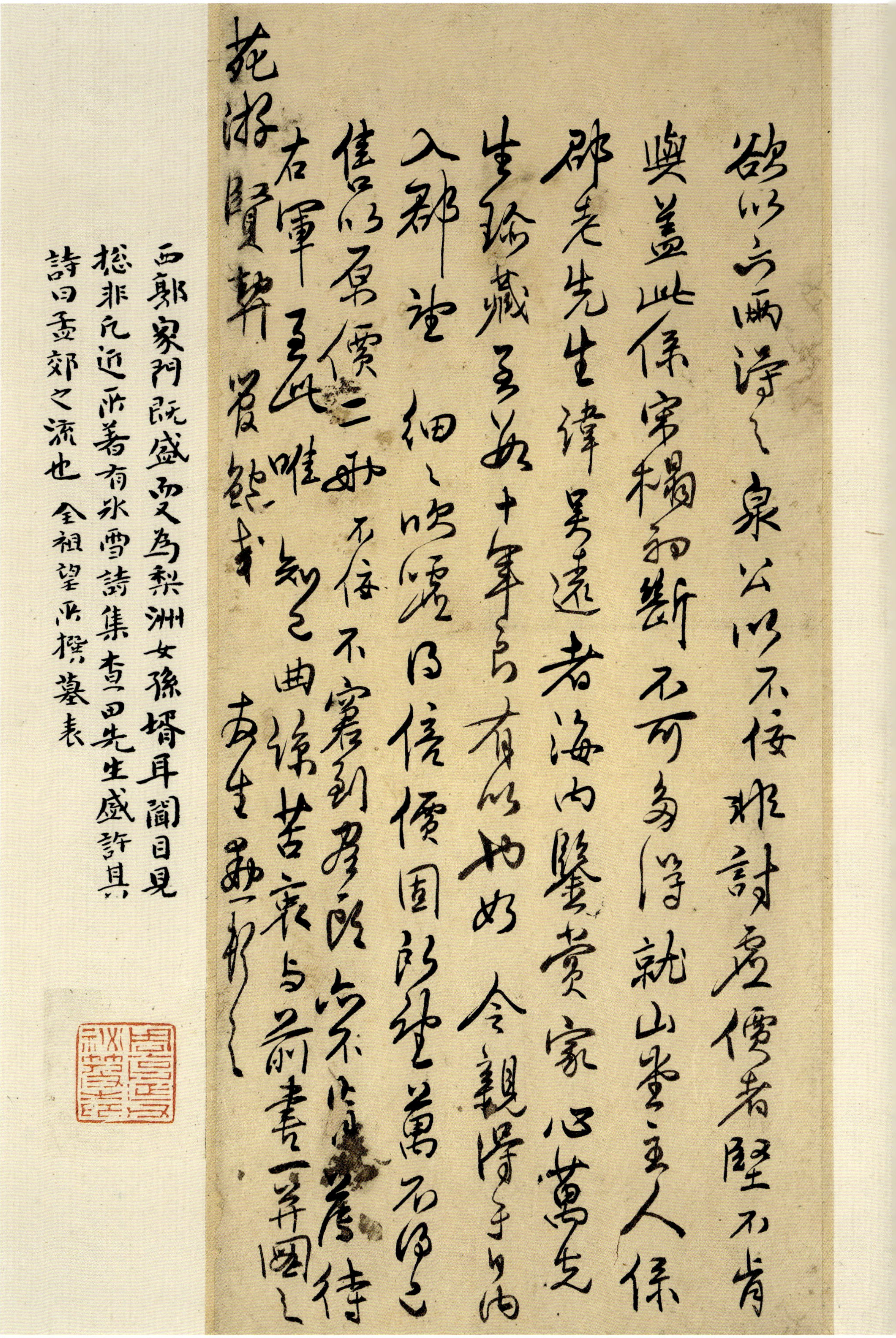

西郭家門既盛更爲梨洲女孫婿耳聞目見
總非凡近所著有冰雪詩集查田先生盛許其
詩曰孟郊之流也 全祖望所撰墓表

徐葆光　致汪由敦詩帖

一七三四年

釋文

苑花宮柳放初齊，如線輕烟不溼泥。一道相公趨直路，雨餘緩轡上沙堤。上殿腰輿行且近，朝天泥滑意何如。詞林典故添新樣，碧幰輕轅果下車。直餘屢顧花磚景，禁遠遙聞長樂鐘。委佩垂紳風度美，朝衫未着已從容。泉湧能教吏腕脫，蹇駈不逐馬蹄先。一時白髮黃扉老，爭羨吟鞭下直年。

甲寅三月，為

謹堂老先生題，并

正之。

徐葆光。

印章

徐葆光印（白文方印）、亮直（朱文方印）、辛亥（朱文長方印）

編按

徐葆光（一六七一—一七四〇），字亮直，號澄齊，別號二友老人。江蘇長洲人。康熙五十一年（一七一二年）進士一甲第三名，授官編修。康熙五十七年（一七二〇年）出任琉球副使，著有《中山傳信錄》、《奉使琉球詩》。

汪由敦（一六九二—一七五八），字師茗，號謹堂，生平詳見前文陳元龍札。

本札款署「甲寅」，即雍正十二年（一七三四年）。時徐葆光六十四歲，汪由敦年四十三，適任侍講。

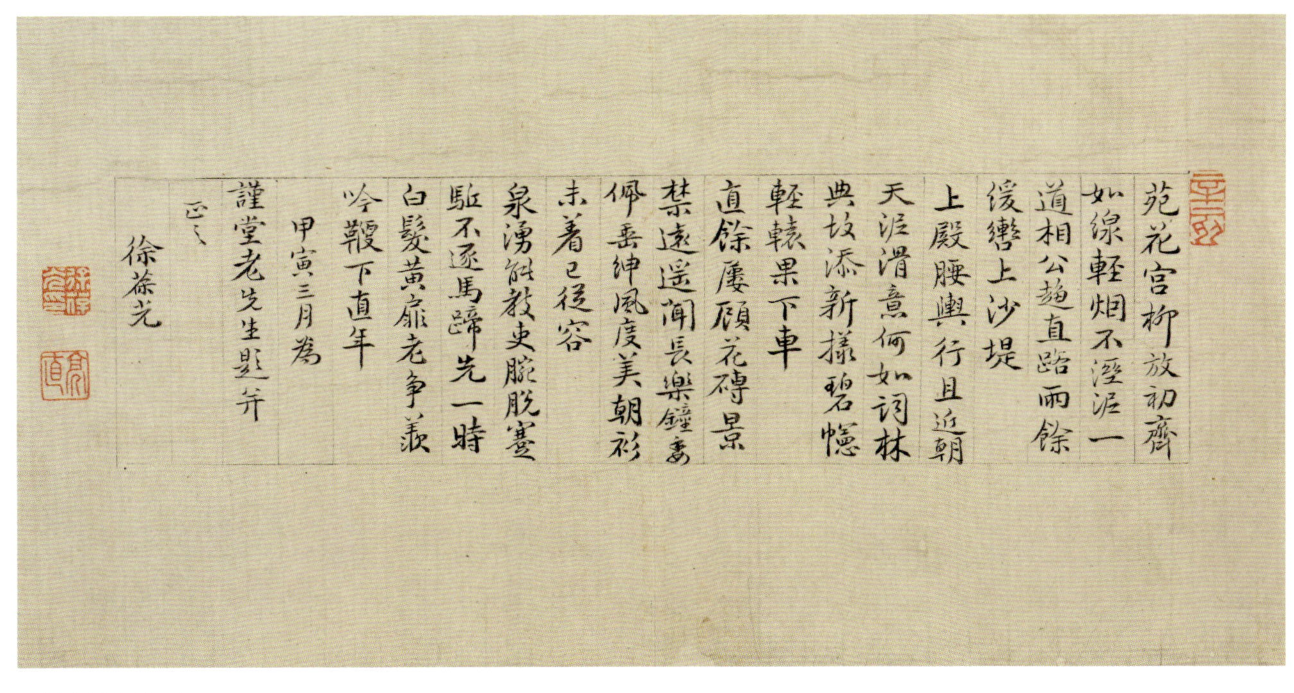
苑花宮柳放初齊
如線輕烟不溼泥一
道相公趨直路雨餘
緩轡上沙堤
上殿腰輿行且近朝
天泥滑意何如詞林
典故添新樣碧幰
輕轅果下車
直餘慶頤花磚景
禁遠遥聞長樂鐘聲
佩垂紳風度美朝衫
未着已從容
泉湧斜教吏脆脫塞
駈不逐馬蹄先一時
白髮黃扉老争羨
吟鞭下直年
甲寅三月為
謹堂老先生題并
正〻
徐葆光

17.3 × 34.2 cm

苑花宮柳放初齊
如線輕烟不溼泥一
道相公趨直踏雨餘
緩轡上沙堤
上殿腰輿行且近朝
天泥滑意何如詞林
典故添新樣碧幰
輕轅果下車
直餘屢顧花磚景
[illegible]

[illegible]

未著已從容

泉湧斜教吏腕脫蹇

駈不逐馬蹄先一時

白髮黃扉老爭羨

吟鞭下直年

甲寅三月為

謹堂老先生題并

正之

徐葆光

袁氏藏明清名人尺牘

傅熹年謹題

下

蔣衡　古歡錄摘鈔帖

釋文

關康之，河東楊人，寓居南昌。顏延之與名士十許人入山候之，康之散髮席松葉，枕白石卧，了不相盻。延之咨嗟而退。《南史》

闞文衍畫九華山圖於白綾半臂，號九華半臂，云：「令吾此身常在雲泉之內。」《初潭集》

傅茂遠澹然靜處，不妄交遊。袁司徒每過之，輒嘆曰：「經其戶，寂若無人。披其帷，其人斯在。豈得非名士？」《語林》

太康孫緬為尋陽太守，落日逍遙渚際。見一輕

閔康之河東楊人寓
居南昌領延之子名
士十許人入山虞之康
之散髮席松葉枕白
石卧了不相盼延之咨
嗟而退 南史
閻文衍畫九華山圖
於白綾半幅號九華
半幅云令吾此身常在
雲泉之内 初潭集
傅茂遠淹於静默不妄
交遊袁司徒每過之輒嘆
曰經其戶寂若無人披其
帷其人斯在豈得非名士
語林 太康孫緬為尋陽太
守落日逍遥洲際見一輕

各 27 × 14.5 cm

舟淩波隱顯，俄而漁父至，神韻瀟洒，垂綸長嘯，緬甚異之，問：「有漁賣乎？」漁父笑曰：「其釣非鈎，寧賣魚者耶？」乃謌曰：「竹竿籊籊，河水浟浟。相忘為樂，貪餌吞鈎。非夷非惠，聊以忘憂。」悠然鼓枻而去。《宋書》

錢塘褚先生從白雲遊舊矣。古之逸人，或留慮兒女，或使華陰成市，而此子索然，唯朋松石，介於孤峰絕嶺者積數十年。比談討松桂，借訪薜蘿，若已窺煙液，臨滄洲矣。知欲見之，輒當申譬。《南齊書》

《古歡錄》五條，江南一老拙蔣衡書。

印章

衡（朱文方印）、杜陵翁（白文方印）、江南布衣（白文方印）

編按

蔣衡（一六七二—一七四三），原名振生，字湘帆，一字拙存，號江南拙叟，又號函潭老布衣。江蘇金壇人，僑居無錫。十五歲從楊賓（一六五〇—一七二〇）學書，試輒不利。肆力於古，小楷冠絕一時。著有《拙存堂詩文集》、《易卦私箋》、《拙存堂題跋》等。

《古懽錄》為王士禛（一六三四—一七一一）所撰，記述上古至明代林泉樂志之人，書名取古詩「良人惟古懽」句意。

舟淩波隱顯俄而漁父至
神韻瀟洒垂綸長嘯緬甚
異之問有漁賣乎漁父笑
曰其釣非釣寧賣魚者耶

乃謂曰竹竿籊籊河水瀰瀰
相忘為樂貪餌吞鉤非
夷非惠聊以忘憂悠然
鼓枻而去 宋書

錢塘褚先生從白雲遊舊
矣古之逸人或留憲兒女或
使華陰成市而此子索然
唯嗣松石於孤峰絶嶺

者積歲十年比謀討松桂
借訪蘇蘿只恐窺煙液
臨滄洲矣知我見之躬當申
謦 南齊書

右節錄五條
漁園一老拙甫書

各 27 × 14.5 cm

閔康之河東楊人寓
居南昌額延之与名
士十許人入山候之康
之散髮席松葉枕白

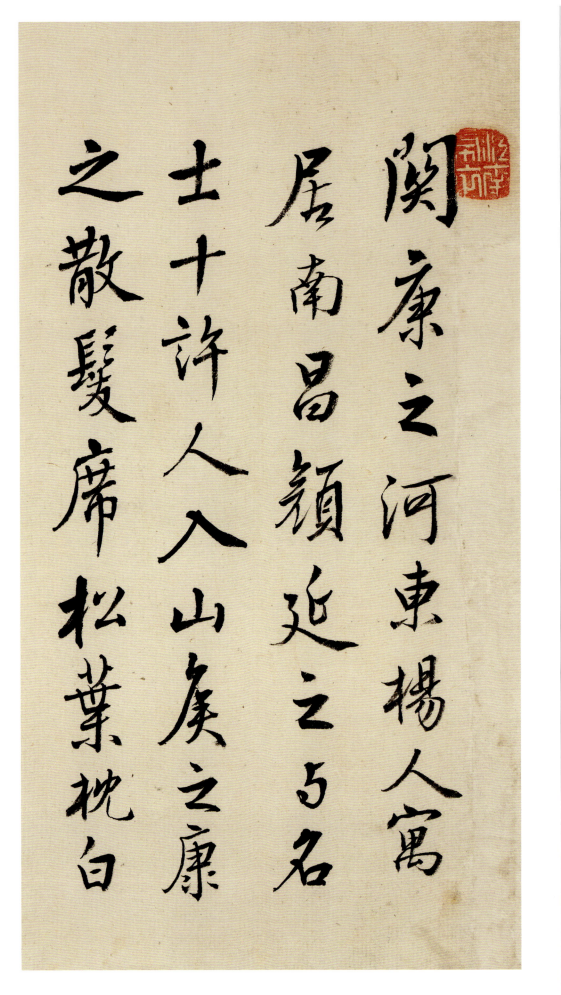

石卧了不相盱延之咨

嗟而退 南史

闞文衍畫九華山圖

於白綾半辟彈九華

半辟云令吾此身常在雲泉之内 初潭集

傅茂遠澹然靜處不妄交遊袁司徒每過之輒嘆

曰經其戶寂若無人披其
帷其人斯在豈得非名士
語林
太康孫綱爲尋陽太
守落日道逢法際見一輕

舟凌波隱顯俄而漁父至
神韻瀟灑垂綸長嘯緬甚
異之問有漁賣乎漁父笑
曰其釣非釣寧賣魚者耶

乃謌曰竹竿籊籊河水滺滺
相忘為樂貪餌吞鉤非
夷非惠聊以忘憂悠然
鼓枻而去
宗書

錢塘褚先生從白雲遊舊
矣古之逸人或留憲兒也哉
使華隆城市而此子索待
唯與松石參於孤峰絕嶺

者積如十年比談討松桂
借話菩薩口氣說煙液
臨滄淵矣知我見之頓當申
歟

南齋年

古微錄五條

汪國一老扎前年

張廷玉　詩帖

釋文

朝朝簪筆侍　宸庭，冒雨輕車不蹔停。柳色龍池最深處，古槐遙指第三廳。

聳壑淩霄梁棟姿，豈徒華國富文辭。定知南畝為霖意，即在西清視草時。

　桐山友生張廷玉題。

印章

張廷玉印（白文方印）、研齋（朱文方印）、御題世篤純勤（朱文長方印）

編按

張廷玉（一六七二—一七五五），字衡臣，號硯齋。安徽桐城人。康熙三十九年（一七〇〇年）進士，改庶吉士，授檢討，官至太保、保和殿大學士，封三等伯。雍正元年（一七二三年），御賜「世篤純勤」匾額，本札所鈐朱文長方印即本於此。其歷三朝元老，居官五十年，曾先後纂《康熙字典》、《雍正實錄》，並充《明史》、國史館、《清會典》總纂官。配享太廟，卒謚文和。著有《澄懷園詩選》、《載賡集》。

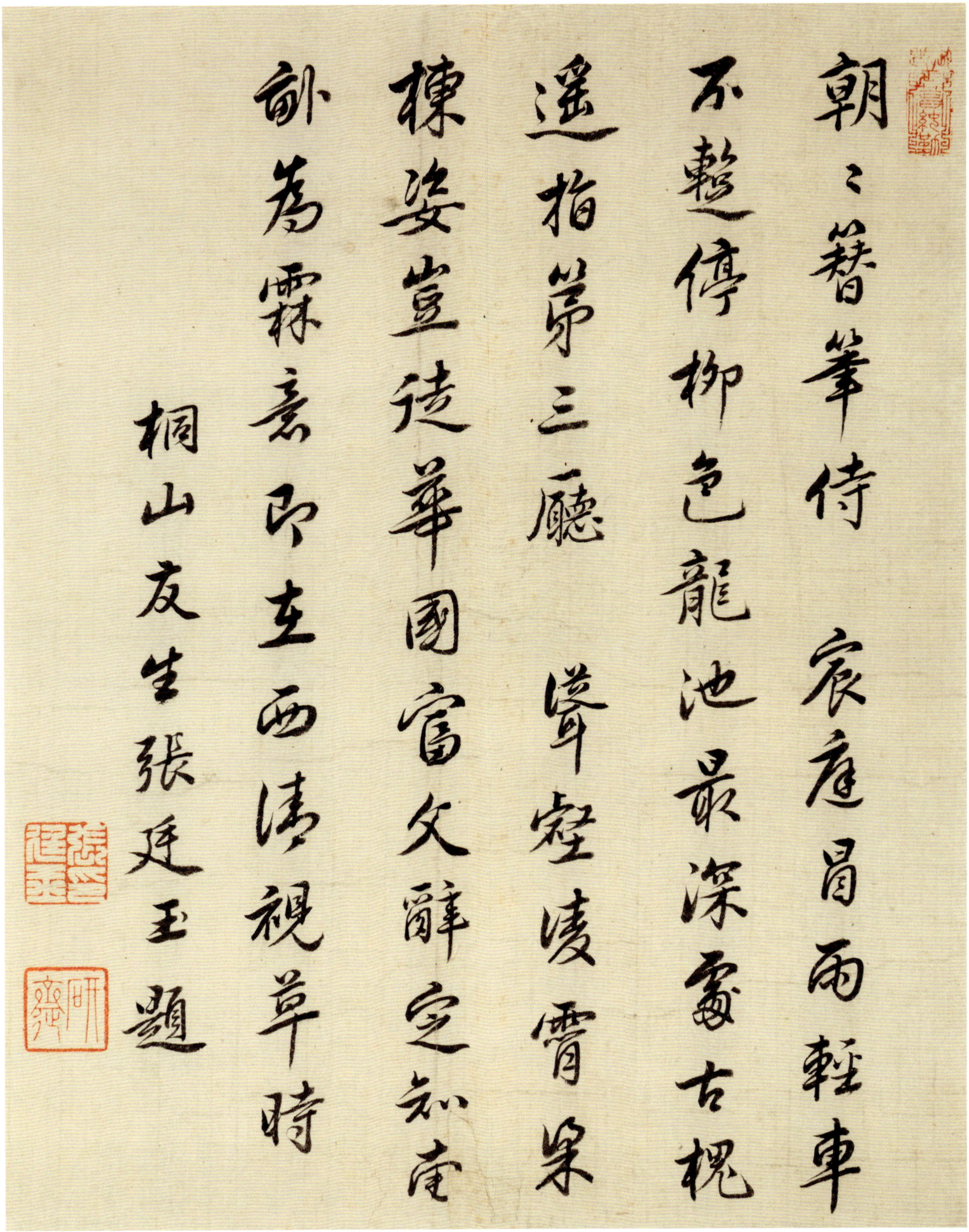

朝朝簪筆侍宸庭，冒雨輕車不暫停。柳色龍池最深處，古槐遙指學三廳。聳壑凌霄梁棟姿，豈徒華國富文辭。定知庵畝為霖意，即在西清視草時。

桐山友生張廷玉題

30 × 23.8 cm

汪士慎　飲紅橋酒家答修亭詩帖

釋文

《五斗先生招同西唐諸子飲紅橋酒家次答修亭原韻錄請政定》。

破除小吨好懷生，素友來呼郊外行。落落孤雲如是嬾，翩翩野鶴許相傾。城邊柳暗春歸遠，水面歌揚日暮情。乘醉更須登隴望，山光嵐影隔江明。

慎弟小草。

印章

近人（朱文圓印）

編按

汪士慎（一六八六—一七五九），字近人，號巢林，别號溪東外史。安徽歙縣人，流寓揚州。其在詩、書、畫、印諸方面皆卓有成就。善作花卉，尤擅長墨梅，筆致疏落。「五斗先生」即焦士紀，江蘇江都人，生卒年不詳。「西唐」即高翔（一六八八—一七五三），字鳳岡，號西唐，又號犀堂。江蘇揚州人，為焦士紀姻親後輩。擅畫山水花卉，亦工篆刻，與汪士慎俱為「揚州八怪」之一。汪士慎《巢林集》卷二載有〈暮春同西唐五斗泛保障河望隋宮故址維舟至鐵佛寺晚飲紅橋四首〉、〈步西山同西唐五斗作〉等詩，足見三人之間頻密往來。「修亭」者，身分待考。

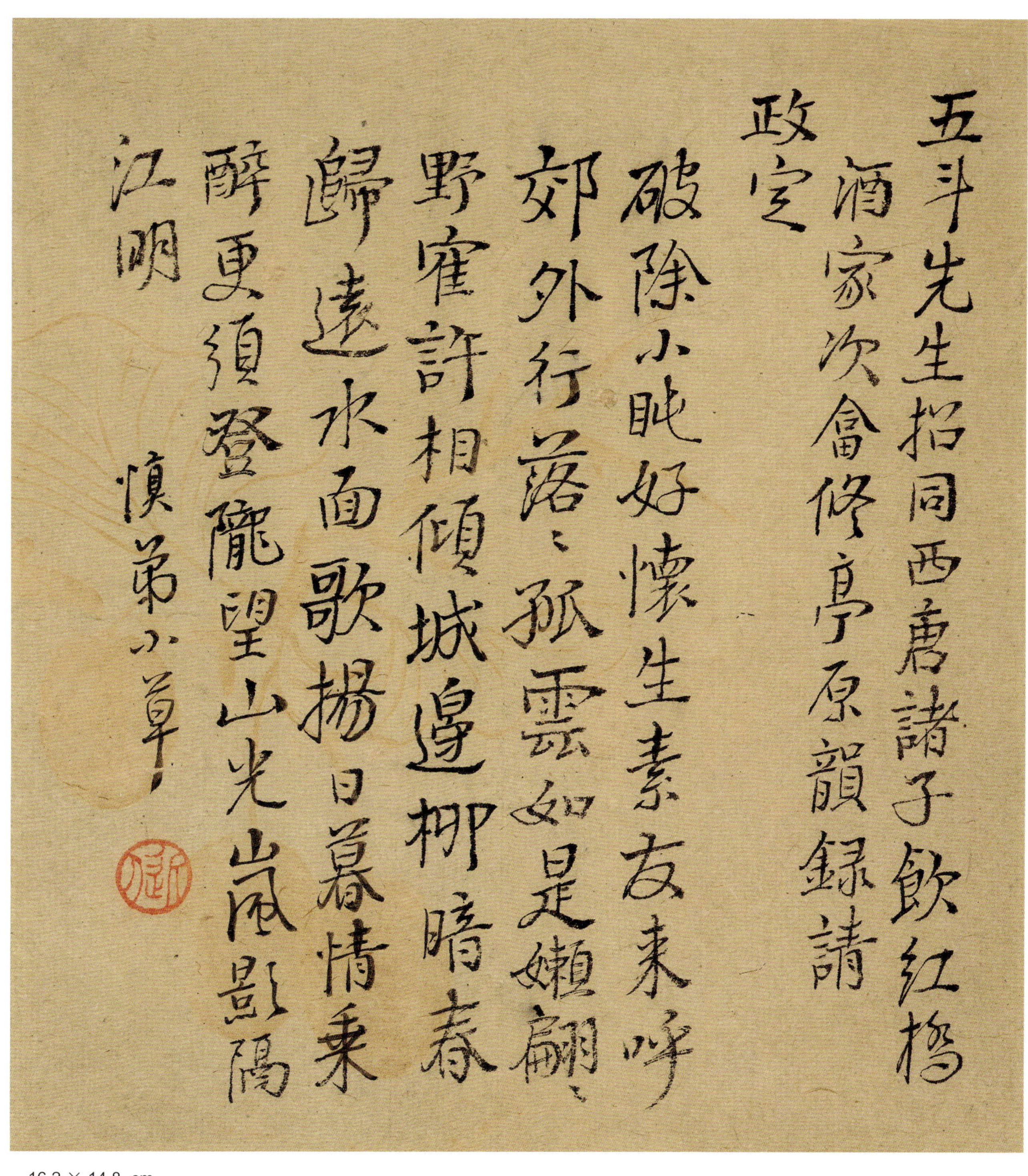

五斗先生招同西唐諸子飲紅橋
酒家次會修亭原韻録請
政定
破除小眺好懷生素友來呼
郊外行落落孤雲如是懶翩翩
野雀許相傾城邊柳暗春
歸遠水面歌揚日暮情乘
醉更須登隴望山光嵐影隔
江明
慎弟小草

16.2 × 14.8 cm

汪士慎　索西唐寫飲茶卷子詩帖

釋文

閒事誰教破畫禪，試茶人愛小林泉。枯僧有癖吟詩瘦，靜者能嘗得味全。當逕碧梧留宿雨，別炊香飰著秋煙。草堂幽僻無多景，更寫先生枕石眠。

《索西唐寫飲茶卷子》，巢林。

印章

近人氏（白文方印）

編按

汪士慎（一六八六—一七五九）嗜茶，嘗賦〈試茶吟十首〉，對十種名茶逐一品評。高翔（一六八八—一七五三）亦曾為作《煎茶圖》，汪士慎有〈自書煎茶圖後〉七古詩紀之，見《巢林集》卷三。汪士詩與高翔贈答唱和頗多，然前札與本札兩首，皆未見收載於《巢林集》中，殆佚詩也。

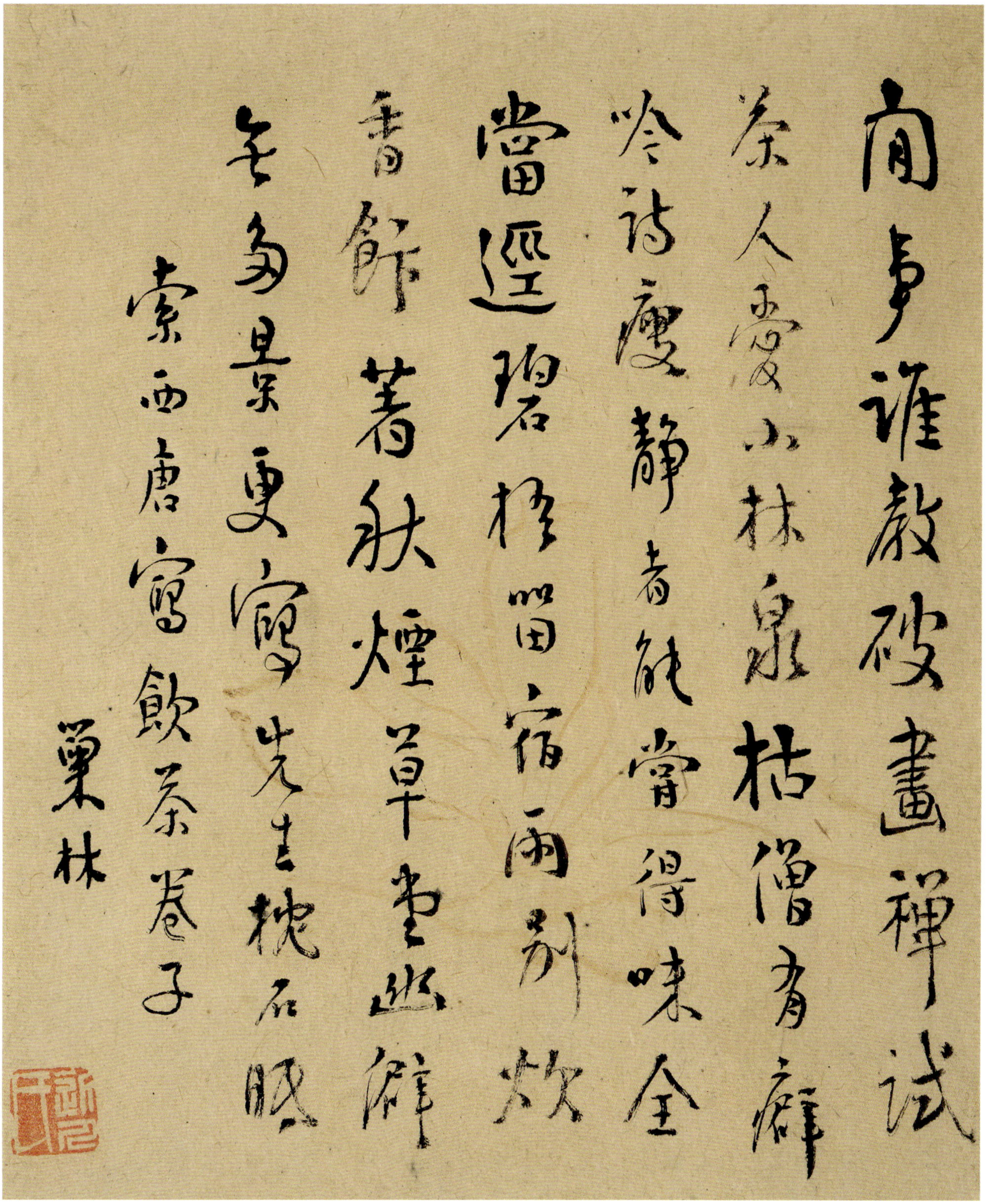

有身誰教破畫禪試
茶人愛小林泉枯僧有癖
吟詩瘦静者能嘗得味全
當遲碧檉留宿雨别炊
青餅著秋煙草書幽癖
無多是更寫先生枕石眠
索西唐寫飲茶卷子
巢林

18.4 × 15.3 cm

汪士慎　二月十九日詩帖

一七四三年

釋文

《二月十九日集寒木春華檻》（限寒字）

踈梅遶屋淨旃檀，洒洒飛空雪未闌。滿院北風猶似臘，一林紅萼自禁寒。羣蔬作膾為齋供，清酒浮觥佐晚餐。竟日鈔經還叶韻，又拈香影到欄干。

巢林。

印章

谿東外史（白文方印）

編按

本詩收錄於汪士慎（一六八六—一七五九）《巢林集》卷四，據此可考為乾隆八年（一七四三年）所作。時汪士慎五十八歲。

二月十九日集寒
木春華樓 限寒字
疎梅遠壓淨旃
檀灑灑飛來雪未
闌滿院北風猶似
臘一林紅萼自禁
寒羣蔬作膾為
齋供清酒浮脆
佐晚餐竟日鈔經
還叶韻又拈香影
到欄干 巢林

14.8 × 29.6 cm

二月十九日集寒
木春學檻　限寒字
疏梅遶屋淨旃
檀洒洒飛來雪未
闌深院北風猶似
臘一林紅萼自禁
寒羣蔬依膽為

齋併清湎浮觴
佐晚餐竟日鈔經
還叶韻又拈青影
到欄干
巢林

金農　致趙信札

一七六〇年

釋文

謝兄回里，匆匆附書，未盡餘情。
君家愛壻程柯坪先生，其才為鄉閭推
詡，今高捷禮闈，足以展其經綸之手
也。新安江雲谿兄擁泉貝，僑居邗上，
春間曾誦
尊作《側釐帋》長篇，傾倒之甚。茲
來游湖上，奉訪
名園，一領
主人言笑，并快覩園中水木清華之妙
也。兩次
見貽隃麋，皆屬藏煙，而後者更稱絕品，
恐有泓穎之役，當
賜及數挺，勝于雙南金之贈矣。雲溪
旋揚，望
惠遠音，翹俟勤拳。
　七十四翁金農拜上。
意林先生徵君。
　七月三日，揚州寄。

印章

生于丁卯（白文方印）

編按

金農（一六八七—一七六三），字壽門，司農、吉金，號冬心先生、稽留山民、曲江外史、昔耶居士等。浙江仁和人。少年受業於何焯（一六六一—一七二二），乾隆元年（一七三六年）被薦舉博學鴻詞科，落第而返。晚年定居揚州，年五十始作畫，作品古拙奇趣，極富金石氣味，為「揚州八怪」之一。

趙信（一七〇一—一七六〇後），字意林。亦仁和人。國子生，藏書數萬。本札提及其女壻，為同里程之章，字柯坪，乾隆二十五年（一七六〇年）進士，官雲南通判。著有《爽籟山房集》，杭世駿為其作序。

此札款署「七十四翁金農」，可知作於乾隆二十五年，此年間程之章剛進士及第，故有「君家愛壻程柯坪先生，……今高捷禮闈」之賀語。

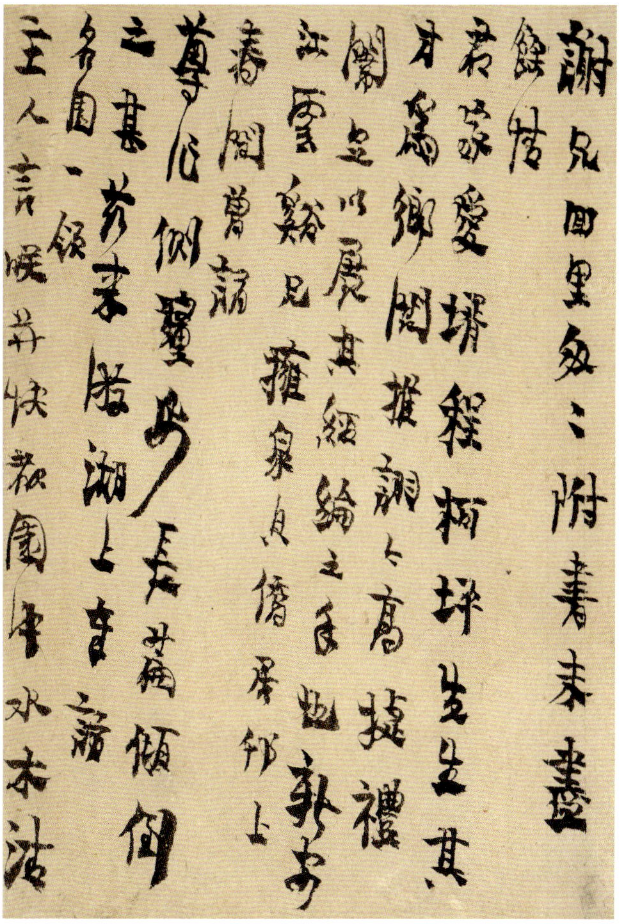

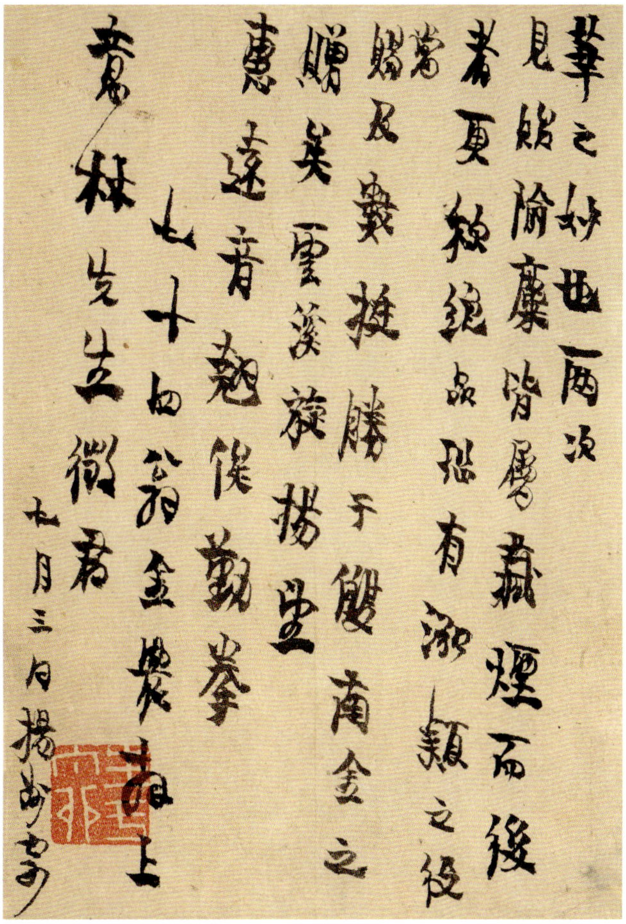

各 20 × 13.8 cm

謝兄回里多之附書來盡
餘情
君家愛墀釋桐梓生生其
才為鄉閭推讓之高捷禮
闈足以展其經綸之手也新安
江雲谿足擁泉良僧居郡上
春閒身諦
尊從側璽也長甥傾倒
之甚芳茉居湖上幸之論
名園一錄
主人言是子米叔園事以來古

華之妙也兩次
見貽隃麋皆屬藏煙而後
者夏獨絕品恐有淑穎之後
嘗賜及數挺勝于關南金之
贈美雲溪旋揚望
惠遠音勉僕勤拳
七十四翁金農拜上
青林先生徽君
七月三日揚州寄

程崟　致畢宏述札

釋文

挂席長江，行登大別。風帆所至，詩□奚囊，亦人生快事也。委索湖北開府書，今得敝仝年吳掌科手札奉到，張中丞素有弘獎風流，或藉此以為游揚之助，當不寂寞耳。它不及。

既明五兄。弟程崟頓首。冲。

鑑藏印

朱（朱文圓印）

邊題

程崟，字夔州，鑾之弟也。康熙癸巳進士，授刑部主事。臺灣朱一貴肆逆，官棄城者多論法。崟研核精詳，毋縱毋刻，堂官每虛己從之。升員外，遷郎中。時有惠安童生罷考案，議照河南王遜例立決，崟謂：「罷考同而所由罷考不同，河南以派夫撓國法，惠安以禁夜忤典史。」偕同包濤力爭得減。（《歙縣志》）

編按

程崟（一六八七—一七六七），字夔州，一字南陂，號二峰。安徽歙縣人。康熙五十二年（一七一三年）進士，任武英殿纂修官，官至兵部郎中。著有《二峰詩稿》。

畢宏述，字季明，又字既明，浙江海鹽人。生平詳見前文吳瞻泰札。

程崟

字夔州，鑾之弟也。康熙癸巳進士，授刑部主事。臺灣朱一貴肆逆，官兵城者多論治，崟研核精詳，毋縱毋刻，堂官每虛己從之。升員外，遷郎中。時有惠安吾生羅者，案議照河南王遴例立決。崟謂罪者同而所由罪者不同，河南以孤夫撓國法，惠安以抹夜性典史，借同色，崟力爭得減。

欽思志

挂席長江行登大别風帆所至詩
奚囊亦人生快事也
委索湖北閫府書今得敝年吳掌
科手札奉到張中丞素有弘奖
風流成著此以為游揚之助當不
寂寞耳定不及
既明五兄
弟程崟頓首
冲

26.7 × 11.5 cm

許勉燉 致許焞札

釋文

硤川握別，自秋閱春，邇想

寄父近體萬安，暨

老弟新禧日茂，遠慰懸念。愚臘月十七出都，新正抵汴城，初四、初五連日進謁 撫軍，面致

尊札，禮待異于諸僚，真所謂一言重于九鼎，謝謝！撫軍閱書云：「不以頌而以規，深所望于

益友，欽服之至。」諭令先于家信中致意，異日還當寄書奉答。第自顧疎庸，恐無以仰稱上臺耳。

時值封篆，尚未有缺，稍遲幾時，藉以養晦亦所願也。餘不悉。

醇夫老弟先生。愚勉燉頓首。

（寄父前乞 叱請 安。六七兩弟不另字，均此道懷。）正月二十日。

（晤 顧修遠表弟，乞致候。濟源令叔上省會過，因病發即回縣，此時想已痊好矣。又及。）

鑑藏印

朱（朱文圓印）

邊題

許勉燉，字思悔，號晚榆，海寧人。雍正丙午舉人，官阿迷知州。著《晚榆詩稿》。

俞寶華曰：「許勉燉，選中書，出知魯山，歷汜水、陳留，治行為中州冠，古循吏無以過也。升阿迷州，乞歸。子道基視學廣西，就迎之粵。卒于桂林使署。」

編按

許勉燉（一六八八—一七五六），字思悔，一字觀文。浙江海寧人。雍正四年（一七二六年）鄉試經魁，歷官至陳留人知縣，遷阿迷州知州，未赴任而卒。其子名道基（一七〇七—一七六七），字勛宗，生平見下文。

許焞（一六九六—一七六六），字醇夫，一字純也，號慕迂，又號道古。海寧人，許勉燉族弟。雍正元年（一七二三年）進士，授翰林院編修。未幾歸里，閉戶讀書。築藏書室「學稼軒」於硤石鎮，搜集宋元未刻詩文一百十種，匯輯成《文海》、《詩海》。著述有《學稼軒集》等數十種。

硤川握別，自秋閱春，遥想

寄父近體萬安暨

老弟新禧日茂，遠慰懸念。愚臘月十七出都，新正抵汴城，和四和五連

日進謁 撫軍面致

尊札，禮待異于諸僚，真所謂一言重于九鼎，謝謝。撫軍閱書云：不以頌

而以規，深所望于益友，欽服之至。諭令先于家信中致意愚弟

還當寄書奉答。第自顧疏庸，想無以仰稱上臺耳。時值封篆

尚未有缺，猶遲幾時，藉以養晦，亦所願也。餘不悉

醉夫老弟先生

寄父前乞代請安。六七兩弟不另字，均此道候。

愚魁爌頓首

四月二十日

晤顧修遠表弟乞致候。濟源令林青屬過，因病發即回縣，此時想已痊好矣。又及

27 × 11.5 cm

許魁爌

字思臨，號晚橋，海寧人。雍正丙午舉人，官阿迷知州。著晚橋詩稿。俞賓華曰：許魁爌選中書，出知魯山，歷汜水、陳留，滑行爲中州循吏之最遇也。陞阿迷州，乞歸。子孫道基，視學廣西，就迎之，卒于桂林使署。

許惟枚　致許焞札

釋文

別後倏已徂暑，緣乏南鴻，未獲時通音問。辰垣來，詢知老姪近祉清勝，慰慰。維揚試事，查閱江、甘數處，文風維儀最盛，取數既多。而老姪手定十名，前已進六人，益信文章自有定見，識拔固不爽也。外案二紙附覽。邇來地方稍覺安靜，公務亦有餘閒，幾處園林，桂叢香滿，老姪有約在前，未識可以重為賞為玩否？尊大人前不及另札。過庭時，代為致候。耑此草達，不盡。純老賢姪。愚枚頓首，八月初八日信。

鑑藏印

朱（朱文圓印）

編按

許惟枚（一六八九—一七五二），字鐵山，號南台。浙江海寧人。康熙五十六年（一七一七年）舉人。歷官江蘇儀徵知縣、崇明知縣、上元知縣、行人司行人、工部營繕司主事、誥授奉直大夫等。著有《南台集》、《味菜軒詩集》、《古今名宦言行錄》等。

許焞（一六九六—一七六六），字醇夫，一字純也。海寧人，許惟枚族姪。雍正元年（一七二三年）進士，生平詳見前札。

本札中所及似屬科舉事，查許惟枚於乾隆三年（一七三八年）、六年（一七四一年）曾任江南鄉試同考，或與此有關。

別後倏已徂暑緣乏南鴻未獲時通音問辰垣來
詢知
老姪近祉清勝慰慰維揚試事查閱江甘鼓吹文風維
儀家盛取數既多而
老姪手定十名前已進六人益信文章自有定見識拔固
不爽也外葉二紙附覽途來想亦稍覺安靜公[illegible]尚舒
閒數更園林桂叢香滿

26 × 11.2 cm

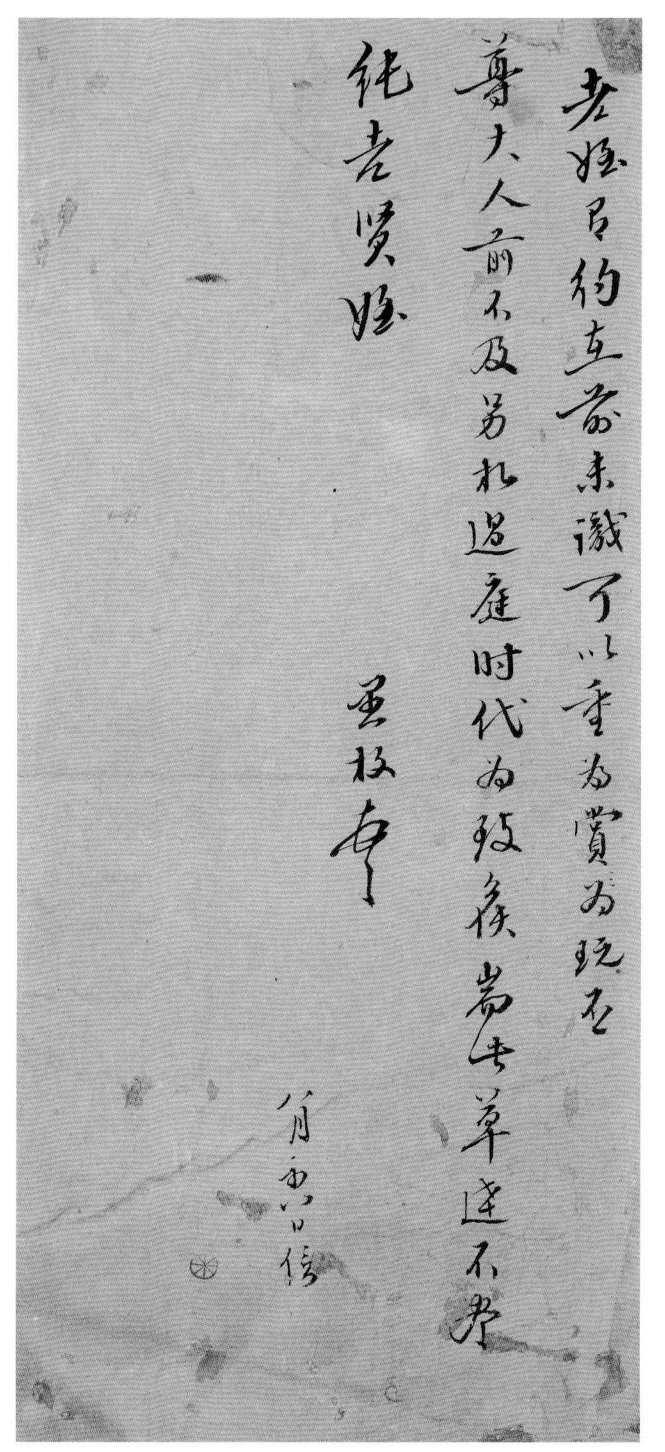

老姪見約五前未識了以重爲賞爲玩否
尊大人前不及另札過庭時代爲致候尚無草達不盡
純吉賢姪
[illegible]頓首
八月[illegible]日信

25.7 × 11.3 cm

别後倏已徂暑緣乏南鴻未獲時通音問辰垣来

詢知

老姪近祉清勝慰慰維揚試事查閲江甘鼓吹文風維

儀家盛取數塊多而

老姪手定十名前已進之人益信文章自有定見識拔固

不與公分業二紙附覽途來地方稍覺安靜公務尔只舒

閒數畝園林桂叢香滿

老姪日約直前未識可以重為賞為玩否
尊大人前不及另札遇庭时代为致候嵩安草達不具
纯吉贤姪
愚叔奉
八月廿四日信

許文炳　致許焞札

釋文

音問不通者匝月，比審

老弟近體康嘉，兩姪俱安泰，為慰。前金河大姪字來，云縣尊將修邑志，欲請

老弟為總裁，深洽人望。蓋此不朽之事，須得

大手筆為之，方可信今而傳後也。《京報》稽面時日，不勝歉仄，今特寄

還，伏乞　檢收之。此後再惠　便寄，俾得一觀，以消殘暑，更使鄉僻野人略

曉事務，則感佩實為不淺。特此。餘面謝，不一。

五老賢弟先生。（兩姪附候，四兒請安。）愚期文炳頓首。

鑑藏印

朱（朱文圓印）

編按

許文炳（一六九二—一七四四），字經文，號寓園。浙江海寧人。乾隆元年（一七三六年）恩貢，官衢州江山縣教諭。著有《日省新書》、《韻語備覽》、《昭代賢書》、《續三元考》、《海昌藝文叢抄》等。

許焞（一六九六—一七六六），字醇夫，一字純也，號慕迂。海寧人，許文炳族弟。生平詳見前文許勉燉札。

音問不通者逾月比審
老弟近體康嘉 兩姪俱安奉為懸前金河大姪宇
老弟來云縣尊將修邑志欲請
老弟為總裁深洽人望蓋此不朽之事須得
大手筆為之方可信今而傳後也京報稽西時日不勝
歎仄今特寄
還伏乞檢收之此後再懇 便寄俾得一觀以消殘暑更使
鄉僻野人略曉時務則感佩實為不淺特此餘面謝不一
五老賢弟先生 安 兩姪附候 四兒請 愚期文栢頓首

25 × 11.5 cm

許炯　致許焞札

釋文

八月中接

老弟手書，緣送場碌碌，不及即答。且囊有數金適為友人那去，約於臘底交付薄處，葬儀白已遲延，於明春送去，諒亦無妨。更有商者，索性俟吾弟入都時面致，亦無不可。統候覆字，到日為定。聖公親臺近事抄上，諒已見過。危而復安，差強人意，然 聖人之裔被列彈章，亦意外事也。閱大兒近信，知德星堂正在興工之際，雖未寫明是廳是樓，均為切要，聞之大喜。若非吾弟一番鼓舞勇決，曷克振先業于頹廢披靡之日。此後興隆氣象，皆于是舉開之，敢忘所自哉？地靈之說，原屬術家陋習，然家運確有符驗。德星堂一火一坍，連喪棟樑，老成氣色，便覺衰颯。今甫議興工，而北元之捷適際其會，可卜將來之正未有艾。要之，功大兄、邃三弟輩，醇謹孝友，斷無不發祥之理，此則氣運又招人事。愚有志焉而未逮，良用自愧耳，不盡。

純五老弟台覽。愚炯頓首，十月十二日。

鑑藏印

朱（朱文圓印）

編按

許炯，字允元，生卒年不詳。浙江海寧人。乾隆元年（一七三六年）舉人，乾隆四年（一七三九年）進士，官湖廣武昌府蒲圻知縣，以清廉勤政聞名。

許焞（一六九六—一七六六），字醇夫，一字純也。海寧人，許炯族弟，生平詳見前文許勉燉札。信中所稱「德星堂」，乃浙江海寧許氏洛塘支的一派（參考許偉平〈海寧許氏〉，見「海寧市檔案局」網頁）。此處提及火災坍塌事故之後，再行重建，似為一座家祠式建築。

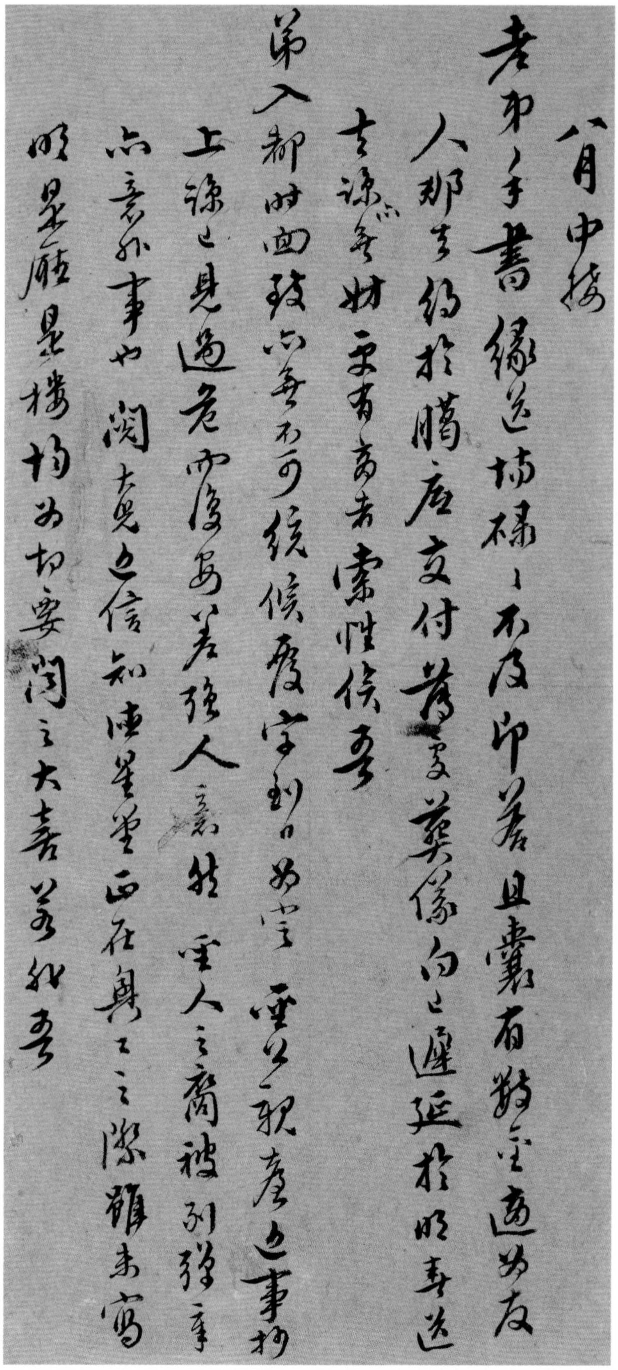

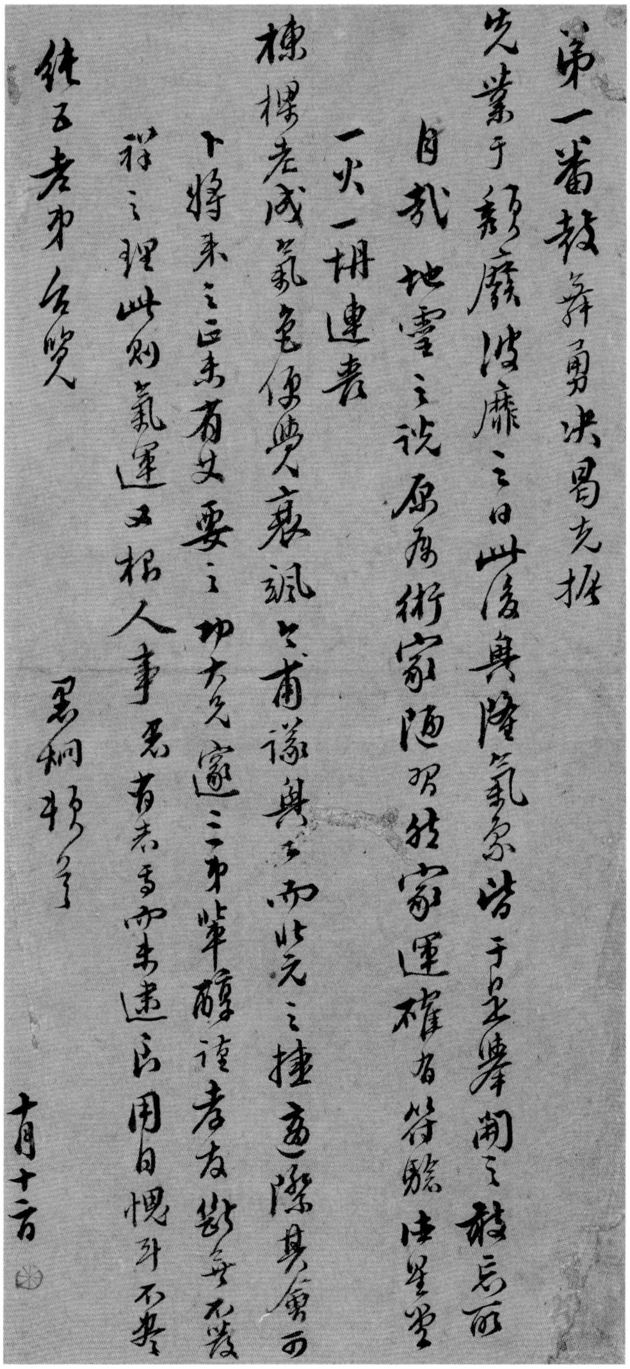

各 26.4 × 12.2 cm

八月中接

老兄手書緣從坊祿〻不及即答且囊有難言處如友

人鄭君給於臘底交付舊又葉像白〻遲延於明春送

去孫亦無財更有當者索性俟春

弟入都時面致亦無不可續候履字到日如雲亟見度之事於

上孫已是過矣而復安若強人意難再人之高被引發

亦意外事也閱大覓之信知陳星垣西在其〻之際難未寫

明星垣是樓均如切要閱之大喜若非表

第一番鼓舞勇決焉克振

先業于頹巖波靡之日此後興隆氣象皆于是舉開之報應前

自哉地靈之說原為術家隨習然家運確有符驗休暨

一火一柵連書

標標老成氣色使吾人衰颯之甫遂與之而此亮之捷遂際其會而

下將來之正未有艾要之功大之家遂二十年紳醇謹孝友敦無不裁

祥之理此則氣運又根人事君者當念而來遠亦用自愧耳不要

繼五老弟台覽

君炯頓首

月十六

夏之蓉　致畢宏述札

釋文

昨製里句，為我

先生祝年，承　諭改作《題笠屐圖》，尊照既未就，仍書於便面請　政。王太

君文已是第四番，欲避雷同，頗難措筆，努力為之，另紙鈔候

削正。《秋山紅樹圖》如果欲

要題，乞　速賜卷軸為妙。鯫生出月便當返舍也。諸容面謝，不宣。

既翁尊先生大人如飽。小弟之蓉頓首。

　十月廿七日灯下艸。

鑑藏印

朱（朱文圓印）

邊題

夏之蓉，字芙裳，號醴谷。雍正癸丑進士，鹽城教諭。乾隆丙辰舉鴻博，授檢討。著有《半舫齋詩文集》。

編按

夏之蓉（一六九七—一七八四），字芙裳。江蘇高郵人。雍正十一年（一七三三年）進士，歷官福建鄉試正考官、廣東學政、湖南學政等。又嘗主講鍾山、麗正書院。畢宏述，字季明，又字既明，浙江海鹽人。生平詳見前文吳瞻泰札。

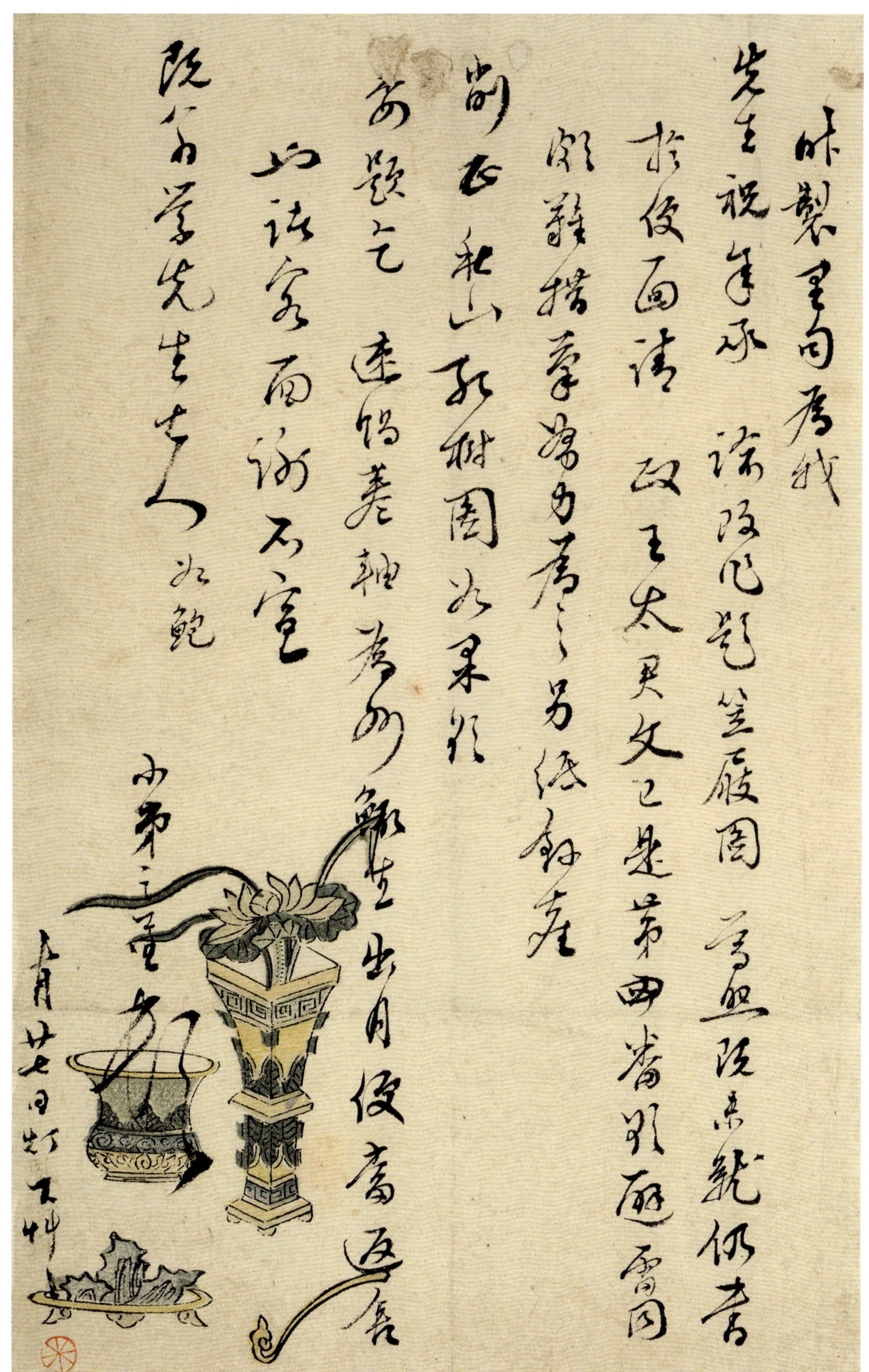

18.6 × 11.7 cm

夏之蓉 字芙裳 號醴谷 雍正癸丑進士 鹽城教諭
乾隆丙辰舉鴻博授檢討
著有半舫齋詩文集

徐良　古文摘鈔帖

一七七二年

釋文

藐姑射之山，有神人焉。肌膚若冰雪，淖約若處子。不食五穀，吸風飲露。乘雲氣，御飛龍，游乎四海之外。

市南宜僚謂魯侯曰：「南越有邑，名為建德之國，其民愚而樸，少私而寡欲。君其涉於江而浮於海，望之而不見其涯，愈遠而不知其所窮。送君者皆自厓而反。而君自此遠矣。」

鄭樸，字子真，谷口人也。脩道靜默，世服其清尚。大將軍王鳳以禮聘之，不屈。揚雄稱之曰：「谷口鄭子真，耕於巖石之下，名振京師。」

嵇康采藥，遊山澤，會其得意，忽焉忘返。樵采遇之，驚以為神。

阮籍志氣宏放，閉戶視書，累月不出。或登臨山水，竟日忘歸。

孟浩然骨貌淑清，風神散朗。文不按古，師心獨妙，五言詩天下稱其盡善。間游祕省，秋月新霽，諸英聯詩，次當浩然。句云：「微雲澹河漢，疎雨滴梧桐。」舉坐歎其清絕，咸閣筆不復為繼。

　壬辰莫春，徐良書。

印章

臣良（朱文方印）、徐氏叩哉（白文方印）

編按

徐良（一七〇四—一七七四），字鄰哉，號間存。江蘇太倉人。雍正十年（一七三二年）舉人，乾隆間考補內閣中書，累官夔州知府。精於小楷，效法鍾繇、王獻之。亦工行草。

本札摘錄古文六則，分別出自〈莊子·逍遙遊〉、〈莊子·外篇〉、〈高士傳〉、〈晉書·嵇康傳〉、〈晉書·阮籍傳〉、王士源〈孟浩然集序〉。款署「壬辰」為乾隆三十七年（一七七二年），時徐良六十九歲。

藐姑射之山有神人焉肌
膚若氷雪淖約若處子不
食五穀吸風飲露乘雲氣
御飛龍游乎四海之外
市南宜僚謂魯侯曰南越

有邑名為建德之國其民
愚而樸少私而寡欲君其
涉於江而浮於海望之而
不見其涯愈遠而不知其
所窮送君者皆自崖而反

而君自此遠矣
鄭樸字子真谷口人也脩道
靜默世服其清尚大將軍王
鳳以禮聘之不屈揚雄稱之
曰谷口鄭子真耕於巖石

之下名振京師
嵇康采藥遊山澤會其得
意忽焉忘返樵采遇之驚
以為神
阮籍志氣宏放閉戶視書

累月不出或登臨山水竟日
忘歸
孟浩然骨貌淑清風神散
朗文不按古師心獨妙五
言詩天下稱其盡善閒游

祕省秋月新霽諸英聯詩次
當浩然句云微雲澹河漢疏
雨滴梧桐舉坐歎其清絕咸
閣筆不復為繼
壬辰莫春徐良書

各 22.5 × 13.3 cm

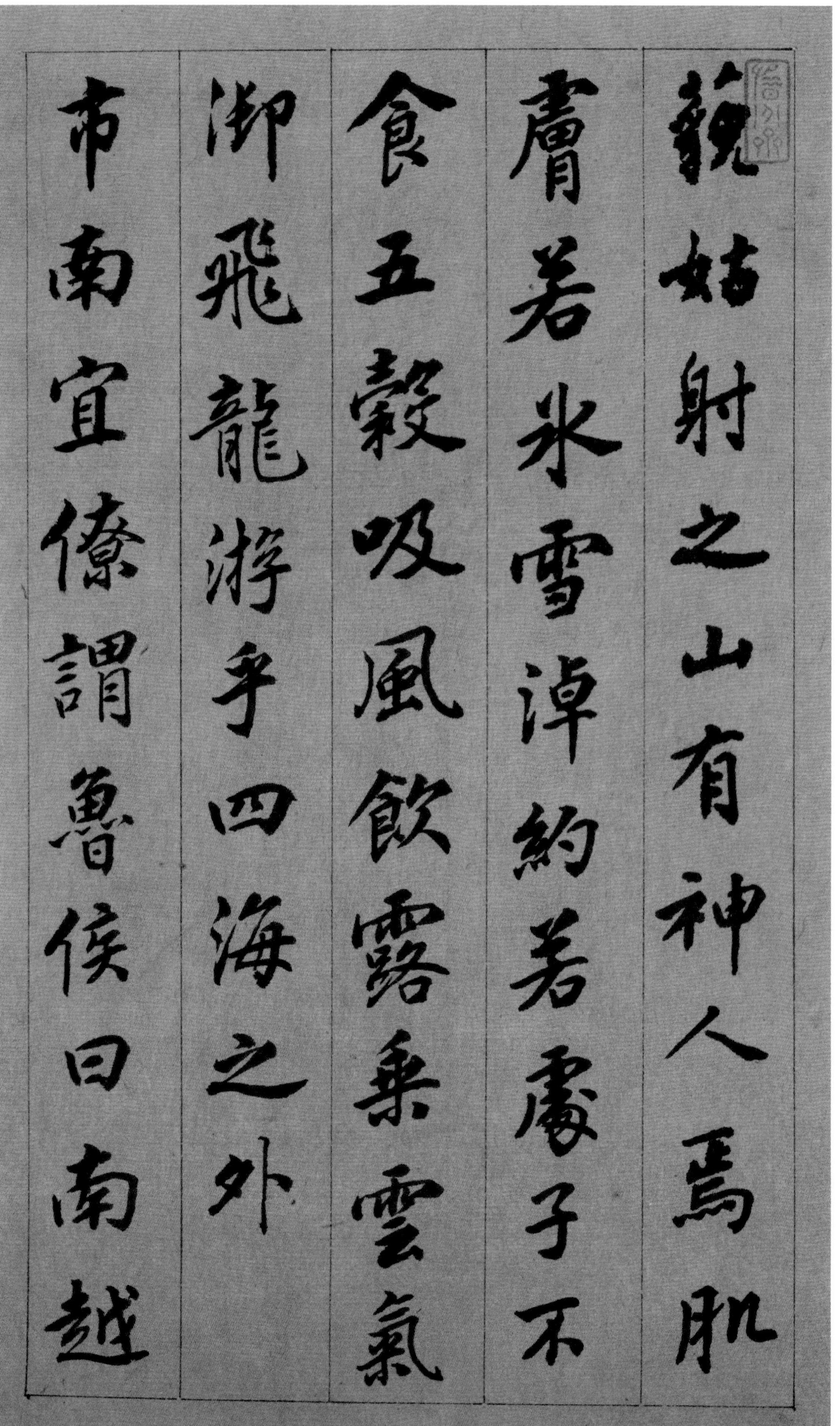
藐姑射之山有神人焉肌
膚若冰雪淖約若處子不
食五穀吸風飲露乘雲氣
御飛龍游乎四海之外
市南宜僚謂魯侯曰南越

有邑名爲建德之國其民
愚而樸少私而寡欲君其
涉於江而浮於海望之而
不見其涯愈遠而不知其
所窮送君者皆自厓而反

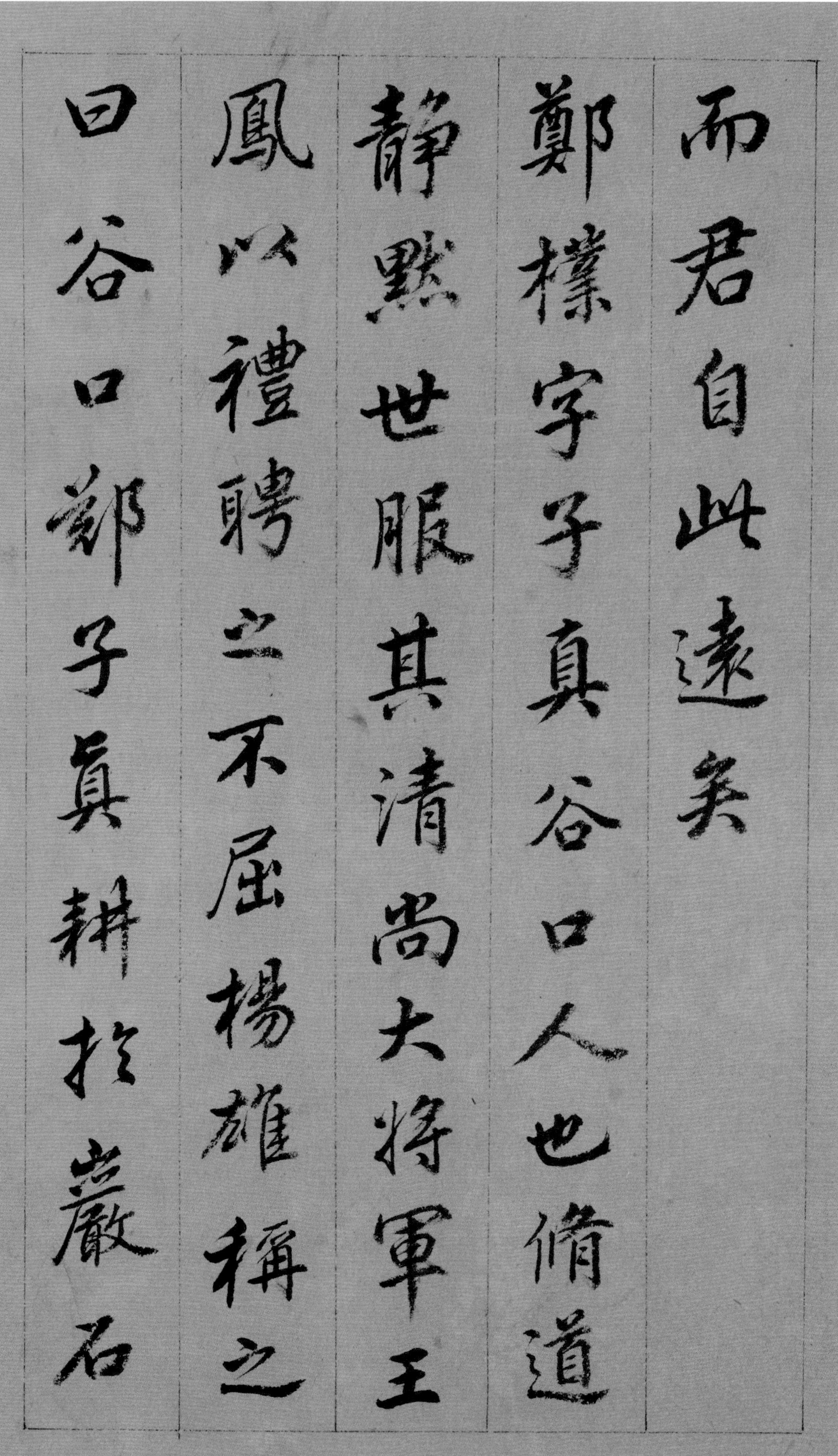
而君自此遠矣
鄭樸字子真谷口人也脩道
靜默世服其清尚大將軍王
鳳以禮聘之不屈揚雄稱之
曰谷口鄭子真耕於巖石

之下名振京師
嵇康采藥遊山澤會其得
意忽焉忘返樵采遇之驚
以爲神
阮籍志氣宏放閉戶視書

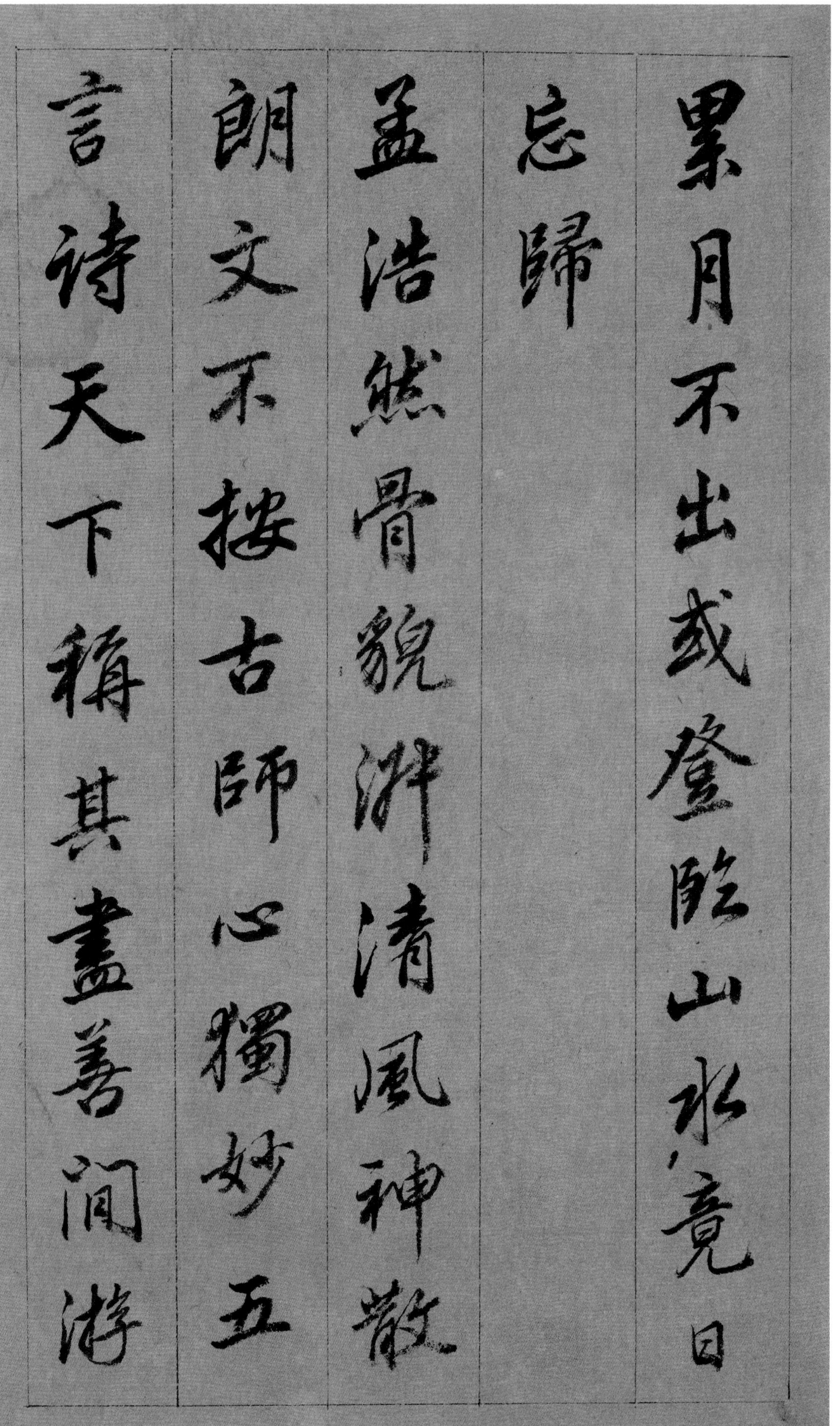
累月不出或登臨山水竟日
忘歸
孟浩然骨貌淑清風神散
朗文不按古師心獨妙五
言詩天下稱其盡善間游

祕省秋月新霽諸英聯詩次當浩然句云微雲澹河漢疎雨滴梧桐舉坐歎其清絕咸閣筆不復為繼

壬辰莫春徐良書

許道基　致許焞札

一七二三年後

釋文

望後郵寄候函，定呈
尊鑒。高俊來，被
手書，知
叔父近履康吉，兩弟學境轉上，足慰遙跂。紳士踵來，不數夷齊一隊，獨
叔父澹定若性，古所稱不懼與無悶者，于今日見之，不禁拜服
平生談道之功深也。姪病喉痛，時發則竟夕呻吟，未知竟以是隕其生否？昨歲偶校所師八股數篇，聖門所謂抑末而無本者，撿得一帙，附質 是否，不足為外人道耳。芸軒夫婦子女康好，并及。
五叔父大人尊前。十二月朔日，姪功道基頓首。

鑑藏印

朱（朱文圓印）

邊題

許道基，字勛宗，號竹人，又號霍齋，海寧人。雍正庚戌進士，歷官戶部郎中、廣西學政。著《春隰吟》、《冬隰吟》、《粵吟》、《靡至吟》。《隨園詩話》：「許竹人侍御〈題路上去思碑〉云：『君看去思官道石，深鐫鐫不到人心。』足補太傅《咏碑》之所未及。」

編按

許道基（一七〇七—一七六七），初名開基，字勛宗，號霍齋。浙江海寧人，許勉燉（一六八八—一七五六）子。雍正八年（一七三〇年）進士，授戶部主事，轉刑部，歷官廣西學政、戶部山西司郎中等。精通經史，著有《經參理參》、《尚史》、《明志軒詩文集》、《歸舟百絕》等。許焞（一六九六—一七六六），字醇夫。海寧人，許道基族叔。雍正元年（一七二三年）進士，授編修，未幾歸里著述。許道基本札所談論者，主要為家庭瑣事，其中「不數夷齊一隊」一句，乃稱頌許焞棄官的高雅作風。

望後郵寄侯函定呈
尊鑒。高侯來，被
手書，知
叔父近履康吉，兩弟學境精上，足慰遠懷。紳士踵來不數步
齋，一隊獨
叔父澹定若性，古所稱不懼與無悶者，于今日見之，可禁抃服。
平生談道之功，浸迤姪病喉痛時發，則竟夕呻吟，未知竟以是
隕其生否。時歲偶校，所師八股數篇，亦門所從，抑束而無本者
拾得一帙附質，是否不足為外人道耳。某軒夫婦子女康好並及。
五叔父大人尊前
十月朔日姪功道基頓首

許道基 字勛宗，號竹人，又號省齋，海寧人。雍正庚戌進士，歷官戶部郎中、廣西學政。著春渠吟、冬渠吟、粵吟、廉玉吟。
隨園詩話：許竹人侍御題路上吉思碑云：君看吉思官道石，深鐫鐫不到人心。足補太傅詠碑之所未及。

27 × 11.5 cm

許道基 致許焞札

約一七四五年

釋文

不奉啟候者又一年於茲，每詢南來戚友，敬稔

叔父道體有相，神明日休，德言兩立，四海式瞻矣。世際重熙，

主為堯舜，寔自古儒者不可多遭之盛，而

叔父以有本之學，裕有用之材，前已孝養無憾，下亦婚嫁將畢。若遂躭志山林，著經垂後，不復從事勳名則已。倘曰固將為之，待時而動，則此真其時矣，亦不得更待矣。人生罕有百年，已將及半，上焉

天子憂勞獨坐，形為吁嘆，孰助

予理？而二三寡學術、不肩任之大臣，八九無竅要、少結煞之臺諫，十餘餙太平、固寵祿之督撫，環顧其人，疇足與議天下之事，佐 朝廷明禮樂、立政教、躋世運于漢唐宋明之上者哉？姪生薄經歷、希交遊，然竊見士無貴賤，不過慕富貴、怵利害。獨二十年來，視

叔父所志所業，寔有出於二者之外，而惟存乎天下之圖，特以為□不為名，故世人罕知，即知亦知其文而已。若其蘊抱千載、區畫九有之能，恐舍姪別無一人深知之者也。獨知之，是以獨請之

叔父，試外度之世，內度之己，今宜出乎否乎？將為天下出，而家室尚足戀，田園尚足問，歲月尚可玩，詩文尚可溺乎？姪非敢必出則果用，用則果盡也。要以一出，殫我責，以用不用與用之大小，聽之世運，蓋君子之道如是而已。所望急營

塋事，決計一起，蒼生幸甚。如出處間更有精微之妙，則非姪之愚所及知矣。家口還，草草抒其所見，幸擇焉不盡。姪開基頓首謹上。八月朔日。

（姪欲歸未得，家口愚穉無依，還望 以時扶掖教誨，千懇、千懇。）

鑑藏印

朱（朱文圓印）

編按

許道基（一七〇七—一七六七）本札署款「開基」，乃依會試榜名。讀此信知其已身在京師，並力勸早已辭官還鄉的許焞（一六九六—一七六六）再出為朝廷效力。其中有句云：「人生罕有百年，已將及半」，則年代約在乾隆十年（一七四五年）頃。此年許道基請假回籍剛結束，就任戶部河南司額外主事。

各 26.9 × 11.5 cm

不奉戚候者又一年於茲每詢南來戚友敬稔
叔父道體有相神明日休德言而立四海式瞻矣世際重熙
主為堯舜寔自古儒者不可多遭之盛而
叔父以有本之學裕有用之材前已孝養無憾下六婚嫁將畢若
遂躭志山林著經垂後不復從事勳名則已備曰固將為
之待時而動則此真其時矣亦不得更待矣人生罕有百
年已將及半上焉
天子憂勞獨甚形為吁嘆孰助
爭理而二三寡學術不肩任之大臣八九無窺要少結塈之言謀
十餘備太平因寵祿之持撫環顧其人疇足與議天下之

者吾如生前從□奉交游不能無久生者貴則不進為

富貴怵利害者二十年身視

叔父所志所業寔有出于二者之外而惟存乎天下之圖嘗為人

不為名於世人罕知即知亦知其文而已若其德推于鄉里當

有之雖然會然別無一人罕知之者也獨知之豈以獨請之

叔父試外度之世內度之已今宜出乎否乎將為天下出而家

宜當是惡田園者是閑歲月者于玩詩文者于溺乎然非敢必

出則果用之則果畫也要以一出殫我責以用不用者用之大小

雖之世運善君子之道然是而已所望急營

基事決計一起為蒼生幸然如出處間更有精微之妙則小姪之愚所

及知矣家口還是之擇其所見于擇焉不盡然閱是特為謹上

姪初歸未得家口惡聲之去依還望以時扶掖教誨千萬千萬

姪□朝□

查恂　致許焞札

一七二三年後

釋文

六旬大慶，堅拒稱觴，世或恆有。若
老妹丈方當壯年，功成名就，即賦遂初，優遊林下。壽而且康，即張樂設飲，
大宴賓朋，亦分所應得。乃竟辭而不受，高出尋常萬萬矣。弟之所以逡巡不前者，
亦正恐有拂
尊意。然情文兼缺，此中抱歉良深，定蒙
鑒原於形跡之表也。吳門之遊樂乎？虎邱一片石，久為酒肉場，得
高賢至止，嘯咏其間，又得　賢郎追隨杖履，為生公解穢，為山林生色，此千
古風流佳話，不覺羨而生妬矣。暑退涼生，唯順時
珍重。不盡，晤悉。
道古老妹丈長兄大人。弟恂頓首。
（日前見惠，實何敢當？使命諄諄，秪領入，敬謝。）

鑑藏印

朱（朱文圓印）

編按

查恂，字其武，生卒年不詳。浙江海寧人，查慎行（一六五〇—一七二七）孫，查克建子。生平資料稀罕。

許焞（一六九六—一七六六），字醇夫，號道古。海寧人，娶查克建女為妻，份屬查恂妹夫。生平見前札。

本札謂許焞「方當壯年，功成名就，即賦遂初，優遊林下」，乃指其於雍正元年（一七二三年）進士及第未久，即辭官返里之舉，則此函當作於是年以後。

六旬大慶堅拒稱觴世或恒有若
老妹丈方當壯年功成名就即賦遂而優游林下壽而且康即張車設飲
大宴賓朋亦分所應得乃竟辭而不受高出尋常萬萬矣弟之所以遠先
不前者亦正恐有拂
日前
見直寶荷賞
尊意然情文並缺此中抱歉良深定蒙
失節謹之祗領入赤謝
鑒原於形跡之表也吳門之遊樂乎需即一片石久爲酒肉場得
高賢至止嘯詠其間又得
賢郎追隨杖履而出之解穢爲山林生色此千古
風流佳話不負羨而生妒矣暑退涼生唯順時
珍重不盡瞻志
適古老妹丈長兄大人
弟堉頓首

26.8 × 11.6 cm

查岐昌　致許焞札

釋文

圓迹楚南，奉違

教侍，轉瞬三年。比審

老姊丈閉戶著書，盈箱滿篋，春風杖履，樂事良多。岐于十九日抵家，本擬登

堂叩謁，緣久客初歸，百事蝟集未遑也。聞邑尊有修志之舉，延請霍齋先生總裁，吳芑翁入內幕。頃

聞吳翁仍赴當塗，不才如岐，未識堪分一席否？惟

天上菽珠，足以聳聽，幸望

老姊丈一圖之。夙侍

雅愛，敢以奉瀆，並祈清明左右即示

復音。草草附懇，并問 兩甥近狀，不既。

道古老姊丈老先生世丈。眷小弟岐昌頓首。

舊留《古塩官曲》一冊求削，便中并擲下，又及。

鑑藏印

朱（朱文圓印）

邊題

查岐昌，字藥師，號岩門，海甯諸生。慎行孫，克念子。著《岩門精舍詩鈔》。《家傳》畧曰：「年三十補博士弟子員，屢薦不售。著《巢經閣讀古記》二十冊約百卷，俱散失。今存已刻詩二卷、未刻詩二十二卷、詞二卷、文集二十四卷。卒年五十。」

編按

查岐昌（一七一二—一七六二），字藥師，出身浙江海寧世家，父親查克念為查克建長兄，前札作者查恂乃其從兄。許焞（一六九六—一七六六），字純也，號道古。亦海寧人，查克建女婿，故份屬查岐昌從姊夫。

本札所稱「霍齋先生」，即許道基（一七〇七—一七六七），為許焞姪，生平詳見前文。「吳芑翁」即吳嗣廣，字芑君，號樵石，生平見後文。另，《古鹽官曲》一卷乃查岐昌所撰。

查岐昌
字藥師號岩門海甯諸生慎行孫克念子
著岩門精舍詩鈔
家傳曰年三十補博士弟子員屢薦不售著巢經閱讀大記二十冊約百卷俱
散失無存已刻詩二卷未刻詩二十二卷詞二卷文集二十四卷卒年五十

承示楚南奉違
教，侍赭睇三年，比審
老姊丈閉戶著書，盈箱滿篋，春風杖履，樂事良多。
岐于十九日抵家，未擬登
堂叩謁，緣久客初歸，百事蝟集，未遑也。聞邑尊有
修志之舉，延請霍齋先生總裁，吳芑省
入內幕，頃聞吳省仍赴當塗，不才如岐，未

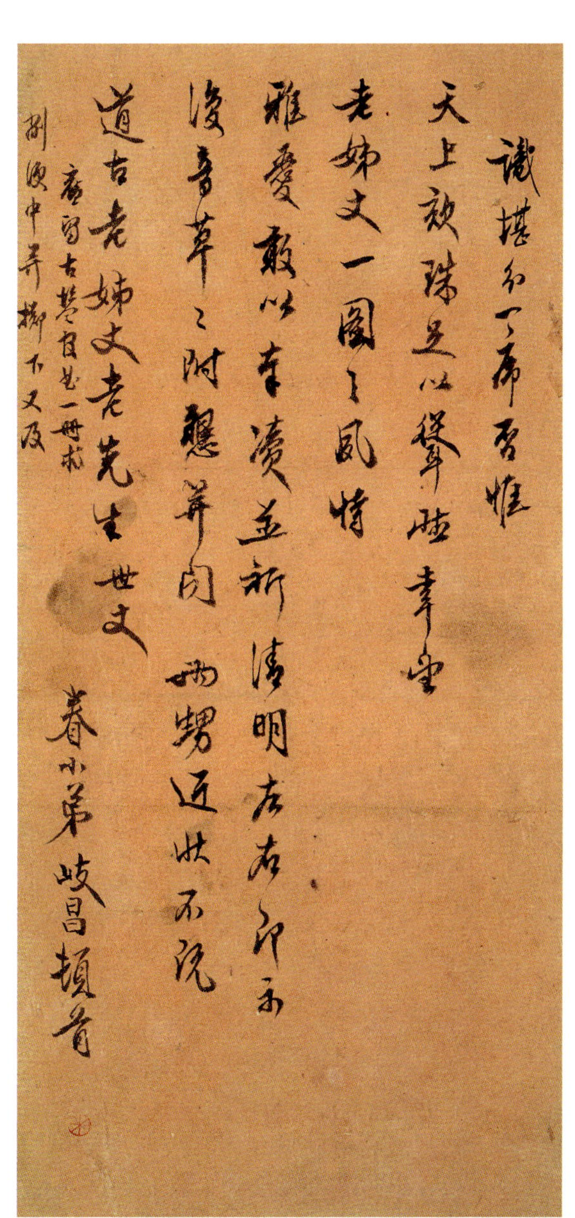
識堪不了而昏惟
天上致珠玉以餐睹幸望
老姊丈一國之風特
雅愛，敢以奉瀆，並祈清明左右仰示
後著草之附驥尾，聞 兩甥近狀不說
道古老姊丈老先生世丈
春小弟岐昌頓首
廣留古甚目一冊求
削政中弄擲下又及

各 26 × 12 cm

[illegible]迹楚南奉違
教侍轉瞬三年比審
老姊丈閉戶著書盈箱滿篋春風杖履樂事良多
岐于十九日抵家未獲登
堂叩謁緣久客初歸百事蝟集未遑也閱邑尊有
修志之舉延請霍齋先生總裁吳芑省
入內幕頃閱吳省翁赴當塗不才如岐未

查岐昌
字藥師號岩门海甯諸生慎行孫克念子著岩门精舍诗钞家傳畧四年三十補博士弟子員屢薦不售著巢經閣讀書記二十冊約百卷俱散失今存已刻詩二卷未刻詩二十二卷詞二卷文集二十四卷卒年五十

識堪示下爲晉惟
天上欵珠足以發揮孝思
老姊文一闋風情
雅愛敢以奉讀並祈清明左右印示
後吉華之附驥并問兩甥近狀不洗
道古老姊丈老先生世丈
春小弟岐昌頓首

扇寄古琴目是一冊求
削政中弄擲下又及

王徵 致許勉燉 許焞札

釋文

自去秋載書棹候，叨擾郇廚，謝謝。常擬面叩，併遊新圃，俗冗碌碌，未獲如愿為悵。俯翁回，得悉

老先生起居福慶，慰慰。敝鎮仝人得

尊擬數題面集課藝，前二集敢煩

兩先生大筆批示，莊誦之下，如撥雲霧見青天。仰慕之私，得隴望蜀，又以二集附呈

兩先生，惟當炎暑，勞瀆

清神，不揣極矣！諒　嘉惠後學，

兩先生亦欣喜耳。荒邨晚輩，於墨家體裁未知原委，仰望

摘瑕指迷，勿狥情而即

賜教。併懇每題總論作法一條，幸幸。容叩謝，不既。

　　晚徵頓首上。

觀翁、純翁老先生大人。

（新擬表題，何者為最，如有擬作，惠寄一二，禱禱。）

　　六月十二日。

鑑藏印

朱（朱文圓印）

邊題

王徵，字聘九，號七峯，浙江嘉興諸生。著《桼峯吟稿》。

編按

王徵，字聘九，浙江嘉興人，生平未詳。潘衍桐《兩浙輶軒續錄》卷二十九引孫灝曰：「君志鮮風塵之慕，行有井渫之潔。壯游江右，為謝金圃方伯所契重。晚抱伯道之慽，身後遺書散盡。門人沈愛蓮收拾叢殘，存詩數帙。」謝金圃方伯，即謝墉（一七一九—一七九五），字昆城，亦嘉興人，官禮部侍郎。許勉燉（一六八八—一七五六），字觀文。許焞（一六九六—一七六六），字純也。皆浙江海寧人，為同族兄弟。詳見前文許勉燉札。

王徵 字聘九號七峯 浙江嘉興諸生 著桑峯吟稿

自去秋載書櫂候叩接郇廚謝謝常擬面叩併述新圃俗冗碌碌
未獲如意為悵 俯翁回得悉
老先生起居福慶慰慰敬鎮仝人得
尊擬數題兩集課藝前二集敢煩
兩先生大筆批示莊誦之下如撥雲霧見青天仰慕之私得隴望蜀
又以二集附呈
兩先生惟當炎暑着勞瀆
清神不揣極矣諒 嘉惠後學
兩先生亦欣喜再荒鄙晚輩於墨家體裁未知原委仰望
摘瑕指迷勿徇情面即
賜教併題每題總論作法一條幸幸容即謝不既
晚徵 頓首上
觀翁
純翁 老先生大人
新擬表題何者為最如有擬作 惠寄一二禱禱
六月十二日

各 25.4 × 11.1 cm

王徵 字聘九號七峯 浙江嘉興諸生 著桼峯吟稿

自去秋載書棹候叩攝郇厨謝謝常擬面叩併遊新園俗冗碌碌未獲如愿為悵俯荀回得悉老先生起居福慶魁魁敬鎮仝人得尊擬數題面集課藝前二集敢煩兩先生大筆批示莊誦之下如撥雲霧見青天仰慕之私得隴望蜀又以二集附呈兩先生惟當炎暑著勞瀆清神不揣極矣諒 嘉惠後學

兩先生亦欣喜乎荒都晚輩於墨家體裁未知原委仰望

摘瑕指迷勿拘情面即

賜教併題每題總論作法一條幸幸容日謝不既

晚致頓首上

觀翁

純翁老先生大人

新擬表題何者為最如有擬作惠寄一二禱禱

六月十二日

吳嗣廣　致許焞札

釋文

日來想

道體清吉，為慰。

太老師神明還舊，聞者咸手加額，喜甚、喜甚！仙舟回自武林，定有清標絕俗之句，點綴湖山，因未脫塵濁，不敢請讀。敬業師乙丙兩年詩稿，前未錄完，敢暫假足之。并所點定《瀛奎律髓》可賜一閱否？或先發數本，次第檢付，感同　分燭矣。不宣。

純翁世兄先生大人。弟吳嗣廣頓首。

鑑藏印

朱（朱文圓印）

邊題

吳嗣廣，字芑君，號樵石，海甯諸生。著《抱秋亭》、《就鷗閣》詩集。

編按

吳嗣廣，字芑君，號樵石，生卒年不詳。浙江海寧人。好讀書，博覽典籍。師事查慎行（一六五〇—一七二七），即本札中所稱「敬業師」。

此函乃向許焞（一六九八—一七六六）商借查慎行詩稿，用以鈔錄。同時要求借閱的，還有元代方回（一二二七—一三〇五）所選編唐宋詩集《瀛奎律髓》的查氏點評本。

吴嗣廣 字芑君號推石海甯諸生著抱秋亭就鷗閑詩集

日来想
道體清吉爲慰
太老师神明還舊閲者咸手加額喜甚ミ 仙舟田自武
林定有清標绝俗之句點綴湖山回未脱塵濁不敢请
讀 敬葉師乙丙両年诗稿前未録完敢暫假旦ミ
并两匝定瀛奎律髓可
賜一閲吾戓先發數本次第检付感同 分燭矣不宣
絶翁世兄先生大人
弟吴嗣廣頓首

20.7 × 12.7 cm

吳嗣廣　致許焞札

釋文

每讀晉宋間書，詞妍致雅，輒撲去灰塵十斛。若先生襟韻，直晉宋間人也，眉宇謦咳，方當洗濯一世。自嫌寒鄙，不獲時隨　游賞，謹以小扇索　正書數行，披挹之餘，如領風氣，比老嫗之遇右軍為尤幸矣。倘嗤敗意，便須擲地。龍山師詩藁一本，想已入　覽。朱筆標識，出去秋靜師先生為一初學設也，并及。新詩可垂賜一讀否？望望。純翁世兄先生。晚吳嗣廣頓首。

鑑藏印

朱（朱文圓印）

編按

查慎行（一六五〇—一七二七）籍屬海寧龍山，故吳嗣廣以「龍山師」指稱之。此函一如前札，亦為吳嗣廣向許焞（一六九八—一七六六）借鈔查慎行詩集的記錄。

每讀晉宋間書詞妍致雅輒撲去灰塵十斛若

先生襟韻直晉宋間人也眉宇磬咳方當洗濯一世自嫌寒鄙

不獲時隨　游賞謹以小扇索　正書數行披抱之餘以領

風氣比之嫗之過右軍爲尤幸矣偶然得意便須擲地

龍山師詩葉一本敬之入　覧朱華標識出去秋寄師先生爲一和學设也并及

我詩可垂賜一讀否望之

純翁世兄先生　晚吴煦頓首

24.5 × 10.9 cm

吳嗣廣　致許焞札

釋文

獎借過當，固知

先生調之，然　手教中太作謙語，何爾爾耶？

大作豈惟韵叠彌工，「世路爭夷險，人情互苦甘」，非　垂愛之極，不出此語，

直是坐右銘，不但作詩讀也，感謝、感謝！逢　大敵而挑戰不休，自笑其愚。

然示武於眾，正是中情怯耳。《雪詩》因再瀆　陳，愁苦之言，結以自嘲。

噴飯之餘，亟毁之，為禱。

純翁世兄先生。弟嗣廣頓首。

鑑藏印

朱（朱文圓印）

獎借過當罔知

先生謂之然 手教中大作適語何尔之耶

大作豈惟韻叠弥工世路爭先險人情互苦甘非 無愛之極不出此語直是坐

右銘不但作詩讀也感謝感謝 逢 大敵而挑戰不休自笑其愚然示武於衆

要是中情悖耳 雪詩曰再讀 陳懇苦之言結以自嘲 噴飯之餘

函毀之 爲禱

純翁笠先先生

未晚辰 相生

24.5 × 10.9 cm

陳世基　致吳嗣廣札

釋文

去冬十七自禾而苕，幾及旬而返。大約與知交聚首，約云毋作歌詩，毋作尺牘，舊時往還筆墨，俱付之丙丁而已。前拙詩蒙

擲還，感感。《風箏詩》遍覓無有，憶前歲已為雷電取去，然亦無甚關係，不足慮也。惟前年五月間所

惠詩，謹封固呈

上，以便撿入壁中。純也先生與陳俯躬交好，但此公開口好詆突人，口誅筆伐，任意揮洒箋扇間，而所接見之人亦雜而不倫。弟不過往還一次，無從獻規計，

醇夫先生已歸

老兄相悟時，幸徵以此意達之。初六日，弟自禾中長行，徐許稿奉趙，幸撿入。

餘惟新正道履有相，是禱。

芑兄學長。弟陳世基頓首。

鑑藏印

朱（朱文圓印）

編按

陳世基，字祖陶，號石友，生卒年不詳。浙江海寧人。工小楷。

吳嗣廣，字芑君，亦海寧人。生平見前札。

本札所稱「純也」及「醇夫」者，皆指許焞（一六九六—一七六六），字醇夫，一字純也，生平詳前文。此外，「陳俯躬」即陳梓，浙江秀水人，工於詩，屢試不第，以布衣終老。

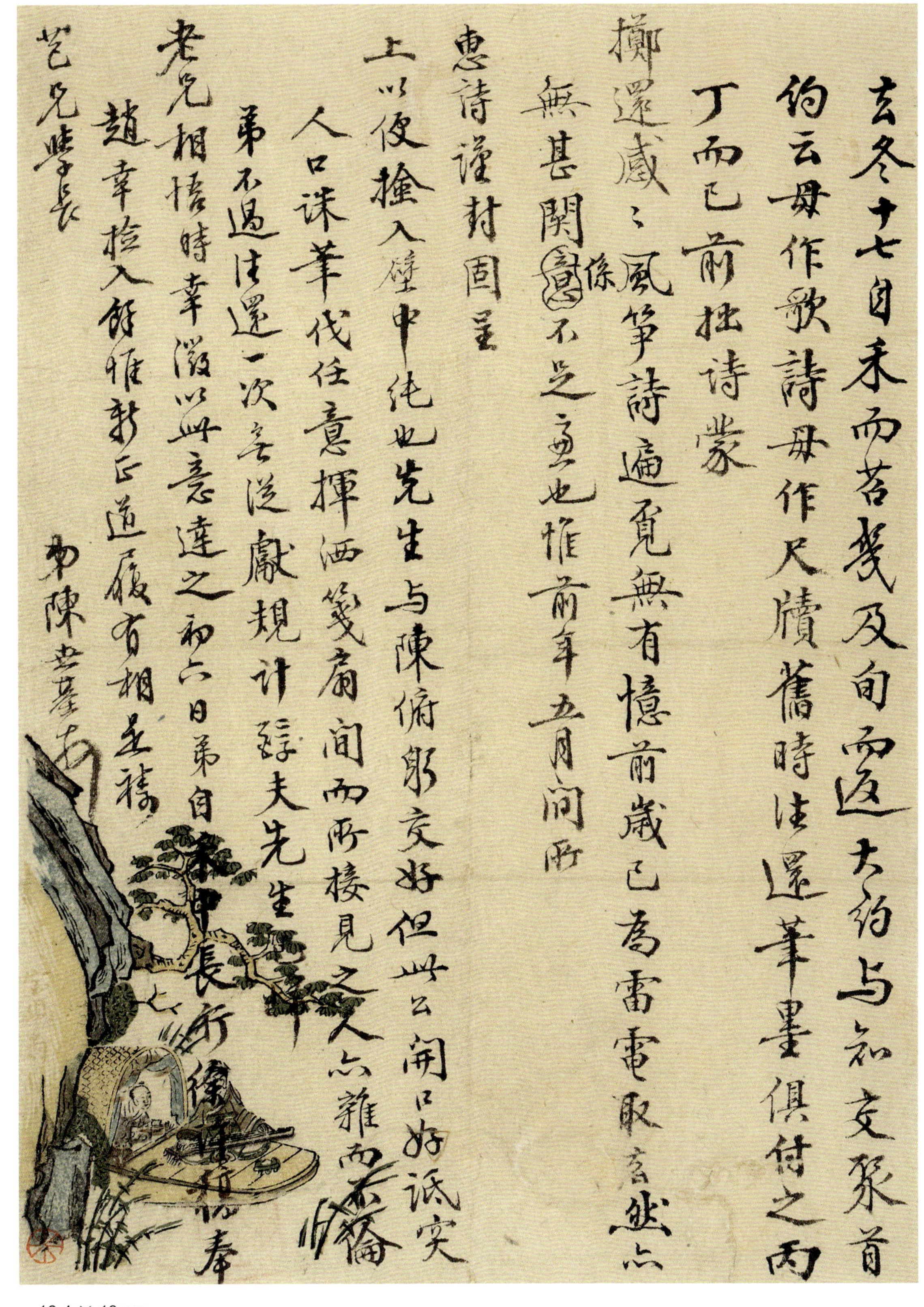
去冬十七自禾而苕，浹旬而返，大約与知交聚首
約云毋作歌詩，毋作尺牘，舊時法還筆墨俱付之丙
丁而已。前拙詩蒙
擲還，感感。風箏詩遍覔無有，憶前歲已為雷電取去，然亦
無甚關係，不足道也。惟前年五月間所
惠詩謹封固呈
上，以便揜入壁中，絶也。先生与陳俯郭交好，但此公開口好詆突
人，口誅筆伐，任意揮洒，箋扇間所所棲見之，人亦雜而不倫。
弟不過往還一次，無從獻規，計惟夫先生
老兄相接時，幸讜以此意達之。初六日弟自中長所緣得奉
趙，幸捨入。舒惟新正道履百相是禱。
弟陳[illegible]頓首
芝兄學長

18.4 × 13 cm

袁枚　雜詩帖

一七七七年

釋文一

《山中行樂詞十二首》

市上豈無事，山中只有書。一篇小園賦，
半世好家居。楊柳風前榻，梅花雨後車。
意行隨所適，不樂復何如。
怪石堆三面，新堤造六橋。草堪供鹿砦，
萍足養魚苗。摘蕊求花大，開池便樮搖。
客來茶不設，甘露在芭蕉。
萬竹立門外，一家藏綠陰。闌干三四曲，
樓閣幾重深。雲影淡搖鏡，壁風時弄琴。
喈喈牕外鳥，也學短長吟。
九十高堂壽，千燈上下張。環山生火樹，
搖水動珠光。隔岸笙歌助，傾城士女狂。
此時一杯酒，真個紫霞觴。
十二紅絲硯，輪流侍主人。分班常賜沐，
著手便成春。作楷門生代，袪塵小僕頻。
為他閒不得，連日召龍賓。
涉世無成見，隨吾杜德機。書多讐校嬾，
花密剪裁稀。卷袖常汚墨，迎賓忘着衣。
公卿與寒士，來者便依依。
白鶴一聲語，青天半夜風。夢從秋後短，
詩向枕邊工。隔夜硯常濕，曉窻燈尚紅。
是誰來拭几，知我讀書功。
九曲琉璃屋，玲瓏影莫分。湘簾千竹映，
詩卷萬花熏。髹几新裏樣，雲疊古篆文。
不知陳榻上，留宿幾重雲。
何物供閒戲，圍棋亦偶然。買碑爭舊
碑「搨」，磨墨試新箋。食品何曾篆，
茶經陸羽編。搜奇兼志怪，俱是小游仙。
客來無底事，開口便談花。解珮長千里，
吹簫阿子家。山深春不老，風好月難斜。
幾個人間叟，如儂度歲華。
無兒家累少，稚女戴男冠。畫賞過時賣，
琴閒借客彈。非禪心更達，不樂髀常安。
靜裏尋忙事，巡簷數竹竿。
一望參天柳，都從手植生。樹猶先我老，
心合比秋清。鄭重分陰惜，編排著作成。
劉伶休荷鍤，門外即先塋。

編按

袁枚（一七一六—一七九八），字子才，號簡齋，別號隨園老人。浙江錢塘人。年少聰慧，十二歲考中秀才人，乾隆四年（一七三九年）進士，選庶吉士，散館改任溧水、江浦、沭陽、江寧等知縣。年三十八歲厭倦官場，辭歸養親，築「隨園」於南京小倉山，以詩酒度日，文名滿天下。著有《小倉山房集》、《隨

山中行樂詞十二首

市上豈無事山中只有書一篇小園賦半世將家居楊柳風前榻梅花雨後車意行隨所適不樂復何如

怪石堆三面紅堤造六橋草堪供鹿皆蒔足養魚苗摘蕊求花大開池便櫂摇客至茶不設甘露在芭蕉

翠竹立门外一家藏綠陰閑于三四曲樓閣幾重深雲影淡搖鏡壁風樹弄琴喈喈牆外鳥也學短長吟

九十高堂壽千燈上下張環山生火樹搖水動珠光隔岸笙歌助傾城士女狂此時一杯酒真个紫霞觴

十二紅絲硯輪流侍主人分班當賜沐著手便成春作楷门生代掃塵小僕頻為他閑不得連日召誰賓

徃徃世無成見隨吾社徃機書多讐校嬾花寮剪裁補卷袖常污墨迎賓忘着衣公卿与寒士未肯便依依

白鶴一聲清青天半夜風夢從秋後短詩向枕邊工隔夜硯常濕曉窗燈尚紅是誰來拭几知我諫書功

九曲玩璃屋玲瓏影莫分湘簾千竹映詩卷萬花熏縣几新裹樣雲疊古篆文不知陳榻上留宿幾重雲

何物供閒戲園棋亦偶然買碑爭舊碑磨墨試新箋

含品何曾篆茶經陸羽編搜奇兼志怪俱是小游仙

客至無虚了開口便談花解珮長千里吹簫阿子家山深春不老風將月蘿斜幾个

各 23 × 29 cm

園詩話》、《子不語》、《續子不語》等。

本札上款人「琴川世講」身分未詳。款署「乾隆丁酉」，為乾隆四十二年（一七七七年），時袁枚六十二歲。

〈山中行樂詞〉收錄於袁枚《小倉山房詩集》卷二十四，文字互有差異，不盡枚舉。然本札第九首「買碑爭舊碑」，句末「碑」字於平仄不合，當屬筆誤，茲據《詩集》改訂。詩繫於「甲午」，即乾隆三十九年（一七七四年）作。

釋文二

《甲午除夕作》

年年除夕側耳聽，爆竹聲聲直到明。今年除夕聽不得，雞唱一聲人六十。大撓甲子已刪除，此後光陰是羨餘。雞若相憐緩開口，依舊我還五十九。

編按

〈甲午除夕作〉收錄於《小倉山房詩集》卷二十四，其中第六句作「縱有光陰是羨餘」。

釋文三

《六十》

六十華年轉眼更，萬般往事撫心驚。儘憑朝士呼前輩，尚有慈親喚小名。早到蓬山春夢短，老歸邱壑舉家清。他人祝我非知我，自疊雲箋寫一生。

卅載青溪奉板輿，楊雄文可似相如。安排歲月歸清福，笑看雲烟過太虛。若肯經綸原解事，偶貪花竹竟閒居。年來剩有驕人處，九十萱堂萬卷書。

懸弧時節百花嬌，三月初三柳正飄。客採碧桃來插帽，天教黃鳥替吹簫。稱觴禮古儀文[俗]，扶杖身輕鬢影凋。寄語諸公休勸酒，醉人何必是今宵。

語兒亭上斷前因，想為香山作後身。腰腳幸同猿鳥健，鶯花還比子孫親。百年再筭無多日，一代能傳有幾人。從此光陰倍珍重，高歌樂府惜餘春。

編按

〈六十〉見於《小倉山房詩集》卷二十四。本札第三首缺字，據《詩集》補全。袁枚生於康熙五十五年（一七一六年）三月二日，此詩成於六十初度，時值暮春時節。

釋文四

《費宮人刺虎歌》

九殿鼙鼙鳴戰鼓，萬朵花迎一只虎。女兒中有有心人，詭說儂家是公主。公主姿容世寡雙，色能[伏][虎][虎]心降。笑捋虎鬚向虎語，洞[房][請]解軍[甲]裝。一杯勸一杯，沉沉虎竟

人間叟也儂度華年　無兒家
累少稚女戴男冠畫賞過時賣琴
閒借客彈非禪心更達不藥醉
常安靜裏尋忙了巡簷數竹竿
一望參天柳都從手植生林猶
先我老心合比秋清鄭重分陰惜編
排著作成劇伶休荷鍾門外即是
堂
甲午除夕作

年年除夕側耳聽爆竹聲聲直到
明今年除夕聽不得雞唱一聲人
六十大撓甲子已刪除此後光陰是
羨餘雞若相憐緩開口依舊我還
五十九　六十
六十華年轉眼更若般經了撫
心警儘憑朝士呼前輩尚有蹇

親喚小名早到蓬山春夢短老歸
如癡舉家清他人說我非知我自
疊雲箋寫一生
卅載青溪東板輿楊雄文可相如
安排歲月餘清福笑看雲烟過太
虛若有經綸原錯了偶貪花竹竟
閒居年來剩有驕人處九十萱堂
萬卷書

孤弧時節百花嬌三月初三鄉正
飄客採碧桃來插帽天教黃鶴
替吹簫稱觴禮古儀文扶杖
身輕鬢影潤寄語諸公依勸
酒醉人何必定今宵
語兒曹工斷前因想為香山作
後身腰腳幸同猿鳥健鶯花

各 23 × 29 cm

醉。刃此小於菟，下報先皇帝。紅燭千條撒帳光，白虹一道衝天氣。妾手攕攕軟玉枝，事成不成未可知。妾心耿耿精金煉，刺虎還如刺繡時。一刀初刺虎猶縱，三刀四刀虎不動。帶血抽刀啼向天，可惜大才還小用。吁嗟乎！城可傾，山可平，總是區區一點誠。君不見，滔因狂寇是誰斬，霹靂不能美人敢。

編按

此頁〈費宮人刺虎歌〉缺字較多，悉據《小倉山房詩集》卷二十一所載校補。詩繫於「己丑」，即乾隆三十四年（一七六九年）。

釋文五

《三月六日作》（有序）

金姬小妹鳳齡鬻昌門為婢，余贖歸之。年才十四，巧笑流麗，有依姊而終焉之志。余老矣，不欲為枯楊之稊，為擇一少年郎嫁之。臨行泣下，余不能無情，乃作是詩。

香山那忍遣楊枝，也費燈前十日思。紅杏太嬌春色小，白頭如許夕陽知。比肩美玉看原好，入手明珠去恰悲。寂寞蕭齋背花坐，避他含淚上車時。

編按

〈三月六日作〉載《小倉山房詩集》卷二十三，繫於「癸巳」，為乾隆三十八年（一七七三年）之作。文字微有出入。

釋文六

《鳳齡去後為大妻所虐雉經而死予追悔無及賦五排十六韵以哭之》

萬悔真何及，千牛挽不回。總緣吾負汝，轉使愛生灾。遠把文姬贖，權為弄玉媒。私情阿姊問，密意舉家猜。花不嫌春老，根思傍舊栽。自慚黃髮短，未稱紫雲陪。妙選乘龍婿，偏招駑馬才。妬妻威似虎，魔母令如雷。髩上環簪卸，房中饍飲裁。凄清同病蝶，呵叱過重儓。鳥急籠應放，魚驚網莫開。終年芳訊斷，一夕惡聲來。弱燕空梁墜，孤芳猛雨催。早知投苦海，悔不嫁哀駘。返璧心猶在，憑棺念始灰。伯仁由我死，羞面見泉臺。

編按

〈鳳齡去後〉詩，載《小倉山房詩集》卷二十四，繫於「甲午」，由此可知鳳齡卒於乾隆三十九年（一七七四年）。

釋文七

《遣興襍詩》

還比子孫歎百年再等無多日
一代能傳有幾人從此光陰倍珍
重高歌樂府惜餘春

貴宮人刺虎歌

九殿鼙鳴戰鼓芳年花迎一隻虎女
兒中有々心人說道儂家是公主公
主姿容世寡雙色絲我江々心降
笑捋虎鬚向虎語洞事清舒笮
了裝一杯勸一杯況々虎竟醉及
此・於苑下報先皇帝紅燭千條
纖帳光白虹一道衝天氣妾手纖々
軟玉枝事成不成未可知妾心耿々
々精金煉刺虎還如刺貓時一刀初刺
虎猶縱三刀四刀虎不動帶血抽刀啼
向天可惜大才還小用吁嗟乎城可傾山可
平總是區々一點誠君不見淮々汪惡
是誰斬霹靂不能美人敢

三月六日作 有序

金姬小妹鳳齡歸昌門為婿余贖
歸之年才十四巧笑流麗有依姊
而終焉之志余老矣不欲為杜楊之
梯為擇一少年郎嫁之臨行泣下
余不能無情乃作是詩

香山那忍遣楊枝也費燈前十日思
紅杏太嬌春色小白頭如許多情
知比肩美玉看原好入手明珠去
恰悲寂寞蕃齋背花坐避他
含淚上車時

鳳齡去後為大妻所虐雉經而死
予追悔無及賦五排十六韻以
哭之

萬悔真何及千生挽不回總緣吾負
汝轉使愛生災遠把文雅睹權為弄
玉媒私情阿姊問密意畢家猜花

各 23 × 29 cm

聽得兒童笑語譁，天機都在野人家。荷花落處剛剛好，荷葉如盤托着花。

三間艸屋小溪邊，竹裏開門地勢偏。仙鶴住多人住少，白雲時得到牕前。

五月黃梅雨打扉，驚風掃蕩百花稀。梧桐心上分明甚，不是秋來葉不飛。

閒人自愧少閒情，滴露研朱手不停。裁得吟成將筆放，女兒相喚捉蜻蜓。

應酬隨意少安排，風替關門風替開。正對幽蘭剝蓮子，阿誰花外送琴來。

禾熟頭低麥熟昂，眼前物理費推詳。蜘蛛網小如錢許，也展經綸據一方。

掃地焚香心太平，衰年勤學有康成。攤書愛坐西窗下，多得斜陽一刻明。

編按

〈遺興雜詩〉載《小倉山房詩集》卷二十四，共九首。本札七首之中，第六首不屬此題之下，而另見於《詩集》卷十八，題為〈寓目即書〉，其中第二句作「冬天雨暖夏天涼」。《詩集》此兩卷分別繫於「乙未」、「甲申」兩年，即乾隆四十年（一七七五年）以及二十九年（一七六四年）。蓋非同時之作。

釋文八

《某明府以家姬見贈予却之已而聞其受笞至死因轉悔不受以拔之于苦海也自懺一章》

花落當前手不援，此身有愧救生船。玉溪生最多情者，偏却東川張懿仙。

編按

〈某明府以家姬見贈〉詩見於《小倉山房詩集》卷二十四，繫於「乙未」，即乾隆四十年（一七七五年）。本札缺字據《詩集》補全。

釋文九

《哭方姬四首》

曾以專房受重名，一朝緣盡夜三更。少姜不作旁妻待，長妾原兼舊雨情。難向空王問因果，早知薄福是聰明。韋郎兩鬢衰如許，就使重逢已隔生。

記得歌成陌上桑，羅敷身許嫁王昌。雙棲吳苑三更月，並走秦關萬里霜。羹是手調才有味，話無回曲不同商。如何二十多年事，只抵春宵一夢長。

巫山雲影竟消沉，神女遺踪尚可尋。侍疾不教衣帶緩，看書常伴燭花深。諸姬學禮推前輩，中饋叅謀費苦心。爭奈妙蓮花少子，半生枯坐淚盈盈。

無端骨瘦似香桃，霜裏紅蘭質易凋。攬鏡自知無藥救，呼巫還望有魂招。零星簪珥生前散，約畧容顏病後描。千遍丁寧萬回囑，莫教孤冢艸蕭蕭（求附塋先瑩）。

不慊春老根思傍舊栽自慚黄髮短未稱紫雲陪妙選乘龍婿偏招駑馬才妬妻威似虎魔母令如雷鼓工環簪節房中饍欲裁凄清同病蝶呵叱過重僅鳥急笼應放魚驚網莫開終年芳訊斷一夕惡聲來弱燕空梁墜孤芳猛雨催早知投苦海悔不嫁衰翁返壁心猶在憑棺念妝灰伯仁由我死羞面見泉臺

遣興禪詩

触得兒童笑語譁天機都在野人家

荷花莖々剛々好荷葉以盤托着花

三間草屋小溪邊竹裏開門地勢偏仙鶴住多人住少白雲時得到窗前

五月黄梅雨打扉驚風掃蕩百花稀梧桐心上分明甚不是秋來葉不飛

閒人自愧少閒情滴露研朱手不停裁得吟成將筆放女兒相喚捉蜻蜓

應酬隨意少安排風替閑門風替閑西對幽蘭剩蓮子阿誰花外送琴來

禾熟頭低麥熟昂眼前物理費推詳蜘蛛網小如錢話也展經綸援一方

掃地焚香心太平衰年勤學有康成攤書愛坐西[illegible]得斜陽一刻明

某明府以[illegible]部之已而聞其受答[illegible]悔不受以援之于苦海也[illegible]一章

花落當前手不援此身有愧救生船玉溪生最多情者偏部

東川張懿仙

各 23 × 29 cm

編按

〈哭方姬四首〉見於《小倉山房詩集》卷二十三，題作〈哭聽娘〉，文字微有異，如「三更月」作「三秋月」、「泪盈盈」作「泪淫淫」。詩繫於「癸巳」，即乾隆三十八年（一七七三年）。考方聽娘以四十九歲卒於此前一年孟秋，其原出身蘇州唐家侍婢，乾隆十三年（一七四八年）嫁袁枚為妾，夫妻緣份二十五載。除此詩以外，袁枚另作有〈聽娘墓志〉，收錄於《小倉山房外集》卷六。

釋文十

《移竹》

移取琅玕三五枝，半遮樓閣半臨池。碧鸞搖尾聲先到，高士遷家醉不知。要識虛心隨處好，莫矜晚節出山遲。瀟湘帝子淇園客，忽捲踈簾某在斯。

《乞花》

但見紅妝意便傾，狂言忽發紫雲驚。鶯啼樹上非無主，春在人家倍有情。解語定教回面笑，聞香先自出門迎。平生風骨崚嶒甚，每到低頭總為卿。

《前二首學士盧公課士題也嫌諸生于移乞二字未甚刻劃見余作此曰老阿婆壓倒少年矣乃重賦兩章博馮婦下車之笑》

柯亭昨夜雨凄凄，閒倚闌干待鳳兮。無物可醫人世俗，有君便覺女墻低。龍孫族大分宜早，玉笋班新立不齊。可奈山風欺午到，一竿吹仄杏花西。（移竹）

偎紅倚翠久蹉跎，忽唱丁娘十索歌。擬欲分香學韓壽，轉將割愛勸維摩。春非買得開應少，物是求來寵更多。灑掃園林安置酒，待他蜂蝶也奔波。（乞花）

編按

〈移竹〉等三首，載於《小倉山房詩集》卷二十三，繫於「癸巳」，當成於乾隆三十八年（一七七三年）。〈移竹〉詩第三句作「佳人倚袖寒猶薄」。本札缺字據《詩集》補之。

釋文十一：

《過瞻園弔託尚書》

十年不見託尚書，重過瞻園感舊居。匝地風花春事換，滿墻烟墨雨痕踈。老臣力盡還朝後，國士知深見面初。擬賦八哀詩未就，幾行哀泪落衣裾。

編按

〈過瞻園弔託尚書〉詩見《小倉山房詩集》卷二十五，題為〈過瞻園弔託師健尚書〉。託師健，即託庸（約一七〇五—一七七三），姓富察氏，字師健，號瞻園，滿洲鑲黃旗人，

哭方姬四首

曾以專房受重名，一朝緣盡夜三更。少姜不作旁妻待，長妾原兼舊雨情。難向空王問因果，子知薄福是聰明。常郎兩髩衰如許，就使重逢已隔生。

記得歌成陌上桑，羅敷身許嫁王昌。雙棲吳苑三更月，並走秦關萬里霜。羨是手調才有味，話無心不同商。如何二十多年事，只抵春宵一夢長。

巫山雲影竟消沉，神女遺蹤尚可尋。侍疾不教衣帶緩，看書常伴燭花深。諸姬學禮推前輩，中饋參謀貴苦心。爭奈妙蓮花少子，半生枯坐淚盈盈。

無端骨瘦似香銷，霜裏紅蘭質易凋。攬鏡自知無藥救，呼巫還望有冤招。零星簪珥生前散，約略容顏病後描。千遍丁寧萬回囑，莫教孤冢草蕭蕭。求祔先塋

移竹

移取琅玕三五枝，半遮樓閣半臨池。碧鸞搖尾君先到，高士還家醉不知。要識虛心隨處好，莫矜晚節出山遲。瀟湘帝子淇園客，忽搽踪簾幕在斯。

乞花

但見紅妝意便傾，狂言忽發紫雲驚。鶯啼樹上非無主，春在人家倍有情。解語定教回面笑，聞香先自出門迎。平生風骨崚嶒甚，每到低頭謁為卿。

前二首學士廬山課士題也，慊諸生于移乞二字未甚刻劃，見余作，日老阿婆歷例少年矣，乃重賦兩々，博馮婦下車之笑

柳亭昨夜雨淒々，聞倚闌干待

各 23 × 29 cm

名家翰墨

官至吏部尚書。詩繫於「丙申」，乃乾隆四十一年（一七七六年）所作，時託師健已故三載。

釋文十二：

《黃梅》

黃梅將去雨聲稀，滿逕苔痕綠上衣。風急小窗關不住，落花詩艸一齊飛。

編按

〈黃梅〉詩另題為〈即事〉，第三句作「風急小牕關不及」。見《小倉山房詩集》卷十一，繫於「乙亥」，即乾隆三十二年（一七六七年）。

釋文十三：

《苔》

老住空山歲月更，閒思物理最分明。青苔避日葵爭日，同領春風各性情。

編按

〈苔〉詩，另題作〈老住〉，見《小倉山房詩集》卷二十，繫於「丁亥」，即乾隆二十年（一七五五年）。

釋文十四：

《並頭牡丹》

兩枝春作一枝紅，春似生心鬭化工。遠望恰疑花變相，夗央閑倚彩雲中。

讀罷清平三首詞，此花猶未解相思。想因移種長生殿，便學人間連理枝。

編按

〈並頭牡丹〉載於《小倉山房集》卷二十四，繫於「甲午」，即乾隆三十九年（一七七四年）。原作共三首，本札僅錄前兩首，文字微有異。

釋文十五：

憶己卯正月，在制府署中見琴川世講，年甫髫齔，牙牙學語，今十七載矣。蒙去秋寄札索詩，筆走龍蛇，文成珠玉，方知高密家風，又增一後來公輔，為驚喜者久之。第自念山人花甲已逾，皓然白首，未知通家重見，尚在何時。又焉得不以風語華言，寄遙情于千里哉？敬遵來命，呈近作一冊，以當萱蘇。乾隆丁酉三月望日，袁枚書于倉山碧桃花下。

印章

袁枚（白文方印）、隨園（朱文方印）、存齋的筆（白文方印）、錢塘蘇小是鄉親（白文隨形印）

風分無物可醫人世俗有君便
覺女墻低就孫族大分宜早玉
笋班就立不齊可奈山風欺乍
到一竿吹反杏花西 移竹
偎紅倚翠久蹉跎忽唱丁娘十索
歌擁妝分香學韓壽轉將劉愛
勸維摩未非買得閒應少物是
拈來既更多添掃園林安置酒
待他蜂蝶也奔波 乞花

過隨園即記尚書
十年不見記尚書重過隨園感舊居
匝地風花春事換滿墻烟墨雨痕疎
老臣力盡還朝後國士知深見面初
擁賦八哀詩未就幾行衰淚落衣裾

黃梅
黃梅將去雨聲齊滿逕苔痕綠上衣風急
小窗關不住沙沙和詩帖一齊飛

苔
老住空山歲月更閒思物理最分明青苔
避日葵爭日同領春風各性情

並頭牡丹
兩枝春作一枝紅春似生心鬬化工遙望
恰疑花變相此央開倚彩雲中
讀罷清平三首詞此花猶未解相思想
因移種長生殿便學人間連理枝
憶己卯正月在制府署中見

琴川世講年甫髫齔耳：學語今十七
載矣蒙去秋寄札索詩筆走龍蛇
文成珠玉方知高密家風又增一後
來公輔為驚喜者久之第自念山人
花甲已逾皓然白首未知通家重見
尚在何時又焉得不以風語筆言寄
遙情于千里哉敬遵來命呈近作一
冊以當萱蘇乾隆丁酉三月望日袁枚書
于倉山碧桃花下

各 23 × 29 cm

山中行樂詞十二首

市上豈無事，山中只有書。一篇小園賦，半世好家居。楊柳風前榻，梅花雨後車。意行隨所適，不樂復何如。

怪石堆三面，新堤造六橋。草堪供鹿砦，萍足養魚苗。摘蕊求花大，開池便榻搖。客來茶不設，甘露在芭蕉。

葉竹立門

外一家藏綠陰閑于三四曲樓

閣幾重深雲影淡揺鏡壁風

樹弄琴喈喈懸外鳥也學短長

吟九十高堂壽千燈上下張環

山生火樹揺水動珠光隔岸笙歌

助傾城士女狂此時一杯不泛真个

紫霞觴十二江總硯輪流侍宴

人分班常賜沐著手便成春作

楷门生代诘塵小僕頻為他洞不得
連日召說賓
涉世無成見隨吾杜
徒欃書多讐
校嬾花簪剪裁稱卷
袖常污墨迎賓忘着衣
公卿与寒
士来者便依〻
白鶴一聲淚青
天寒夜風夢從秋後短詩向枕邊
工隅夜硯
常濕曉窗燈尚紅
是誰
年拭几知我讀書功
九曲琉璃屋
玲瓏影莫分湘簾千竹映詩

差莠花熏縣几秋襄襟雲疊
古篆文不知陳榻工留宿幾重臺
何物供閒戲圍棋亦偶然買得
爭舊得磨墨試新箋合品何
曾叢茶經陸羽編搜齊諧志怪
俱是小游仙客來無處了涌口
便談花解珮長干里吹當阿子家
山深春不老風將月蘿斜幾个

人間叟也儂度畢華無兒家
畢少雛女戴男冠畫賞過時賣琴
洞借客彈非禪心更蓮不藥醉
常安靜裏尋忙了巡簷數竹竿
一望條天柳都從手植生林猶
先我老心合比秋清鄭重分陰惜編
排著作成劇伶休荷鍾門外即是
堂

甲午除夕作

年々除夕側耳聽爆竹聲々直到
明今年除夕聽不得雞唱一聲人
六十大撓甲子已删除此後光陰是
羨餘雞若相憐緩開口依舊我還
五十九

六十

六十華年轉眼更若般從子撫
心驚儘遷朝士嘆前輩尚有蕭

親喚小名尋到蓬山春夢短老歸
卯登舉家清他人說我非知我自
疊雲箋寫一生
卅載青溪車板輿楊雄文可似相如
安排歲月隸清福笑看雲烟過太
虛若肯經綸原解子偶貪花竹竟
洞居年來剩有驕人處九十萱堂
萬卷書

弦弧時節百花嬌三月初三似已
飄客採碧桃來挿帽天教黃鳥
替吹簫稱觴礼古儀文扶杖
身輕鬢影凋寄語諸々依勸
酒醉人何必定今宵
語兒亭工劉前因想為香山作
後身腰腳幸同猿鳥健鶯花

還比子孫歡百年再等無多日
一代能傳有幾人從此光陰倍珍
重高歌樂府惜餘春

費宮人刺虎歌

九殿鼙鳴戰鼓姜原迎一隻虎女
兒中有心人說儂家是公主公
主姿容世寡雙色絕[illegible]之心降
笑捋虎鬚向虎語洞[illegible]鋒穿

了裝一杯觀一杯沉沉虎聲酣歹
此、於菀下報先皇帝紅燭千條
織帳光白虹一道衝天氣妾手織、
以、軟玉枝事成不成未可知妾心耿耿
精金煉刺虎還如刺猫時一刀初刺
虎猶縱三刀四刀虎不動帶血抽刀啼
向天可惜大才還小用吁嗟乎城可傾山可
平總是區區一點誠君不見滔滔征魁
是誰斬霹靂不能美人敢

三月六日作 有序

金姬小妹鳳齡鬻昌門為娼余贖

歸之年才十四巧笑流麗有依姊

而終焉之志余老矣不欲為枯楊之

梯為擇一少年郎嫁之臨行泣下

余不能無情乃作是詩

香山那忍遣楊枝也費燈前十日思

紅杏太嬌春色小白頭如許多惕

知比肩美玉看原好入手明珠去

恰悲寂寞蕭齋背花坐避他含淚上車時

鳳齡去後為大妻所虐雖經而死予追悔無及賦五排十六韻以哭之

萬悔真何及千生挽不回總緣吾負汝轉使愛生灾遠把文雅聽權為弄玉媒私情阿姊問密意舉家猜花

不嫌春老根思傍舊栽自慚黄髮
短未稱紫雲陪妙選乘龍婿偏招
駑馬才妬妻威似虎魔毋令如雷鸞
工環簪鄙房中饍欲裁凄清同病
蝶呵叱過重僅鳥急籠應放魚驚
網莫開終年芳訊斷一夕惡聲来弱
燕空巢墜孤芳猛雨催早知投苦
海悔不嫁衰驄返壁心猶在憑棺

念莊厭伯仁由我亦羞面見泉臺

遺興詩

鞋得兒童笑語譁天機都在野人家

荷花蓬處剛〻好荷葉如盤托着花

三間艸屋小溪邊竹裏開門地勢

偏仙鶴住多人住少白雲時得到階

前　五月黃梅雨打扉驚風掃蕩

百花稀梧桐心工分明甚不是秋來

葉不飛　閒人自愧少閒情滴露

研朱手不停　裁得吟成將筆放女兒

相喚捉蜻蜓　應酬隨意少安排風

簪閣门風簪閣正對幽蘭剌蓮子

阿誰花外送琴来　禾熟頭低麥

熟昂眼前物理費推詳蜘蛛網小

如錢許也展經綸振一方　掃地

焚香心太平衰年勤學有康成

攤書愛坐西[illegible][illegible]得斜陽一刻明

某明府以[illegible][illegible]了許之已而聞其受營[illegible]不[illegible]轉悔不受以披之于若海也乞憾一章

花落當前手不援此身有愧救生船

玉溪生最多情者偏郁 東川張懿仙

哭方姬四首

曾以專房受重名一朝緣盡夜三更少姜不作旁妻待長妾原兼舊雨情難向空王問因果早知薄福是聰明帚郎兩鬢衰如許就使重逢已隔生

記得歌成陌上桑羅敷身許嫁王昌雙棲吳苑三更月並走秦關萬里霜羡是手調才有味語無凿不同商如何二十多年事只抵春宵一夢長

巫山雲影竟消沉神女遺蹤尚可尋

侍疾不教衣帶緩看書常伴燭花深
諸姬學孔推前輩中饋參謀費苦心
爭奈妙蓮花妙子半生枯坐淚盈盈
無端骨瘦似香尨霜裏紅蘭質易凋攬
鏡自知無藥救呼巫還望有寬招零星
簪珥生前散約略容顏病後描千遍
丁寧萬回囑莫教孤冢艸蕭蕭
求祔塋
先塋

穆竹

移取琅玕三五枝半遮樓閣半臨
池碧鸞搖尾春先到高士還家
時不知要識虛心隨処將莫矜喚
管生山遶瀟湘帝子淇園客忽揍
蹤簾某在斯

乞花

但見紅妝意便傾狂言忽發紫
雲驚鶯啼樹上非乞主春

在人家倍有情緣猶定教回面笑聞香先自出迎手生風骨崚嶒甚無列低頭説為卿

前二首學士廬公課士題也嫌諸生于務乞二字未甚刻劃見余作曰老阿婆歷倒少年矣乃重賦兩博馮婦下車之笑

柯亭昨夜雨淒淒聞倚闌干待

鳳兮無物可醫人世俗有君便
覺女墻低說孫族大兮宜是玉
笋班執立不齊可奈山風欺不
到一竿吹從杏花西移竹
根紅倚翠久蹉跎忽唱丁娘十索
歌擁收兮香學韓壽轉將劉晏
勸維摩春非買得閒應少物是
花事說更多濕掃園林安置酒

待他蜂蝶也奔波 乞花

過瞻園弔記尚書

十年不見記尚書重過瞻園感舊居
匝地風花春事換满墙烟墨雨痕疎
老臣力盡還朝後國士知深見面初
擬賦八哀詩未就幾行衰泪落衣裾

黄梅

黄梅將去雨聲稀满逕苔痕緑上衣風急
小窗關不住落花詩艸一齊飛

苔

老住空山歲月更閑思物理最分明青苔避日葵爭日同領春風各性情

並頭牡丹

兩枝春作一枝紅春似生心鬬化工遠望恰疑花變相處夾開倚彩雲中

讀罷清平三首詞此花猶未鮮相思想因移種長生殿便學人間連理枝

意己卯三月在制府署中見

琴川世講年甫髫齔手〻學語今十七載矣蒙去秋寄札索詩筆走龍蛇文成珠玉方知高密家風又增一後來公輔為驚喜者久之第自念山人花甲已逾皓然白首未知通家重見尚在何時又焉得不以風語華言寄遥情于千里哉敬遵來命呈近作一冊以當萱蘇乾隆丁酉三月望日袁枚書于倉山碧桃花下

袁枚　致慶霖札

一七九〇年

釋文

袁枚頓首。

雨林都統世兄閣下：枚今春二月間掃墓杭州，在西湖留連兩月，到吳門看龍舟競渡，而后還山，見案上有世兄手書二封、繭緞雙襲，情文兼摯，感何可言！并知蒙聖人恩諭，八月中祝　萬壽于京師。以閫外之臣與夔龍之列，榮莫大焉！惜枚七十之年又加其五，路遠年衰，不能步屬車之後塵，觀千古難逢之盛典，此心缺然。惟以一瓣香默禱彼蒼，願世兄移節山左，開府江南，使老人得挈杖攜兒，迎　旌旗于江上，則樂事開心，三公不易矣。茲因織造同公入都，托其西席吳醉竹寄此數行，小申悃素，希垂照而賜覆焉，幸甚，望甚！六月六日。

印章

袁枚（白文方印）、尺素書（朱文長方印）

編按

慶霖（一七三七—一八〇六），姓章佳氏，字雨林，號晴村。滿洲鑲黃旗人。由弓匠曹長起，歷官侍衛、侍講、寧古塔副都統、青州副都統、江寧將軍、福州將軍。袁枚（一七一六—一七九八）《小倉山房詩集》卷十一有〈題慶雨林詩冊並序〉，《小倉山房尺牘》卷四有〈寄慶雨林都統〉，為二人交情之見證。袁枚此札自稱「七十之年又加其五」，又言皇帝「祝萬壽於京師」，可知作於乾隆五十五年（一七九〇年）弘曆八十大壽之年。時尹慶霖五十四歲，任青州副都統。

袁枚頓首
雨林都統世兄閣下 枚今春二月間掃墓
杭州在西湖留連兩月到吳門看龍舟競
渡而后還山見案上有
世兄手書二封蘭緞雙襲情文兼摯
感何可言并知蒙
聖人恩諭八月中祝 萬壽于京師以
閫外之臣與夔龍之列榮莫大焉惜枚

七十之年又加其五路遠年衰不能步
屬車之後塵觀千古難逢之盛典此
心缺然惟以一瓣香默禱彼蒼願
世兄移節山左開府江南使老人得挈
杖携兒迎 旌旗于江上則樂事閑心
三公不易矣茲因織造同公入都托其西
席吳醉竹寄此數行小申悃素希
垂照而賜覆焉幸甚望甚 六月六日

各 21.5 × 13.6 cm

袁枚頓首

雨林都統世兄閣下枚今春二月間掃墓

杭州在西湖留連兩月到吳門看龍舟競

渡而后還山見案上有

世兄手書二封蘭綴雙襲情文兼摯

感何可言并知蒙

聖人恩諭八月中祝　萬壽于京師以

閫外之臣與夔龍之列榮莫大焉惜枚

七十之年又加其五路遠年衰不能步
屬車之後塵觀千古難逢之盛典此
心缺然唯以一瓣香默禱彼蒼願
世兄移節山左開府江南使老人得挈
杖携兒迎旌旗于江上則樂事關心
三公不易矣茲因織造同公入都托其西
席西吳醉竹寄此數行小申悃素希
垂照而賜覆焉幸甚望甚八月六日

錢維城　致錢大昕札四通

釋文一

昨日所奉商者，止《四支》中所增「唉」字耳，如酌妥幸即付來。《七模》如已得亦乞擲下，《八齊》一冊即遲一兩日無妨。緣昨日上當面詢及，已對二十日送可進五韻故也。新添　吳、陸、趙三位，亦奏聞矣。竹汀學士。維城再拜。

釋文二

《四支》韻已寫完，其增添字數未經核筭，此地無《廣韻》等書，望即為查核填清發來。此啟。其文如已得，并即付來。城頓首。竹汀學士。

釋文三

《支》、《微》、《居》三韻清本已得，望即與熊老先生分開較正并發圈，能於一兩日內發回為妙。至《四支》內「瓈」字已刪去，總注於「璃」字下止挖去五行不難，但似此《八齊》內又應添「璃」字矣。乞酌之。《八齊》內「瓈」字已將「又支韻」三字刪矣。

名不具。

釋文四

所改處俱妥協，惟「蠡」字兩處似俱未妥。僕惟今晚在家，明日在朝考試，有一兩日不歸，望即晚來寓一談。再　趙雲松有詩文集在　尊處作序，并望攜來。竹汀學士年館丈。城頓首。

編按

錢維城（一七二〇—一七七二），初名辛來，字宗盤，號幼庵。江蘇武進人。乾隆十年（一七四五年）狀元，官至刑部侍郎，入直南書房，為帝所倚重。擅山水畫，得董邦達（一六九九—一七六九）指授。卒謚文敏。錢大昕（一七二八—一八〇四），字辛楣，號竹汀。江蘇嘉定人。早年以詩賦聞名江南，獻賦獲賜舉人。與錢維城同年進士，生平詳見下文。

此四通手札，內容乃就一部韻書的編纂而商討，惟該書名稱未詳。

各 19.8 × 13 cm

昨日所奉高者止四支中所增唯一字耳如酬妾孝郎付来七樸如已上气椰下八齋一冊即匯一兩日上之頒緑。昨日上當面謝及也對二十日遂而匯五發使之

弘深只[illegible]陸趙之任之至[illegible]。

閣矣

竹竹學士　維城頓首

照其稿已写竟其墙添染字数条

經核筹生地並無廢韻等書照

而為

查稿塘用房屋未此緘

甚是妥當居劳　城句

與付來

竹河等生

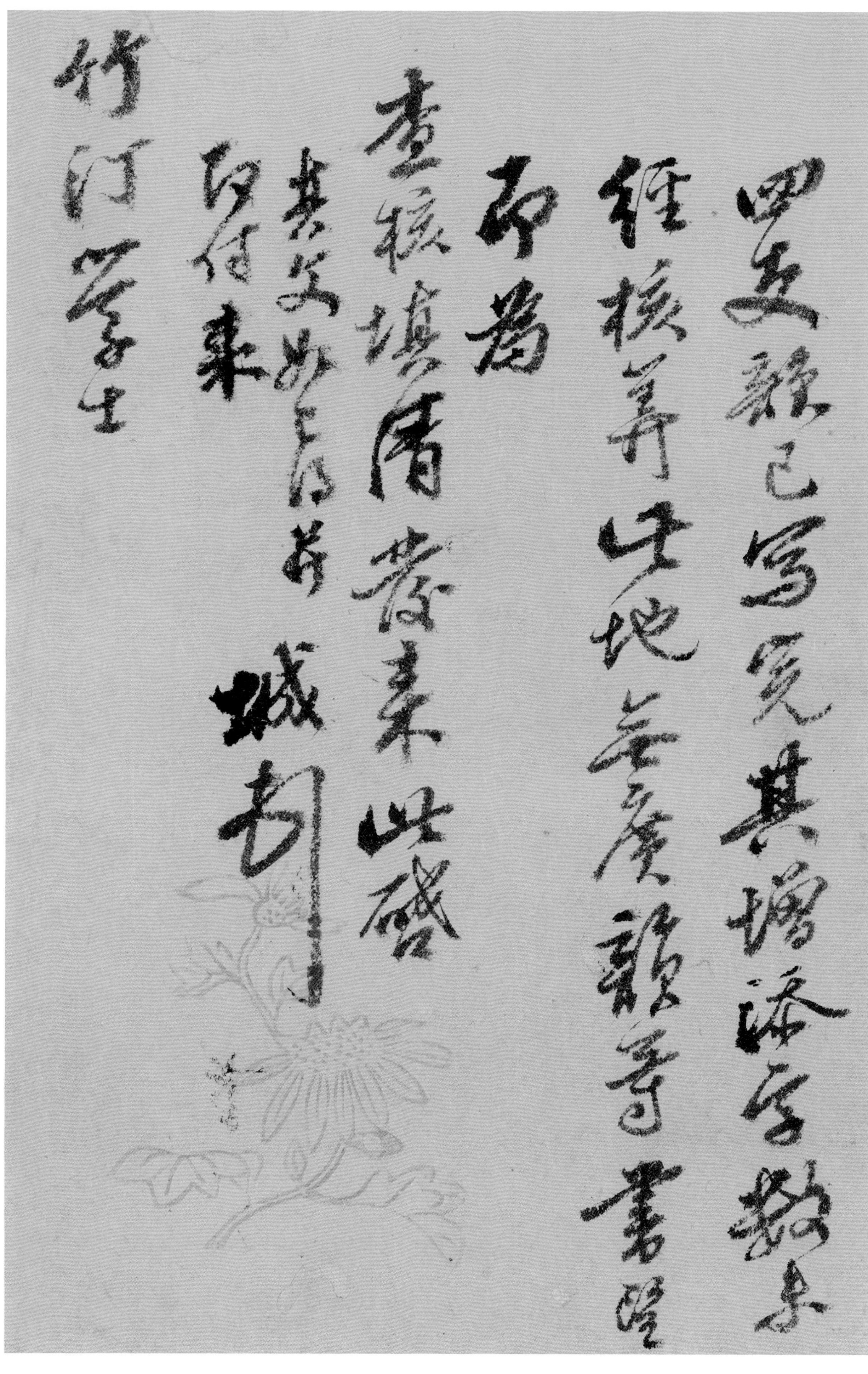

支徵居三載清本之得聲即與
雙老先生分閱將臣前發園雜於
一函內費四為妙　玉四支內珍字
字冊書總注於攜字下上擾去而行
不雜但以此八箱內五玄隻攜字集
之
知之八箱內珍字已將夫支號三字無筆
[illegible]頓首

所致處俱安協惟吾數字兩處
收得來安使惟余晚在家明
日在
祖考試看一兩日不得理行晚
來寓一談再趙雲叔有詩文集
在草叢林庫無所望携來
於行學士集鉛文 城頓

劉墉 致雨林札

釋文

敬啟。

世叔大人閣下：久別忽見而竟不馳謁，來而不往，無以自文，惟鑒宥而已，悚仄奚似。行期想在數日間，不勝悵仰。送上界亭芽茶四鉼、泡酪橙糕四匣、拙字一冊驗收。姪於寫字一事，至今自覺茫昧，惟結習所在，不以茫昧而輟耳。若假之以年，或者粗有所就，然此何敢自必，高明其有以誨我耶？會期當不為難，珍重是禱。

雨林世叔大人。姪墉再拜啟。

印章

屏萬（朱白文方印）、僊舫（白文長方印）、青原（朱文方印）

編按

劉墉（一七二〇—一八〇五），字崇如，號石庵。山東諸城人。乾隆十六年（一七五一年）進士，選庶吉士，歷任太原知府、江寧知府、內閣學士、體仁閣大學士等職，以清正廉潔聞名。書法造詣深湛，尤長於小楷，用筆厚重，有「濃墨宰相」之稱，為清代中期帖學大家。卒謚號文清。本札上款人「雨林」身分未詳，年齒當屬劉墉長輩。

16.7 × 31 cm

穀啓

世講大人閣下久别思見而

竟不能過 來而不往無

以自文惟 鑒宥而已悚不

宣 似

行期想在數日間不勝悵仰

送上 累章芽茶四餅泥

貽燈糕四匣 拙字一册

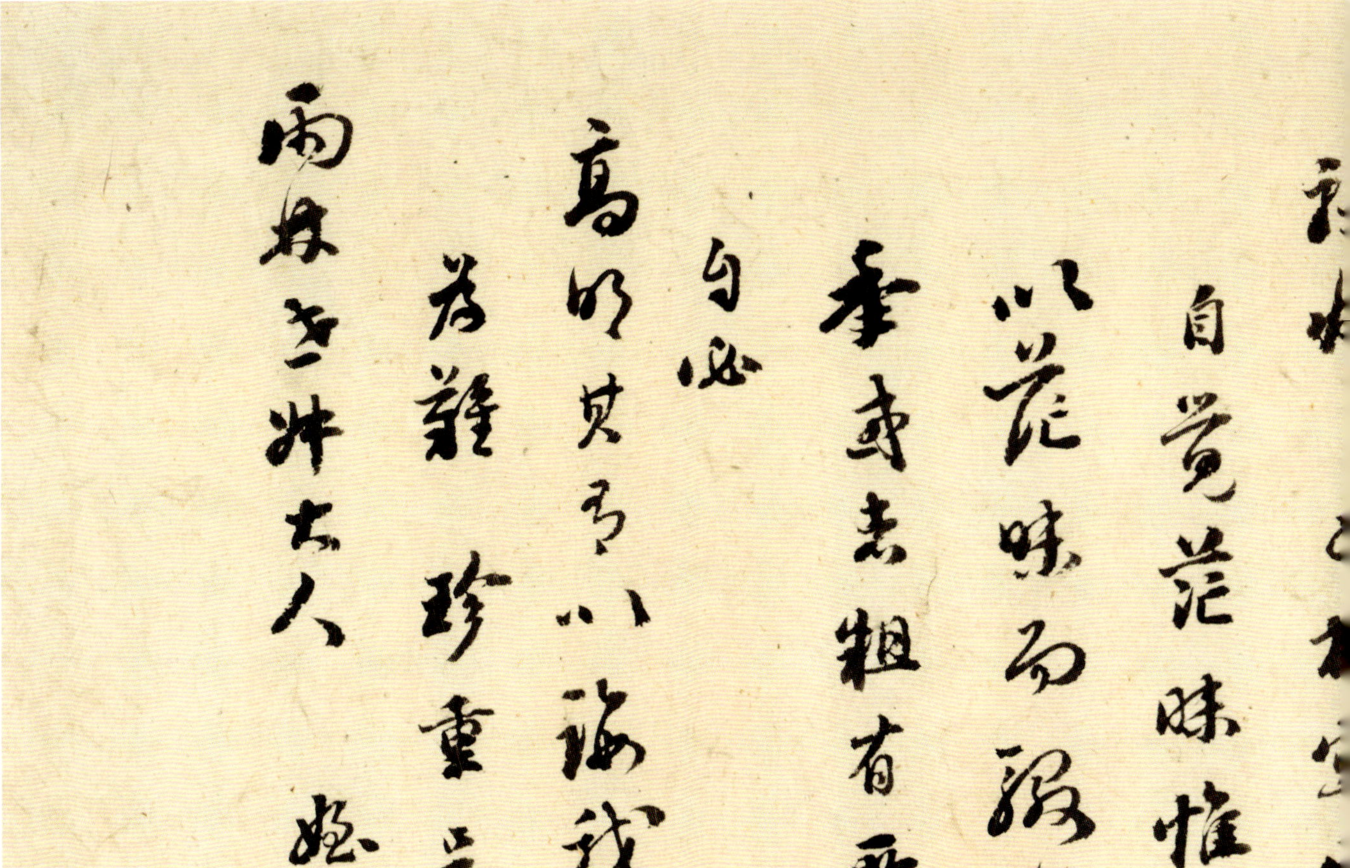

自覺荒昧，惟於習所近，不
以荒昧而廢乎英，低之以
季或志粗有所能，然此何敢
自必。
高明貫之以論我所云，亦當不
為難。珍重是禱。
雨農老先生大人
姪墉頓首啓

童鈺　致章鑣詩帖

釋文

憶昔王右丞，詩畫得禪理。至今輞川圖，無人合芳軌。昨朝得此冊，庶幾似之矣。君固達士流，曠懷薄朱紫。托跡廊廟間，寄情巖壑裏。前年任葵邱，滄浪漾清泚。（君在葵邱時，署中曾築一齋曰小滄浪。）去年來安昌，結構更奇詭。割取太行峯，青蒼落棐几。苔徑何盤紆，花木自清美。居然小有天，烟霞洞口起。侵曉微雨過，琤琮鳴不已。塵機靜不張，羅羅列圖史。終朝吟誦餘，宴坐悟微旨。會心入無垠，萬物盡糠粃。差勝入山行，跋踄勞芒履。李愿不足論，王維方可擬。安得從君游，賦詩叶宮徵。恍登華子崗，月映淪漣水。

勱堂老先生屬題，即呈教正。

二樹童鈺。

印章

童鈺私印（白文方印）、字曰樹（朱文方印）、放翁同里人（朱文方印）、梅影（白文長方印）

邊題

童鈺，字二如，號二樹，浙江會稽人。有《二樹山人詩稿》。善畫梅，畫成輒題一詩，故有「萬樹梅花萬首詩」之句。

印章

湘舲手錄（白文方印）

編按

童鈺（一七二一—一七八二），字二如，一字璞巖。浙江山陰人。善作山水，以草隸法寫蘭、竹、木石皆工。尤善寫梅，宗揚无咎法。工詩，亦以詠梅為勝。兼工草隸，愛蓄古銅印章，精篆刻。章鑣（？—一七六八），字勱堂，號驤衢。亦山陰人。乾隆七年（一七四二年）進士，官至湖北應城知縣。為史學大家章學誠（一七三八—一八〇一）之父。

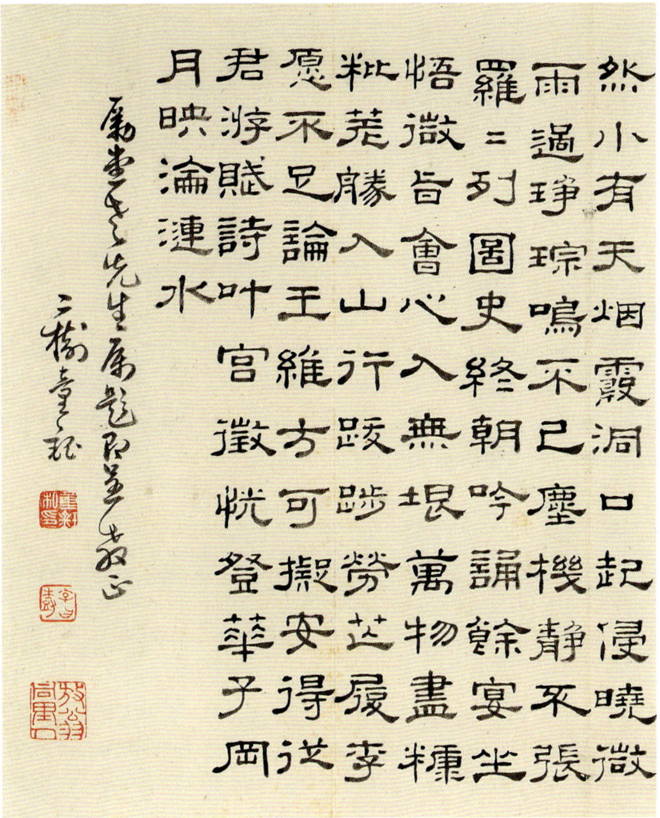

26 × 21 cm

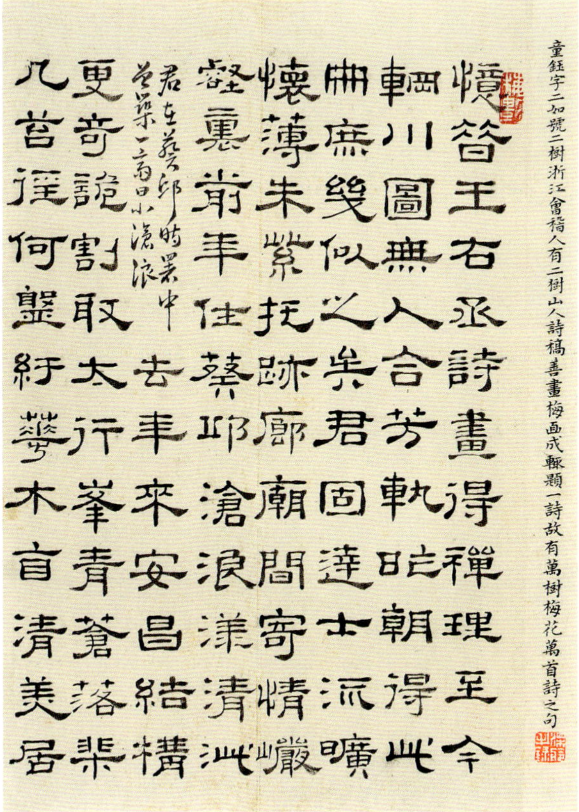

26 × 18.8 cm

憶昔王右丞詩畫得禪理至今
輞川圖無人合芳軌昨朝得此
冊庶幾似之矣君固達士流曠
懷薄朱紫托跡廊廟間寄情巖
壑蕙前年往蔡邛滄浪漾清泚
君在蔡邛時署中曾築一亭曰小滄浪
去年來安昌結構
更奇詭割取太行峯青蒼落棐
几營至可提于蔆木首青意居

童鈺字二如號二樹浙江會稽人有二樹山人詩稿善畫梅画成輒題一詩故有萬樹梅花萬首詩之句

然小有天烟霞泥口訪停時指
雨過琤琮鳴不已塵機靜不張
羅二列圖史終朝吟誦餘宴坐
悟澈旨會心入無垠萬物盡糠
粃差勝入山行跋涉勞芒屨李
愿不足論王維方可擬安得從
君游賦詩叶宮徵恍登華子岡
月映淪漣水

勵堂老先生屬題即呈教正
二樹童鈺

孔繼汾　致岳父札

約一七六一年

釋文

子壻孔繼汾百拜，稟請
岳父大人金安，稟者：
大人著書有年，向以道路阻長，無緣趨侍。
恐抄本珍重，未敢請
教，每竊訪於　令愛，云大抵闡明理學闢邪，
載道之文，深恨不能卒業也。近接
來諭，承聞剞劂已將完一部矣。舍下不日
即有人到浙，未知得蒙
賜讀否？再，壻學殖荒落，年已半生，毫
無著述。近因閉戶家居，念家門典故，未
有良書，舊誌、新誌，及廣記、僉載等籍，
非失之野，即病於蕪。且我
朝盛典，增祀賢儒，邇時名彥，皆闕而不備。
用是不揣譾陋，妄為《闕里文獻考》之作，
裒輯有日，尚未定稿。擬欲於歲內成之，
不諒妍醜，并欲付梓。竊念
大人處現有刻書之局，南匠必高於北，未
識工價若何，乞
大人便中代為一問。其書係倣汲古閣《十七
史》版，價若尚廉，其事約在明年，屆時
壻再專人請
示覓工也。瑣事稟瀆，希
垂宥為望。謹此稟
聞，並賀
新禧。臨稟不任瞻依。正月十五日。

編按

孔繼汾（一七二五—一七八六），字體儀，號止堂、信夫。山東曲阜人，孔子六十九代孫。乾隆十三年（一七四八年）於皇帝幸曲阜祭孔時引駕，授內閣中書，後入選軍機處行走，官至戶部主事。乾隆四十九年（一七八四年）編修《孔氏家儀》，遭族人告發獲罪，遣戍伊犁，經其子孔廣森（一七五二—一七八六）借貸贖出。著有《樂舞全譜》等。

本札以所撰《闕里文獻考》即將完稿，修函向岳父請教刻書事宜。查該著作成書於乾隆二十六年（一七六一年），本函當作於此前不久。

子壻孔繼汾百拜稟請
岳父大人金安稟者
大人著書有年向以道路阻長無緣趋侍恐抄本珍重未敢
請
教每竊訪於令愛云大抵闡明理學闢邪載道之文深
恨不能卒業也近接
来諭承聞剞劂已將完一部矣舍下不日即有人到浙未
知得蒙
賜讀否再壻學殖荒落年已半生毫無著述近曰閉户家
居念家門典故未有良書舊誌新誌及廣記僉載等籍
非失之野即病於蕪且我
朝盛典增祀賢儒遞時名爵皆闕而不備用是不揣譾陋妄為闕
里文獻考之作裒輯有日尚未定稿擬欵於歲内成之不諒
妍醜并欵付梓竊念
大人處現有剞書之局南匠必高於北未識工價若何乞
大人便中代為一問其書係倣汲古閣十七史板價若尚廉其
事約在明年届時壻再專人請
示覔工也瑣事稟瀆希
垂宥為望謹此稟
聞并賀
新禧臨稟不任瞻依
正月十五日

各 26.5 × 11.2 cm

子壻孔繼汾百拜稟請
岳父大人金安稟者
大人著書有年向以道路阻長無緣趋侍恐抄本珍重未敢
請
教每竊訪於令愛云大抵闡明理學闢邪載道之文深
恨不能卒業也近接
來諭承聞剞劂已將完一部矣舍下不日即有人到浙未
知得蒙
賜讀否再壻學殖荒落年已半生毫無著述近因閉户家
居念家門典故未有良書舊誌新誌及廣記僉載等籍

里文獻考之作裒輯有日尚未定稿擬欵於歲內成之不諒
妍醜并欲付梓竊念
大人處現有刻書之局南匠必高於北未識工價若何乞
大人便中代為一問其書係倣汲古閣十七史板價若尚廉其
事約在明年屆時壻再專人請
示覓工也瑣事稟瀆希
垂宥為望謹此稟
聞并賀
新禧臨稟不任瞻依

正月十五日

孔繼涑　致王昶札

釋文

都亭叩送，彈指新陽，馳念之私，時形寤寐。老先生以鼎鉉高華，行刑李仁政，不朞年間政簡刑輕，檀譽輦轂之下，不俟政成而上治立躋也。晚本荒踈，運復蹇劣，棄置固當，第有負老先生重期厚意，時深悚惕。下，羽便附候，並佈謝私，不一。繼涑拜上。

述菴大司寇老先生台座。

邊題

孔繼涑，字信夫，號谷園，又號雲炉子。曲阜人。乾隆戊子舉人，官中書。書得張照傳，時稱小司寇。精鑒賞。摹刻名人法帖：《摹古帖》、《玉烟堂帖》、《孔氏百一帖》。

編按

孔繼涑（一七二七—一七九一），字信夫，別號葭谷居士。山東曲阜人，孔繼汾（一七二五—一七八六）弟。乾隆三十三年（一七六八年）舉人，其後屢試失利，納資為候補內閣中書，未曾任職。工書法，為張照（一六九一—一七四五）女壻。

王昶（一七二四—一八〇六），字德甫，號述庵，又號蘭泉。江蘇青浦人。乾隆十九年（一七五四年）進士，授內閣中書，協辦待讀，入軍機處，後又擢刑部郎中。曾隨軍平定大小金川，返京後擢為鴻臚寺卿，官至刑部右侍郎。

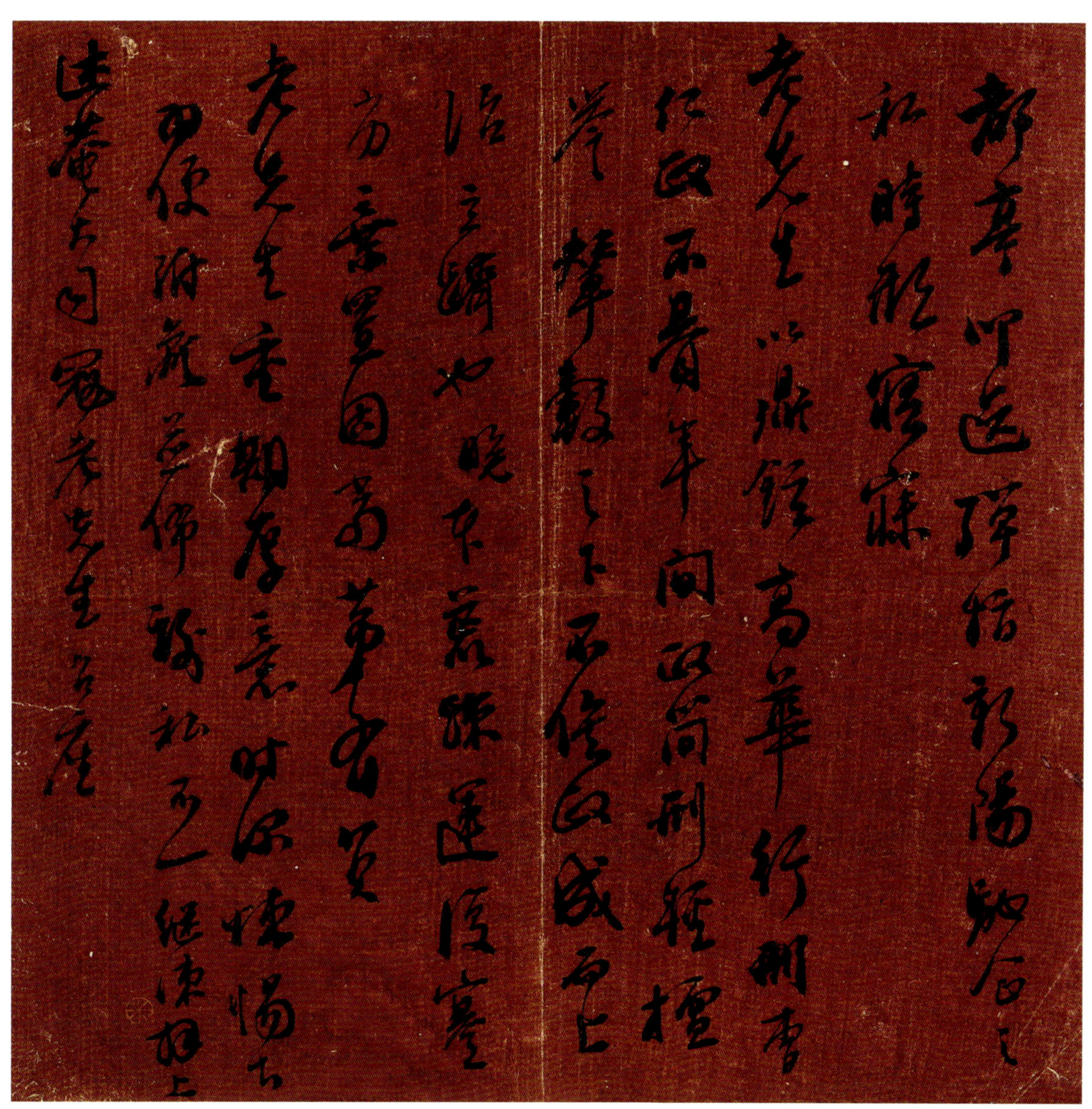

20 × 20.2 cm

孔繼涑 字信夫號谷園又號雲壚子曲阜人乾隆戊子舉人官中書書得張照傳時稱小司寇精鑒賞摹刻名人法帖摹古帖玉烟堂帖孔氏石一帖

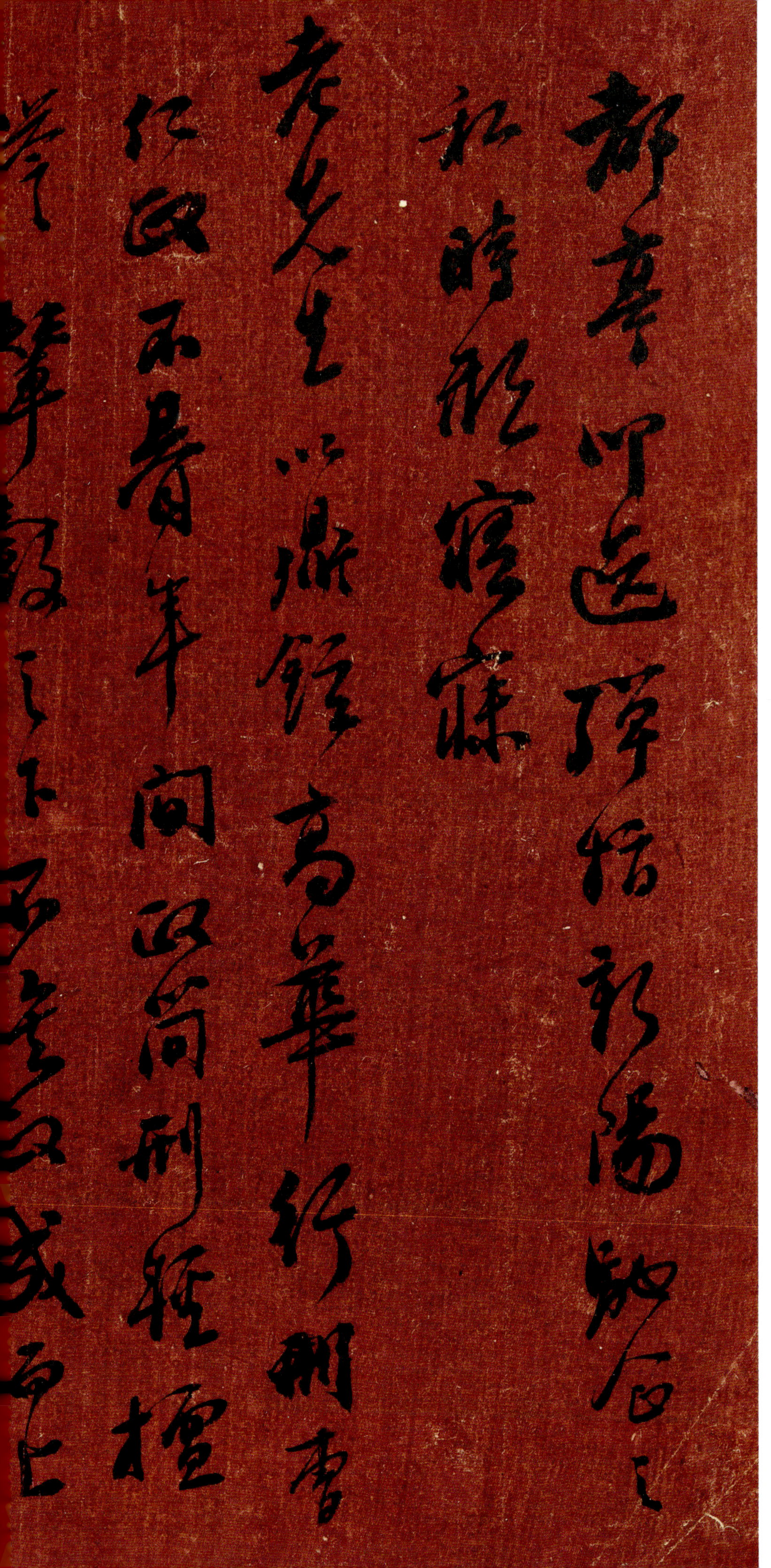

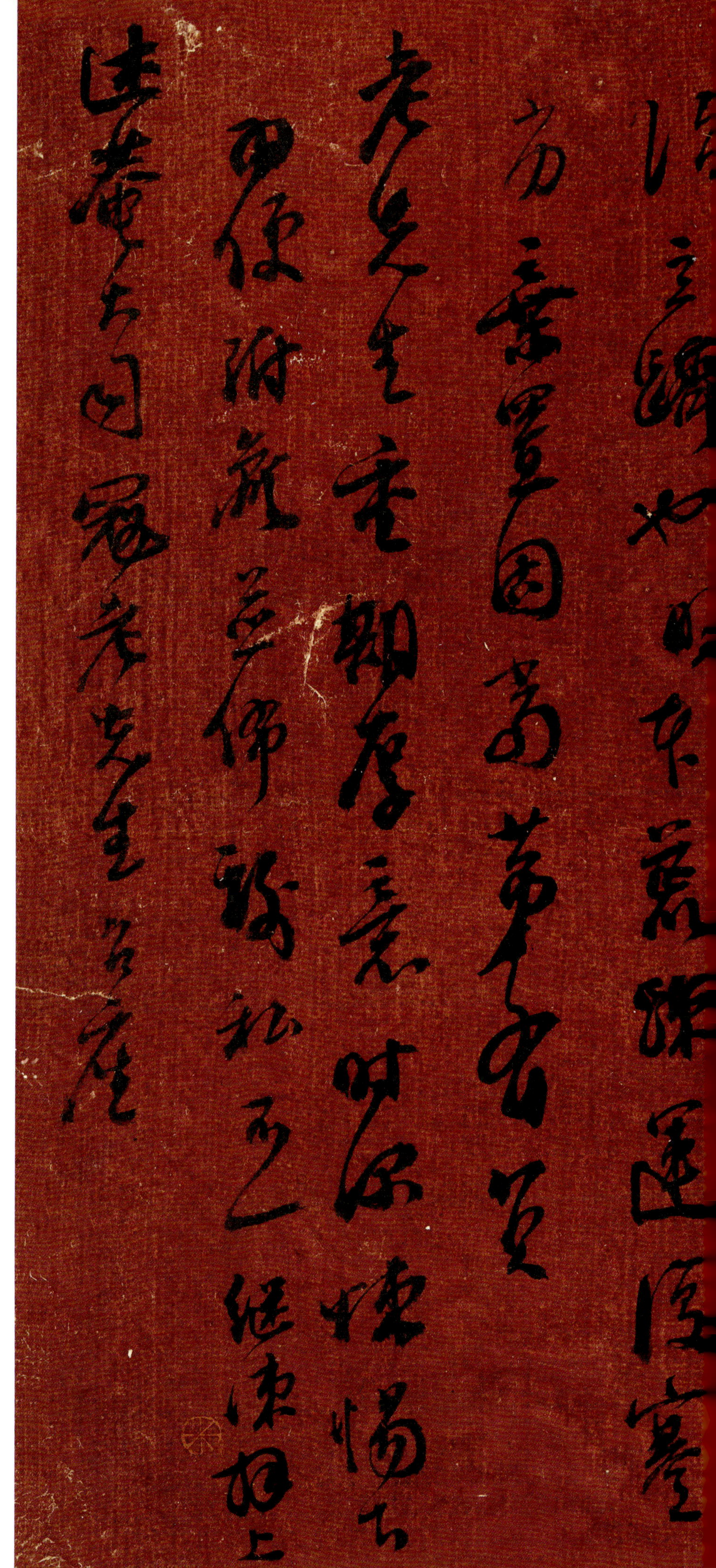

范永祺 書札

釋文

又啟：大兄之恙以滋補調養甚妙，不求速效，正可卜必效也，慰甚、慰甚！

二兄七古蒼勁如老杜，佩服之至。祺仍以《瑞香》拙作求 正者，欲合古詩「努力愛春花」之意，無如陋劣之句，徒供 大噱耳。蓮艇兄來詩甚佳，因龢例不符，代為換過。此集易於雷同，然未免過求新異，反多不妥之處，削之幸甚。

祺四言詩有複見之字，亦皆帖中所有，遵韭山兄龢例也。

尊作和成見賜，乞將草本一冊擲還，更希用粗厚之紙包裹。緣前 札寄到，四旁已擦損也。外一函祈便致 張芑兄，為感。祺又白。

鑑藏印

朱（朱文圓印）

邊題

范永祺，字鳳頡，號莪亭，鄞縣人，乾隆丙午舉人，工篆隸、印刻。天一閣後人，藏明代、國朝尺牘甲于東南。

編按

范永祺（一七二七—一七九五），字鳳頡。浙江鄞縣人。乾隆五十一年（一七八六年）舉人。祖上為明代兵部右侍郎范欽（一五〇六—一五八五），有「天一閣」藏書樓。永祺克承祖業，以典籍庋藏馳名。交遊圈中包括袁枚（一七一六—一七九七）、陳栻、邱學敏等名士。

本札所稱「張芑兄」，即張燕昌（一七三八—一八一四），字芑堂，號文魚。浙江海鹽人，乾隆四十二年（一七七七年）優貢，嘉慶元年（一七九六年）舉孝廉方正。精金石篆刻。

另，「韭山」即倪象占，原名承天，以字行，更字九三，一作韭山，生卒年不詳。浙江象山人，乾隆四十三年（一七七八年）優貢，官浙江嘉善訓導。

范永祺 字鳳頡 號莪亭 鄞縣人 乾隆丙午舉人 工篆隸印刻 天一閣後人 藏明代國朝尺牘 甲子東南

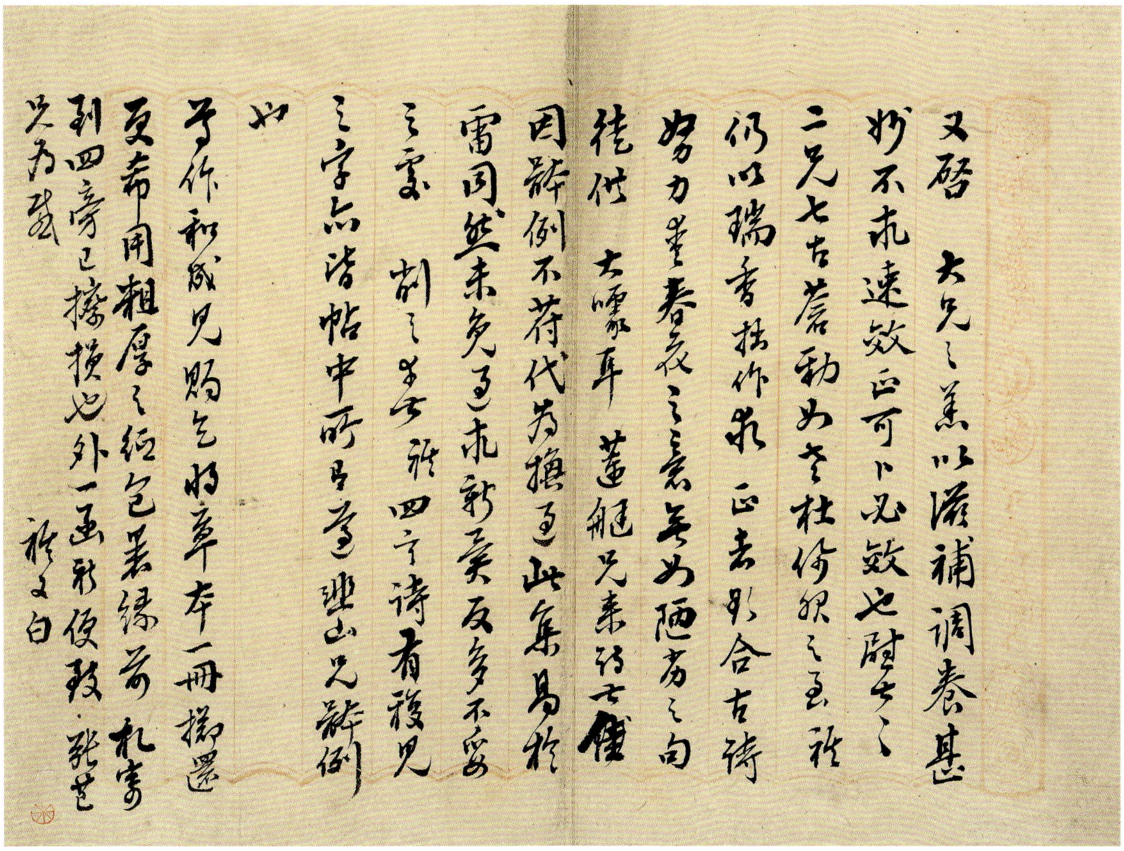

17.8 × 24 cm

又啓 大兄之策以滋補調養甚
妙不求速效正可卜見效也賤兵之
二兄七古蒼勁如老杜傍貌之至祉
仍以瑞香括作我 正意影合古詩
努力盡春夜之意無如陋等之句
老吃 大疑耳 董遠兄來寺古畫

以器便不[illegible]作字書之止[illegible]

雷同，然未免多亂，新奇反多不安之處。別之書於四言詩者，復見之字，亦諸帖中所無者，望出見誨。倒如

可作，新識見贈。乞將草本一冊掛還，更希開粗厚之紙包裹。緣前札寄到，四旁已擦損也。外一函，彩便致。張芝只為琖

禎又白

趙翼　致奇豐額詩帖

一七九二年

釋文

詔恩榮拜八搁馳，信到江南比戶知。惠澤久看千里潤，人情已覺十年遲。從知官進才逾展，最喜階遷地不移。畫手巧傳驂篠景，絕勝頌魯有奚斯。襟期朗徹玉壺氷，保障東南力獨勝。大庇正恢寒士廈，先容豈有導師燈。名叨說項才真忝，身得瞻韓價自增。（公在江南，翼從未投謁，不知賤名何以得達於左右，先蒙　垂問，今秋始謁　公於舟次。）從此便應來負弩，吳閶一水接毘陵。

　次簡齋先生韵，奉呈

麗川大中丞誨定。趙翼。

印章

趙翼印（白文方印）、甌北（朱文方印）

編按

趙翼（一七二七—一八一四），字耘崧，號甌北。江蘇陽湖人。乾隆二十六年（一七六一年）進士，官至貴西兵備道。後去官，主講安定書院。長於史學、考據，論詩主獨創，與袁枚（一七一六—一七九八）、張問陶（一七六四—一八一四）合稱性靈派三大家。著有《廿二史劄記》、《甌北集》等。奇豐額（？—一八〇六），字麗川。先世出自朝鮮，滿洲正白旗人。乾隆三十四年（一七六九年）進士，歷官至江蘇巡撫、兵部侍郎、內務府主事等。

本詩又見於趙翼《甌北集》卷三十五，題作〈奇中丞麗川由江南藩伯擢撫本省子才為作江左歡聲圖索題即次子才韻〉，繫於壬子，可知成於乾隆五十九年（一七九二年）。時趙翼早已致仕。其所次韻之袁枚原詩，為〈聞麗川方伯實授巡撫喜而有作〉，收錄於《小倉山房詩集》卷三十四。所賀者，乃奇豐額由江蘇布政使晉升江蘇巡撫，故趙翼詩中有「最喜階遷地不移」之句。

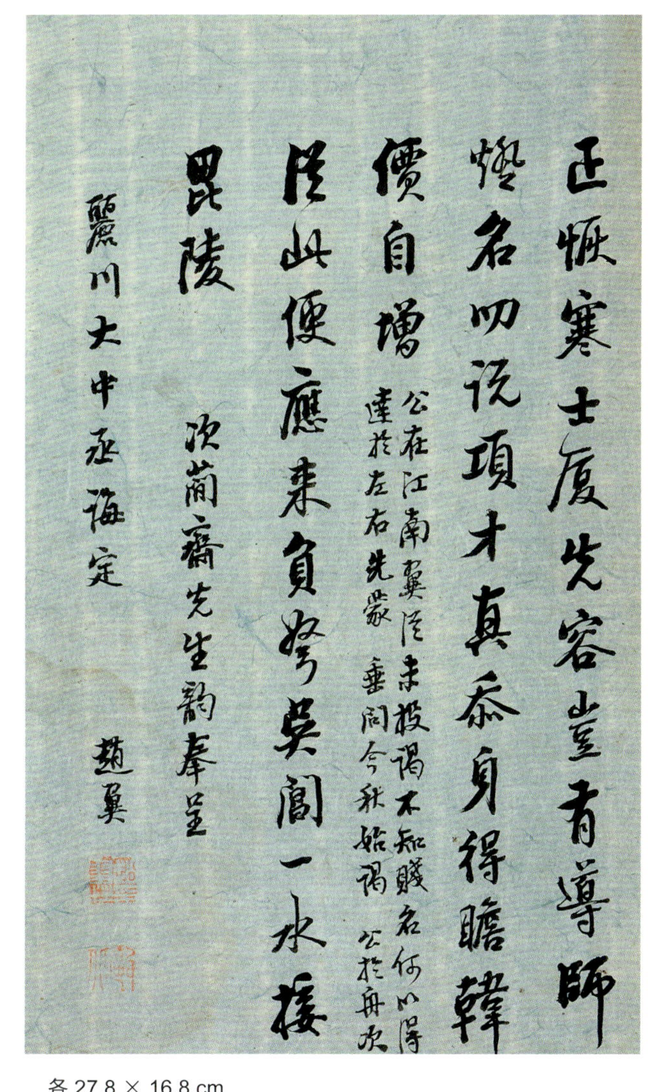

詔恩榮拜八擱馳信到江南北户
知惠澤久看千里潤人情已覺
十年遲從知官進才逾展最喜
階遷地不移畫手巧傳緣篠景
綉勝頌魯有奚斯 襟期朗徹
玉壺冰保障東南力獨勝大庇
寒士廈先容豈有導師
樂名叨說項才真忝身得瞻韓
價自增 公在江南翼陞來投謁不知賤名何以得達於左右先蒙垂問今秋始謁公於舟次
陞此便應來負弩吳閶一水接
毘陵
次蘭齋先生韵奉呈
麗川大中丞誨定
趙翼

各 27.8 × 16.8 cm

詔恩榮拜八擱馳信到江南北戶
知惠澤久看千里潤人情々覺
十年遲從知官進才逾展最喜
階遷地不移垂手巧傳驂綵景
綠勝頌魯有奚斯　襟期朗徹
去垂氷保障東南力獨勝大庇

匡慨寒士廈先容，豈有導師慚名叨說項，才真忝身得瞻韓價自增。公在江南，冀往來投謁，不知賤名何以得達於左右，先蒙垂問，今秋始謁公於舟次。從此便應來負笈，吳閶一水接毗陵。

次蘭齋先生韻奉呈

麗川大中丞誨定

趙翼

錢大昕　致汪志伊札

一八〇一年

釋文

大昕謹啟。

稼門中丞大人閣下：去夏蒙賫
瑤函，兼
賜食品，隨附寸函報
謝，并錄《星命說》奉
呈，屬其覓便先寄。迨秋杪差回，始知尚有稽滯。想冬間定登
記室矣。嗣聞
大人引疾養屙，暫回
珂里，冀于胥江舟次迎謁，稍罄闊悰。旋知
大人由西江一路遄行，未遂瞻企之願。茲當南薰日永，天氣暄和，諒
綠野午橋，
怡情適性，宿痾盡去，
精明當加於舊。東山霖雨，大慰開濟蒼生之望，不獨閩嶠一方，私祝
已也。大昕比歲衰病日甚，聾眊滋甚，恐非能久住世。唯望
福曜再臨，或有相見之緣。姬傳山長想時相晤也。前所寄《星命說》
或有浮沈，希
示知，以便補錄呈上。氣候寒煖不常，幸
加意調攝。臨啟，不任依企之至。

舊治愚弟錢大昕頓首。五月十六日。

印章

竹汀（朱文方印，三鈐）

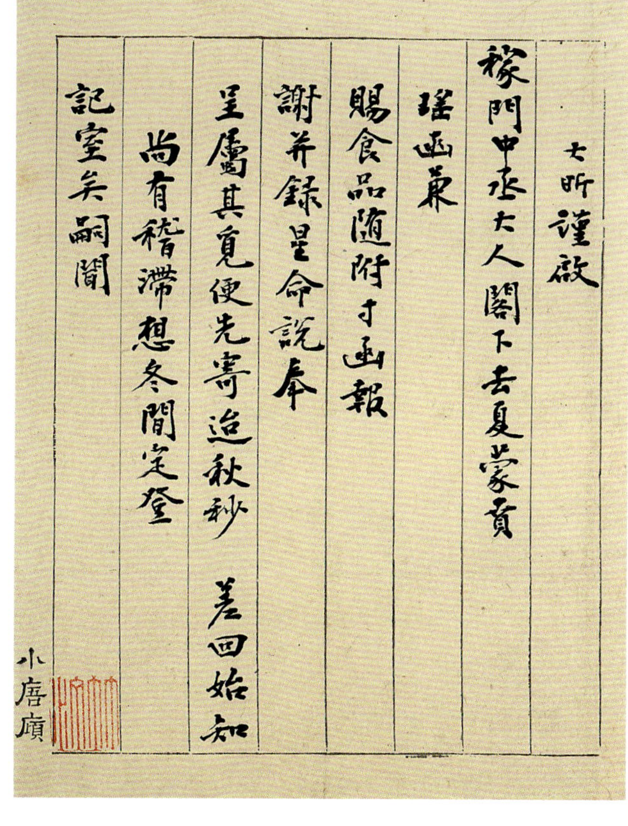
大昕謹啟
稼門中丞大人閣下去夏蒙賁
瑤函兼
賜食品隨附寸函報
謝并錄呈命說奉
呈屬其覓便先寄迨秋杪 差回始知
尚有稽滯想冬間定登
記室矣嗣聞

小唐廎

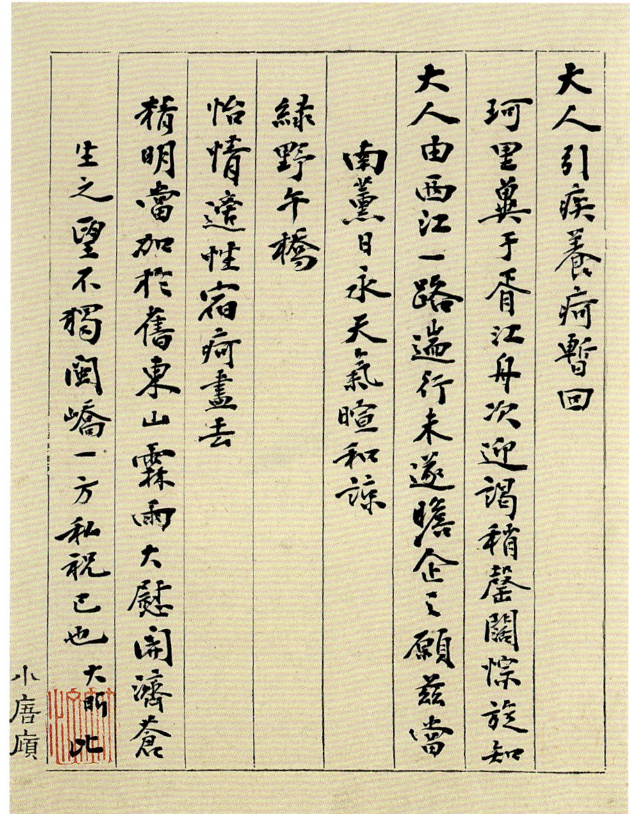
大人引疾養痾暫回
珂里奠于香江舟次迎謁稍罄闊悰旋知
大人由西江一路遄行未遂瞻企之願茲當
南薰日永天氣暄和諒
綠野午橋
怡情遂性宿痾盡去
精明當加於舊東山霖雨大慰閭濟蒼
生之望不獨閩嶠一方私祝已也 大昕又

小唐廎

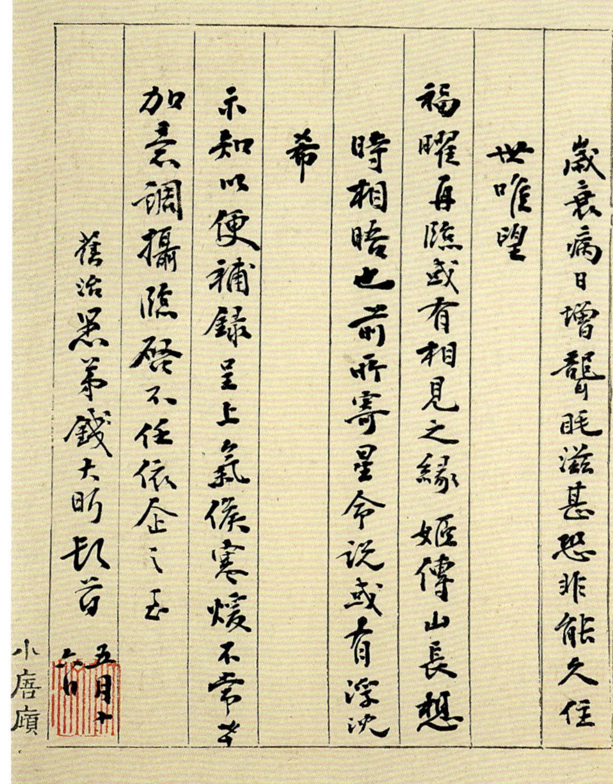
歲衰病日增聾眊滋甚恐非能久住
世唯望
福曜再臨或有相見之緣 姬傳山長想
時相晤也前所寄呈命說或有字訛
希
示知以便補錄呈上氣候寒燠不常乞
加意調攝臨啓不任依企之至
舊治愚弟錢大昕頓首 五月十六日

小唐廎

各 21.7 × 16.5 cm

編按

錢大昕（一七二八—一八〇四），字辛楣，號竹汀。江蘇嘉定人。早年以詩賦聞名江南，獻賦獲賜舉人。乾隆十年（一七四五年）進士，選庶吉士，散館授編修，歷升侍講學士、少詹事，提督廣東學政。精通經史、天文曆算、音韻訓詁、金石文字之學。

汪志伊（一七四三—一八一八），字莘農，號稼門。安徽桐城人。乾隆三十六年（一七七一年）舉順天試，充《四庫全書》館校對，累官至江蘇巡撫、工部尚書、湖廣總督、閩浙總督等。著有《荒政輯要》、《近腐齋集》等。

據《竹汀居士年譜續編》嘉慶五年庚申（一八〇〇年）條，錢大昕自記：「汪公好談星學，術者有言其頃在申運，恐有不利。汪公深以為慮，見諸吟詠。郵筒遠寄公，為作《星命說》遺之，道子平之妄。」本札即作於翌年，時錢大昕七十四歲。查汪志伊於嘉慶六年（一八〇一年）因病解任，與此中所述事跡相符。其官職為都察院右副都御史，故信中稱之「中丞」。〈星命說〉一文收錄於《潛研堂文集》卷三。另，札中所提及「姬傳」，為姚鼐（一七三一—一八一五），字姬傳，又字夢穀。生平詳見下文。

大昕謹啟

稼門中丞大人閣下：去夏蒙賁

瑶函兼

賜食品，隨附寸函報

謝，并録呈命説奉

呈。屬其覓便先寄，迨秋杪差回，始知

尚有稽滯，想冬間定登

記室矣。嗣聞

小唐廎

大人引疾養痾暫回

珂里奠于香江舟次迎謁稍罄闊悰旋知

大人由西江一路遄行未遂瞻企之願茲當

南薰日永天氣暄和諒

綠野午橋

怡情適性宿痾盡去

精明當加於舊東山霖雨大慰開濟蒼

生之望不獨閩嶠一方私祝已也 大昕 比

歲衰病日增聾瞶滋甚恐非能久住

世唯望

福曜再臨或有相見之緣 姬傳山長想

時相晤也前所寄星命說或有浮沈

希

示知以便補錄呈上氣候寒煖不常老

加意調攝臨啓不任依企之至

舊治愚弟錢大昕頓首 五月十六日

小唐廎

周春 致吳騫札

約一七八八年

釋文

去冬拙著《爾雅廣疏》抄完，尚未校對。今閱二雲《正義》一面時，拙著自行校對，初意《正義》倘好，《廣疏》何必再成，即成亦可刪去大半。不料《正義》紕繆百出，中卷未對，已簽出數百條。《正義》主于作，《廣疏》主于述。《正義》融會諸家，盡為己說。《正義》欲奪叔明之重席，《廣疏》欲為邢氏之功臣。《廣疏》博采群書，必標姓名，其體例本不相同。所不可解者，二雲遍觀冊府琳琅，而采輯亦無甚異，真正無異說，所云宋本乃極無緊要處，且有弟見而不見者，此何以故也？現已對過上下兩卷，惟《釋宮》與《釋水》未對。日內對閩人書，偶輟此書，未知蘇坊有否，如有示知，當寄舍姪買也。如有便信與所莊，祈代弟致候，並致八月可以對完奉還也。燈下目疾，字不復成字，恕之。春再拜上。

印章

周（朱文橢圓印）

鑑藏印

朱（朱文圓印）

邊題

周春，字松靄，號芚兮。海寧人。乾隆甲戌進士，官廣西岑谿知縣。著《松靄詩抄》。

編按

周春（一七二九—一八一五），字松靄，號芚兮。浙江海寧人。乾隆十九年（一七五四年）進士，知廣西岑溪，以父憂去官。歸里後專心著述，藏書滿屋。其人博學好古，精通文史音韻之學，著作多種，包括：《爾雅補注》、《十三經音略》、《杜詩雙聲疊韻譜括略》、《古文尚書》、《海昌盛覽》、《松靄吟稿》、《紅樓夢隨筆》等。

吳騫（一七三三—一八一三），字槎客，又字葵里，號兔床。亦海寧人，於典籍之癖，與周春堪稱同道，常相與鑑賞析疑，互為鈔校。此信中談及之《爾雅廣疏》三十卷，乃由周春舊輯《爾雅補注》四卷擴充而成，未曾刊刻。《爾雅廣疏》約編成於乾隆五十三年（一七八八年）前後，本札當作於此期間。札中「著」字寫成具隸古意味的「箸」，以及所鈐印章取材自西漢揚雄《太玄經》中符號的印文，皆反映作者好古尚奇的作風。

周春

字松靄，號芚兮，海寧人。乾隆甲戌進士，官廣西岑溪知縣。著《松靄詩艸》。

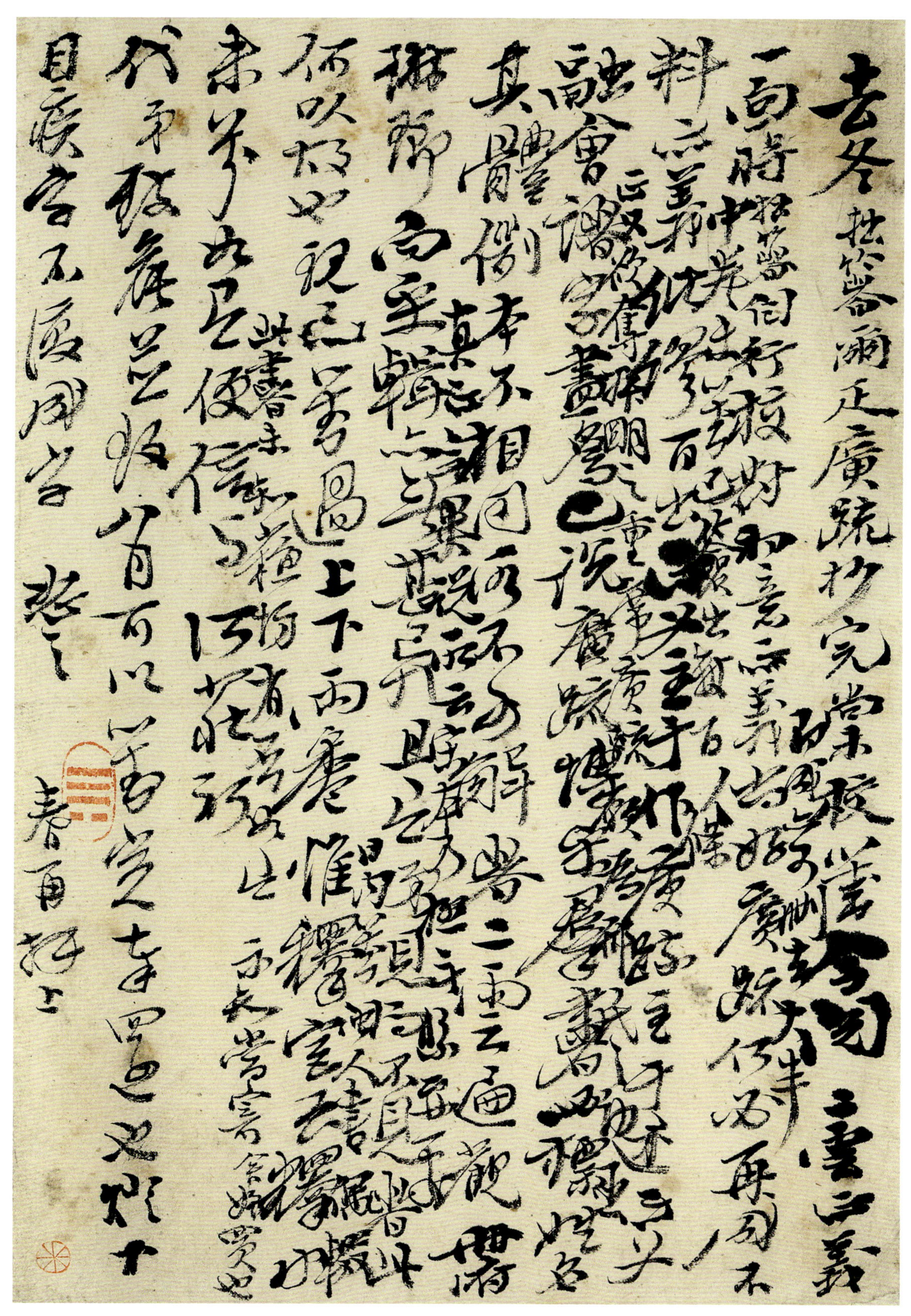

19.1 × 13 cm

周春　致吳騫札

約一七八九年

釋文

昨接
手札，並領到拙著，荷蒙
指教，感謝何如！獻歲付梓人逐一照
批鑿補，庶成完書也。「雙」字《說文》體，《正韻》亦然。弟元稿本作「雙」，
敝友好作帖體，多被寫作「雙」字。八月中祝公厚承曾議之，弟初意改之不勝改，
深以為悵，及檢《佩文韵府》多作「雙」，且宋刻或竟作「双」，隸體從「乂」，
似乎作「雙」尚屬無妨，可以不必改矣。此書仳僇百出，正恐抨彈不盡。將來
鑿補後，容再刷樣本求
政。先此奉謝，順候
槎客七兄先生日安。恕目疾呵凍，草草不莊。愚弟春頓首。

鑑藏印

朱（朱文圓印）

編按

此信內容涉及周春（一七二九—一八一五）一部書稿的校對，為《杜詩雙聲疊韻譜括略》，乃手寫上版的精刻本，其中「雙」字皆作「雙」。卷首周春自序撰於乾隆五十四年（一七八九年），即成書之年，本札當作於此頃。

19.8 × 11.3 cm

19.7 × 13.2 cm

昨接

手札並領到社翠將學

指教，周謝何如，獻歲何祥，人通一些

批鑿補序本完書也，雙字說文體

正韻點然而元稿本作雙數友如

作帖體多被寫作雙不書，八月中說云

學以至議之而初意乃之下誤同

深以為快，及檢佩文韻府多以

雙鉤且宗刻殘竟作雙隸體以文似乎作雙鉤尚屬無妨可以不必的矣比出此係石出匠氏拜譯不盡將來鐫補何家頁刷樣本求

即先此布謝順候

穆翁七兄先生春安 昨日疾哂陳早々不若是可春也

周春　致吳騫札

一七九〇年

釋文

接廿三日
手教，悉
起居佳勝，為慰。竹汀先生處，序已寄來，極承獎飾。但刻書乏力之難，幸藉
鼎力玉成。石齋二跡僅得了事，告竣約八月初。所苦一時紙貴，其刷印又費經營矣。朱恭人《靜庵集》，弟編一卷：賦一首、詩三十八首、附句二條，如此而已。去年見邑中沈氏譜內有五古三首，又文魚抄寄七律一首，共四首，闕疑而未敢載也。《全集》十卷當日曾有刻本，後其孫副使公攜往金陵，遂不可得。淥飲最善搜羅，豈人間竟無一部耶？弟不能愛惜目力，近因校對拙著《爾雅廣疏》，兼習筭法，以致昏花日甚。日內又有不得已之應酬，評閱閩人《三禮注解》，雖聊以消遣養日，然目力愈耗矣。飛白跋別楮附到，順候
槎客七兄先生日安，不既。愚弟周春頓首。

鑑藏印

朱（朱文圓印）

編按

本札云：「竹汀先生處，序已寄來」，考錢大昕（一七二八—一八〇四）為周春（一七二九—一八一五）撰〈序〉，僅見《杜詩雙聲疊韻譜括略》一篇，款署「上章閹茂」，即乾隆五十五年（一七九〇年），此札當作於是年。另外，《靜庵賸稿》作者朱妙端（一四二三—一五〇六），為明代女詩人。吳騫（一七三三—一八一三）為搜輯遺佚，付梓於乾隆六十年（一七九五年）。札中稱「文魚」，即張燕昌（一七三八—一八一四），字芑堂，號文魚，浙江海鹽人。嘉慶元年（一七九六年）舉孝廉方正。擅篆、隸、飛白書，精金石篆刻。「淥飲」為鮑廷博（一七二八—一八一四），字以文，號淥飲，祖籍安徽歙縣，居杭州。家富藏書，刊刻《知不足齋叢書》二十七集。

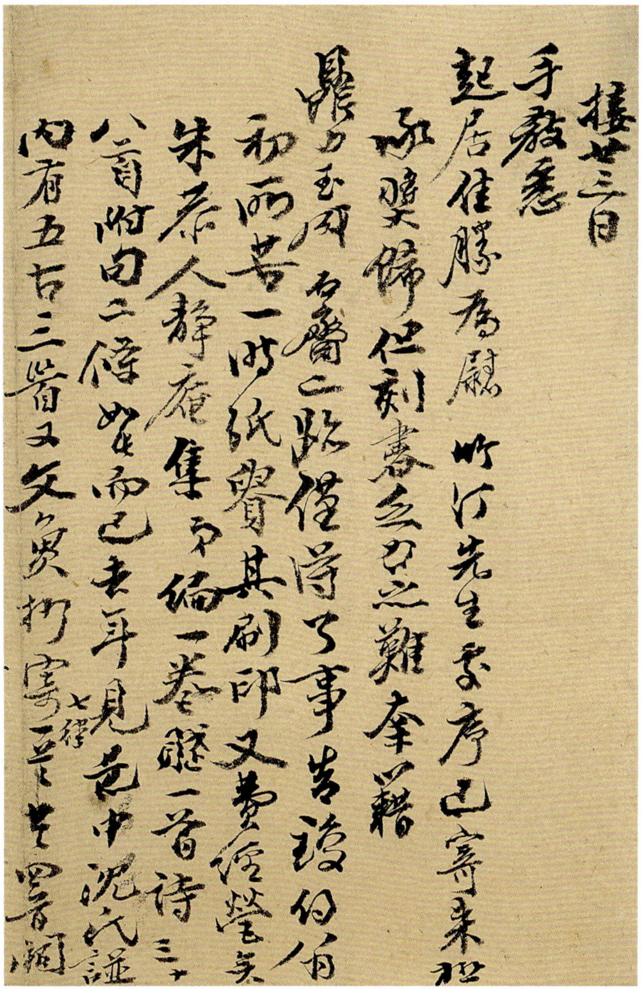

19 × 12.5 cm

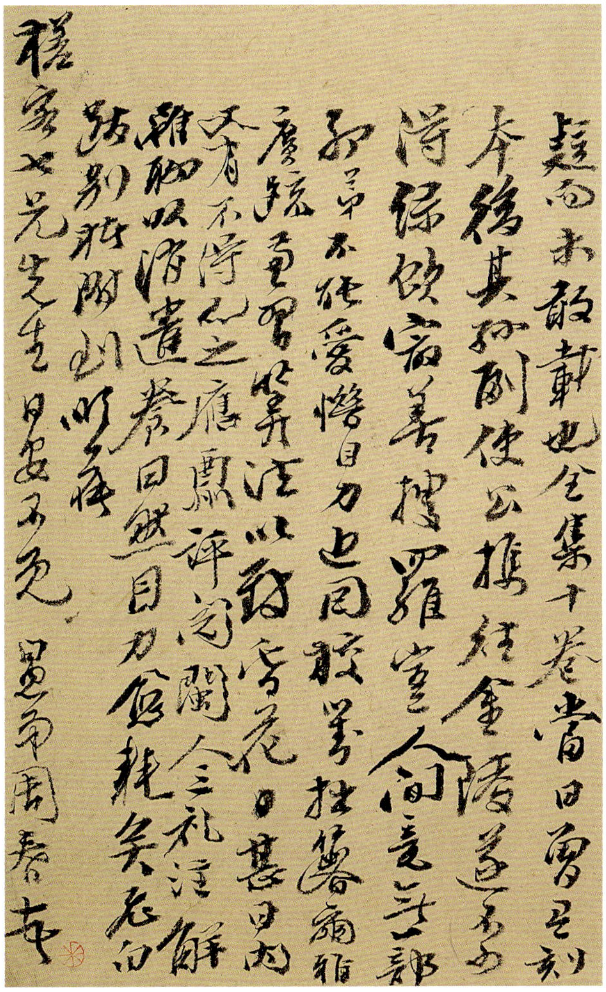

19 × 11.5 cm

接廿三日

手教，悉

起居佳勝為慰。竹汀先生處序已寄來，想

承獎飾，但刻書之難，全不藉

賜力至因 至爵二路俱得了事，昔從伯

初而若一時紙費其刷印又費經營矣。

朱存人静庵集不偏一卷，懸一首詩三十

八首附白二傳如而已，未耳見是中說試

也有五古三首又文之異打寫七律五首，二日四首潤趙雨未敢載也。全集十卷，當日曾已刻本，然其板刻，使公擁住金陵，道南得讀，欲寄善撲羅密人，聞竟無一部。我中不能愛惜目力，也因校畢拙著，而稍廣韻，重理舊注，以韻書為日甚日內。又有不得已之應，鼎評詞閣人三禮注解，雜物以消遣，泰曰然目力愈耗矣。兹因訪別離附此代佈。

穆堂七先生日安不具

愚弟周春頓首

王文治　致慶霖札

一七八九年

釋文

文治頓首。晴村世長老大人閣下：卷中瞻像，已炙丰儀，驛路傳書，兼親藻翰，盥誦之下，覺廿餘年離索之懷，於茲頓豁。伏惟世老大人以奕葉之鳳毛，作中朝之楨幹。而口不輟吟，手不釋卷，古人中亦罕有及之。迺札翰遙頒，過加獎借，殊切慙惶。六兄居然辭世，聞之痛心。讀公之詩，幾欲泣下。琴軒雅人，久列門牆，近復荷渠撝謙問字，此番往來一段因緣，皆荷　琴軒為之作合也。治春末遊秣陵，獲與　隨園周旋累日。渠體健興高，年七旬有餘，而才情益壯，殆天人也。治因家計難支，五雲俱已散去，一室清齋，亦頗有以自樂。知蒙垂注，故尔略陳。遙望戟門，不知摳趨當在何日？臨楮馳仰，殆不可勝。

（命書對聯及詩幅謹附上。）

晴村世老大人閣下。文治頓首。

印章

夢樓（朱文方印，八鈐）

編按

王文治（一七三〇—一八〇二），字禹卿，號夢樓。江蘇丹徒人。乾隆十三年（一七四八年）探花，授侍讀。官至雲南臨安知府，罷歸。工書法，得董其昌（一五五五—一六三六）神髓。下筆喜用淡墨，富瀟疏秀逸之趣，時稱「淡墨探花」。著有《夢樓詩集》、《論書絕句三十首》等。

慶霖（一七三七—一八〇六），姓章佳氏，字雨林，號晴村，滿洲人。生平詳見前文袁枚札。

乾隆五十四年（一七八九年）暮春，王文治出遊南京，本札所述拜訪袁枚即此年間事。（參考王漢文《王文治年譜》）時袁枚七十三歲，與信中「年七旬有餘而才情益壯」一句吻合。此年間，慶霖任青州副都統。

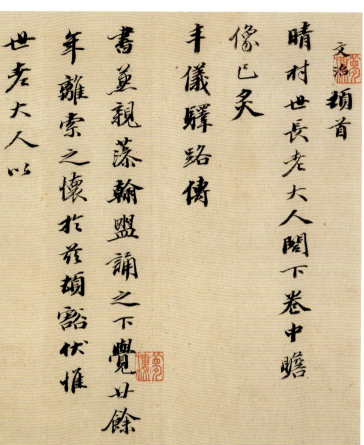

文治頓首

晴村世長老大人閣下卷中瞻
像已久
丰儀驛路傳
書並親蒙翰墨誦之下覺廿餘
年離索之懷於茲頓豁伏惟
世老大人以
奕葉之鳳毛作
中朝之楨幹而口不輟吟手不釋
卷古人中亦罕有及之遊
札翰遥頒過加獎借殊切愧惶
六兄居然饒世閱之痛心讀

公之詩戲欲泣下 琴軒雅人久列
門牆近復荷渠携謹問字此番
往來一路因緣皆荷 琴軒為之
作合也 治春末遊秣陵獲与隨
園周旋累日渠體健興高年
七旬有餘而才情益壯殆天人也
治因家計雜支去雲俱已散去
一室清齋亦頗有以自樂知第
垂注敢以附陳遥望
戟門不知握麈當在何日临楮馳
仰殆不可勝 上
命書對聯及詩幅謹附
晴村世老大人閣下 文治頓首

各 22.5 × 32.5 cm

文治
頓首

晴村世長老大人閣下卷中贍
像已矣
手儀驛路傳
書箋親藻翰盥誦之下覺廿餘
年離索之懷於茲頓豁伏惟

世君大人以
奕葉之鳳毛作
中朝之楨幹而口不輟吟手不釋
卷古人中亦罕有及之匹
札翰遥頒過加奬借殊切懇惶
六兄居然辭世聞之痛心讀

公之詩箋硯泣下琴軒雅人久刊
門精近復荷渠橋謹識字此畫
佳未一段因緣皆荷琴軒為之
作合也治春來遊秣陵獲與隨
園周遊遊旋畢日渠體健興高年
也自有餘而才青益壯洽天人也

治圃家計維支去歲倍已數十

一室清齋亦頗有以自樂知蒙

垂注故亦暇陳遙望

戟門不知樞趨當在何日臨楮馳

仰殆不可勝

上

命書對聯及詩幅謹附

晴村世老大人閣下 文治頓首

吳詢　致汪志伊札

約一八〇七—一八〇九年

釋文

客秋
制軍以扇一柄托江鳴韶四哥寄詢，推許太過，殊深汗愧。然亦足見
先生學問經濟，實為當世偉人，敬服、敬服！已托鳴韶將拙集四種，并扇一柄呈
覽求刪改，後鳴韶未曾達到，不勝悵悵。今春門人鳳皇廳同知姚興潔字濂溪回任，命其將拙集并扇轉達
左右，想已
閱過，望認真
垂教，則感激無既。並懇將主一說，廣訓兩湖多士，則先聖江漢之風，復見于今，豈不美哉，豈不美哉！詢本擬躬謁
轅門，親聆
大教，奈老病歷年，兼無資斧，乞
制軍恕之。詩云：「高山仰止，景行行止」，曷勝企慕耶！此上
稼翁制軍大人先生。

仲岳吳詢畫溪氏頓首，時年七十有八。

邊題

吳詢，字重約，桐城諸生。幼讀《論語》，即謂古人可學而至，作《儒佛仙論》，衆咸異之。究心宋儒諸書，以《易》為《五經》之源，研窮圖像，有六對四分諸爻為變，發古人所未發。著注有《四書講義》、《周易語錄逸話》、《詩文集》。（《桐城縣志》）

編按

吳詢（約一七三一—一八一〇後），字重約，一字湘麓，號畫溪。安徽桐城人。諸生，工詩文，並對易學深有研究。著有《四書講義》、《易象》、《畫溪逸語》等。

汪志伊（一七四三—一八一八），字莘農，號稼門，亦桐城人。生平見前文錢大昕札。查汪志伊於嘉慶十一年（一八〇六年）開始出任湖廣總督，至嘉慶十五年（一八一〇年）止，讀此信中「並懇將主一說，廣訓兩湖多士」句，可知作於此期間。稱「制軍」者，即指總督。另「江鳴韶」為江詠，字鳴韶，桐城人。姚興潔，一字香南，亦桐城人，嘉慶十年（一八〇五年）任湖南鳳凰廳同知。

吴詢

字重约桐城諸生幼读論語即謂古人不啻而正作佛佛仙論衆咸異之而究心宋儒諸書以易为五经之源研窮岳象有六對四象諸爻为圖發古人所未發著注有四書講義周易語録選語詩文集

桐城县志

客秋

制軍以扇一柄托江鳴韶四哥寄詢推許太過殊深汗愧然

亦足見

先生學問经濟實為當世偉人敬服敬服已托鳴韶將拙集

四種并扇一柄呈

覽求刪改後鳴韶未曾達到不勝悵悵今春门人鳳皇廳

同知姚興潔字瀛溪回任命其將拙集并扇轉達

25.9 × 12 cm

左右想已

閲過望認真

垂教則感激無既並懇將守[主]一說廣训两湖多士則先

聖江漢之風復見于今豈不美哉豈不美哉詢本擬

躬謁

轅門親聆

大教奈老病歷年兼無資斧乞

26 × 11.8 cm

制軍想之詩云高山仰止景行行止曷勝企慕耶此上

稼翁制軍大人先生

仲岳吴詢盡溪氏頓

時年七十有八

25.9 × 11.5 cm

安秋
制軍以扇一柄托江鳴韶四哥寄詢推許太過殊深汗愧然
亦足見
先生學問經濟實為當世偉人敬服、、已托鳴韶將拙集
四種并扇一柄呈
覽求删改後鳴韶未曾達到不勝悵、今春門人鳳皇廳
同知姚興潔字瀛溪回任命其將拙集并扇轉達
左右想已
閱過望認真

躬謁

轅門親聆

大教奈老病歷年萬無資斧乞

制軍想之詩云高山仰止景行、止曷勝企慕耶此上

稼翁制軍大人先生

仲岳吳詢畫溪氏頓

時年七十有八

繆其吉　致汪志伊札

約一七八五年

釋文

暌違數月，渴企殊深。昨聞

老哥先生榮署陽城，不勝欣慰。日來雖出數缺，因格於例又未能得，然皆非善地，定有福地以相待耳。弟近因臺山銷筭來省，倏又兼旬，立秋前後方克言旋。今將兒輩所讀《五經》寄上，《詩》、《易》已全讀矣，意欲以《尚書》作本經，敢懇

老哥先生將要讀者及可删者一為點定，便于誦讀，感泐靡既。因叨至愛，故敢瀆懇，竝候

陞祺。不一。

再有古文選本，亦祈惠我一部。恐無現成書，望將必需讀之某某篇，開一目錄寄擲，又懇。

鄉弟繆其吉頓首。

編按

繆其吉（一七三二—一七九〇），字敬亭，號月林。安徽蕪湖人，繆孔昭（一六八〇—一七五二）子。以父蔭注選知縣，授山西洪銅令，官至山東布政使司。

汪志伊（一七四三—一八一八），字莘農，號稼門，安徽桐城人。生平見詳前文錢大昕札。

本札中有「老哥先生榮署陽城」句，當指汪志伊出知山西，乃乾隆五十年（一七八五年）事。時繆其吉由四川按察使調任山東布政使。

睽違數月，渴企殊深。昨閱
老哥先生榮署陽城，不勝欣慰。
日本雖出數缺，因格於例，又未能
得，然皆非善地，定有福地以相
待耳。弟近因臺山銷差來省，候
又番旬，立秋前後方克言旋。今將
兒輩所讀五經寄上，詩、易已全讀
矣，意欲以尚書作本經，故懇

老哥先生將要讀者及可刪去，一
爲點定，便于誦讀，感激靡既。日叨
玉愛，故敢瀆懇。茲又有
附稟，不一。
再有古文選本，亦祈惠我一部，恐
亦無現成書，望將必需讀之某某篇
開一目錄寄擲，又懇。
鄉弟梁其吉頓首

各 17.2 × 12.2 cm

睽違數月渴企殊深昨閱
老哥先生榮署陽城不勝欣慰
日來雖出數缺因格於例又未能
得然皆非善地定有福地以相
待耳弟近因壺山銷算未省俟
又畱旬立秋前後方克言旋今將
兒輩所讀五經寄上詩易已全讀
矣意擬以尚書作本經敢懇

老哥先生將要讀者及可刪去一
爲點定便于誦讀感泐靡既目叨
丞賚坡護讀懇茲之旅
陛補之一
再有古文選本亦祈惠賤一部恐
之無現成書坐將必需讀之某之篇
開一目錄寄擲又懇
鄉弟梁英吉頓首

胡業宏　致汪志伊札

約一七八五—一七八七年

釋文

城北徐公最美，吾
兄得襲餘芬，嫫母同處一村，慙形穢矣。然或以其膏沐，
澤我枯憔，行自喜耳。款袟之期，當在桃夭以後，彼時醜婦將亦赴堂上見翁姑。
勢必先過
花城，藉沾
時雨，若係明星有爛，并可作竟夕懽也。此刻竟不能作迎新送舊之事，鐵儂當備陳之。在趙僅兩月，入不滿百，出已盈千，兼之風雨晦明，匍匐道左，為公乎、為私乎？詢之鳴蛙，亦所不解，惟盼　君早到耳，先此佈賀
稼亭六兄大喜，合宅均吉。愚弟業宏九首。

編按

胡業宏，字屺堂、芑唐，號新豐山人，生卒年不詳。安徽桐城人。乾隆三十三年（一七六八年）舉人，充咸安宮教習。授山西趙城知縣，為政公允明察，以病歸。既歿，趙城父老痛惜之。著有《芑堂詩文集》。

汪志伊（一七四三—一八一八），字莘農，號稼門，安徽桐城人。生平見前文錢大昕札。

此札胡業宏自稱身在趙城，並與汪志伊相約在桃花盛開之後相見。查汪志伊出仕山西，乃乾隆四十九年（一七八四年）至五十二年（一七八七年）事，本札或作於此期間。

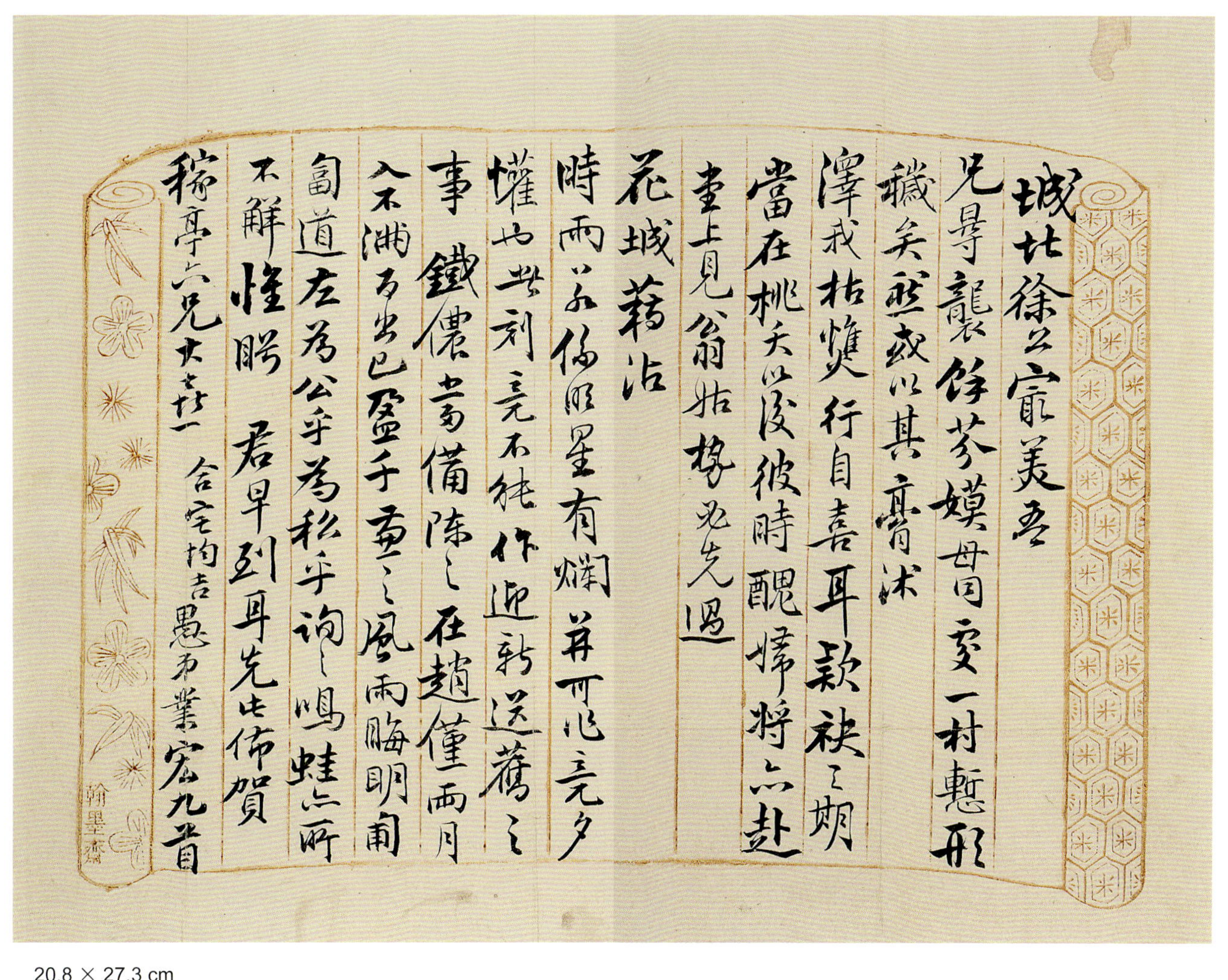

城北徐公宸美吾
兄尋襲餘芬嫫母固變一村醜形
穢矣然亦以其齋沐
澤我枯憔行自喜耳款祑之期
當在桃夭以後彼時醜婦將亦赴
重上見翁姑於兄先遇
花城藉沾
時雨以來偶暇星有爛其可照之夕
懽也其剋之不能作迎新送舊之
事鐵儂當備陳之在趙僅兩月
入不滿百出已盈千再之風雨晦明簡
窗道左為公乎為私乎詢之鳴蛙亦所
不解性盼 君早到耳先此佈賀
稱亭亦兄大喜 合宅均吉 愚弟葉宏九首

20.8 × 27.3 cm

城北徐公家美否
先尋襲餘芬嫫母固受一村慙形
職矣亟改以其齊膏沐
澤我枯憔行自喜耳款袂之朗
當在桃夭以後彼時醜婦將亦赴
畫上見翁拈梅花先遇
花城藉治

十二……行近來之禧

事鐵儂尚備陳之在趙僅兩月

入不敷出已盈千兩之風雨晦明甫匍

匐道左為公乎為私乎詢之鳴蛙亦所

不解惟盼君早到耳先此佈賀

稼亭六兄大人大安 合宅均吉 愚弟葉宏頓首

翰墨齋

朱珪　致王士棻詩帖

一七九二年

釋文

連旬雩澤亟咨農，開甲占孚渥澍濃（承占甲子旬內必兩果應）。高臥僧寮耳治愜，靜參鈴語足音跫。玉堂舊雨推深坐（先生在翰林前輩第三席矣），江閣秋花淡晚容。笑我飲冰空內熱，須　君爽氣豁塵胷。

壬子八月朔，奉柬

檢齋老前輩即　正。

館侍珪拜艸。

印章

朱珪之印（白文方印）、石君（朱文方印）

編按

朱珪（一七三一—一八〇七），字石君，號南崖。浙江蕭山人，入籍順天。乾隆十二年（一七四七年）進士，選庶吉士，授編修、侍讀學士。歷任湖北按察使、山西布政使、侍講學士等。乾隆四十一年（一七七六年）命在上書房行走，為嘉慶帝師。後督福建學政，任內閣學士、禮部侍郎、兩廣總督，吏、兵、戶部尚書，協辦大學士，太子太保，太子太傅等職務。卒謚文正。

王士棻（一七二二—一七九六），字蘭圃，號檢齋。陝西華州人。乾隆十九年（一七五四年）進士，歷官刑部主事、員外郎、江蘇按察使等，以執法公允不阿著稱。

本札款署「壬子」，即乾隆五十七年（一七九二年），時王士棻七十一歲，剛以病乞歸。此詩似為送別之作，未見於朱珪《知足齋詩集》中。

連句雩澤亟誇晨開丙午甲子甲占孚渥澍濃旬內必雨果應高卧僧寮耳治愜靜參鈴語足音跫玉堂舊雨推深坐先生在翰林前輩第三席矣江閣秋花淡晚容笑我飲冰空內熱須君襟氣豁塵胷

壬子八月朔奉柬

檢齋老前輩即正

館侍珪拜艸

17.9 × 32.8 cm

連旬雱澤亟洽晨開甲占孚渥澍濃
[illegible]后甲子
旬內必雨果應
高卧僧寮耳治愜靜參鈴語足音跫玉堂舊雨推深生
先生
在翰林前輩
工

晚容笑我飲冰空内
熱須君與氣豁塵
胷

壬子八月朔奉柬
檢齋老前輩即正
館侍珪拜艸

姚鼐 致祝德麟札

一七九三年

釋文

久未脩候，而企想殊切。知吾兄近主淞江書院，諒起居佳耶？室家託居尚在海寧否？郄下宜當有孫矣。聞吟咏之興不輟，何時當得一出見示乎？同譜諸君零落將盡，與吾兄相去數百里而不得瞻近，悵悢實切。欲明春或[秋]少泛西湖，又不知鼐至杭而駕尚駐杭否耳。鼐鬚髮皓白，苟相逢或不能識認。惟齒牙尚牢，而展卷讀書或不終卷而思卧矣。此間惟時與簡齋、香亭來往，而香亭近日憂貧之嗟殊切，人生安樂之日嘗少。以謂香亭作守，歸宜自給矣，而尚不能，況鼐與君乎？德世兄獲成進士，差快人意，想必可館選矣。夢樓在江西，聞即來江寧而未至也。慕青聞在儀真書院，然亦未通一信。吾兄南歸後與長往還者誰歟？梅濕，惟慎護，千萬。餘不具。芷塘大兄。

愚弟姚鼐頓首，五月十二日。

印章

姚鼐（朱文方印）

編按

姚鼐（一七三一—一八一五），字姬傳，號夢穀。安徽桐城人。乾隆二十八年（一七六三年）進士，任禮部主事、《四庫全書》纂修官等。年方四十，辭官南歸，先後主講於揚州梅花、江南紫陽等書院四十多年，世稱「桐城派」古文大家。著有《惜抱軒全集》等。祝德麟（一七四二—一七九八），字芷塘，一字趾堂。浙江海寧人。與姚鼐同年進士，授編修，選庶吉士，歷官至掌禮科給事中。乾隆五十五年（一七九〇年）以言事不合罷歸，主講雲間書院，時姚鼐主南京鍾山書院，與本札所記兩人行跡相合。而信中又謂「夢樓在江西」，查王文治於乾隆五十八年（一七九三年）初夏有南昌之行，故知本札當作於是年。（參考王漢文《王文治年譜》）札中另提及之「簡齋」即袁枚（一七一六—一七九八）。「香亭」，即吳玉綸（一七三二—一八〇二），號蓼園，河南光州人。乾隆二十六年（一七六一年）進士，歷官至吏部左侍郎、內閣學士等。「慕青」為張燾，號涵齋，江南宣城人。乾隆二十八年（一七六三年）進士，歷官侍讀、禮部員外郎、湖北學政等。

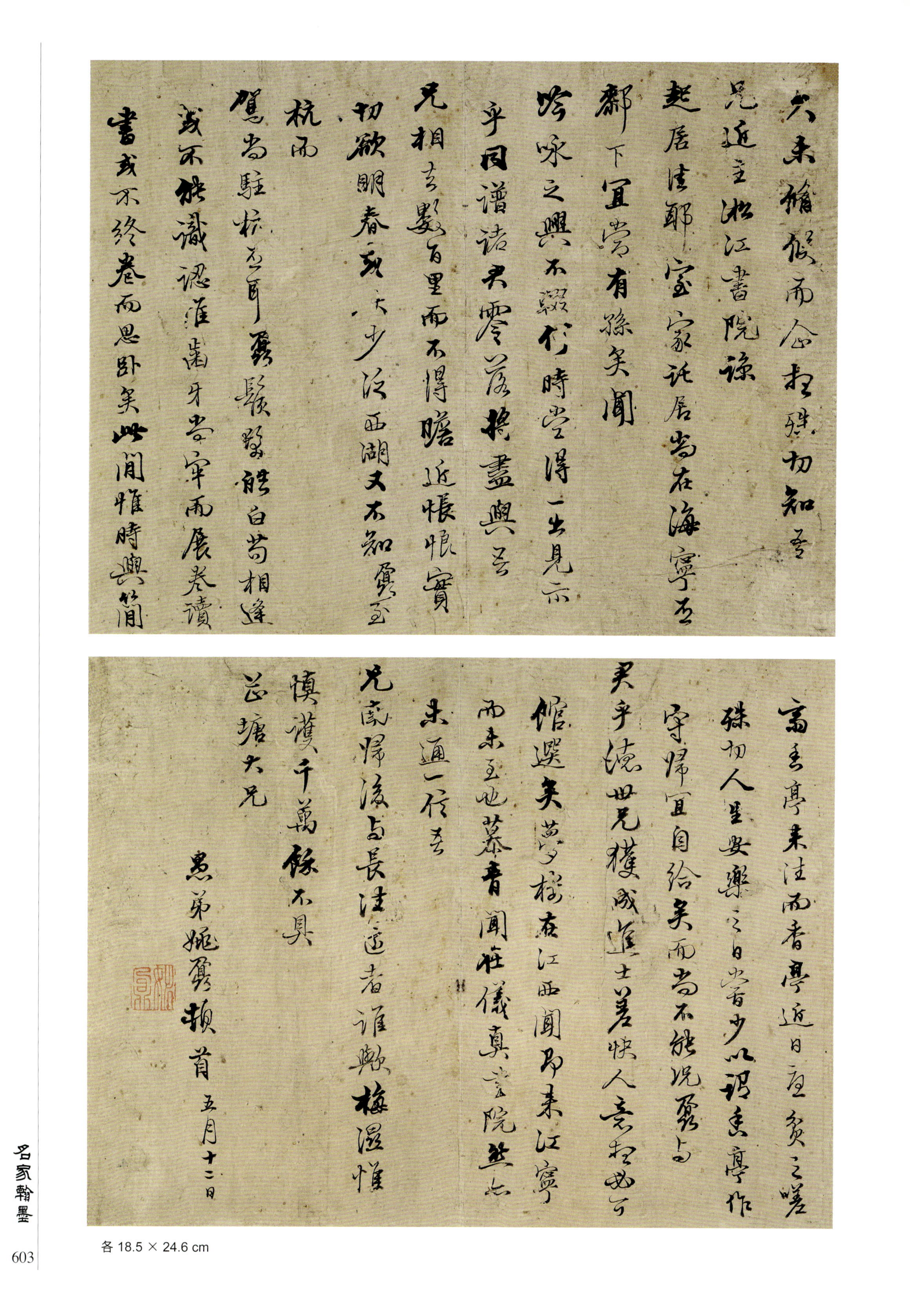

各 18.5 × 24.6 cm

又來稍假而合拜切知吾

兄近主湘江書院祿

起居佳勝寶家託居當在海寧否

鄉下宜常有孫矣聞

吟咏之興不輟行時當得一出見示

乎司普者君要之簇換盡與吾

兄相去數百里而不得晤近[illegible]
切欲明春或大少泛西湖又不知履至
杭而
值為駐棹之耳履鬚髮能白首相逢
或不能識認誰是牙者竟而展卷讀
書或不終卷而思卧矣此間惟時與簡

高季亭來注而香學近日頗貧之嗟

殊切人生安樂之日嘗少以理遣寡學作

守歸宜自給矣而尚不能況聚與

吳乎德世兄樸成進士甚快人意想也方

館選矣蒿之按察江西聞即來江寧

而來至此慕青閭莊義真書焼然如

未通一什去

兄處歸後与長洲遣者誰歟梅溪惟

慎護千萬餘不具

岂塘大兄

愚弟姚夔頓首 五月十二日

尤蔭　登和州鎮淮樓詩帖

一七六九年

釋文

《登和州鎮淮樓詩》（并引）

鎮淮樓在和州城中，相傳建於宋季，著於明初。雄峙百尺，天門鎖其前，横江繞其右。采石青山，皆可挹翠，誠偉觀也。乾隆己丑，和州刺史甘亭徐公分俸錢鼎新之，首唱四詩紀勝，一時名流爭相續和。冬日，余薄游上江，道出其地，公邀登茲樓。攬而樂甚，因步原韵，以誌曠矚。

鎮淮樓峙接天關，過客登臨歲月間。撲袂江光飛練水，入簾嵐影擁青山。新增氣象雲標立，舊製觚棱霜葉殷。舒眺卻逢微雨後，風帆沙鳥破詩慳。

一洗雙眸萬里塵，來游真屬有良因。頓成雲水遐瞻地，豈少手華作賦人。江北從茲添駐馬，天南經始未勞民。政觀興廢千秋事，刺史風流雅意諄。

畫棟凌雲踞上頭，天門雙鎖枕寒流。檻前草木皆生色，眼底江山得勝遊。李白祠堂迎北斗，庾公風月著南樓。身遭盛世宜歌嘯，回首開平戰鬥秋。

當前風雅肯來遲，聞道恩膏似雨施。想見焚香埽地候，宛如送客看花時。西山爽入調琴座，北海清分養鶴資。竚日賢公移絳節，名樓應共召南思。

真州尤蔭貢夫氏。

印章

石銚山房（朱文方印）

編按

尤蔭（一七三二—一八一二），字貢父，號水村，室名石銚山房。江蘇儀徵人。工山水、花鳥、蘭竹。家藏蘇軾（一〇三七—一一〇一）石銚，曾進內府，因廣寫石銚圖以贈人，得者珍之。著有《出塞詩鈔》。

鎮淮樓位於安徽和縣城內，始建於北宋時。清乾隆三十四年（一七六九年），知州徐元重修既畢，刻有《鎮淮樓落成即事四首》詩碑紀盛。阮元《兩浙輶軒錄補遺》卷六收載第一首：「宋寧遺搆鎮江關，世遠烽烟戍鼓閒。萬派直趨龍虎域，千螺亂點楚吳山。帆隨南北天無塹，花發春秋地半殷。此日登臨感搖落，不教好處久成閒。」尤蔭本札即為應和之作，阮載徐詩最後一「閒」字當為「慳」字之誤。徐元，原名育霖，字甘亭，號一齋，生卒年不詳。浙江仁和人。歷官至福州知府。

22.4 × 19 cm

登和州鎮淮樓詩并引

鎮淮樓在和州城中，相傳建於宋季，著於明初，雄峙百尺，天門鎖其前，橫江繞其右，采石、青山皆可挹翠，誠偉觀也。乾隆丑，和州刺史甘亭徐公分俸錢易新之，有唱四詩紀勝，一時名流爭相續和。冬日余薄游上江，道出其地，公邀登茲樓，攬而樂甚，因步原韻以誌瞻矚。

鎮淮樓峙接天闉，過客登臨歲月閒。撲袂江光匹練水，入簾嵐影擁青山。新增氣象雲標立，舊製觚稜霜葉殷。舒眺郤逢微雨後，風帆沙鳥破詩慳。

22.4 × 20 cm

一洗雙眸萬里塵，來游真屬有良因。頓成雲水遐瞻地，豈少半華作賦人。江北從茲添駐馬，天南經始未勞民。政觀興廢千秋事，刺史風流雅意諄。

畫棟凌雲踞上頭，天門雙鎖枕寒流。檻前草木皆生色，眼底江山得勝遊。李白祠堂迎北斗，庾公風月著南樓。身遭盛世宜歌嘯，回首開平戰甲秋。

當前風雅肯來遲，潤道恩膏似雨施。想見焚香掃地候，節如迎客看花時。西山爽入調琴座，北海清分養鶴資。特日賢公移絳節，名樓應共召南思。

真州尤蔭貢夫氏

登和州鎮淮樓詩并引

鎮淮樓在和州城中相傳建於宋季著於明初雄峙百尺天門鎖其前横江繞其右采石青山皆可挹翠誠偉觀也乾隆廿和州刺史甘亭徐公乃俸錢鼎新之首唱四詩紀勝一時名流爭相續和冬日余薄游上江道出其地公邀登茲樓攬而樂甚因步原韵以誌瞻矚

鎮淮樓峙接天閶過客登臨歲月閒撲袂江光匹練水入簾嵐影擁青山新增氣象雲標立舊製舳艫霜葉殷舒眺郤逢微雨

一[illegible]
雲水遐瞻地豈少羊華作賦人江北從茲添
駐馬天南經始未勞民政觀興廢千秋事
剌史風流雅意諄
畫棟凌雲踞上頭天開僊鎖枕寒流檻
前草木皆生色眼底江山得勝遊李白祠
堂迎壯斗庾公風月着南樓身逢盛世宜
歌咏回首開平戰國秋
當前風雅肯來遲澗道恩膏似雨施想見
棋香掃地候笵如送客看花時西山爽
入調琴座壯海清分養鶴資時日覽公
移絳節名樓應共召南思
真州尤蔭貢夫氏

吳騫　致周廣業札

一七八二年

釋文

刻接初八日　翰教，忻稔　道履安祥，論撰益富，賀賀！承詢《白虎通》，去歲弟借抄竣後，本欲親自送還　盧二先生，緣未識其下榻所在，是以封托　綠飲兄轉達。想其事忙，迄今竟忘交去，致勞　匏廬問取，兼費　清神，殊抱不安。頃即馳札上杭，促其迅速檢送矣。綠飲并有吳門歸舟，枉顧敝廬之約，如晤時更當細叩其原委，然諒亦必無浮沈之患也，幸先作　札致意。匏盧此書，細讀　尊校補論各條，真可稱蘭臺之知己矣。昨歲　朱允達兄下榻荒齋，借閱時亦有補論若干條，皆簽附原書。設文駕上省，可取而折衷之。《孟子外書》真贋難辨，況又傳自姚叔祥之手，益不能無疑。以其卷帙無多，付諸梨棗，聊附于於陵子之次。弟擬為《訂略》一篇，奈見聞狹陋，未敢即出。惟　令叔松靄先匡政一過。頃又讀　大著《孟子逸文考》，尤啓發聾聵不淺。拙著容謹錄一稿呈請　教削，庶免貽笑大方耳。弟素來識薄力綿，爾日收藏，安所復得異書，惟憶前歲　張芑堂兄在易州山中攜周雪客《南唐書箋注》以歸，弟亟傳錄一本。頃又從海鹽借得《查田先生文集》。此二書稍可稱人間不多見者。《南唐書箋注》竹垞檢討極推重之，惜未有刊本。文魚急欲開梓，弟觀其中陶陰既多，而體例亦尚有未安處，竝須商訂，力勸其且緩，今副本仍藏篋中。窃謂儻得大雅一訂正，便可登木，使雪客有知，定當快　亢宗之多賢，并不虛　文魚三千里之跋涉矣！敢先此佈情，書俟的便附到。《敬業文集》弟從臾　張芷齋先生刻之，合《初白詩評》而行，渠亦欣然也。茲因羽便，率此佈泐，竝請　日安。餘容　晤悉，不既。弟吳騫頓首。

耕厓二哥先生即事。三月廿二日。

（家兄命筆候好。）

鑑藏印

朱（朱文圓印）

邊題

吳騫，字槎客，海甯諸生。著《拜經樓詩集》。《府志》：「騫生負異稟，過目成誦。篤嗜典籍，遇善本傾囊購之，校勘精審。所得不下五萬卷，築拜經樓藏之。夙共陳鱣講訓詁之學。所為詩文，詞旨渾厚，氣韵蕭遠。晚益深造，不屑為流俗之作。」

編按

吳騫（一七三三—一八一三），字槎客，又字葵里，號兔床。浙江海寧人。諸生。嗜書，築「拜經樓」收藏，其中多珍本。手校祕籍，輯刻《拜經樓叢書》三十種。著有《愚谷文序》、《詩話》、《國山碑考》、《論印絕句》等。

周廣業（一七三〇—一七九八），字勤圃，號耕厓。亦海寧人，周春（一七二九—一八一五）侄。乾隆四十八年（一七八三年）舉人。博學多才，曾參與編校《四庫全書》。主講於安徽廣德書院，著有《蓬廬文鈔》、《讀易纂言》等。

乾隆四十七年（一七八二年），吳騫曾向張載華介紹《敬業堂全集》。同年間，周廣業自吳騫借閱《南唐書箋注》。本札似當作於是年。（參考吕延林《吳騫年譜》）

札中稱「盧二先生」和「匏廬」，皆指盧文弨（一七一七—一七九六），字召弓，號磯漁，浙江餘姚人。乾隆十七年（一七五二年）探花，授編修，入直南書房，歷官至湖南學政。家有「抱經堂」，以藏書、校刊古籍聞名。另，「綠飲」者，即鮑廷博（一七二八—一八一四）。「張芑堂」、「文魚」均指張燕昌（一七三八—一八一四）。「朱允達」即朱型家，字允達，號懶岩。海寧諸生，曾館於吳騫拜經樓，襄助校訂古籍。「張芷齋」即張載華（一七一八—一七八三），字佩蒨，號芷齋，海鹽貢生。藏書過萬卷，著有《初白庵詩評》等。

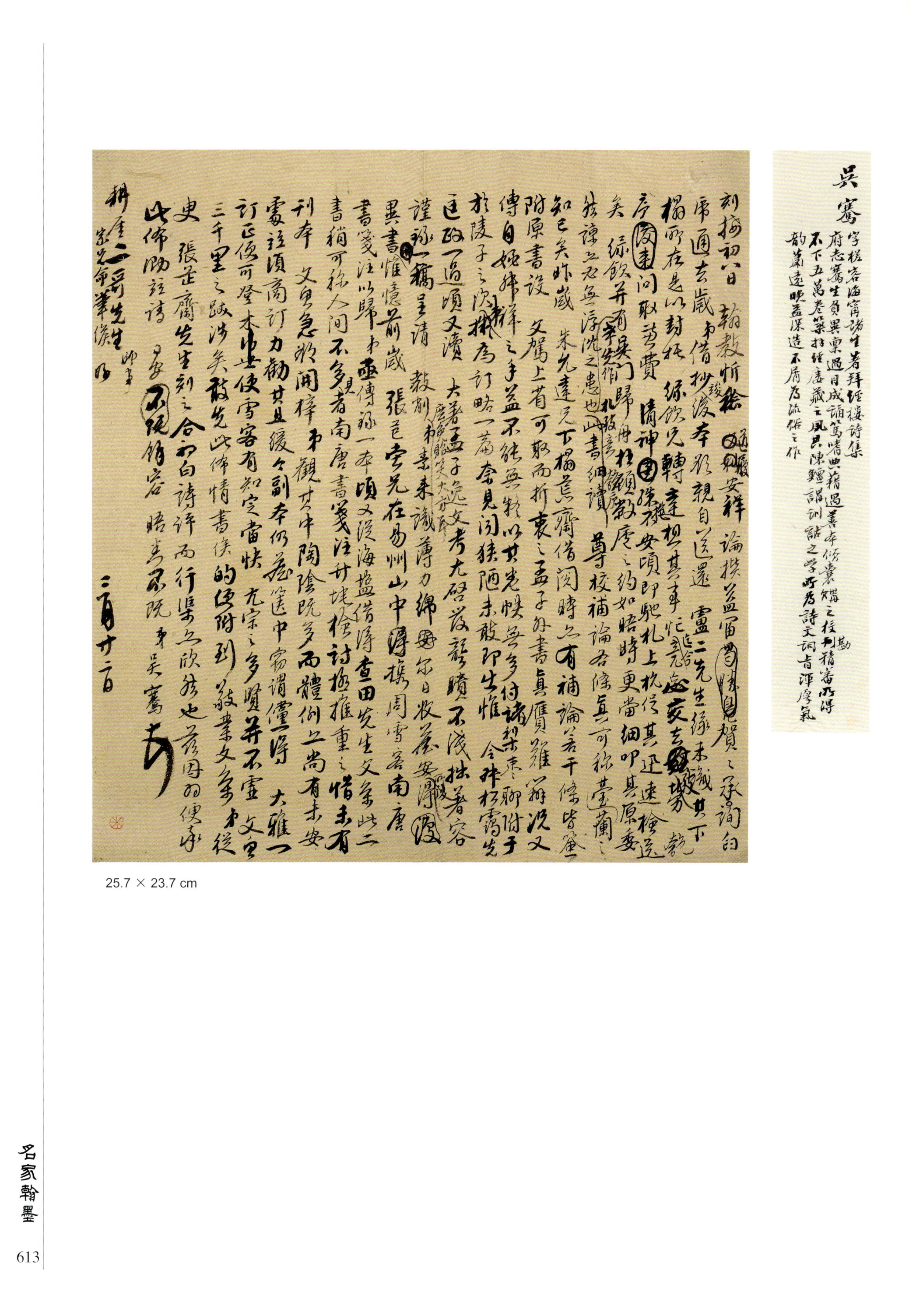

吳騫

字槎客，海寧諸生，著拜經樓詩集。府志：騫生負異稟，過目成誦，篤嗜典籍，遇善本傾囊購之，校勘精審，所得不下五萬卷，築拜經樓藏之。與陳鱣講訓詁之學，所為詩文詞，皆渾厚氣韻，蕭遠映，蓋深造不屑為流俗之作。

25.7 × 23.7 cm

別接初八日翰教，忻悉道履安祥，論撰益富，曷勝欣賀之至。承詢向
所通去歲承借抄錢本，親自送還。盧二先生緣未識其下
榻所在，是以封托綠飲兄轉達，想其事忙，遂忘去致勞尊
序後東問取，無費清神。囑張袖安頭，即馳札上枕，催其速檢送
綠飲并有吳門歸舟，相顧毅庵之約，如晤時更當細叩其原委
矣。
然諒亦已無浮沈之患也。此書細讀，尊校補論各條，真可稱蓬蘭之
知己矣。昨歲朱先達兄下榻薩齋，借閱時亦有補論若干條，皆簽
附原書。設文駕上省，可取而折衷之。孟子外書真贋雖難辨，然文
傳自姚律之手，益不能無疑，以其光怪無多，付諸[illegible]，聊附于
於陵子之次，擬為訂略一篇，奈見聞狹陋，未敢即出。惟令祥杉霄先
近改了道，頃又讀大著孟子逸文考，尤啟發蒙瞶不淺，拙著容[illegible]

吳騫

字槎客，海寧諸生，著拜經樓詩集。府志：騫生負異稟，過目成誦，篤嗜典籍，遇善本傾囊購之，校刊（勘）精審，乃得不下五萬卷，築拜經樓藏之。與陳鱣講訓詁之學，所為詩文詞旨渾厚，氣韻蕭遠，晚益深造，不屑為流俗之作。

書箋注以歸，弟亟傳録一本。頃又從海鹽借得查田先生文集，此二
書稍可補人間不多見者。南唐書箋注廿卷，檢討極推重之，惜未有
刊本。文集急欲開梓，弟觀其中陶陰既多，而體例亦尚有未安
處，注須商訂，力勸其且緩。今副本仍寄送中，竊謂儻得大雅
訂正，便可登木，無使雪客有知，定當快尤宗之多賢，并不靈文
三千里之跋涉矣。敬先此佈情書候的便附到。敝業文集弟從
史張芷齋先生刻之，合刻白詩評而行，渠亦欣然也。茲因羽便奉
此佈，陟註請日安，不既備容，晤未既。弟吳騫頓首
三月廿二日
耕崖二哥先生宗兄命筆候明 師書

桂馥　故宅行詩帖

釋文

《故宅行》

誰家朱門大道旁，頽垣荒草眠牛羊。春風烏啼垂楊樹，碧瓦成堆無人住。隔隣老翁向余指，曾見高樓連苑起。刱造於今五十年，眼前富貴隨流水。牧兒拾得舊釵鈿，上有十二金連環。畫堂今日無顔色，誰知費盡司農錢。大木十丈直如箭，百夫輸挽行人羨。千金才子上梁文，一曲美人落成宴。君不見、東家勢敗西家豪，新修華屋齊雲高。移來故宅合歡樹，花前日日醉酕醄。

印章

桂馥印信（朱白文方印）

邊題一

詩。曲阜桂知縣馥，乾隆五十五年庚戌進士。

邊題二

此王文敏公懿榮筆蹟所注。

編按

桂馥（一七三六—一八〇五），字未谷，號雩門。山東曲阜人。乾隆五十五年（一七九〇年）進士，官雲南永平縣知縣。精於考證及金石之學，尤擅作隸書。著有《説文義證》、《繆篆分韻》等。

本札有多處修改筆跡，其中第八句原為「園亭池館成平地」，改作「眼前富貴隨流水」，改動最大，當屬未定稿。查此詩於《未谷詩集》缺載，殆桂馥佚詩。

此王文敏公懿荣笔迹所注

诗　曲阜桂馥

乾隆五十五年庚戌道士

故宅行

谁家朱门大道旁，颓垣荒草眠牛羊。春风乌归垂杨树，碧瓦成堆无人住。隔邻老翁向余指，曾见高楼连苑起。朋造於公五十年，[illegible]牧儿拾得旧钗钿，上有十二金连环。[illegible]谁知费尽买钱，大木十丈直如箭，百夫[illegible]挽行人[illegible]千金[illegible]一曲美人[illegible]豪新[illegible]云[illegible]树[illegible]前日[illegible]

22 × 25 cm

比王文敏公懿榮筆蹟所注

诗

曲年桂知類

乾隆五十五年庚戌進士

故宅行

誰家朱門大道旁頹垣荒草眠牛羊春

風車馬歸垂楊樹碧瓦成堆無人住隔陽

老有向金指會見高樓連起翔遊於

眼前富貴隨流水

公五十年間車池敝成車地牧見指

畫堂今日

寻舊叉田上有十二金連……

史真如箭百丈牽輸挽行人笑顏千
全才子上墨文一曲美人落風宮君
不見宋家勢然西家　高家新作華
層齊雲高樓來地宅今數樹花
前日之醉酕醄

桂馥 致太世叔札

一七九二年

釋文

接
手示，發函有桂花一封，喜甚！即呼童汲新泉同佳茗煮之，一飲大快。此花早開，當得桂子，又添一小世叔，斯應嘉兆矣。《避風亭詩》三、四改云：「霧樹無根隨處有，丹霞鑄日映山明」，較前少勝。春風一聯書
上，不審當
意否？前
賜袿料已作成，舊無單衣，恰好適用，杜詩所謂「意內稱長短」也。
道憲過青兒問，仍望
齒芬，一拚涸鮒。日來典衣買米，幸得縣令畧有所助，暫救目前，將來何以自持耶？恭請
太世叔大人鈞安。再世姪桂复叩 頭。

印章

魯委巷人之言（朱文方印，兩鈐）

編按

此札上款「太世叔」，未詳何許人。桂馥（一七三六—一八〇五）提及之〈避風亭詩〉，見《未谷詩集》卷一《東萊草》，題作〈陪登萊兩太守宴避風亭見海市〉，詩云：「官亭開宴酒初行，誰料尊前海市生。霧樹無根隨處有，丹霞鑄日隔山明。追陪末坐緣何幸，乍對奇觀意倍驚。一自蘇公曾禱請，偏於太守最關情。」乾隆五十七年（一七九二年）春，桂馥曾有東萊之遊，是詩即作於當時，本札或於同年稍後所書。（參考張毅巍《桂馥年譜》）

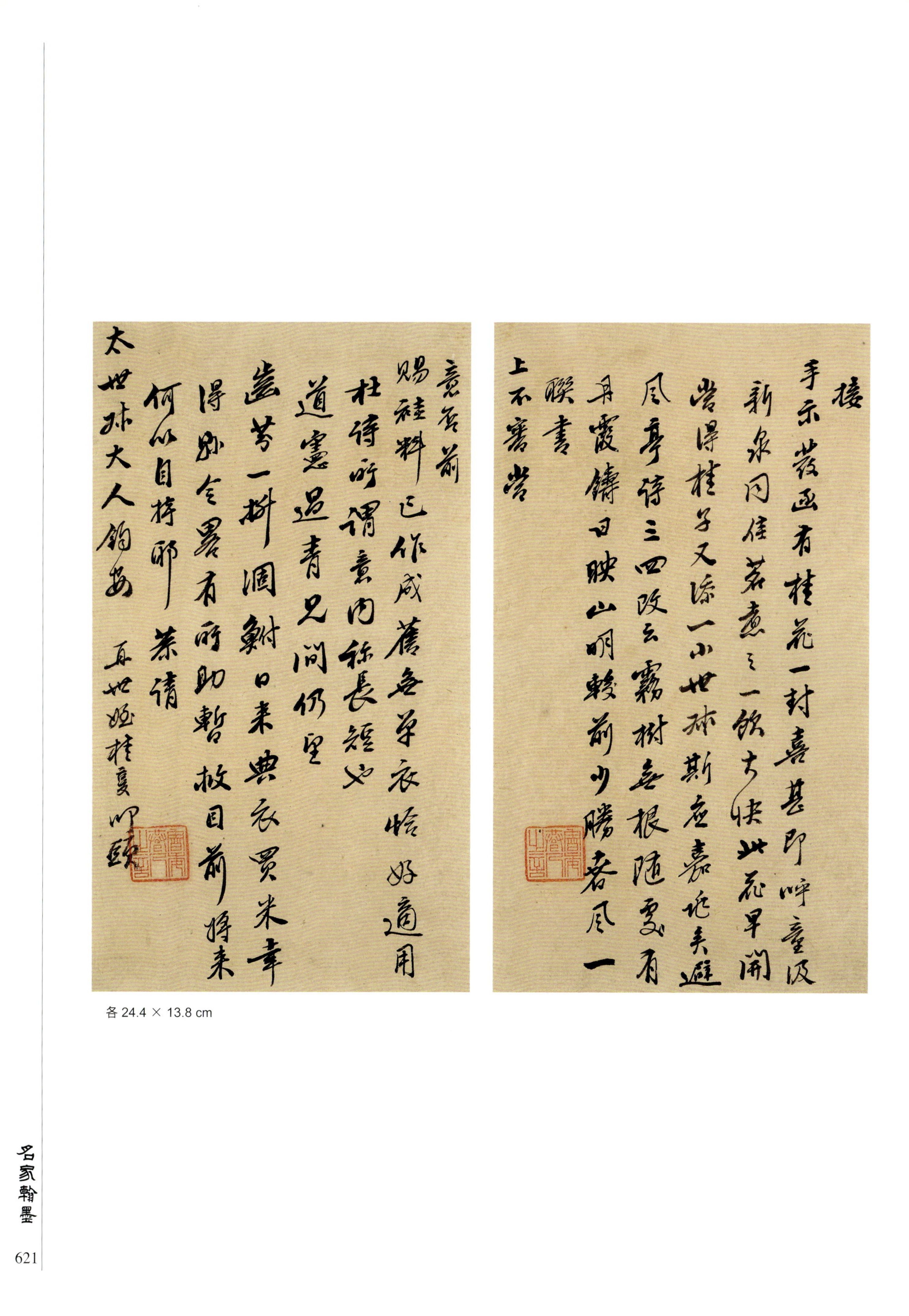

各 24.4 × 13.8 cm

接

手示蒙函有桂花一封喜甚即呼童汲

新泉同佳茗煮之一啜大快此花早開

嘗得桂子又添一小世球斯應嘉地矣避

風亭詩三四改云霧樹無根隨處有

月霞鑄日映山明較前少勝春風一

聯書

上不審嘗

意翁前

賜硅料已作成舊無單衣恰好適用

杜詩所謂意內稱長短也

道憲過青兄問仍望

惠笋一斛洄鮒日來典衣買米幸

得賜令晷有所助暫救目前將來

何以自持耶　茶請

太世孫大人鈞安　再世姪桂夏叩頭

丁杰　致吳騫札

一七九四年

釋文

前月杪　朗齋先生書札到徽，并領到

大兄去年春間一信，如獲面譚。去年春弟在杭實留數字，并　先外祖遺像求　題，想未晤

勤圃先生，故未收到也。其年夏，聞

南兄目疾，弟甚記念，曾有陳墨奉寄，而未有字。今聞未痊，仍覓送一匣，用之必效。

周鈍吟先生字母之學，弟未及細問。

南兄目疾已好，未可即看書，即往請教，將來可以轉教人，亦是盛事。弟江右之行，蹉跎至今，

一切旅況，俟小兒面稟。順請

兔牀先生大兄大人近好。愚小弟丁杰拜，七月廿一日。

邊題

丁杰，字升衢，一字小雅，歸安人。乾隆進士，官教授。肆力經史，長於校讎。四庫館開，朱筠、戴震皆延之校助。著有《周易鄭注後定》、《大戴禮記繹》、《小酉山房文集》。

編按

丁杰（一七三八—一八〇七），原名錦鴻，字小雅。浙江歸安人。乾隆四十六年（一七八一年）進士，生平記載不多，悉見本札邊題。

吳騫（一七三三—一八一三），字槎客，又字葵里，號兔床，浙江海寧人。生平詳見前文。

此信載丁杰以「先外祖遺像求題」，查吳騫《拜經樓詩集》卷七，收錄〈小疋屬題其外祖張蓺庵遺照〉七絕二首，乃乾隆五十九年（一七九四年）所作，本札約當作於同年間。另，「勤圃」即周廣業（一七三〇—一七九八），生平見前文吳騫札。「南兄」所指為吳騫長子吳壽照（一七五八—一八二九），字南輝，號小尹。不幸患上眼疾，終至失明。

前月杪 朗齋先生書札到敝寓領到

大兄去年春間一信,又獲兩譚去年春弟在杭寓留教字 先外祖

遺像求 題想未暇 勤園先生收未收到?其年夏間

南兄目疾,弟甚紀念,曾有陳墨奉寄,而未有字,今聞未痊

仍另送一匣用之,為叔 周鈍吟先生字母之學,弟未及細向

南兄目疾已好,未可即看書,即往請教,將來可以將教人,公

是啟乃弟江右之行,離紀至今,而旅況係覓兩字順請

先林先生大兄大人近好

愚小弟丁杰拜

六月廿日

26.3 × 12.5 cm

丁杰 字升衢,一字小雅,歸安人。乾隆進士,官教授。鋭力經史,長於校讎。四庫館開,朱筠、戴震皆延之校勘。著有《周易鄭注後定》、《大戴禮記繹》、《小酉山房文集》。

錢維喬　致錢大昕札

約一七八五年

釋文

《石文跋》舊贈者都為友人索去，聞又有續刊，便中祈　惠我全帙，為幸。《攷异》想又刊數代，亦以爭先得讀是望也。汪秀峰駕部新刻《擷芳集》，所采錄敝邑者頗多。駕部常往來吳淞間，敢懇耑札見索一部轉賜，但須便致，不必拘期，即以鄙意代達亦可耳。初秋漸涼，伏惟

起居珍護，不盡馳企。

竹汀先生師事。維喬頓首，六月廿九日。

印章

喬白事（朱白文方印）、味閒書屋（白文長方印）

編按

錢維喬（一七四〇—一八〇六），字樹參，一字季木，號曙川，又號竹初。江蘇武進人。少工翰墨，得兄長錢維城（一七二〇—一七七二）傳授。乾隆二十七年（一七六二年）舉人，官浙江鄞縣知縣。曾編寫戲曲多種，著有《竹初未定稿》。

錢大昕（一七二八—一八〇四），字辛楣，號竹汀，江蘇嘉定人。生平詳見前文。

《石文跋》即錢大昕《潛研堂金石文跋尾》，初集出版於乾隆三十六年（一七七一年），越十年再有二集。《攷異》即《廿二史攷異》，乾隆四十八年（一七八三年）成書，後陸續刊刻。另，「汪秀峰」為汪啟淑（一七二八—一七九九），字慎儀，一字秀峰，號訒葊，安徽歙縣人，其選訂閨閣詩編成《擷芳集》，刊於乾隆五十年（一七八五年）。此函當作於是年頃。時汪啟淑任兵部職方司郎中，即札中所稱「駕部」。

石文跋尾舊者都為友人索去聞又
有續刊便中祈 惠我全帙為幸
攷異想又刊數代亦冀先得讀為
望也 汪秀峰駕部新刻擷芳集
所采錄敝邑者頗多 駕部常往

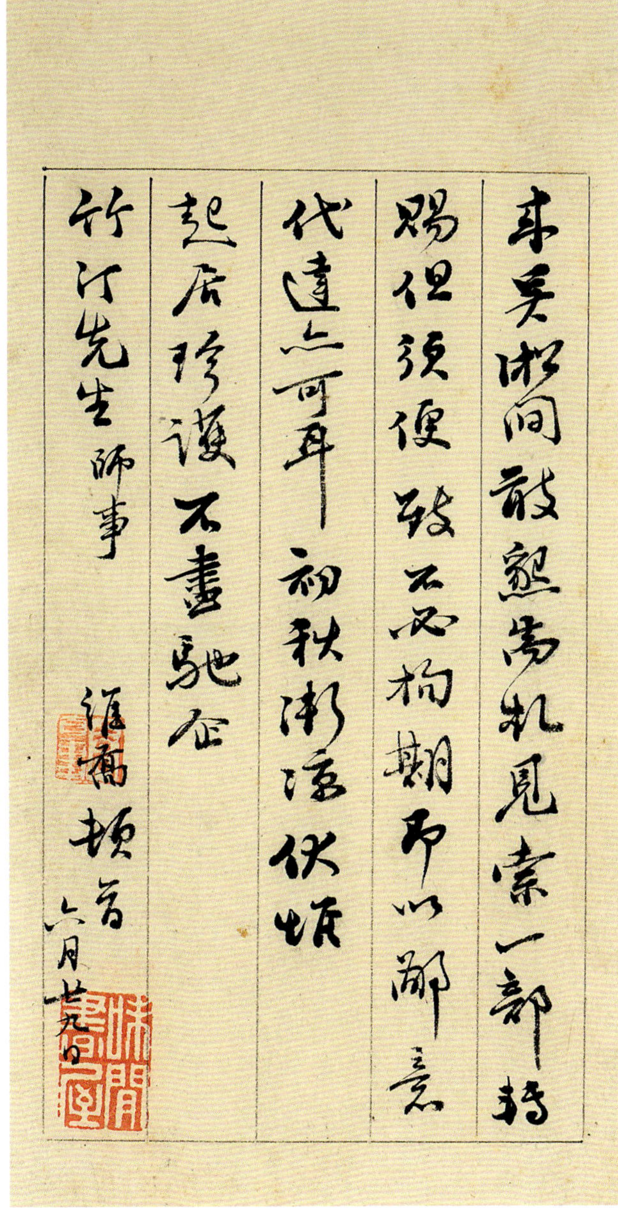
來吳淞間敢懇為札見索一部特
賜俾頒便致不必拘期可以鄙意
代達之可耳 初秋淞濱伏惟
起居珍護不盡馳企
竹汀先生師事
維喬頓首 六月廿九日

各 23.2 × 11.9 cm

石文跋舊贈者都為友人索去聞又有續刊便中祈惠我全帙為幸弢翁想又刊數代之學先得讀是望也汪秀峰鴻臚新刻擷芳集所采録瀨邑者頗多鴻臚常法

來吳淞問訊遞寄札見索一部持
賜但須便致不必拘期而以鄙意
代達之可耳　初秋淞滬伏惟
起居珍護不盡馳企
竹汀先生師事
維喬頓首
六月廿九日

錢維喬　致錢大昕札

一七八九年後

釋文

過講堂一親

顏色，旋舟則輕帆徑下，未及叩謁，深為悵惘。昨奉

手書，稔

道履綏善，為慰。武林亢旱，入秋以來炎蒸較甚，雨勢全無。聞吳門一帶亦然，恐還鄉便遭歉歲，殊惴惴也。誌書已催取數部到省，而其中亥豕尚多。喬久已離鄞，原刻工亦散去，惟囑書船善全其事，但彼亦有訟累，罣懷甚矣。成一書之難也！茲先裝訂四部寄呈，倘有訛處，祈詳悉另單示知。或再需若干，容續寄耳。肅候　近祉，不盡依馳。

竹汀先生閣下。維喬頓首，七月六日。

印章

喬（朱文長方印）、知來者之可追（白文方印）、小林栖（朱文長方印）

編按

錢維喬曾官鄞縣知縣，至乾隆五十三年（一七八八年）秋，即引疾辭官，歸里著述。此自稱：「久已離鄞」，蓋於是年以後若干時日。（參考陸萼庭《清代戲曲家叢考》）讀札中「過講堂一親顏色」句，並提及「吳門」，查錢大昕自乾隆五十四年（一七八九年）至嘉慶九年（一八〇四年）主講蘇州紫陽書院，當即此期間事。另又談到「書船」者，即周文楷，字貢木，號書船，浙江會稽人，乾隆四十八年（一七八三年）舉人，官常山教諭。

過蒔香一親

顏色旋舟則輕帆徑下未及叩謁深

為悵惘昨奉

手書稔

道履安善為慰武林乞早入秋以

来炎蒸較甚雨勢全無閶吳門一

帶亦然恐還鄉便遭歉歲殊惴惴

也諸書已催取數部到省而其中

亦家尚多有久已離鄭原刻之散

去惟嗎書船善全其事但彼亦有

訖果星懷甚矣成一書之懷難也

若先紫訂四部寄呈倘有訛字祈

詳悉另單示知或再需若干容續

寄耳肅候 近祉不盡依馳

竹汀先生閣下

維喬頓首 七月七日

各 23.2 × 11.9 cm

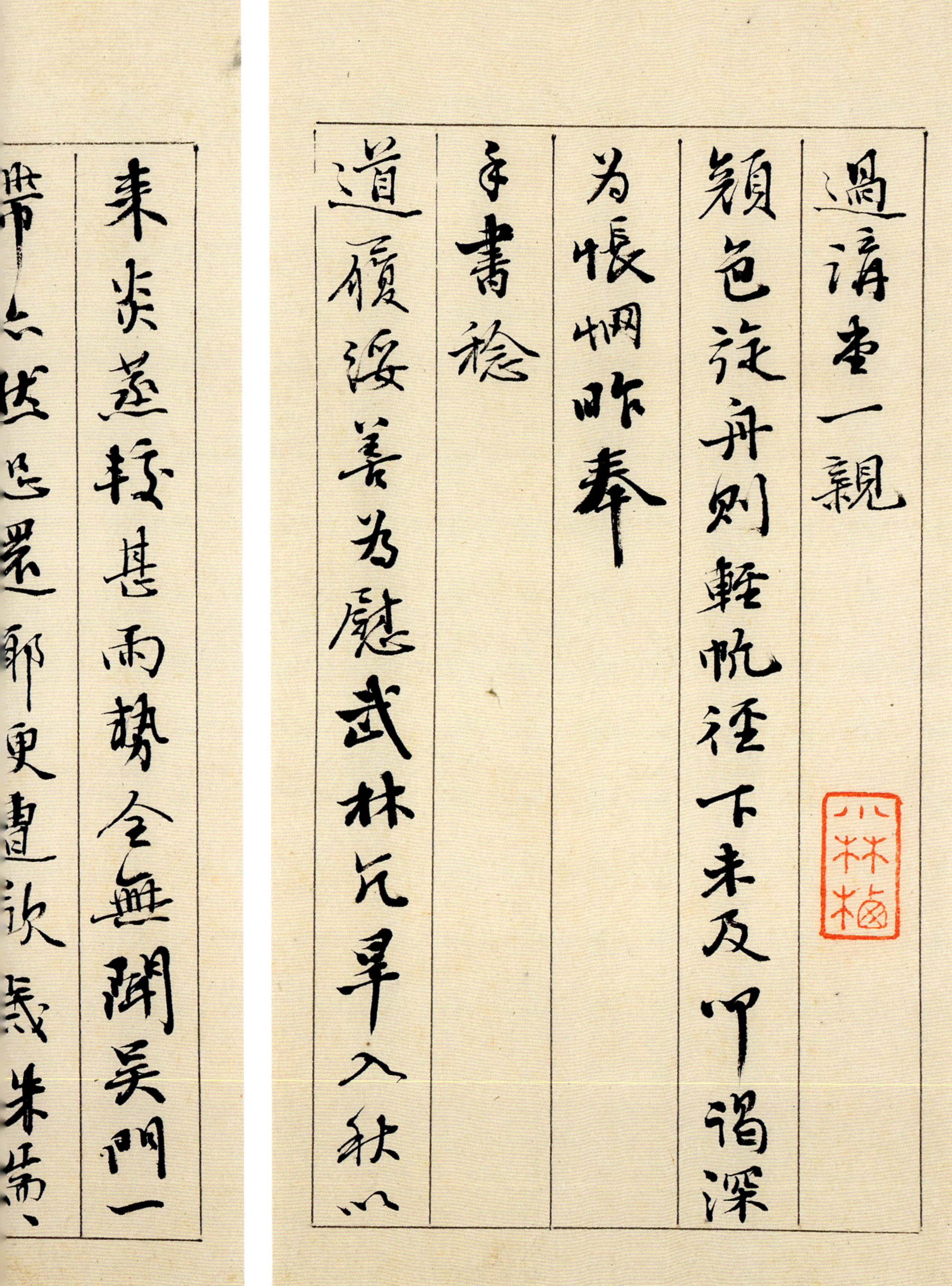

交家尚多爲久已離鄭原刻亦已散
失惟囑書船善全其事但彼亦有

識罣懷甚矣成一書之懷難也
茲先裝訂四部寄呈倘有訛字於
詳悉另單示知或再需若干寄續
寄耳肅候 近祉不盡依馳
竹汀先生閣下 維喬頓首
七月六日

莫瞻菉　致汪志伊札

一八〇六年

釋文

愚弟莫瞻菉頓首拜上。

稼門六兄大人閣下：甫快追隨，旋即握別。然江鄉冀清獻之再來，同人亦無不代為額慶。弟於送別時即謂軺車暫出，即當節鉞立頒，乃未越五日而言果驗，知帝心簡在，衆望攸歸，蓋有素矣。今日之周文襄，即前此之況太守，於輕車熟路，益拓新猷，應無待鄙人之私頌。惟於題誦先圖冊內，畧致欽望之懷，仰祈俯鑒。拙作恐不足以表揚盛德，謹錄稿先寄賜閱批示，倘不以為蕪陋，始敢附書冊末。謹此奉賀，即請台安。別來未久，京況如常，無可述者。臨池依切，瞻菉再拜。

印章

韻亭青友（朱文方印）

編按

莫瞻菉（一七四三—一八一三），字青友，號韻亭。河南盧氏縣人。乾隆三十七年（一七七二年）進士，改庶吉士，授編修，官至兵部侍郎兼順天府尹、太僕寺少卿。著有《硯雨山房詩集》。

汪志伊（一七四三—一八一八），字莘農，號稼門，安徽桐城人。生平詳見前文錢大昕札。

查莫瞻菉自嘉慶九年（一八〇四年）至十一年（一八〇六年）任工部左侍郎，而汪志伊於嘉慶十一年由江蘇巡撫調為工部尚書，再改任湖廣總督。本札中有「甫快追隨，旋即握別」之語，當即作於此年間。時二人皆六十四歲。

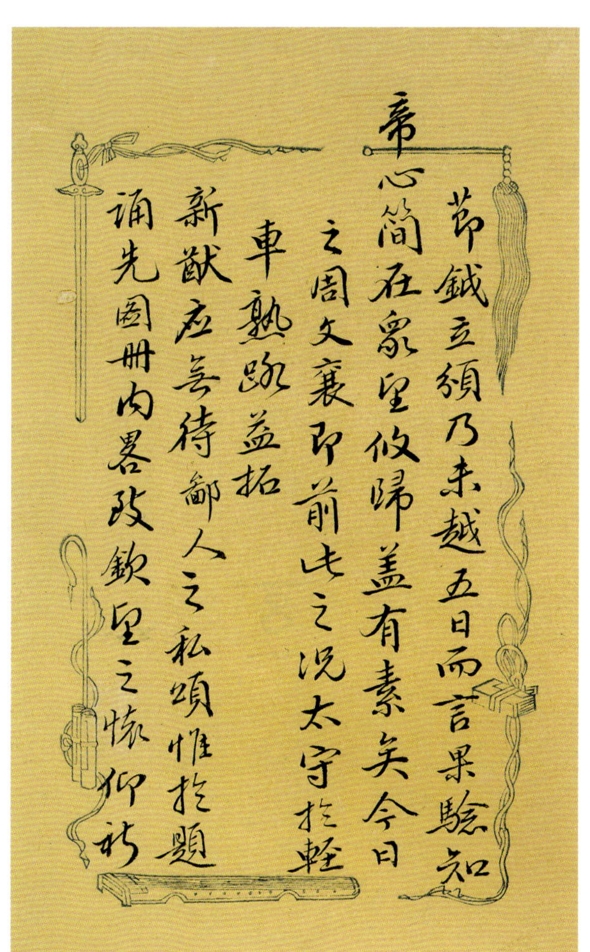
節鉞亟須乃未越五日而言果驗知
帝心簡在眾望攸歸蓋有素矣今日
之周文襄即前代之況太守於輕
車熟路益拓
新猷應無待鄙人之私頌惟於題
誦先國冊內略改欽望之忱抑於

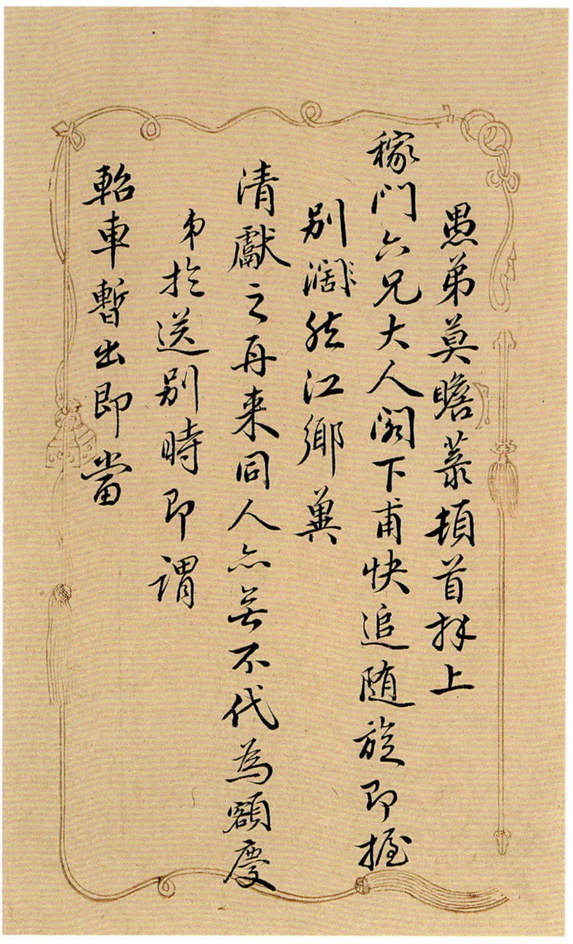
愚弟莫瞻菉頓首拜上
稼門六兄大人閣下甫快追隨旋即握
別淛於江鄉冀
清獻之再來同人亦無不代為額慶
而於送別時即謂
軺車暫出即當

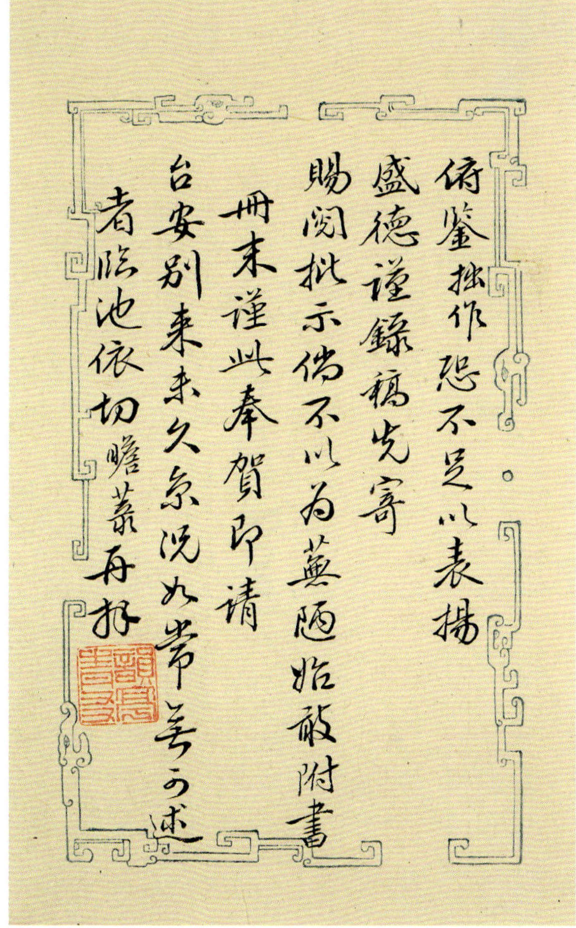
俯鑒拙作恐不足以表揚
盛德謹錄稿先寄
賜閱批示倘不以為蕪陋始敢附書
冊末謹此奉賀即請
台安別來未久系況如常無可述
者臨池依切瞻菉再拜

各 21 × 13 cm

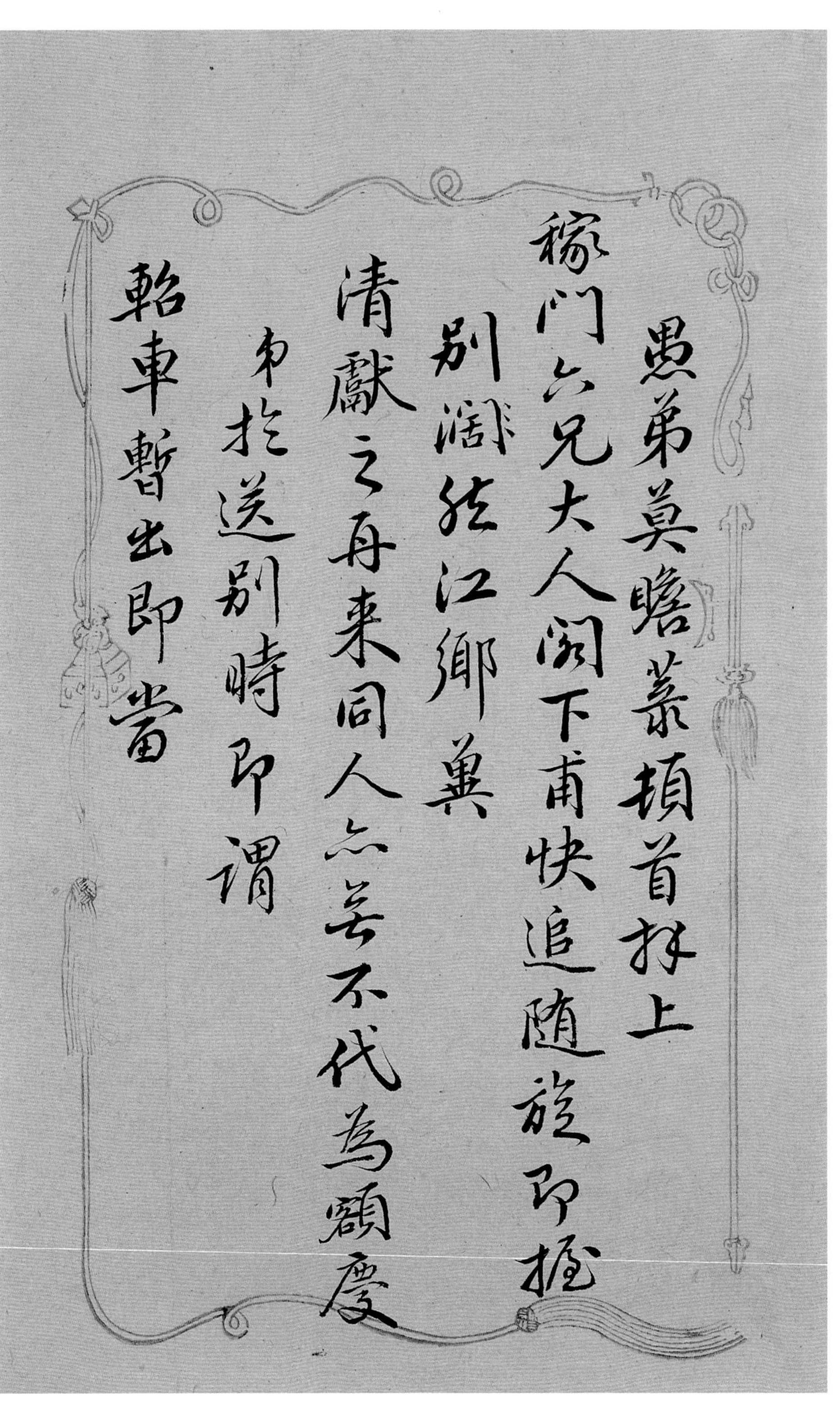

愚弟莫瞻菉頓首拜上
稼门六兄大人閣下甫快追隨旋即揖
別潞往江鄉冀
清獻之再來同人亦無不代為額慶
弟於送別時即謂
軺車暫出即當

節鉞立頒乃未越五日而言果驗知
帝心簡在衆望攸歸蓋有素矣今日

俯鑒拙作恐不足以表揚
盛德謹錄稿先寄
賜閱批示倘不以爲蕪陋始敢附書
冊末謹此奉賀即請
台安別來未久近況如常無可述
者臨池依切瞻慕再拜

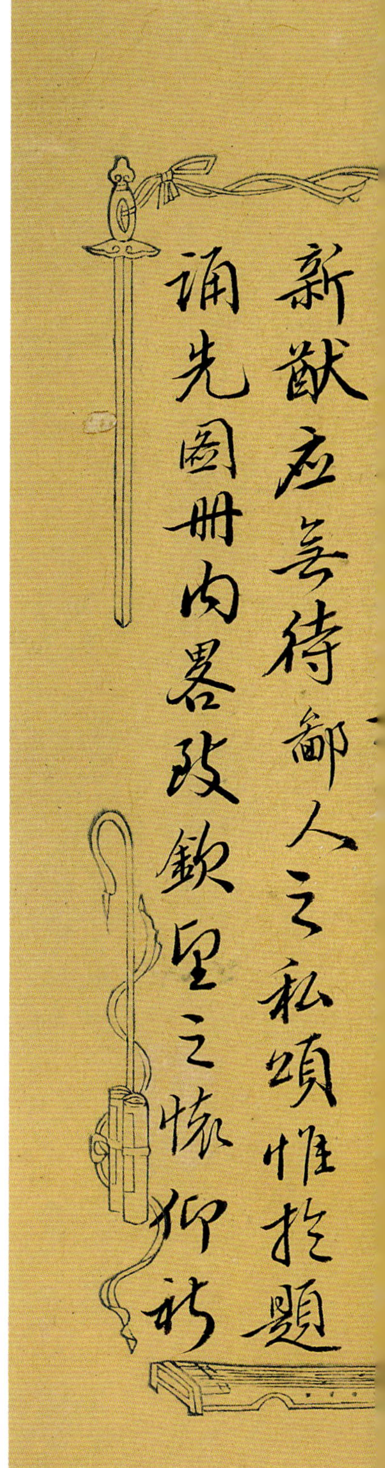
新猷應善待鄙人之私頌惟於題
誦先圖冊內畧跋欽望之懷仰祈

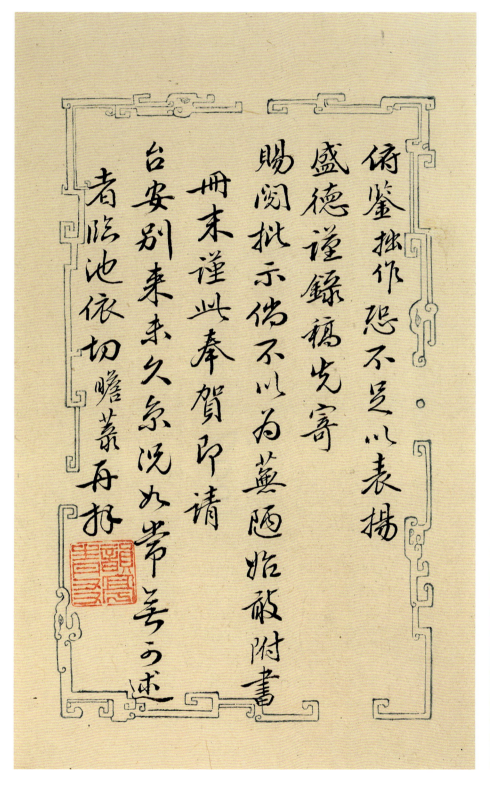

黃易　致趙魏札

釋文

承借《姜遐斷碑》細校一過，妙不可言，比《金石萃編》多出三、四倍。且《萃編》為剪帖本所誤，以為合葬於昭陵之舊塋，中間無「神、跡、鄉」三字，大發議論。觀此方決其言之大不然也。蒙惠種種，拜登，謝謝！雨中過邗上，舟次臨得《武氏碑》一本，奉高明賞之，當一笑也。晉齋先生。愚弟黃易頓首，四月廿六日。

鑑藏印

匋龕鑑定（白文方印）

邊題

黃易，字小松，號秋盦。錢塘人。官山東運河同知。專精金石之學，嘉定錢氏、青浦王氏、大興翁氏、陽湖孫氏、儀徵阮氏，多與商榷論定。工畫山水。著《小蓬萊金石文字》。

編按

黃易（一七四四—一八〇二），字小松，號秋盦。浙江仁和人，黃樹穀（一七〇一—一七五一）子。克承家學，以金石學名於世。工書畫，善刻印，世稱「西泠四家」之一。喜尋訪古刻，親自手拓，並繪《訪碑圖》多種傳世。著有《小蓬萊閣金石文字》。

趙魏（一七四六—一八二五），字晉齋，號菉森，一號洛生。亦仁和人。貢生。潛心金石之學，精於碑刻考證。家藏極富，於荒僻，不辭勞瘁，兼精篆、隸。極受黃易推重。著有《古今法帖匯目》等。

黄易

字小松 號秋盦 錢塘人 官山東運河同知 專精金石之学 嘉定錢氏 青浦王氏 大興翁氏 陽湖孫氏 儀徵阮氏多与商榷論定 工画山水 著小蓬萊閣金石文字

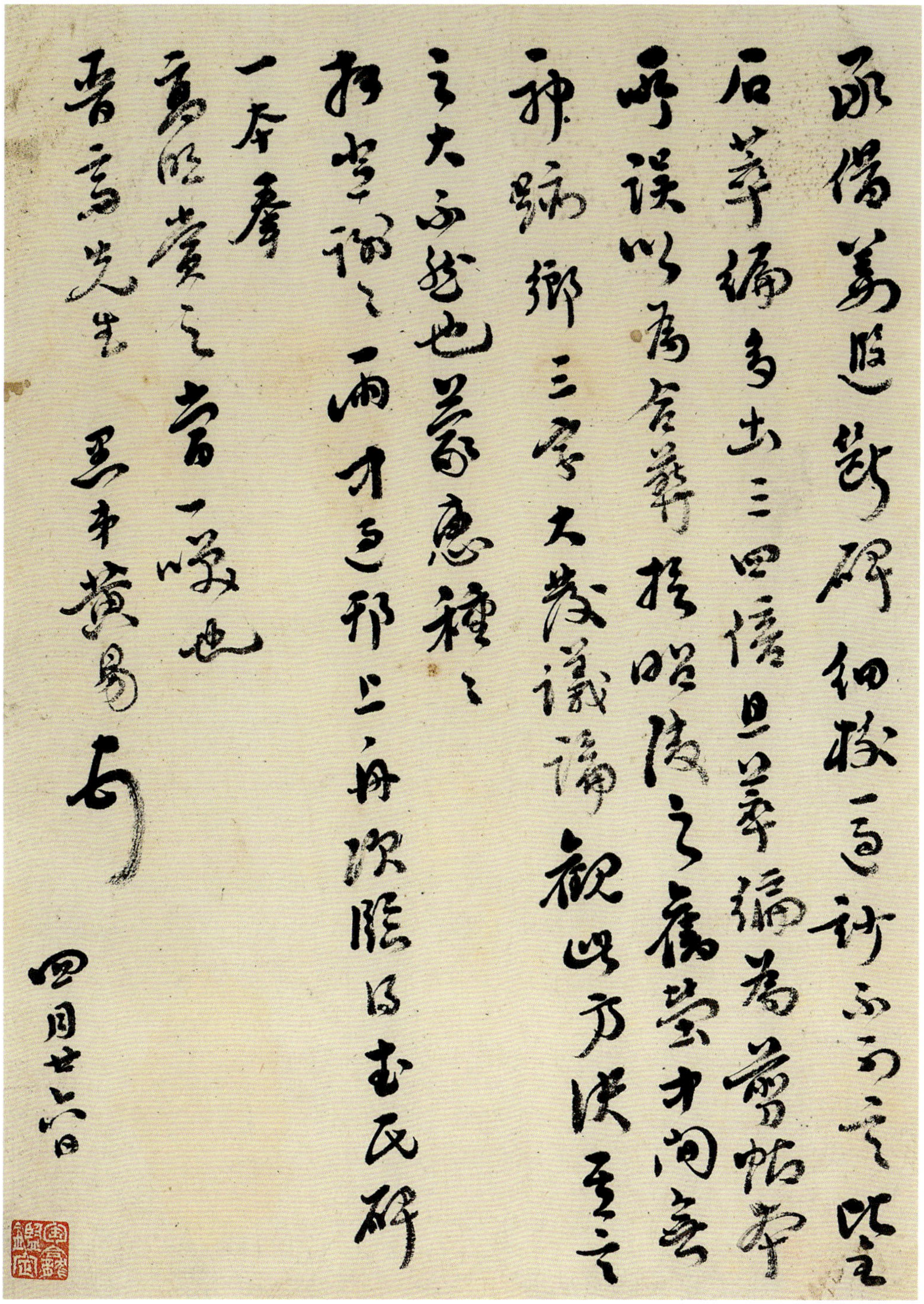

24.1 × 17.9 cm

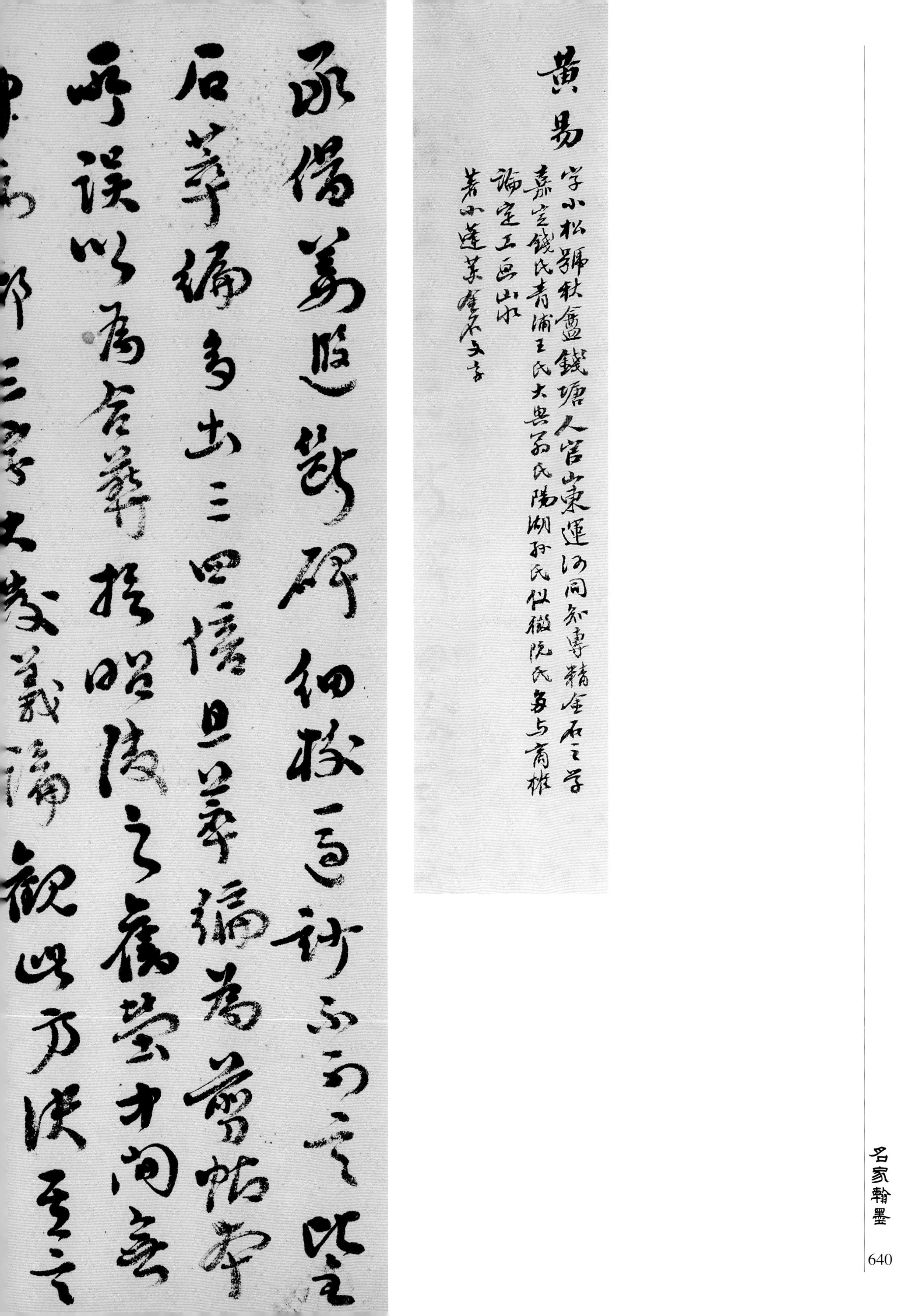

黄易

字小松号秋盦钱塘人官山东运河同知专精金石之学
嘉定钱氏青浦王氏大兴翁氏阳湖孙氏仪征阮氏多与商榷
论定工画山水
著小蓬莱阁金石文字

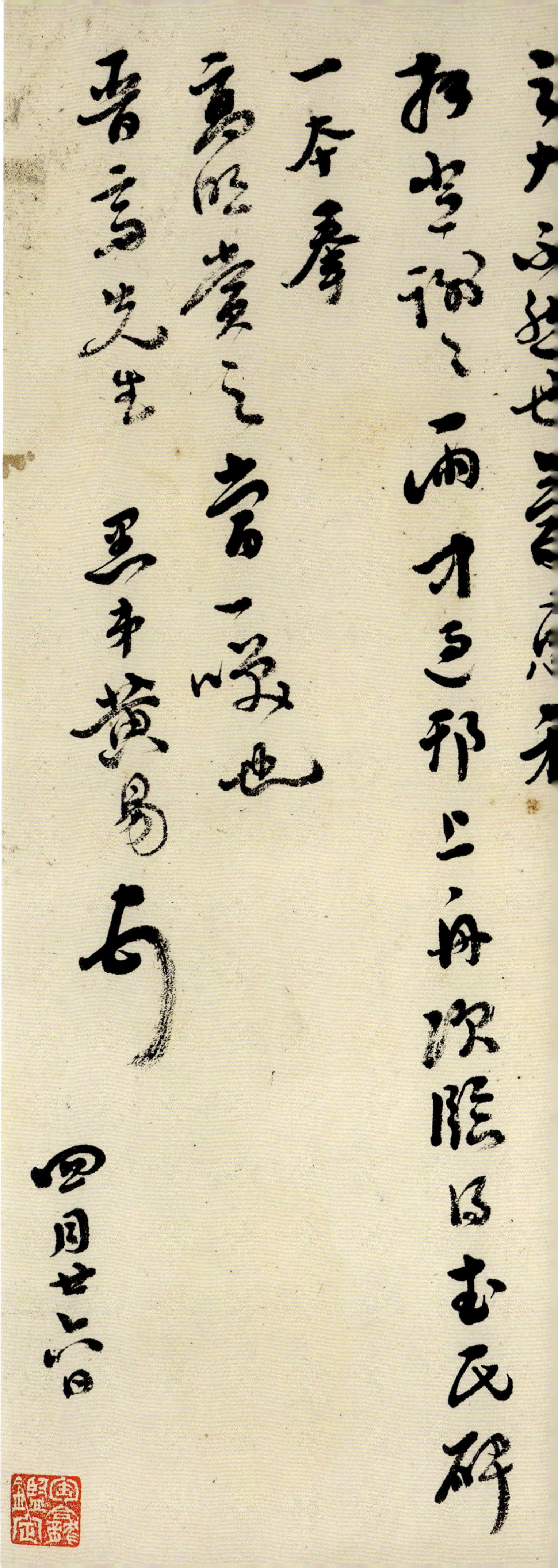

之大又毛之言□□

折字論之兩才足邪上再次臨以玉民研

一本奉

高明賞之者一噱也

晉高先生 思本黃易 頓首

四月廿六日

章煦　致汪志伊札

約一八〇七年

釋文

前肅一緘，布達一切，想蒙
照入。獻歲發春，恭惟
六兄年丈大人慶協履端，渥承
寵眷，欣頌奚如。連日
召對，尚俱平穩。湖北軍需奏銷，及清查虧空，
官民交困情形，剖悉面陳，
聖心尚為憐念。例價不敷一事，
上命速奏。弟意必應趁此呈遞，摺內聲明與弟商定，
似不必會　董中丞之銜。弟已奏明摺底清單，均已
商核明白，因款項繁多，尚當令司道大員覆核。
是心起身時未及具奏，似應仍會弟銜摺內聲說，
高明以為如何？大約開正初五日前即應起身，四
月內必到江城。又有數月之別，寸心不勝馳結。
堤工例價，
上令工部駁斥。
聖意若此端一開，各省紛紛懇請，不成事體。動
用捐監銀兩撥補災緩，
上不以為然。現在河工需用甚亟，凡關涉錢糧之事，
斷難越例，如何、如何。董中丞署事實出諸意外，
不予開缺，實
聖主格外天恩，非臣下所能冀幸也。董中丞公正
清廉，辦事結實，與
六兄大人定能契合，此私心所悅服快慰者也。弟
在京三十年，各衙門當差朋友此時均陞九列。到
京後彼此往還，酬應紛如，刻無寧晷，而又病目
咳嗽，早起寡寐，實在不能支撑，必致臥床而後已，
可危之至。再肅奉布，恭請
安祺，統希
備照，餘另陳，不一一。年愚弟章煦頓首
（另草即丙。）

題跋

正十七到。

邊題

章煦，字曜青，號桐門。乾隆進士。嘉慶時官至文淵閣大學士，加太子太保，敭歷中外數十年，所至未嘗久於其職，惟撫吳幾及三年，頗有善政。道光時以老病乞歸。卒謚文簡。

編按

章煦（一七四五—一八二四），字曜青，號桐門。浙江錢塘人，乾隆三十七年（一七七二年）進士，歷官至兵部尚書、東閣大學士等。

汪志伊（一七四三—一八一八），字莘農，號稼門，安徽桐城人。生平詳見前文錢大昕札。

章煦信中自稱「在京三十年」，且談及「湖北軍需」，考其於嘉慶十一年（一八〇六年）擢湖北巡撫，上距成進士之年為三十四載。同年間，汪志伊任湖廣總督。本札當作於此年後。

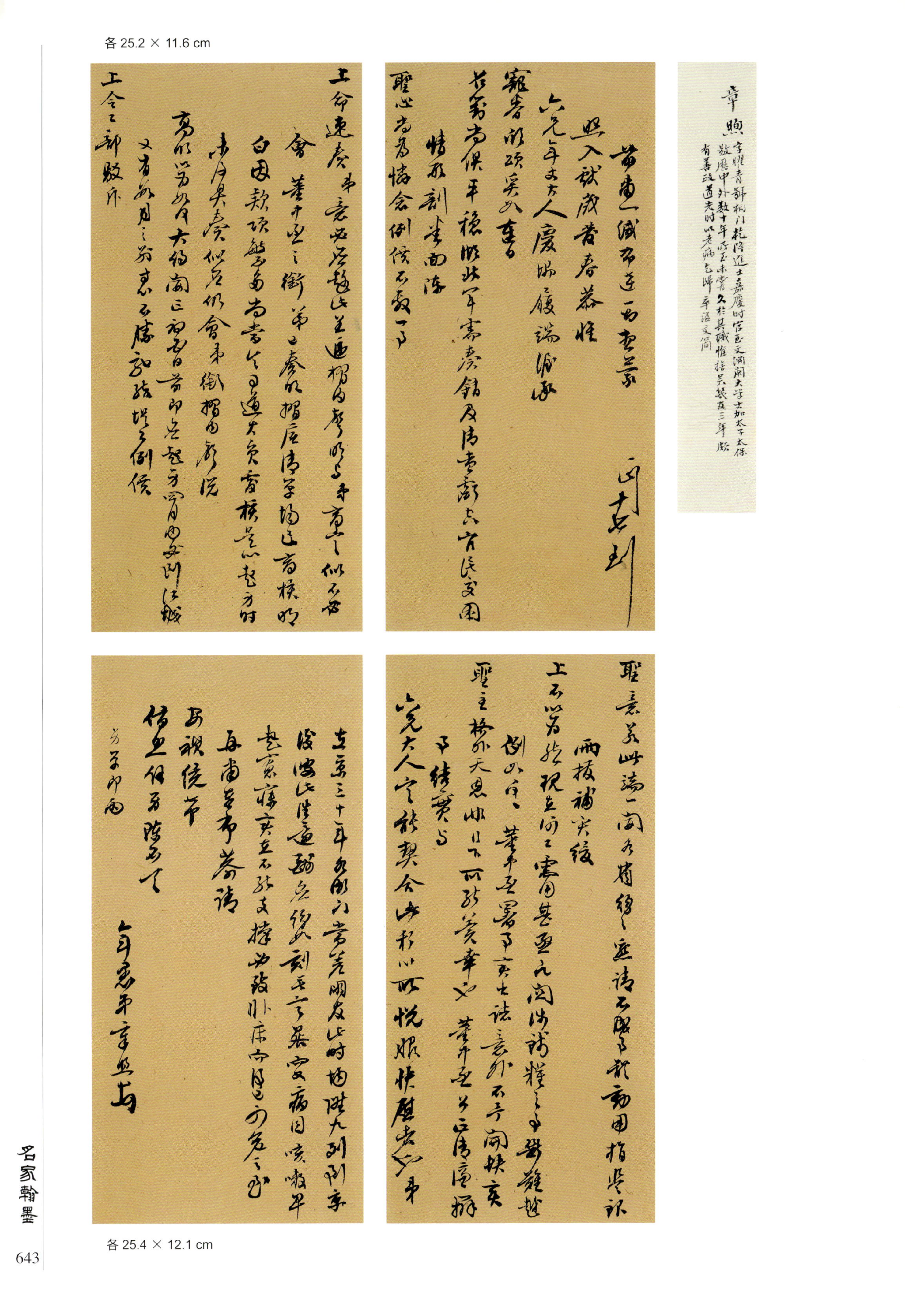

各 25.2 × 11.6 cm

章煦 字曜青 號桐门 乾隆進士 嘉慶时官至文淵閣大学士加太子太保 敭歷中外數十年 所至未嘗久於其職 惟撫吳最久三年 頗有善政 道光时以老病乞歸 卒謚文簡

各 25.4 × 12.1 cm

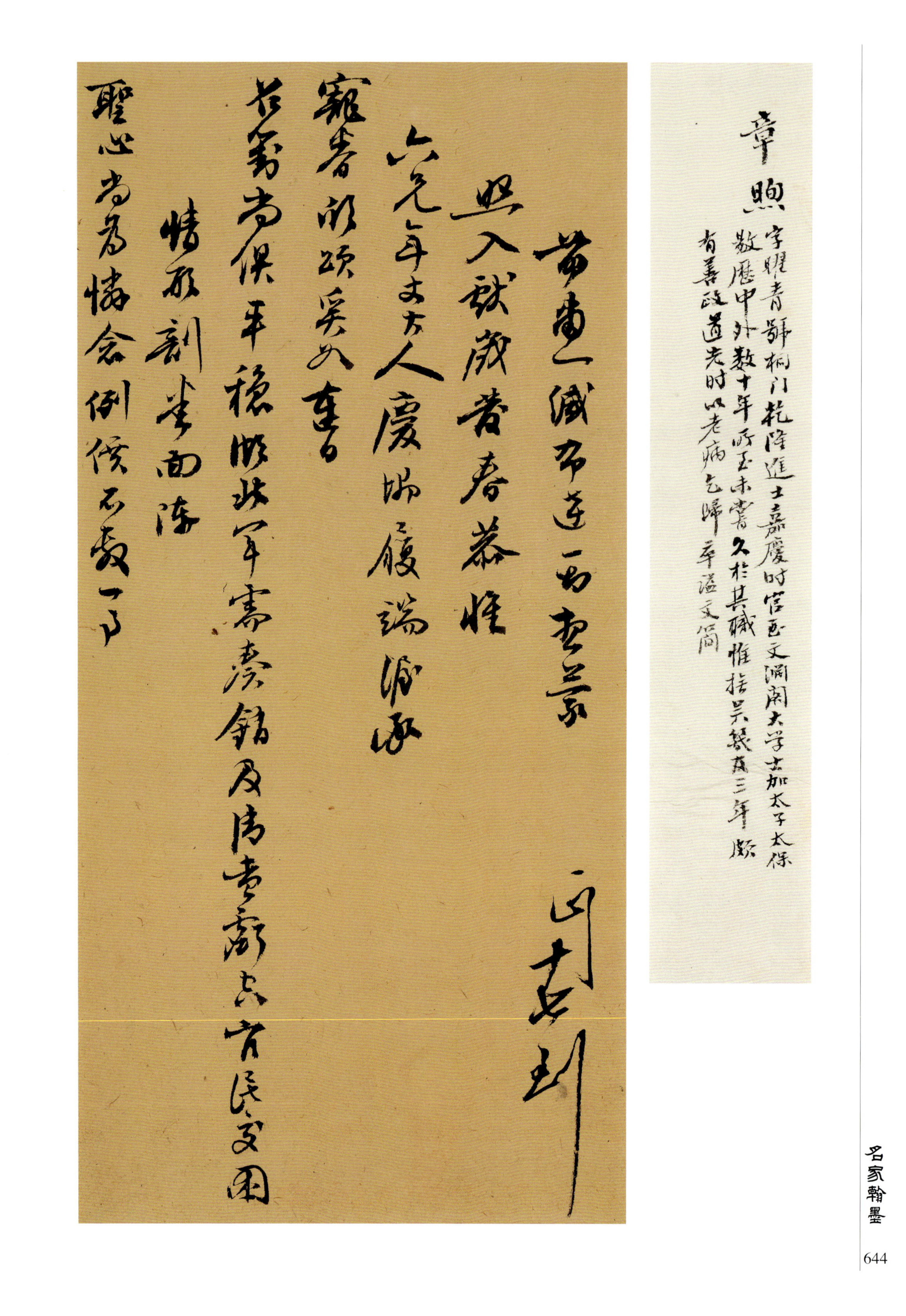

章煦

字曜青，號桐门，乾隆進士，嘉慶时官至文渊阁大学士，加太子太保。数历中外数十年，所至未尝久於其职，惟抚吴较久，三年颇有善政。道光时以老病乞归，卒谥文简。

上命速奏來意安否趙氏並過擱而敬服高事萬上似不安

會董中堂之衛第之參政擱屆請華協遠高橫昭

白因款項繁多尚書令且遣大員查核是心甚方時

未見奏似否伋會來衛擱而敬悅

高陽學士有大臣陶正初出首前即出題寫用字則淺城

又尚有見之前本不勝欣殘之倒候

上令之新數示

聖意若此謫一開示指繕繕延請示暇乃敢動用指授訴
兩拔補實缺
上不以爲於現在何工需用甚至九閱出詳樣樣之事雖難趨
例如前、　董某頓首署予寅七諸意外不可開缺矣
聖主格外天恩此日下可於賞華也　董某頓首再啟屢擬
予待賞與
亮大人宜能契合此形以何悅服快慰者也　弟

去京三十年，知郎以考差朋友此時猶憶大到門來

復從此道，踊乞後見刻本之類，安病目咳嗽早

起居寢食亦甚不能支撐，安敢臥床所望可免之耳

再當專布恭請

安祺候節

伏惟但乞陳不一

年愚弟章照頓首

芳字印兩

洪亮吉　致法式善詩帖

一七九二年

釋文

入門一徑何磽确，山鳥迎人如鼓樂。繚垣三折到寺樓，松櫟圍堂密如幄。是時正值新晴後，破曙園亭色班駁。張顛窓裏先揮翰，以指擘牋如可學。卷頭祗寫波一層，已覺青光動榱桷。苦唫尚厭人聲雜，逕上高枝與商榷。何生入座先邀客，後日出遊期可確（時約遊南西門外金尚書園亭）。坡陀高下石百堆，坐啖冰棱與瓜瓝。新蓮去的桃芰核，客未及餐遭鳥啄。纍纍紅果堆綠陰，不問鄰家棗先撲。誰人升屋思逃酒，墻角銀衫險遭捉。樹頭啖果人不知，風峭時時墮菱殼。碧筩盃好長三尺，荷露殊清酒偏濁。東西拇陣何喧雜，熱暑欲將衣袖濯。趁閒拉客凌波去，只有小舟無木榷。船頭三四船梢兩，喜得吳儂體修掌。豈惟快飲荷盤露，盤底嫩紅時一掬。離離百頃生晚涼，此樂江南庶堪較。坐中誰復唫詩健，欲以持橈抵橫槊。弄波東去香尤迴，指爪時驚刺菱角。潭平日落風正生，手撼前汀鷺絲覺。

《立秋前一日
梧門前輩大人招同人遊積水潭泛舟觀荷
分韵得學字即請
教正》，後學洪亮吉呈稿。

印章

掌三皇五帝之書（白文長方印）

編按

洪亮吉（一七四六—一八〇九），字君直，一字稚存，號北江，晚號更生。江蘇陽湖人。早年以游幕為生。乾隆五十五年（一七九〇年）榜眼，授編修，充國史館編纂，官至實錄館纂修官、教習庶吉士。因觸怒嘉慶帝，下流放伊犁，百日後釋放回籍，居家撰述。

法式善（一七五三—一八一三），字開文，生平詳見下文。

此詩載於洪亮吉《卷施閣詩集》卷十一《五陘聯騎集》，繫於壬子，詩題作〈立秋前一日法庶子式善邀諸同人至積水潭匯通寺泛舟觀荷分韵得學字〉，文字少異。「壬子」即乾隆五十七年（一七九二年），時洪亮吉四十二歲，任順天府鄉試同考官、貴州學政。法式善雖比洪亮吉年小七歲，然成進士早其十年，故洪亮吉尊稱對方前輩，且自謙為後學。

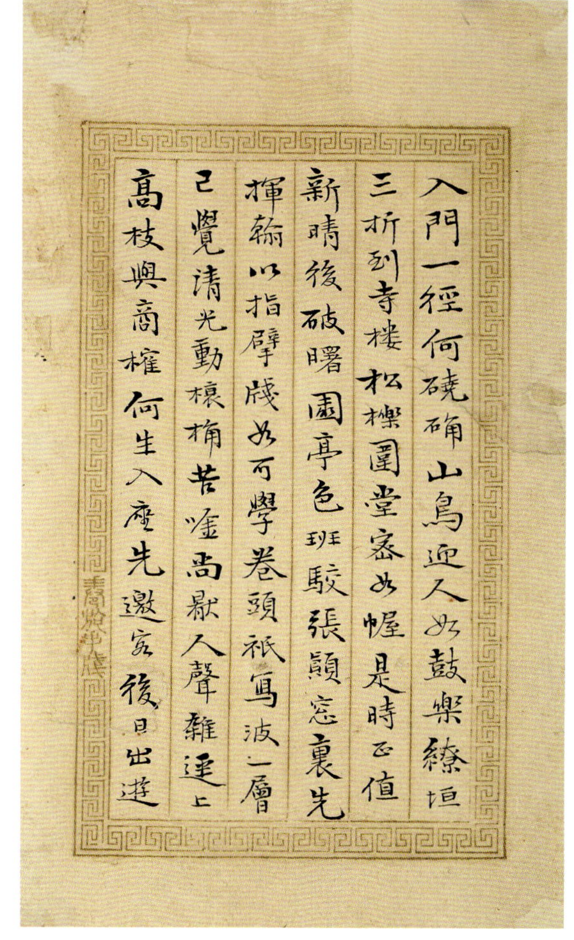

入門一徑何磽确山鳥迎人如鼓樂繚垣三折到寺樓松棟園堂客如幄是時正值新晴後破曙園亭色斑駁張顛窓裏先揮翰以指劈戕如可學卷頭祇寫波一層已覺清光動榱桷昔塗高獻人聲雜遝上高枝與商榷何生入座先邀客後日出遊

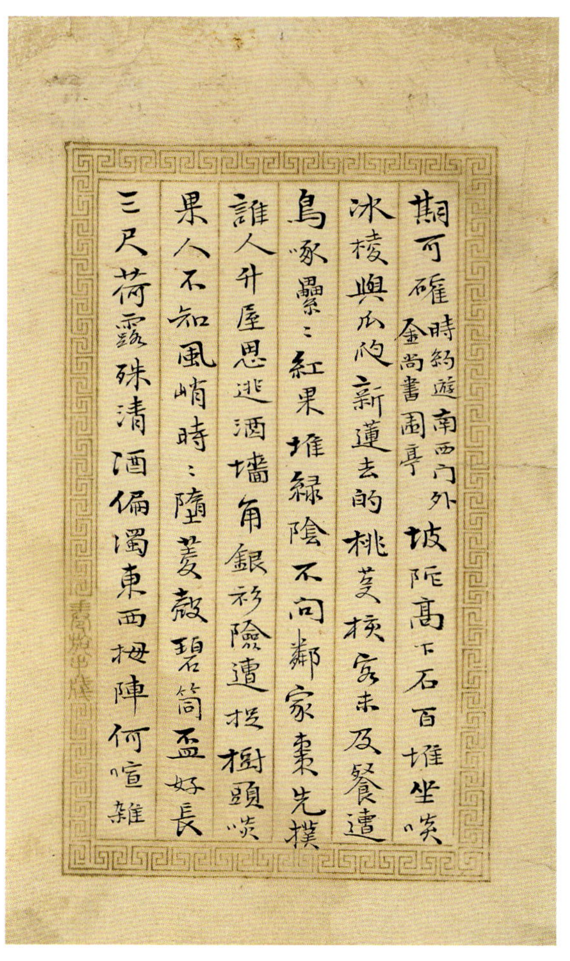

期可確時約遊南西门外金尚書園亭坡陁高下石百堆坐嘆冰棱與瓜瓞新蓮去的桃菱核客未及餐遣鳥啄纍纍紅果堆綠陰不問鄰家棗先撲誰人升屋思逃酒墻角銀杉險遭投樹頭嘆果人不知風峭時時墮菱殻碧筒盃好長三尺荷露殊清酒偏濁東西拇陣何喧雜

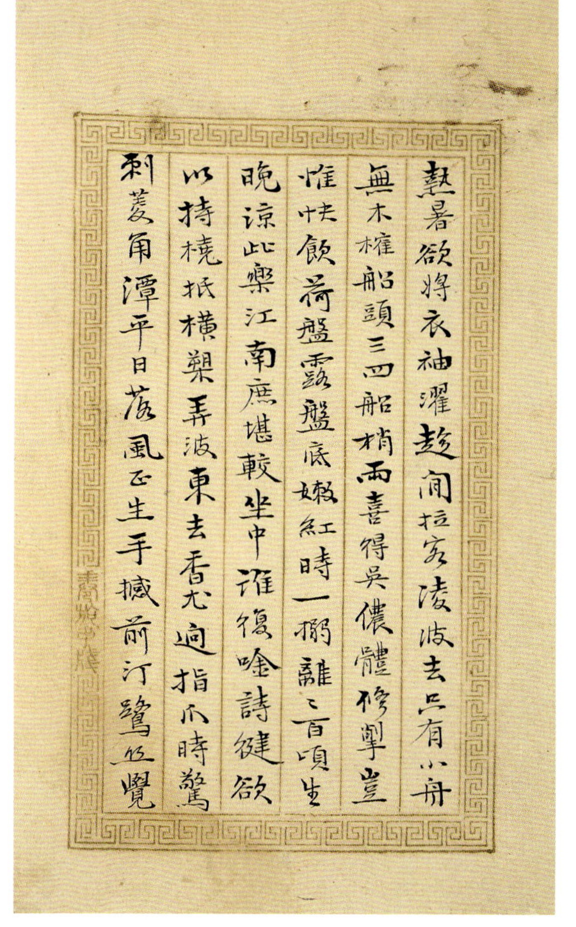

熱暑欲將衣袖濯趁閒拉客凌波去只有小舟無木櫂船頭三四船梢兩喜得吳儂體修掣豈惟快飲荷盤露盤底嫩紅時一擲離離百頃生晚涼此樂江南庶堪較坐中誰復唫詩健欲以持橈抵橫槊弄波東去香尤適指爪時驚刺菱角潭平日落風正生手摵前汀鷺似覺

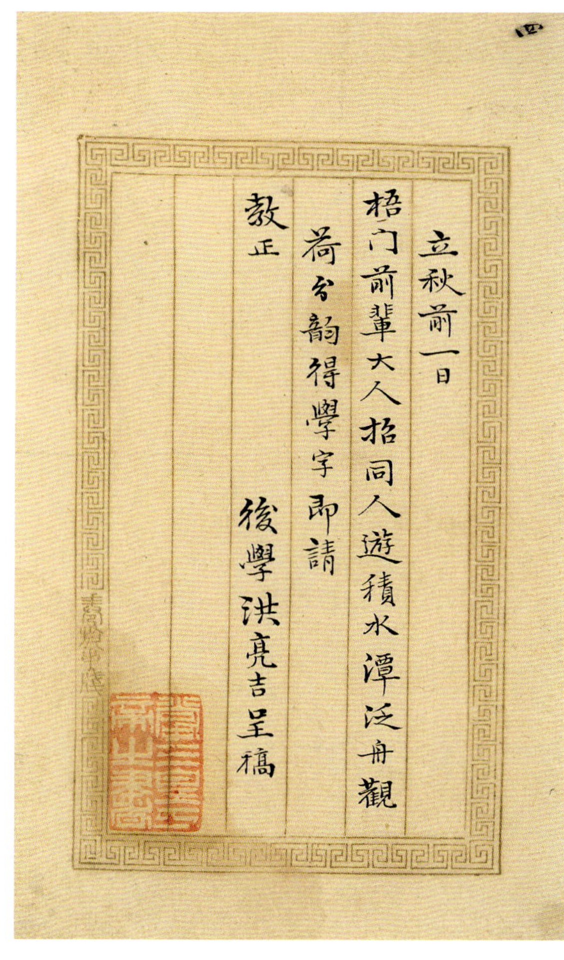

立秋前一日

梧門前輩大人招同人遊積水潭泛舟觀荷分韻得學字即請

教正

後學洪亮吉呈稿

各 23 × 13.7 cm

入門一徑何磽确山鳥迎人如鼓樂繚垣
三折到寺樓松櫟圍堂窓如幄是時正值
新晴後破曙園亭色斑駮張顥窓裏先
揮翰以指擘牋如可學卷頭紙寫波一層
已覺清光動棖桷昔嗟高歇人聲雜遝上
高枝與商権何生入座先邀客後日出遊

期可確時（約遊南西门外金尚書園亭）坡陀高下石百堆坐咲冰棱與瓜泡新蓮去的桃芰核案未及餐遺鳥啄纍〃紅果堆綠陰不向鄰家棗先撲誰人升屋思逃酒墻角銀衫險遭捉樹頭咲果人不知風峭時〃墮菱殼碧筒盃好長三尺荷露珠清酒偏獨東西拇陣何喧雜

熱暑欲將衣袖濯趁閒拉客淩波去只有小舟
無木櫂船頭三四船梢兩喜得吳儂體修掔豈
惟快飲荷盤露盤底嫩紅時一擲離離百頃生
晚涼此樂江南庶堪較坐中誰復唫詩鍵欲
以持橈抵橫槳弄波東去香尤迥指爪時驚
刺菱角潭平日落風正生手撼前汀鷺丝覺

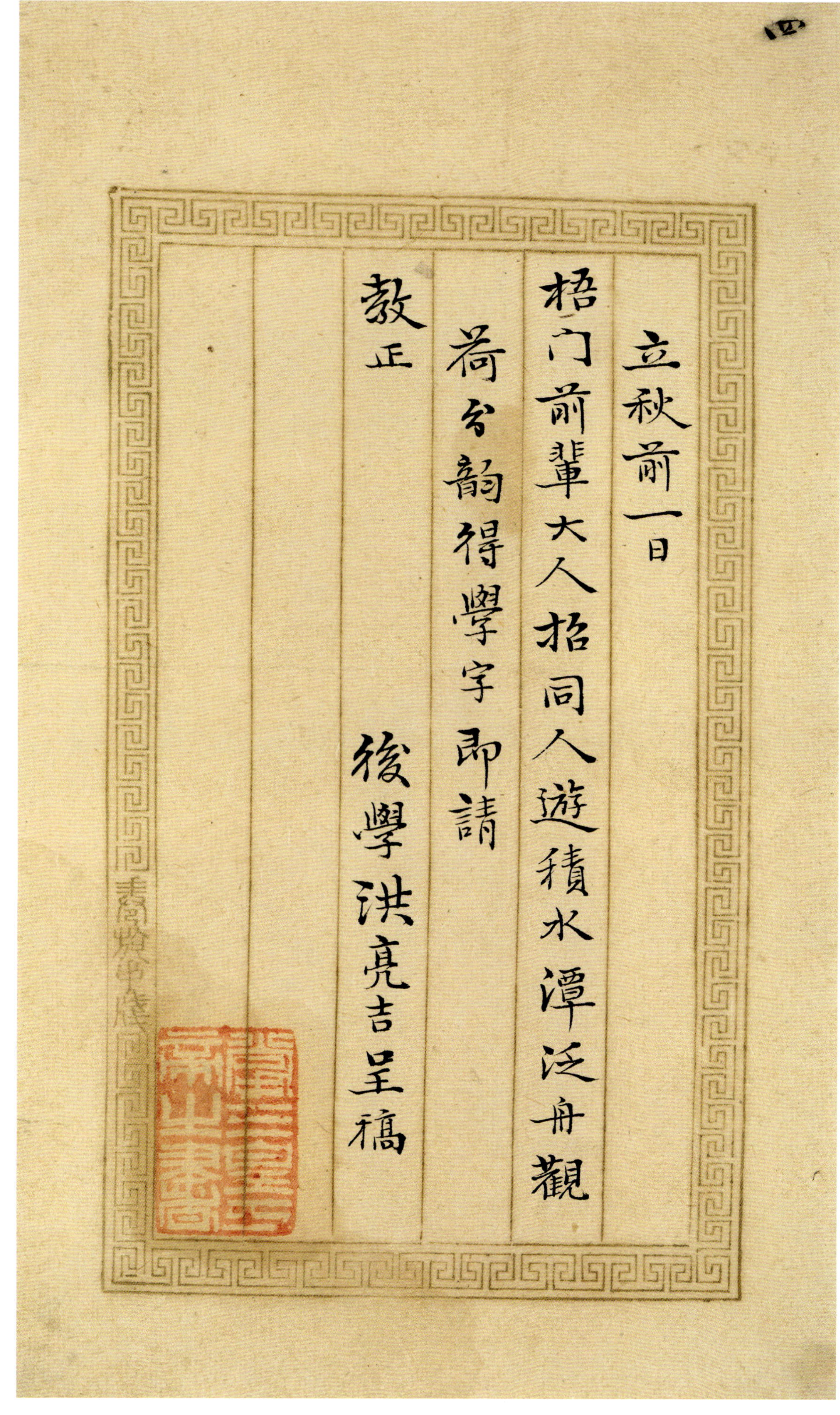

四

立秋前一日

梧门前輩大人招同人遊積水潭泛舟觀

荷分韻得學字即請

教正

後學洪亮吉呈稿

張錦芳　為謝蘭生書隸法帖

一七七四年

釋文

凡落筆結字，上皆覆下，下以承上，使其形勢遞相映帶，無使勢背。轉筆，宜左右回顧，無使節目孤露。藏鋒，點畫出入之勢，欲左先右，至回左亦爾。藏頭，圓筆屬紙，令筆心常在點畫中行。護尾，點畫勢盡，力收之。書有二瀍，曰疾曰澀，得疾澀二字，書妙盡矣。自秦易篆為隸，漢世去古未遠，當時正隸之體，尚有篆籀意象。隸書人謂宜匾，殊不知妙在不匾。挑拔平硬，如折刀頭，方是漢隸。《書體括》云：「方勁古拙，斬釘截鐵」，備矣。輕拂徐振，緩按急挑，挽橫引縱，左牽右繞，長波鬱拂，微勢縹緲。蘭生世兄以隸瀍見詢，為錄前人之緒論數則。甲午望後二日。

印章

粲夫氏（朱文方印）、永寶（朱文長方印）

邊題

張錦芳，字粲夫，號葯房，廣東順德人，乾隆五十四年進士，官編脩。（《國朝詩人徵略》）錦芳初以經術補優貢，入京師，錢大昕、紀昀見之，目為奇士。詩與馮敏昌、胡亦常稱「嶺南三子」。既又與黃丹書、黎簡、呂堅號「嶺南四家」。（《廣東通志》）

編按

張錦芳（一七四七—一七九二），字粲夫，又字花田，號葯房。廣東順德人。乾隆五十四年（一七八九年）進士，選庶吉士，授編修。在京三年，因病辭歸。以書、畫名世，著有《逃虛閣詩鈔》、《南雪軒文鈔》等。

謝蘭生（一七六〇—一八三一），字佩士，號澧浦，又號里甫。廣東南海人，居廣州。嘉慶七年（一八〇二年）進士，主粵秀、越華、端溪講席，後為羊城書院掌教。工詩，尤善丹青，下筆有文秀之氣。著有《常惺惺齋集》等。

本帖可能作習字範本之用，摘錄古代書論名句，分別取自：東漢蔡邕《九勢》、《石室神授筆勢》、北宋黃伯思《東觀餘論》、元吾丘衍《三十五舉》、南宋陳思《書苑菁華》。款署「甲午」，即乾隆三十九年（一七七四年），時張錦芳二十八歲，尚未成進士；謝蘭生年方十五少年。

凡落筆結字上皆覆下下以承上使其形勢遞相映帶無使勢背轉筆宜左右回顧無使節目孤露藏鋒點畫出入之勢欲左

先右至回左亦爾藏頭圓筆屬紙令筆心常在點畫中行護尾點畫勢盡力收之　書有二灋曰疾曰澀得疾澀二字書妙盡

矣　自秦易篆為隸漢世去古未遠當時正隸之體尚有篆籀意象　隸書人謂宜匾殊不知妙在不匾挑拔平硬如折刀頭

方是漢隸書體括云方勁古拙斬釘截鐵備矣輕拂徐振緩按急挑挽橫引縱左牽右繞長波鬱拂微勢縹緲

蘭生世兄以隸灋見詢為錄前人之緒論數則　甲午望後二日

各19 × 27.8 cm

張錦芳字粲夫號藥房廣東順德人乾隆五十四年進士官編脩　國朝詩人徵略

錦芳初以經術補優貢入京師錢大昕紀昀見之目為奇士詩與馮敏昌胡亦常稱嶺南三子既又與黃丹書黎簡呂堅稱嶺南四家　廣東通志

凡落筆結字上皆覆下下以承上使其形勢遞相映帶無使勢背轉筆宜左右回顧無使節目孤露藏鋒點畫出入之勢欲左

先右至回左亦爾藏頭圓筆屬紙令筆心常在點畫中行護尾點畫勢盡力收之書有二灋曰疾曰澀得疾澀二字書妙盡

矣
自秦易篆
爲隸漢世去古
未遠當時正隸
之體尚有篆籀

意象
隸書人
謂宜匾殊不知
妙在不匾挑拔
平硬如折刀頭

方是漢隸書體
括云方勁古拙
斬釘截鐵備矣
輕拂徐振緩

按急挑挽橫引
縱左拿右繞長
波欝拂撇勢縹
緲

蘭生世兄以隸灋見詢爲錄
前人之緒論數則甲午望後二日

張錦芳　為謝蘭生書楷法帖

一七七四年

釋文

夫潛神對奕，猶標坐隱之名。樂志垂綸，尚體行藏之趣。詎若功定禮樂，妙擬神僊，猶挻埴之罔窮，與工鑪而並運。好異尚奇之士，翫勢之多方。窮微測妙之夫，得推移之奧賾。著述者假其糟粕，藻鑒者挹其菁華。固義理之會歸，信賢達之兼善者矣。存精寓賞，豈徒然與！而東晉士人，互相陶染，至於王謝之族，郗庾之倫，縱不盡其神奇，咸亦挹其風味。去之滋永，斯道逾微。方復聞疑稱疑，得末行末。古今阻絕，無所質問。復有所會，緘秘已深。遂令學者茫然，莫知領要。徒見成功之美，不悟所致之由。或乃就分布於累年，向規矩而猶遠。圖真不悟，習草將迷。假令薄解草書，粗傳隸法，則好溺偏固，自閡通規。詎知心手會歸，若同源而異派。轉用之術，猶共樹而分條者乎？加以趨事適時，行書為要。題勒方富，真乃居先。草不兼真，殆於專謹。真不通草，殊非翰札。真以點畫為形質，使轉為情性。草以點畫為情性，使轉為形質。草乖使轉，不能成字。真虧點畫，猶可記文。迴互雖殊，大體相涉。故亦傍通二篆，俯貫

夫潛神對奕猶標坐隱之名
樂志垂綸尚體行藏之趣詎若
功定禮樂妙擬神仙猶埏埴
之罔窮與工鑪而並運好異尚
奇之士翫體勢之多方窮微測
妙之夫得推移之奧賾著述
者假其糟粕藻鑒者挹其菁
華固義理之會歸信賢達之
兼善者矣存精寓賞豈徒然
與而東晉士人互相陶染至於

王謝之族郗庾之倫縱不盡
其神奇咸亦挹其風味去之
滋永斯道逾微方復聞疑稱
疑得末行末古今阻絕無所質
問復有所會緘秘已深遂令學
者茫然莫知領要徒見成功
之美不悟所致之由或乃就分布
於累年向規矩而猶遠圖真不
悟習草將迷假令薄解草書粗
傳隸法則好溺偏固自閡通規

詎知心手會歸若同源而異
派轉用之術猶共樹而分條者
乎加以趨吏適時行書為要
題勒方畐真乃居先草不兼
真殆於專謹真不通草殊非
翰札真以點畫為形質使轉
為情性草以點畫為情性使轉
為形質草乖使轉不能成字
真虧點畫猶可記文迴互雖殊
大體相涉故亦傍通二篆俯

各19 × 27.8 cm

八分。包括篇章，涵泳飛白。若豪釐不察，則胡越殊風者焉。至如鍾繇隸奇，張芝草聖，此乃專精一體，以致絕倫。伯英不真，而點畫狼藉。元常不草，使轉縱橫。自茲以降，不能兼善者有所不逮，非專精也。雖篆隸草章，工用多變，濟成厥美，各有攸宜：篆尚婉而通，隸欲精而密，草貴流而暢，章務檢而便。然後凜之以風神，溫之以妍潤，鼓之以枯勁，和之以閑雅。故可達其情性，形其哀樂。驗燥溼之殊節，千古依然。體老壯之異時，百齡俄頃。嗟乎！不入其門，詎窺其奧者也。又一時而書有乖有合，合則流媚，乖則彫疏。略言其由，各有其五：神怡務閒，一合也；感惠徇知，二合也；時龢氣潤，三合也；紙墨相發，四合也；偶然欲書，五合也。心遽體留，一乖也；意違勢屈，二乖也；風燥日炎，三乖也；紙墨不稱，四乖也；情怠手闌，五乖也。乖合之際，優劣互差。得時不如得器，得器不如得志。若五乖同萃，思遏手蒙；五合交臻，神融筆暢。暢無不適，蒙無所從。當仁者得意忘言，罕陳其要。企學者希風敘妙，雖述猶疏。

節錄孫過庭《書譜》，為蘭生二兄共訂楷法。正月十九夜也，錦芳。

印章

張錦芳印（白文方印）、海雲詩屋（白文長方印）

編按

此帖為前札之續篇，書成於兩天之後。所節錄〈書譜序〉，乃唐代孫過庭個人書學體驗的精萃，為初學者提供理論指導的經典名篇。張錦芳將之選為教材，並以親身示範方式傳授書法。此兩帖是為謝蘭生受業於張錦芳的實物證據。

貫八分包括篇章涵泳飛白
若豪氂不察則胡越殊風者
焉至如鍾繇隸奇張芝草聖此
乃專精一體以致絕倫伯英不
眞而點畫狼藉元常不草使轉
縱橫自茲已降不能兼善者
有所不逮非專精也雖篆隸
草章工用多變濟成厥美各
有攸宜篆尚婉而通隸欲精
而密草貴流而暢章務檢而便

然後凜之以風神溫之以妍潤
鼓之以枯勁和之以閑雅故可達
其情性形其哀樂驗燥溼之殊
節千古依然體老壯之異時百
齡俄頃嗟乎不入其門詎窺其
奧者也又一時而書有乖有合
合則流媚乖則彫疎略言其由
各有其五神怡務閒一合也感惠
徇知二合也時和氣潤三合也紙
墨相發四合也偶然欲書五合也

心遽體留一乖也意違勢屈
二乖也風燥日炎三乖也紙墨
不稱四乖也情怠手闌五乖也
乖合之際優劣互差得時不如
得器得器不如得志若五乖同
萃思遏手蒙五合交臻神融
筆暢暢無不適蒙無所從當仁
者得意忘言罕陳其要企學
者希風敘妙雖述猶疎

節錄孫過庭書譜為蘭生二兄共
訂楷瀍正月十九夜也錦芳

各19 × 27.8 cm

夫潛神對奕猶標坐隱之名
樂志垂綸尚體行藏之趣詎若
功定禮樂玅擬神僊猶埏埴
之罔窮與工鑪而竝運好異尚
奇之士翫體勢之多方窮微測

妙之夫得推移之奥賾著述
者假其糟粕藻鑒者挹其菁
華固義理之會歸信賢達之
兼善者矣存精寓賞豈徒然
與而東晉士人互相陶染至於

王謝之族郗庾之倫縱不盡
其神奇咸亦挹其風味去之
滋永斯道逾微方復聞疑稱
疑得末行末古今阻絕無所質
問復有所會緘秘已深遂令學
者茫然莫知領要徒見成功
之美不悟所致之由或乃就分布
於累年向規矩而猶遠圖真不
悟習草將迷假令薄解草書粗
傳隸法則好溺偏固自閡通規

詎知心手會歸若同源而異
派轉用之術猶共樹而分條者
乎加以趨吏適時行書為要
題勒方富真乃居先草不兼
真殆於專謹真不通草殊非
翰札真以點畫為形質使轉
為情性草以點畫為情性使轉
為形質草乖使轉不能成字
真虧點畫猶可記文迴互雖殊
大體相涉故亦傍通二篆俯

貫八分包括篇章涵泳飛白
若豪釐不察則胡越殊風者
焉至如鍾繇隸奇張芝草聖此
乃專精一體以致絕倫伯英不
真而點畫狼藉元常不草使轉
縱橫自茲已降不能兼善者
有所不逮非專精也雖篆隸
草章工用多變濟成厥美各
有攸宜篆尚婉而通隸欲精
而密草貴流而暢章務檢而便

然後凜之以風神溫之以妍潤
鼓之以枯勁和之以閑雅故可達
其情性形其哀樂驗燥溼之殊
節千古依然體老壯之異時百
齡俄頃嗟乎不入其門詎窺其
奧者也又一時而書有乖有合
合則流媚乖則彫疏略言其由
各有其五神怡務閑一合也感惠
徇知二合也時龢氣潤三合也紙
墨相發四合也偶然欲書五合也

心遽體留一乖也意違勢屈
二乖也風燥日炎三乖也紙墨
不稱四乖也情怠手闌五乖也
乖合之際優劣互差得時不如
得器得器不如得志若五乖同

萃思遏手蒙五合交臻神融
筆暢、無不適蒙無所從當仁
者得意忘言罕陳其要企學
者希風敘妙雖述猶疏

節錄孫過庭書譜為蘭生二兄共
訂楷瀍正月十九夜也錫芳

百齡　致鐵保詩帖

一七八九年

釋文

《冶亭先生以詩見懷次韻奉酬即請　正之》

脫手驪珠字字圓，墨花香膩浣花箋。達人情寄烟霞外，奎宿光分日月邊。功到九還詩律細，卧當百尺俗塵捐。多君問詢高陽侶，青眼猶留為酒顛。

文書堆案日鑽研，下直蟲魚手自箋。覆簣敢云山可學，望洋祇覺海無邊。深慚科第功名早，合把酸鹹嗜好捐。冷雨惺忪吟好句，一番秋氣到華顛。

己酉六月六日具稿于快雨軒，讓木愚弟百齡。

印章

百、齡（朱白文連珠圓方印）、讓木（白文方印）、五弦居士（朱文圓印）

邊題

百齡，字菊溪，滿洲人，乾隆三十七年進士，官至兵部尚書、協辦大學士。有《守意龕詩鈔》。

鑑藏印

番禺楊氏（朱文方印）、湘舲手錄（白文方印）

編按

百齡（一七四八—一八一六），本姓張，字菊溪。遼東人，隸屬漢軍正黃旗。乾隆三十七年（一七七二）進士。嘉慶間，累官兩廣總督，招降海盜張保仔部萬餘人，旋調兩江總督。卒謚文敏。

鐵保（一七五二—一八二四），先世姓覺羅，後改棟鄂氏，字冶亭。滿洲正黃旗人。乾隆三十七年（一七七二年）進士，授吏部主事，襲恩騎尉世職。歷官至禮部、吏部尚書，其間曾兩度獲罪流放。著有《惟清齋全集》。

此詩見於百齡《守意龕詩集》卷十，繫於己酉，即乾隆五十四年（一七八九年），與本札款署年分同。《詩集》中題作〈次答鐵冶亭侍郎見懷〉，除文字微有差異之外，末句另有夾注云：「來詩有『世味諳來狂態少，宦情薄處熱愁捐』之句，故次章答之。」百齡與鐵保交情深厚，並曾為其《梅庵詩鈔》撰序，然遍查該書却未見收錄鐵保贈送百齡原詩。

18.5 × 39.5 cm

百齡字菊溪滿洲人乾隆三十七年進士官至兵部尚書協辦大學士有守意龕詩鈔

冶亭先生以詩見懷次韻奉
酬即請　正之
脫手驪珠字字圓墨花香膩
浣花箋達人情寄烟霞外
奎宿光分日月邊功到九還
詩律細卧當百尺俗塵捐

砑下直霑鱼手自箋霞簀
敢云山可學望洋祗覺海
無邊深懸科第功名早
合把酸鹹嗜好捐作雨惺
松吟好向一番秋氣到蕭齋

己酉六月六日具稿于快雨軒

讓木愚弟百齡

宋葆淳 致葉廷勳詩帖

釋文

以指喻指非非指，此語聞之於老莊。巨擘挺然那能屈，空拳徒爾何由張。知歸豈必假言說，無上還應求色香。豎一法門原不二，西來大意就中藏。

佛手柑為南國種，盈籃秋實自鄉莊。形奇俗目知同棄，韻險吾軍尚可張。一指無殊十手指，微香遍滿諸天香。何因何果難思議，我得拳拳袖裏藏。

緣何此品獨稱佛，不錫嘉名孔與莊。狼疾之人失所養，漢宮有女誰為張。容拳亦作黃金色，染指猶沾薝蔔香。一切法還歸一法，須彌芥子本能藏。

造物賦形偏獻巧，支離正復是端莊。卷然女手纔盈握，卓爾角弓作反張。示得枯禪無剩義，拈來透甲有餘香。究竟刹那一彈指，維千百億化身藏。

市得佛手柑獨伸一指戲為詠之客舍無聊屢疊至四首，書呈花谿大兄先生教政，並希和韻。

隆阪宋葆淳艸稿。

印章

宋葆淳印（白文方印）、隆阪（朱文方印）

編按

宋葆淳（一七四八—一八二〇後），字帥初，號芝山，晚號隆阪。山西安邑人。乾隆五十一年（一七八六年）舉人，官隰州學正。長於金石考據，善書法。又工畫山水，得北宋人法。葉廷勳（？—一八〇九），字光常，號花谿。廣東南海人。官候選戶部員外郎，議敘加鹽運使司銜。著有《梅花書屋詩鈔》。其子葉夢龍（一七七五—一八三二）為清廣東著名收藏大家（詳下文譚敬昭札）。

以指喻指非之指此語聞之於老
莊臣辟挺然那能座空拳往
爾何由張知歸豈必假言說
無上還應求色香豎一法門
原不二西來大意藏中藏
佛手相為南國種盈籃秋實
自鄉莊形奇俗自知同葉韻

陰吾寧尚可張一指無殊千手
指微香遍滿諸天香何因何
果難思議我得拳拳袖裏藏
緣何此品獨稱佛不錫嘉名孔
與莊狼疾之人失所笑蒼漢宮
有女誰家張窋拳亦作黃金
色染指猶沾薝蔔香一切法還

歸一法須彌芥子本能藏
造物賦形偏獻巧支離正復是
端莊卷然女手纖盈握阜爾角
弓作叉張示得指禪無剩義指
來遠甲有餘香究竟剎那一
彈指維千百億化身藏
市得佛手相獨伸一指戲

為詠之客舍無聊屢疊
至四首書呈
花谿大兄先生教政並希
和韻
陸階宗泰淳卅稿

各 22.5 × 18 cm

以指喻指非〻指此語聞之於老
莊巨擘挺然雖屈空拳徒
爾何由張知歸豈必假言說
無上還應求色香豎一法門
原不二西來大意就中藏
佛手柑爲南國種藍秋實
自鄉莊形壽居自知同棄

陰吾軍尚可張一指無殊十手
指微香遍滿諸天香何因何
果難思議我得峯峯袖裏藏
緣何此品獨稱佛不錫嘉名孔
与莊狼疾疾人失所養漢宮
有女誰夸張客峯亦作黃金
色染指猶沾薝蔔香一切法還

歸一法須彌芥子本能藏
造物賦形偏獻巧支離正復是
端莊眷然女手纖圖握卓爾角
弓作支張示得枯禪無剩義指
來送甲有餘香究竟剎那一
彈指維千百億化身藏
市得佛手相獨伸一指戲

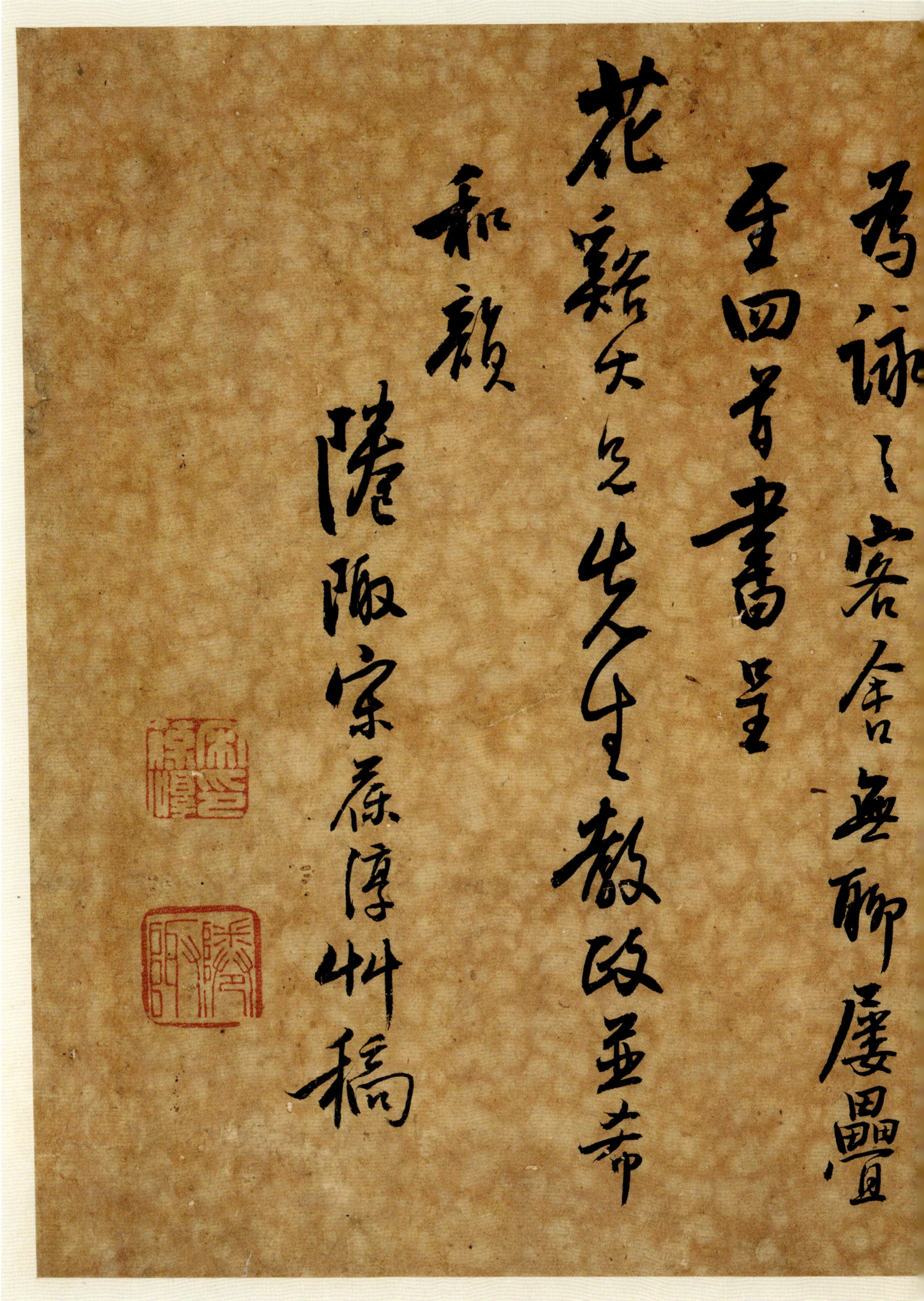

金德輿　致吳騫札

釋文

兔床兄丈左右：不奉簡牘，倏忽經歲，言論丰采，時時在念。伏稔兄丈動定多福，身有名山之業，子皆華國之才，蔗境愈甜，可勝健羨。惟聞令郎大兄目疾未瘳，深為繫念。此恙都由過於用心所致，加意靜攝，和以天倪，便當遄喜，葯石切勿亂投。芻蕘之見，伏惟採納。弟于中秋前忽攖感冒，不汗不食者七日，似乎小傷寒，幸守中醫，近稍平復。病後體輭畏風，未離房闥，不獲扁舟奉訪，想鑒之也。附啓者，明初鮑徵士恂著《大易鉤元》四卷，淥飲兄向有藏本，遍檢不得。倘見之，望假鈔為幸。此請　日安，弟德輿啟上。

邊題

金德輿，字鶴年，號雲莊，又號鄂岩。浙江桐鄉人，官至刑部主事。善書，精鑒藏。著有《桐華館詩抄》。

編按

金德輿（一七五〇—一八〇〇），字鶴年，號雲莊。浙江桐鄉人。監生，入貲為刑部奉天司主事，不久以病辭歸。家富藏書，與鮑廷博（一七二八—一八一四）、蔣元龍（一七三五—一七九九）、方薰（一七三六—一七九九）等稱文酒之交。

吳騫（一七三三—一八一三），字槎客，號兔床，浙江海寧人。生平詳見前文。

札中提及「令郎目疾」者，指吳騫長子吳壽照（一七五八—一八二九）患嚴重眼疾事。

「淥飲」即鮑廷博（一七二八—一八一四），字以文，號淥飲，見前文周春札。

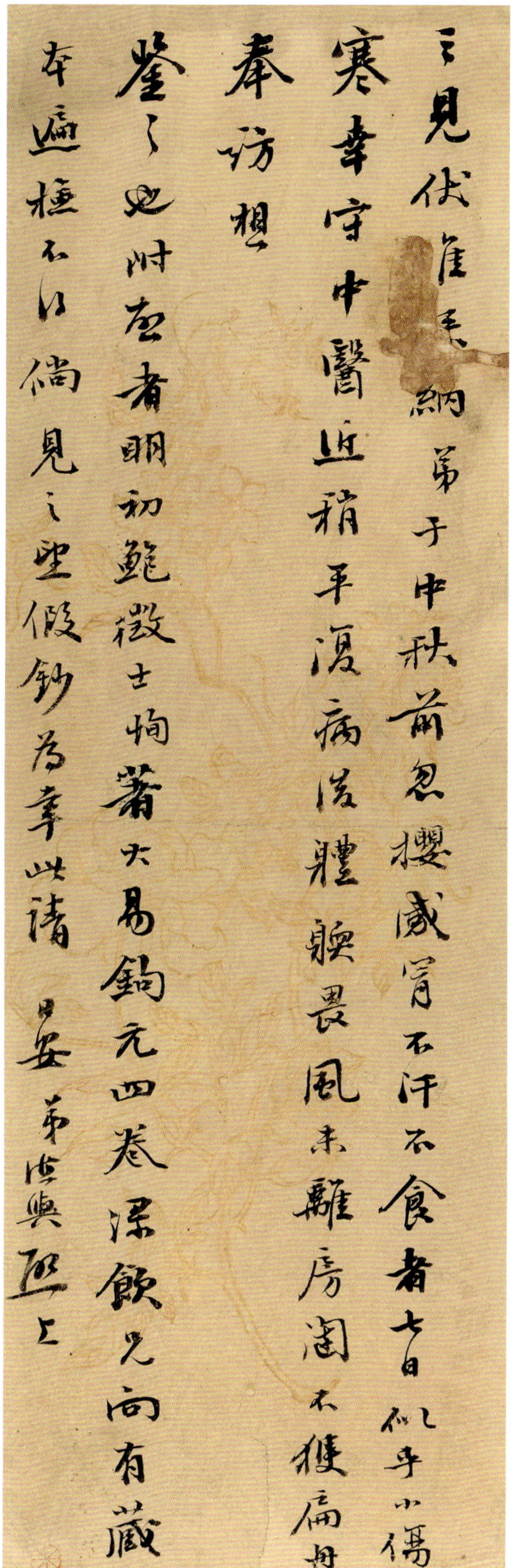

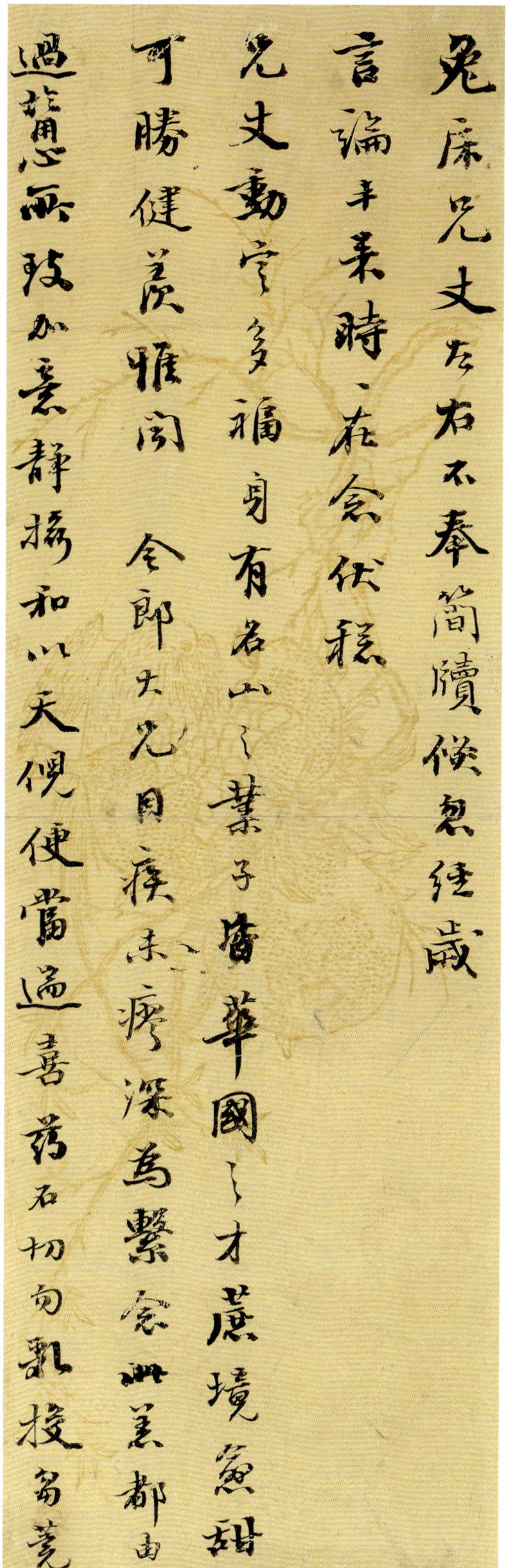

金德輿 字鶴年號雲莊又號鄂君 浙江桐鄉人 官刑部主事善書精鑒藏著有桐華館詩抄

各 25.2 × 8 cm

金德輿 字鶴年號雲莊又號鄂岩 浙江桐鄉人 官刑部主事善書精鑒藏著有桐華館詩抄

兕庵兄丈左右不奉簡牘倏忽經歲言論丰采時時在念伏維兄丈動定多福身有名山之業子舍華國之才蔗境愈甜可勝健羨雅閣 令郎大兄目疾未瘳深為縈念無美都由過耽用心所致加意靜攝和以天倪便當遍喜藥石切勿亂投芻蕘

々見伏惟亮納 弟于中秋前忽攖感冒不汗不食者七日似乎小傷
寒幸守中醫近稍平復病後體軀畏風未離房闥不獲扁舟
奉訪想
鑒之也附去者明初龍徵士恂著大易鈎元四卷深欽先向有藏
本遍搜不得倘見之望假鈔爲幸此請 日安 弟洪典頓上

魏鉽 致吳騫札

釋文

月之八日，由震抵舍，接奉

留札，敬稔一切，心感之至。茲 四兄來杭，拜領 喜燭百子之賜，多珍藉緻，謝謝！

婚期占于十一月十八日完娶，喜卮候

光，恕不具柬。頃者 渌飲丈在省，將貞復堂前後悉歸清河氏，從此參軍乃注籍桐鄉矣。

在姪之移居，更不容緩，兩事竝舉，頗需時日。河莊先生為營宅兆，諒必將次落成。

晤時

希道曠職之罪，寔出於不得已也。率此鳴謝，謹請

鈞安。（大、二兩兄並候。 家麐兄，希道念。）

兔牀尊伯左右。小姪魏鉽頓首上，十月廿二日早，敬冲。

（渌飲丈屬候近安。外 方懶翁屬致《家集》一冊。）

鑑藏印

朱（朱文圓印）

邊題

魏鉽，字小洲，之琇子，錢塘人。《杭郡詩三輯》：「小洲嘗佐鮑以文校《知不足齋叢書》、吳兔牀校《愚谷叢書》，其淵博可想。外金石文字，家貧不能多蓄，然頗有異拓，《蜀石經毛詩殘字》其一也。」

編按

魏鉽，字禹新，號小洲，生卒年不詳。浙江仁和人。生平所知甚少，悉具於本札邊題。信中所稱「河莊」，即陳鱣（一七五三—一八一七），字仲魚，號簡莊，又號河莊，浙江海寧人，嘉慶四年（一七九九年）舉人。晚築講舍於紫薇山麓，以校勘及藏書著稱。「渌飲」，即鮑廷博（一七二八—一八一四），字以文，號渌飲，見前文周春致吳騫札。

魏錫

字小洲，云琇子，錢塘人。杭郡詩三輯：小洲嘗佐鮑以文校知不足齋叢書，吳兔牀稱愚若叢書，其淵博可想。外金石文字，家貧不能多蓄，然頗有異拓，蜀石經毛詩殘字其一也。

月之八日由震澤舍接奉 滌飲丈屬候 近安外 方懶翁屬致家集一冊

手札敬稔一切心感之至茲 四兄來杭拜領 喜燭百子之錫多珍藉緞謝、

婚期占于十二月十八日完娶喜卮候

兄恕不具柬項者 滌飲丈在省將貞復堂前後志䟽清河氏從此參軍乃

注籍桐鄉矣在姪之移居更不容緩兩事並舉頗需時日 河莊先生為

營宅兆諒必將次落成晤時

希道曠職之罪寔出於不得已也率此鳴謝謹請

大兩兄旦並候 家處兄 希道念

鈞安

兎牀尊伯 左右

小姪魏錫頓首上

十月廿三日早刻

25.3 × 12 cm

朱瑞榕 致吳壽照 吳壽暘札

釋文

正、七月間兩次接
內兄弟大人手書，得稔
近履延綏，
闔潭迪吉，藉慰頌私。內姪輩用功學業，日進采芹之喜。子律內弟處，二內姪開其端，明年聯翩獲雋，定堪預賀。
啟焜年紀日增，讀書揔懈。中元前，弟自課稍有進益。中元後逗留新篁，功夫又間斷矣。弟自上冬回鹽後，諸事叢集，
精神日衰。十月間又有小女出閣之事，尤覺心煩。本欲來倉奉候，看來今年又復不及，且俟明春得暇，或
小尹大兄壽誕，定必親來祝壽，快叙濶衷。如有日期，望先 示知也。耑此順候
邇祺，不一。
小尹、蘇閣內兄弟大人均鑒。愚弟朱瑞榕頓首。
（內人暨兒女輩俱囑筆稟筆請 安。外附芹敬一函。）十七日。

鑑藏印

朱（朱文圓印）

邊題

朱瑞榕，字容叔，海塩人，乾隆乙卯舉人，官江山訓導。著《倚雲軒詩錄》。
《家傳畧》：「公幼而岐嶷，書卷過目成誦。及授江山訓導，修理學宮，維持書院，士風益上。引疾歸里，以著述自娛。」

編按

朱瑞榕，字容叔，生卒年不詳。浙江海鹽人。娶吳騫（一七三三—一八一三）第三女吳婉慈為妻。乾隆六十年（一七九五年）舉人。
本札上款人乃吳騫兩子：吳壽照（一七五八—一八二九），字南輝，號小尹，乾隆五十一年（一七八六年）舉人；吳壽暘（一七七一—一八三一），字虞臣，號蘇閣，諸生。兄弟二人均繼承家藏善本古籍，以藏書聞名。
札中另提及「子律內弟」，即吳衡照（一七七一—一八二九），字夏治，號子律，為吳壽照、壽暘族弟。嘉慶十六年（一八一一年）進士，事親而不仕。

朱瑞椿 字容叔，海盐人。乾隆乙卯举人，官江山训导，著倚云轩诗钞。家传：慕公幼而岐嶷，书卷过目成诵。及授江山训导，修理学宫，维持书院，士风益上。引疾归里，以著述自娱。

正七月间两次接
内兄大人手书，得稔
近履延绥，
阖潭迪吉，藉慰颂私。内姪辈用功学业日进，
采芹之喜，子律内弟、二内姪渊然端明
年联翩获隽，定堪预贺。启焜年纪日增，
读书搞懈，中元前薰自课，稍有进益。中元
后返留新篁，功夫又间断矣。弟自上
冬回盐后，诸事丛集，精神日衰。十月间
又有山西出阅之事，忽夏江顷奉到来仓库
饥馑，来今年又复不及，且候明春得暇，或
小尹大兄寿诞，定必亲来祝寿，快叙阔衷。兹有
日期，当先示知也。当此岁
逼，祗此不一。
小尹
蕴阁内兄大人均鉴　　愚弟朱瑞椿[illegible]
内人暨儿女辈俱嘱笔禀笔请安
外附芹敬一函
十七日

各 22.2 × 12 cm

朱瑞榕 字容叔，海鹽人。乾隆乙卯舉人，官江山訓導。著《倚雲軒詩集》。家傳：畧公幼而岐嶷，書卷過目成誦。及授江山訓導，修理學宮，維持書院，士風益上。引疾歸里，以著述自娛。

正七月間兩次接
内親大人手書，以稔
近履延綏，
閫潭迪吉，藉慰頌私。内姪輩用功學業日進
采芹之喜。子律内弟文二内姪開州瑞明
年聯翩獲雋，定堪預賀。敝愰年紀日增
積書搨攤中充，前弟自課稍有進益，中元
後返留新篁，功夫文間斷矣。弟自上

冬回鹽瀆諸事叢集精神日衰十月間

又有小女出閣之事尤覺紛煩奉來函倉卒

稽覆未及今年又復不及且俟明春乃暇或

小尹大兄壽誕定必親來稱壽借敘闊衷也有

日期望先示知也當以奉懇

近祺不一　　愚弟朱瑞梅頓首

小尹
蘊閣　內兄大人　均鑒

內人暨兒女輩俱囑筆稟筆請安　十七日

外附芹菜一函

洪梧　致汪志伊詩帖

一七九五年

釋文

《奉題稼門方伯大人登岱詩冊即次姬傳靜山兩前輩韻時于役歸舟披吟雅著清風肆好永佩難忘尚是正之為幸》

幕府名齊萬仞山，詩留七十二峯間。圖經一部該臣筆，霽色三年接聖顏。（公以壬子入覲登岱，今朝還蒞浙，適屆三年。）魯國從遊應悵望，越江貽冊未空還。泉亭昨日蒙攜坐，鷲嶺籃輿竹徑攀。

乙卯九秋十四日，石門雨泊草寄。洪梧。

印章

洪梧之印（白文方印）

邊題

洪梧，字桐生，榜弟。經學家。

編按

洪梧（一七五〇—一八一七），字桐生，一字植恒。安徽歙縣人。乾隆四十五年（一七八〇年）舉人，召試中書。乾隆五十五年（一七九〇年）進士，選庶吉士，散館授編修，官至沂州府知府。博古通今，兼工詞翰。曾任揚州梅花書院山長，教授弟子宗仰漢學。

詩題中所稱「姬傳」，為姚鼐（一七三一—一八一五），字姬傳，號夢穀，生平詳見前文。其《惜抱軒詩集》卷九載有〈跋汪稼門提刑登岱詩刻〉，云：「昔乘積雪被青山，曾入天門縹緲間。日觀滄溟猶在眼，白頭明鏡久驚顏。壯才許國朝天近，名嶽裁詩擁傳還。盛藻宜摽千仞上，衰翁無力更追攀。」即洪梧所次韻原詩。「靜山」身分未明，待考。本札款署「乙卯」，為乾隆六十年（一七九五年）。此年間汪志伊出任浙江布政使，故詩中有「今朝還蒞浙」之語。

洪梧 字桐生 榜第 經學家

奉題

稼門方伯大人登岱詩冊即次

姬傳靜山兩前輩韻時于役

歸舟披吟

雅著清風肆好永佩難忘尚

是正之爲幸

幕府名齊萬仞山詩留七十二

峯間圖經一部該臣筆霽色三

年接

聖顏 公以壬子入覲登岱 今朝還莅浙適届三年

魯國從遊遮應

悵望越江貽冊未空還泉亭昨日

蒙携坐鷲嶺籃輿竹徑攀

19.7 × 7.8 cm

乙卯九秋十四日石門雨泊草

寄

洪梧

19.7 × 4.9 cm

奉題

稼門方伯大人登岱詩冊即次

姬傳靜山兩前輩韻時于役

歸舟披吟

雅著清風肆好永佩難忘尚

是正之為幸

幕府名齊萬仞山詩留七十二

峯間圖經一部該臣筆齋色三

年接

聖顏公以壬子入覲登岱今朝還莅浙適屆三年魯國從遊應

悵望越江貽冊未空還泉亭昨日

蒙攜坐鷲嶺籃輿竹徑攀

乙卯九秋十四日石門雨泊草

寄　洪梧

顧澍　致汪志伊詩帖

釋文

《稼門制府大人命校戚少保紀效新書竟得八絕句敬求誨正》

鴛鴦名陣勝魚麗，包絡三才寓兩儀。度盡金鍼如鐵鑄，不能平直不能奇。

千秋兵法即文心，變化縱橫逈出羣。手握雷霆走精鋭，斷無人撼岳家軍。

堂堂正正示權輿，闢闔陰陽比素書。十數萬言同一例，予人以暇我留餘。

妙以文言道俗情，知方大義最分明。一篇論射尤精絕，心得由來本至誠。

翠翹行酒事如何，幾使英雄感逝波。綏靖浙東雙少保，銘恩畢竟戚公多。

煙樹重重薊北開，浙東飛雨過江來。（戚少保移鎮薊門，常調徵浙兵三千。及至，冒雨而陳，終日植立不動，故借用此句。）一心貫徹三千甲，明月高懸大將臺。

曾謂兵形象水形，即今治水比行軍。制流制勝皆因地，一樣機宜仗大文。（少保常謂：兵形象水，水因地而制流，兵因地而制勝。今制府公請疏楚北積水，保障萬民，將以機要刊示僚屬。今古名臣，同一治法。）

眼愧麻茶落葉過，欣聞驟雨打新荷。（校畢欣得時雨。）此文在手如冰雪，三尺芙蓉試淬磨。

顧澍呈稿。

邊題

顧澍，字伴檠，錢塘人，乾隆丙午舉人，官湖北蘄州知州。

《緝雅堂詩話》：「伴檠少年工詩，行卷甚富，黃心盦、錢竹西曾選刻於《新雨聯吟》、《楚江萍合集》中。著有《金粟影庵存稿》十三卷、《續存稿》六卷、《隨山書屋詩存》四卷。」

編按

顧澍，字伴檠，生卒年不詳。浙江錢塘人。乾隆五十一年（一七八六年）舉人，歷任沙陽、四陵、大冶、應城知縣，以功擢蘄春知州，在任十餘年。汪志伊（一七四三—一八一八），字莘農，號稼門，安徽桐城人。生平詳見前文錢大昕札。

《紀效新書》是明代抗倭寇名將戚繼光（一五二八—一五八八）所著兵書，內容結集其一生作戰用兵的心得。有清一代，曾多次翻刻，流傳甚廣。

顧澍

字仲藥，錢塘人，乾隆丙午舉人，官湖北蘄州知州。輯雅堂詩話：仲藥少年工詩，行卷甚富，黃心盦、錢竹西曾選刻於新雨聯吟、越江萍合集中。著有金粟影庵存稿十三卷、續存稿六卷、隨山書屋詩存四卷。

稼門制府大人命校戚少保紀效新書竟得八絕句

敬求

誨正

鵞鸛名陣勝魚麗，包絡三才寓兩儀。度盡金鍼如鐵鑄，不能平直不能奇。

千秋兵法即文心，變化縱橫迥出羣。手握雷霆走精銳，斷無人撼岳家軍。

堂堂正正示權輿，闢闔陰陽比素書。十數萬言同一例，予人以暇我留餘。

妙以文言道俗情，知方大義最分明。一篇論射尤精絕，心得由來本至誠。

翠翹行酒事如何，幾使英雄感逝波。綏靖浙東雙少保，銘恩畢竟戚公多。

煙樹重重薊北開，浙東飛雨過江來。戚少保移鎮薊門，常調徵浙兵三千，及至，冒雨而陳，終日植立不動，故借用此句。一心貫徹三千甲，明月高懸大將臺。

曾謂兵形象水形，即今治水比行軍。制流制勝皆因地，一樣機宜仗大文。少保常謂兵形象水，水因地而制流，兵因地而制勝。今

制府公請疏楚北積水，保障萬民，將以機要刊示僚屬，今古名臣同一治法。

眼愧麻茶落葉過，欣聞驟雨打新荷。校畢欣得時雨。此文在手如冰雪，三尺芙蓉試淬磨。

顧澍呈稿

各 18 × 19 cm

稼門制府大人命校戚少保紀效新書竟得八絶句

敬求

論正

鴛鴦名陣勝魚麗包絡三才寓兩儀度盡金鍼

如鐵鑄不能平直不能奇

千秋兵法即文心變化縱橫迥出羣手握雷霆

走精鋭斷無人撼岳家軍

堂堂正正示權輿闢闔陰陽比素書十數萬言

同一例予人以暇我留餘

妙以文言道俗情知方大義最分明一篇論射

尤精絶心得由來本至誠

翠翹于酉事口可幾吏兵惟[illegible]近支發青所之

雙少保銘恩畢竟戚公多

煙樹重重薊北開浙東飛雨過江來戚少保移鎮薊門常

調徵浙兵三千及至冒雨而陳一心貫徹三千

終日植立不動故借用此句

甲明月高懸大將臺

曾謂兵形象水形即今治水比行軍制流制勝

皆因地一樣機宜仗大文少保常謂兵形象水水因地而制流兵因

地而制勝今制府公請疏楚北積水保障

萬民將以機要刊示僚屬令古名臣同一治法

眼愧麻茶落葉過欣聞驟雨打新荷校畢欣得時雨此

文在手如冰雪三尺芙蓉試淬磨

顧澍呈稿

楊文炳　致汪志伊詩帖

一八〇六年

釋文

《恭和
稼門大人登岳陽樓簡閱水軍有懷范文正公
原韻疊次八章敬呈
鈞誨》

閱武湖樓發咏工，嗚謙絕不詡功豐。赤心范相千年後，青眼君山一點中。雀鼠風清江漢路，蛟龍氣靜水師艟。憂民半世堪同樂，尚憶名言凜在公。（表公之即景會心，吟懷與記文一轍也。）

隔朝異地曲同工，不朽身全氣自豐。如此江山傳宇內，豈惟杜孟占樓中。地經帥令揮唫袖，人聽漁歌說戰艟。百世威名三楚著，後來懷范更懷公。（重公之聯輝嗣響，大作偕勝跡千秋也。）

遙對垂動一樣工，鄉評宦蹟口碑豐。先賢建學開江左，太守修文入畫中。（蘇州府學自范文正公捨宅重建，秀冠寰區，文風日盛。公治郡時，復撥罰商銀項數萬，修整如舊。）勞勩滋多推建節，壯猷幾度習飛艟。兵刑禮樂經綸備，父老兒童想望公。（述公之平素，庶績咸熙，治侔文正也。）

肯誇練將兩賢工，保障還期九士豐。身世關心樓更上，烟波極目日方中。邊疆競述平妖畧，薄海猶存擣賊艟。趁手調元資颺拜，治安超宋奏膚公。（望公之晚節，宏謨益遠，績邁龍圖也。）

勸勉同憂記體工，通和興廢治臻豐。惜哉賢達耽杯裏，（滕子京晚年以酒自放。）長此神仙睡閣中。小隊輕裝臨節鉞，湖風山雨整艨艟。而今文武皆勤政，觸目新詩亦奉公。（兼體公之後樂先憂，勉申僚屬也。）

樓萃奇觀賦孰工，紛紛詞客藻徒豐。情馳帝鼎妃絃上，興逐風帆月篷中。元老獨能懷往哲，清波却喜備長艟。發端兩字千軍掃，取重分明天下公。（并見公之揚風倡化，表正吟壇也。）

風行僚屬記詩工，勝地芳型照采豐。言行後先史冊內，藝文炳蔚郡書中。愛逾西夏懷恩士，選備南湖破浪艟。會得仁心攄偉抱，登龍附驥悉名公。（羣公附詠垂名，皆可承芳而繼美也）。

記勝豈關經畧工，飛鳴出谷羽毛豐。秀才事業擔天下，名世文章入楚中。（范文正公為秀才時，便以天下事自任。）謭學皇皇培郡士，（時文炳教學岳陽書院。）高懷渺渺望江艟。登樓從此今猶古，畧分雲泥樂頌公。（賤子淹留習教，亦復思古而欽今也。）

吳趨晚學生楊文炳拜稿。

印章

文炳（白文方印）、□秋（朱文方印）、楊子（朱文長方印）

編按

楊文炳，生平不詳。署款「吳趨晚學生」，當籍屬蘇州，十八至十九世紀期間人。汪志伊（一七四三—一八一八），字莘農，號稼門。安徽桐城人。生平詳見前文錢大昕札。本札楊文炳所和汪志伊原詩，為〈岳陽樓校閱水師懷范文正公〉：「取重斯樓范記工，遠求經畧向邠豐。（《巴陵縣志》有：滕宗諒與范經畧求記書。）後先憂樂關天下，十萬甲兵貯腹中。自愧無才宏保障，猶循故事簡艨艟。洞庭湖上揚新令，莫被君山笑未公。」載於《稼門詩鈔》續卷六。詩約成於嘉慶十一年（一八〇六年），時汪志伊剛履任湖廣總督，與詩題所稱登岳陽樓一事吻合。

棻和
稼門大人登岳陽樓簡閱水軍有懷范文正公原韻疊次八章敬呈
鈞誨
閱武湖樓叢咏工鳴謙絕不詡功豐赤心范相千年後青眼君
山一點中雀鼠風清江漢路蛟龍氣靜水師艟憂民半世堪同
樂尚憶名言凜在公表公之即景會心吟懷與記文一轍也隔朝異地曲同工
不朽身全氣自豐如此江山傳宇內豈惟杜孟占樓中地經帥
令揮唫袖人聽漁歌說戰艟百世威名三楚著後來懷范更懷
公重公之聯輝嗣響大作偕勝跡千秋也遥對垂勳一樣工鄉評宦蹟口碑豐
先賢建學開江左太守修文入畫中蘇州府學自范文正公捨宅重建秀冠寰區文風日
盛公治郡時復撥罰商銀項數萬修整如舊勞勸滋多推建節壯猷幾度習飛艟兵
刑禮樂經綸偹父老兒童想望公述公之平素庶績咸熙治侔文正也肯
誇練將兩賢工保障還期九土豐身世關心樓更上烟波極目
日方中邊疆競述平妖畧薄海猶存擣賊艟遨手調元資颷拜
治安超宋奏膚公望公之晚節宏謨益遠績邁龍圖也勸勉同憂記體工通
和興慶治臻豐惜哉賢達耽杯裏滕子京晚年以酒自放長此神仙睡閣
中小隊輕裝臨節鉞湖風山雨整艨艟而今文武皆勤政觸目
新詩益奉公兼體公之後樂先憂勉申僚屬也樓萃奇觀賦孰工紛紛詞客
藻徒豐情馳帝鼎妃絃上興逐風帆月篷中元老獨能懷往
哲清波却喜偹長艟叢端兩字千軍掃取重分明天下公并見公
之揚風倡化表正吟壇也風行僚屬記詩工勝地芳型照采豐言行後先
史册內藝文炳蔚郡書中愛逾西夏懷恩士選偹南湖破浪艟
會得仁心攄偉抱登龍附驥悉名公羣公附詠垂名皆可承芳而繼美也記勝
豈關經畧工飛鳴出谷羽毛豐秀才事業擔天下名世文章入
楚中范文正公為秀才時便以天下事自任誦學皇皇培郡士時文炳教學岳陽書院高懷
渺渺望江艟登樓從此今猶古畧分雲泥樂頌公賤子淹留習教亦復
思古而欽今也
吳趨晚學生楊文炳拜稿

各 28 × 11 cm

恭和稼門大人登岳陽楼簡閱水軍有懷范文正公原韻疊次八章敬呈鈞誨

閱武湖楼裝咏工嗚謙絶不詡功豐赤心范相千年後青眼君山一點中雀鼠風清江漢路蛟龍氣静水師艟憂民半世堪同樂尚憶名言凜在公（表公之即景會心吟懷與記文一轍也）隔朝異地曲同工不朽身全氣自豐如此江山傳宇内豈惟杜孟占楼中地經帥令揮唫袖人聽漁歌説戰艟百世威名三楚著後来懷范更懷公（重公之聯輝嗣響大作偕勝跡千秋也）遥對垂勲一樣工鄉評宦蹟口碑豐先賢建學開江左太守修文入畫中（蘇州府學自范文正公捨宅重建秀冠寰區文風日盛公治郡時復撥罰商銀項數萬修整如舊）勞勩滋多推建節壯猷幾度習飛艟兵刑禮樂經綸倫父老兒童想望公（述公之平素庶績咸熙治侔文正也）肯誇練將兩賢工保障還期九土豐身世關心楼更上烟波極目

[illegible]益遂續邁龍圖也 [illegible]

和興廢治臻豐惜哉賢達耽杯裏滕子京晚年以酒自放長此神仙睡閣

中小隊軽裝臨節鉞湖風山雨整艨艟而今文武皆勤政觸目

新詩益奉公兼體公之後樂先憂勉申僚屬也樓萃奇觀賦孰工紛紛詞客

藻徒豐情馳帝鼎妃絃上興遂風帆月篋中元老獨能懷往

哲清波却喜偹長艟蒗端兩字千軍掃取重分明天下公弁見公

之揚風倡化表正吟壇也風行僚屬記詩工勝地芳型照呆豐言行後先

史册内藝文炳蔚郡書中愛逾西夏懷恩士選偹南湖破浪艟

會得仁心擄偉抱登龍附驥恙名公羣公附詠垂名皆可承芳而繼美也記勝

豈闕經畧工飛鳴出谷羽毛豐秀才事業擔天下名世文章入

楚中范文正公為秀才時便以天下事自任謫學皇皇培郡士時文炳教學岳陽書院高懷

渺渺望江艟登樓從此今猶古畧分雲泥樂頌公賤子淹留習教亦復

思古而欽今也

吳趨晚學生楊文炳拜稿

法式善 書札

約一八〇五年

釋文

橋門聚首，倏忽多年，久未修書奉塵
左右，誠恐
軍務繁賾，雅不欲以一帋寒暄，致勞
裁答也。伏稔
老先生文章經濟，久為吾黨推重，佇
看外秉節鉞，內掌絲綸，上以報
朝廷，下以協輿論，曷勝翹企。弟出
入書堂二十五年矣，行年甫逾五十而
臂痛手搖，幾幾不克搦管。猶復提鉛
握槧，日趨
內廷，考訂圖志，搜討古今，以應
詔勅。深愧顧寧人之博、梅定九之覈，
尚望知好賜我
教言，以匡不逮。楚北人文之藪，歐
蘇遺蹟尚有存者，名篇妙墨可能
寄示一二否？望之。草此佈
聞，餘縷縷，不宣。
學弟法式善頓首。

印章

詩龕居士（白文方印）

鑑藏印

鄭雱審定（朱文方印）

編按

法式善（一七五三—一八一三），烏爾濟氏，原名運昌，字開文，號時帆，又號梧門。蒙古正黃旗人。乾隆帝賜名「法式善」，即滿語「奮勉有為」意。乾隆四十五年（一七八〇年）進士，選庶吉士，散館授檢討，遷國子監司業、國子監祭酒，累官至侍講學士。工詩文、書畫，著有《存素堂詩集》、《槐廳載筆》、《陶廬雜錄》、《清秘述聞》等。

本札上款人「老先生」身分不詳。法式善自稱：「出入書堂二十五年矣」，以乾隆四十五年（一七八〇年）進士及第為起點，經廿五載即嘉慶十年（一八〇五年）。時法式善任侍講學士，與所云「行年甫逾五十，……日趨內廷，考訂圖志，搜討古今，以應詔勅」者相符。故當於此年前後所作。

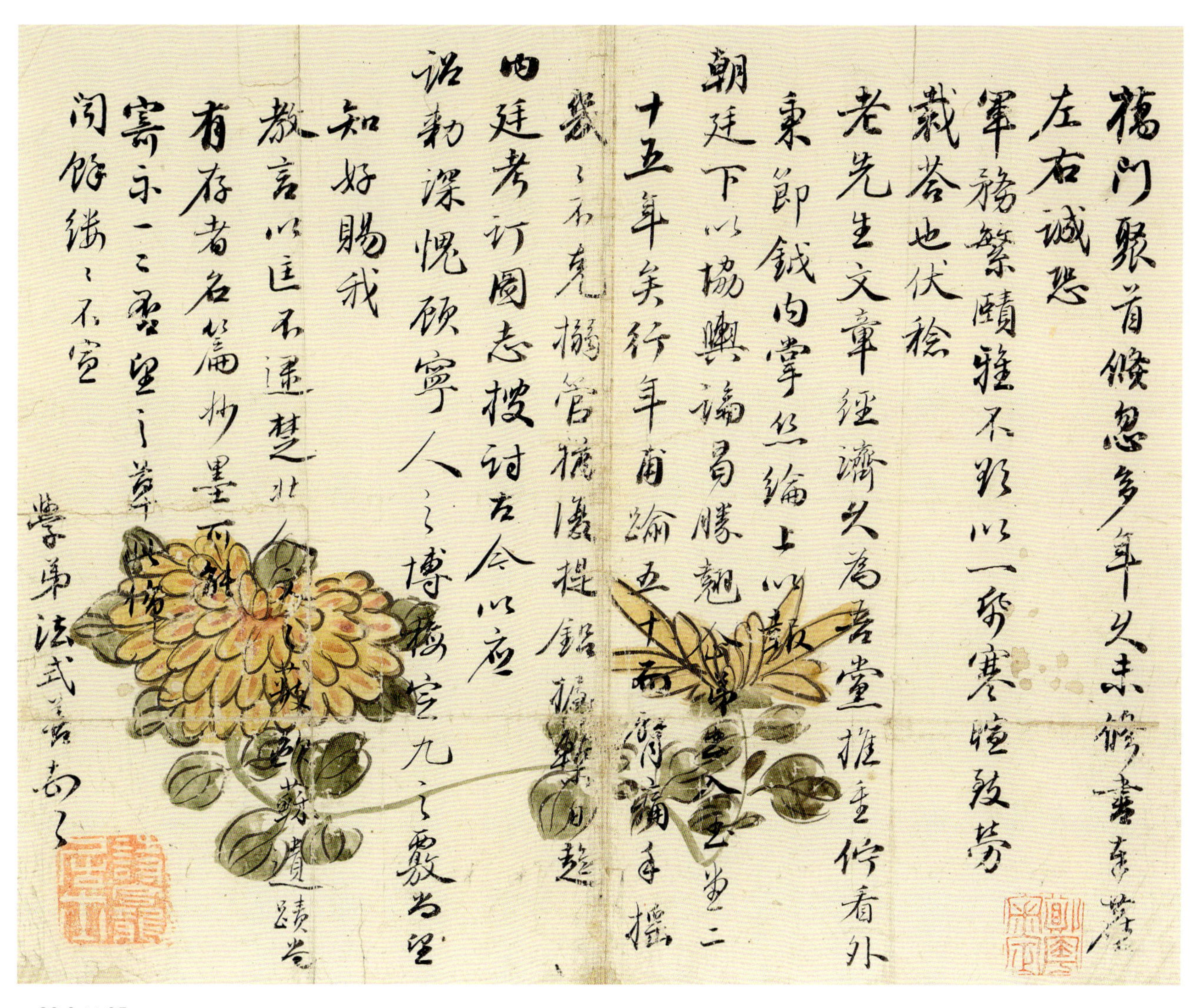

20.6 × 25 cm

稿門聚首倏忽多年久未修書奉候起居
左右誠恐
軍務繁賾雖不敢以一紙寒暄致勞
裁答也伏稔
老先生文章經濟久為吾黨推重倚看外
秉節鉞內掌絲綸上以報
朝廷下以協輿論曷勝翹企弟忝入玉堂二
十五年矣今年甫逾五十大衍[illegible]

內廷考訂圖志授討古今以應
詔勅深愧頗寧人〻博極空九〻聚為望
知好賜我
教言以匡不逮楚之壯〻哉〻藏蘇〻遺蹟為
有存者名篇妙墨可斛
寄示一二〻為望〻並此佈
閒餘繼〻不宣
學弟法式善頓首〻

王芑孫　書札

約一八〇一年

釋文

再有及者，真州書院欲刻課藝，而諸生所送之文，多蕪爛不堪入選。僕精力非復前時，安能更為代作，擬將僕從前未刻之稿，借刻若輩名下，但為數亦甚無多。因思

閣下時文最富，或可借刻數篇。他時

閣下或自刻稾，仍復收回亦自無害。希將尊稿中自選可存之作鈔寄，或十篇、八篇皆有用也。僕事多而煩惱，或定選之役，尚煩

閣下一助評騭，歲暮另寄商之也。惕甫又啟。

印章

芑孫（朱文長方印）、漚波（朱文長方印）

編按

王芑孫（一七五五—一八一八），字念豐，號惕甫。江蘇長洲人。乾隆五十三年（一七八八年）召試舉人，官華亭教諭。著有《淵雅堂集》。

本札受信人未明。嘉慶五年（一八〇〇年），王芑孫應兩淮鹽運使曾燠（一七六〇—一八三一）延請館於揚州，翌年又主儀徵樂儀書院講席。「真州」乃儀徵古稱，札中所談論即樂儀書院，王芑孫自嘉慶六年（一八〇一年）開始主講其中，此札約當作於此時。信中涉及編刊書院課藝一事，王芑孫批評書院諸生文章蕪爛不堪，故須以私情向友好借用作品充數，此在當時屬於不足為外人道的私密談話。

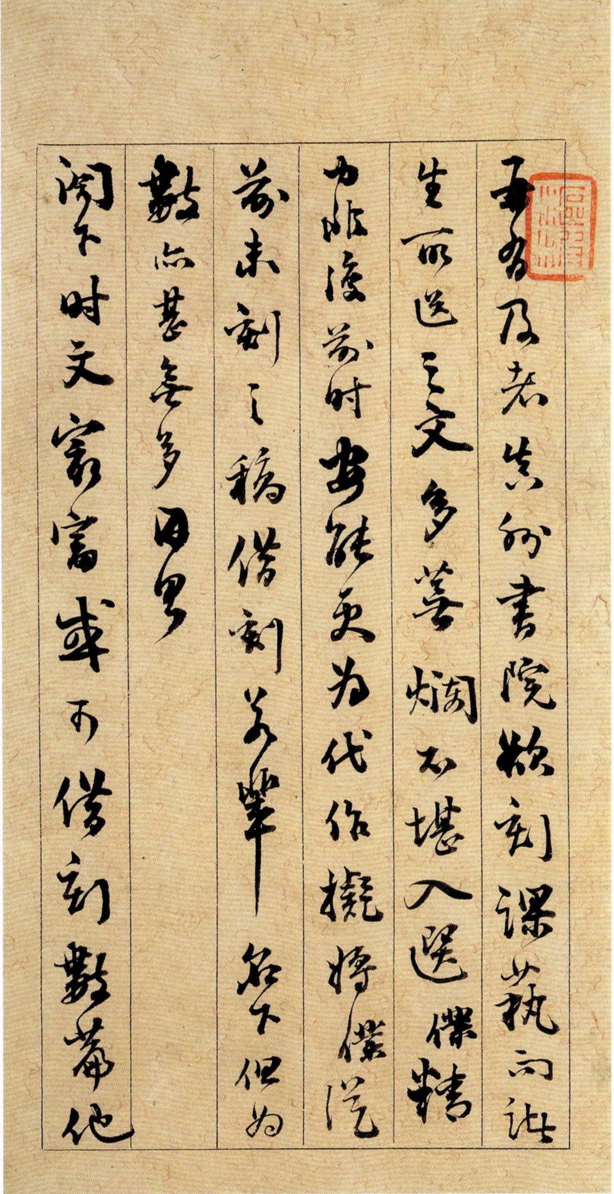

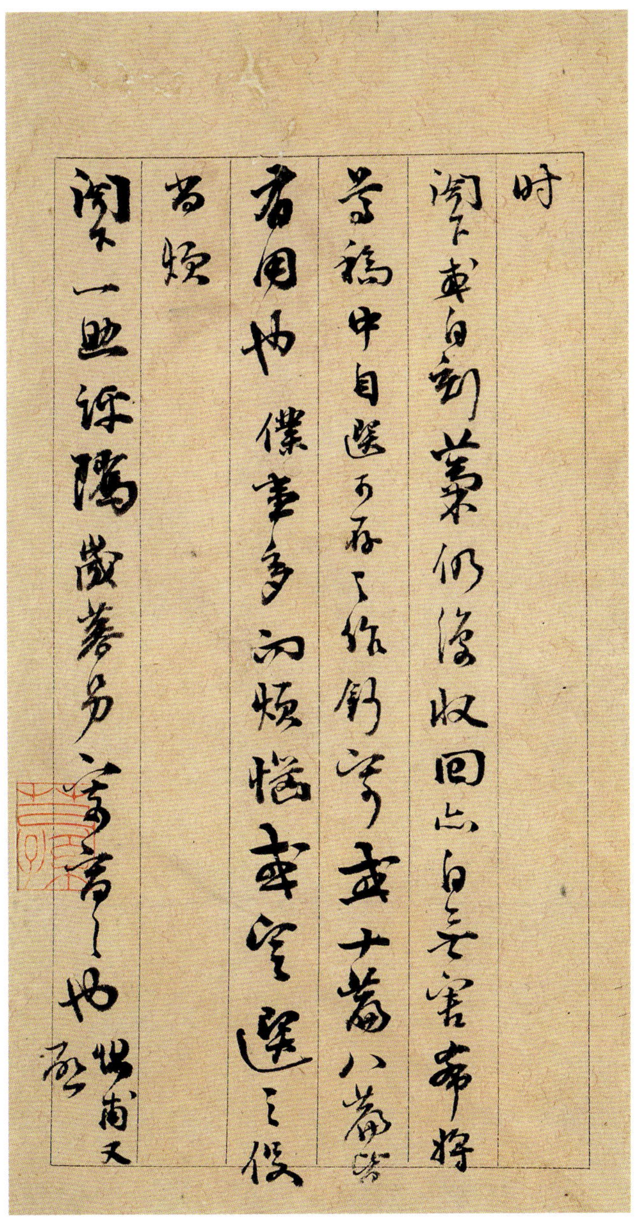

各 23.5 × 12 cm

手書及老先所書院擬刻課藝執而諸
生所選之文多著爛不堪入選僕精
力非復前時安能更為代作擬將僕從
前未刻之稿借刻若干篇但為
數尚甚無多因思
閣下時文富盛可借刻數篇他

时
阁下或自刻丛稿仍须收回照白之害弟将
旧稿中自选可存之作钞寄或十篇八篇者
有用也仆事多而烦恼或望选之后
当烦
阁下一照评隲岁暮多寒宝之也

世甫天
顿

王芑孫　致雲舫札

一八〇三年

釋文

六月杪　穀人先生還松，有一書並寄《樂儀書院課藝》刻本，似當必到。正以久無消息為念，忽得手書，驚悉閣下痛遭太夫人棄養，實所馳系，伏願節哀順變，勉護興息，以需遠業，是所祝也。惟泖東人事牢落，閣下家居困守，不給伏臘，今又種遭變故，不審如何支持，不勝懸切。至百日內，自應遵今制不薙頭，在家穿孝，不拜客。百日脫孝之後，不過照尋常居憂服色（布褐氈裘皆可），其拜客見人，則加紅纓帽，不戴頂，墨布靴，此亦大概皆然，不必立異。惟不聽戲，不宴會（尋常留飯亦自無妨），不入慶賀而已。（《律》有「更易服色出入衙門」一條，然此亦　閣下本無之事，不必慮也。）至大人先生升遷喜慶之事，既所不與，亦別無異服之禮。或以他事相值，則依然常服，無礙於事，亦無害於義耳。僕今年在此甚不快，亦非前兩年光景，而精神亦自覺衰退，迥非前在泖東時高興矣。今以　賓谷先生入都，諄諄留我於此待其消息。渠約須十一月杪方能回任，僕須封印前後方能到家，或年底年頭汎舟來視閣下未定。僕詩集已於重九日竣工。先儘賓谷帶京，日下同人業已寄之。欲寄閣下暨泖上同人，而一時不得其便，當俟續致。外生芻一束，以當燒帋。諸唯亮察，不具。生芑孫頓首。

雲舫大教閣下，十月朔日，樗園，冲。

編按

本札上款「雲舫」身分未明。所稱「穀人」，即吳錫麒（一七四六—一八一八），字穀人，浙江錢塘人。乾隆四十年（一七七五年）進士，授編修，累遷祭酒，以親老乞養歸。主講揚州安定、樂儀書院，享譽浙中詩壇。「賓谷」即曾燠（一七六〇—一八三一），字庶蕃，一字賓谷，江西南城人。乾隆四十六年（一七八一年）進士，選庶吉士，授戶部主事，乾隆五十七年（一七九二年）任兩淮鹽運使。王芑孫乃應其所邀，假館揚州「樗園」。嘉慶八年（一八〇三年）九月中，曾燠上京述職前，仍請王芑孫留揚州以待其南歸，札中所及即此一事。（參考眭駿《王芑孫年譜》）

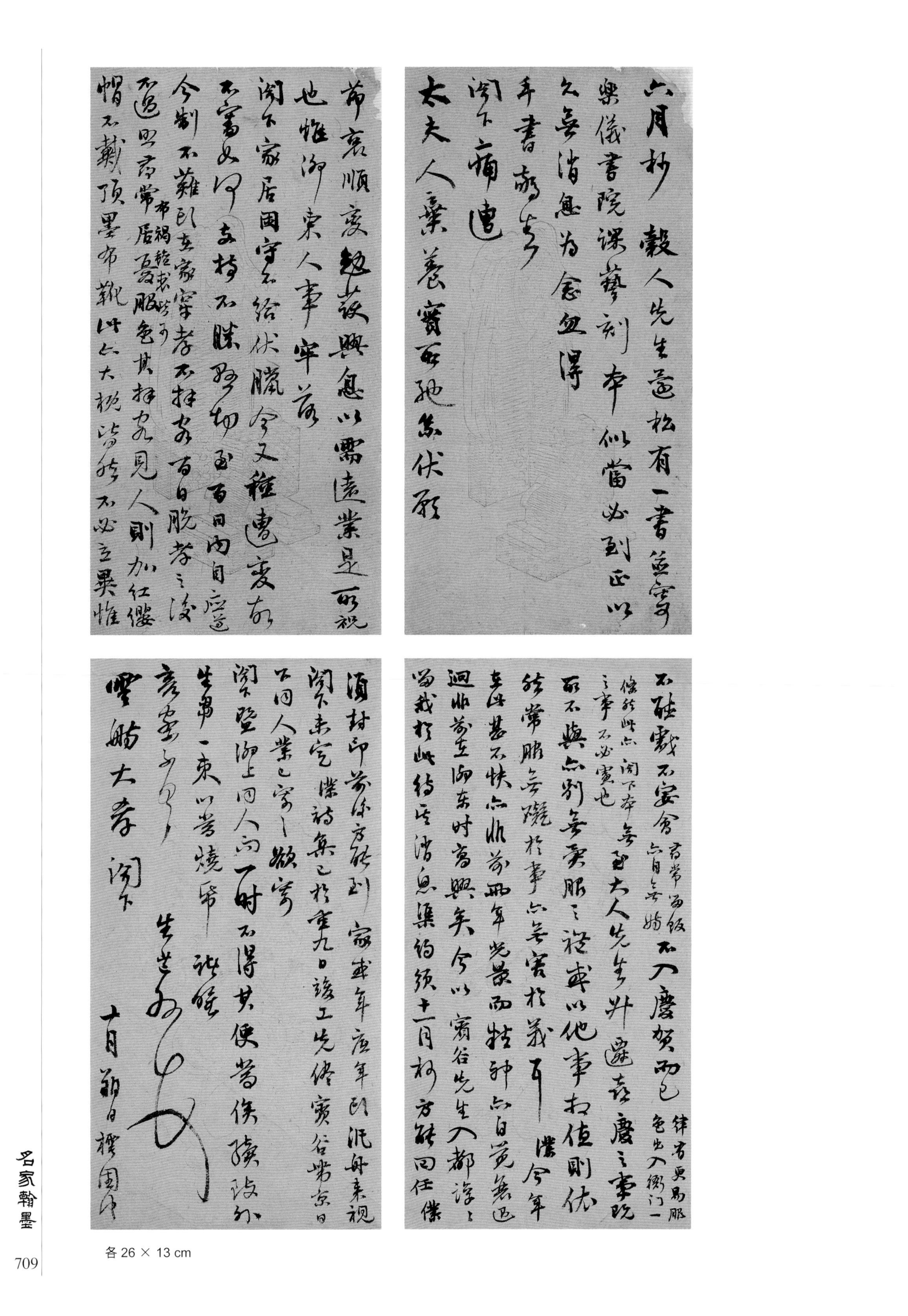

各 26 × 13 cm

六月杪穀人先生遞札有一書並寄
樂儀書院課藝刻本似當必到正以
久無消息為念如得
手書敬悉
閣下痛遭
太夫人棄養實不勝悲伏願

節哀順變勉强興息以需遠業是所祝

也惟御史人事牢落

閣下家居固守公給伏臘令文維畫遠變故

不當文仰支持不勝殫切至百日內自應遵

今制不雜既在家守孝不拜客有白服孝之後

不遵照前常居直裏服色其拜客見人則加紅纓（布褐離衰諸子）

帽不戴頂墨布靴此亦大概諸務不必立異惟

不恤戲不宴會君常留飯亦自亡有始不入慶賀而已律者更易服色出入衡門一
僕於此亦閣下本無之事不必實也至大人先生並遷喜慶之事既
所不與亦別無異服之袍或以他事相值則依
於常服無纔於事亦無害於義耳僕今年
春甚不快亦非前兩年光景而精神亦自覺蕭然
迴非前生所東时高興矣今以窮谷先生入都謁上
留我於此待臣消息集約須十一月初方能回任僕

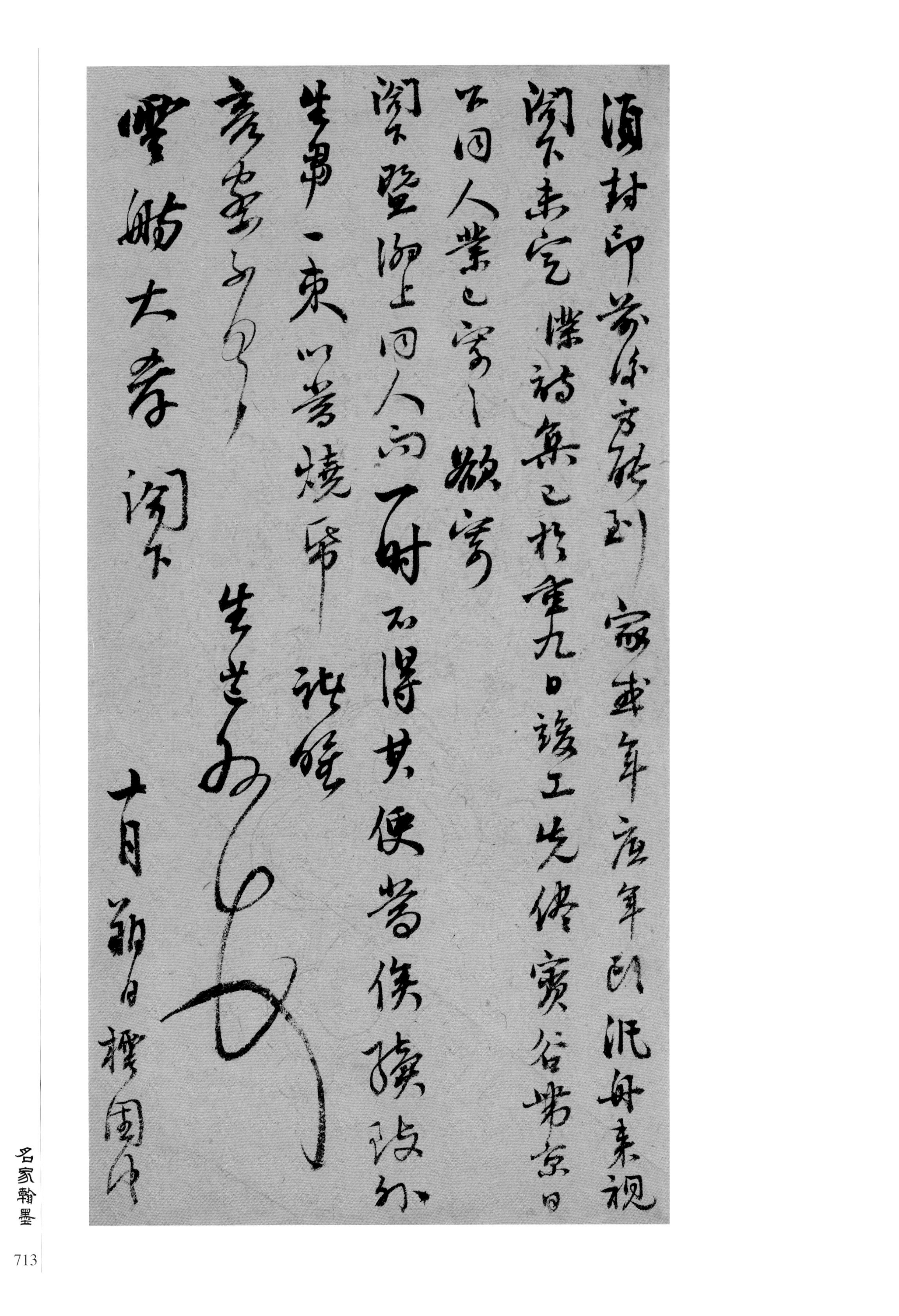

魏成憲　致周三燮札

釋文

南卿社兄足下：接札並卷冊，一一領悉。拙詩領到，謝謝！先賢畫卷，遵題奉繳，乞照督。即問吟安，餘容晤言。弟魏成憲頓首。

繳。

邊題

魏成憲，字寶臣，號春松，仁和人，乾隆甲辰進士。官山東道監察御史。著《清愛堂集》二十三卷。

編按

魏成憲（一七五六—一八三二），字寶臣，號春松。浙江仁和人。乾隆四十九年（一七八四年）進士。嘗參校《四庫全書》於文淵閣。任山東道監察御史，居官有廉強之名，在諫垣數上疏言事。致仕後，主紫陽書院講席。

周三燮（一七八三—約一八三一），字南卿，號芙生，又號秦亭山民。亦仁和人。道光十一年（一八三一年）歲貢生。喜遊歷，富書畫收藏。著有《抱玉堂集》。

魏成憲 字寶臣，號春松，仁和人。乾隆甲辰進士，官山東道監察御史，著清愛堂集二十三卷

南卿社兄足下接
札並卷冊一一領悉拙詩領到汝之
先哭畫卷並璧頒奉繳乞
照察即問
吟安併候文勝之之弟魏成憲頓首
繳

23.1 × 12.2 cm

胡祥麟　致少白札

釋文

俗務鹿鹿，不及奉候，歉甚！迩維吟祺勝常，為慰。《四書題鏡》一本，望付來手。此致，順候邇綏，不一。

少白三哥大人史席。弟祥麟頓首。

送

馬三相公台賢。

邊題

胡祥麟，字仁圃，嘉慶舉人。講求實學，性鯁直，好規友過。著有《易消息圖說》、《省過齋詩抄》。

編按

胡祥麟（?—一八二三），字仁圃。浙江秀水人。早年游吳江陸燿（一七二三—一七八五）幕中，嘉慶十八年（一八一三年）舉人，工於詩。

上款人「少白」身分待考。札中述及《四書題鏡》，為清代汪鯉翔所著，刊於乾隆四十三年（一七七八年）。

胡祥麟 字仁圃 嘉慶舉人 讲求实学 性鯁直 好規友過 著有易消息图說 省過斋詩抄

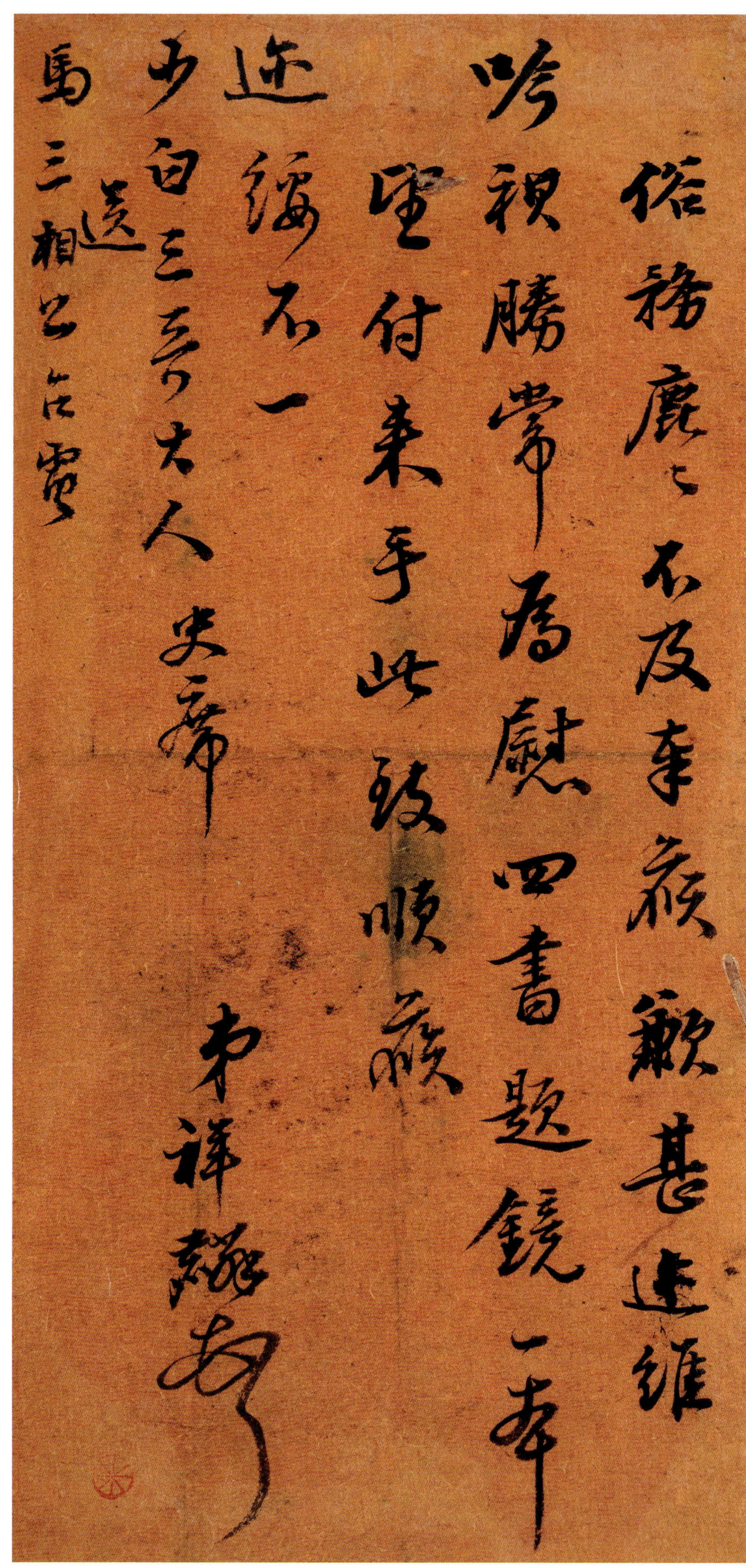

19.1 × 9 cm

張吉安　為篔巖題畫詩帖

一八二二年

釋文

道一生二二生三，三生萬物天地參。萬有一千五百二十數，一一太極圖中函。太極圖，孕苞符。希夷元公各有得，大道不判仙與儒。支離末學聚成訟，跨驢有客方胡盧。篔巖儒者家學劭，兼通大洞真元妙。鍊精化氣氣化神，元牝之門抉其奧。年開七袠繪此圖，嬰兒姹女若前導。我今學道計相左，仙乎儒乎無一可。禮門卜易契天人，索我題詩還酌我。詩拈一句醻一杯，中有神仙混沌譜。

素聞

篔巖先生隱居教授，以名節自厲，心儀已久。安歷落風塵，居鄉日淺，年來跧伏里門，又以兩足不良於行，踈於趨侍。道光壬午夏，因王二禮門屬題此幀，率題應

命，即請

教正。盤谿弟張吉安。

印章

吉安（朱文連環印）、湯□（朱文長方印）、洞霄吏隱（朱文方印）

邊題

張吉安，字迪安。號蒔塘。江蘇吳縣人。乾隆六十年舉人，大挑以知縣發浙江，歷任象山、永康、浦江、餘姚知縣。尋乞歸養，道光己丑正月卒，祀永康名宦，並釀建專祀。麗水民祀之遺愛祠，餘姚民奉栗主於洞霄宮之一菴，即君所修建以祀蘇文忠公者也。君素優於學，尤嗜坡公詩，殁而配食，論者以為宜。

印章

湘舲手錄（白文方印）

編按

張吉安（一七五九—一八二九），生平見本札邊題。惟據同治《蘇州府志》卷八十三所載，其字迪民，乾隆四十二年（一七七七年）舉人。

本札上款人「篔巖」與信中提及之「王禮門」，身分俱未詳，待考。款署「道光壬午」，即道光二年（一八二二年）時張吉安六十四歲。

23.5 × 23.5 cm

道一生二〻生三〻生萬物
天地參萬有一千五百二十數
一〻太極圖中函太極圖孕
乾符希夷元公各有尋大
道不判仙與儒支離末學
聚成訟肆驢有宗方胡盧
質巖儒者家學兼通
大洞真元妙錬精化氣氣
化神元牝之門扶其與年
開七衰繪此圖嬰兒姹女
羨前導我今學道計相

張吉安字迪安號蒔塘江蘇吳縣人乾隆六十年舉人大挑以知縣發浙江歷任象山永康浦江餘姚知縣尋乞歸養道光己丑正月卒祀永康名宦并餘姚建專祀麗水民祀之遺愛祠餘姚民奉栗主於洞霄宮之一菴即君所修建以祀蘇文忠公者也君素優於學尤嗜坡公詩殉而配食論者以為宜

左仙乎儒乎無一可禮門
下易拜天人意我題詩還
酌我詩捐一勺酹一杯中有
神仙浮沉譜
素閑
質巖先生隱居教授以
名節自厲心儀已久每歷
蓬瀛萑居鄉日識年來
跧伏里門又以兩之不良於
行疏於趨侍道光壬午夏因
王二禮門屬題此幀率題應
命即請
教正 藍谿弟張吉安

18 × 27 cm

道一生二二生三三生萬物
天地參萬有一千五百二十數
一一太極圖中函太壺圖孕
笆符希夷元公各有昇大
道不到山[illegible]需古雖未學

鼎內訟蹤驢有客方胡盧
質巖儒者家學兼通
太洞眞元妙鍊精化氣象
化神元北之門扶其興年
開上襄繪此圖嬰兒姹女
荐前導我今學道計相

左仙手儒手無一可禮門
〻見弄天人意我題詩還
酌我詩括一內醻一杯中有
神仙混沌譜

素閒

質嚴先生隱居教授以
此鄉自厲正義長安歷

護風崖居卿日識年來

跧伏里門又以兩足不良於

行跡疏於趨候　道光壬午夏因

王二禮門屬題此幀率題應

命即請

教正　藍谿弟張吉安

朱文治　致葉元封札

釋文

月前承

惠石刻，謝謝！比惟

潭第安吉，為頌。頃有人傳述　沈書田表姪去世，即專人往伊家問之，果係前

月廿九得病，月之初五日溘逝，殊屬可憫。

足下明年曾訂課讀，自須另延。茲有　邵南陽儒士（住南城，瑤圃先生之堂姪孫），

年廿八，文理頗通，人亦誠謹，治所深識。

足下如願敦請，當為說合，束脩照書田之數即可，立關交舟人帶回代送。年內

無多日，省卻冒寒往返也。泐此專佈，順候

日佳。即俟

回音，不備。

夢漁姻世講足下。文治手泐。

（甥女兒輩並念。）臘十一日。

邊題

朱文治，字詩南，號少仙。餘姚人。乾隆戊申舉人，官海寧學正。著《繞竹山房詩》十卷、《續稿》十四卷。

編按

朱文治（一七六〇—一八四五），字詩南，號少仙。浙江餘姚人。乾隆五十三年（一七八八年）舉人，官至海寧學正，著有《繞竹山房詩稿》。又擅長以篆法寫蘭竹，與海鹽張燕昌（一七三八—一八一四）齊名。

葉元封（一七九七—一八五〇），字建侯，號夢漁。浙江慈溪人。官候選布政司理，誥授奉直大夫。著有《湖海閣詩稿》、《野園小草》等。

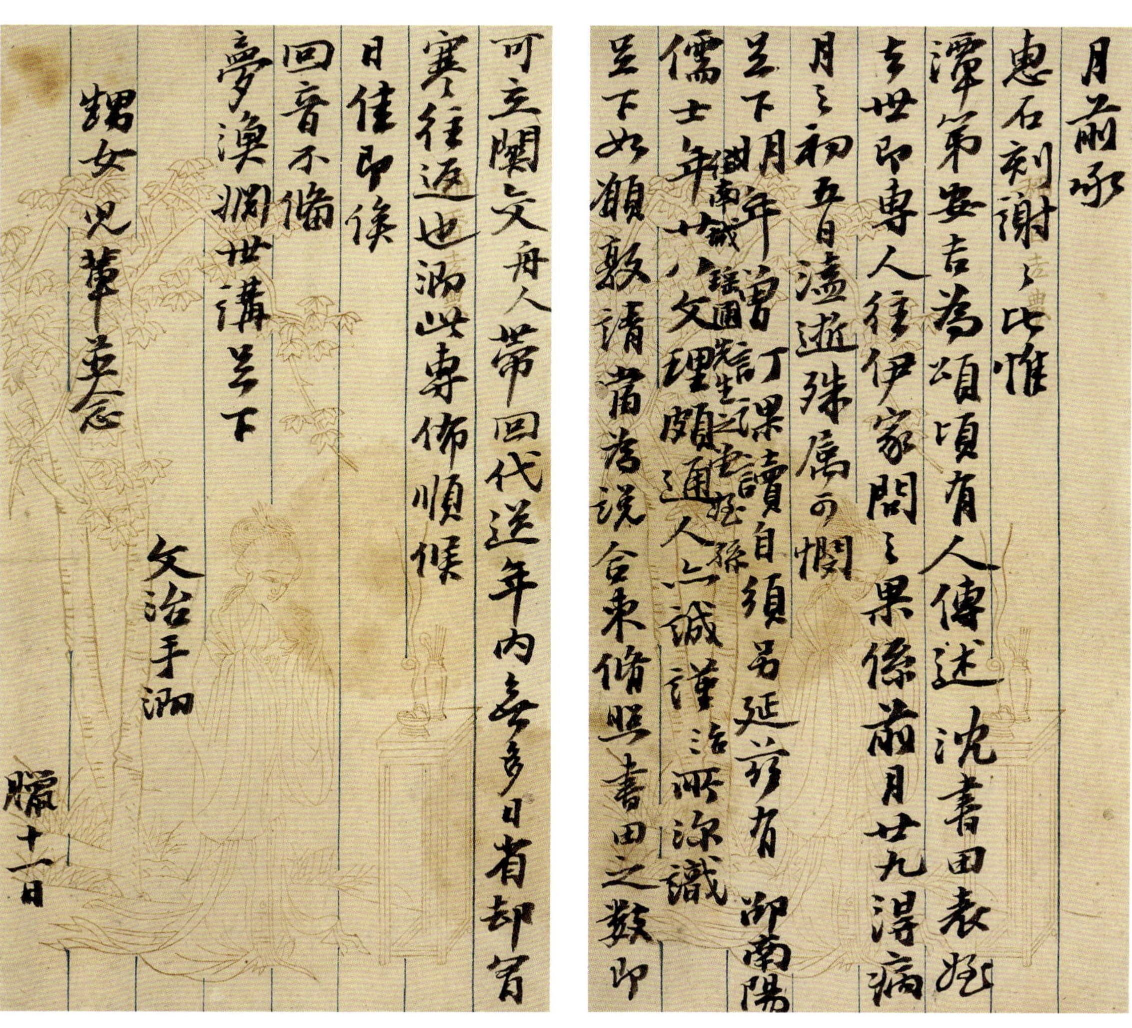

月前承
惠石刻，謝謝。比惟
潭第安吉為頌。頃有人傳述沈青田表姪
去世，即專人往伊家問，果係前月廿九得病，
月之初五日遽逝，殊屬可憫。
足下明年曾訂課讀，自須另延。兹有御南陽
儒士，年廿八，文理頗通，人亦誠謹，治所深識（徽南，卅歲，瑶圃先生之表姪孫）。
足下如願款請，當為說合。來倘照青田之數，即
可立關文，舟人帶回代送。年內無多日，省却
寒寒往返也。泐此專佈，順候
日佳，即候
回音不備。
夢漁姻世講足下
鍔女兒輩無恙
文治手泐
臘十一日

各 23 × 12.6 cm

朱文治　字詩南，號少仙，餘姚人。乾隆戊申舉人，官海寧學正。著《繞竹山房詩》十卷、《續稿》十四卷。

朱文治

字詩南，號少仙，餘姚人。乾隆戊申舉人，官海甯學正。著繞竹山房詩十卷，續稿十四卷。

月前承
惠石刻，謝謝。比惟
潭第安吉為頌。頃有人傳述沈青田表姪
去世，即專人往伊家問問，果係前月廿九得病，
月之初五日遽逝，殊屬可憫。
足下明年曾訂課讀，自須另延。前有湖南陽
衡南識 瑶圃先生之長孫
儒士，年廿八，文理頗通，人亦誠謹，治所深識。
足下如願敦請，當為說合。東脩照青田之數即

可立閣交舟人帶回代送年內無多日省卻冒
寒往返也函此專佈順候
日佳即候
回音不備
夢漁姻世講足下
甥女兒輩並念
文治手函
臘十一日

朱文治　致葉元墀札

釋文

許久不得消息，思念殊深。比惟侍奉康吉，為頌。【郭批：開門見山，足見有文家之氣象。】秋間為　張鹽臺邀過錢江話舊，遂送至鴛湖，又為舊徒馬舍人留住，至小春望前纔得還山也。【郭批：此為出題之一大法也。】茲奉託者，五舍姪（人尚明白謹慎）年十七，即憩行姪之胞弟，前年在慈城馮秋輝兄處通益錢庄，學業將成，【郭批：方聚生意後及之。】奈明年通益閏欲歇業，勢必半途而廢。【郭批：話中有因。】現聞老賢阮與　琴樓令兄明年在甬東另開新舖，萬望留一位置，特此預託。【郭批：方說出老實話來，此必有才之人作此也。】即候午生賢阮文佳，不備。文治頓首。

琴樓兄均此。【郭批：結句妙。】

（令生母夫人大壽，到城方悉，失禮為歉。）臘月四日。

郭平橋題跋

姚江朱文治公尺牘。

此信老健，不長不短，近之人所難及者。道光戊子年三月初二日，後學郭平橋書。

編按

朱文治（一七六〇—一八四五），字詩南，號少僊。生平見前札。

葉元墀（一七九八—一八三三），字午生，一字紹蘭。浙江慈溪人。葉元封（一七九七—一八五〇）族弟。道光十二年（一八三二年）舉人，以入貲候補刑部主事，卒於京。家富藏書，亦工吟詠，著有《海葯軒詞》。

信中稱「琴樓」，即葉元塏，字晏爽，生卒年不詳。慈溪人。葉元墀兄。由監生授光祿寺署正，工詩文，著有《琴樓詩鈔》。此札有題跋與批注多條，署款「郭平橋」，身分不明。其署「道光戊子年」，即道光八年（一八二八年），蓋朱文治同時代人。則本札當於此前所作。

姚江朱文治公尺牘

許久未得消息思念殊深比惟
侍奉康吉爲頌秋間為張鹽臺
邀過錢江諸舊遊送至鴛湖又
為舊徒馬舍人留住西小春仲前
豫湯溪山也舒奉託者五舍姪年
十七即想行狀之脫弟前年在慈城
馮秋輝兄處通益錢在學業將成
此信老健不長不短近之人所難及者

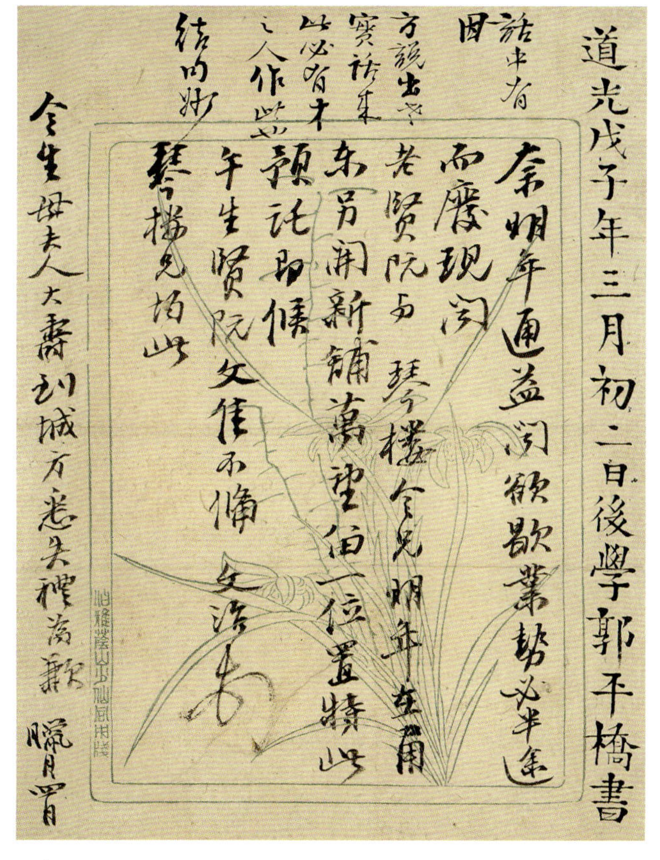

道光戊子年三月初二日後學郭平橋書

奈明年通益閒歇歇業勢必半途
而廢現聞
者賢阮有琴樓令兄明年在甬
東另開新鋪萬望留一位置漪此
頭託即係
年生賢阮文佳不俗　文治書
琴樓兄均此
令生母夫人大壽到城方悉失禮為歉　臘月四日

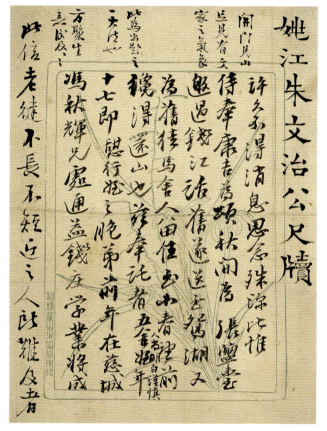

各 23.5 × 17.7 cm

姚江朱文治公尺牘

開門見山並見有文家之氣象

許久得消息思念殊深比惟
侍奉康吉為頌秋間為張鹽臺
邀過錢江話舊遂送至西湖又
為舊往馬舍人留住西山看望前門
八字明白謹慎
復得還山也茲奉託消五舍姪年
十七即聰行姪之晚弟前年在慈城
馮秋輝兄處連蓋錢在學業將成

此為出題之文法也

方聚生意成及之

此信老健不長不短近之人皆難及者

道光戊子年三月初二日後學郭平橋書

奈明年通益閣欲歇業勢必半途而廢現聞老賢阮與琴樓令兄明年在爾東另開新鋪萬望伯一位置精此

話中有因方說出字實於素心必有才之人作此預託取倩

年生賢阮文集不備文活存

結內附琴樓兄均此

令生母夫人大壽刲城方志失禮爲歉 臘月胃

柏雅齋山少仙氏用牋

莫晉 書札

釋文

今夕良夕，不能邀道兄臨流小坐，借荷香以發吟興。病卧藜床，殊怏欝也。花入高齋，左琴右觴，得其所矣。無論朝榮晚謝，不能久私，即崑流素蓮，何惜供知己賞翫，但恨不能多耳。力疾草復。

晉再頓首。

鑑藏印

朱（朱文圖印）、□予□印（朱文方印）

邊題

莫晉，字錫三，號寶齋。浙江會稽人。乾隆乙卯進士，以第二人及第。官至倉場侍郎，左遷內閣學士。

《兩浙輶軒續錄》：「先生嘗刻《明儒學案》，於陽明之學實有心得。」

編按

莫晉（一七六一—一八二六），字錫三，一字裴舟，號寶齋。浙江會稽人。乾隆六十年（一七九五年）進士，授編修，歷官國史館修撰、翰林院侍講、通政使司副使、太常寺卿、提督江蘇學政江西鄉試考官、都察院左副都御史、內閣學士等。

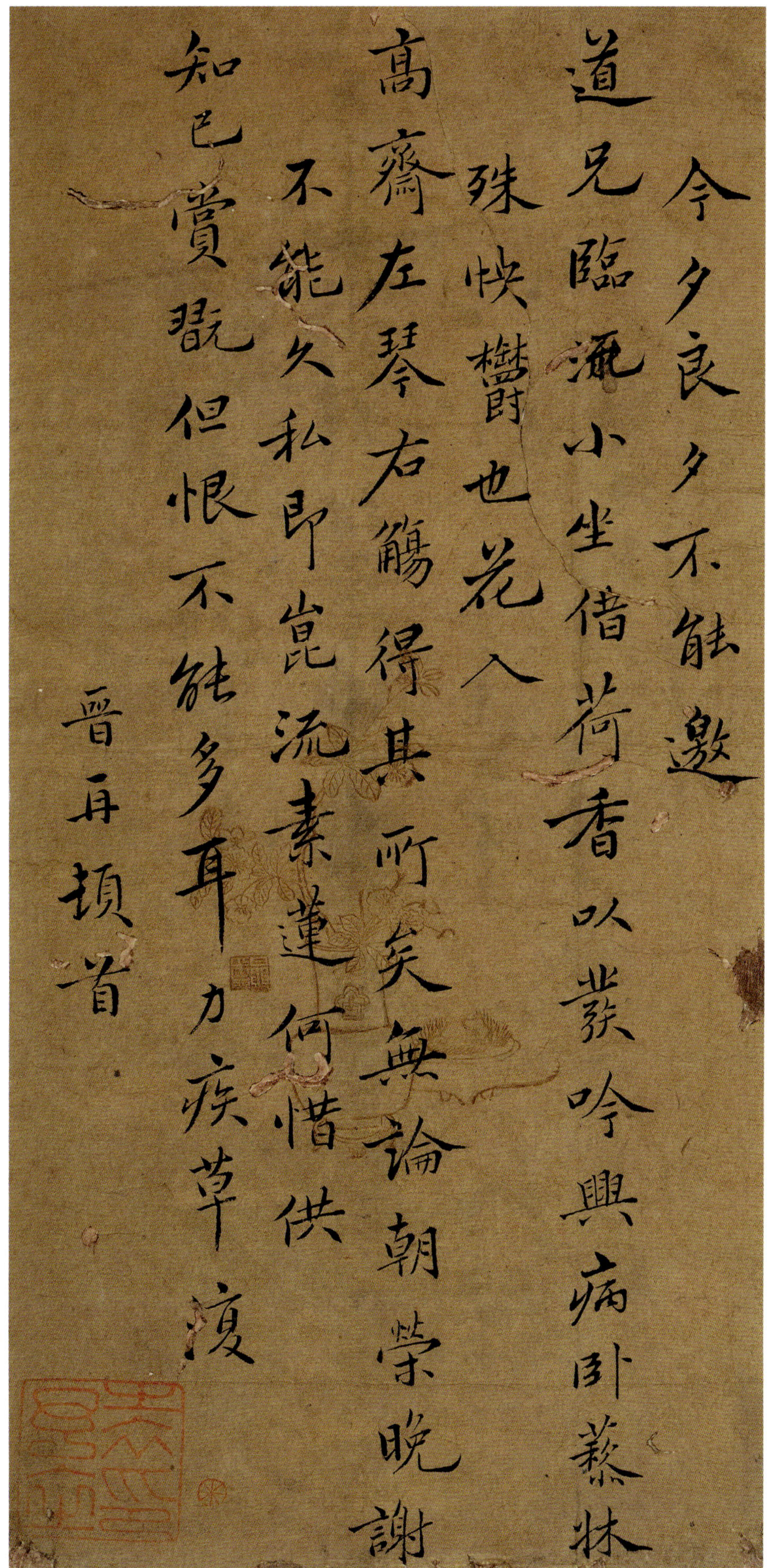
今夕良夕不能邀
道兄臨流小坐借荷香以發吟興病臥蔡林殊怏鬱也花入
高齋左琴右觴得其所矣無論朝榮晚謝不能久私即崑流素蓮何惜供
知己賞翫但恨不能多耳力疾草復
晉再頓首

27.4 × 13.6 cm

莫晉 字錫三 號寶齋 浙江會稽人 乾隆乙卯進士 以第二人及第 官至倉場侍郎 左遷內閣學士
兩浙輶軒續錄 先生嘗刻明儒學案 於陽明之學實有心得

黄錫蕃　書札

釋文

接誦

瑤函，具悉

近祉綏祥，深為欣慰。姪月初自華亭返棹，頸患癤子，杜門不出幾一月矣。擬刻殘書，尚未較定，必賴清秘鄉嬛，以備訂正，庶不致豕亥魯魚之誤，便中務望

檢寄擲還。《談生堂書目》已收入。開正來寧，再領

教益。忽忽率泐，不宣。姪錫蕃頓首。

印章

椒升（朱文長方印）

編按

黄錫蕃（一七六一—一八五一），字椒升，號時安老人。浙江海鹽人。家有「古鑒齋」，富藏典籍，並醉心印學。常往來吳縣，拜錢大昕（一七二八—一八〇四）門下。後家道中落，以布政司都事需次福建，頗受上級器重。署上杭典史，以疾辭歸。

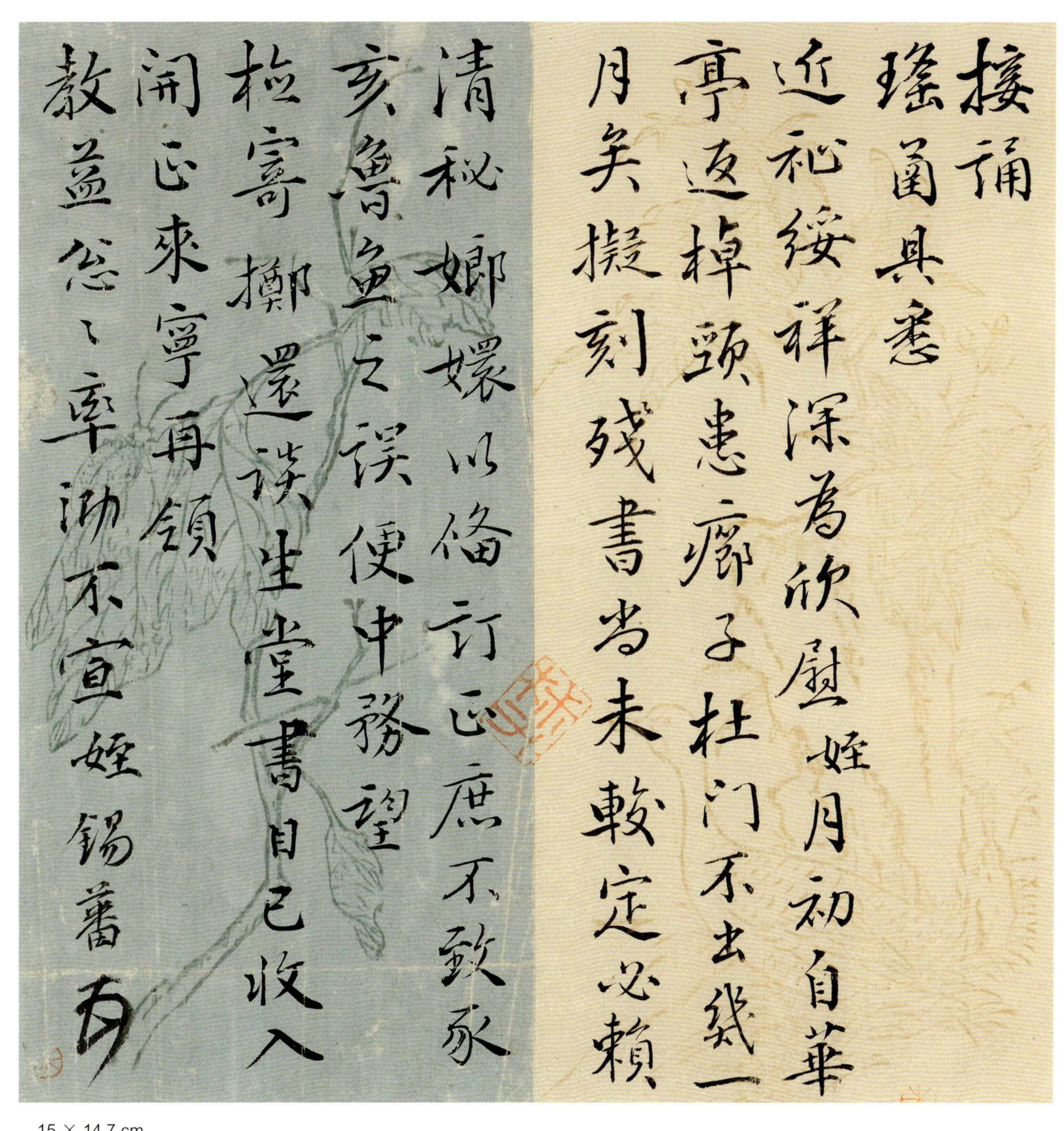

15 × 14.7 cm

張問陶　致楊瑛昶札

約一八〇〇年

釋文

秋冬以來喫運大佳，仲冬在家午食一次，此月尚未在家午食，以致騶從來都，竟不得一晤，而詩函亦未裁答，真怪事也。伻來得箋惠，感謝無既。

先生歲暮公私之事忽忽，而猶睠念鄙人不置，尤可感也。刻下　家母將次到京，一家團聚，可免西顧之憂，先生聞之亦為我大快耳！劍潭遠別，令人悃悃數日。問陶今歲京察，亦將與

先生作寅翁矣。合老劍而為三司馬，天地皆為之生色，呵呵。肅此布復，并候，不具。問陶啟。

米人先生閣下。

（內人請

夫人懿安。）十五日。

印章

句漏山房（朱文方印）

編按

張問陶（一七六四—一八一四），字仲冶，號船山。四川遂寧人。自幼隨父張顧鑑（一七二一—一七九六）宦遊各地。乾隆五十五年（一七九〇年）進士，選庶吉士，授檢討，歷官至山東萊州知府。後以病辭歸，寓居吳門。極富文才，書畫造詣亦高。

楊瑛昶（一七五三—一八〇九），字印藫，號米人。安徽桐城人。年少有文名，曾以詩賦受知於督學朱筠（一七二九—一七八一）。屢試不第，遂以考職吏目，在直隸由幕府、簿丞升邑令，擢同知，升至大名、河間知府。工書，善篆刻。

張問陶在父親身故之後，家鄉又遭白蓮教兵火，乃囑家人安排老母到京同住。其母於嘉慶六年（一八〇一年）正月抵達京城，此札云：「刻下家母將次到京」，可知當作於此前不久。（參考胡傳淮《張問陶年譜》）時張問陶任順天鄉試同考官。又，札中所稱「劍潭」即汪端光（一七四八—一八二六），號睦巖，江蘇儀徵人。乾隆三十六年（一七七一年）舉人，授國子監學正，官至廣西知府。

22.4 × 29.8 cm

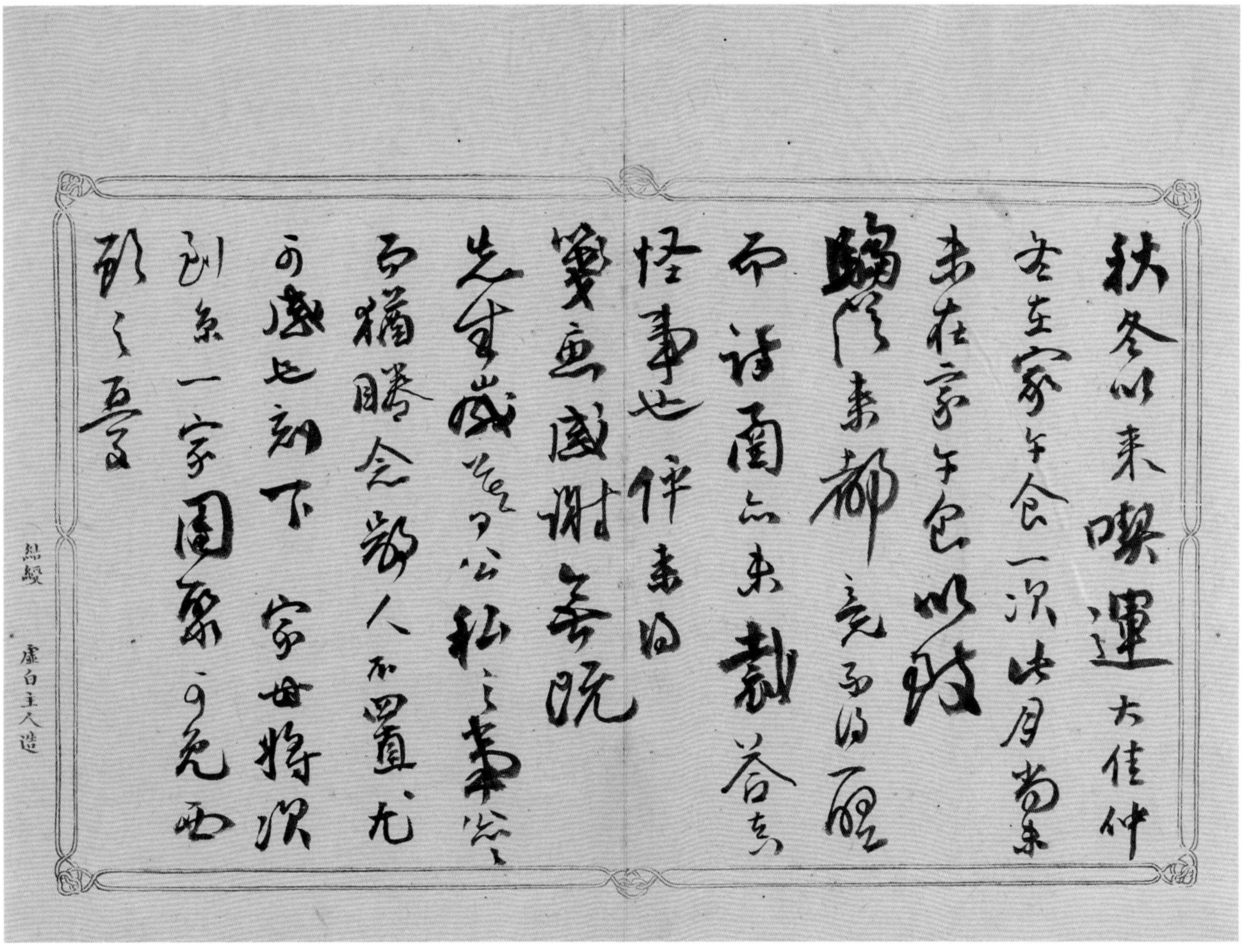

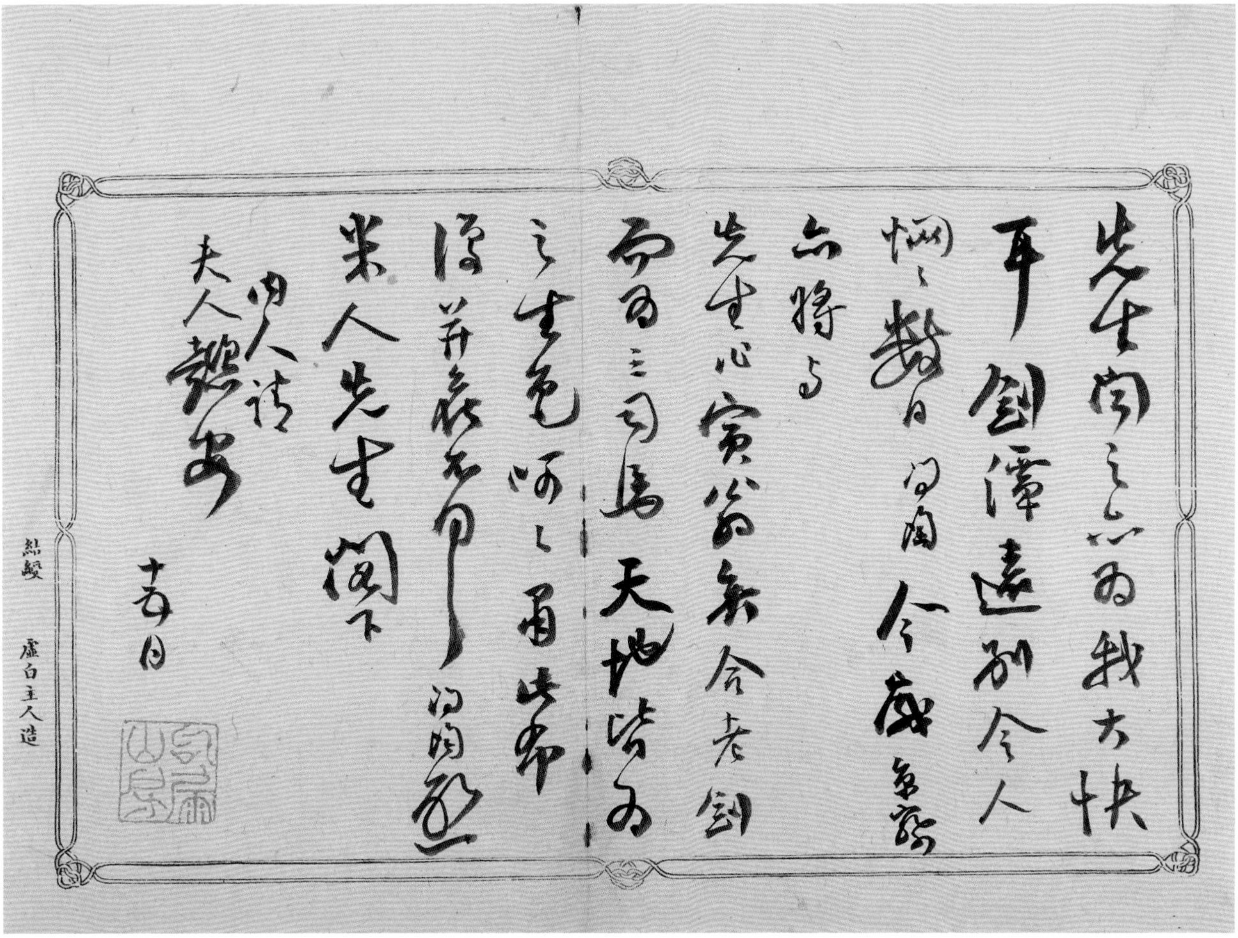

秋冬以来曠運大佳仲容先生家午食一次此月當來未在家午食以疏懶未赴竟不得晤而談聞亦來觀詳答云怪事也伴未得參無感謝至既先生病乞公於之事尚不獨勝念敬人不置尤可感也新下家母將以到京一家團聚可免西顧之憂

紀鞁　盧白主人造

先生聞之亦為我大快平劍潭遠別令人惘惘數日內囑令成集亦將與先生以寅翁集令老劍而為之刻馬天地皆可之書乞暇時一看此帶得并求問好米人先生閣下

內人請夫人雙安

十五日

紀鞁　盧白主人造

各 22.4 × 29.9 cm

秋冬以來噗運大佳仲
舍生家午食一次此月當朱
弟在家午飯以時
驗明來都竟不得
而詩圖亦未就答支
丞事平

寳画處閒蔡(?)

先生歲暮多公私之事冗

乃猶勝念鄙人而置之尤

可感也新年家安將次

到京一家團聚可免西

顧之憂矣

緑綬　虛白主人造

先生聞之必為我大快

乎劍潭遠別令人

惘惘數日因內今感冒

亦將至

先生必實答無今老劍

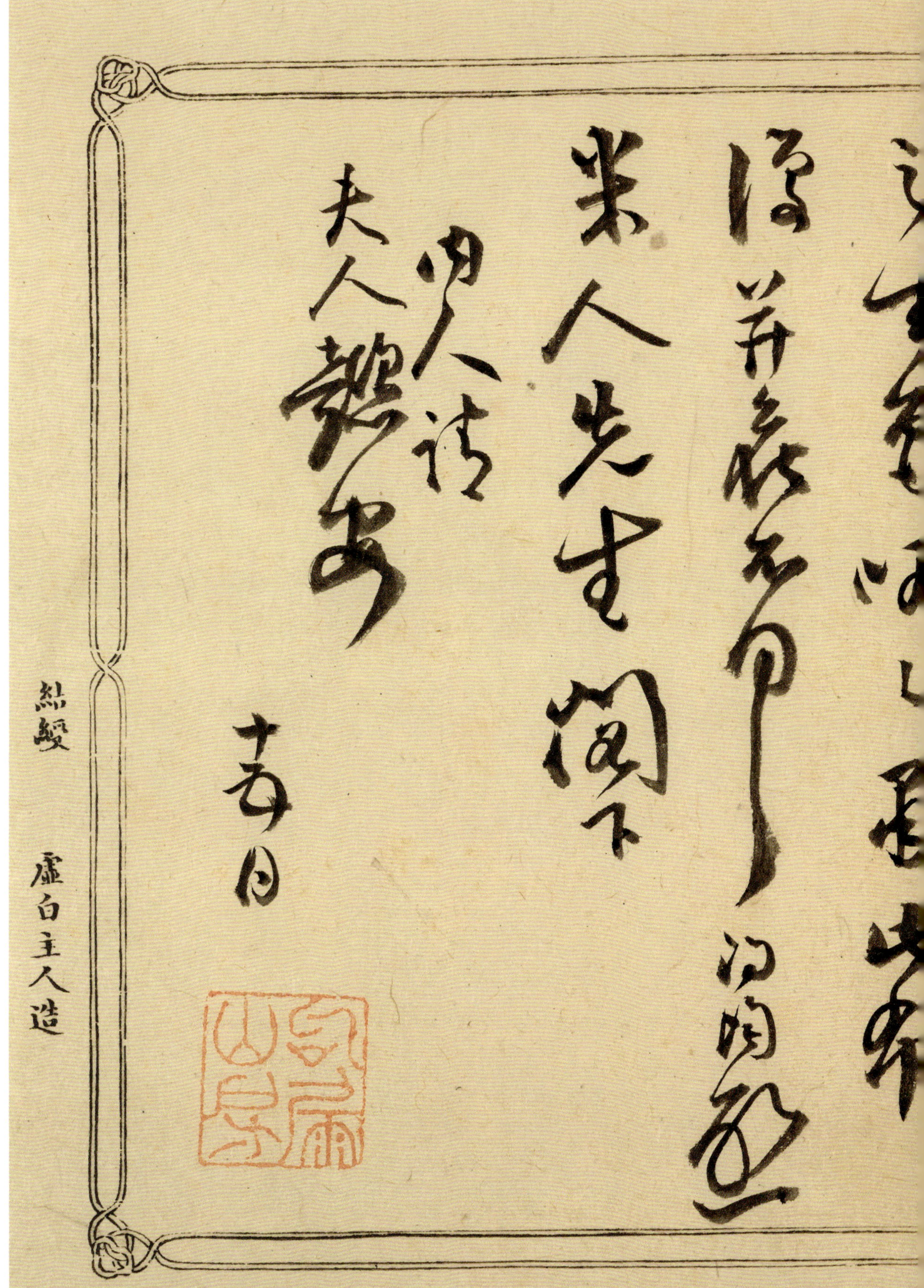
紅綬
虛白主人造

陳用光　致湘林札

釋文

愚弟陳用光頓首。

湘林仁兄大人閣下：頃奉

手書，並承寄來小兒家信，感荷、感荷。又承示近作七古、七律二首，逸韻鏗鏘，想見揮毫時意興。適春浦在座，同為擊節也。

來書於幼海、東山皆稱同年，然則吾

兄當是戊午同年也。舍弟沆亦是戊午，今在家作廣文，望吾

兄此後當敘此年誼，万勿後學云云，外弟於幼海、東山也。東山昨丁其嗣母之憂，閏月當出京，今年可得京察，而忽此一頓，其功名亦可謂蹭蹬矣。從前譚古愚先生作甘省臬司時，辦舖戶失火案，舖戶感其恩，於廟內鑄爐記其事顛末。弟嘗訪之，在甘知好，未得其詳，

足下與子受至好，又

素懷風雅，敢懇為查得，錄其詳見示兼以寄子受可也。弁羣兄近狀想佳勝，久未及作書，殊馳念。此次行人匆促，又不及作書，只寫近作一帋以致想念之意，望為轉致之，並述弟歉衷也。敝通家陳叔良當已至甘省，望

推愛訓誘之，茲有一札望為轉致也。外詩一帋，附呈

雅政。艸艸布候

升祺，諸惟

澄照，不宣。用光拜手，五月廿九日。

印章

石士啟事（朱文方印，兩鈐）

鑑藏印

子□（白文方印）

編按

陳用光（一七六八—一八三五），字碩士，號瘦石。江西新城人。嘉慶六年（一八〇一）進士，官至禮部左侍郎，提督福建、浙江學政。嘗為其師姚鼐（一七三一—一八一五）、魯仕驥（一七三二—一七九四年）置祭田，以學行重一時。工古文辭，著有《太乙舟文集》、《衲被錄》等。

各 24.8 × 26 cm

愚弟陳用光頓首
湘林仁兄大人閣下頃奉
手書並承寄來小兒家信感荷之至承
示近作七古七律二首逸韻鏗鏘無見
揮毫時意與適書浦左庵同為擊
節也

楚雲為
石士縮臨

[illegible]

在家作[illegible]矣坐也

兄此段書敘此年誼万句後學云云外尚

於幼海東山也東山昨丁艱嗣母之喪閏月

書出京今年于役京察而爲此一擬艱以

名系可謂題跋矣從前傳古恩先生作

甘肴臬司时辨鋪户先大業鋪户歲艱

石士縮臨

当已至甘肃堂
按发训练之并有一札望为转致也外访
一帘附呈
雅政艸艸布复
并叙诸惟
澄照不宣　周光拜手
五月廿九日

郭錡　黄鶴山詩帖

釋文

《黄鶴山下沿溪有酒肆數家聞前輩諸詩人往往携百錢觴詠於此近時罕見此風味矣春日踏青悵然有作》

東風小市柳條春，偶憶前賢故事存。一飯何曾念明日，百錢且共倒清尊。濛濛塵壁疑留字，渙渙溪流自繞門。剩有白頭傭保在，杏花相見也銷魂。

印章

郭錡私印（白文方印）、蘭池（朱文方印）、雨韭堂（白文長方印）

編按

郭錡（一七六九—一八二六），字蘭池，號丹淵。江蘇丹徒人。廪貢生，候選訓導。為王文治（一七三〇—一八〇二）弟子，工詩，亦善書畫。書風近似乃師。

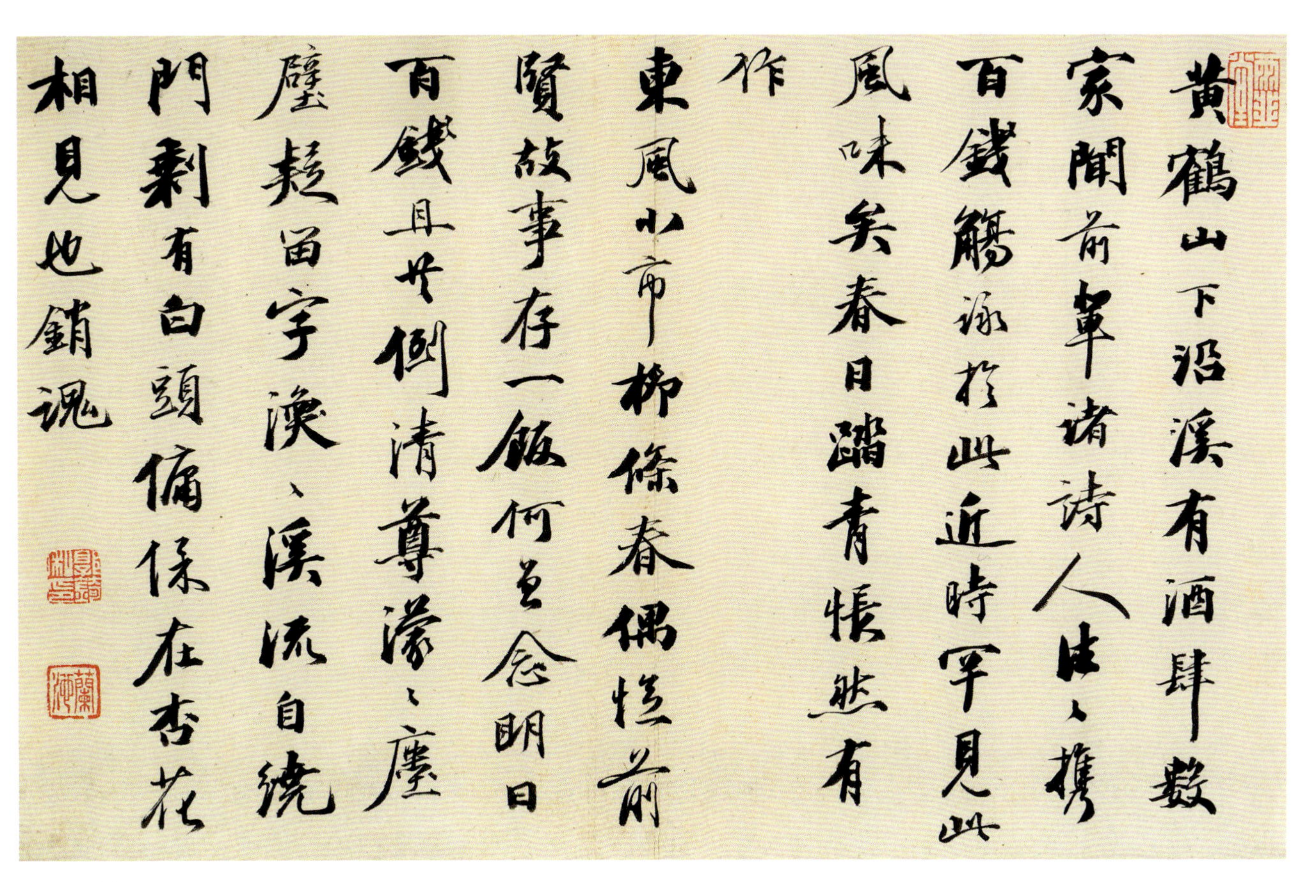

25 × 39 cm

黃鶴山下沿溪有酒肆數家聞前輩諸詩人時時攜百錢觴詠於此近時罕見此風味矣春日踏青悵然有作

東風小市柳條春偶笑之前

隨故事存一飯何曾念明日
百錢且共倒清尊濛濛塵
壁題留字漠漠溪流自繞
門剩有白頭偏係在杏花
相見也銷魂

英和　致汪志伊札

一八一四年

釋文

長至後接讀
惠言，知秋九涂學使南行，携奉一函，已
邀
台照。邇惟
六兄大人鼎祺增泰，
政履咸綏。
督清理于簿書，
勤簡稽于軍實。吏民悅服，輿頌懽騰，引睇喬雲，彌殷欣慰。弟如常供職，月前仰
蒙
恩旨，權掌清華，嗣又
命管茶膳房事務。
聖慈逾格，感惕益深。二兒奎耀以弱齡僥倖科名，皆沐　先人餘蔭所致，實為非分。
知承
綺注，用並附
聞。專此佈覆，順請
台安。諸希
荃照，不備。
愚弟英和頓首。

邊題

英和，索綽絡氏，號煦齋，滿洲正白旗人。乾隆癸丑進士，官至東閣大學士，有《恩慶堂集》。

姚瑩曰：「公為定圃尚書文定公子，少有異才。和珅欲壻之，不可，頗銜之。癸丑登進士，殿試恐為所中，乃變易書體得免。仁廟以公不附和黨，嘉焉，洊至大用。後因　寶華峪吉地辦工不堅，落職戍黑龍江，天下悲之。」

編按

英和（一七七一—一八四〇），姓索綽絡氏，初名石桐，字樹琴，一字定圃，號煦齋。滿洲正白旗人。乾隆五十八年（一七九三年）進士，選庶吉士，授編修。官至軍機大臣、戶部尚書、協辦大學士，加太子太保銜。亦曾兩度因罪流放。卒贈三品卿銜。工詩文，善書法，著有《卜魁集紀略》等。

信中云：「二兒奎耀以弱齡僥倖科名」，奎耀（約一七九五—一八四三年）成進士於嘉慶十九年（一八一四年），本札當作於此年間。時英和四十四歲，授吏部尚書、正藍旗滿洲都統、崇文門監督、署戶部尚書、文淵閣提舉閣事、軍機大臣上行走等職，正值仕途高峰。汪志伊七十二歲，任閩浙總督。

25.3 × 12 cm

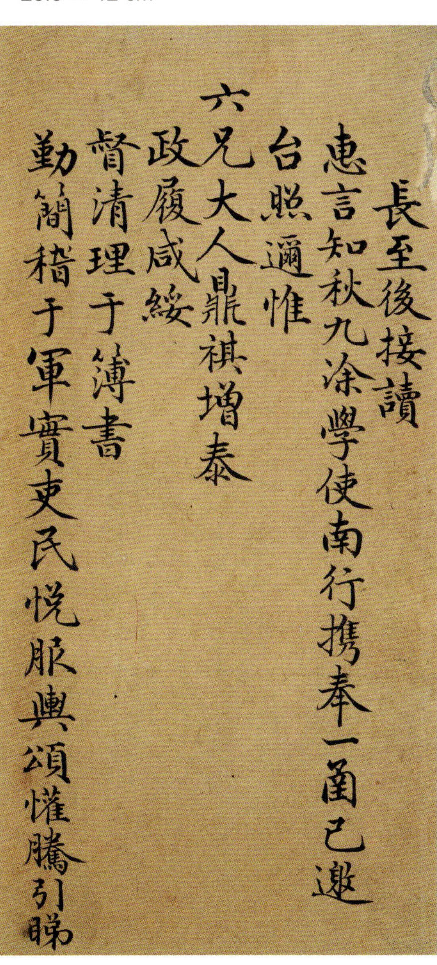
長至後接讀
惠言知秋九涂學使南行携奉一函已邀
台照邇惟
六兄大人鼎祺增泰
政履咸綏
督清理于簿書
勤簡稽于軍實吏民悦服輿頌懽騰引睇

英和

索綽絡氏，號煦齋，滿洲正白旗人。乾隆癸丑進士，官至東閣大學士，有恩慶堂集。

姚瑩曰：公為宗圖尚書文莊公子，少有異才，和珅欲婿之，不可，珅銜之。癸丑登進士，殿試忌為所中，乃變易書體得售。仁廟以公不附和，重嘉焉，洊至大用。後因寶華峪吉地辦工不堅，落職戍黑龍江，天下悲之。

畣雲彌殷欣慰弟如常供職月前仰蒙
恩旨權掌清華嗣又
命管茶膳房事務
聖慈逾格感惕益深二兒奎耀以弱齡僥倖科
名皆沐 先人餘蔭所致實為非分知
家
綺注用並附

25.4 × 12 cm

聞專此佈覆順請
台安諸希
荃照不備
愚弟英和頓首

25 × 12 cm

長至後接讀
惠言知秋九涂學使南行携奉一函已邀
台照邇惟
六兄大人鼎祺增泰
政履咸綏
督清理于簿書
勤簡稽于軍實吏民悦服輿頌懽騰引睇
爲雲彌殷欣慰弟如常供職月前仰蒙
恩旨權掌清華嗣又
命管茶膳房事務

彖
綺注用並附
聞專此佈覆順請
台安諸希
荃照不備
愚弟英和頓首

譚敬昭　致葉夢龍詩帖

約一八一六年

釋文

塔腳抽帆過學前（驛名），醉歌狂欲叩船舷。雪餘城角寒烟聚，峯缺江心落日圓。羚峽回看大如象，桂林西望遠於天。年年此地來還去，見慣江神亦惘然。《乙亥十二月端江歸舟》

雲林煙樹暗蕭蕭，野水連邨沒斷橋。忽聽一聲泥滑滑，馬蹄衝雨度花朝。《丙子花朝大雨過雲林河口號》

隱隱鐘聲隔岸聞，亭亭塔影自崖分。一江春水光浮日，萬戶朝烟散作雲。過眼征帆將遠志，舉頭歸鴈憶離羣。東風亦恨東流急，吹轉連波織錦文。《二月十八日舟發端江寄內》

衹是經年小別離，又看春水綠波時。旗亭試聽雙鬟唱，遍唱珠江楊柳枝。《二十日度珠江》

一片春從天上來，南枝看遍嶺頭梅。梅花引逐丹青引，馬上攜將畫本回。《題湯雨生都尉梅嶺逢春圖》

近作數首，呈

雲谷詞長先生藻正。選樓譚敬昭。

印章

選樓（朱文方印）、二禺山館（白文方印）

邊題

譚敬昭，字子晉，一字康侯。廣東陽春人。嘉慶丁丑進士，官戶部主事。（《國朝詩人徵略》）

《玉壺山房詩話》：「曩余於黎二樵寓齋壁上見康侯詩，相與歎為異才。迨乙丑九日，馮魚山先生招同越秀山登高，名流咸集，乃識康侯。舉止雍容，吐屬溫雅，蓋深於詩者也。魚山亟稱其樂府一體獨出冠時。」

編按

譚敬昭（一七七三—一八三〇），字子晉，號康侯。廣東陽春人。嘉慶二十二年（一八一七年）進士。工詩文，與張維屏（一七八〇—一八五九）、黃培芳（一七七九—一八五九）合稱為「粵東三子」。著有《聽雲樓詩鈔》、《聽雲樓詞鈔》等。

葉夢龍（一七七五—一八三二），字仲山，號雲谷。廣東南海人，葉廷勳（?—一八〇九）子。曾任職農部，官至戶部郎中。雅好書畫，精於鑒別，家有「風滿樓」，為嶺南收藏名家。著有《風滿樓書畫錄》、《貞隱園古篆法帖》等。

本札錄譚敬昭詩作五首，其《聽雲樓詩鈔》俱未見收載。所稱「近作數首」，其中有〈丙子花朝大雨過雲林河口號〉，查「丙子」為嘉慶二十一年（一八一六年），則本札當作於此年或稍後。

譚敬昭字子晋一字康侯廣東陽春人嘉慶丁丑進士官戶部主事 國朝詩人徵略

壚腳抽帆過學前 嶧名 醉歌狂欲叩船舷雲
餘城角寒烟聚峯缺江心落日圓羚峽回看
大如象桂林西望遠於天年年此地來還去見
慣江神亦惘然 乙亥十二月端江歸舟
雲林煙樹暗蕭蕭野水連郵沒斷橋忽聽一
聲泥滑滑馬蹄衝雨度花朝 丙子花朝大雨過雲林河口驛
隱隱鐘聲隔岸聞亭亭壚影自崖分一江春
水光浮日萬戶朝烟散作雲過眼征帆將遠
志舉頭歸鴈憶離羣東風亦恨東流急吹

玉壺山房詩話 曩余於黎二樵寓齋
壁上見康侯詩相與歎為異才迨乙
丑九日馮魚山先生招同越秀山登高
名流咸集乃識康侯舉止雍容藹
溫雅蓋深於詩者也魚山亟稱其樂
府一體獨出冠時

轉連波織錦文 二月十八日舟發端江寄內
祇是經年小別離又看春水綠波時旗亭試聽
雙鬟唱遍唱珠江楊柳枝 二十日度珠江
一片春從天上來南枝看遍嶺頭梅梅花引
逐丹青引馬上攜將畫本回 題湯雨生都尉梅嶺逢春圖
近作數首呈
雲谷詞長先生足滌正
選樓譚敬昭

各 22.4 × 18.2 cm

艙腳抽帆過學前驛名醉歌狂欲叩船舷雪
餘城角寒烟聚峯缺江心落日圓羚峽回看
大如象桂林西望遠於天年年此地來還去見
慣江神亦惘然

乙亥十二月端江歸舟

雲林煙樹暗蕭蕭野水連邨沒斷橋忽聽一
聲泥滑滑馬蹄衝雨度花朝

丙子花朝大雨過雲林河口驛

隱隱鐘聲隔岸聞亭亭塔影自崖分一江春
水光浮日萬戶朝烟散作雲過眼征帆將遠

轉連波織錦文 二月十六日舟發端江寄内

衹是經年小別離又看春水綠波時旗亭試聽

雙鬟唱遍唱珠江楊柳枝 二十日度珠江

一片春從天上來南枝看遍嶺頭梅梅花引

遂丹青引馬上攜將畫本回 題湯雨生都尉梅嶺逢春圖

近作數首呈

雲谷詞長先生郢正

選樓譚敬昭

徐同柏 致改齋 傅𡽱札

一八四三年

釋文

委書二種奉去，識淺筆弱，不足存也。連得機雲片牘、吕薛遺文，快極。此覆，即候改齋、傅𡽱兩先生。徐同柏頓首。

道光癸卯小暑後一日。

鑑藏印

訇龕鑑定（白文方印）

邊題

徐同柏，原名大椿，字壽藏，號籀莊，嘉興歲貢。《府志》：「同柏性純孝，居父喪，哀毀幾滅性。舅氏張廷濟指授六書，通篆籀，始輯《應仁鄉興金石文字紀》、《古器物銘》。與海鹽張開福契交，游履所至，凡殘碑零碣，下至井闌橋柱、瓦當甓甎，摩沙攷証，有《從古堂款識釋文》。晚輯《竹里詩存》。」

編按

徐同柏（一七七五—一八五四），字壽藏，號籀莊。浙江嘉興人。貢生，得舅氏張廷濟（一七六八—一八四八）指授，精研六書。喜作篆籀奇字，本札首句中「去」字可見一斑。工詩，善刻印，著有《從古堂吟稿》等。

上款人「改齋、傅𡽱」身分未詳，讀信中「機雲片牘」一句，乃借用西晉陸機、陸雲昆仲以尊稱，故知此兩人當屬兄弟。徐同柏受委託書寫兩件作品，完成後修函一併送上，除自謙「識淺筆弱」而外，亦不乏讚頌對方之美辭。而「吕薛遺文」乃比喻宋代金石學家吕大臨和薛尚功，所指或為鐘鼎拓片。款署「道光癸卯」，即道光二十三年（一八四三年）。

徐同柏 原名大椿，字壽藏，號籀莊，嘉興歲貢。府志：同柏性純孝，居父喪哀毀幾滅性。舅氏張廷濟指授六書，遂通篆籀，始肄在仁鄉出金石文字及古器物銘。與海鹽張開福契友遊履所至，凡殘碑零碣，下至井闌、橋柱、瓦當、甓甎，摩沙考証，有從古堂款識學文晚耕好學詩存

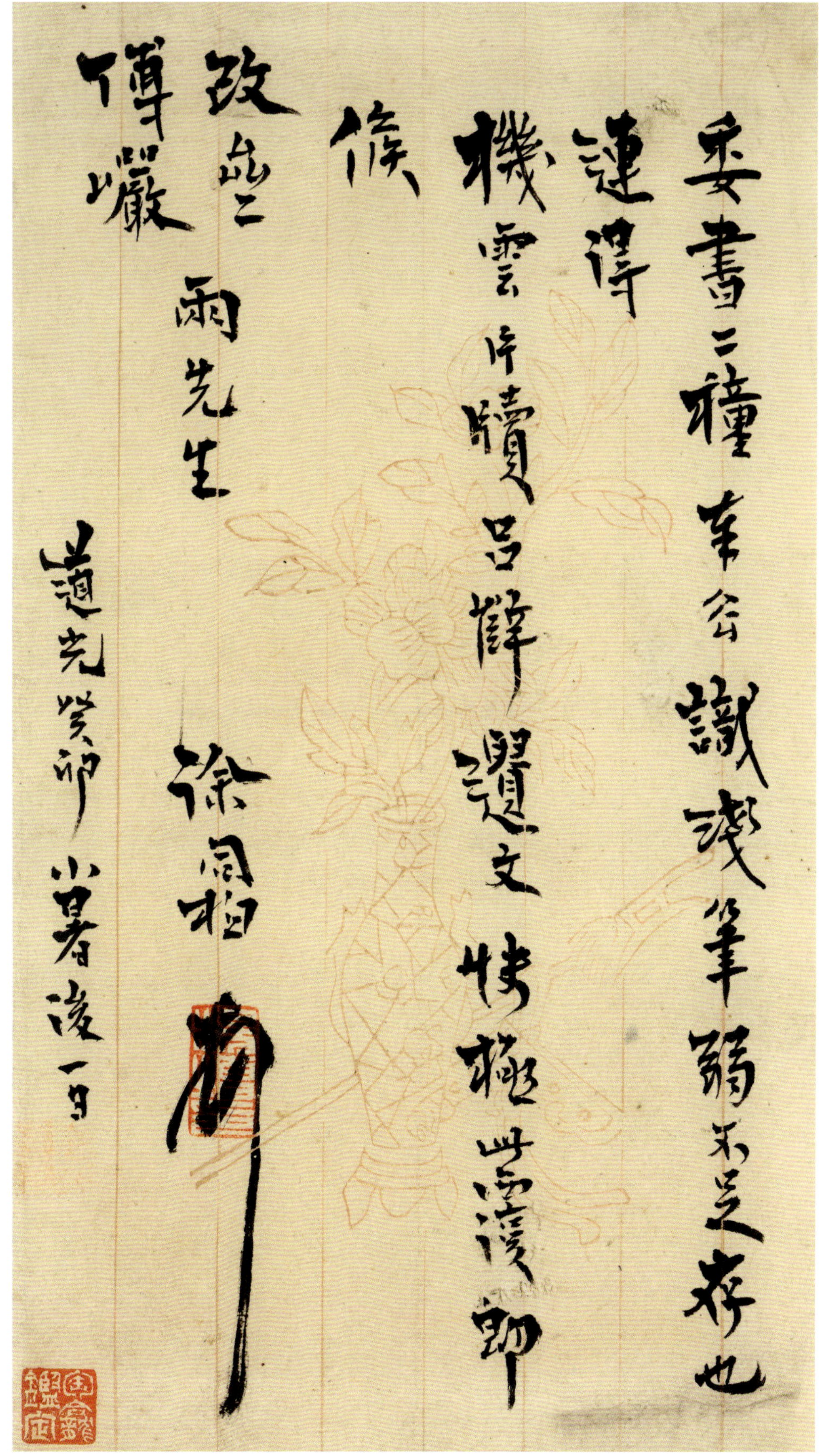
委書二種，韋公識淺筆弱，不足存也。
蓮得
機雲片牘，呂辟選文，快極無浸卽
候
致 岱之
雨先生
傳巖
徐同柏 頓首
道光癸卯小暑後一日

21.8 × 12.1 cm

包世臣　致畢亨詩帖

一八一七年

釋文

余昔從事九女陵（在江南黃河入海處，屬阜寧縣，地名大淤尖），親見龍宮火燄騰。漁戶載水入浪去，飛橈環折盤秋鷹。灑水漫空作黃雨，須斯煙息波無稜。燼餘棟柱復湧出，朱髹半焦紋裂氷。又見玉繩海中立，百丈直上神所憑。頂有片雲覆如蓋，土嫗一望穎忽憎。頃刻化雪大於掌，坐使滿地鋪齊繒。二奇目擊古未說，海現何必疑文登。何況人心險於水，變幻百出無能朋。畫師必欲盡其態，□恐坐貴刻谿藤。善哉知識東坡叟，文字障徹歸禪燈。物能為樂不能病，此語拳拳吾服膺。

嘉慶丁丑秋，余與 恬溪畢君俱滯迹都下，恬溪持楊龍《登蓬萊閣觀海市九變圖》見示，云是
南舟初君所藏，且屬為詩。余自成童以詩賦知名宇內，及庚申年廿五，始以為非壯夫之事，絕意吟咏。今見此卷筆墨沖澹，心有所觸，□重拂 恬溪之意，而行笈無詩韻可撿，止墨刻中有東坡《墨妙亭詩》，遂和其韻，使二君同發一噱焉。包世臣并記。

印章

世臣印信（白文方印）、包氏奝伯（白文方印）、安吳（朱文長方印）

編按

包世臣（一七七五—一八五五），字慎伯，晚號倦翁。安徽涇縣人。從鄧石如（一七四三—一八〇五）習篆隸，嘉慶十三年（一八〇八年）舉人，道光十九年（一八三九年）官江西新喻知縣，被劾去官。鑽研經世之學，著有《齊民四術》等。又大力倡導北魏，其書論名篇《藝舟雙楫》，對清代後期書壇影響鉅大。

畢亨，字恬溪，生卒年不詳。山東文登人。嘉慶十二年（一八〇七年）舉人，道光六年（一八二六年）以大挑縣知縣分發江西，署安義縣，繼補崇義縣知縣。著有《九水山房文存》、《孫子敘錄》。

本札款署「嘉慶丁丑」，即嘉慶二十二年（一八一七年），時包世臣四十三歲。所次韻原詩，為蘇軾《孫莘老求墨妙亭詩》。楊龍，宋代畫家，生平僅見鄧椿《畫繼》的簡短記載：「成都人，善畫花，可亞費道寧。」作品未見傳世。

余昔從事九女陵在江南黃河入海處屬阜寧地名也親見龍宮火燄騰漁舟
載水入浪去忽撓環折盤
秋鷹濤水[illegible]望作黃雨
須臾熄息波無痕燼餘

棟桂復濟出朱緑半焦紋
怒水又見玉鐶沒中直至足
直上樓不焉頂有片雲霞
如蓋土[illegible]一望類忽增須
刻代雪大[illegible]學坐使滿地

鋪齋經二奇因聲古來說
海現月必疑文登何況人
心登樓水變為百出無能
刷畫師必為畫甚態[illegible]
怒坐貴劉谿藤善乳如

識東坡叟文字障[illegible]
禪燈物能為樂不能病
此語參參吾服膺
嘉慶丁丑秋余與怡溪畢君
偶滯延都下 怡溪持揚瀛

登蓬萊閣觀海市九變圖
見示云是
南舟初君所藏 且屬為詩余
自成童以詩賦知名[illegible]
唐中舍[illegible]以為[illegible]壯夫之
事[illegible]吟詠今見此卷[illegible]

[illegible]之有所觸遂[illegible]
[illegible]而行[illegible]詩韵[illegible]
刺中舍東坡[illegible]詩[illegible]
紅[illegible]題[illegible]
二君同[illegible]世[illegible]

各 28 × 18 cm

名家翰墨

余昔從事九女陵在江南黃河入海處屬阜寧縣地名大淤尖矣親見龍宮史鼓騰漁舟載水入漩玄瓦繞環折盤秋鷹潑水濕笠作黃雨須臾煙息波無纖燼餘

棟柱復濤出朱綠半焦紋
礎水又見玉繩沒中豆夏
直上稱不隱頂有片雲霞
山蓬土姬丁燈類忽增瀆
劃代雷大炸掌坐使滿地

鋪齋繩二奇因静古来流
海現月必疑文登何况人
巴陰於水變為百出無能
朋畫師必為畫甚總照
懸坐貴劉谿藤善乳知

識東坡叟文字障徹骨

禪燈物絕為樂不能病

此語拳拳吾服膺

嘉慶丁丑秋余與 悟溪畢君

偶滯迹都下 悟溪持搨觀

登蓬萊閣觀海市九變圖
見示云是
南舟初君所藏，其屬為詩。余
自成童以詩賦知名庠序，及
庚申棄世，王路以為歐杜夫之一
十年總意吟咏，今見此卷不覺泫然書

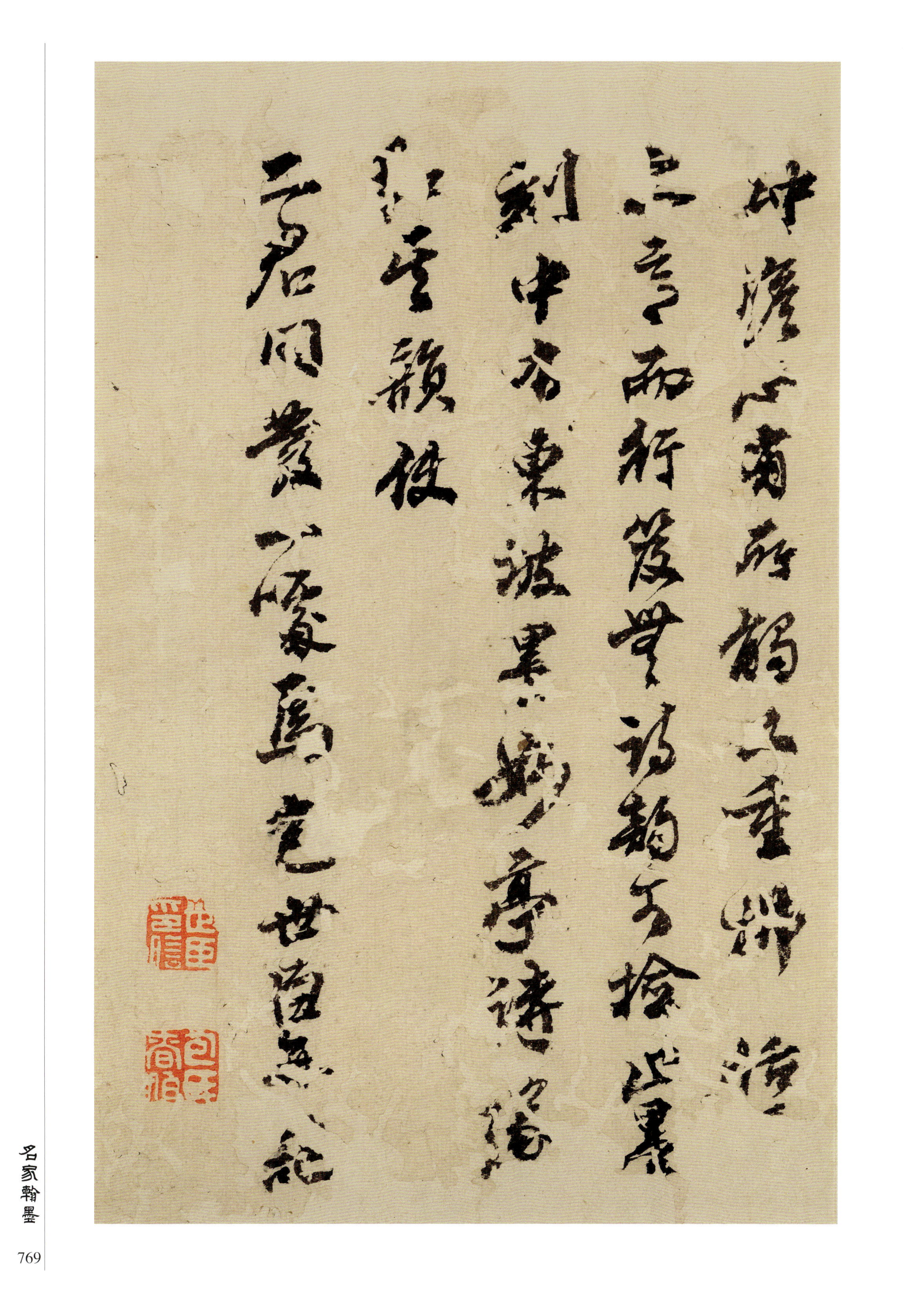

王衍梅　致周三燮札

釋文

連日墮落酒阬，幾為帶汁諸葛，昏昏中又將尊稾失去。噫，吾知罪矣！幸卌帋一葉尚在桉頭，草草塗鴉，用以塞　黃麗之罵，明日鎮當奉繳也。《石笥買醉圖》昨在阿壽處做成，自負古艷濃香，大得美人之助。今又續誦

大著，則倉山翁所謂「美人顏色古人書」，走殆兼而享之矣，獨恨秘戲舊作為豎奴借去，堅措不還，不得不以疾足追之耳。率此奉覆

教言，餘容把袂細叙。

南卿大兄大人如面。五弟王衍梅叩首、叩首。

（阿壽已命名為香妝矣。此人蕉萃可憐，而眼界空闊，吾兄壺賦一詩以箴之，呵呵！）

鑑藏印

訇龕鑑定（白文方印）

邊題

王衍梅，字笠舫，會稽人。嘉慶辛未進士，官廣西武宣知縣。工駢文。著有《保雪堂集》。

編按

王衍梅（一七七六—一八三〇），字律芳，又字笠舫。浙江會稽人。早年為阮元（一七六四—一八四九）幕客，嘉慶十六年（一八一一年）進士，曾官廣西武宣知縣，未十日，以吏議失官。工詩，著有《綠雪堂遺稿》。

周三燮（一七八三—約一八三二），字南卿，號芙生。浙江錢塘人。生平見前文魏成憲札。

王衍梅 字笠舫，會稽人，嘉慶辛未進士，官廣西武宣知縣，工駢文，著有綠雪堂集

連日隨夜酒沉華為常，汁諸萬感，中又將
尊藁失去，昨來始覓矣，幸冊中一葉尚在枕
頭，第二塗鴉用以塞　貴風之罵，此日鎮當奉繳也。
石笥買醉圖昨在河壽處假來，自負古絕濃豔，
大得美人之助，今又讀誦
大著，則倉山翁所謂美人欲乞古人畫者，殆無可

25.7 × 13.8 cm

辜之矣，惆悵秘哉，薄作為壁收，借去堅持不留，
有目不以疾辭退之耳，來此幸復
喪之跡家把袂細敘。
南邨老兄大人 如晤　弟王衍梅叩首
阿壽已命名為東洲矣，此人甚辛苦而耐累聞
兄盍賦一詩以箴之何如

25.5 × 13.8 cm

王衍梅 字笠舫，會稽人。嘉慶辛未進士，官廣西武宣知縣。工駢文，著有保雪堂集。

連日隨夜酒阮菜為帶汁法蔔蔔中又將
尊藁失去，昨又出鼻矣。幸冊存一葉，尚在枝
頭，草草塗鴉，用以塞責。飆之罵，昨日鎮當奉繳也。
石菖買歸圖，昨在河壽處做成，自負古絕濃矣。
大作美人之物，今又讀誦
大著，則倉山翁所謂美人，欲乞古人畫去，強畫句

享之矣獨恨秘戲舊作為璧奴借去堅指不還
何不以疾足追之耳專此奉復
並候安祺把袂細敘
南卿老兄大人如面
王一亭 張梅卿同上
阿壽已命名為來收矣此人甚善而不嫌學黑面者
兄無賦一詩以藏之否

湯貽汾　致周三燮札

釋文

前承

手翰，垂詢殷殷，並荷

見懷疋什，感謝曷已。賤體迄未全愈，近日惟略可支持而已。屢蒙

關注，實抱不安。頃有洪筠軒寄來一緘，祈

查收。日內如可　見過，即撥冗一來為望，尚有要話面陳也。即問

南卿尊兄刻安。弟貽汾頓首。

邊題

湯貽汾，字雨生，號粥翁，江蘇武進人。襲雲騎尉世職，官至浙江樂清協副將，謚貞愍。有《琴隱園詩詞集》、《畫筌析覽》。

《縣志》：「貽汾工詩書畫，退居江甯，葺精舍，焚香鼓琴，翛然出塵外。海內名宿多與之遊。咸豐癸丑，粵匪陷江甯，貽汾從容賦絕命詩，曳杖赴舍旁李氏池死。事聞上，以其死三世死事，優卹如例。」

編按

湯貽汾（一七七八—一八五三），字雨生，一字若儀，號粥翁。江蘇武進人。襲雲騎尉，歷任蘇、粵、贛、浙等省守備、都同、參將，後退隱江寧。善詩文書畫，與戴熙（一八〇一—一八六〇）並稱。其妻董琬貞（一七七六—一八四九），以及長子湯綬名、次子湯懋名、三女湯嘉名、四子湯祿名，一門皆工翰墨。

周三燮（一七八三—約一八三二），字南卿，號芙生，浙江錢塘人。生平見前文魏成憲札。

「洪筠軒」，即洪頤煊（一七六五—一八三七），字旌賢，號筠軒，晚號倦舫老人。浙江臨海人，嘉慶六年（一八〇一年）貢生，官至廣東候補直隸州州判。為孫星衍（一七五三—一八一八）門生，後遊嶺南，入阮元幕。著有《孔子三朝記注》、《平津讀碑記》等。

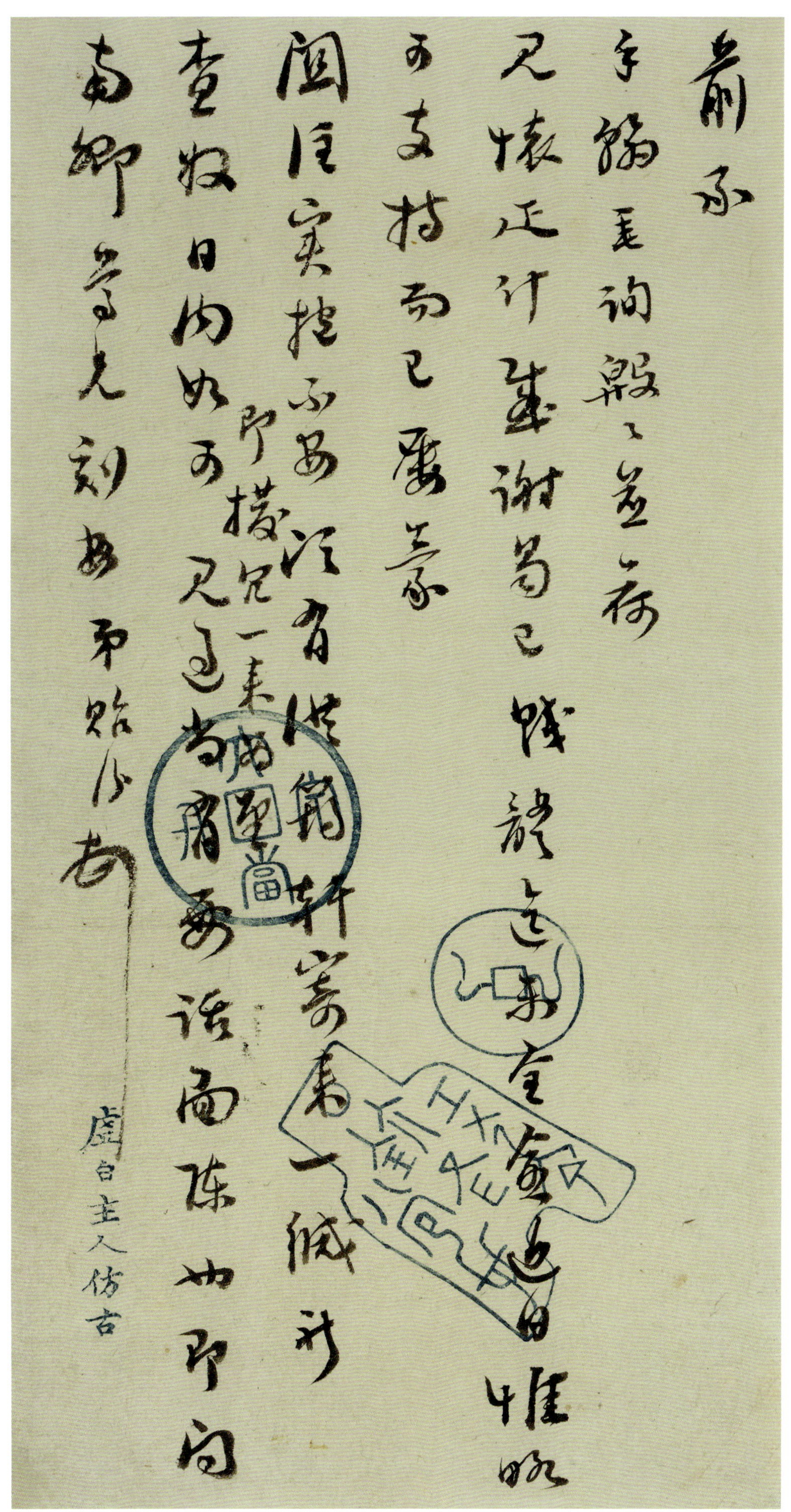

24.5 × 11.9 cm

湯貽汾 字雨生號粥翁江蘇武進人襲雲騎尉世職官至浙江樂清協副將謚貞愍有琴隱園詩詞集畫筌析覽
異志貽汾工詩畫書退居江寧葺精舍焚香鼓琴翛然出塵外海內名宿多與之游 咸豐癸丑粵匪陷江寧貽汾從容賦絕命詩曳杖赴屋旁李氏池死事
聞
上以其死三世死事 優卹如例

湯貽汾　致周三燮札

釋文

卷子迄未動手，茲即繳上扇，南下恐復忘卻，故草草成之。行期既速，能多晤乃佳。此復。即問起居，不具。汾拜復。南卿先生。

鑑藏印

匋龕鑑定（白文方印）

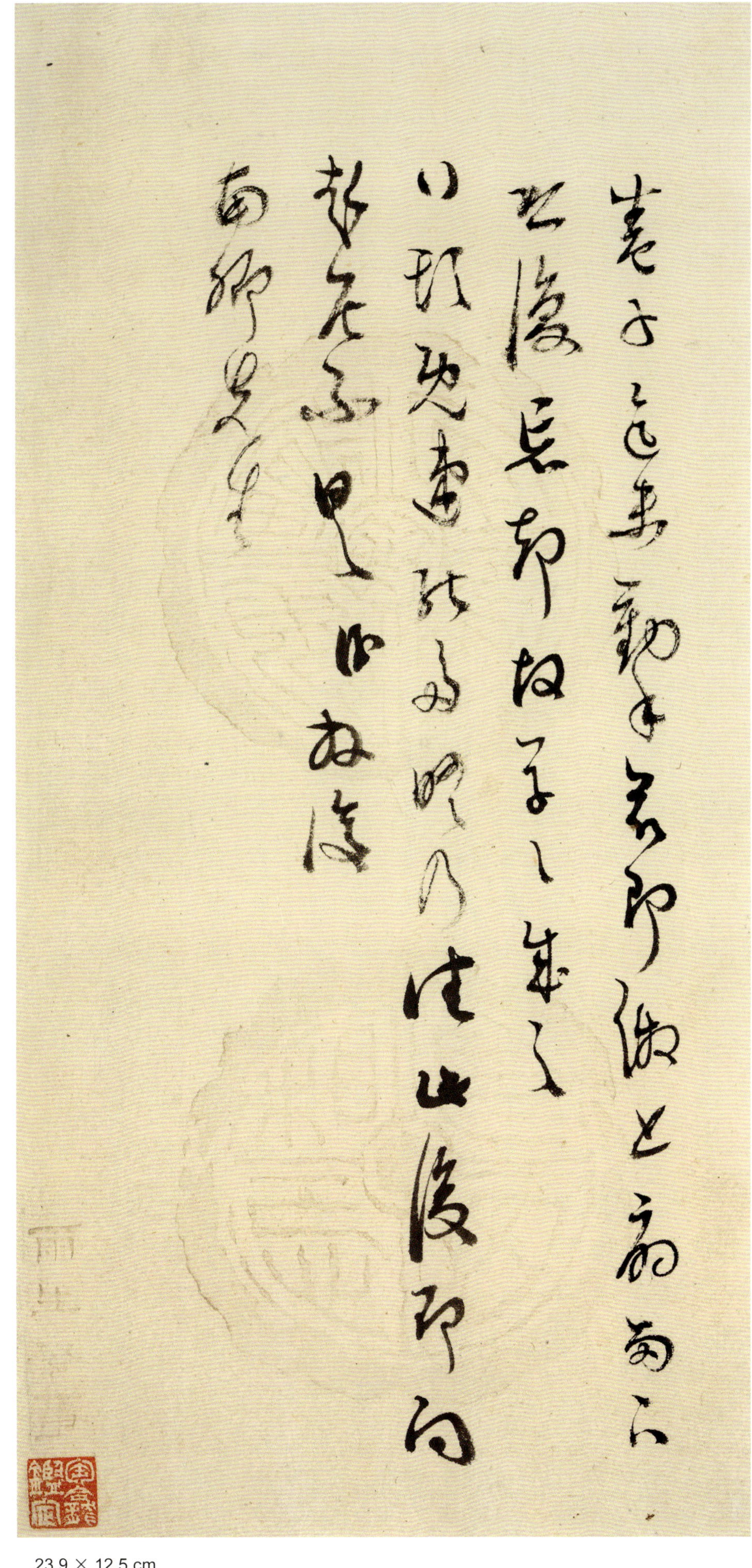

23.9 × 12.5 cm

徐楙 致周三燮札

釋文

日前飽飫

郇廚，謝謝！中道失足汙韈，作大笑話，被夢華處盧胡，想吾

兄蚤已知之。弟緣上下之隔，不能分身，所項可憑付來手，為荷。此瀆，並

請

南卿三兄大人歲禧。弟徐楙頓首。

鑑藏印

匋龕鑑定（白文方印）

邊題

徐楙，字仲免，號問蘧。錢塘諸生。

《杭郡詩三輯》：「問蘧廣見博聞，搜奇嗜古。金石之學，古器之評，莫不真贋鑒別。所藏吉金極富，商父癸爵、周應公鼎，尤見珍祕。

編按

徐楙（一七七九—一八三九），字仲勉，號問蘧。浙江錢塘人。好收藏，得叔祖徐瀹之傳。治印師法趙之琛（一七八一—一八五二），又能書善畫，並工詩文，傳世有《問蘧廬詩詞》、《漱玉詞箋》等。

周三燮（一七八三—約一八三一），字南卿，號芙生。生平見前文魏成憲札。

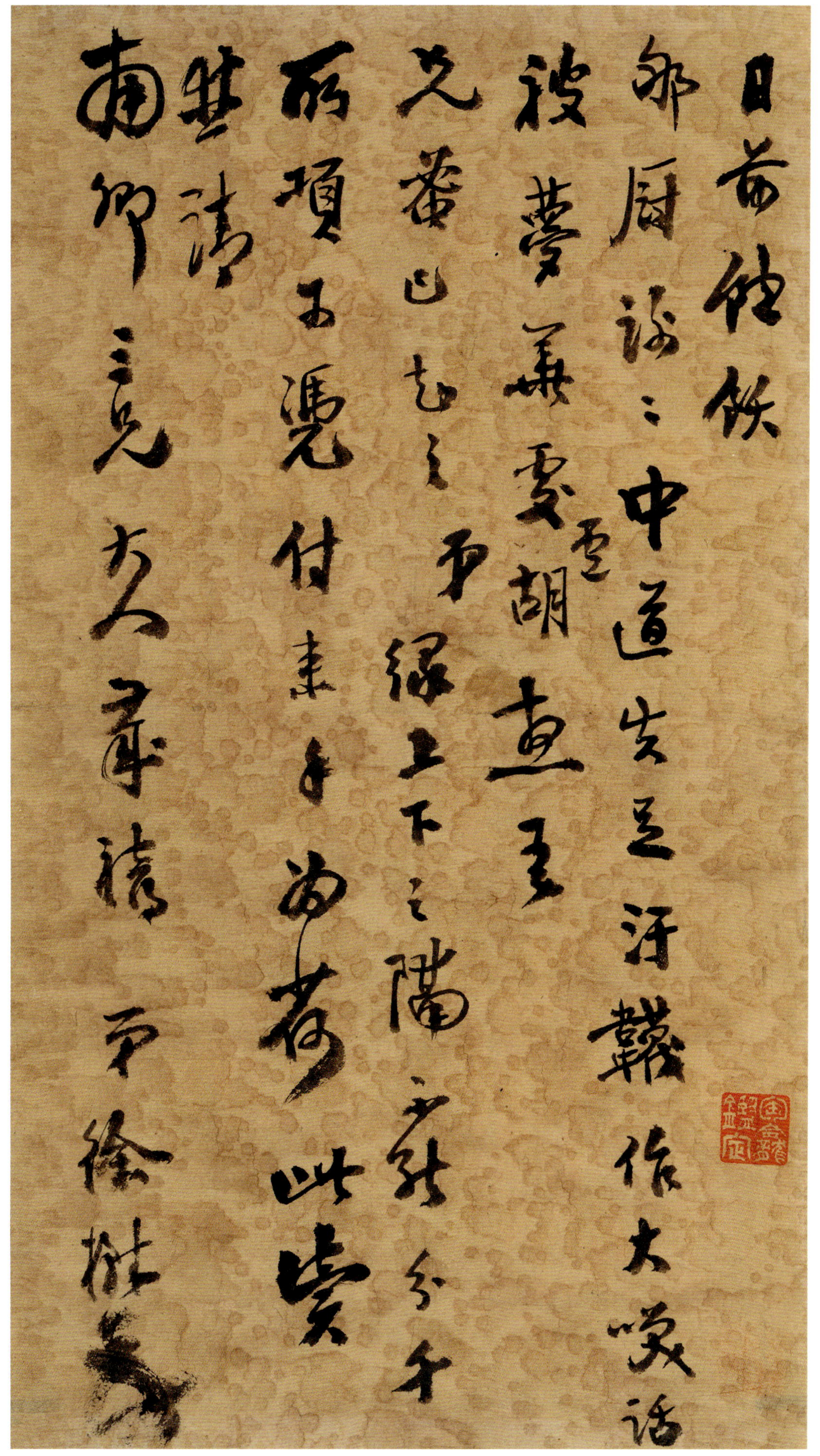

23 × 12.8 cm

徐楙

字仲繇，號問蘧，錢塘諸生。杭郡詩三輯：問蘧廣見博聞，搜奇嗜古，金石文字，古器之評，莫不真贋立判，所藏古金極富，商彝周鼎，尤多珍秘。

張維屏　致周三燮札

釋文

薌墅翁壽詩乞代呈。此頑仙遊戲之詞，未審能博真仙之一笑否耳。

南卿道兄。愚弟制維屏頓首，初三日。

邊題

張維屏，字南山，號子樹，廣東番禺人。道光壬午進士。歷官湖北黄梅縣知縣、江西同志、署南康府知府。

《國朝先正事畧》：「先生少負才名，以風雅飾吏治，與陽春譚康侯、香山黄子實稱粤東三子。性愛松，自號松心子，又號珠海老漁。有《聽松廬文鈔》、《詩話》、《松心日録》、《松軒隨筆》、《老漁閒話》、《國朝詩人徵畧》。」

編按

張維屏（一七八〇—一八五九），字南山，號子樹。廣東番禺人。道光二年（一八二二年）進士，生平詳本札邊題。晚年擔任學海堂學長，與譚敬昭（一七七四—一八三〇）、黄培芳（一七七九—一八五九）合稱為「粤東三子」。

周三燮（一七八三—約一八三二），字南卿，號芙生。見前文魏成憲札。

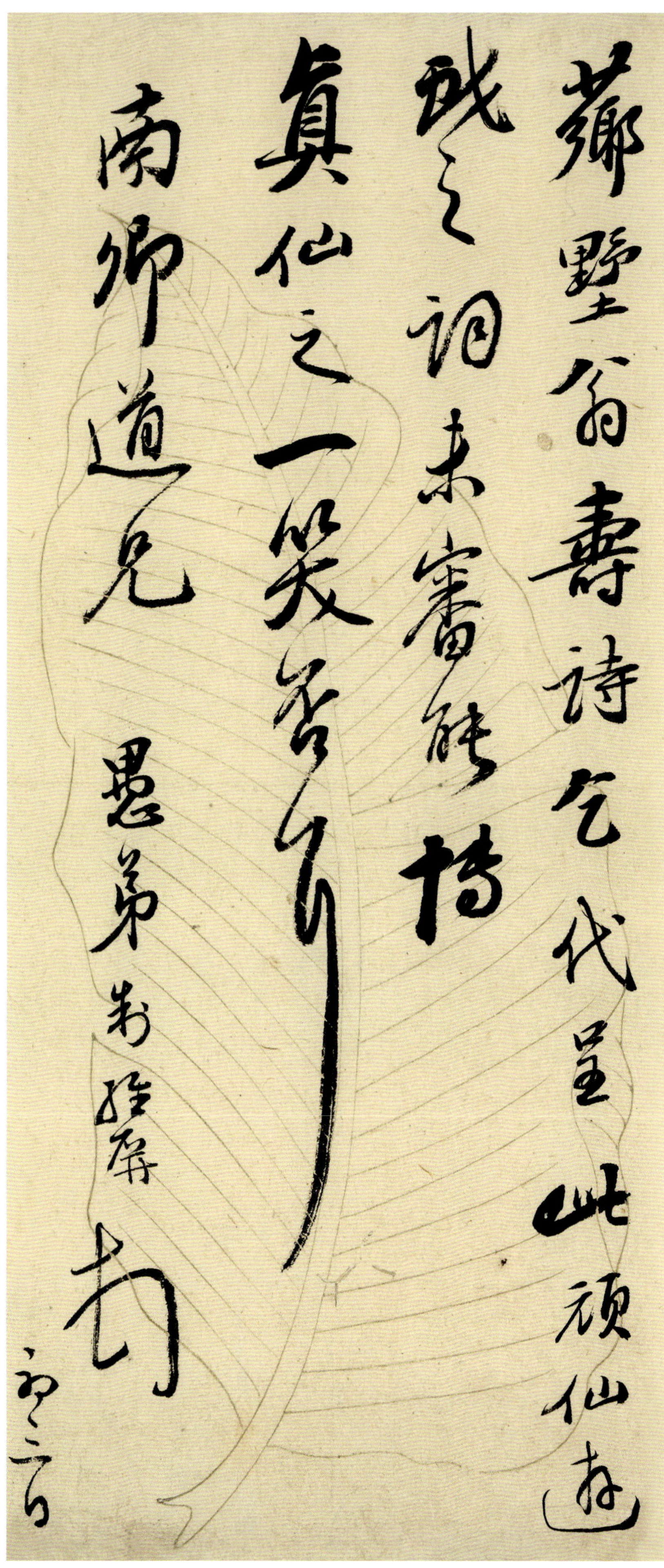

26 × 11 cm

張維屏

字南山號子樹廣東番禺人道光壬午進士歷官湖北黃梅縣知縣江西同知署南康府知府

國朝先正事畧 先生少負才名以風雅飾吏治與陽春譚康侯香山黃香石稱粵東三子性愛松自號松心子又號珠海老漁有聽松廬文鈔詩鈔松心日録松軒隨筆老漁閑話國朝詩人徵畧

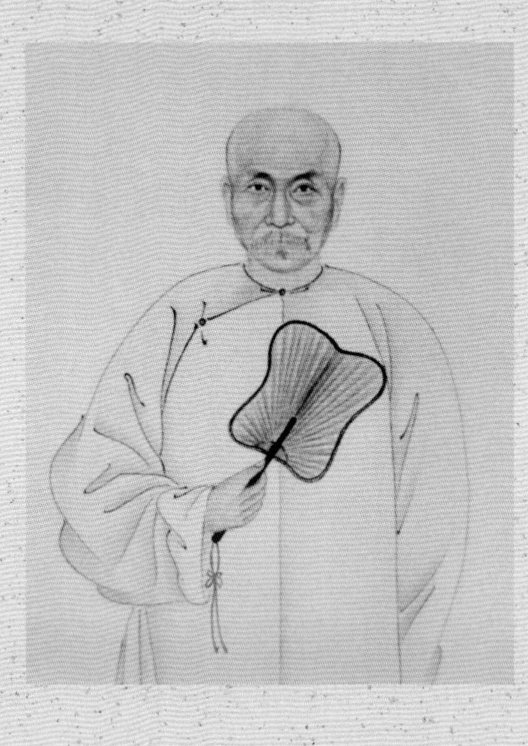

張維屏　致周三燮札

釋文

書至久未裁答，緣俟《雲泉碑》至今。并蒙山扇奉繳，祈察收。《雲泉》佳篇，當合棠湖作，合書一帋，付山館藏之，亦雪泥鴻爪意也。不多及。

南卿詞兄。愚弟制維屏頓首。

（籤式一帋乞致　棠湖求隸書。）

鑑藏印

匋龕鑑定（白文方印）

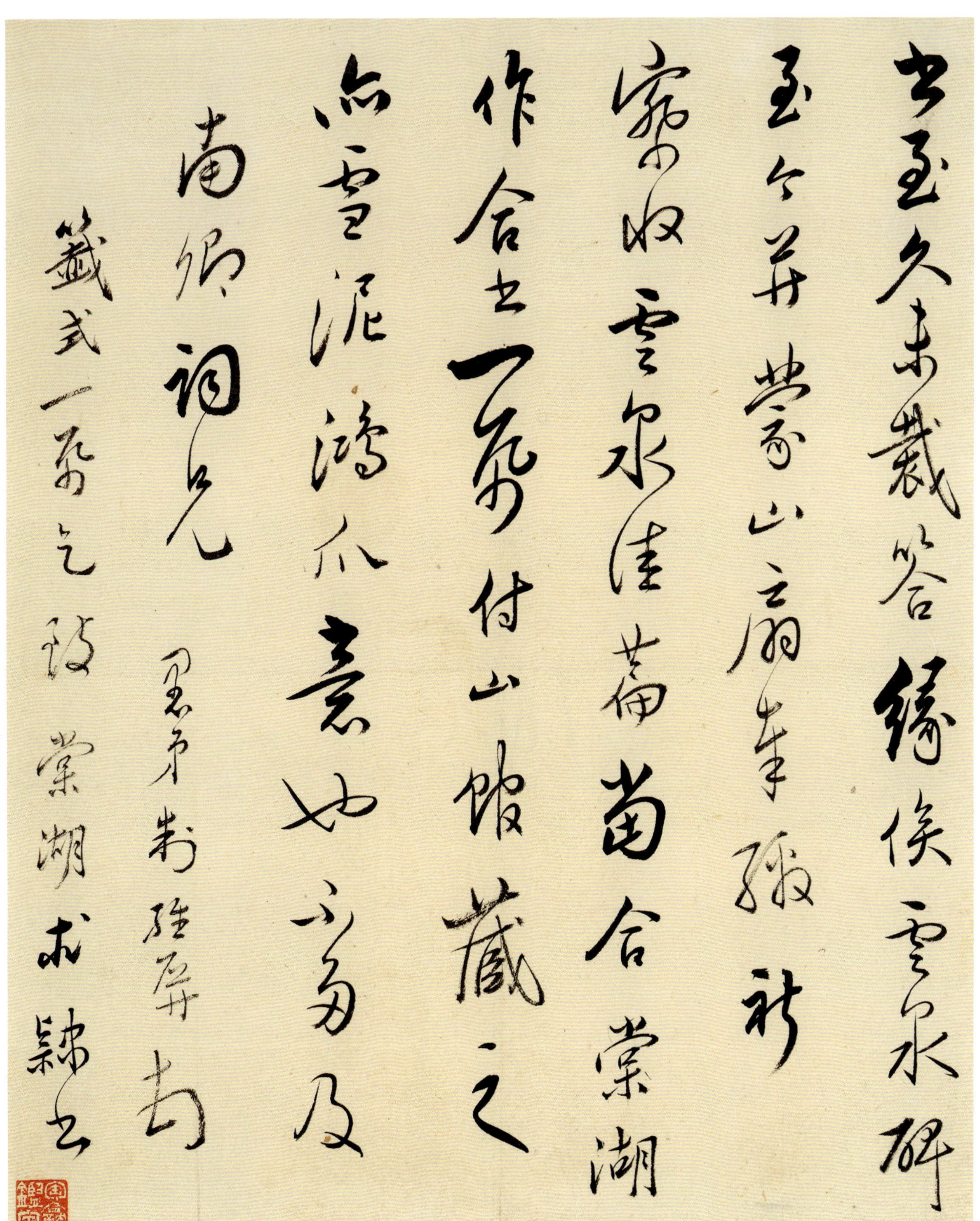

26 × 20.6 cm

吳蘭脩　致周三燮札

釋文

蘭脩再拜曰：

南卿三哥大人閣下：倚門歲暮，聽鏡宵長，知閣下又為弟等分憂，月落悲懷，益增反側。秋田以家書屢逼，準東篚於月盡日行，弟雖遲，於食臘八粥前，當買快艇矣。寒郊瘦島，方伯見憐，急欲溫咏之，不啻寒客之盼春風也。番禺二席，知已嘘及，祈報消息是幸。曰雲梅花不知開到幾許，若得作一佳會，大是快事。肅此奉白，即請

起居。附呈舍侄竹君試艸，望以子弟行視之而教之聲律。廿七日，弟吳蘭脩再拜。

棠湖仁兄大人希代詢興居。

（秋田致聲候安。）

鑑藏印

匋龕鑑定（白文方印）

邊題

吳蘭脩，字石華，嘉應人，嘉慶舉人。官信宜訓導。藏書甚富，顏其室曰「守經堂」。著有《南漢紀》、《宋史地理志補正》、《端溪硯史》。

編按

吳蘭脩（一七八九—一八三九），字石華。廣東嘉應人。嘉慶十三年（一八〇八年）舉人。博通經史，構書巢於粵秀書院，藏書數萬卷。著有《南漢地理志》、《南漢金石志》、《石華文集》、《荔春吟草》、《端溪硯史》等。

周三燮（一七八三—約一八三二），字南卿，號芙生。生平見前文魏成憲札。

此信中所稱「棠湖」，身分未詳。「秋田」即李光昭，字誾如，一字秋田，廣東嘉應人，諸生，曾協助溫汝能編輯《粵東文海》與《粵東詩海》。

吴兰修 字石华，嘉应人，嘉庆举人，官信宜训导，藏书甚富，颜其室曰守经堂，著有南汉纪、宋史地理志补正、端溪砚史

[illegible]修再拜白
棠湖三哥大人阁下：倚门之暮，[illegible]镜宵长，知
阁下以为弟等今夏月底必[illegible]，并[illegible]及[illegible]。秋田
以家书屡逼，准来[illegible]于月尽日门，弟虽[illegible]于
古腊八，[illegible]去买快艇矣。言郭[illegible]岛
方伯见情意欲，温咏之不啻言衣之，盼春风如
[illegible]界二席，知己嘘及，[illegible][illegible]借息，兄辈同云梅
花不知阁下几许，若得作一佳会，大是快事

24.5 × 12 cm

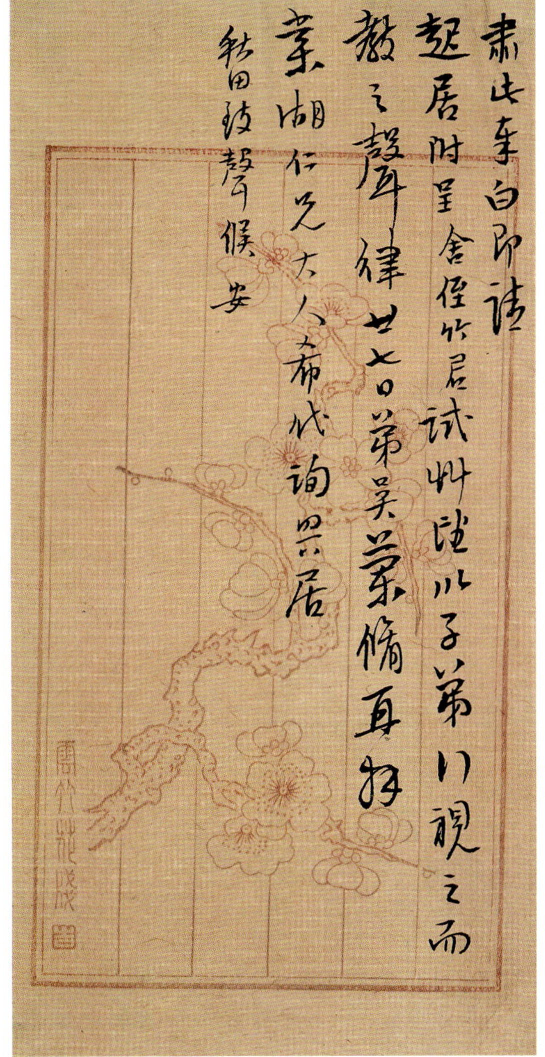
肃此奉白，即请
起居。附呈舍侄竹居试帖诗，以子弟门视之而
教之。声律廿七日，弟吴兰修再拜
棠湖仁兄大人节下 代询四居
秋田均声候安

24 × 12 cm

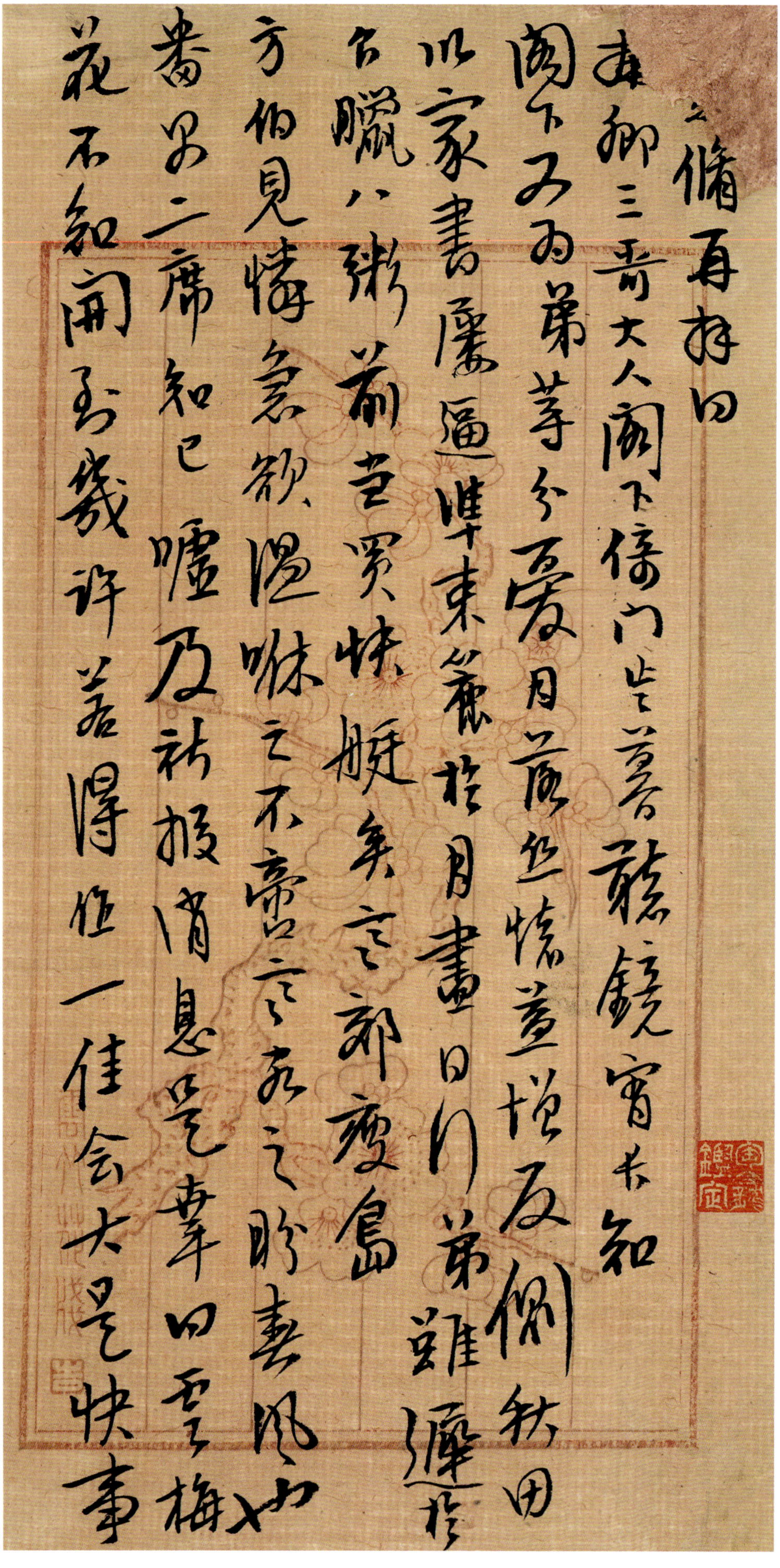

吴兰修

字石华　嘉应人　嘉庆举人　官信宜训导　藏书甚富　颜其室曰守经堂　著有南汉纪　宋史地理志补正　端溪砚史

肅此奉白即請

起居附呈舍侄竹君試帖陞以子弟门覲之而

教之聲律廿七日弟吳棠脩再拜

棠湖仁兄大人席次詢思居

秋田鼓聲候安

陳祖望　致周三燮札

釋文

玉女小影，草草書得數首，未免唐突西子矣。小傳因圖中紙幅甚狹，輒敢刪節數語，草稿奉覽，尚希削正。稿中蘭如者，不知其姓，望示知。圖亦附去，須計字數酌付裱家界烏絲。便面尚未書就，連日泥飲手戰，真所謂「書生騎馬，左支右吾」，改日呈 教。

大著乞付數本賜覽，勿吝是禱。隨筆一本，希檢擲，因有數闋詞欲續錄也。日來又得數詩，閒時能來見教否？不具。上

南卿先生。陳祖望頓首。

鑑藏印

匋齋鑑定（白文方印）

邊題

陳祖望，字冀子，號拜鄉，會稽人，諸生。著《思退堂詩鈔》十二卷、《青琅玕館詞抄》一卷。沈壽曰：「先生兼工書法，直逼香光。」

編按

陳祖望（一七九二—？），字冀子。浙江會稽人。工於倚聲，甚得時人好評。潘衍桐《兩浙輶軒續錄》卷廿二收載其詩作二十多首。

周三燮（一七八三—約一八三二），字南卿，號芙生。生平見前文魏成憲札。

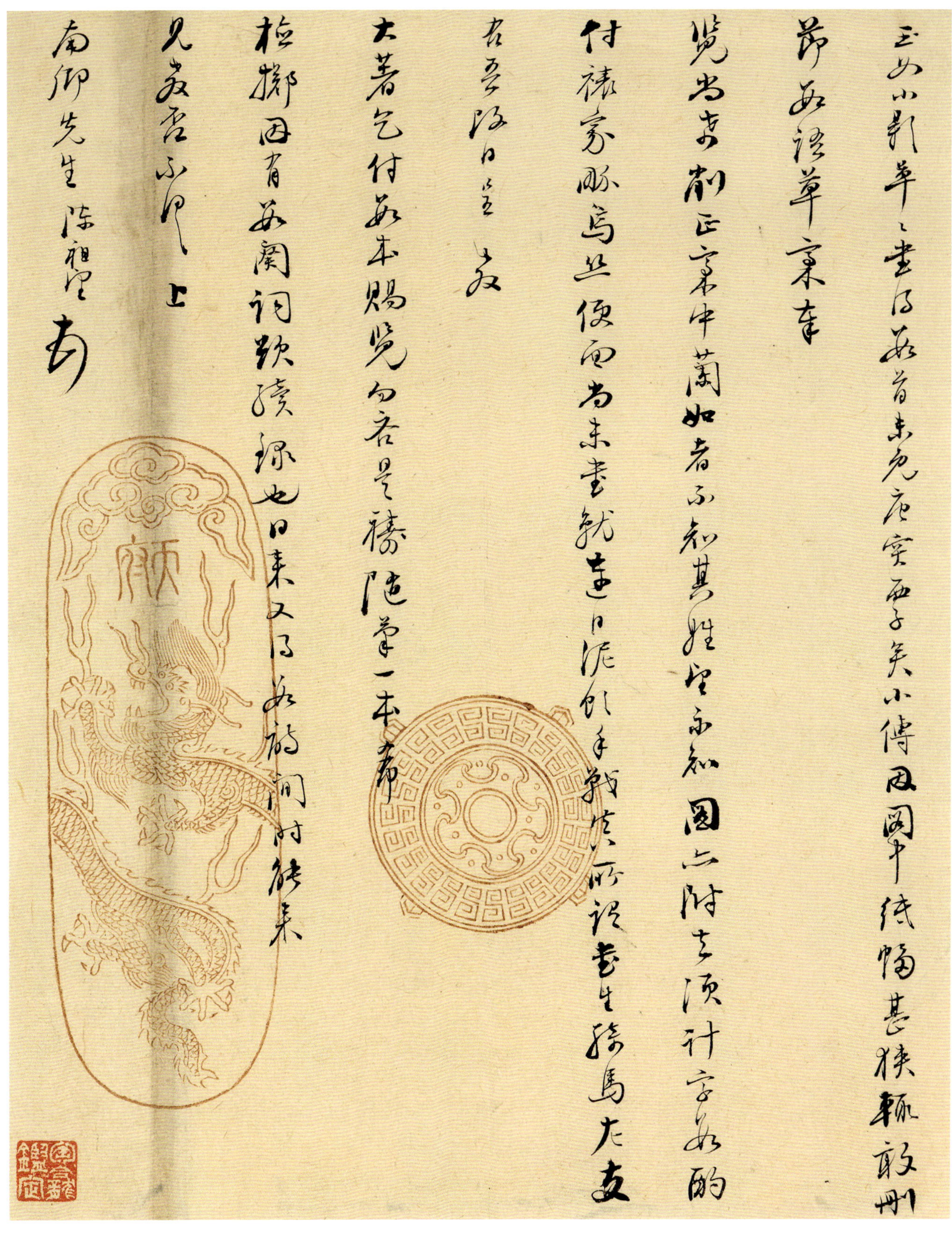

22.6 × 17.5 cm

黃鑰　致周三燮札

釋文

　廿日鑰拜啟。

南卿仁兄閣下：昨接家言，促之返櫂，準於今午行矣。仁兄有札致　心香先生，冀即發出，以便帶去。舍姪試作本應呈正。因其出闈後，匆匆結伴先回，弗曾錄出，殊孤關切。至　委作各件，鑰攜歸俟冬間如數奉繳。但甫承大教，一旦暌違，寸心悵悵。又何如也！專此言[……]

印章

長相思（白文方印）

鑑藏印

匋龕鑑定（白文方印）

邊題

黃鑰，字魚門，歸善諸生。山水沉著，工隸書，精篆刻，能詩。

編按

黃鑰，字魚門，生卒年不詳。廣東歸善人。於伊秉綬（一七五四—一八一六）任惠州知府時，拜為弟子，書風酷肖乃師，並偶為代筆。工治印，宗法漢人，著有《魚門印論》，伊秉綬為撰序。

周三燮（一七八二—約一八三二），字南卿，號芙生。生平見前文魏成憲札。

本札缺失後頁約一兩行，雖欠完整，但由於黃鑰書蹟世不經見，此殘本亦甚具參考價值。

各 20.5 × 11 cm

黄鑰拜啟

南邨仁兄閣下昨接家言促之返櫻準於

今午行矣

仁兄有札致心香先生巽印

發出以便帶去鑰擬試作奉應呈

黄鑰 字巽門歸善諸生山水沉著工隸書精篆刻能詩

正因其出閣後多多結伴先回弗及錄出
殊孤
圖切至妻作各件輪攜回候冬間如數
奉繳但甫承
大教一旦暌違寸心悵悵又何如也專此言

徐承熙　致周三燮札

釋文

南卿先生閣下：接展

來函，并素冊一頁，要弟即作《別荔圖》。日來弟病魔纏繞，歸思歌興，在月初准附梁太守丹回湘南。現在左脅作楚，不能動筆，尺幅尚可勉力為之，明年希

遣使來取可也。此復，即請

日安，不具。復園弟徐承熙頓首。

（原書藉　繳。）

編按

徐承熙，字笠亭，號復園，生卒年不詳。江蘇華亭人。善作花卉，並工山水，效法董其昌（一五五五—一六三六）。兼通音律，以彈琴、琵琶擅名。

周三燮（一七八三—約一八三二），字南卿，號芙生。生平見前文魏成憲札。

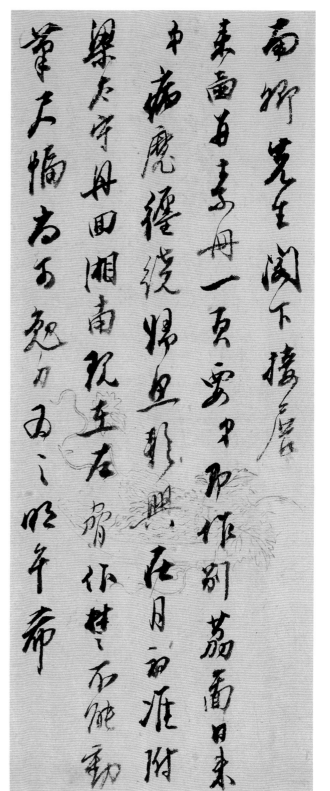

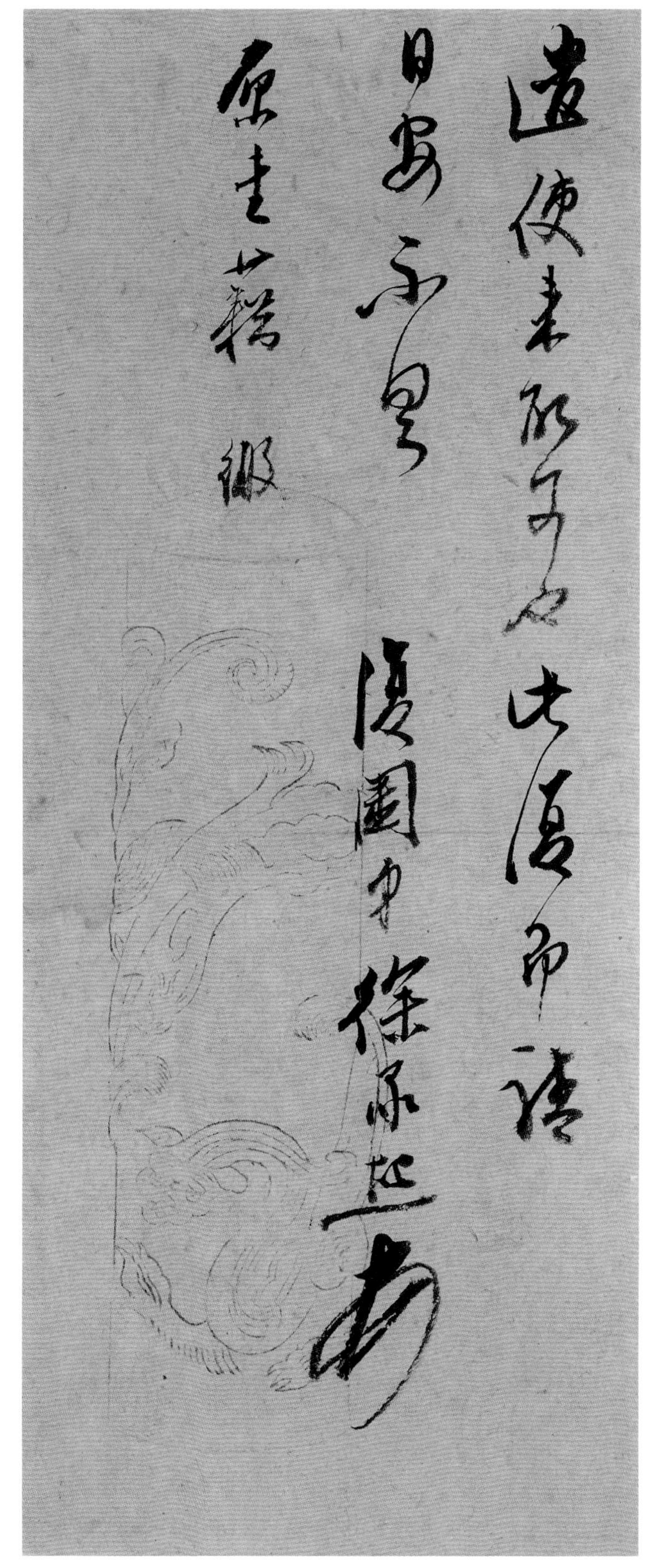

23.5 × 9.5 cm

24 × 9.8 cm

鄭灝若　致周三燮札

釋文

可山定於明日在弟舍設饌奉邀，希於巳刻
命駕，以盡一日之歡。耑此布
達，並候
即安。
南卿三兄大人。
　　愚弟鄭灝若頓首。
（曹墨琴字，希順擲還。）十三。

編按

鄭灝若，字萱坪，生卒年不詳。廣東番禺人。貢生，著有《榕屋詩抄》、《四書文源流考》等。
周三燮（一七八三—約一八三二），字南卿，號芙生。生平見前文魏成憲札。札中稱「曹墨琴」，即曹貞秀（一七六二—一八二二），字墨琴，原籍安徽休寧，嫁蘇州王芑孫（一七五五—一八一八）為妻。工書畫，並著有《寫韻軒集》。

20.2 × 19.1 cm

西山空拾明日君南舍後饌

李遠篇拾正初

令駕以畫一日之歟山而峪布

達并居

阿南

南卿三兄大人

且南鄉灩尊高

書屬琴言齋順櫛遠高古閣儗漢瓦

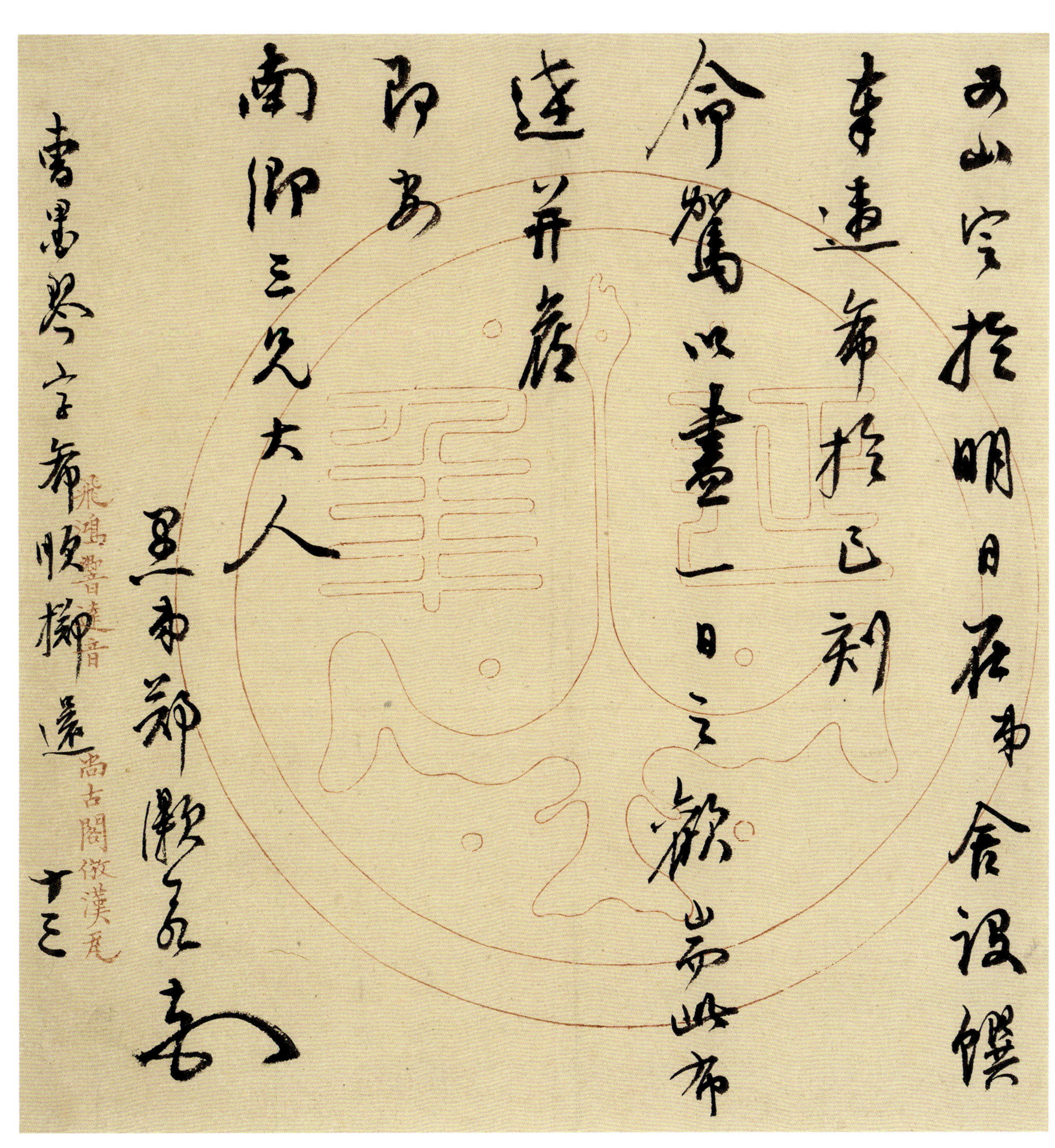

鄭灝若　致周三燮札

約一七九九—一八〇二年

釋文

明午奉邀　墨卿先生屈

駕奉陪，幸勿見却。石生曾否解維，希即　示知。渠未去時即並邀其一叙，舍間住將軍前十字路口，望大北門前行數步。此問

南卿詞長先生。愚弟鄭灝若頓首。

印章

萱坪言事（白文方印）

編按

札中所及「墨卿先生」，即伊秉綬（一七五四—一八一五），字組似，號墨卿。福建汀州寧化人。乾隆五十四年（一七八九年）進士，歷官至刑部郎中。嘉慶四年（一七九九年）任廣東惠州知府，因故謫戍軍台，後升為揚州知府。工書法，其八分書蛻變自大小篆，自成一家。據此信所記，伊秉綬身在廣州，當於知惠州時期，即嘉慶四年（一七九九年）至七年（一八〇二年）間。

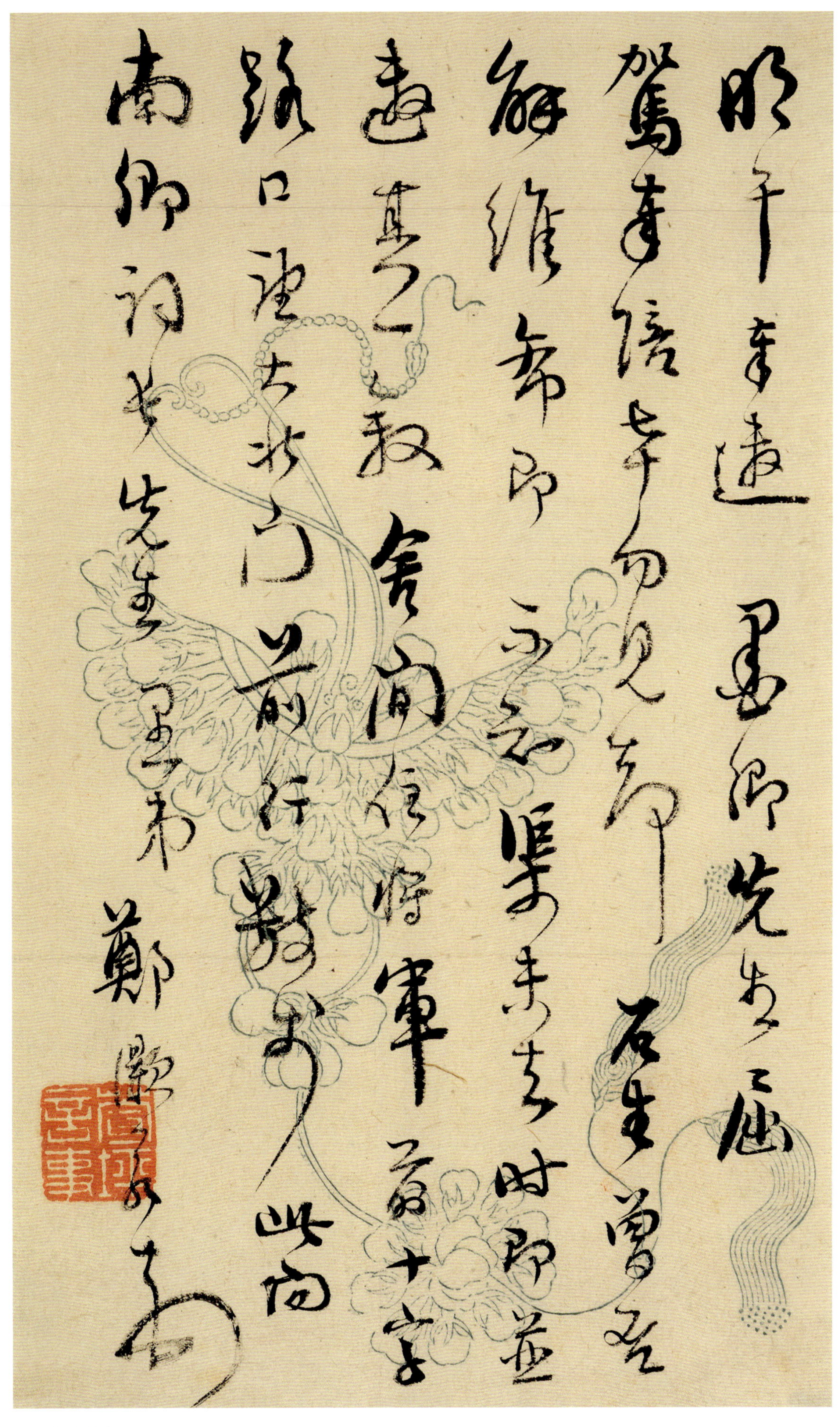

22.3 × 13.2 cm

鄭灝若　致周三燮札

釋文

灝若再拜，書復

南卿三兄大人閣下：昨過　仲卿處，奉到

惠言并及

佳什，纏綿之語，流溢行間。

足下尚未即別，讀之已令人依依不釋矣。

足下一身為客，五載寓公，友朋過從，花月流連，一旦舍去，自深顧盼。惟願秋高風勁，弓燥手柔，志目而中，不猶愈於牛後乎。弟賦性不熱，是以落落寡合，惟二三知己，宥其放逸，以心相許，不以形迹求，故成莫逆。

足下行矣，索居得無增感耶？回憶南城，師時尊酒為緣，常聯笑語，其間獎掖優容，真令人可感。迄今思之，不可多得矣！廿七日晉謁　礪堂師，時值早餐，祗得巡官傳語云：「書院已遲，無可位置。」晦日復謁，弟意在新鹺使，嗣即奉命，以為地方上未便推轂，豈以弟鄉賢案與名，遂摒棄耶？弟於今日有香山之行，旬日乃返，新詩容歸繳。

足下即不索和，弟亦當臨別贈言也。先此布覆，即候

邇安，不具。灝再頓首。

編按

本札所稱「仲卿」為陳曇（一七八四—一八五一），廣東番禺人，諸生。道光二十二年（一八四二年）授澄海訓導。精於文史，工詩，兼善書法，著有《海騷留庵隨筆》、《鄺齋雜記》、《感遇堂詩集》等。另，「礪堂」即蔣攸銛（一七六六—一八三〇），字穎芳，號礪堂，遼東襄平人，隸漢軍鑲紅旗。乾隆四十九年（一七八四年）進士，歷任兩廣總督、刑部尚書、直隸總督、體仁閣大學士、兩江總督、軍機大臣。

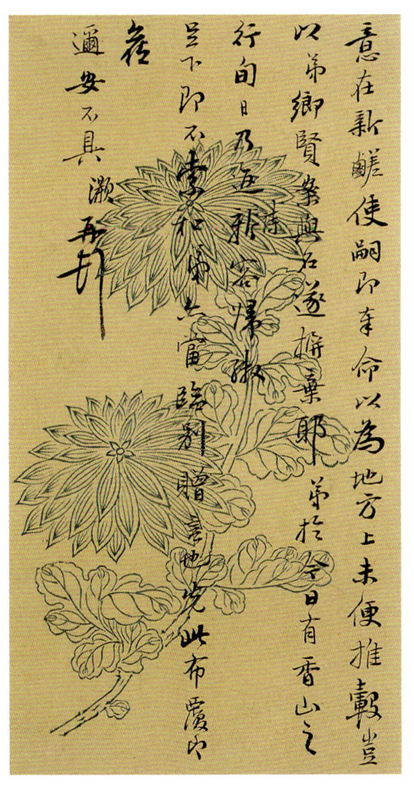

意在新韢使嗣即奉命以為地方上未便推轂豈
以弟鄉賢案與名逐擯棄耶 弟於今日有香山之
行旬日乃至[illegible]歸耶
足下即不[illegible]臨别贈言他日[illegible]此布覆
眉
頌安不具 瀚再拜

22.4 × 11.9 cm

雨中不猶愈於牛後乎弟賦性不執是以居之寡合
惟三三知己宥其放逆以心相許不以形迹成莫
逆
足下行矣索居得之增感耶回憶南城師時尊
酒為緣常聯笑語其間獎掖優容莫令人可感
迄今思之不可多得矣廿七日晉謁 驪堂師時值早餐
承得巡官傳語云書院已遲無可位置晦日復謁弟

22.5 × 12 cm

瀚若再拜書復
南卿三兄大人閣下昨過 侍御處奉到
惠言并及
佳什纏綿之谊流溢行間
足下尚未即别讀之已令人依依不釋矣
弟一身為客五載寓公友朋過從花月流連一旦
舍去自深顧盼誰顧秋高風勁弓燥手柔志目

22.5 × 12 cm

瀨若再拜書復

南卿三兄大人閣下昨過仲卿霄來到

惠言并及

仲纏綿之語流溢行間

足下尚未即別讀之已令人依依不釋矣

足下一身為客五載寓公友朋過從花月流連一旦

舍去自深顧盼雖顧秋高風勁弓燥手柔志目

而中不猶愈於牛後乎弟賦性不執是以居〻寡合

雖二三知己宥其放逸以心相許不以形迹求故成莫

逆

酒為緣常睽笑語其間嘆撿偃容真令人可感

迄今思之不可多得矣廿七日晉謁

鷗堂師时值早餐

祇得巡官傳語云書院已進無可位置晦日復謁 弟

意在新醼使嗣乃奉命以為地方上未便推轂 豈

以弟鄉賢象與名遂擯棄耶 弟於今日有香山之

行旬日乃返詩豬容歸撤

足下即不棄如弟必當臨別贈言也此布覆即

候

邇安不具 瀨再拜

程恩澤　致胡仁頤札

一八二九年

釋文

扶山三兄大雅閣下：新歲未獲展慶，不勝思詠之至。聞
文旆於鐙節前起行，春芳滿目，
福星載途，帽影鞭絲，定增
佳什，樂何如之！前會一項係何店號，居止務望
示知，以便自行問訊。蓋弟去臘極窘，業已稱貸多方，若西江不來，則索我於枯
矣。贏轎二乘請擇一留一，本擬全趙，緣秋間恐有隨扈之舉，不能不為之地也。
青馬一匹雖瘦，行步甚工，虔送尊皁，以便長途駈策，勿却幸甚。即頌
吟安。

姻愚弟程恩澤頓首。己丑人日。

印章

春海（朱文方印）

鑑藏印

子口（白文方印，二鈐）

編按

程恩澤（一七八五—一八三七），字雲芬，號春海。安徽歙縣人。早歲師從淩廷堪（一七五七—一八〇九），嘉慶十六年（一八一一年）進士，授編修，歷貴州學政、侍讀學士、內閣學士，官至戶部右侍郎等。博學多識，長於考據，又為詩壇碩彥。

胡仁頤，字扶山，河南光山人。生平詳見後札。

本札款署「己丑」，即道光九年（一八二九年），時程恩澤四十五歲，官國子監祭酒，是年間丁母憂。

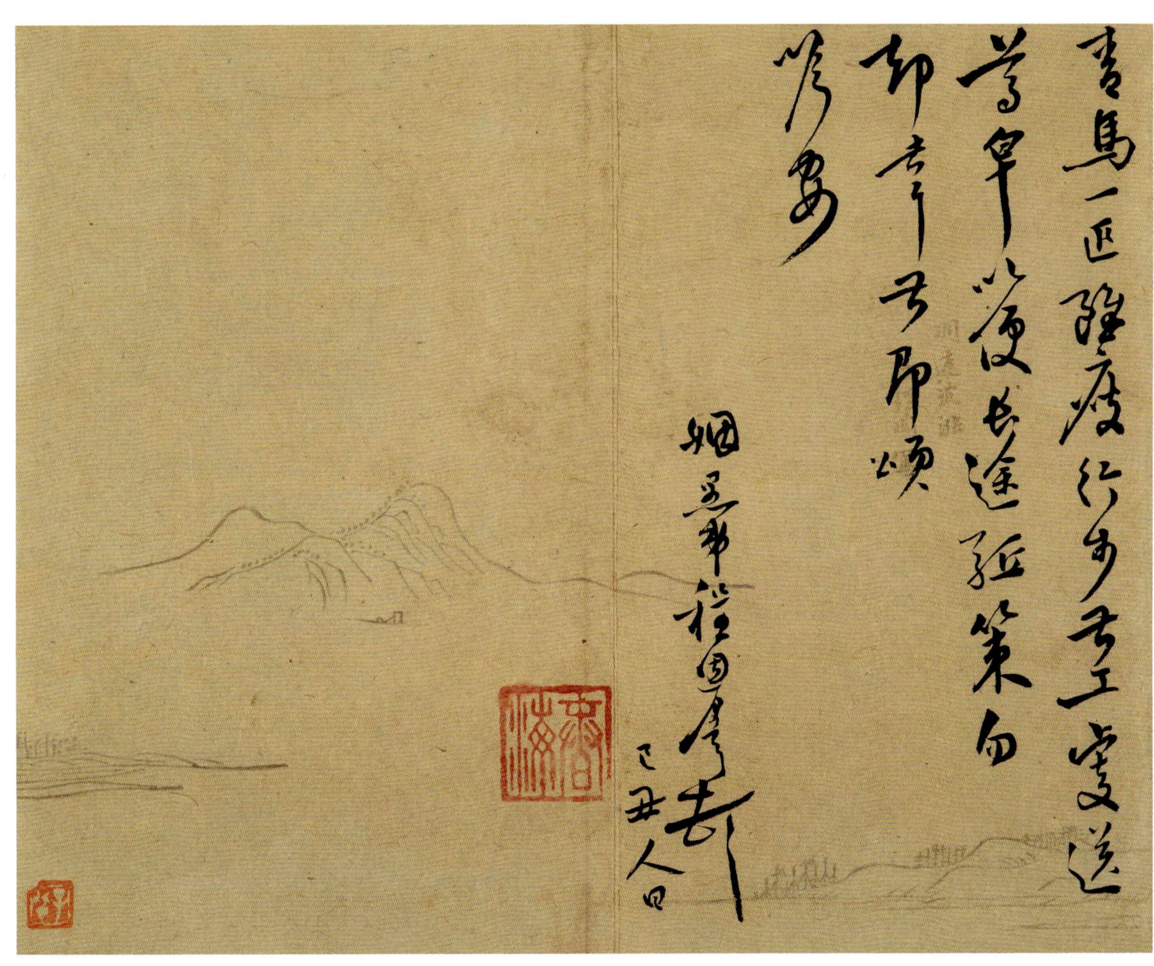

各 18.5 × 23 cm

接山三兄大發閣六新年未發

屢晨不像思詠之至閣

文旆於鍾節前起行來海

目

福星載途帽影鞭絲之增

履仆我何如之前之更為子

房龍居止殘堂

示知以便自行何況著半十攝極

當若業已錄貸多方業無江不年

則寮家於枯之素辭辭二家請之

釋一冊一本撒金諸緣材留述

肯隨居屆之之來不能不為之地也

青馬一疋強度行步尤工處送

幸以便長途驅策向

卽去千里卽須以

收之

姻晚弟程國儒拜手

胡仁頤　致炳成札

一八四八年

釋文

半聾道兄文几：握別以來，倏已一載餘矣。迴憶都門小聚，疋荷
先施，一見傾心，遂成莫逆。瀕行時，又承錫我多珍，具徵　惠愛無已，恨相
見之太遲，惜相別之太速，想彼此有同情也。比惟
吟祺佳茂，定符頌私。邇來作何消遣？其有意問世乎？抑仍不出山乎？聞近卜
新居，想飼鶴調琴，蒔花種竹，定多疋人深致。以視弟之聽鼓趨衙，抗塵走俗，
真不啻霄壤之分矣，健羨、健羨！黄子春曾有信奉致不？弟頃得其手書，知已
於去秋抵粵，約今年可望補缺。現已派赴讞局有日，與楚囚相對，百事俱廢，
舊日意興，至此消磨殆盡等語。此境乃與弟同，而弟之補期尚不知在何年月，
此又遜其一籌者也。至弟一切近況，　令叔香舟先生能詳言之，不多述。　委
書八紙，攜來楚後，即擬報命，欲落筆者屢矣，皆為俗務所嬲中止。頃始撥冗
塗就，竟不能一氣揮成，因仿各家筆意為之，殊不足供
大疋清玩，聊用糊壁可耳。附呈　先莊敏公自製培蔭軒墨十丸。此墨製自乾隆
辛丑，迄今七十餘年，在當時不為上品，在近日則不可多得。因家藏無幾，未
能多贈，且非
知己賞音，亦不敢枉贈。又楚羊散卓（大、中）十枝，此地無諸葛豐輩，未能
求全。不知可任
揮灑不？千里迢迢，無以將意，我輩措大生涯，終不能離本色，想
足下當不厭其薄而嘉其意也。共兩卷一包，統希　詧收。即頌
吟安，尚冀
覆我數行，幸甚、幸甚！諸維
疋鑒，不一。漁弟胡仁頤頓首，戊申人日燈下，冲。

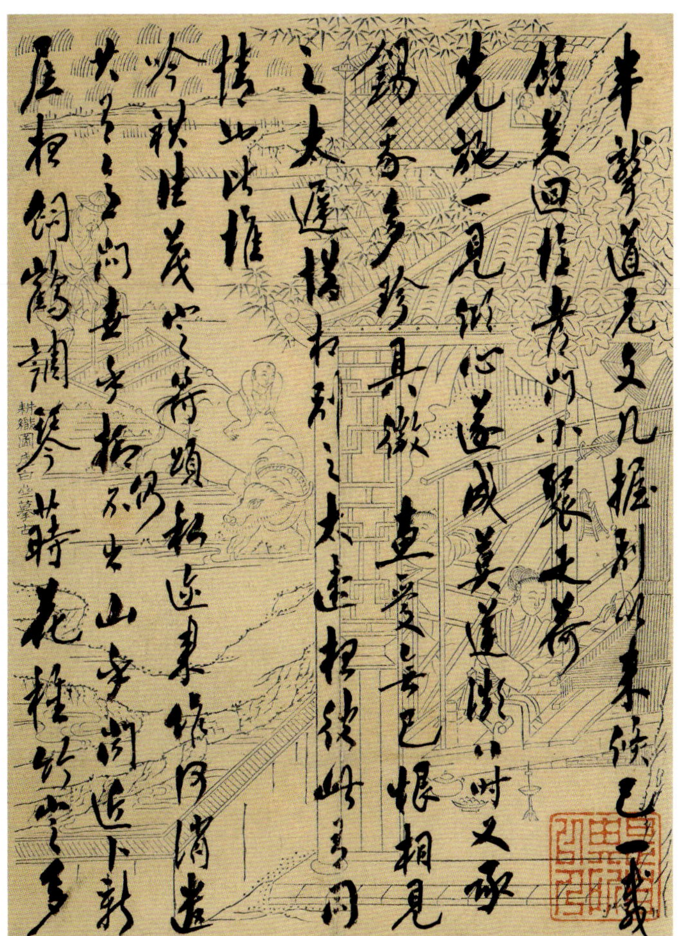

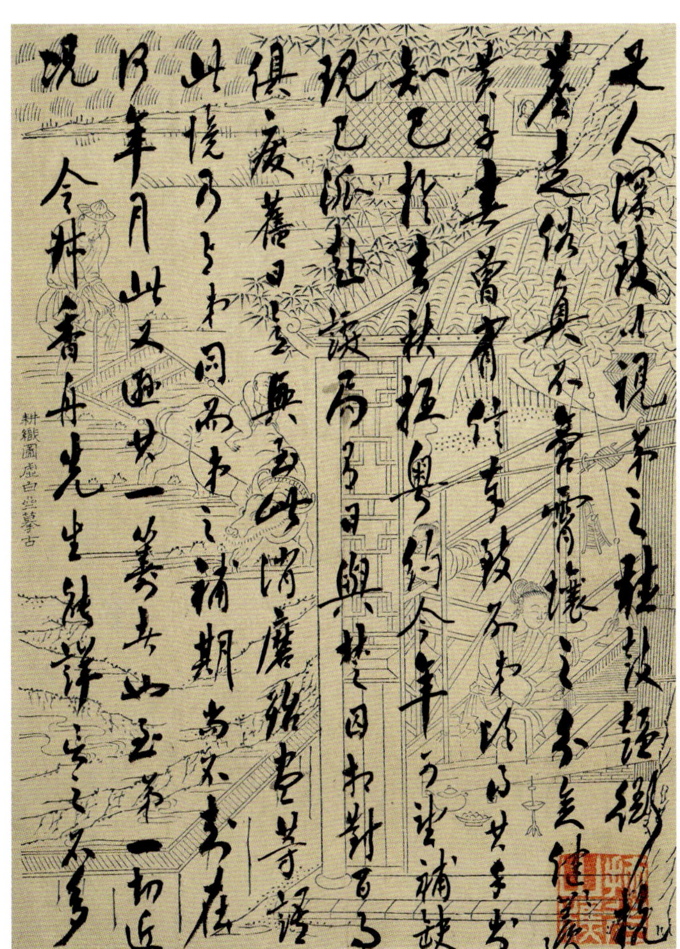

各 23.2 × 16.9 cm

再，翁覃翁書，弟心所私淑，鄴架此老與佳時翁詩冊，忽忽一觀，至今夢寐以之，惜道遠不能借閱。因思都門其蹟尚多，足下又精於賞鑒，敢祈代覓一二帋，便中寄下，尤感。瑣事奉瀆，得毋厭不？又及。

印章

扶山（朱文方印）、假司馬印（白文方印）、是自其所以人（朱文方印）、扶光山樵（白文方印）、場外舉子（朱文方印）

編按

胡仁頤，字扶山，生卒年不詳。河南光山人。工書法，小篆、隸、楷皆精。據《皇清書史》卷五載其為「道光十六年（一八三六年）進士，官給事中」，然不見於《明清進士題名碑錄》，待考。

炳成，滿洲覺羅氏，字集之，年五十後以左耳重聽，號半聾。生卒年不詳。幼好學，嗜金石書畫。嘗隨父桂昌於浙江糧道任，從桐城吳廷康（一七九九—一八七三）習篆隸鐫刻，識鐘鼎字。嗣返京師，鬻書畫以維生。

本札款署「戊申」，為道光二十八年（一八四八年）。

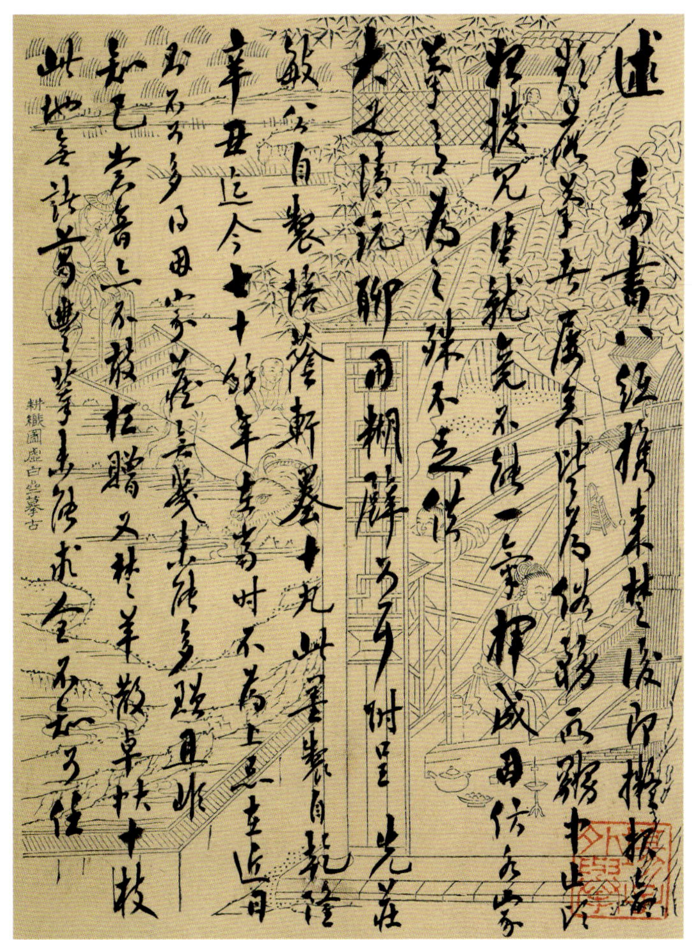

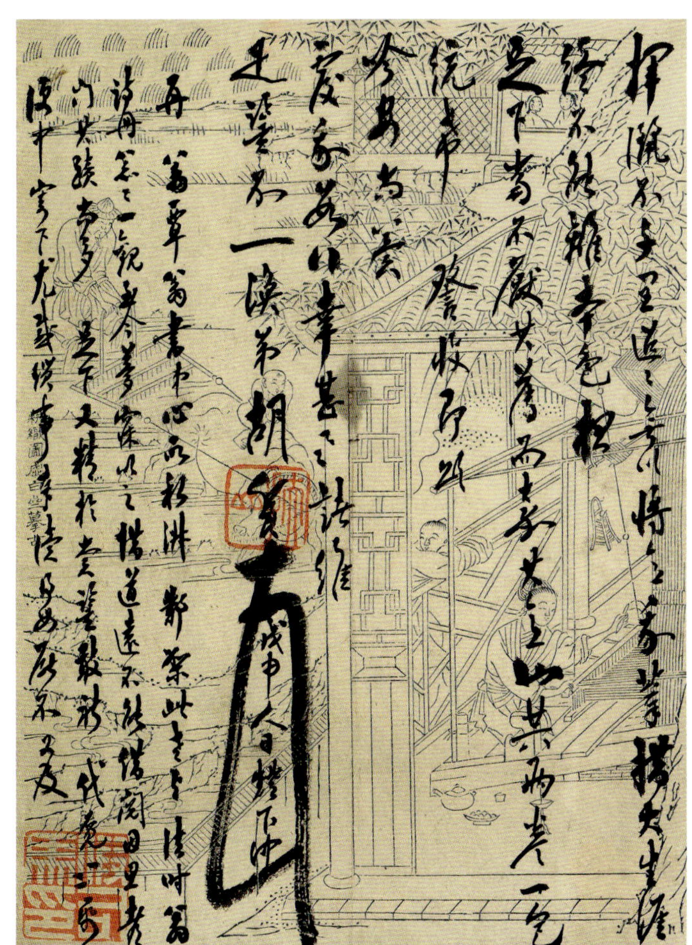

各 23.2 × 16.9 cm

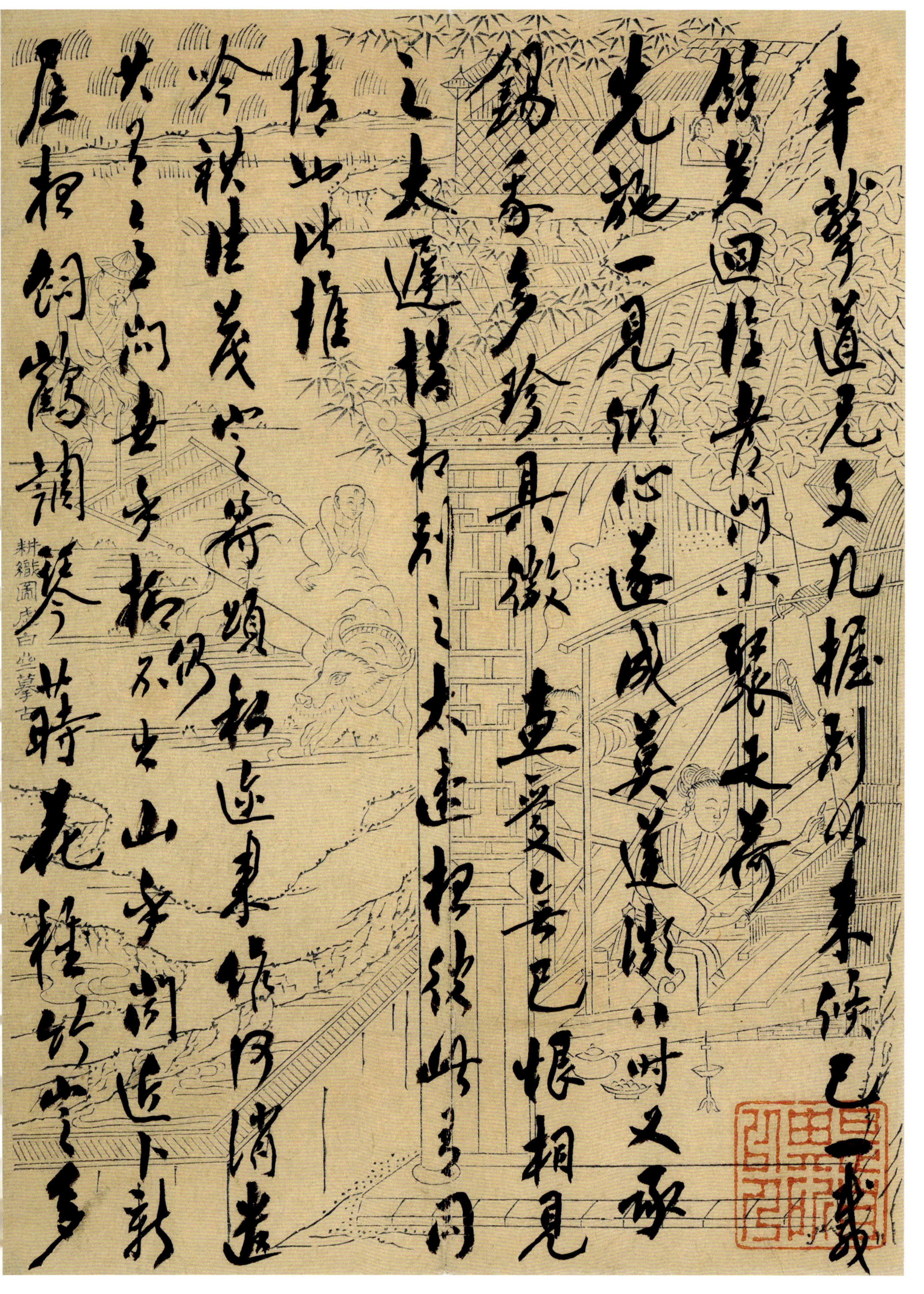

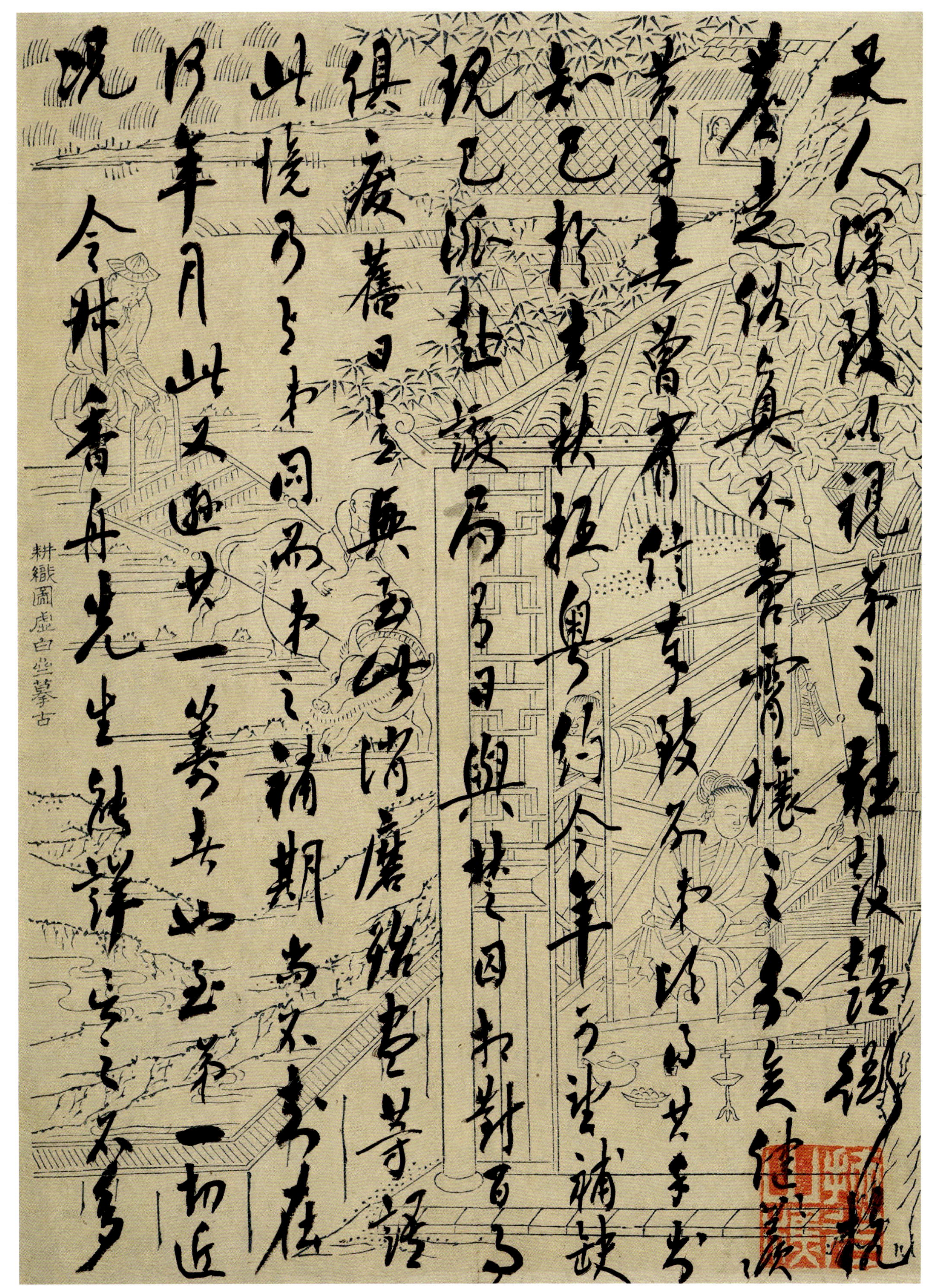
耕織圖虛白堂摹古

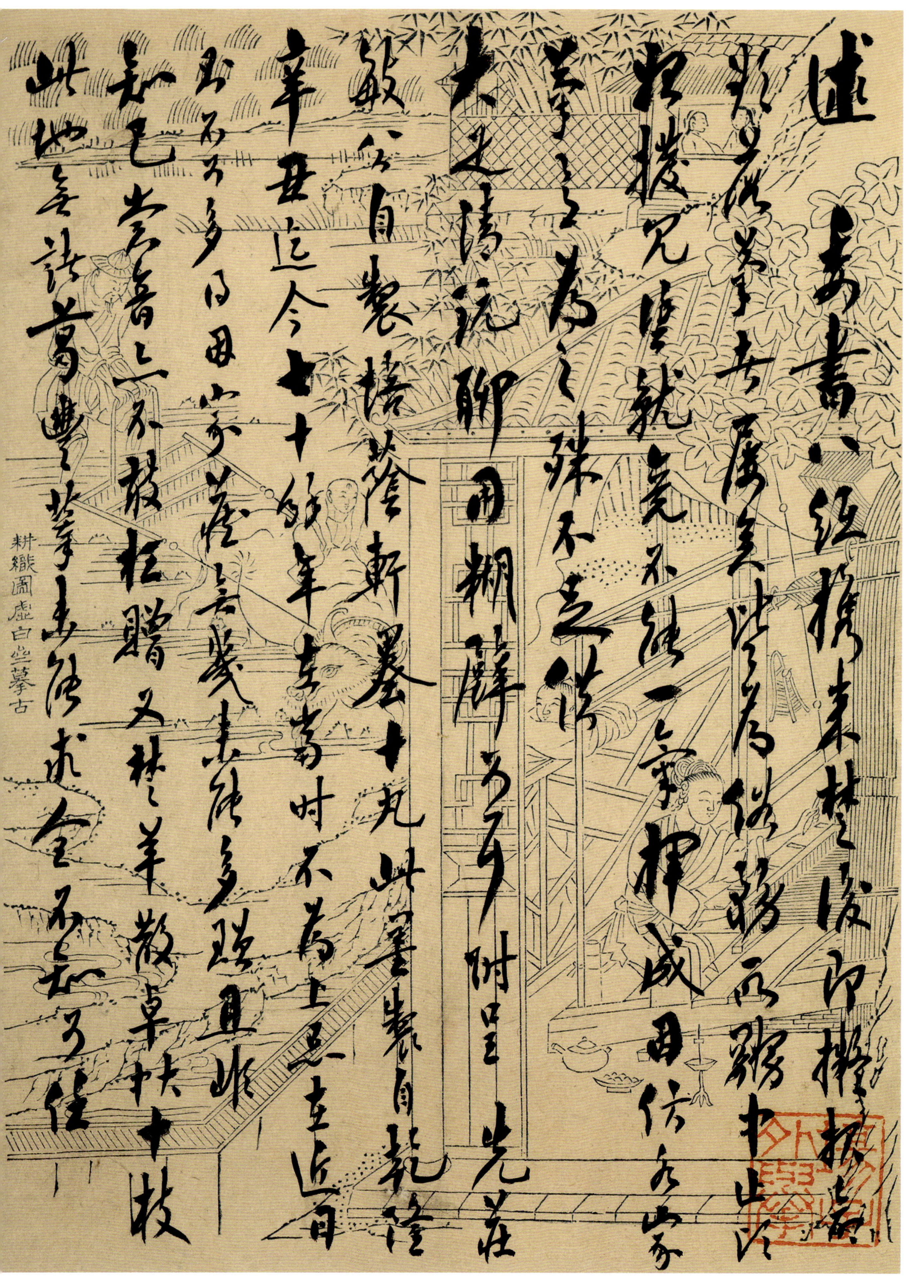
耕織圖虛白齋摹古

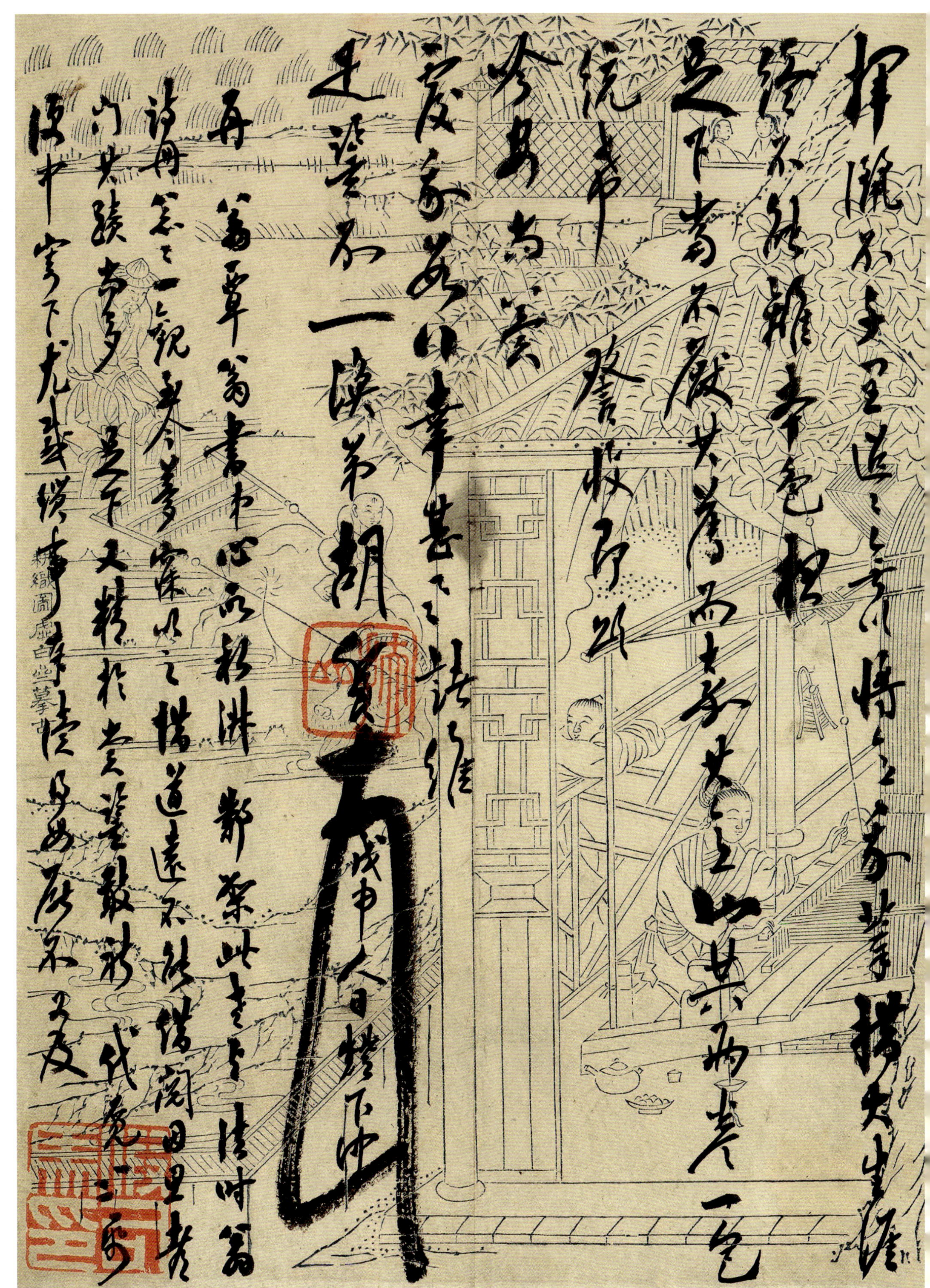

梅曾亮　致葉名灃詩帖

釋文

豁達雁門關，書生匹馬還。驚沙催短日，古月靜荒山。意切鴒原近，時清虎落閒。新詩應滿袖，雞館莫頻刪。潤臣尊兄屬題。梅曾亮稿。

印章

曾亮（白文方印）、伯言（白文方印）

編按

梅曾亮（一七八六—一八六五），原名曾蔭，字伯言，又字葛君。江蘇上元人。師從姚鼐（一七三一—一八一五）於鍾山書院，道光二年（一八二二年）進士，授知縣，不就，援例為戶部郎中。道光二十九年（一八四九年）告歸，主揚州書院講席。葉名灃（一八一一—一八五九），字潤臣，號翰源。湖北漢陽人。道光十七年（一八三七年）舉人，官內閣侍讀，後改浙江候補道。博學工詩，好遊山水，南抵黔中，北至雁門。著有《敦夙好齋詩》、《橋西雜記》等。

本札「豁達雁門關，書生匹馬還」等句，即描寫葉名灃浪跡塞上之經歷。梅曾亮著有《柏梘山房集》，然此詩未見收載。

客遠雁門關
書生匹馬還
驚沙催短日
古月靜荒山
意切鴒原近
時清虎落閑
新詩應滿袖
雞館莫頻刪

潤臣尊兄屬題

梅曾亮稿

27.5 × 13 cm

達受　致葉元封札

約一八三一年

釋文

夢漁先生閣下：久仰鴻名，未得識荊。秋間行腳明州，本擬偕萬君小如過訪，飽觀珍藏吉金款識、名人墨寶，緣萬君言而無信，不果其願，何緣此慳耶！衲今從吳門歸杭，適張君一心兄來省垣，云及閣下所藏富甲海內，恨無縮地法得窺全豹，奈何！擬于明春托鉢貴地，作數日之聚，先此奉訂，想不嫌造此冒昧耶！並附　文信國公鐵如意拓本，奉贈雅賞，并求題咏，為感。外附名人書畫數種，恭呈清玩。率此，敬請文安。西湖釋子達受頓首，嘉平廿四日呵凍。

編按

釋達受（一七九一—一八五八），俗姓姚，浙江海寧人。祝髮於海昌白馬廟，字六舟，又字秋楫，號萬峰退叟。行腳半天下，後主杭州淨慈寺、蘇州滄浪亭。醉心古物，精鑑別，被稱為「金石僧」。著有《小綠天庵吟草》、《山野紀事詩》等。

葉元封（一七九七—一八五〇），字建侯，號夢漁。生平詳見前文朱文治札。

本札為達受向葉元封相約拜訪的自薦信，隨函並附「文信國公鐵如意拓本」作為禮物，以表誠意。據達受《寶素室金石書畫編年錄》，其收藏之文天祥鐵如意，乃道光十年（一八三〇年）春以《鍾官圖拓本卷》自楊也魯交換所得。此札署款「嘉平廿四日」，未記何年，然以其中述及行跡，似屬同年間事。此年十二月廿四日，相當於公元一八三一年二月六日。

23.2 × 19.6 cm

達受　致葉元封札

釋文

夢魚先生文案：日前輕造
郇廚，至今齒頰流芳。并張
厚惠，心感無既，謝謝！衲現在厲郡城，小技雕蟲，不暇應接。所
交之扛頭，城中無一愛者，究屬舊料改做，寧地無佛稱尊如此，何況省垣可有
售主，故即奉繳，并小圓玉印，祈
查收。又玉印鍍得太深，無處着鑽，柰何、柰何！琴勒却有人欲購，還價十二元，
未免太少，且與
尊易，據　意未定，倘得增價銷去，將來倪硯　擲還後，只好奉若干佛番，乞
為
示知，以便定局。　囑畫窻心，因紙太薄寫得極惡，將來另寫可也。率此，順
問
文安，并賀節禧。釋子達受頓首，天中節。
（心畬先生致候。）

編按

本札年代未明，當比前一通稍晚。時達受和尚與葉元封已開始訂交，並經常往還。信中提及葉元封託其售賣物品之中有「扛頭」一件，又稱「槓頭」或「車釭」，是古代車輪中心處容納車軸的圓管狀組件，製作精美者每有紋飾，成為藏家的珍玩。從此札內容看來，這位出家人的身分頗像一位骨董掮客。

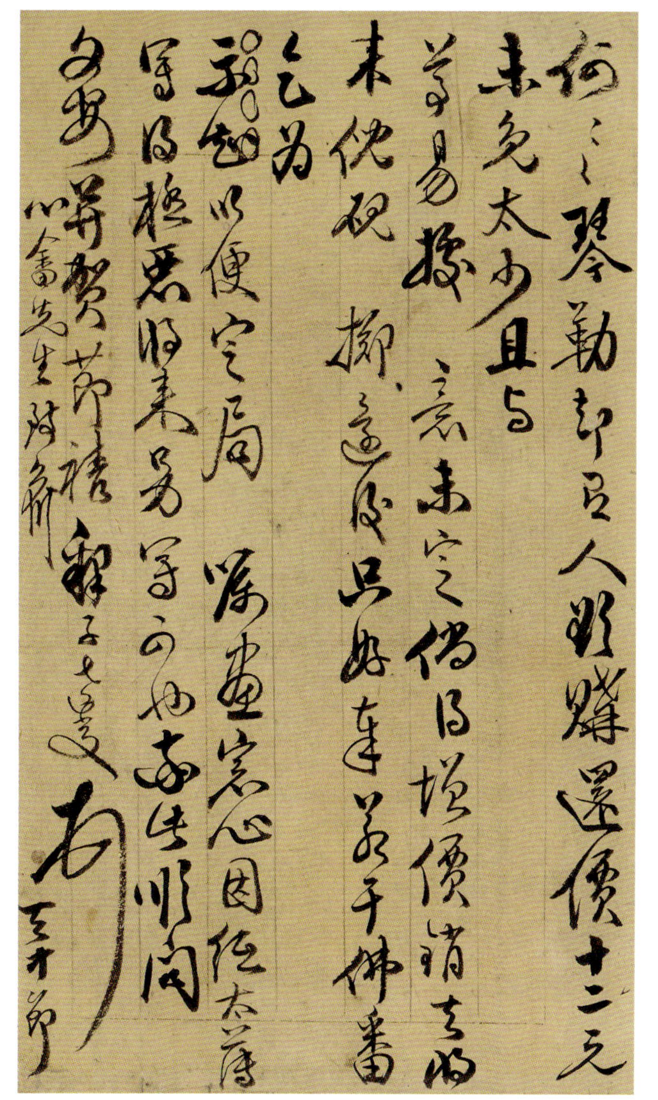

23.6 × 13.5 cm

23.7 × 13.3 cm

何々理琴勤郎已入都驛還價十二元
未免太少且与
華易携、之未定借得增價請吉的
未便硯柳、送度只好連單寄手佛番
之爲
弼地以便定局深望寬心因作太倉
寫得極惡將來寫可也云此外問
多安 弟賀苑頓首 程子士長又 右
以金畫先生時爲斛
三月廿日

王棠 致唐壽萼札

一八三九年

釋文

日前匆匆晤對，未獲罄譚為悵。鴛湖冬行，想足下得詩盈卷，敲金戛玉，定多妙句。尚祈惠示一讀，以慰鄙人夢想，何幸如之！梅伯已過鴛湖否？前握晤時，屬錄拙著，勉為走筆，僅抄數十首。蛙唱蠅鳴，未堪入選，不過恃狗知己雅愛耳。梅伯處，不復作札，祈道候，是荷。率此布達，順問

子珊兄大先生 歲安，不戩。

教弟王棠頓首。

編按

王棠，字詠之，一字台叔，生卒年不詳。江蘇吳江人，王之佐（一七九一—一八五七後）、王之孚（一七九四—一八二二）弟。擅作水墨寫生，古韻出塵。亦工詩，著有《蕉雪庵稿》。

唐壽萼（一七八五—一八三九後），字子珊，號蘐伯。亦吳江人。諸生，著有《皃翁亭詩鈔》、《綠語樓倚聲集》等。

信中提及「梅伯」，即姚燮（一八〇五—一八六四），其與王棠初訂交於吳江，為道光十九年（一八三九年）秋，時唐壽萼亦逢其會。本札當作於此後不久。（參考汪超宏《姚燮年譜》）

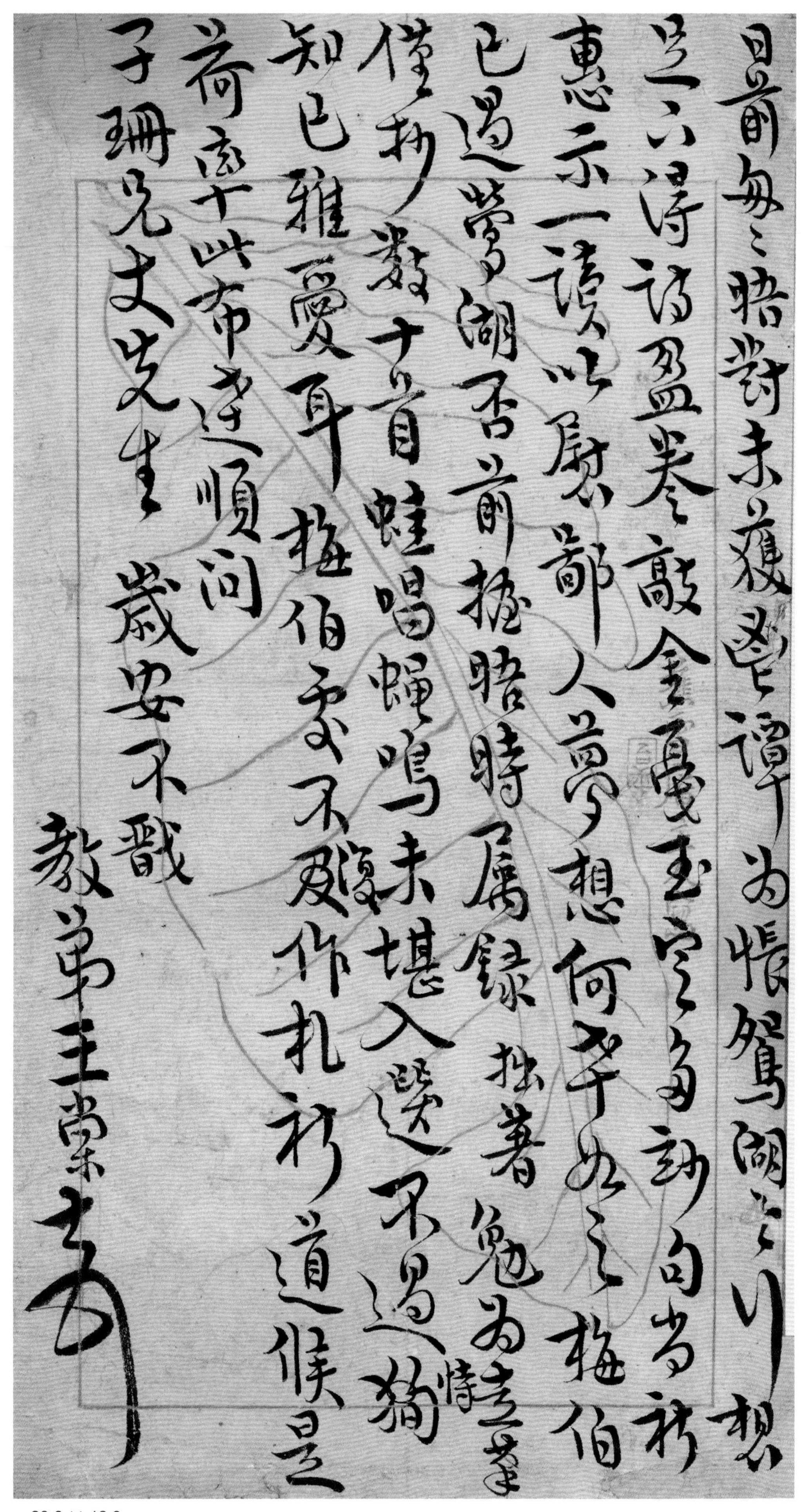

23.8 × 12.9 cm

費丹旭 致許延穀札

釋文

子雙六兄大人足下：省垣別後，想
近候清佳，為慰。弟匆匆返舍來又將月餘，俗冗紛擾，筆墨久閣，兼有近處酬應，日不暇給，邗江之行只得從緩矣。鄙意擬欲求足下為作一書轉致包筠翁，留為後來地步，何如？否則辜負此好人情好機會，大可惜也。滬上諒時通音問。芷深兄定得平安？麟觀察畫件尚未寄去。絹海膠山，日積日多，奈何！冗次草草，順請禮安，不具。愚弟費丹旭頓首
（季仁昆仲均此道候。）八月廿五日，燈下。

鑑藏印

匋龕鑑定（白文方印）

邊題

費丹旭，字曉樓，號子苕，又號環溪。浙江烏程人。著有《依舊草堂遺稿》。
《府志》：「丹旭天資穎異，工畫人物，兼善山水，亦能詩詞。」

編按

費丹旭（一八〇二—一八五〇），字曉樓，號子苕。浙江烏程人。畫法秉承家學，尤以仕女為專長。晚年來往滬瀆，為上海開埠早期活躍畫家。許延穀，字子雙，生卒年不詳。浙江仁和人，許延敬（一八〇五—一八三四）弟。廩貢生，咸豐八年（一八五八年）官廣東樂昌知縣、虎門同知。著有《比青軒稿》。

費丹旭 字曉樓 號子苕 又號環溪 浙江烏程人 著有依舊草堂遺稿 府志丹旭天資穎異 工畫人物 兼善山水 亦能詩詞

各 22.5 × 11.7 cm

費丹旭 字曉樓 號子苕 又號環溪 浙江烏程人 著有依舊草堂遺稿

府志 丹旭天資穎異 工畫人物 兼善山水 亦能詩詞

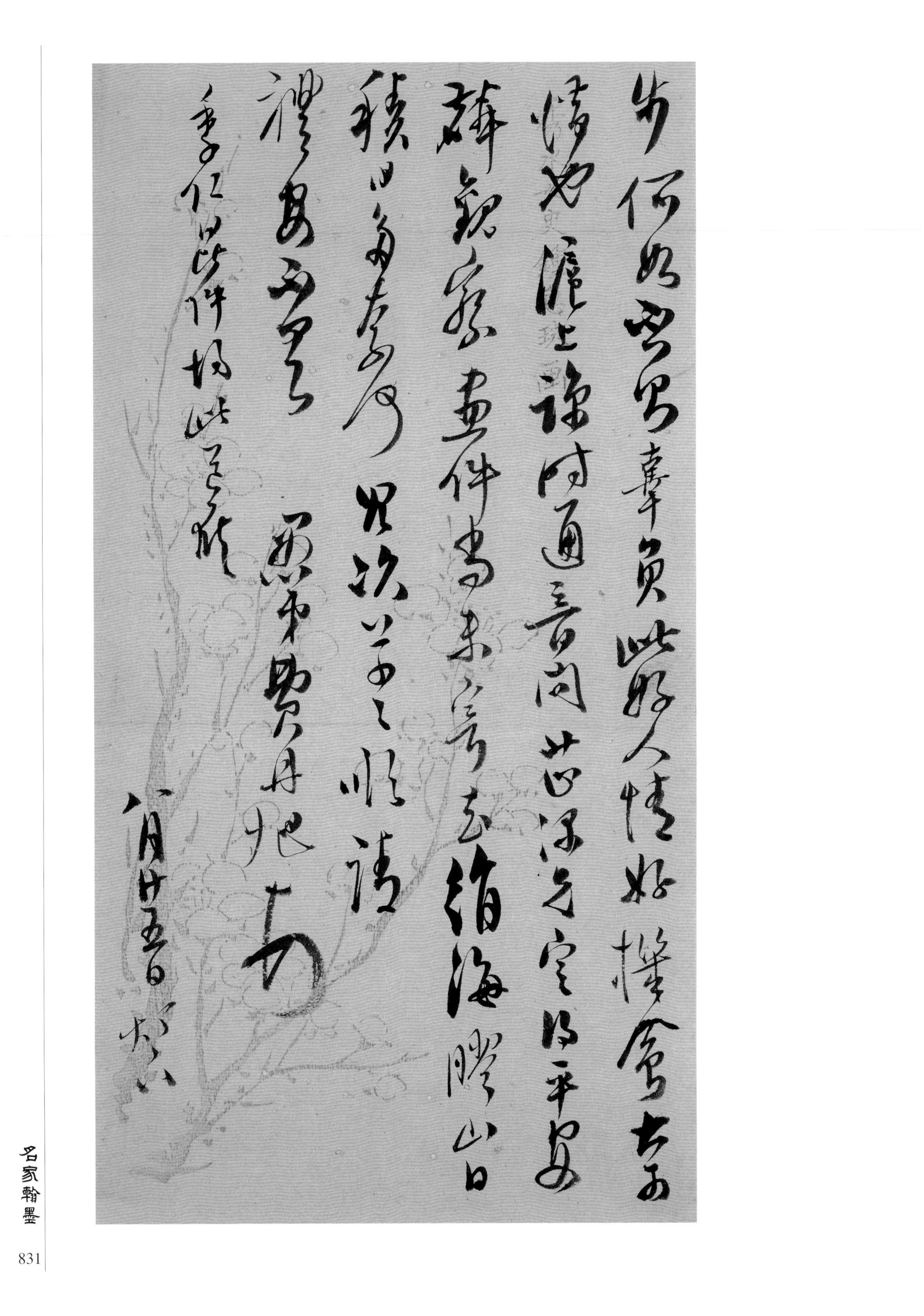

齊學裘 書札

約一八五一年

釋文

思過 尊寓說白話，天竟不晴風又大。目疾未愈，艱於徒步，悶悶。適王硯農來清談半日，六十餘猶能奔走，怪哉、怪哉！外帖目收閱，可作序言，傳之千古。小坡太守處當代致意。玉谿白。

印章

吳趨寓公（朱文方印，倒鈐）

編按

齊學裘（一八〇三—一八八〇後），字子貞，一字子治，號玉谿。安徽婺源人。齊彥槐（一七七四—一八四二）子。以詩名著江左，文人咸相引重。工書法，亦能畫，著有《蕉窗詩鈔》。

札中稱「王硯農……六十餘猶能奔走」，即王之佐（一七九一—一八五七後），字翼如，號硯農。江蘇吳江人，王棠長兄。道光元年（一八二一年）舉孝廉方正。查咸豐元年（一八五一年）間，齊學裘到訪蘇州，時王之佐年六十一，本札或即作於是年。

此外，落款處有「吳趨寓公」鈐印，文意與行跡相符。

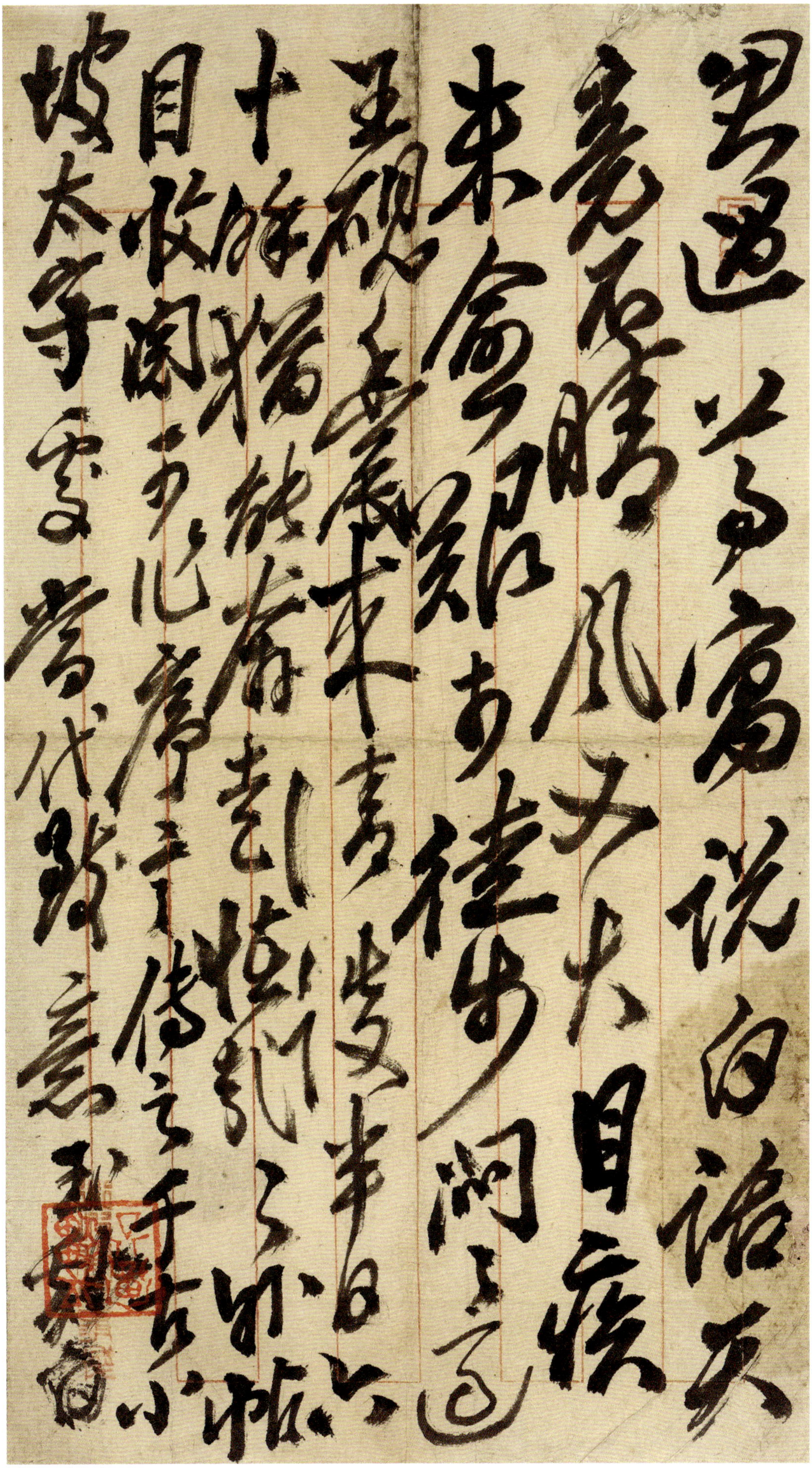

22.7 × 12.7 cm

姚燮 致葉元封札

釋文

蒙賜佳章，更承清品，弟愧甚！所說韻書並無別種。今寄來圖章一枚，一刻「姚燮私印」，一刻「上湖詩畫」，煩 閣下轉致 莪園先生一刻，弟改日當造謝也。此呈

夢漁十五先生近好，并候

莪園先生佳祉。制弟姚燮頓首。

鑑藏印

柳堂珍賞（白文方印）

邊題

姚燮，字梅伯，號復莊，浙江鎮海人，道光甲午舉人。董沛撰《墓表》：「先生具異稟，五歲能賦《鐙花詩》。稍長，讀書十行並下，自經史百家以逮道藏釋典，靡不周覽。公車北上，都中士大夫及海內名輩，爭相延納。[交]日益廣，才日益肆，著述日益多，已梓者若《復莊詩問》、《駢體文榷》、《疏影樓詞》、《玉樞經籥》，未梓者若《胡氏番貢校補》、《夏小正求是》、《漢書日札》、《它山圖經》、《詞學標準》、《今樂考証》、《蛟川詩繫》、《疏影樓續詞》、《苦海航》、《樂府蘭拇錄》、《息游園襍纂》諸書二百餘卷，傳人也。」

編按

姚燮（一八〇五—一八六四），字梅伯，號復莊，又號大梅山民、上湖生、野橋等。浙江鎮海人。道光十四年（一八三四年）舉人，其後多次赴考落第。好交游，多才藝，學識淵博，詩文書畫咸有造詣。

葉元封（一七九七—一八五〇），字建侯，號夢漁，浙江慈溪人。生平詳前文朱文治札。札中有稱「莪園」者，身分未詳，當為篆刻能手。

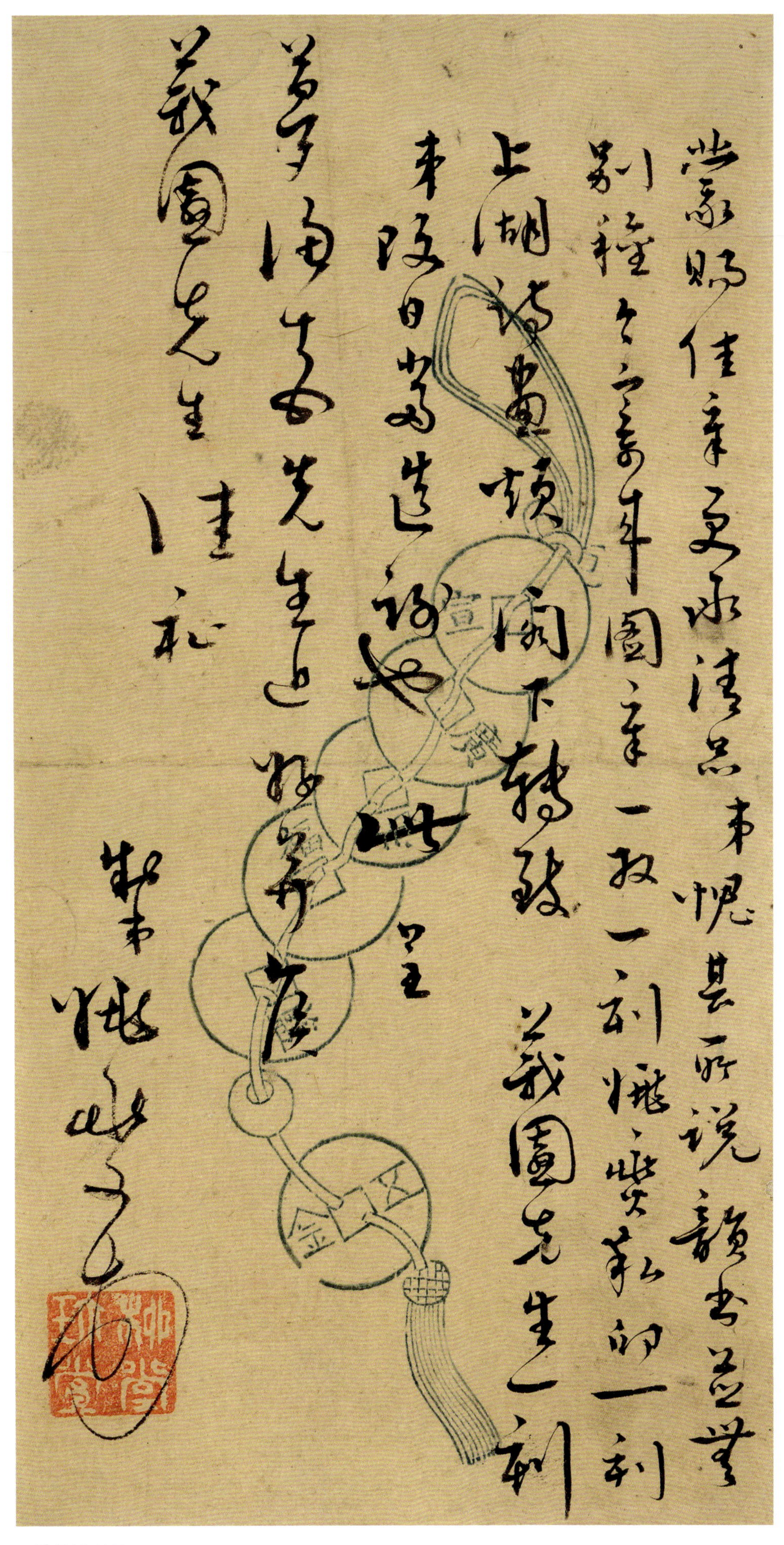

嘗賜佳章，更承清品，來愧甚。所說韻書並譜
剔鍾之章，並圖章一枚，一刻姚燮私印，一刻
上湖詩畫，頓閣下轉致 義園先生之刻
來陵日當造謁也 呈
萬海生寫先生達 拜
義園先生 奉 私
姚燮上

22.7 × 11.7 cm

姚燮

字梅伯，號復莊，浙江鎮海人，道光甲午舉人。董沛撰墓表：先生生具異禀，五歲能賦鐙花詩，稍長讀書十行並下，自經史百家以逮道藏釋典，靡不周覽。公車北上，都中士大夫及海內名輩爭相延納，日益廣，才日益肆，著述日益多。已梓者若復莊詩問、駢體文榷、疏影樓詞、玉樞經籙；未梓者若胡氏四貢校補、夏小正求是、樓漢書白札、定山簡侶、詞學標準、今樂考證、蛟川詩繫、疏影樓續詞、苦海航樂府、蕭攝錄、息游園稱慕諸書二百餘卷待人述。

劉大鎬　致姚燮札

釋文

梅伯大兄大人閣下：僕近抱微疴，力倦神疲，夜間不秉燭者月餘矣。前月望後
鄮□來，接到
手翰，展讀一過，不啻晤　故人於几案，意緒為之一暢。又承
賜湖蓮一函，近需此物，
閣下如遙知僕之病原，愈深感佩！美人小影，小琹早覓友奉上，想已於書齋中
私閱屢次，但慮　如君見之，得不如君子見　閣下之物而輒欲碎之乎？祈密藏
為幸。至區區繫念，未能縷述，已囑小琴轉致矣。耑此數行，奉請
近安。並請
老伯、伯母大人金安。暨　如夫人萬福。令郎均此道好！弟鎬頓首。

編按

劉大鎬，字瘦薌，生卒年不詳。浙江定海人。咸豐六年（一八五六年）歲貢生，與姚燮（一八〇五—一八六四）為世交。其父劉運坊（一七六四—一八二五）卒時，姚燮曾為撰墓碑，載《復莊駢儷文權》卷八。《復莊詩問》卷三十四又收錄〈十一月八夕妓筵醉歌留別劉（大鎬）朱（懋寧）曾（廷熾）諸文學暨錢（鈞）金（學純）兩上舍〉七古一首，繫於丙午（一八四六年）。同書卷首《詩評》亦載劉大鎬評語一則。

本札提到送贈一幅美人畫，但須防「如夫人」生妒，「如夫人」所指為姚燮於道光二十一年（一八四一年）秋所娶妾李素。本札當作於此年以後。（參考汪超宏《姚燮年譜》）

梅伯大兄大人閣下 僕
近抱微病力倦神疲夜間不寐
燭跋月餘矣前月望後郎亦來携到
手翰展讀一過不審暇 收人於几案亦能為之一暢又承
賜於蓮一箇近當此物
閣下如遂知 僕之病原命作紅佩美人小影小照昇竟有
奉上 想已於書齋中私閱屢次 但慮 如更見之自不如更

23.6 × 12.1 cm

子見 閣下之物向輒竹碎之皆祕密藏為家玉匯
繫念來解僕述已竭小琴騎跋矣嵩此數行奉請
近安並請
老伯 伯母大人金安暨 如夫人萬福 令郎均此道致弟鎬頓首

22.7 × 9 cm

宋梁　致姚燮札

釋文

再者，吾

兄所相識諸女士，地處名姓，祈細細寫出

惠我，他日得暇可以往訪。草汹數行，以博

一哂。

梅翁仁兄大人如胞。弟梁頓首。

邊題

宋梁，字滌人，杰弟，上虞增貢。著《湖東山房詩草》。

編按

宋梁，生卒年不詳。字滌人，浙江上虞人。與乃兄宋杰（一八一五—一八七二）、弟宋棠（一八二二—一九〇二）合稱「上虞三宋」。生平資料見諸文獻極稀，潘衍桐《兩浙輶軒續錄》卷四十收錄其詩三首。

姚燮（一八〇五—一八六四），字梅伯，號復莊，生平詳見前文。

此札文字雖然簡短，讀之令人聯想到姚燮（一八〇五—一八六四）平生經常流連於秦樓楚館的嗜好。

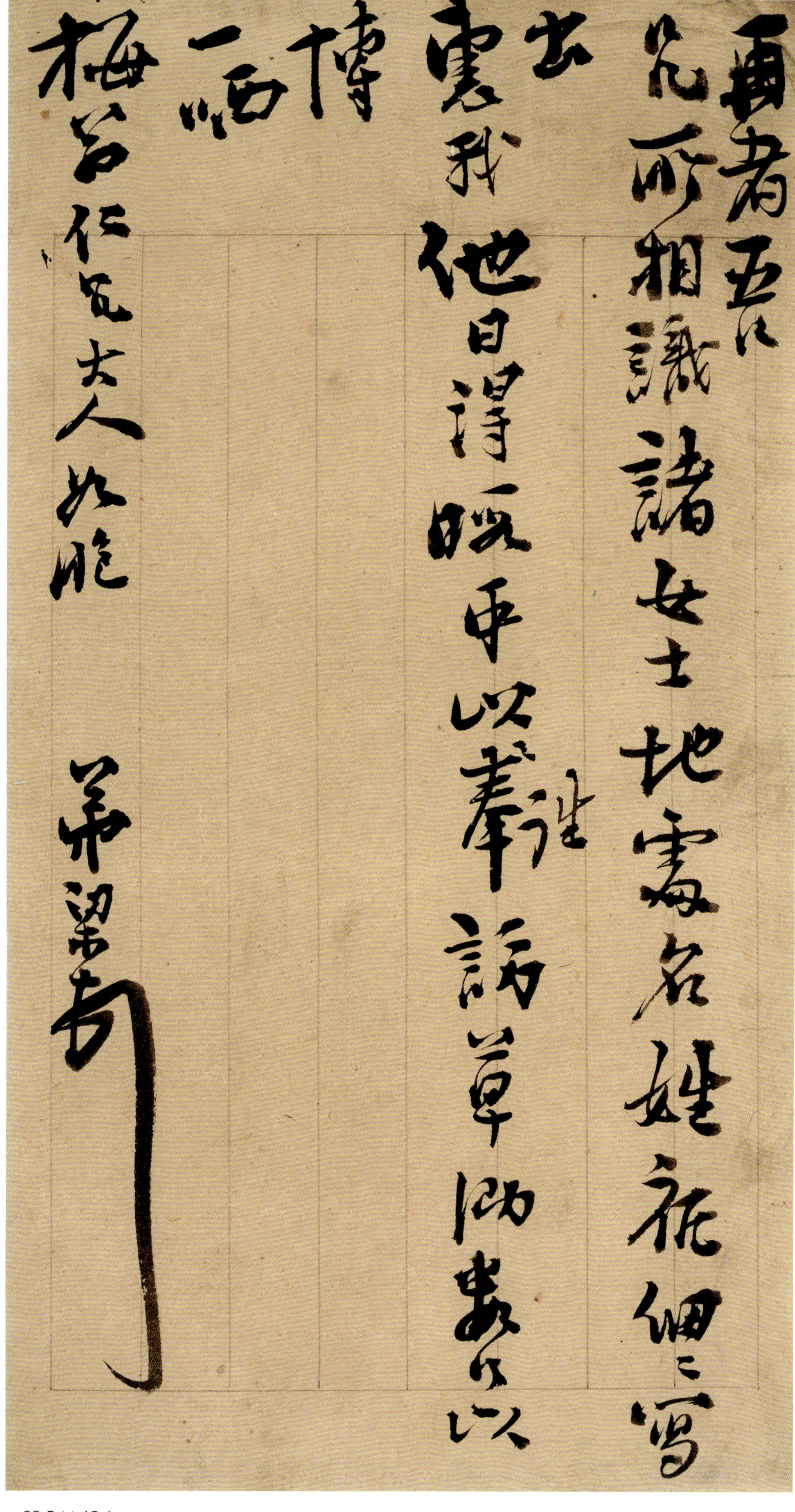

22.5 × 12.1 cm

宋梁 字滌人 杰弟 上虞增貢

著湖東山房詩草

張秉瀛　致姚燮札

釋文

梅老夫子大人函丈：前仰
恩援，感深五內，又承
鈞命着生旋里，實係
愛同骨肉，
照拂情深。生本應自顧崎嶇，速作歸計，但有許多難歸之處，而隣里宗族之貽笑，猶其後焉者也。反覆自思，轉難區處，幸於三月間有紹郡幫辦軍務之馮和承為謀利起見，無非竊欲把急功名以效毛義之捧檄耳。前雖險遭大難，而今則幸荷重生，若非努力為人，希圖上進，不特有忝老母，抑且大負
夫子提拔之恩矣！所以率陳苦衷，萬望向　尺翁處
鼎力推薦。得承收納，願為執鞭，但事不宜遲，如勿摒棄，并乞速為道及。臨楮不勝懇禱之至。耑此，順請
尊安。門人張秉瀛百拜，四月十八日。
（生現寓城內東梅家衕顧金泉先生醫室。廣田兄煩其過敘。）

編按

張秉瀛之生平里籍，皆未見記載。此札尊稱姚燮（一八〇五—一八六四）為「夫子」，並自稱「門人」，蓋即大梅山館門下弟子。姚燮《復莊詩問》卷三十，載有〈示張生（秉瀛）〉五律一首，云：「上修關佛悟，飽食有天恩。世事大河闊，狂歌短鋏存。孤懷窮易轉，元譚了難渾。劣馬無騮種，誰為軼地奔。」其事跡待考。

梅老夫子大人函丈前仰
恩援感深五內又承
鈞命着生旋里實係
愛同骨肉
照拂情深生 本應自願崎嶇速作歸計但有許多難歸
之處而隣里宗族之貽笑猶其後焉者也反覆自思
轉難區處幸於三月間有紹郡郡辦軍務之馮和丞

為謀利起見無非竊欲把急於名以效毛義之捧檄耳茲
雖險遭大難而今則幸荷
重生並非努力為人希圖上進不特有忝老母抑且大負
夫子提拔之恩矣茲以辛陳苦衷萬望向 尺翁處
鼎力推薦得以收納願為執鞭但事不宜遲如勿
摒棄并乞速為道及臨楮不勝懇禱之至為此順請
尊安
門人 張秉瀛百拜
生現寓城內東梅家衙頭金泉先生藥室 廣田兄煩為遞致
四月十八日

各 22.5 × 11.2 cm

梅老夫子大人函丈前仰
恩援感深五内又承
鈞命着生旋里實係
愛同骨肉
照拂情深生本應自顧崎嶇速作歸計但有許多難歸
之處而隣里宗族之貽笑猶其後焉者也反覆自思
轉難區處幸於三月間有縉郡幫辦軍務之馮和承

為謀利起見無非竊竊欲把急[illegible]名以效毛義之捧檄耳前

維險遭大難而今則幸荷

重生善非努力為人希圖上進不特有忝老母抑且大負

夫子提拔之恩矣敢以辛陳苦衷萬望向 尺翁處

鼎力推薦得邀收納願為執鞭但事不宜遲如加

擯棄并乞速為道及臨楮不勝懇禱之至專此順請

尊安

門人 張秉瀛百拜

四月十八日

生現寓城内東梅家衚衕顔金泉先生醫寓 廣田兄煩貴遞致

楊翰　致雙翁札二通

釋文一

撿得宋人篆聯石刻送上，付裝時須交譚生補正方妙。已經告知矣。即此話別，并頌雙翁先生時安。弟翰頓首，浴佛日。

印章

息柯（朱文方印）

鑑藏印

匋龕鑑定（白文方印）

釋文二

宋人刻「雙清室」，知於翁雅切。書數字，奉為清供。又自刻坡像，尚精。隸對，乃為星叔作。共四種，即上雙翁先生左右。息柯翰頓首。刻即放舟。

（晤南為致意，昨便詣未遇。）

印章

息柯（朱文方印）、褏遺草堂（白文方印）

邊題

楊翰，字海琴，順天宛平人，道光乙巳進士，官至湖南辰永沅靖道。著有《褏遺草堂集》。《順天府志》：「翰工書畫，長於鑒賞，詩亦清矯拔俗。晚年罷官遊粵，有《粵西得碑記》。」

編按

楊翰（一八一二—一八七九），字伯飛，一字海琴，號樗盦，別號息柯居士。順天宛平人。道光二十五年（一八四五年）進士，官永州知府、湖南辰沅永靖道。同治十年（一八七一年）被劾免官。著有《息柯雜著》、《歸石軒畫談》等。

此兩札上款人「雙翁」，身分未詳。

24.8 × 12.7 cm

24.8 × 9.6 cm

楊翰

字海琴，順天宛平人，道光乙巳進士，官至湖南辰永沅靖道。著有息柯遺草堂集。順天府志：翰工書畫，長於鑒賞，詩亦清矯拔俗，晚年罷官遊粵，有粵西得碑記。

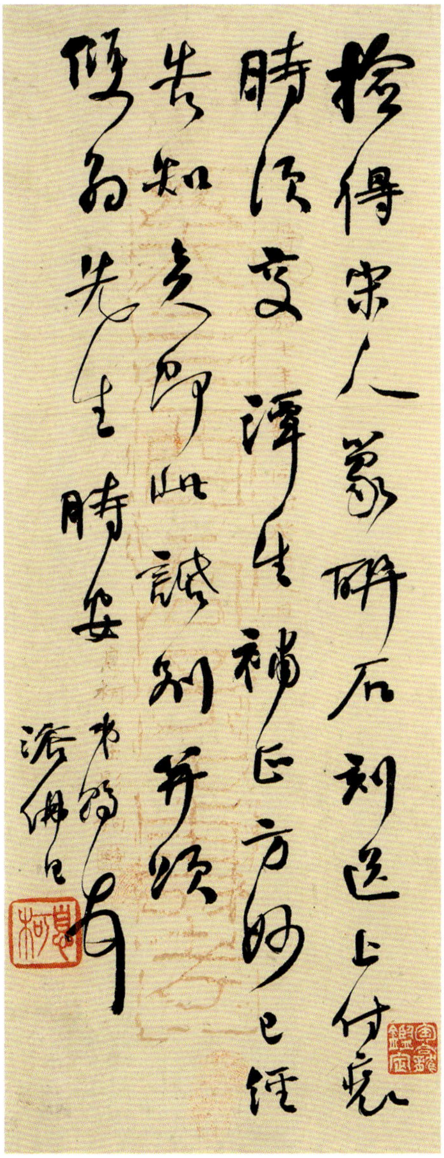

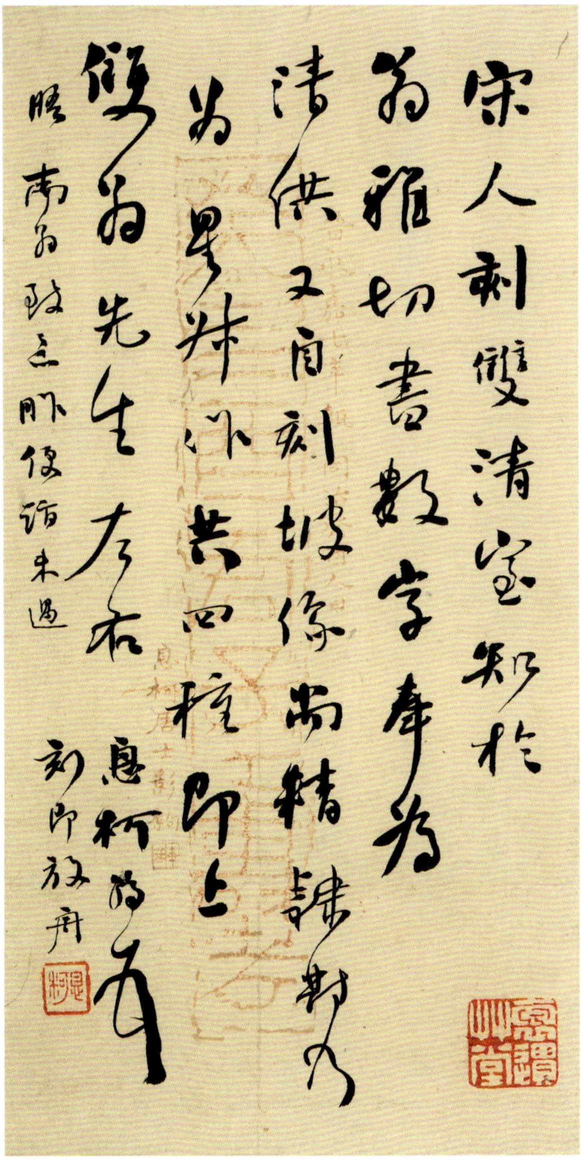

搨得宋人篆研石刻送上付覧
時須交譚生補正方好已經
告知之即此識別并須
假爲先生
時安

弟翰頓首

楊翰

字海琴，順天宛平人，道光乙巳進士，官至湖南辰永沅靖道，著有息柯遺草堂集。順天府志稱工書畫，長於鑒賞，詩亦清絕拔俗。晚年罷官遊粵，有粵西得碑記。

宋人刻經清定紙於
前雅切書數字奉為
清供又自刻坡像尚精隸對以
為異琳以供回種即上
簡翁先生左右　息柯頓首
照南翁殿下便話未遇
新印放舟

楊沂孫　致佑申札

一八八〇年

釋文

佑申世大兄閣下：接裹
手書，具審
燕寢凝釐，百凡順勝。承
惠名茶佳脮，欣感、欣感！
委書各件，即日寫竟，適值雪後嚴寒，手墨涷局，故不能佳。至「萬卷圖書一艸堂」，則體製雖出新樣，而篆籀不克相偁，即重書亦不能佳。必欲用之，當作横額也。□□真不足以覆瓿，負此佳帋，罪過、罪過。張雨生歲杪旋里否？青州兩從事或與之偕歸。復頌
年喜，不具。沂孫頓首，十四日，時大雪。
（先人遺詩二冊呈覽。）

編按

楊沂孫（一八二三—一八八一），字詠春，號子與，晚號濠叟，江蘇常熟人。工書法，精於鐘鼎、篆隸，尤以丰神取勝。偶刻印，亦彬雅邁倫。著有《管子今編》、《莊子近讀》、《觀濠居士集》等。

本札上款人「佑申」身分不詳。內容談及委託作書數件，其中「萬卷圖書一艸堂」篆書横額，現藏常熟市博物館，題款：「光緒庚辰三月，佑申大兄世講屬。濠叟楊沂孫篆。」故知作於光緒六年（一八八〇年）。另，「張雨生」即張溥東（一八四一—約一八九一），字雨生，江蘇常熟人。善山水，得婁東諸家遺意。

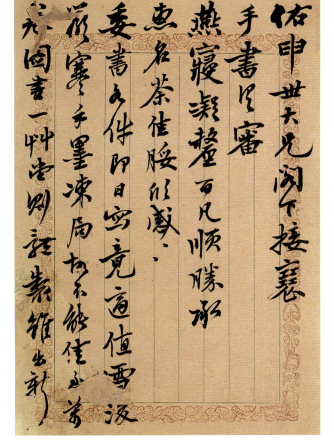

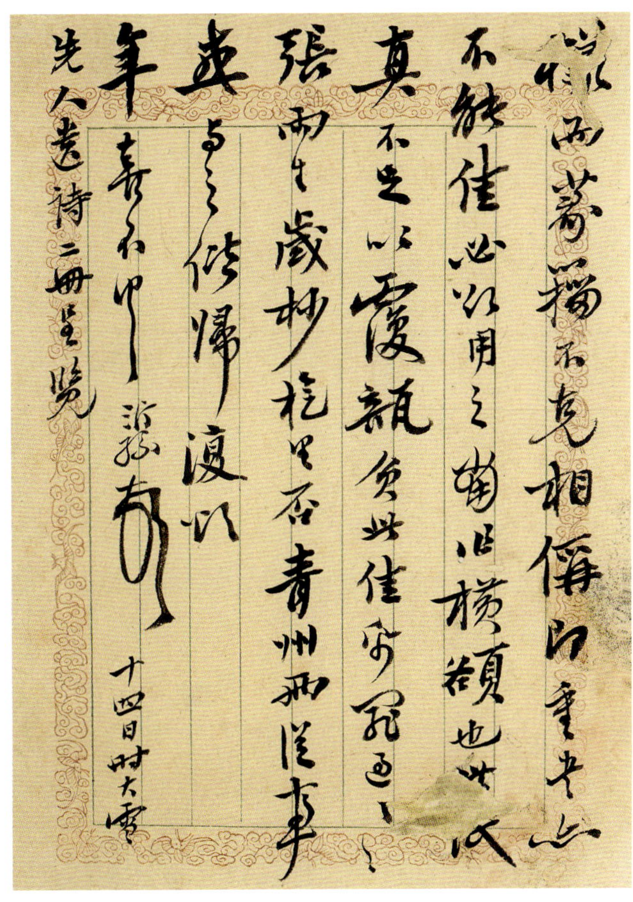

各 22.2 × 15.7 cm

佑申世大兄閣下：接襄手書，只審
燕寢凝釐，百凡順勝。承
惠名茶佳腴，所感所感。
委書之件，即日寫竟，適值雪後
嚴寒，手墨凍局，極不能佳，至希
原宥。圖畫一件，當則請素維出新

以西簿獨不見相傳石重來出
不能佳必以用之甚小横嶺也世代
真不足以覆瓿無此佳字畫之
張雨生歲抄花里否青州西湛本
遠意之傳歸復以
年壽不少也 游孫有頓首 十四日申大雪
先人遺詩二冊呈覽

徐允臨 書札

一八八〇年

釋文

見委一節，弟自當留意，恐未能汲汲也。天寒手僵，草不成字，求知己恕之。匆匆佈肊，即請吟安。世弟徐允臨頓首，

庚辰十一月廿七日。

印章

徐允臨石史之印（白文長方印）、石畫書樓（朱文方印）

編按

徐允臨，原名大有，字石史，生卒年不詳。江蘇上海人。徐渭仁（一七八八—一八五五）子。幼承庭訓，精於鑒古，工書法，亦善畫蘭。

本札乃徐允臨向一名委託作書者的回函，受信人未明。款署「庚辰」，即光緒六年（一八八〇年）。

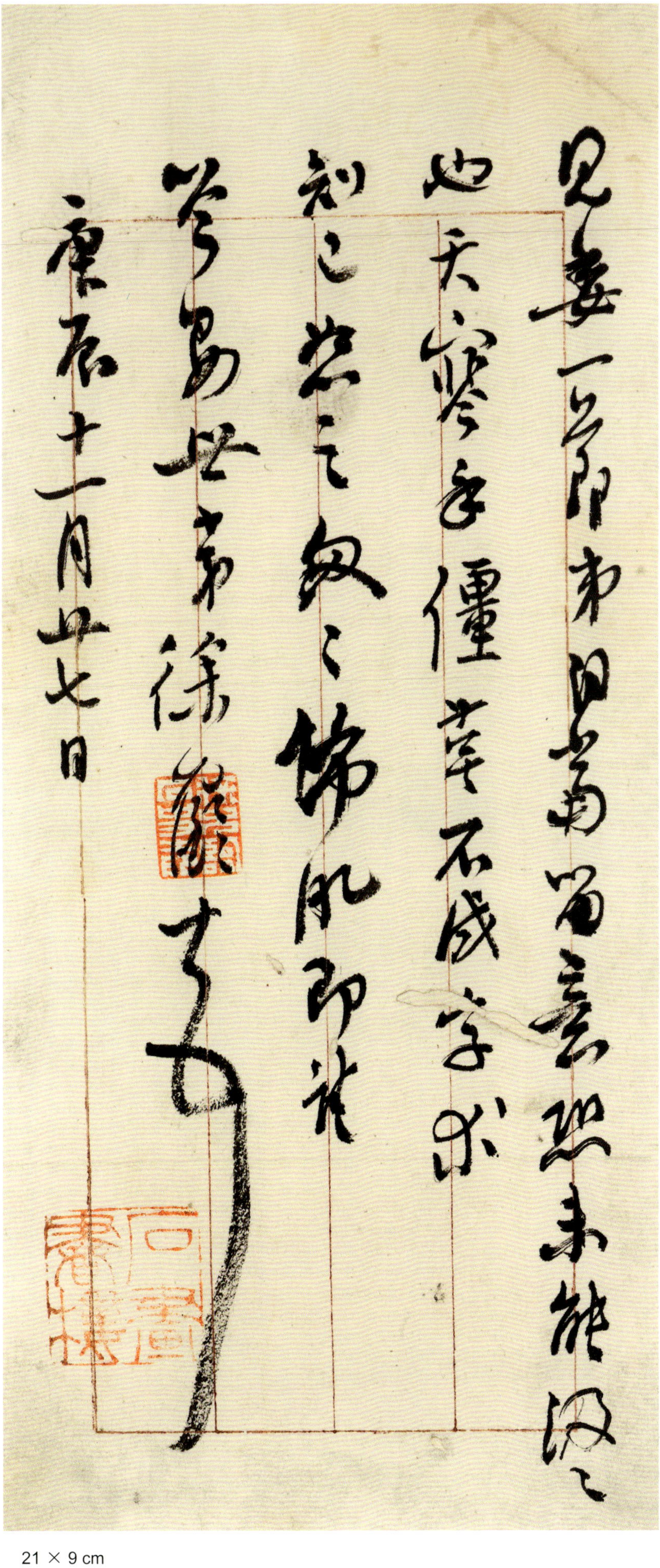

21 × 9 cm

徐允臨　致芸生札

釋文

芸生老考大人如兄閣下：靡靡終朝，久未奉□，伏想
道况既佳，吟懷清健，式慰頌私。茲有至好甬江姚少復兄，迺大楳山館　某伯老伯之肖子。
工吟詠，尤擅畫梅，久仰
大名，特介弟一言奉揖。用特作函，即請
箸安。如小弟徐允臨頓首，初八日。

編按

本札上款人「芸生」，身分未明。徐允臨此信乃向其引薦後輩，所推介之「姚少復」，即姚景夔（一八三九—？），字拊仲，號小復。浙江鎮海人，姚燮（一八〇五—一八六四）次子，生平見後札。所稱「大楳山館楳伯老伯」即姚燮。

苦不堪言奈六人如兄閣下麻之終朝久未有伏

伏書

違瞻院倉塚愴清健式硯水私若眥玉好有

江煙少後兄延大操嚴弟君老旧之有玉玉

吟诵光擅翌楮名仰

大名特有南一玄主捭用特作画即诗

蕃更此等徐名顺书

而旨

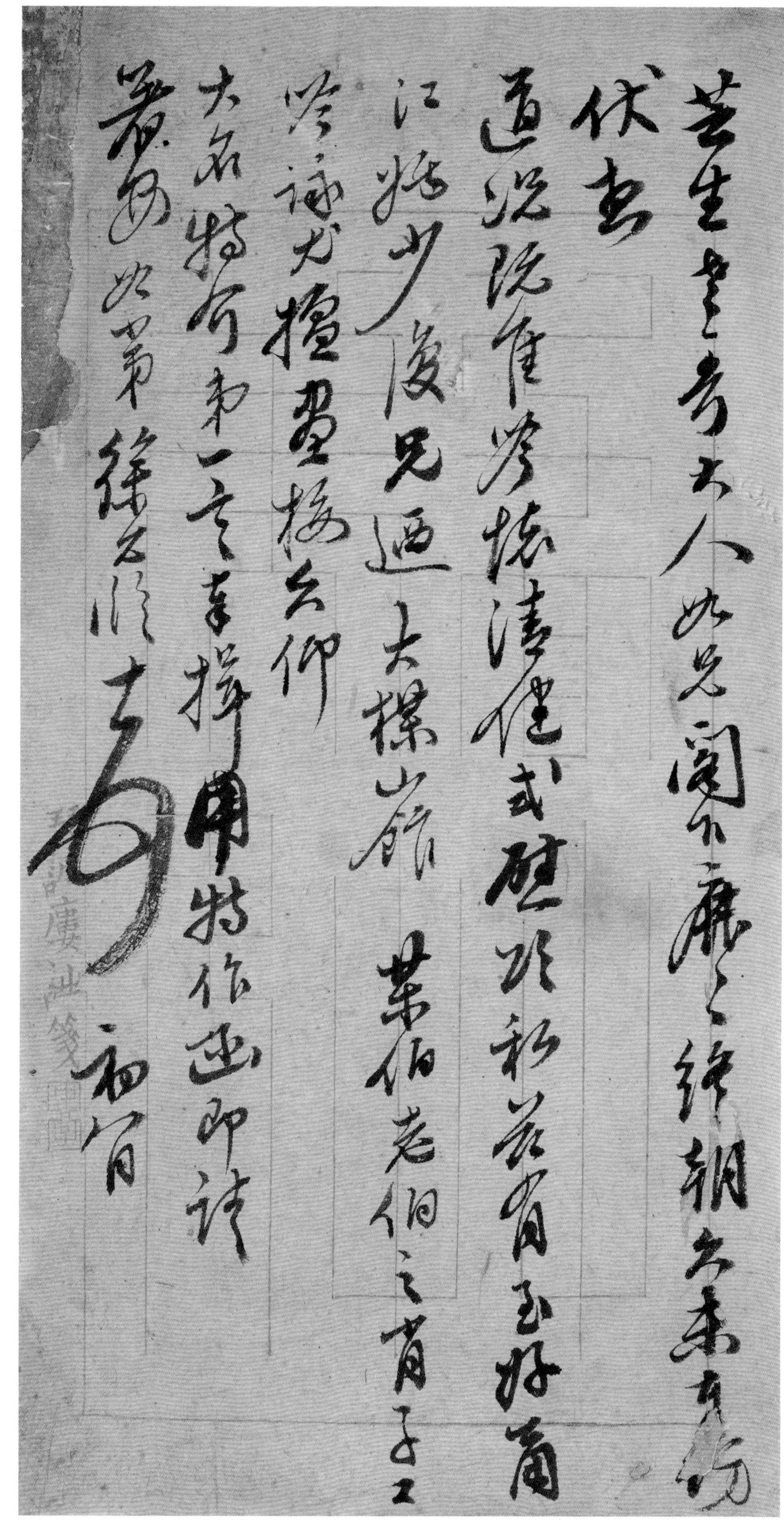

陳繼揆　致姚景夔札

釋文

湘舟兄一函，祈代呈。十一集中九題《倡和詩》，暨東坡《水車詩》，祈鈔一通來，以便乘暇動筆也。金木哥處有鏡箱一箇，想已遞到，祈撿付去人帶轉為要。附去一扇，懇即索湘翁一畫，但求紅綠，不必十分加意也，轉為說聲。此佈拊仲賢姪青目。舵巖頓首。

（外附家信、保契券要件，望覓妥當友，囑其路上勿損壞、勿遺失也。并懇勿閣，為荷。舵又拜。）

編按

陳繼揆，字舜百，號舵巖，生卒年不詳。浙江鎮海人，同治六年（一八六七年）並補甲子科舉人。與兄長陳繼聰（一八二三—一八八二）俱師事姚燮（一八〇五—一八六四），稱入室弟子。姚燮器重其才，以妹許配之。著有《讀詩臆補》等。

姚景夔（一八三九—？），字拊仲，號少復。浙江鎮海人，姚燮次子，份屬陳繼揆外甥。工詩、善畫，尤長於繪畫梅花，悉得自家傳。

札中所稱「湘舟」，身分未明，似為一名善畫者。

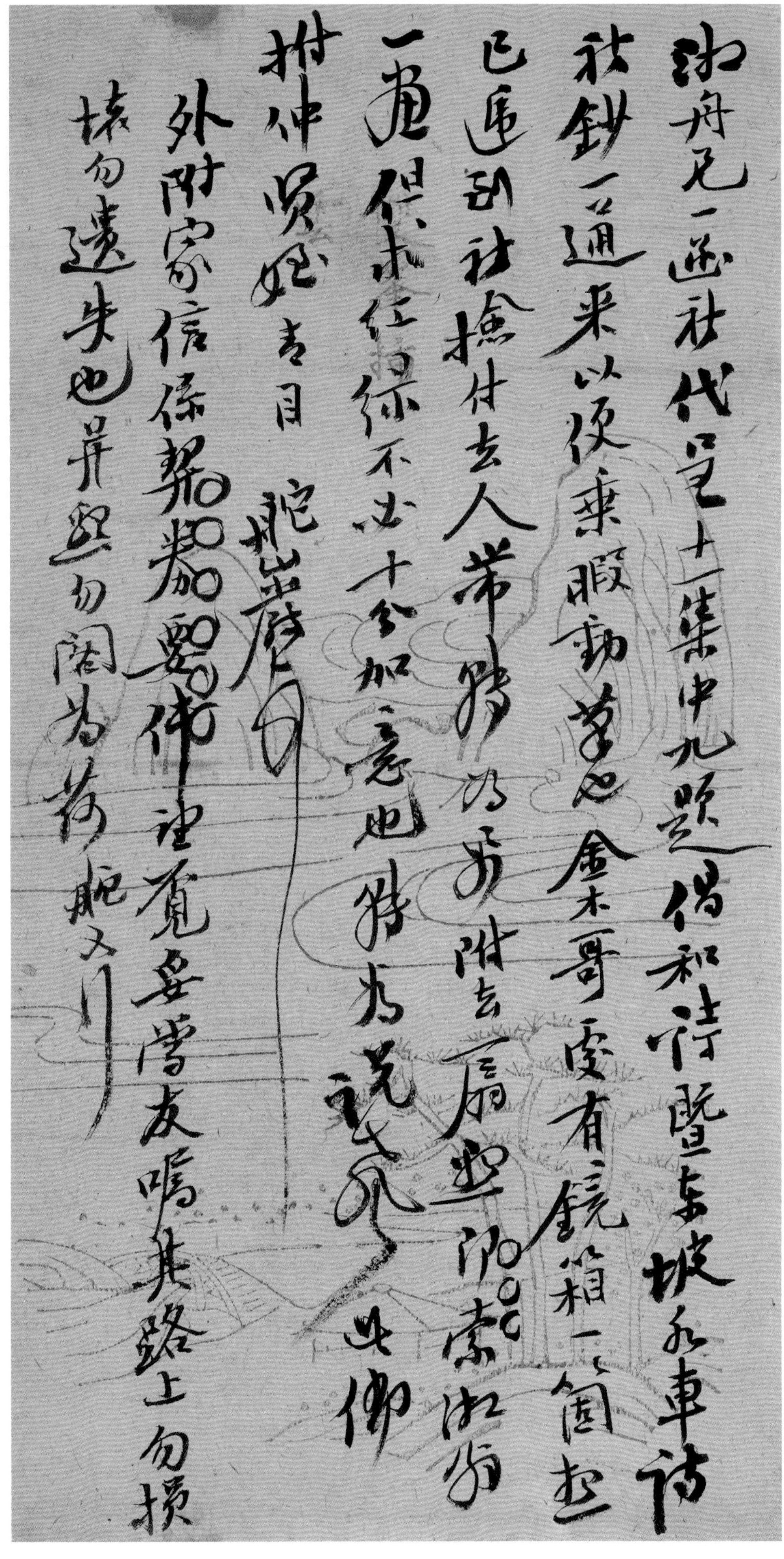

22.7 × 11.5 cm

厲學潮　致姚景夔札

釋文

琹詠二兄世大人閣下：頃讀
手教，藉悉種切。翁州世路人情，大非昔比，歸囊羞澀，亦意中事耳。去歲承
惠柳仙期佛卷，係
老叔大人收藏，必非凡品。弟生性蠢俗，於筆墨一道真是門外漢，以之為壽則
更不敢當。是以曾未啟封，敬謹完璧，奉洋蚨十枚，聊作伴函，維希　哂納。
即請　元安。世愚弟厲學潮頓首。

編按

厲學潮（?—一八八三），字慕韓。浙江定海人，厲志（一八〇四—一八六一）次子。諸生，咸豐七年（一八五七年）由訓導改縣丞，歷官知府。

姚景夔（一八三九—?），字拊仲，齋號琴詠，姚燮（一八〇五—一八六四）子。生平見前札。

讀本札內容，似姚景夔此前曾向厲學潮致送禮物，並求取資助。厲學潮此函向其退還所贈柳遇畫卷，並附上銀圓。姚、厲兩家為累代世交，厲志與姚燮相知甚久，故推測信中稱「老叔大人」所指或即姚燮。

琹詠二兄世大人閣下頃讀

手教藉悉種切篇州世路人情大非昔比歸囊羞澀亦意中事耳 去歲承

惠柳仙[期]佛卷係

老弟大人收藏必非凡以弟生性恭儉於筆墨一道真是門外漢以之爲壽則更不敢當矣以曾未啟封敬謹完璧奉洋蚨十枚聊作伴函惟希 哂納即請 元安 世愚弟厲學潮頓

23.2 × 12.9 cm

楊伯潤　致姚景夔札

釋文

前承

枉顧，未曾奉答。今悉歸期在即，未及暢叙出衷，為憾。玉翁照一軸，當交與梅孫。專此，即請

日安。

小復仁兄如晤。弟伯潤頓首，七月四日。

編按

楊伯潤（一八三七—一九一一），字佩夫，又字佩甫，號茶禪。浙江嘉興人。工於山水畫，寓上海賣畫為生，與高邕（一八五〇—一九二一）、錢慧安（一八三三—一九一一）等創辦「豫園書畫善會」，並擔任會長。著有《南湖草堂集》、《語石齊畫識》。

姚景夔（一八三九—？），字拊仲，號少復，浙江鎮海人。生平見前文陳繼揆札。

札中稱「梅孫」者，身分未明。

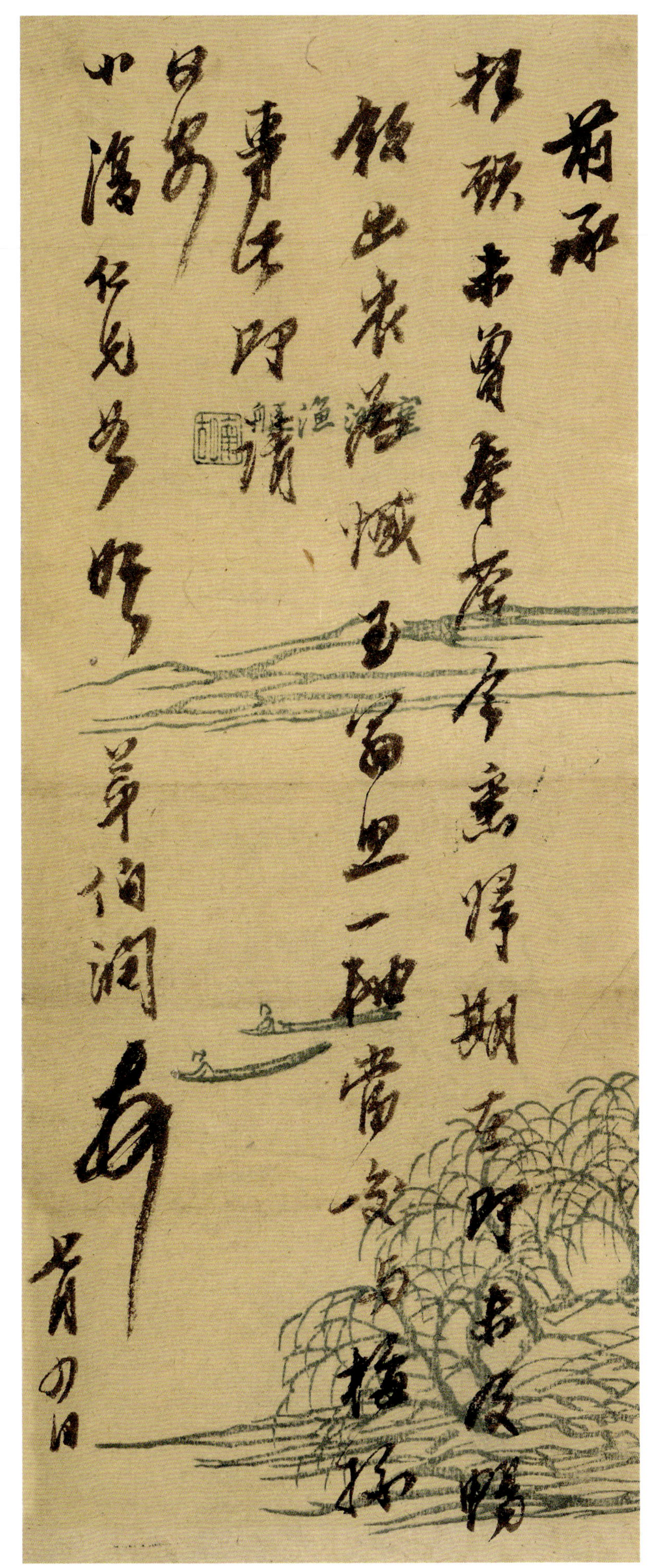

22.1 × 8.8 cm

陸潤庠　致張慶善札

釋文

昨　交下圖章，已轉致頌翁逐一細閱，極其得意。惟「頌閣」此式之一塊，嫌其章法不甚大雅，囑轉告後送之件勿用此式，為荷。明日准行否？念念。此請

心淵仁兄世大人台安。弟潤庠頓首。

（國學圖章氣魄甚壯，費神之至。奉呈二金，菲薄不足報也，乞收之。）十九。

編按

陸潤庠（一八四一—一九一五），字鳳石，號雲灑。江蘇元和人。同治十三年（一八七四年）狀元，授修撰，掌修國史。歷官都察院左都御史、工部尚書、吏部尚書、太保、東閣大學士、體仁閣大學士。民國成立後，曾留清宮任帝師。卒贈太子太傅，謚文端。

張慶善，字心淵，生卒年不詳。浙江嘉興人。工篆刻，傳世有《安雅堂印譜》，成書於嘉慶二十五年（一八二〇年）。

本札內容乃委託張慶善篆刻印章，所稱「頌翁」，即徐郙（一八三六—一九〇八），字頌閣，江蘇嘉定人。同治元年（一八六二年）狀元，官至禮部尚書、協辦大學士。

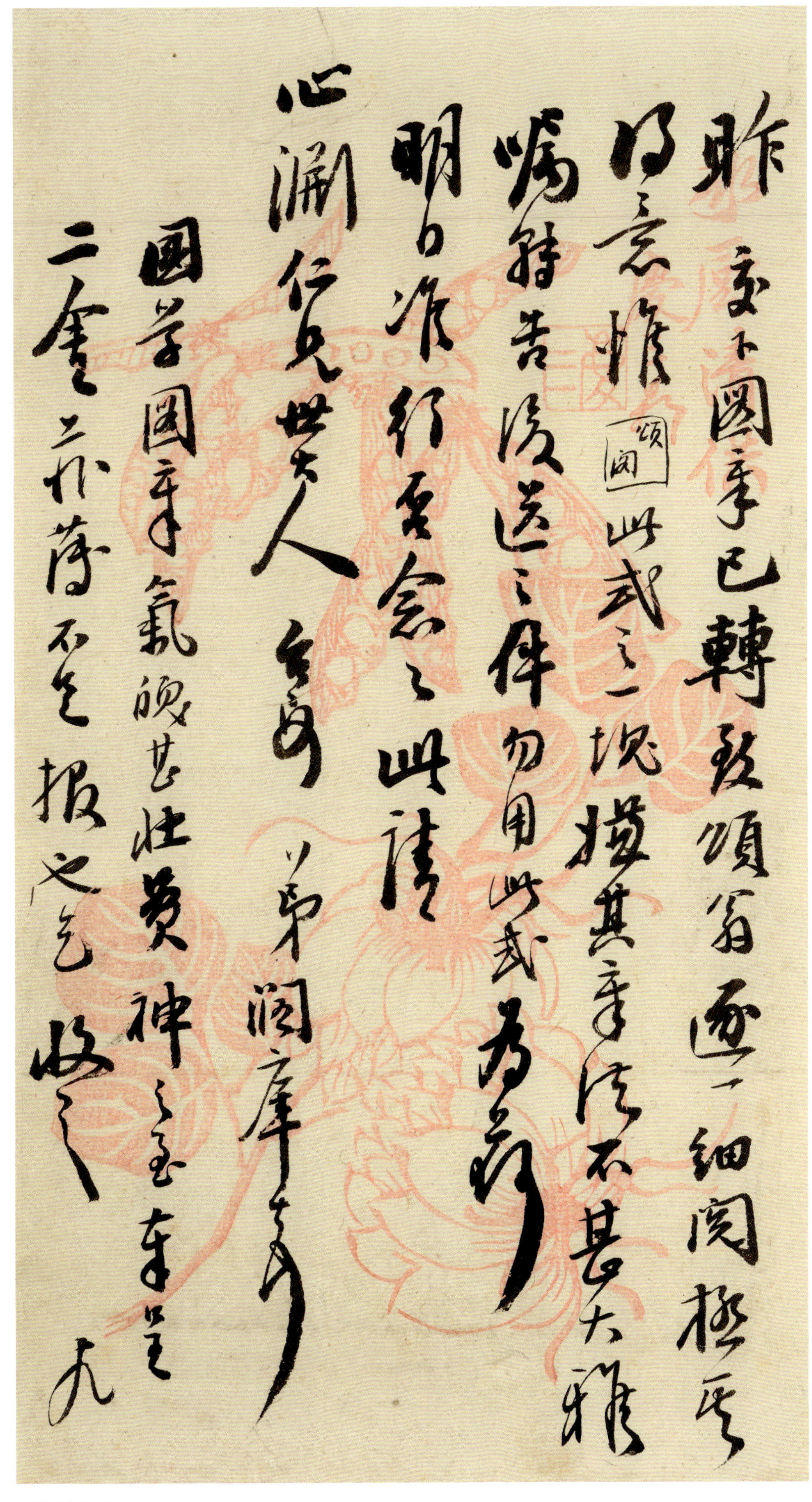

23 × 12.3 cm

馮文蔚　致夫子札

釋文

夫子大人鈞鑒，敬肅者：奉上仲復前輩來書一緘
詧存，示覆仍由文蔚轉達甚便。前於中秋送呈貢蠟牋一副，求
賞墨寶楹帖，倘已蒙
賜書，並祈
檢畀，為禱。肅此，恭請
鈞安。受業馮文蔚謹肅。

編按

馮文蔚（一八四二—一八九六），字蓮塘，號修庵。浙江烏程人。光緒二年（一八七六年）探花，授院編修，歷任順天同考官、河南學政、江南主考官、詹事府少詹事。光緒八年（一八八二年）出任河南學政，後任國子監祭酒。光緒二十二年（一八九六年）遷內閣學士，署左副都御史。

本札受信人未明。「仲復」為沈秉成（一八二三—一八九五），字仲復，浙江歸安人。咸豐六年（一八五六年）進士，同治十一年（一八七二年）任蘇松太道，就南園附設詁經精舍教邑諸生，別選子弟入廣方言館，兼習歐西文字，培養譯才以應時務所需。

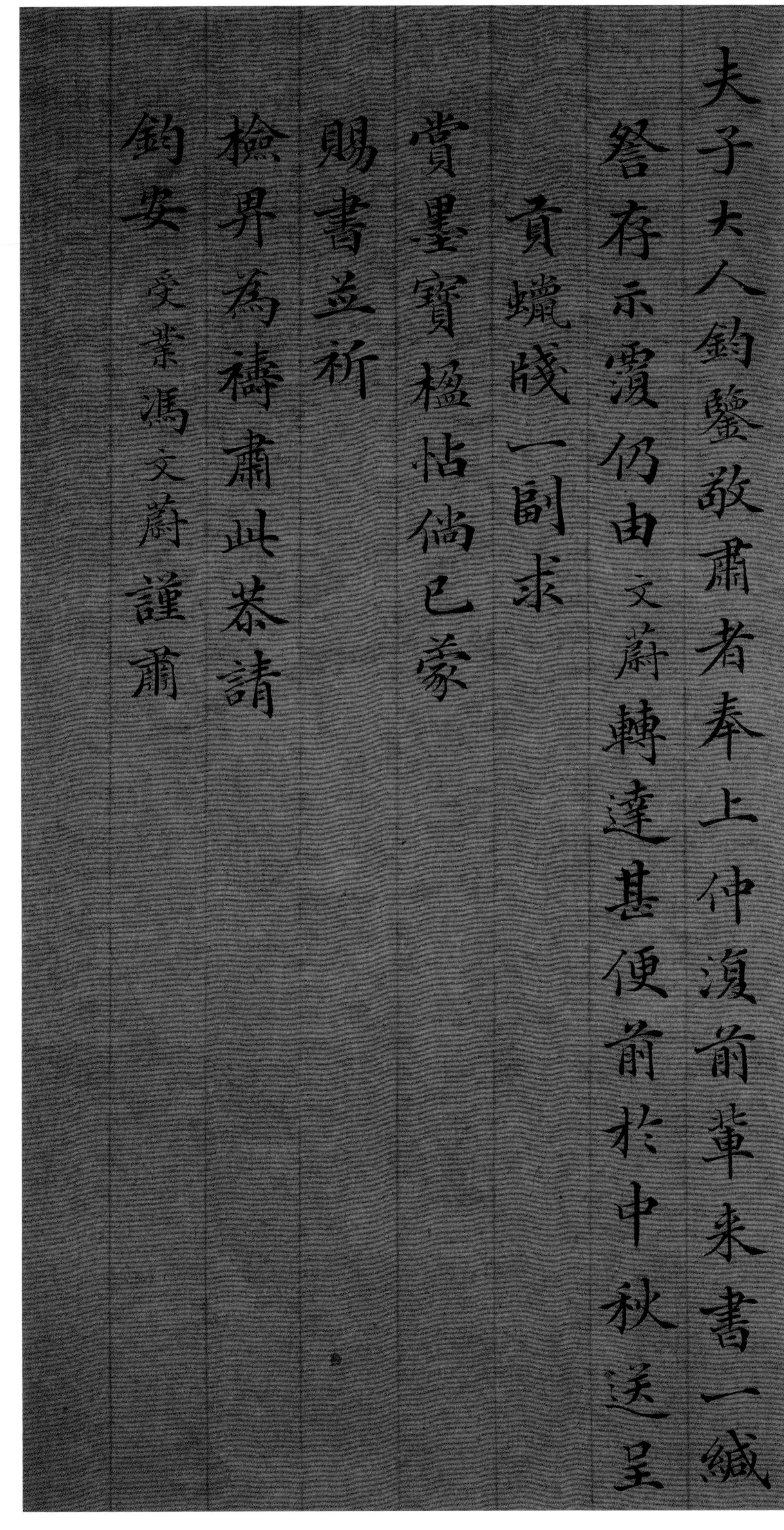
夫子大人鈞鑒敬肅者奉上仲復前輩来書一緘
詧存示覆仍由文蔚轉達甚便前於中秋送呈
貢蠟箋一副求
賞墨寶極怙倘已蒙
賜書並祈
檢畀爲禱肅此恭請
鈞安受業馮文蔚謹肅

24.3 × 12.6 cm

王先謙　致翁同龢札

一八八一年

釋文

老前輩大人經席：昨兩謁
台階，值
公出，未晤為悵。前與笏亭前輩諸君商議，咨取各省書籍，飭司員擬稿請
示，蒙
許以為可行，見已陸續備文前往。晚思監中向官局取書，疆吏當無不允之理。惟寄局售賣及民間刻本，并請令代為採購，若需費稍多，或慮不盡慨助，此則非專恃公文可望一律應手者。各省中惟閩、粵、江、浙、鄂五處佳書較多，（粵省則民間刊本居其大半，如仿 殿版《廿四史》、《三通》及《三通典》及各種叢書，皆必不可少者。倪豹岑處，晚可函託其極力贊成，惟張、裕兩公非有一函不可。）除各大吏中與笏亭前輩及晚等向有往來者，已坿函切實懇託外，江督及鄂省督撫，晚等皆無深交，閩、粵督撫則全無一面。昨與笏翁諸君商酌，擬求
老前輩加函諄託，方能有濟。用特縷陳一切，如蒙
惠允，謹候
繕就發下，坿入公文內遞往，以期妥速，尤為深幸。晚擬俟各省書籍源源而來，如必須應用之書尚有未備，再行酌量捐購，補其不足。庶幾典籍美富，有志讀書者聞風趨赴，不專為圖謀數兩津貼而來。然後嚴加披揀，多方誘進，冀可廣羅天下儁異之士，而國學不為虛設。鄙意設施之序如此，伏求
教誨，曷勝感悚。手肅，敬請
鈞安，仰候
回示，不備。晚先謙頓首。廿七。

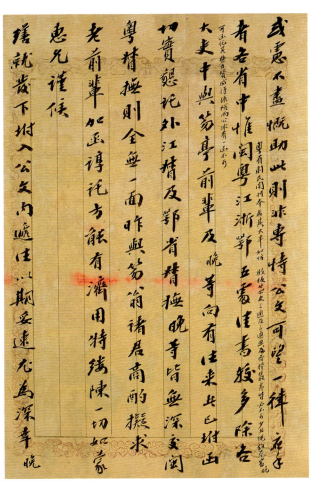

老前輩大人經席：昨兩謁
台階，值
公出未晤為悵。前與筠亭前輩諸君商議
咨取各省書籍，飭司負擬稿請
示，蒙
許以為可行，見已陸續備文前往。晚思監中
向官局取書，疆吏當無不允之理；惟寄局售賣
及民間刻本并請令代為採購，若需費稍多，

或恐不盡慨助，此則非專恃公文可望一律應手（粵有劉氏所刊今存其大半，如仿殿板廿四史、三通及三通典為各種最善書，皆必不可少，此晚擬各省晚）
者。各省中惟閩粵江浙鄂五處佳書較多，除各
大吏中與筠亭前輩及晚等向有往來者已附函（可函託其極力贊成，惟張裕兩公非有一函不可）
切實懇託外，江督及鄂省督撫晚等皆無深交，閩
粵督撫則全無一面。昨與筠翁諸君商酌，擬求
老前輩加函諄託，方能有濟，用特縷陳一切。如蒙
惠允，謹候
繕就發下，附入公文內遞往，以期妥速，尤為深幸。晚

擬俟各省書籍源源而來，如必須應用之書尚有未備，
再行酌量捐購，補其不足，庶幾典籍美富，有志
讀書者聞風趨赴，不專為圖謀散兩津貼而來，然
後嚴加甄拔，多方誘進，冀可廣羅天下儁異之士，而
國學不為虛設。鄙意設施之序如此，伏求
教誨，曷勝感悚。手肅敬請
鈞安，仰候
回示不備。晚光謙頓首　廿七

各 22.8 × 15.6 cm

編按

王先謙（一八四二—一九一七），字益吾，號葵園。湖南長沙人。同治四年（一八六五年）進士，授編修、侍讀、國子監祭酒，歷官至江蘇學政。光緒十五年（一八八九年）辭官，任岳麓書院山長，於經學、訓詁多有建樹。光緒三十四年（一九〇八年）授內閣學士銜。辛亥革命後易名隱居。

翁同龢（一八三〇—一九〇四），字叔平，號松禪，又號瓶廬。江蘇常熟人。咸豐六年（一八五六年）狀元，官至協辦大學士、戶部、工部尚書、軍機大臣兼總理各國事務衙門大臣等。任同治、光緒兩代帝師，戊戌政變時被罷官。卒後追復官銜，謚文恭。

光緒七年（一八八一年），王先謙任國子監祭酒，因太學藏書殘缺，奏請廣采典籍以備諸生博覽，並函請翁同龢、譚鍾麟等協助徵書。此札即作於是年。翁同龢回覆云：「太學之衰久矣，得碩儒提倡徵書之舉，疆吏亦當樂從。閩、粵、鄂督撫與龢雖非深交，必應加函切懇，四五日後即奉呈。」（參考李和山《王先謙學術年譜》）

老前輩大人經席昨兩謁
台階值
公出未晤為悵前與芴亭前輩諸君商議
洛取各省書籍飭司負擬稿請
示蒙
許以為可行見已陸續備文前往晚思監中
向官局取書疆吏當無不允之理惟膏局售賣
及民間刻本并請令代為採購若需費稍多

或憲不盡慨助此則非專恃公文可望一律應手

粵省則氏間刊本居其大半如仿殿板廿四史三通及三通典要各種叢書皆必不可少非倪翁本家晚

者各省中惟閩粵江浙鄂五處佳書較多除各

可函託其極力贊成惟張裕兩公非有一函不可

大吏中與翁亭前輩及晚等向有往來共已封函

切實懇託外江督及鄂省督撫晚等皆無深交閩

粵督撫則全無一面昨與翁翁諸君商酌擬求

老前輩加函轉託方能有濟用特縷陳一切如蒙

惠允謹候

擇就發下附入公文內遞往以期妥速尤為深幸晚

擬俟各省書籍源源而來如必須應用之書尚有未備
再行酌量捐購補其不足庶幾典籍美富有志
讀書者聞風趨赴不專為圖課數兩津貼而來然
後嚴加挑揀多方誘進冀可廣羅天下儁異之士而
國學不為虛設鄙意設施之序如此伏求
教誨曷勝感悚手肅敬請
鈞安仰候
回示不備 晚光謹[illegible]
廿七

王懿榮　致翁同龢札

釋文

夫子大人鈞坐：門生家鄉新從陸路寄來鮮蠣黄、東百合，敬上各一盂，伏祈笎嘗。蠣黄用溫水化之，取肉及原湯，淨去渣滓，可以調羹。今年山東海邊大雪凍結，是以能來，前數年所未有也。近日廠市宋槧充牣，且的皆宋印本，如纂圖互注本《周禮》全卷，北宋單注本《周禮》殘卷，黄鶴補《千家注紀年杜工部詩史》三十六卷足本，又明刻《史記》單集解本。惟價值太昂，動輒半千，際此歲寒，止可望洋而歎，亦終不若紹熙七十卷本之《戴記》為足驚心動魄也。專請

福安。門人懿榮謹啟，初十日。

（海濱沙地野百合不苦易爛，不能去皮，與此間所售汴產者不同。蠣黄原汁最能平肝，須多和薑。）

編按

王懿榮（一八四五—一九〇〇），字正孺，號廉生。山東福山人。光緒六年（一八八〇年）進士，改庶吉士，授編修。歷河南鄉試正考官、會典館總纂官等，曾三任國子監祭酒。庚子事變，拜順天團練大臣，八國聯軍入京時自盡殉國。追贈侍郎、榮祿大夫，謚文敏。精通文史、金石之學，為甲骨文的發現者與研究先鋒。翁同龢（一八三〇—一九〇四），字叔平，號松禪，生平詳見前札。其於光緒六年（一八八〇年）庚辰科會試時，擔任副考官，份屬王懿榮座師。是故王懿榮尊稱其「夫子」，並自稱「門人」。

夫子大人鈞坐 門生家鄉新從陸路寄来鮮蠣黄東百
合敬上各一盃伏祈
笑嘗蠣黄用温水化之取肉及原湯淨去渣滓可以調羹
今年山東海邊大雪凍結是以能来前數年所未有也近
日厰市宋槧充牣且的皆宋印本如纂圖互注本周礼
全卷北宋單注本周礼殘卷黄鶴補千家注紀年杜工

23 × 12 cm

部詩史三十六卷足本又明刻史記單集解本惟價值太
昂動輒半千際此歲寒止可望洋而歎亦終不若紹熙
七十卷本之藏記為足驚心動魄也專請
福安 門人懿榮謹啓 初十日
海濱沙地野百合不苦易爛不能去皮与此間所售沂
産者不同蠣黄原汁最能平肝須多和薑

23.2 × 11.9 cm

夫子大人鈞坐 門生家鄉新從陸路寄來鮮蠣黃東百
合敬上各一盂伏祈
笑賞蠣黃用溫水化之取肉及原湯淨去渣滓可以調羹
今年山東海邊大雪凍結是以能來前數年所未有也近
日廠市宋槧元物且的著宋印本如纂圖互注本周礼
全卷北宋單注本周礼殘卷黃鶴補千家注紀年杜工

部詩史三十六卷是本又明刻史記單集解本惟價值太昂動輒半千際此歲寒止可望洋而歎亦終不若紹熙七十卷本之載記爲足驚心動魄也專請

福安　門人藝榮謹啓　初十日

海濱沙地野百合不若易爛不能去皮與此間所售汴産者不同蠕黃原汁最能平肝須多和董

陶濬宣　致翁斌孫札

一八九二年

釋文

前日走訪，正圖快談，乃聞著體違和，極為馳念。近日溽暑異常，而薄寒尤易中人，即辰想珍調康復，唯善攝為禱。《十三行》前日已由　尊紀馳上一冊，今日又裝成一冊（此冊最精，弟又加一跋），送呈函丈。天氣稍霽，當催趕照也。知念先告，如弟出都以前未能開霽，俟回南以後當影好數分寄都也。敬請痊安。惟倍萬攝練，不具。年小弟濬宣頓首。弢夫仁兄同年閣下。

編按

陶濬宣（一八四六—一九一二），原名祖望，字文沖，號心雲。浙江紹興人。光緒二年（一八七六年）舉人，歷知縣、同知、知府、道員，加三品銜，賞戴花翎。後任職於廣東廣雅書院、湖北志書局。精於書法，為碑學派大家。

翁斌孫（一八六〇—一九二二），字弢夫，號笏齋。江蘇常熟人。光緒三年（一八七七年）進士，改庶吉士，授檢討。歷官至山西大同府知府、山西提學使、直隸提法使等。入民國後不仕。

本札託請翁斌孫以《十三行》（王獻之小楷《洛神賦》）一冊轉呈之「函丈」，當為受信人叔祖父翁同龢（一八三〇—一九〇四）。查《翁同龢日記》光緒壬辰（一八九二年）五月十四日載：「晚文芸閣、陶心耘來看帖，一時多始去。心耘題觀款，並借我《十三行》去欲復刻之。」是則陶濬宣用畢而物歸原主，並以復刻奉贈。

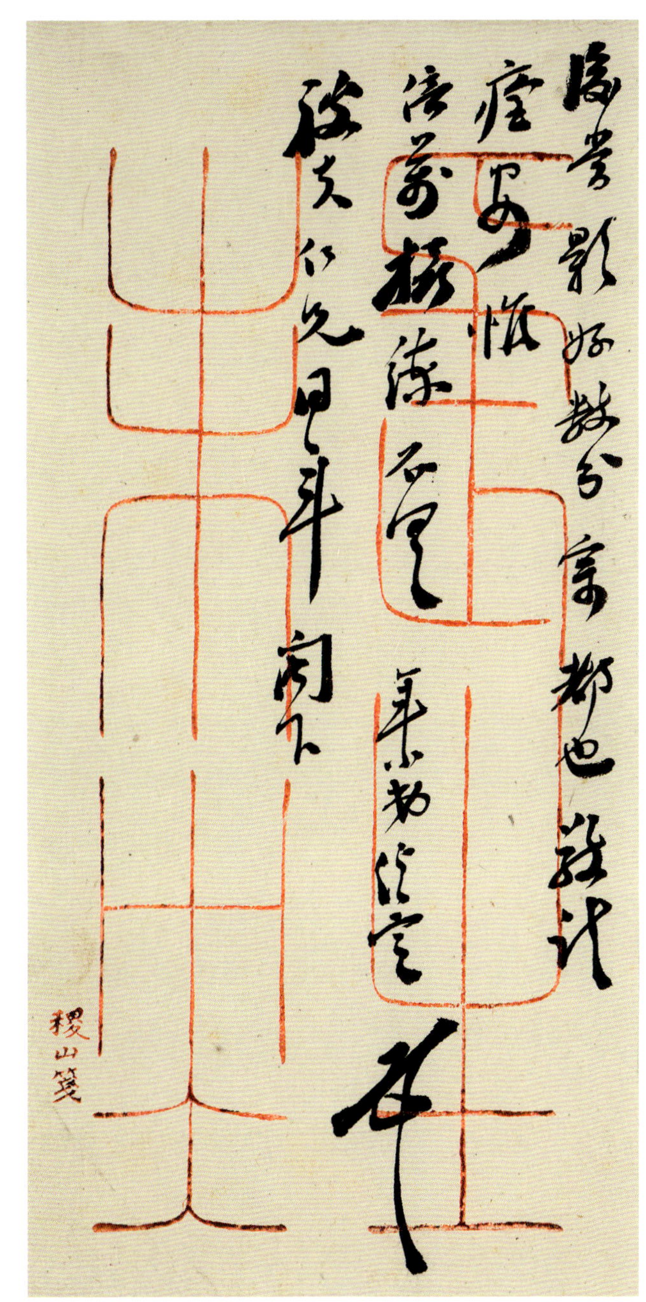

25.5 × 12.2 cm

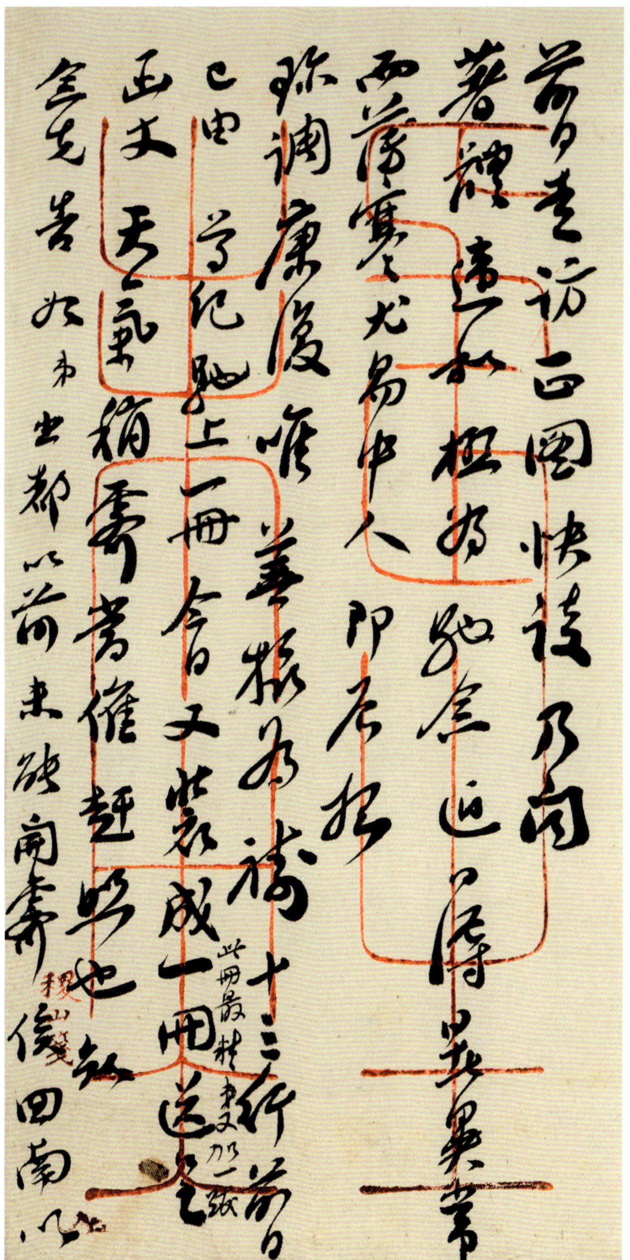

25.5 × 12.5 cm

前者走訪正圖，快讀乃聞
著體清和，極爲純全，適得吳墨常
西齋寬，尤易中人，印存拓
孫湖康復，唯筆權爲禱，十三行前日
已由曾紀馳上一冊，今又裝成一冊送呈（此冊最精老史加一紙）
函丈，天氣稍熱，書催題跋也。
竺老若於市出都以前來談，簡壽侯田南叩

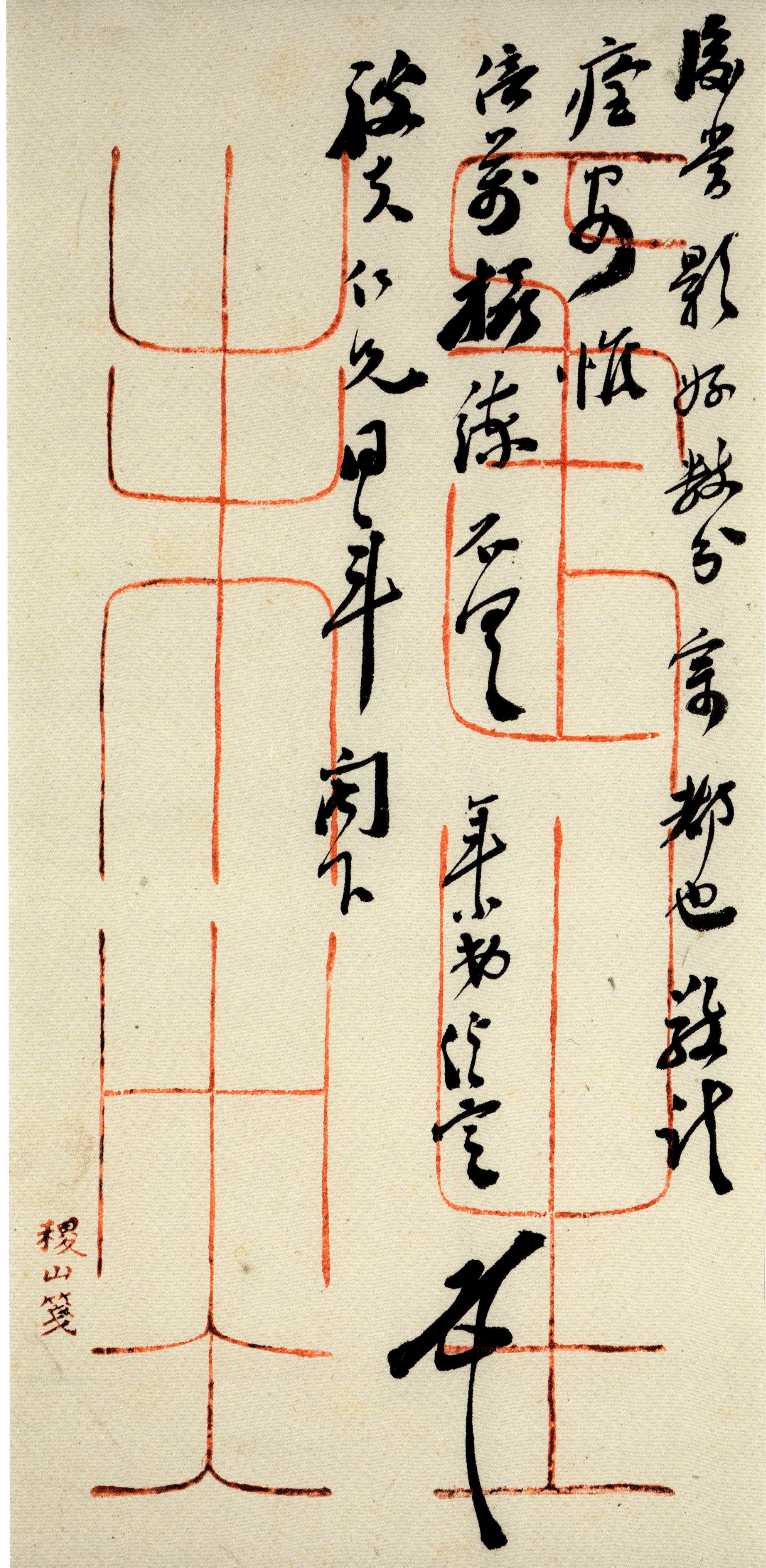

陶濬宣　致翁斌孫札

一八九二年

釋文

連日患河魚之疾，近始漸愈。
命書屏幀，勉起書
繳。孫虔禮云：「真書以點畫為形質，使轉為性情。」此書頗畧具性情，兼用
折釵股之意。唯
方家正之。拙著《論書詩百首》已成，敬呈
師座誨定，並請　撰序。言。奉懇過
庭時，再為致拳拳之忱，必求　賜箋，為禱。弟定廿六出都，拙稿未留副冊，
承
函丈賜序後，懇為　郵寄，無任盼切。拙詩多誤，還求　賜教。匆匆，不及走別，
敬上
弢夫仁兄同年大人。年小弟濬宣頓首。
（如寄詩稿，祈飭送楳市街興隆店內，悅昌文記轉寄極妥。）

編按

本札陶濬宣（一八四六—一九一二）以自著《論書詩百首》，欲託請翁斌孫（一八六〇—一九二二）轉交「師座」審閱並作序。其座師者，或為翁同龢（一八三〇—一九〇四）。據《翁同龢日記》光緒壬辰（一八九二年）閏六月廿三日載：「陶心耘以論書百首詩見示，並贈二首。」但現存陶濬宣《稷山論書詩》稿本，未見翁氏撰序，詳情待考。（參考任豔梅《陶濬宣書學思想研究》）

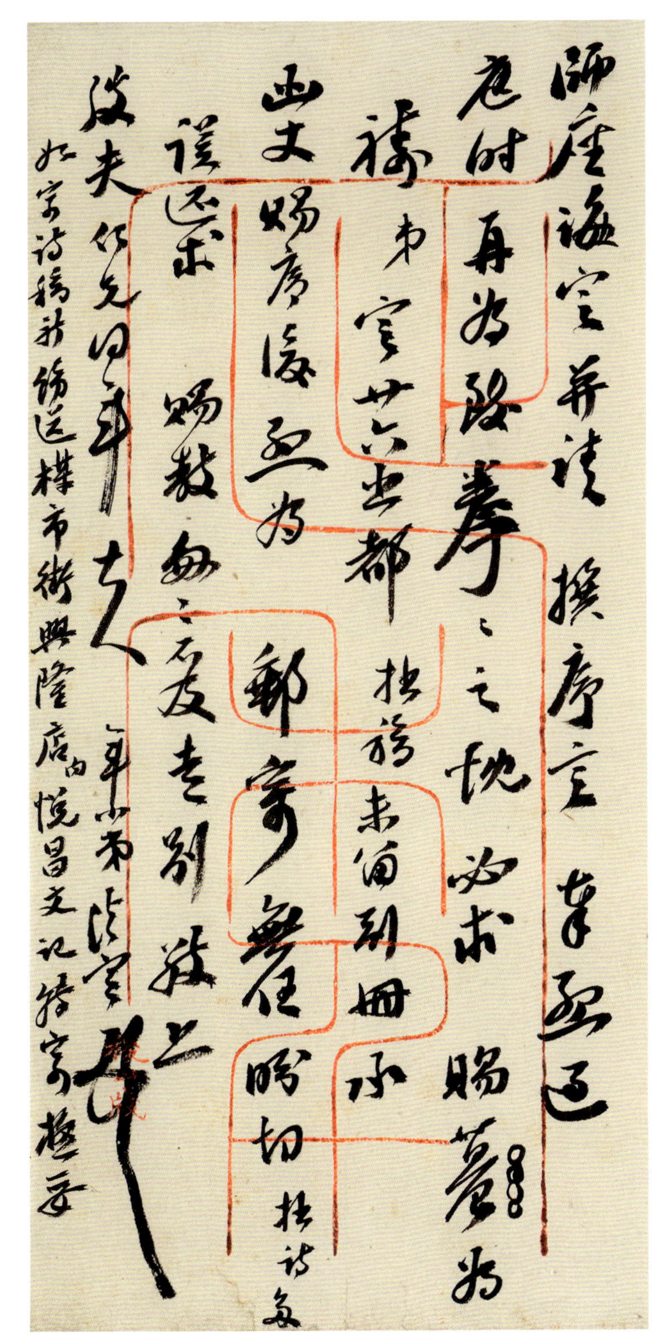

25.5 × 12.2 cm

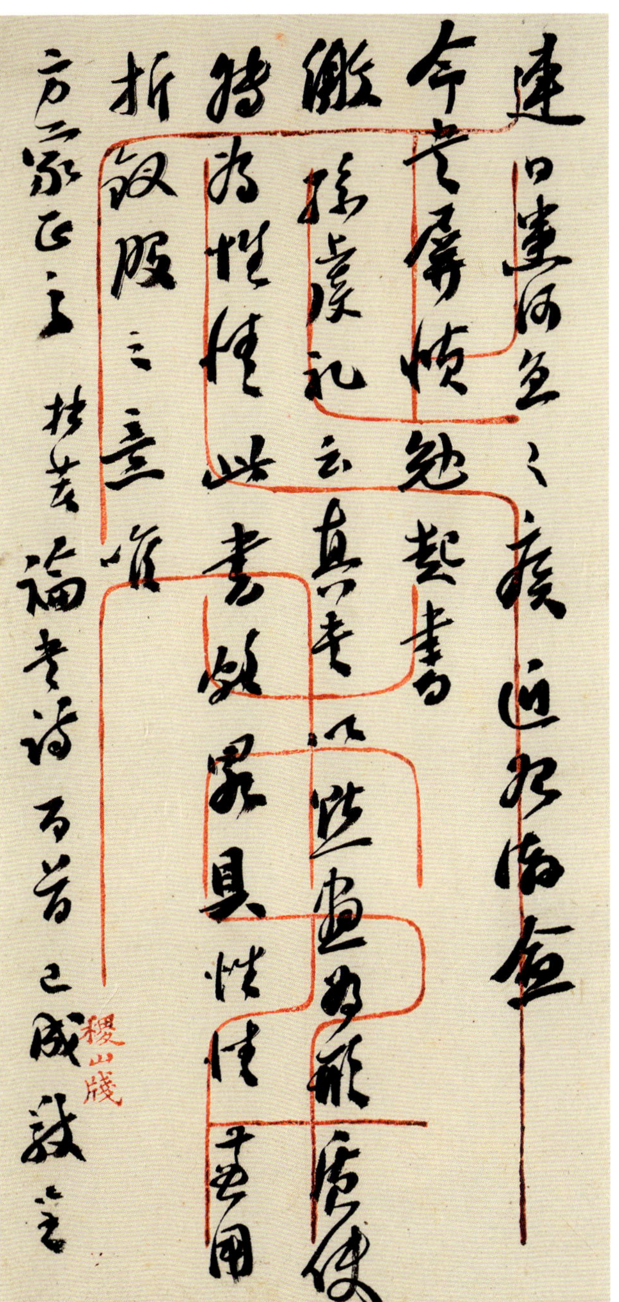

25.5 × 12.4 cm

違日遠何如之 茲 近承明命

今年居奉慚愧 勉 擬書

徵孫虞礼云 真書以 遺畫與雁使

猜為性情 此 書 頗 畢具 性情 子由

折叙服之 意 何

方家正之 桂芳 論書詩 為苔 已成 錄之

穆山箋

師座海宮前清 撰序言業經題返
鹿時再為題 壽之之缺如求賜墨為
禱 市寓廿六出都 擬將來面訂冊子
出史賜序後題為 鄧寶無住 賜切 擬請為
謹還求 賜教無之不友者别雖之
後夫仍見希去之 年小弟張穆
如寓請錫送棋市街興隆店內悅昌交記轉寓 摩安

盛昱　致翁同龢札

釋文

昨晤季直，與之辯論，意終不可回。申仲風義甚高，可佩、可佩。叔平太世叔大人。昱上。

編按

盛昱（一八五〇—一九〇〇），愛新覺羅氏，字伯熙，一作伯羲，號意園。滿洲鑲白旗人，肅武親王豪格七世孫。光緒三年（一八七七年）進士，選庶吉士，授編修，歷詹事府右春坊右中允、文淵閣校理、翰林院侍讀、國子監祭酒等。好收藏典籍，家多善本。

翁同龢（一八三〇—一九〇四），字叔平，號松禪。生平見前文王先謙札。

本札中所稱「季直」，即張謇（一八五三—一九二六），字季直，號嗇庵，江蘇海門人，光緒二十年（一八九四年）狀元。「申仲」者，身分待考。

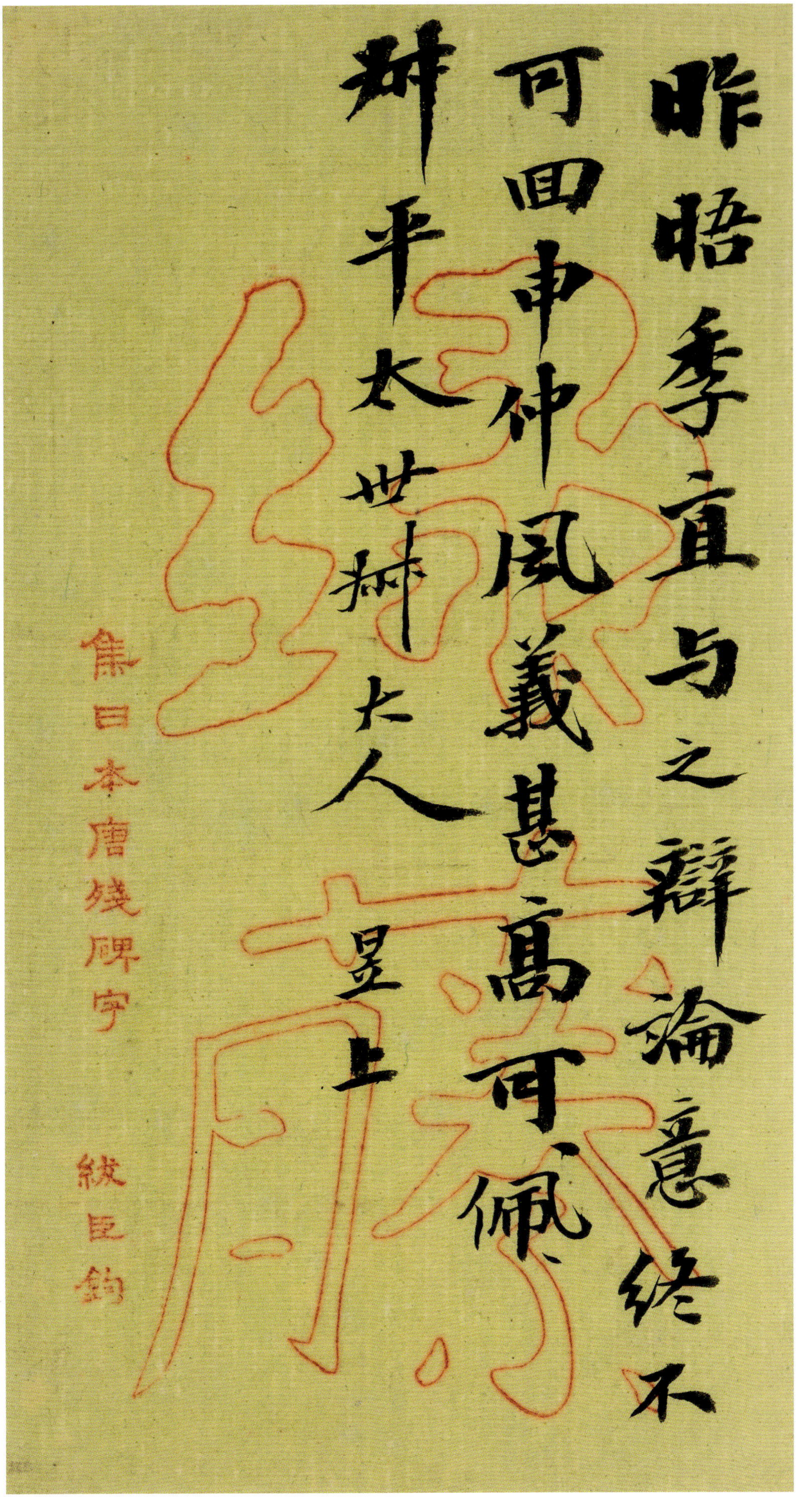

昨晤季直与之辯論意絶不
可回申仲風義甚高可佩
拼平太世拼大人
呈上

集日本唐殘碑字
紱臣鈎

22.7 × 12.4 cm

盛昱　致翁斌孫札

釋文

《甌北集》檢之不得，當為人持去。吳允貞墨未見過。德寶石谷巨卷不甚精，要是偉觀。

弢甫同年。兄昱頓首。

編按

盛昱（一八五〇—一九〇〇），字伯熙，號意園。生平詳見前札。

翁斌孫（一八六〇—一九二二），字弢夫，號笏齋。江蘇常熟人。光緒三年（一八七七年）進士，與盛昱同科。生平見前文陶濬宣札。

本札中提及之《甌北集》，為乾隆至嘉慶時趙翼（一七二七—一八一四）著作。

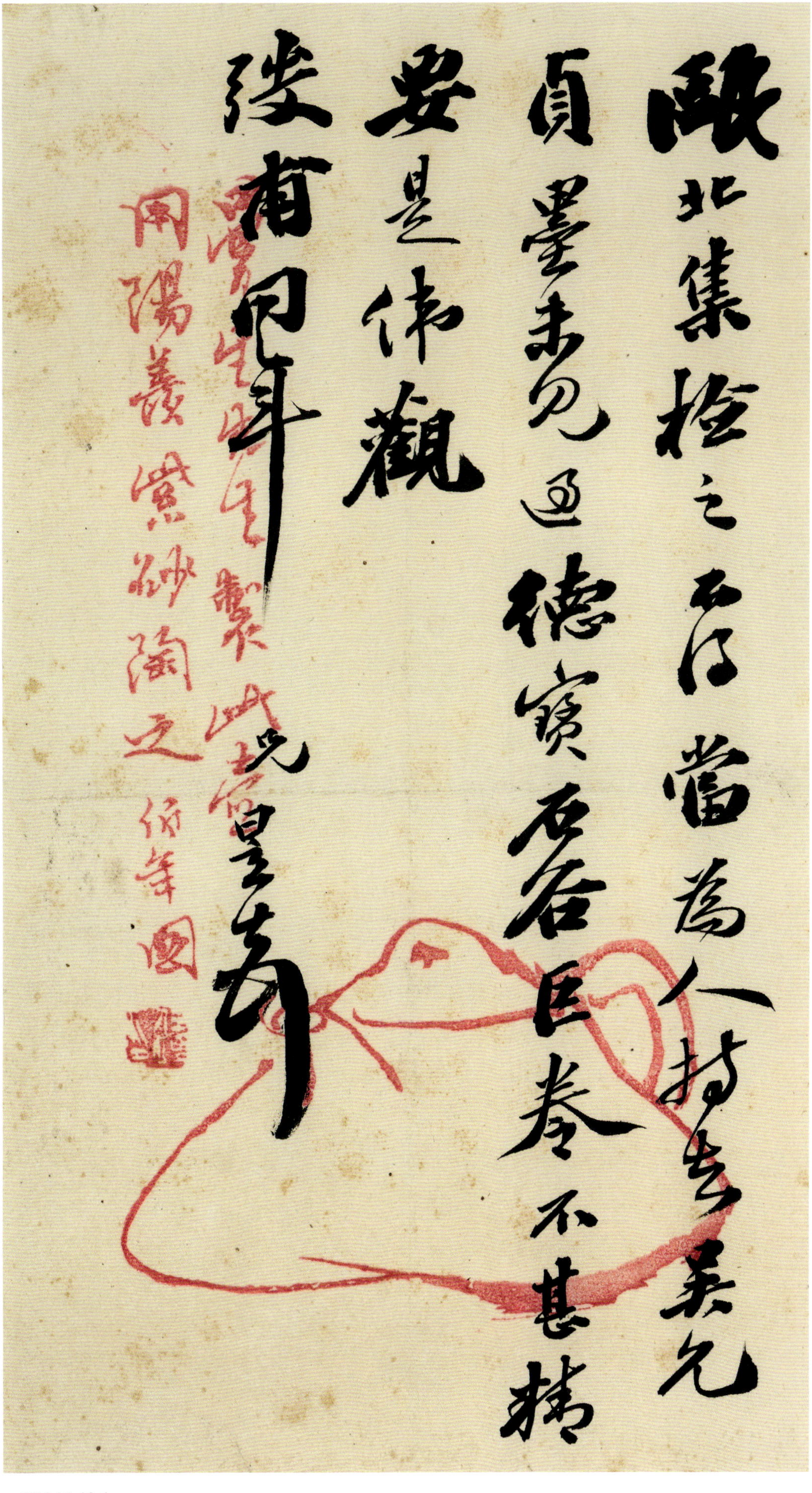

敝北集拾之后當為人持去矣兄
頁墨未見過德寶原名巨卷不甚精
要是偉觀
後有同年兄星甫

22.2 × 12.4 cm

費念慈　致張瑛札

一八八六年

釋文

十一月到虞，未及進城，匆匆而歸。聞公亦在唐墅也。廣庵近日又病。《校勘記》已交矣，板尚在。研老許蓉曙復書寄上。子密代者已到，開春便交替矣。鞠常書來，有喪子之戚，意興頽唐。已得京察一等，可望外簡。渭漁新逝，又弱一个，可勝悼歎。筱珊頃過蘇屬道，憶渠與禮卿、季直皆不北行也。此頌

退齋仁丈世大人箸安。念慈頓首。嘉平十日。

編按

費念慈（一八五五—一九〇五），字屺懷，又字峐懷，號西蠡。江蘇常熟人。光緒十五年（一八八九年）進士，授編修，出任浙江鄉試副考官。工詩文、書畫，尤好收藏典籍。著有《歸牧集》。

張瑛（一八二三—一九〇二），字純卿，又字仁卿，號退齋。亦常熟人。諸生，少學古文，中年後遷居金陵書局。官至青浦縣訓導。著《國朝耆獻類徵》、《大清畿輔先哲傳》、《論孟書法》等。

本札稱「鞠常書來，有喪子之戚」，乃指葉昌熾（一八四九—一九一七），字頌魯，號鞠裳，江蘇長洲人。其第三子葉恭諟於光緒十一年（一八八五年）五月病逝。是歲「嘉平十日」，相當於公元一八八六年一月十四日。另提及之《校勘記》，當為張瑛所編撰《通鑑宋本校勘記》，刊於光緒八年（一八八二年）。「筱珊」即繆荃孫（一八四四—一九一九），字炎之，又字筱珊，晚號藝風老人。江蘇江陰人。

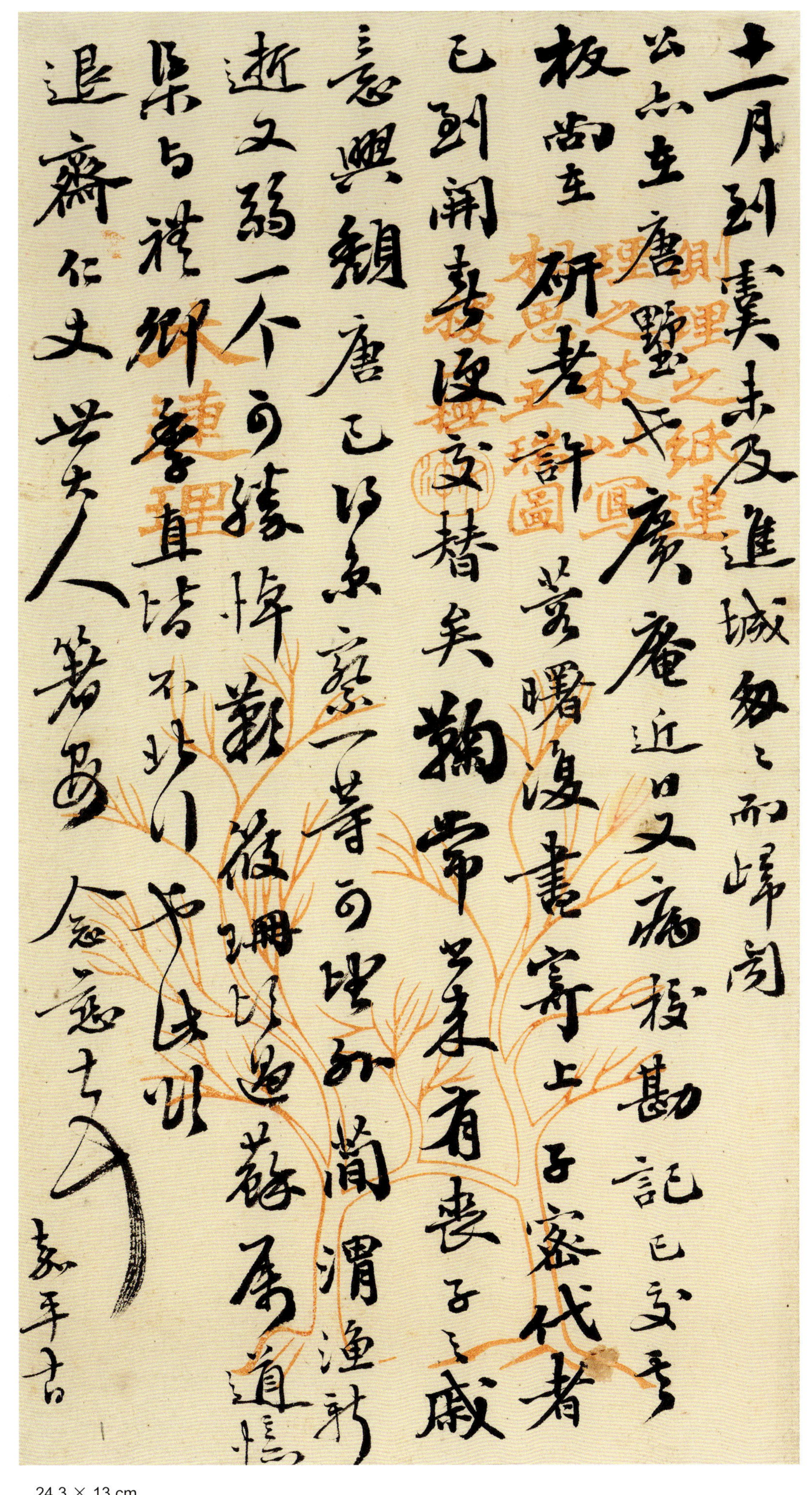

24.3 × 13 cm

費念慈　致張瑛札

釋文

仁卿世丈大人閣下：兩奉

惠書，并晤 仲履世兄，備悉

起居曼福，甚善、甚善。書版事，廣庵久病不見客，當以書言之。蓉曙頃來省，往返皆左。尊函已寄交。子密書來，言署中屋少，無延賓之地，年內尚須佈置，候到歲杪再定。仲履事，已致書敝同年道其詳矣。十月如不北行，當來山中看紅葉，並奉邀偕訪良士也。前議刻唐人集，昨見建霞湖南所刻仿宋叢書，則此八種皆已雕版。（亦仿睦親坊陳道人本式，而建霞實未見真宋本，僅就席氏刻本中重寫樣耳。然已刻，則良士可不再梓，另商他種為妙。）擬另選他種，但金緝甫看風水甚忙，屢商不肯赴罟里，此外又不得其人，柰何！草草布復，敬

頌

箸安。費念慈頓首，十七日。

印章

屺懷父（朱文方印）

編按

本札提及「子密」，即錢應溥（一八二四—一九〇二），字子密。浙江嘉興人。道光廿九年（一八四九年）拔貢生，翌年朝考一等，歷官至工部尚書。另，「金緝甫」即金熙，字緝甫，號止庵，安徽黟縣人，光緒二十三年（一八九七年）副貢，注選直隸州州判。

仁卿世丈大人閣下：兩奉
惠書，并臆仲復世兄，備悉
起居多福，甚善甚善。書敬事廣庵久
病不見客，嘗以書之，叢曙頃來省，往
返皆左。前函已寄交子密，書來之署
中屋步參延賓之地，年內尚須布置，俟到
歲杪再定。仲復事已致書，敝同年道處
詳矣。十月如不北行，嘗來山中看紅葉，並

季通借訪良士，弋前議刻唐人集，昨見
建霞湖南所刻仿宋叢書，則比八種皆已
雕版（以仿睦親坊陳道人本式，而建霞實未見宋本，僅就席氏刻本中重寫樣耳，然已刻，良士可不再擇）。
周多高似種為柳，擬另選他種，但金缉甫有風味甚
恐屬高不肯起，居里此外又不得其人，柰何。
草草布復，敬頌
著安。曹元忠頓首　十吉

各 23 × 12.3 cm

仁卿世丈大人阁下：两奉
惠书并瑶，仲履世兄备悉
起居胜福甚善之，书启事广庵久
病不见客，常以书之，蒙曙頂末首往
返诸左右，当正已寄交，子寔书来之署
中屋少系，延宾之地，年内尚须布置，俟到
岁杪再定。仲履事已致书澈，因年道远
详矣。十月如不北行，当来山中看红叶并

來函借訪良士七前議刻唐人集昨見
建霞湖南所刻仿宋叢書則比人種境
雕版亦仿睦親坊陳道人本式而建霞實未見宋本僅
周片翻席氏刻本中重寫樣耳然已刻成良士可不再擇
另有他種為妙擬另選他種但金繩甫有風味甚
怛屬高不肯赴署里此外又不得其人索可
華華布衣處以
著安 曾念慈頓首
十四

松茂室

陳榕　致金兄札

釋文

金兄仁大人閣下：邇日　貴恙未識全愈否？念念。面委問李陽之款，據云實係占秋收用，弟當代向占秋照數算歸，祈勿念。再有，所存　金老四處裘子佛畫冊，據耕園云早許遞至伊店，竟屢約不來。弟到申後詢知情由，即與面說，亦約即為遞至耕園處。今連日不晤，一俟尋見，當追歸寄甯，祈勿念。今接　小樓兄來信，所有存貨需繳之件，囑弟信致　閣下。今特託　善揚兄持信面領，所有沙子春家并三表帖，望即檢付　善兄，俾

小樓兄可去銷案。至於貨價，即陳宅不听，弟听亦可為，此小數諒吾兄定不因此見意也。至扇冊一事，歸吾　兄自收，然做生意不着即此一會，吾　兄亦明亮人，望為了結此事，免弟之累。弟因一時不能動身，諸事拜託，望與　小樓兄代為調度一切。想素蒙心契，諒不見却也。餘容面談，率此布，即請

刻安。香畦弟榕頓首，九月十一日中。

編按

陳榕，字香畦，號山農，生卒年不詳。浙江寧波人。精篆刻，與任伯年（一八四〇—一八九五）、胡公壽（一八二三—一八八六）、虛谷（一八二三—一八九六）、徐三庚（一八二六—一八九〇）等金石書畫家，以及製壺名手梅調鼎（一八三九—一九〇六）、王東石（一八七五—一九〇八）友善，為近代「玉成窯」紫砂茗壺主刻人。

本札上款人「金兄」身分未詳，「小樓」當為任伯年。

金兄仁大人阁下：迩日贵恙未识全愈否？念念。面交向李阳之款，据云实係吕状收用，弟当代向吕状照数算归，请勿念。再前所存金老所交来之佛画册、耕图，立早许还去，伊称竟屡约不来，弟到申后询知情由，即与面谈，亦须即为还至耕图，要至遗失不赔一條，寻见当追归，实实请勿念。今接小楼兄来信，所有存货需俟之件，应弟信收，阁下亦特托笔扬兄接信而取，有沪子寿家并三素帖，须即检付岑兄保，小楼兄可去，铺笔画於领便即除定不听，弟所亦可为此小数徐吾兄定不因此见意，必至扇册一事，归吾兄自收，然似生意不肯即此一会。吾兄亦明亮人，从为了结此事，免弟之累。弟因一时不动身，诸事拜托，况与小楼兄代为调度一切，想楼以契徐所见却也，係实面谈，幸此不了，即请

刻安

弟时中楼启 九月十五日

23.4 × 11.8 cm

童揆尊　致張小樓札

釋文

奉還扇冊廿張，祈 檢收。又還阿錦扇冊卅一張，煩 令高徒陪來人一走。彼扇冊實係三十張，今來帳云卅一張，或是我數錯亦未可知，今只得照帳還三十一張。我處扇冊，各客揹來堆積如山，你看我看不免調錯。阿錦之扇將董山水調作董字，尚調得過去，煩 轉致一聲。如彼居為奇貨，容俟他日尋覓調還。此布 萬順寶號，
張小樓先生青照。 蒓舫便帋。

編按

童揆尊，原名會，更名揆尊，字蒓舫，號少眉，生卒年不詳。浙江鄞縣人。光緒元年（一八七五年）舉人，官戶部郎中。富收藏，精鑒別。
本札上款人「張小樓」身分未詳，待考。信中所談論，似涉及書畫買賣事情。

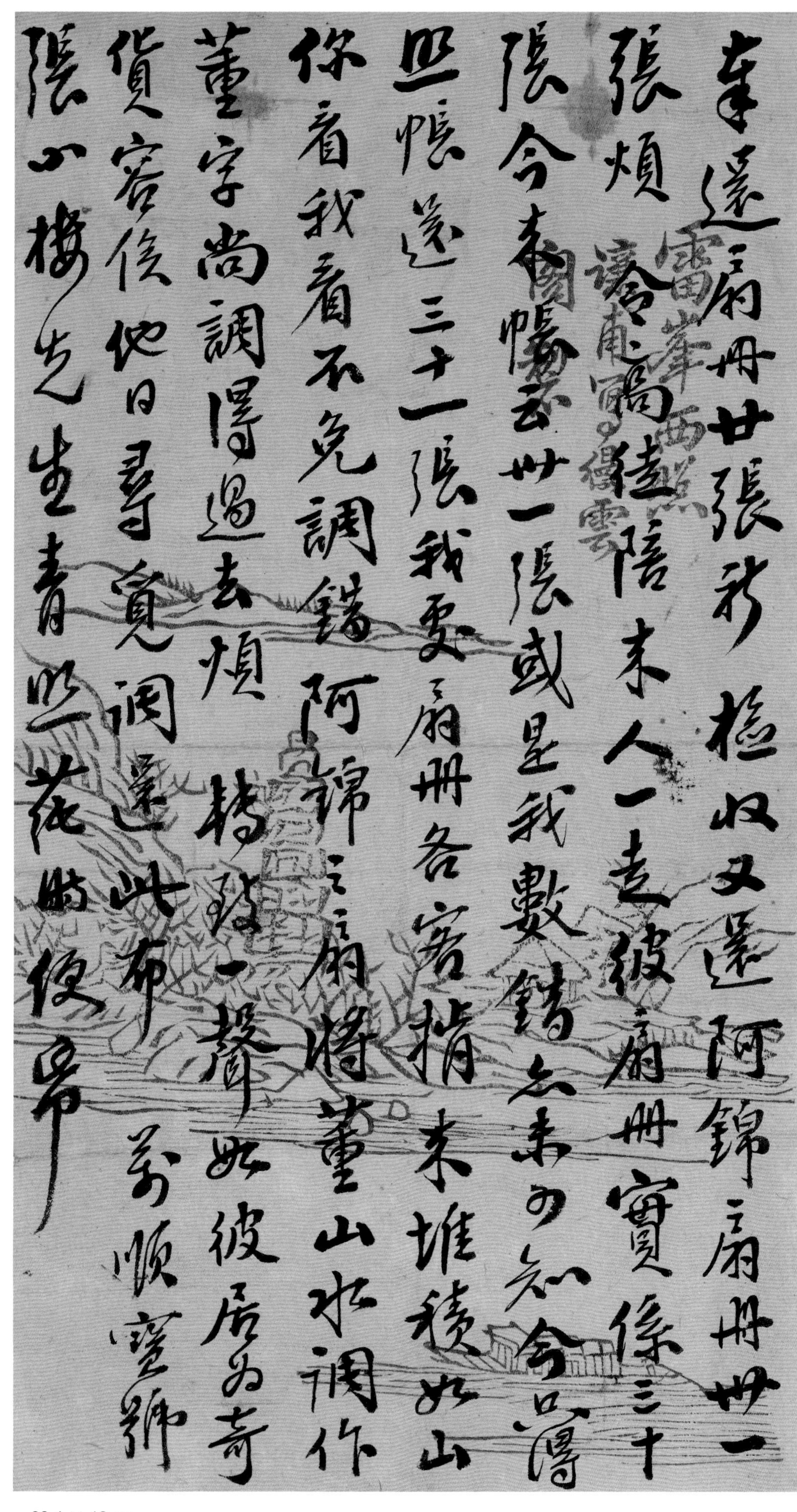

22.4 × 12 cm

書家索引（以姓氏筆畫為序）

名家翰墨

Letters of Celebrated Figures in the Ming and Qing Dynasties from the S. L. Yuan Collection

Edited by Lee Chi Kwong & Liu Kai

Cultural Relics Publishing House
Han Mo Xuan Publishing Co., Ltd.